ÉMISSAIRES DES MORTS

Adam-Troy Castro est l'auteur d'une vingtaine de romans et de cinq recueils de nouvelles. La trilogie Andrea Cort (*Émissaires des morts*, *La Troisième Griffe de Dieu*, *La Guerre des marionnettes*) est son œuvre la plus connue. *Émissaires des morts* a reçu le prix Philip K. Dick.

ADAM-TROY CASTRO

Émissaires des morts

Andrea Cort – Tome 1

ROMAN TRADUIT DE L'ANGLAIS (ÉTATS-UNIS)
PAR BENOÎT DOMIS

ALBIN MICHEL

With Unclean Hands
© Adam-Troy Castro, 2011.
Première publication : *Analog, science fiction and fact*, novembre 2011.

Tasha's Fail-Safe
© Adam-Troy Castro, 2015.
Première publication : *Analog, science fiction and fact*, mars 2015.

The Coward's Option
© Adam-Troy Castro, 2016.
Première publication : *Analog, science fiction and fact*, mai 2016.

Unseen Demons
© Adam-Troy Castro, 2002.
Première publication *Analog, science fiction and fact*, juillet-août 2002.
Ce texte est dédié à Joey et Debbie Green.

Emissaries from the dead
© Adam-Troy Castro, 2008.
Première publication : Eos / Harper Collins, mars 2008.

(NB : tous les textes ont été revus par l'auteur pour la présente édition, ce qui implique de minimes différences avec leurs versions d'origine.)

© Éditions Albin Michel, 2021, pour la traduction française.
ISBN : 978-2-253-10701-9 – 1re publication LGF

Avant-propos

« Après ce jour-là, elle n'avait plus eu envie d'appartenir à une famille. Plus jamais. Plus de planète. Plus jamais. Plus d'amis. Plus jamais. Et sa confiance envers les espèces sentientes avait disparu. Y compris la sienne. Plus jamais.

Remplacée par une obsession : combattre les monstres. »

Démons invisibles, la quatrième enquête d'Andrea Cort.

Andrea Cort, sorte de Sherlock Holmes de l'espace dans un avenir lointain où le racisme, les meurtres et les génocides sont loin d'avoir disparu, et où le Corps diplomatique qui l'emploie a fort à faire pour garantir un équilibre interespèces extrêmement précaire, est le personnage le plus célèbre de l'écrivain américain Adam-Troy Castro.

Andrea apparaît dans trois romans, *Émissaires des morts* (Prix Philip K. Dick), *La Troisième Griffe de Dieu*, *La Guerre des marionnettes* et presque une dizaine de nouvelles et novellae.

Contrairement à d'autres personnages récurrents des littératures de genre, Andrea n'est pas un personnage figé. Au fil des textes où elle apparaît, sa carrière progresse ainsi que sa psychologie, qui doit beaucoup au génocide ayant lourdement marqué son enfance.

Dans ce volume sont rassemblées les cinq premières aventures et/ou enquêtes d'Andrea Cort, tout simplement parce que si se contenter de publier le premier roman aurait été beaucoup plus facile d'un point de vue strictement commercial, cette perspective aurait été nettement plus discutable d'un point de vue éditorial, car les lecteurs auraient alors perdu une bonne partie de ce qui fait le sel de ces histoires : découvrir l'évolution de ce personnage complexe.

Les textes ont été classés dans l'ordre chronologique de leur action, et non de leur rédaction, puisque *Démons invisibles*, la quatrième aventure d'Andrea, est en fait le premier texte publié par Adam-Troy Castro où elle apparaissait.

Lire les quatre premières enquêtes à la suite n'est sans doute pas à conseiller, il vaut mieux à mon sens piocher dedans, d'une lecture à l'autre, avant d'attaquer le morceau de bravoure : *Émissaires des morts*. Bien sûr, le lecteur est libre de faire comme il l'entend et peut commencer par le roman (surtout s'il n'aime pas les nouvelles).

L'univers d'Adam-Troy Castro est noir et fort comme un café italien. C'est un univers qui secoue et peut mettre mal à l'aise. Par certains côtés, il ressemble tant au nôtre que cela nous ramène à la première fonction de la science-fiction : interroger un présent qui n'a pas envie de répondre.

Andrea Cort affronte chacun des défis qui lui barrent la route avec courage, ni invulnérable ni à l'abri de prendre une décision idiote, voire dangereuse. C'est un personnage attachant, humain en un mot, une femme déterminée qui sait à quel point son penchant pour les ténèbres nécessite d'être contenu.

Gilles Dumay, le 1/12/2019

A

AVEC DU SANG SUR LES MAINS

Mᵉ Andrea Cort s'éclipsa de la réception au capitole zinn vers minuit, heure locale. Contrairement à la plupart des humains en visite dans des civilisations extraterrestres, elle ne se sentait pas à sa place parmi ses semblables, et ne recherchait pas particulièrement leur compagnie.

La soirée avait été sinistre. Ostensiblement tenue à l'écart des conversations, elle avait néanmoins saisi quelques bribes la concernant, en général sur un ton scandalisé. Le reste se résumait aux rivalités internes et aux psychodrames habituels de la vie d'une ambassade. Son bref séjour n'en troublerait guère la routine. Tout au plus laisserait-elle le souvenir d'une présence déplaisante, telle une apparition.

Avec quelques missions en solo au compteur, Cort n'en était qu'au début de sa carrière au sein du Corps diplomatique. Encore jeune, elle manquait d'expérience et devait se forger une réputation. L'aversion que manifestaient parfois ses soi-disant collègues la touchait. Quand ils mettaient un nom sur son visage, ils reconnaissaient en elle l'enfant convaincue de crimes de guerre. Les images de la petite fille aux mains couvertes de sang avaient fait le tour de l'espace civilisé, provoquant l'indignation générale. Pour se protéger, Cort avait adopté une attitude rébarbative. Souvent perçue comme froide, elle accentuait cette impression par sa mine renfrognée, qui nuisait à la douceur de ses traits pourtant délicats. Certains auraient même pu la trouver belle. D'ici à quelques années, ce masque glacial deviendrait impénétrable. Pour l'heure, il lui arrivait de laisser passer une émotion, quand elle se sentait blessée.

Fuyant autant les dissonances de la musique zinne que le brouhaha de ses collègues, elle avait déambulé dans le dédale de couloirs du capitole, jusqu'à un jardin en terrasse, à l'extérieur d'une sorte de chapelle.

Le fond de l'air était frais, empreint de l'odeur piquante de la forêt préservée, qui couvrait une bonne partie de la planète. De rares lumières brillaient dans la vallée, où se situait Vraifoyer, une cité ancienne qui concentrait aujourd'hui la totalité de la population autochtone. Jadis, les Zinns avaient pourtant rayonné dans toute la galaxie. À cause de l'obscurité, Cort ne pouvait pas voir combien cette ambassade haut perchée dominait la ville. Elle n'avait donc pas à combattre ce vertige bien particulier qui s'accompagnait immanquablement de l'envie de sauter. Libre à elle de s'imaginer à bord d'un habitat orbital – elle les préférait depuis longtemps aux planètes –, en train de regarder des étoiles trop lointaines pour brûler. Étourdie par les narcs pris avant la réception pour se calmer, elle trouva appui sur un muret qui délimitait un parterre de fleurs roses tanguant dangereusement sous ses yeux. Elle s'assit, profitant de ce moment de solitude, loin des autres, de leur présence étouffante, importune, condescendante. L'espace de quelques secondes, elle n'eut pas envie de mourir.

Puis, une voix sans accent demanda :

« Tu as mal ? »

On aurait dit un son provenant d'une jeune humaine, même si ce son aurait pu être produit par n'importe quelle espèce actuellement présente sur ce monde. Bien que la réception ne fût destinée qu'à la délégation humaine, Cort avait repéré un Tchi, un K'cenhowten et un Szabi parmi les dignitaires extraterrestres envoyés par leurs ambassades respectives. Mais quand elle se retourna, elle vit que la question émanait d'un Zinn. À peine aussi grand qu'elle, il mesurait donc la moitié de la taille moyenne d'un adulte de son espèce. Ses yeux, une douzaine de billes noires, entouraient en son milieu le fin croissant vertical de sa tête. Une série de sacs gonflés et dépourvus d'os formaient son torse. Disposés comme une sorte de soufflet, ils couvraient près des trois quarts de la distance jusqu'au sol carrelé. Enfin, le disque de l'épaule, juste sous cette tête qui ressemblait à une faucille, supportait les deux membres articulés qui faisaient office de jambes, ainsi que les deux « bras ».

Cort n'était pas sur cette planète depuis assez longtemps pour maîtriser les signes visuels subtils qui permettaient de distinguer les quatre sexes de cette race, encore moins pour se familiariser avec leur langage corporel. La taille relativement petite de cet individu lui autorisait une déduction élémentaire.

« Es-tu un enfant ? »

Le petit Zinn émit une série de sifflements brefs, qui pouvait passer pour l'équivalent d'un rire chez ceux de son espèce.

« Oui. Et toi ?

— Je suis plutôt petite pour une humaine, répondit Cort, mais pas à ce point-là. Je suis une adulte. »

D'autres sifflements.

« Si je t'ai vexée, je m'en excuse.

— Ce n'est rien. Ta maîtrise du mercantile homsap m'impressionne. Tu vis ici ?

— Oui. Je suis la *fotir* de l'administrateur du projet. »

Ce mot désignait un enfant zinn qui appartenait au sexe ovipare, pas au sexe complètement distinct qui couvait ou aux deux autres véritablement responsables de la copulation. Étant donné les circonstances et l'étiquette interespèces en vigueur, l'option la plus simple, la plus acceptable aussi, consistait à considérer cet individu comme une petite fille.

Mais avant même que Cort ait eu le temps de pousser son raisonnement à son terme, l'enfant zinn reprit :

« Tu n'as pas répondu à ma question. Tu as mal ?

— Qu'est-ce qui te donne cette impression ?

— Je connais un peu les différentes façons qu'ont les humains de manifester leurs émotions. Du liquide s'échappe de tes yeux. »

Cort se tamponna les joues, et eut la contrariété de découvrir quelques larmes.

« Un écoulement involontaire, rien de plus. Ce n'est pas toujours un indicateur de douleur.

— Alors, pourquoi tu n'es pas avec les autres, à la réception ? »

Cort choisit la voie la plus simple : la vérité.

« Je ne passais pas un bon moment.

— Les adultes peuvent être ennuyeux, convint l'enfant extraterrestre, avec une légère inclinaison de la tête.

— Pire qu'ennuyeux parfois.

— Comment tu t'appelles ?

— Andrea Cort. Et toi ? »

La petite *fotir* produisit une suite de sons imprononçables, ponctués de sifflements et de grognements, qui se prolongèrent suffisamment pour constituer plusieurs phrases en mercantile, la langue de prédilection de Cort.

« Nos noms sont des sortes d'autobiographies, qui s'allongent avec l'âge. Par souci de simplicité, tu peux m'appeler Première-Offerte.

— Ravie de faire ta connaissance, Première-Offerte.

— Moi aussi, Andrea Cort. Tu es ma première humaine. »

Cort trouva cela curieux.

« C'est pourtant votre capitole. Les visites d'ambassadeurs étrangers y sont fréquentes.

— J'ai rencontré des Riirgaans, des Tchis, des Bursteenis, et même quelques K'cenhowtens. Les Bursteenis sont mes préférés ; ils sont rigolos. Mais on m'interdit de sortir de ma chambre quand des humains sont là. Mes parents estiment que ma présence perturberait les négociations. »

Cort, qui ne voyait pas comment, supposa que les parents extraterrestres restaient avant tout des parents, aussi impénétrables que leurs homologues humains.

« Alors, tu leur désobéis, en me parlant ?

— Je ne crois pas. L'échange est presque conclu maintenant ; tout le monde est tellement excité à l'idée de récupérer ce prisonnier que la sécurité s'est un peu relâchée, je pense. J'ai pu sortir, et je suis tombée sur toi. Je suis contente. Avec une vie aussi courte que la mienne, c'est bien d'avoir pu me lier d'amitié avec une humaine. »

Cort songea qu'elle ne pouvait pas en dire autant, puis elle secoua la tête avec colère. C'était inexact, et carrément sentimental. « Il n'y a vraiment pas de quoi se vanter, Première-Offerte. Nous ne sommes pas très recommandables.

— Je sais. Mes professeurs m'ont raconté des histoires terrifiantes sur certains d'entre vous, comme ce Hitler, ce Dunnevad ou ce Magrison, surnommé "La Bête". Et je n'oublie pas le prisonnier : il incarne le mal sous des formes qu'il nous est impossible de comprendre. Mon espèce ne compte pas ce genre d'individus en son sein. Mais je ne commets pas l'erreur de croire que vous êtes tous comme eux. »

Ou comme moi, songea Cort avec un pincement au cœur.

« Ton espèce a beaucoup de chance.

— Mon espèce n'a pas de chance. Elle se mourait déjà avant la naissance de la tienne. »

L'effondrement de l'empire zinn, s'il s'étalait sur des milliers d'années, n'en avait pas été moins inexorable. Leur repli devant l'avancée d'autres civilisations s'était traduit par l'abandon total d'amas entiers sans que le moindre coup de feu soit tiré. Ces jours-ci, ils ne remuaient guère plus que pour procréer, et encore : ils tomberaient probablement sous le seuil génétique critique de viabilité en l'espace de quelques générations. Avoir connaissance de ce fait devait exercer une pression énorme sur les épaules des plus jeunes représentants de l'espèce.

« Je suis désolée.

— Tu n'as pas à t'excuser, répondit Première-Offerte. Mais comme ma vie sera courte, je n'ai pas de temps à perdre. Alors, puis-je te considérer comme mon amie ? »

En général, Cort déclinait fermement les offres de ce genre. Mais l'innocence de la requête, et l'absence apparente d'arrière-pensées, chose rarissime chez les gens qui lui faisaient d'ordinaire ce type de propositions, touchèrent en elle quelque chose qu'elle avait cru enfoui depuis l'enfance.

« Oui, Première-Offerte. J'en serais ravie.

— Moi aussi. Ce sera une consolation, j'imagine. »

Cort allait lui demander son âge, en fonction des critères de son espèce, mais une soudaine agitation éclata derrière elle.

« Qu'est-ce que... », eut-elle à peine le temps de s'exclamer, avant que l'ambassadrice de la Confédération, Mira Valcek, l'attrape par le bras et l'arrache sans ménagement à sa discussion.

L'athlétique Valcek faisait deux têtes de plus que Cort. Elle avait de larges épaules musclées et son visage plat offrait un spectacle redoutable à cause de ses joues striées de scarifications rituelles. Ses yeux étaient d'un bleu glacial, ses cheveux roux rasés dans une coupe militaire à l'allure sévère. Ce que ça laissait inéluctablement penser sur le genre de société où elle avait dû grandir, et le fait qu'elle ait, malgré tout, fini par rejoindre une organisation de maintien de la paix faisaient d'elle un formidable ennemi. Si c'était bien ce qu'elle avait en tête. Ce n'était pas clair, pour l'instant. Depuis l'arrivée de Cort sur la planète trois jours plus tôt, Valcek avait fait preuve de courtoisie, tout en gardant une certaine distance. Mais à présent, ses yeux brillaient de fureur.

« Qu'est-ce qui vous prend, bon sang ? »

Ils étaient une douzaine en tout, tous scandalisés, tous indignés par ce qui semblait être un très grave manquement au protocole, tous déterminés, humains comme Zinns, à mettre immédiatement un terme à la conversation entre Cort et Première-Offerte. Quatre Zinns adultes éloignaient d'ailleurs rapidement l'enfant, sans prononcer un seul mot ; à peu près le double d'humains arrivés en renfort apportèrent à Valcek un avantage physique dont elle n'avait pourtant visiblement pas besoin.

« Dans les civilisations les plus avancées, on appelle ça parler, dit Cort.

— Et en diplomatie, répliqua Valcek, on appelle ça un contact non autorisé.

— C'est une enfant, madame l'ambassadrice. Elle s'est adressée à moi, je lui ai répondu. Étais-je censée l'ignorer, la prendre de haut ? »

Le regard furieux de Valcek aurait pu froisser quelqu'un de moins endurci.

« Étant donné votre manque d'expérience, vous n'avez pas à quitter une réception à l'ambassade, à laquelle assistent des représentants locaux autorisés à vous parler, pour aller discuter librement avec des interlocuteurs qui ne le sont pas. Votre comportement pourrait avoir des répercussions que vous ne soupçonnez même pas, compromettre les termes de l'accord que vous êtes venue entériner officiellement, et que nous négocions depuis plus d'un an. Au minimum, vous seriez susceptible de mettre en péril votre propre... »

Un fonctionnaire du Corps diplomatique que Cort avait surpris plus tôt dans la soirée, alors qu'il la qualifiait de monstrueuse, se fraya un chemin parmi la phalange d'engagés et se pencha pour chuchoter à l'oreille de Valcek.

Elle fronça les sourcils et lui lança un regard mauvais. Il murmura quelque chose d'autre que Cort ne pouvait entendre, et Valcek se rembrunit.

« Ils vous demandent », dit-elle.

Flanquée par une escorte de deux Zinns adultes qui la dominaient comme deux grues de chantier, Cort parcourut plusieurs couloirs et monta ce qui aurait pu passer pour un escalier, si les marches avaient été réparties à intervalles réguliers et d'une hauteur uniforme. Puis ils débouchèrent dans un corridor où, pour une raison qui lui échappait, les murs devenus convexes donnaient à l'espace l'allure d'un sablier. On la laissa dans une pièce en forme d'œuf, avec un sol marbré et ce qui ressemblait à deux harnais en tissu épais accrochés au plafond.

Sans endroit évident où s'asseoir, Cort se contenta de rester debout à côté d'un des harnais, attendant de voir la tournure qu'allaient prendre les événements. Quelque chose se produisit à l'autre bout, pas tout à fait l'ouverture d'une porte, mais un Zinn adulte apparut à cet endroit.

Il s'adressa à elle avec un accent légèrement plus prononcé que la petite *fotir*; le son métallique des mots en mercantile trahissait l'utilisation d'un traducteur automatique.

« Vous ne trouverez aucun mobilier conçu pour les humains dans cette partie du bâtiment, mais vous pouvez vous asseoir dans le harnais, si vous le souhaitez. Il supportera votre poids, aussi bien qu'il supporte le nôtre. »

Cort s'installa, les jambes ballantes, sa position lui rappelant les souvenirs très nets d'une balançoire où elle jouait, à une époque où elle pensait encore pouvoir profiter d'une enfance normale.

Le Zinn prit place à son tour, sa tête et ses quatre membres tombant du côté le plus proche de Cort, son torse segmenté pendant vers le sol de l'autre. Sa position lui sembla terriblement inconfortable, mais il est vrai qu'elle n'avait pas l'anatomie d'un Zinn. Pour ce qu'elle en savait, sa posture était peut-être un modèle d'indolence.

« Mon nom est… » dit-il.

La suite se perdit dans une série de sifflements, de grognements et de bourdonnements trois fois plus longue que celle de Première-Offerte.

« Je suis l'administrateur du projet concernant le prisonnier. Vous pouvez vous adresser à moi en utilisant l'intitulé de mon poste, Responsable-des-Prisonniers. »

Le cœur de Cort battit fort.

« C'est ce que je suis à vos yeux ? Une prisonnière ? »

La tête en forme de croissant pencha vers elle. « Croyez-vous que vous devriez l'être ?

— Rien de ce que j'ai pu faire ce soir ne le justifie, en tout cas. Première-Offerte est votre enfant, n'est-ce pas ? »

Le programme de traduction communiqua un amusement empreint d'ironie.

« Elle est, au sens le plus large, l'enfant de notre monde. Mais oui, génétiquement parlant, vous avez raison.

— Si, en échangeant amicalement quelques mots avec elle, j'ai enfreint une loi fondamentale ou violé un tabou de votre société, ou même simplement manqué au protocole diplomatique local, j'ai agi sans malice, et je vous présente mes excuses. »

La tête en forme de croissant s'inclina sur le côté, et la douzaine d'yeux d'agate noire clignèrent, successivement, comme en réaction au passage d'un objet invisible à proximité de la courbe concave du visage.

« Vous avez commis d'autres crimes dans votre vie, reprit-il au bout d'un moment. Contre des enfants. »

C'était donc ça.

« Oui, c'est vrai. Il y a longtemps. Je n'étais moi-même qu'une enfant.

— Parlez-m'en. »

Au cours de son existence, Cort avait déjà eu maintes fois l'occasion de raconter son histoire en n'omettant aucun détail sordide. Elle n'avait aucune envie de se répéter, pas sans émettre de protestation en tout cas.

« C'est de notoriété publique. Par ailleurs, vos services en ont forcément été informés quand on leur a transmis mes lettres de créance…

— J'aimerais néanmoins vous entendre. »

Elle se retint pour ne pas l'envoyer au diable. Mais elle était jeune, peu au fait des limites à ne pas franchir et absolument pas habituée à se trouver dans une situation qui la dépassait complètement. Avec un profond soupir de résignation, elle entreprit donc de revenir sur ce fardeau qui lui pèserait pour le restant de ses jours.

« J'ai grandi au sein d'une petite communauté utopique sur un monde nommé Bocai, uniquement peuplé d'humains et de Bocaïens. Deux espèces qui se ressemblent beaucoup et s'entendent normalement plutôt bien. Là où nous vivions, chacun participait à l'éducation des enfants des autres.

— Cela devait être intéressant. Poursuivez.

— Tout était paisible, quand une nuit a éclaté ce qu'on pourrait appeler, je suppose, une folie soudaine. Peut-être pour une raison environnementale, une sorte d'agent psychotrope inconnu. Personne n'a de certitude sur ce point. Mais les humains et leurs voisins bocaïens se sont retournés les uns contre les autres sans prévenir, des amis, des couples mariés, des enfants se sont entretués. Je suis l'une des rares survivantes. »

Cort hésita.

« J'avais huit ans. C'est très jeune, à l'échelle humaine.

— Vous avez tué ?
— Oui.
— Combien de fois ?
— Je vous renvoie aux rapports officiels. Je suis certaine que Mme l'ambassadrice se fera un plaisir de vous les communiquer.
— Vous rappelez-vous cette expérience ?
— Dès que j'ouvre les yeux. À chaque instant.
— Qu'avez-vous ressenti ?
— Au moment de tuer ? réagit Cort avec incrédulité.
— Oui.
— Quelle différence ça fait, bon sang ?
— Je demande ce que j'ai besoin de savoir pour apprendre. »

Cort se rappela son cœur qui battait la chamade, ses mains sanglantes, son plaisir à tenir entre ses petits doigts une partie de ce qui constituait il y a peu un Bocaïen adulte, un ami.

« Quand je me trouvais sous l'influence de ce qui a causé cette folie, j'ai aimé ça.
— Et après ?
— Encore aujourd'hui, mes souvenirs me donnent envie de me suicider. Est-ce vraiment nécessaire de poursuivre ?
— Avez-vous tué d'autres sentients, depuis ? »

Malheureusement, la réponse était *oui*. Pendant le reste de son enfance, son statut de détenue un peu particulière l'avait forcée à recourir à certaines extrémités pour se protéger. Parmi les gens responsables de sa garde, certains avaient en effet cherché à profiter de la situation, comme seuls des monstres le font avec les enfants qu'on leur confie.

« Je préfère ne pas répondre à cette question.

— Dois-je interpréter cela comme un aveu tacite de votre culpabilité ?

— Non, c'est la limite tacite que je fixe entre ce que vous avez le droit de me demander et ce qui ne vous regarde pas. Si vous croyez sincèrement que je voulais du mal à votre enfant, ou que ma seule présence constituait une menace pour elle, déclarez-moi persona non grata, expulsez-moi. Mais à l'avenir, veillez un peu mieux sur elle, pour éviter qu'elle croise n'importe qui au hasard de ses déambulations dans vos installations tard le soir. »

Responsable-des-Prisonniers descendit du harnais, décrivit un cercle à pas mesurés dans la pièce, avant de reporter de nouveau son attention sur Cort.

« Personne ne vous accuse d'être une menace physique pour elle.

— Alors, quel est le problème ?

— Le problème est inhérent à notre statut d'espèce en déclin. Comme nous ne sommes plus très nombreux, nous sommes d'autant plus dépendants de nos rares enfants. Dorénavant, nous les élevons tous, dès leur plus jeune âge, dans la perspective du rôle précis qu'ils auront à jouer un jour dans notre société. Si louables que soient vos intentions, nous avons craint que votre conversation introduise de nouvelles variables susceptibles de compromettre d'une manière ou d'une autre son éducation. De quoi avez-vous parlé ensemble ? »

Cort en avait plus qu'assez de ces simagrées.

« J'étais bouleversée, pour des motifs qui ne regardent que moi. Elle m'a demandé pourquoi je pleurais. Je lui ai répondu de ne pas s'inquiéter. Nous avons échangé nos noms et elle m'a dit qu'elle était contente de rencontrer une humaine qui puisse devenir son amie. Je ne lui ai donné aucune raison de croire le contraire. Et notre conversation s'est arrêtée là. Si cela a suffi à mettre en péril son éducation d'une manière ou d'une autre, vous m'en voyez désolée, mais je vous avoue que je vois mal comment c'est possible. »

Il décrivit à nouveau son petit cercle.

« Nous devrons procéder à quelques ajustements, mais si telle est réellement la teneur de votre conversation, je ne pense pas que vous ayez pu causer de dégâts permanents. Je pourrais même autoriser Première-Offerte à vous reparler. Je vais demander qu'on vous reconduise à votre ambassade, à la condition formelle que vous ne quittiez pas le territoire zinn tant que nous n'aurons pas pris de décision quant à la suite des événements. »

Cort était contrariée ; elle aurait expédié sa mission sur ce monde d'ici à une journée. Elle connaissait des manières plus productives de passer le temps que de devoir s'éterniser parmi des diplomates qui la méprisaient, tandis que des extraterrestres débattaient pour savoir s'ils allaient engager des poursuites contre elle. Mais elle n'y pouvait rien.

« Je tâcherai de ne plus avoir de *conversations inutiles* tant que je serai là », conclut-elle sèchement, avant de sauter d'un bond du harnais.

Il ne sembla pas sensible à son ton sarcastique.
« Nous apprécions votre coopération. »

Le plus agaçant, quand on déclenche involontairement un incident diplomatique, c'est de s'en prendre plein la tête non pas une, mais *deux* fois. Après avoir répondu aux questions de l'autre camp, d'être forcée de remettre ça avec le sien.

Renvoyée à l'ambassade de la Confédération, Cort dut faire le pied de grue dans ses quartiers environ une heure – normal. Puis on l'escorta chez l'ambassadrice pour un savon en bonne et due forme. Valcek l'attendait à son bureau, le menton calé sur son poing, le regard rivé sur un hologramme du prisonnier dans sa cellule improvisée dans les locaux de l'ambassade.

Ce n'était pas une image en direct, mais une photo extraite de son dossier criminel, qui commençait à dater, puisque prise le jour de son arrestation, treize ans plus tôt. Elle représentait un homme corpulent au dos rond, avec des cheveux couleur paille clairsemés et une expression qu'une légère asymétrie au niveau de la mâchoire transformait en un rictus du coin des lèvres. Loin de ressembler au mal incarné, il faisait penser à un type inoffensif qui a toujours un train de retard et ne parvient à tirer son épingle du jeu qu'en se moquant gentiment de sa propre stupidité.

Cort, qui avait enduré plusieurs entretiens déplaisants avec Simon Farr au cours de la procédure, savait que rien dans cette impression ne correspondait à la réalité. Il n'était pas stupide. Il n'était pas non plus du genre à se dénigrer. Quant au mal incarné, elle n'avait jamais rencontré quelqu'un qui s'en rapproche autant. Ce n'était pas un mince exploit si on considérait qu'elle avait déjà eu maille à partir avec plusieurs individus qui appartenaient peu ou prou à cette catégorie. Soit dit en passant, bon nombre de personnes avaient longtemps cru qu'elle-même y avait sa place.

Valcek fixa l'image qui tournait lentement sur elle-même, comme si elle pensait trouver dans le dos voûté ou la petite bedaine de Farr un indice trahissant la corruption que l'holo n'avait pas réussi à reproduire. Broyant du noir, elle tapota de l'ongle le plateau nu de son bureau, suivant un rythme martial qui ne s'interrompit qu'au moment où elle prit la parole sans lever la tête.

« Vous savez qu'un accord commercial plutôt important est en jeu.

— Je n'ai fait que parler à une enfant, madame l'ambassadrice. »

Valcek sembla ignorer sa réponse.

« Parce qu'ils vivent repliés sur leur planète comme un peuple victime d'un choc culturel et prêt à rendre son dernier soupir, les Zinns vous paraissent peut-être à bout de souffle. Mais d'un point de vue technologique, ils gardent des millénaires d'avance sur nous. Les connaissances que nous pouvons obtenir en échange de *ce* sac à merde, ajouta-t-elle avec un signe de la tête vers l'hologramme de Simon Farr, sont susceptibles de donner l'avantage à l'humanité sur les plans économique et militaire pour des siècles. Des siècles.

— Au risque de me répéter : je n'ai fait que parler à une enfant. »

L'ambassadrice ne leva pas les yeux.

« Vous êtes venue pour vous assurer que Farr consent au transfert en connaissance de cause, vérifier l'état des installations qui l'accueilleront, et entériner l'accord. Toute autre initiative, y compris une conversation avec une enfant indigène, était inopportune.

— Je pourrais en dire autant de l'obligation d'assister à vos pince-fesses, ou, si vous me permettez l'expression, du fait d'être mise sur la sellette pour avoir agi comme l'aurait fait toute personne normale à qui s'adresse une enfant. Je commence à croire que ce n'est pas tant ce que j'ai fait qui pose problème, mais que ce soit *moi* qui l'aie fait. »

Pour la première fois de leur entretien, Valcek croisa son regard.

« Vous souffrez vraiment de délire de persécution, maître.

— Pour quelqu'un qui a été persécuté toute sa vie, c'est justifié. »

L'ambassadrice se redressa, sans la quitter des yeux une seconde, et sans manifester la moindre cordialité.

« C'est une des principales raisons pour laquelle j'ai dit à La Nouvelle-Londres que vous n'étiez absolument pas la bonne personne pour cette mission. »

Cort apprécia presque la franchise, même tardive, de Valcek. Après tout, dans sa position, beaucoup auraient louvoyé, attirant l'attention sur le sujet uniquement comme on le ferait sur un satellite dont l'orbite autour d'une masse invisible suffit à prouver l'existence de l'objet. Une attaque directe était un soulagement. « Vous me pensez réellement incapable de vous fournir le coup de tampon officiel dont vous avez besoin ?

— En fait, je vous considère comme trop qualifiée. Je suis persuadée qu'une brillante carrière vous attend, à condition de surmonter les préjugés d'autrui. Mais nous sommes face à une situation extrêmement délicate, et honnêtement, je ne crois pas que vos solides compétences aient grand-chose à voir avec votre présence. Le Corps diplomatique n'aurait eu aucun mal à trouver une envoyée plus expérimentée. S'ils vous ont choisie, vous, parmi tous les candidats possibles, je pense que c'est précisément parce que vos antécédents sont de loin les plus répréhensibles. »

Cort se raidit.

« C'est aussi à ça que vous devez votre nomination ?

— Écoutez, je ne cherche pas à vous insulter, mais à vous *mettre en garde*. L'ordure que vous êtes venue représenter n'est là que pour une raison : la volonté des Zinns d'acquérir un spécimen humain malfaisant, en échange de richesses considérables. Vu votre passé, que je suis par ailleurs tout à fait prête à ignorer, vous devez envisager la possibilité qu'aux yeux de vos supérieurs, votre présence sur cette planète constitue une sorte de bonus. »

Cort scruta les traits martiaux de l'ambassadrice à l'affût de signes de duplicité, et n'en trouva aucun.

« Je suis censée croire que vous essayez de me protéger ?

— Croyez ce que vous voulez. Mais que ça vous plaise ou non, votre réputation vous met particulièrement en danger.

— Malheureusement, répondit froidement Cort, ma réputation me précède où que j'aille. Si je commence à m'en servir de prétexte pour éviter certaines situations, je ne quitterai plus mon lit le matin. »

Valcek l'étudia pendant plusieurs secondes, tandis qu'elle tapotait de nouveau le plateau de son bureau, répétant plusieurs fois le même refrain avant de conclure sur une série de coups secs.

« Qu'est-ce qui vous pousse à vous lever le matin, Andrea ? Je sais déjà que ce n'est pas le plaisir de retrouver la compagnie d'autres êtres humains.

— Mon travail. Que je n'ai compromis en aucune façon. »

Valcek tambourina sur le bureau.

« Une dose de détachement est essentielle dans votre profession. C'est une chose que vous aurez à apprendre par vous-même, ou un jour, vous vous en mordrez les doigts. Vous pouvez disposer. »

La situation exigeait une repartie cinglante, mais parmi la demi-douzaine qui lui vint à l'esprit, toutes lui semblèrent inadaptées, déplacées ou simplement susceptibles de jeter de l'huile sur le feu. Par ailleurs, s'agissant de relations entre individus, elle se sentait toujours en terrain miné, et cela ne changerait probablement jamais. Au bout d'un moment, elle se contenta d'un bref hochement de la tête qui aurait pu signifier n'importe quoi.

Elle détesta la pitié dans le signe de tête que l'ambassadrice lui adressa en retour, mais était prête à s'en accommoder, pourvu que cela lui donne une excuse pour prendre congé.

Cort avait vraiment besoin de dormir un peu avant son inspection des installations conçues par les Zinns pour accueillir leur nouvelle acquisition. Mais elle était agitée, contrariée ; son trouble dépassait le strict cadre du cauchemar professionnel à l'idée de compromettre, d'une manière qui lui échappait toujours, un accord commercial majeur entre espèces. Sans raison particulière, elle se surprit à aller rendre visite au prisonnier.

La construction de l'ambassade de la Confédération à Vraifoyer remontait à des décennies, après que le Corps diplomatique avait ouvert les négociations pour obtenir de la technologie zinne sous embargo, mais avant que cette espèce se découvre un curieux intérêt pour la lie de l'humanité. On avait retiré tout le mobilier et les décorations d'un ancien salon pour aménager la cellule de cet unique détenu. L'espace vital de Farr, comprenant un lit de camp, une cabine de douche – à eau –, un lavabo et des toilettes, occupait une bande étroite le long du mur du fond, délimitée par des rayures rouges sur le sol. Le reste de la pièce était nu, juste assez large pour lui permettre de passer la journée à tourner en rond autant qu'il le voulait. Au milieu, une ligne noire marquait la frontière de sa liberté. Un nano-implant dans son cerveau s'assurait qu'il ne la franchirait pas, pas même d'un pas, sans éprouver une douleur intense ;

une seconde ligne, dix pas plus proche de l'entrée, indiquait l'endroit où il perdrait immédiatement connaissance.

Ces mesures de sécurité dépassaient de loin celles jugées utiles pour la plupart des prisonniers. Mais elles n'avaient pas empêché Farr d'être pris en grippe par ses geôliers, qui regrettaient ardemment de ne pas avoir le droit de l'exécuter sommairement. En tant que détenu, il avait vite montré qu'il considérait la moindre forme de coopération comme une capitulation inadmissible, allant jusqu'à accumuler ses propres excréments pour s'en servir comme projectiles. (Pendant le briefing, Valcek avait reconnu en avoir été la cible plus d'une fois ; dès le début de ses relations avec cet homme, Cort avait donc pris la précaution de le prévenir : s'il se comportait ainsi avec elle, elle n'hésiterait pas à lui faire mal.)

Au cours des longs mois de négociations pour finaliser l'accord de son transfert aux autorités locales, on l'avait consigné par nécessité à une zone à peine assez large pour faire la navette entre son lit et les toilettes. La surface dont il disposait à présent témoignait de sa récente bonne conduite ; jusqu'alors brutal et incontrôlable, il était simplement devenu désagréable.

En son for intérieur, Cort le comprenait ; elle-même n'avait pas été une détenue modèle pendant son adolescence. Les prisons, qu'elles soient physiques ou métaphoriques, avaient toutes le même objectif : l'incarcération dans un espace restreint. Les êtres humains, respectueux des lois ou non, étaient par nature programmés pour se rebeller contre elles.

Si le seul moyen de conserver une certaine estime de soi consistait à pourrir la vie de ses gardiens, c'était inévitable.

Mais sa sympathie pour Simon Farr s'arrêtait là.

C'était un moins-que-rien. Malgré une longue liste de méfaits répugnants – vols, viols, chantages, meurtres –, ce récidiviste cruel restait un anonyme. Cort aurait compris, sans l'approuver, la détermination des Zinns à acquérir une incarnation du pire que l'humanité avait à offrir, un monstre épouvantable comme Dunnevad ou Magrison, mentionnés plus tôt par Première-Offerte. Mais Farr n'avait été qu'un voyou à la petite semaine sur une planète perdue, aux ordres d'un syndicat du crime local. À part peut-être l'enthousiasme qu'il mettait à les exécuter, rien ne le faisait sortir du lot.

Il avait sans doute été le premier surpris quand les Zinns l'avaient choisi pour devenir leur humain de compagnie, après avoir rencontré des milliers de tueurs dégénérés dans tout l'espace de la Confédération. Ou peut-être pas. Un type comme Farr est de toute façon le centre de son propre univers ; pour lui, l'offre des Zinns avait dû représenter la confirmation de tout ce qu'il avait toujours cru au fond de ce qui lui tenait lieu de cœur.

Au moment où Cort s'identifiait auprès des gardiens à l'entrée du salon, celui de gauche ne put s'empêcher de marquer un mouvement de recul. Apparemment, personne n'était immunisé contre sa mauvaise réputation, y compris parmi les rangs de ceux qui mettaient un Simon Farr en cage.

« Comment va-t-il ? »

Le gardien de droite, un homme maigre et pâle, donnait l'impression de s'ennuyer à mourir dans l'exercice d'une tâche qui lui répugnait ; il haussa les épaules.

« C'est important ?

— Pour vous, oui. Vous surveillez un animal, vous devriez être sensible à ses humeurs.

— Il n'en a qu'une : méchant et en rogne. Ça vous va ?

— Je vous répondrai que vous ne faites pas assez attention. Un éventail étroit reste un éventail. »

Chez son collègue, un sourire en coin nettement plus aimable vint remplacer la moue dédaigneuse qui l'avait accueillie. Il se passa la main dans ses cheveux blonds clairsemés.

« Je vois ce que vous voulez dire, maître. Je lui ai parlé, il y a deux heures, et il a presque fait preuve de courtoisie. Ça ne l'a pas complètement empêché de se conduire de manière répugnante – la force de l'habitude, je pense. Pour ce fils de pute, c'est ce qui se rapproche le plus d'un comportement humain. »

Cort hocha la tête.

« Merci. Ça m'aide. »

Elle pénétra dans le salon et s'arrêta juste devant la ligne d'inconscience, une distance de sécurité fixée à l'unanimité pour toutes les relations avec le prisonnier. « Simon. »

Farr, qui dormait rarement la nuit et se contentait de deux ou trois siestes quotidiennes d'environ deux heures chacune, tournait en rond près de son lit de camp. Il approcha autant que le lui permettait la distance de sécurité, ses doigts de pied allant presque toucher le seuil de déclenchement de la douleur.

« Maître. Vous êtes bien matinale. Que me vaut le plaisir de la visite d'une si belle plante dans l'intimité de ma chambre à une heure indue ? »

L'homme vu sur l'holo dans le bureau de Valcek avait treize ans de moins, il avait depuis pris quelques kilos. Pas vraiment l'incarnation du sadisme, à moins que Cort donne à ce petit sourire la pire interprétation possible.

D'expérience, elle savait que les plus mauvais d'entre nous ressemblent parfois à des saints.

Après tout, on lui avait souvent fait remarquer qu'elle-même avait un visage très doux.

« Je voulais de nouveau vous regarder. »

Les lèvres de Farr se contractèrent.

« Approchez de mon côté, vous verrez mieux.

— Pour que vous me poussiez à vous tuer en état de légitime défense ? Non, merci. Je ne suis pas prête à sacrifier ma carrière pour ça. »

Il gloussa.

« J'aime vous écouter. Mais je ne ferais qu'une bouchée de vous.

— Arrêtez de me faire perdre mon temps avec vos menaces ridicules, ou je m'en vais. Au risque de me répéter, vous ne me faites pas peur, monsieur Farr. J'ai eu à me défendre contre des adversaires bien plus redoutables, et vous n'êtes même pas au sommet de votre forme physique. N'oubliez pas que je représente vos intérêts ; à ce titre, vous pourriez me témoigner un minimum de courtoisie. »

Farr montra les dents, frotta son menton mal rasé et sourit avec une affection qui semblait sincère.

« Vous êtes une sacrée bonne femme. Sur un autre monde, j'aurais tenté ma chance.

— Sur un autre monde, vous auriez tenté de me prendre en vous passant de mon consentement. Heureusement, monsieur, nous sommes sur celui-ci, et je n'ai que quelques heures devant moi avant d'aller inspecter les installations que les Zinns ont construites pour vous. Alors, je vous repose la question : souhaitez-vous que je demande quoi que ce soit en votre nom ? »

Il haussa un sourcil pour signifier qu'il appréciait l'intention, se frotta de nouveau le menton et se mit à faire les cent pas de son côté de la ligne, comme n'importe quel animal prisonnier qui cherche une faiblesse dans sa cage.

« Vos gars ont négocié tout ça depuis des mois. Je suis censé obtenir un coin au soleil, la nourriture et les drogues récréatives de mon choix, des holos et des neuropics à volonté pour me distraire, des bois où je peux m'enfoncer quand j'ai envie de… vous savez quoi. On a fait le tour de la question longtemps avant votre arrivée.

— Et dans ce qui a été convenu, souhaitez-vous que je revérifie certaines choses ? »

Pendant un moment, il sembla presque perdu dans ses pensées. « Je leur ai dit que je voulais pouvoir nager tous les jours. J'en ai pris l'habitude, quand j'étais gamin. Ma famille vivait au bord de la mer, et j'ai toujours préféré être dans l'eau plutôt que devoir me farcir ces connards sur la terre ferme. Remarquez, mon monde d'origine était une planète-usine sous contrat avec la manufacture de munitions Bettelhine, alors je vous laisse imaginer nos océans : une soupe infecte, effroyablement polluée. Rien qu'à la quantité de toxines qui se baladent encore dans mon sang, l'analyse d'un prélèvement vous révélerait probablement où j'habitais exactement sur ma planète.

— Nager, c'est noté. Un souhait de dernière minute, peut-être ?

— J'ai aussi demandé du porno tactile, répondit-il en remuant les sourcils d'un air suggestif, mais je pense que c'est inclus dans la partie qui concerne les neuropics. Vous n'auriez pas joué dans une production de ce genre, par hasard ? Parce que je la mettrais en priorité sur ma liste. »

Cort l'ignora.

« Une dernière chose avant de vous laisser. Nous avons déjà abordé la question, mais je me sens obligée de revenir dessus.

— Je vous écoute.

— Une fois que j'aurai approuvé cet accord, les Zinns seront seuls responsables de votre bien-être. Vous n'aurez plus jamais affaire à une organisation humaine. Vous ne verrez sans doute plus jamais de représentant de votre propre espèce. Vous pensez vraiment être prêt ? »

Farr eut un sourire narquois.

« Pourquoi ? Vous avez peur que je souffre de la solitude ?

— Rappelez-vous : je suis là pour défendre *vos* intérêts ; maintenant, essayez d'imaginer une raison pour laquelle je vous poserais cette question, hormis pour votre bien, et donnez-moi une réponse claire. »

Bien peu d'occasions permettaient d'arracher à un sociopathe comme Simon Farr un moment d'honnêteté émotionnelle. Encore fallait-il qu'il y trouve son compte, que la vérité lui semble la seule façon d'obtenir ce pour quoi il n'aurait pas hésité à tuer. Son hochement de tête, respectueux en apparence, ne l'était que parce qu'il savait que le respect conférait un avantage. Mais en entendant sa réponse, Cort n'eut pas le sentiment qu'il lui racontait des salades.

« Écoutez, maître. Je suis le pire du pire. On ne m'aurait jamais permis de me mêler au reste de la population carcérale. Je suis une source d'ennuis. Je déclenche des bagarres. Je suis rancunier. Je fais du mal aux gens. Dans ma dernière prison, je n'avais le droit de sortir qu'une demi-heure par jour, pour faire un peu d'exercice, toujours sous surveillance. Et même ça, on a fini par me le supprimer, parce que j'ai trouvé le moyen de balafrer un de mes gardiens. Après ça, pendant cinq ans on m'a nourri par une fente en bas d'une porte ; on ne m'a adressé la parole que pour m'ordonner de me coller contre le mur du fond de ma cellule. Je n'ai personne qui m'attend dehors, tout le monde se fiche de ce qui peut bien m'arriver. Et ça ne me manque pas. J'ai fait une croix sur ma propre espèce, comme vous dites. Et franchement, je limite mes contacts avec elle depuis si longtemps que même la conversation actuelle me pompe l'air.

— Vous réviserez peut-être votre opinion, quand vous saurez que ce sera la dernière, lui fit remarquer Cort.

— C'est peu probable. Toute ma vie, je n'ai supporté mes frères humains que par intérêt, pour en obtenir quelque chose, de gré ou de force. Et ça n'a pas changé une fois en prison, sauf que j'ai dû me montrer impitoyable, avec des gens qui avaient beaucoup moins à m'offrir. Vos Zinns viennent de me faire une proposition qui ne se refuse pas : travailler moins pour avoir plus. Je ne vois pas comment je pourrais le regretter. Maintenant, si de votre côté, vous pouviez accélérer le mouvement... »

Cort n'avait aucune raison de mettre en doute sa sincérité. Mais il ne lui disait pas tout. Forcément. Pour une créature comme lui, l'honnêteté absolue était un signe de faiblesse. Mais elle s'estimait satisfaite. Les omissions, quelles qu'elles aient pu être, n'étaient pas essentielles.

« Je vais voir ce que je peux faire pour activer les choses. Bonne nuit, monsieur Farr.

— C'est ça, allez vous faire foutre, maître Cort », répondit-il chaleureusement.

Quelques heures plus tard, quand le bourdonnement de son bracelet la réveilla, Cort profita de la douche à eau mise à sa disposition. Comme toutes les femmes qui avaient grandi dans un environnement orbital, elle avait l'habitude des bains à ultrasons et ne goûtait que trop rarement au plaisir de l'eau sur sa peau. Ensuite, elle passa encore un peu de temps face au miroir, plaquant sur le côté de son visage l'unique mèche laissée longue de sa coupe au carré. Elle lui balafrait la joue, entre plaisanterie macabre comprise d'elle seule et affirmation publique de douleur. Elle mangea sa ration froide dans sa chambre, s'épargnant ainsi d'éventuelles rencontres inopportunes à la cantine de l'ambassade. Puis, vêtue de son habituel ensemble noir austère, elle alla rejoindre l'ambassadrice Valcek sur le toit, d'où elles devaient s'envoler avec les Zinns à destination de la future prison de Farr.

Valcek l'attendait ; les yeux plissés, elle scrutait le ciel matinal à la recherche de l'appareil zinn. D'allure plus martiale qu'à l'accoutumée, elle avait mis en valeur ses scarifications à l'aide d'une teinture couleur sang, dont une partie avait coulé juste assez pour donner l'impression de plaies ouvertes.

« Bonjour, maître. Je commençais à m'inquiéter. Cinq minutes de plus et j'aurais peut-être envoyé quelqu'un vous bousculer un peu.

— Vous auriez commis une erreur, répondit Cort. D'abord, parce que, comme vous pouvez le constater, je ne suis pas en retard. Ensuite, parce que je ne débute ma journée qu'après avoir accompli certaines tâches. Devoir m'en expliquer avec votre messager venu me dire ce que je savais déjà n'y aurait rien changé. »

Les lèvres de l'ambassadrice se contractèrent.

« Vous démarrez toujours au quart de tour, n'est-ce pas ?

— Toujours.

— À l'avenir, je vous suggère de baisser d'un ton et d'éviter les disputes inutiles avec des gens qui tentent de faire la conversation, rien de plus. »

Le transport des Zinns apparut à l'est ; la petite tache noire sur l'horizon se précisa et, en moins de temps qu'il en fallut à Cort pour remarquer sa présence, le véhicule se posa sur le toit de l'ambassade. Même le plus sophistiqué des moyens de locomotion atmosphériques humains, en particulier lancé à pleine vitesse, aurait ralenti au moins un peu lors de son approche, pour prévenir un impact catastrophique en cas de problème. Mais celui-ci quitta le mode supersonique pour s'immobiliser sans transition visible, la sensation de mouvement semblant arriver une fraction de seconde après lui.

Des millénaires d'avance sur nous, songea Cort avec un frisson ; *et c'est une espèce en voie de disparition*, ajouta-t-elle pour elle-même, avec un malaise grandissant.

L'appareil évoquait une sorte de bus lisse et noir. Mais son pouvoir d'absorption de la lumière était tel qu'il ressemblait davantage à une empreinte sur le monde qu'à un objet avec un poids et une profondeur. Un pan des ténèbres s'éclaircit, virant au gris neutre. Responsable-des-Prisonniers apparut, comblant la distance entre le véhicule et ses passagers humains avec une grâce qui donnait l'impression qu'il flottait, ne s'aidant qu'en partie de ses membres.

« Que cette aube vous soit favorable, salua-t-il.

— Et que sa faveur vous accompagne jusqu'au coucher du soleil, répondit Valcek en inclinant la tête.

— J'ai hâte de vous emmener visiter la nouvelle prison de M. Farr, mais avant notre départ, je tiens à présenter mes excuses à maître Cort, pour l'épreuve qu'elle a subie la nuit dernière. Dans l'intervalle, j'ai interrogé ma *fotir* et pu confirmer que leur rencontre, comme vous l'avez rapporté, n'avait rien de déplacé. »

Cort ne se laissa pas amadouer.

« Je trouve insultant que vous ayez estimé nécessaire une telle confirmation.

— Je n'en doute pas, mais vous comprendrez aussi qu'il appartient à chacun de prendre particulièrement soin de ses enfants. Comme vous avez beaucoup plu à ma *fotir*, j'ai pris des dispositions pour que vous puissiez la revoir ; j'espère que vous ne m'en tiendrez pas rigueur. »

Cort se dit que la barrière biologique entre espèces empêcherait le dignitaire extraterrestre, apparemment animé de bonnes intentions, de remarquer la consternation sur son visage. Non pas qu'elle n'ait pas apprécié Première-Offerte, dans la mesure où elle était capable de ce genre de sentiment à l'égard de n'importe quel sentient, mais elles n'avaient eu qu'une brève conversation. Rien qu'on puisse assimiler à une relation. Maintenant qu'on la traitait comme telle, elle se sentait engagée. Pire encore : elle avait la très nette impression que les choses étaient moins simples qu'elles n'en avaient l'air, que d'autres facteurs entraient en jeu, une sorte de protocole à respecter. Cort n'était d'ailleurs pas la seule à se méfier. À en juger par son expression, l'ambassadrice partageait son trouble.

« Merci, répondit Cort, faute de mieux.

— Vous n'avez pas à me remercier. Vous nous avez fait honneur. Venez, montons à bord. »

Responsable-des-Prisonniers leur tourna le dos et flotta à travers la partie grisée du fuselage. Même de près, elle ne semblait pas moins solide que le reste de la coque métallique, et ne laissait rien deviner de l'intérieur du véhicule.

Tendant la main vers le seuil, Cort rencontra une légère résistance, suivie d'un picotement quand la surface se ramollit suffisamment pour lui permettre d'entrer.

Elle retira son bras, puis toucha de nouveau la tache grise, avec des résultats similaires.

« Vous n'avez jamais rien vu de pareil, n'est-ce pas ? murmura Valcek derrière elle.

— Non.

— Moi aussi, la première fois, je suis restée muette de surprise. C'est un alliage sélectif, connecté à une IA embarquée rudimentaire, capable de reconnaître les objets solides autorisés à entrer. Et ce n'est que l'une des technologies, parmi les plus mineures de celles que nous avons négociées. Ça vaut bien une ordure comme Farr, non ?

— Si c'est réellement le prix à payer », murmura Cort, avant de franchir le seuil.

L'intérieur était une pièce ovale aux murs incurvés qui s'élevaient pour se fondre dans la transparence d'un haut plafond voûté. Pour quelqu'un dont les proportions correspondaient à celles d'un être humain, l'endroit, conçu pour les Zinns et leurs silhouettes imposantes, avait quelque chose de caverneux. Il n'y avait pas de poste de pilotage visible, juste une cabine pour les passagers, dotée de deux harnais suspendus pour l'usage des Zinns et de deux fauteuils confortables mis à disposition de leurs invitées. Alors que Cort et Valcek montaient à bord, Responsable-des-Prisonniers s'installait dans le seul harnais disponible, l'autre étant déjà occupé par sa *fotir*, Première-Offerte.

Des yeux humains n'étaient pas capables de discerner une expression, quelle qu'elle soit, sur les traits d'un Zinn. Mais le hochement de tête de l'enfant ainsi que les contractions de son abdomen en suspension trahissaient une excitation que son visage ne pouvait pas véhiculer.

« Andrea Cort. C'est un plaisir de revoir mon amie humaine. »

Cort ne put se défaire de l'impression qu'on l'avait attirée dans une embuscade ; dans quel but, elle n'en avait pas la moindre idée. « Bonjour, Première-Offerte. Moi aussi, je suis contente de revoir mon amie zinne. Apparemment, tu seras des nôtres pour notre visite aujourd'hui.

— On m'a déjà souvent emmenée sur l'île pendant sa construction. C'est très beau. Je pense que M. Farr, le meurtrier, s'y plaira. En attendant, j'ai quelque chose pour toi. Un gage de notre amitié. Je peux ?

— Pendant ses moments de libre, ma *fotir* est une artiste très talentueuse », expliqua Responsable-des-Prisonniers.

De plus en plus dubitative, Cort donna son accord.

Première-Offerte lui montra un disque lisse qui, après quelques manipulations trop discrètes pour être suivies à l'œil nu, projeta un buste holographique d'un réalisme saisissant. C'était une reproduction fidèle d'Andrea Cort, la veille au soir, jusqu'aux larmes qui brillaient sur ses joues. Les couleurs n'étaient pas tout à fait les bonnes, avec des touches violettes qui pouvaient aussi bien refléter une certaine liberté artistique qu'une anomalie dans la perception des couleurs chez les Zinns. La perspective était curieuse, et les yeux plus gros et plus ronds que ceux trouvés d'habitude sur un visage humain, mais la ressemblance était incontestable. L'impression de profond chagrin et de tristesse, mêlés à la colère, était si forte que même Cort, d'ordinaire insensible à l'art, cligna des yeux. L'acuité avec laquelle la petite extraterrestre l'avait comprise dès leur première rencontre avait de quoi surprendre.

L'espace d'un instant, elle resta sans voix, cramoisie à l'idée que Valcek voie cette représentation d'elle-même dans un moment de grande vulnérabilité. « Merci, Première-Offerte, réagit-elle enfin. Je suis honorée.

— Tout l'honneur est pour moi, répondit la *fotir*. Dans une vie aussi courte, une artiste a rarement l'occasion de trouver un sujet idéal. »

Les oreilles en feu, Cort accepta le disque qu'elle glissa dans une poche de sa veste. Alors qu'elle prenait place, elle regarda par les sections transparentes du fuselage. Ils n'étaient montés à bord que depuis quelques secondes ; malgré l'absence de toute sensation d'accélération soudaine, le véhicule avait décollé, laissant la dernière ville qui restait de la civilisation des Zinns loin derrière eux. À présent, ils survolaient à vive allure une dense forêt verte, qu'aucune route ne traversait et qui ne présentait pas le moindre signe d'habitation. Elle grimaça.

« Excusez-moi, Responsable-des-Prisonniers, l'altitude et moi ne faisons pas bon ménage. Si vous pouviez… pour la vue.

— Avec plaisir », répondit-il.

Sans action visible de sa part, le fuselage retrouva son opacité.

Valcek sourit, ses scarifications rehaussées de peintures de guerre ôtaient toute gaieté à son expression.

« Vous habitez en ville sur un satellite. Comment évitez-vous de regarder par les hublots ?

— Je marche vite, répliqua Cort, plus sèchement qu'elle en avait eu l'intention.

— Et quand ce n'est pas possible ?

— Je m'en accommode. »

Un silence suivit. Valcek parut perplexe et frustrée. Les deux Zinns, pour autant qu'on puisse en juger, semblaient avoir été les témoins d'un rituel qui leur échappait, malgré leurs efforts pour comprendre.

« Ne t'en fais pas, Andrea. Moi aussi, je connais la peur », intervint Première-Offerte.

Soulagée de cette occasion de changer de sujet, Cort laissa un sourire relever les commissures de ses lèvres.

« Qu'est-ce qui te fait peur, Première-Offerte ?

— L'échec. Je veux que ma vie soit utile. »

Cort hocha la tête.

« C'est bien.

— Le mal me fait peur, aussi. C'est un concept si troublant, si étranger. Qu'un être puisse limiter ses relations avec l'univers à la satisfaction égoïste de ses propres besoins et ne laisser pour héritage que la souffrance causée à autrui ; cette idée-là m'empêche de dormir la nuit, elle m'effraie autant qu'elle me fascine. Si je croyais posséder cette caractéristique, je préférerais ne pas vivre. »

Andrea Cort avait pensé la même chose à propos d'elle-même une bonne partie de son adolescence, elle avait d'ailleurs tenté plusieurs fois de se suicider. Elle se frictionna les fines cicatrices de son poignet droit.

« Tu n'es pas la seule.

— Oui, je sais que des êtres humains partagent cette crainte. J'y vois un paradoxe fascinant, puisque ton espèce a produit un si grand nombre d'individus dotés de cette caractéristique. De l'ordre de dix pour cent, c'est le chiffre qui circule, mais qui me paraît considérable. Ce serait intéressant de connaître la source de ce mal. »

Responsable-des-Prisonniers intervint.

« Attention, mon enfant. Tu ne voudrais pas offenser nos invités.

— Ce n'est pas grave, dit sèchement Cort, avec une soudaine irritation qui la surprit. Ton parent est sage, ajouta-t-elle en s'adressant de nouveau à Première-Offerte, mais ne t'inquiète pas, nous ne nous offusquons pas pour si peu. La franchise n'est jamais un motif de honte. En fait, ton intelligence t'honore ; peu d'enfants auraient su identifier une des grandes questions que notre espèce qualifie d'éternelles.

— Merci, mais je ne suis pas si intelligente. J'ai souvent entendu cette question.

— Moi aussi. Et sinon, de quoi as-tu peur, Première-Offerte ?

— De la mort. »

Valcek montra qu'elle pouvait sourire sans ressembler à une bête féroce, qu'elle était même capable de faire preuve de réelle chaleur. « Comme tout le monde, dit-elle.

— Je devrais trouver ça rassurant. Mais elle m'effraie depuis que j'ai découvert son existence ; j'étais très jeune.

— Ça n'a rien d'inhabituel non plus. Tous les sentients en passent par là.

— Mais tous les sentients n'appartiennent pas à une espèce en voie d'extinction. Il m'arrive de regarder les étoiles, qui me rappellent qu'autrefois nous étions innombrables, comme elles. Puis je baisse les yeux, et je vois notre ville, où nous sommes de moins en moins nombreux de jour en jour. C'est effrayant de penser que le monde continuera après moi, mais je ne veux pas que ma mort se réduise à une toute petite partie de la mort plus globale qui finira par emporter les Zinns et tout ce qu'ils représentent. »

L'enfant hésita un moment.

« Puis-je modifier ma réponse ? Je suppose que ce qui m'effraie, ce n'est pas tant la mort que l'extinction. »

Un silence encore plus oppressant que le précédent suivit cet échange. Cort regarda le parent, Responsable-des-Prisonniers, s'attendant presque à le voir se précipiter aux côtés de sa *fotir*. Mais bien qu'il eût incliné sa tête en forme de croissant d'une manière qu'elle avait fini par identifier comme un signe d'attention, il ne dit ni ne fit rien. Il resta aussi impénétrable qu'un mur de pierre.

Ce n'était pas nouveau : face à une espèce différente, ni l'expression du visage ni le langage corporel ne permettaient de se faire réellement une idée d'une situation.

Mais ce moment, pesant, avait quelque chose de familier.

Sans savoir d'où lui venait cette certitude, ni même connaître l'importance de l'amour dans les relations familiales des Zinns, elle se dit que quelque chose n'allait vraiment pas.

Il ne l'aime pas.

Farr avait fourni à ses futurs geôliers la liste complète de ses desiderata. Il aimait les climats chauds et détestait le froid, ne supportait pas les fortes précipitations. Il ne voulait pas que des insectes le dérangent, avait un faible pour les fruits sucrés, appréciait le chant des oiseaux, et préférait une brise légère à un vent violent ou au calme de l'air immobile.

Sur la base de ces informations, les Zinns avaient construit une petite île au large d'un continent par ailleurs abandonné. Ils avaient installé des systèmes à ultrasons pour tenir éloignés les nuisibles, et une station météorologique pour maintenir la température, les précipitations et la vitesse du vent dans des limites acceptables par rapport aux souhaits émis par leur prisonnier. Par bio-ingénierie, ils avaient réalisé des arbres qui ployaient sous les fruits conçus pour séduire ses papilles gustatives. Ils avaient également peuplé l'île de délicates créatures volantes multicolores, pas des oiseaux, mais un équivalent local tout à fait charmant, qui communiquaient entre elles par des chants harmonieux.

L'île disposait même d'une plage de sable blanc d'une finesse de talc, au bord d'un océan à l'eau aussi chaude que celle d'un bain. Responsable-des-Prisonniers expliqua que les hauts-fonds s'étendaient sur plusieurs kilomètres. Si Farr décidait d'aller barboter, il aurait pied jusqu'à ce que l'île se réduise à une tache noire sur l'horizon.

« Bien sûr, ajouta-t-il, précédant Valcek, Cort et Première-Offerte sur une partie de la plage d'ivoire, un être tel que Farr pourrait, par naïveté ou par malice, céder à la tentation de nager plus loin que ne le recommanderait sa sécurité. Nous en avons conscience, mais nous garantissons que chaque moment de son séjour ici fera l'objet d'une étroite surveillance et que rien de préjudiciable ne lui arrivera, même s'il cherchait à nuire à sa propre intégrité.

— Dommage... » murmura Cort.

Bien que telle ne fût pas son intention, sa remarque attira l'attention de Première-Offerte dont la tête en forme de faucille pivota sur sa base circulaire pour se tourner vers elle.

« Pourquoi dis-tu ça ? »

L'ambassadrice Valcek roula les yeux.

« Excusez maître Cort ; elle a un humour un peu particulier.

— Je ne comprends pas.

— Moi non plus, renchérit Responsable-des-Prisonniers. Puisque je serai bientôt amené à entretenir régulièrement des relations avec cet humain, vous devriez peut-être me l'expliquer. Je promets de ne pas m'en formaliser, même si c'est à mes dépens. »

Le regard furieux de Valcek valait tous les avertissements : Cort ne devait en aucun cas prendre le Zinn au mot.

Mais la migraine d'Andrea était telle qu'elle décida de passer outre. « Disons simplement que nous éprouvons des difficultés, sur le plan émotionnel, à nous soucier réellement du bien-être de Farr.

— Je ne comprends toujours pas. Vous souhaitez qu'il lui arrive malheur ? »

L'ambassadrice intervint.

« C'est un point subtil, monsieur. Me Cort, tout en reconnaissant votre devoir d'assurer la sécurité du prisonnier, admettait, avec humour, que sa mort, même violente, ne représenterait pas une perte tragique pour l'humanité.

— Et vous, ressentez-vous la même chose ?

— La plupart des êtres humains s'insurgent contre l'idée qu'un criminel aussi brutal que Farr bénéficie de conditions de détention qui conviendraient aux membres les plus fortunés de notre espèce, s'ils pouvaient se les offrir. Dans notre esprit, la prison se doit d'être une expérience désagréable. »

Responsable-des-Prisonniers reporta son attention sur Andrea Cort.

« Partagez-vous cette conviction ? Alors que vous avez vous-même connu la prison ? »

L'établissement pénitentiaire où Cort avait passé une bonne partie de son enfance ne correspondait pas à la plupart des définitions données à ce mot.

Mais les mauvais traitements qu'elle y avait subis lui avaient enlevé le goût de si subtiles distinctions.

« Oui, monsieur. C'est aussi mon opinion. Sans faire preuve de brutalité ou de cruauté, un séjour en prison ne devrait pas être agréable.

— Intéressant. Nous ne partons pas des mêmes principes. »

Responsable-des-Prisonniers leur désigna un sentier qui s'enfonçait dans le feuillage vers l'intérieur de l'île.

« Allons voir la maison maintenant, proposa-t-il. Nous poursuivrons cet échange en chemin. »

Responsable-des-Prisonniers ouvrait la marche, Cort, Valcek et Première-Offerte suivaient juste derrière lui. Sur la pente qui montait légèrement en direction de la construction dressée sur une hauteur au centre de l'île, ils croisèrent de nombreux parterres, tous soigneusement cultivés, autant d'oasis de couleurs vives dans le vert luxuriant de la nature sauvage. Partout s'élevaient des senteurs suaves qui compensaient largement l'odeur forte et piquante de la mer. Comme promis, des chants d'oiseaux (ou de l'équivalent local) leur donnaient la sérénade de toute part.

Responsable-des-Prisonniers reprit la parole.

« Ce que vous devez savoir, c'est que mon espèce a évolué à partir d'herbivores paisibles. L'idée même de tuer nous est étrangère. Nous n'en avons jamais eu la capacité. Si nous avons bâti un empire, c'est uniquement parce que nous n'avons longtemps rencontré aucune opposition parmi les étoiles. Dès que cela s'est produit, nous n'avons pas eu d'autre solution que de nous retirer. Risquer un conflit n'était pas un choix concevable. Vous comprenez ? »

Non seulement Cort comprenait, mais elle les enviait.

« Je crois.

— Vous avez toujours été obligés de construire des entrepôts géants pour accueillir les individus malades et violents que vous jugez nécessaire de séparer du reste de votre espèce pour le bien de tous. Votre société dispose de ressources limitées et doit également se préoccuper des besoins de ses membres respectueux des lois. À cause de leur nombre et de l'espace réduit que vous avez à leur consacrer, vous avez forgé votre propre conviction que, pour punir autant de créatures agressives, leur détention doit s'accompagner de privations de tous ordres. Cette philosophie n'est pas adaptée à notre situation. Nous n'avons eu à déplorer de meurtre ou même de crime grave à aucun moment de notre histoire. Une fois que vous nous aurez livré M. Farr, notre population carcérale s'élèvera exactement à un individu, et nous n'aurons pas à mobiliser de ressources pour d'autres détenus. Nous n'avons donc aucune raison de ne pas lui offrir les meilleures conditions de confort.

— Sauf qu'il ne le mérite pas, souligna Cort.

— Peut-être. Mais cet aspect n'a pas sa place dans notre logique. »

Ils continuèrent à avancer ; au bout de quelques minutes, ils aperçurent le petit bâtiment blanc en L, perché au sommet de l'unique colline de l'île et dominant la forêt et les plages de toute part. Par ses caractéristiques, l'ensemble semblait correspondre à une sorte d'image pittoresque d'une habitation humaine, jusqu'au toit penché en tuiles, coiffé d'une cheminée ; les fenêtres brillaient sous les assauts des rayons du soleil. Rien dans ce tableau n'évoquait de près ou de loin une cellule. Cort se dit que ce n'était pas nécessaire ; l'île entière étant une prison, rien ne justifiait d'enfermer Farr dans la pièce où il dormait. Il n'empêche, par sa simplicité, ce dispositif semblait tout de même totalement injuste.

À l'intérieur, la maison correspondait en tout point à ce que Responsable-des-Prisonniers avait promis. C'était modeste, même en incluant la cuisine et le coin repas, mais plus spacieux, et plus ensoleillé que l'appartement de La Nouvelle-Londres où Cort logeait à l'étroit. Seule concession au statut de prisonnier dangereux de Simon Farr : l'absence de porte. À la place, un panneau dans un matériau sélectif, une technologie zinne. À en croire Responsable-des-Prisonniers, sa surface deviendrait solide en cas d'urgence, s'il s'avérait nécessaire d'enfermer le détenu pour raison de sécurité. Bien sûr, cela empêchait également la faune locale d'entrer pendant que Farr allait et venait à sa guise. Au bout du compte, il saluerait probablement le côté pratique.

Farr avait vu juste. Pour quelqu'un qui souhaitait couper les ponts avec ses congénères et avait passé tant d'années dans une succession de minuscules cellules qu'il ne quittait que sous bonne garde, ce serait comme vivre dans le luxe.

« Au moment du transfert, nous aurons installé un dispositif qui lui permettra de communiquer avec nous, précisa Responsable-des-Prisonniers, alors qu'ils sortaient de la maison. Nous livrerons régulièrement tous les articles de première nécessité, sur simple demande. Nous maintiendrons une surveillance permanente, mais discrète, de manière à rendre l'illusion d'intimité absolument totale.

— Je regrette presque de ne pas pouvoir me retirer ici, plaisanta Valcek.

— Vous n'avez tué personne. »

Une pause terrible suivit, comme la création d'un espace pour ce qu'Andrea Cort savait inéluctable. Quand Responsabledes-Prisonniers se tourna vers elle et reprit la parole, elle eut la sensation qu'une vieille blessure se rouvrait.

« En revanche, vous, oui. Si vous souhaitez venir ici, vous n'avez qu'à demander. »

Le Zinn n'avait pas eu l'intention de l'insulter, mais son corps entier se raidit. Le feu qui couvait en elle depuis toujours se transforma une fois de plus en immense brasier. Le temps ralentit, presque à se figer, ses joues s'empourprèrent ; elle lutta pour ravaler la seule réponse possible, mais échoua.

« Pourquoi ? »

Responsable-des-Prisonniers leva deux de ses membres crochus en geste d'apaisement.

« Si cet habitat n'est pas à votre goût, nous serons ravis de vous en construire un autre.

— Ce n'était pas le sens de ma question. Quel est le but de votre démarche ? Quel est pour vous l'intérêt d'accueillir un sous-homme comme Simon Farr ? Pourquoi êtes-vous prêts à nous donner autant en échange, et qu'est-ce qui vous fait croire une seconde que je me sentirais honorée par votre proposition ? Qu'est-ce que ça cache, vous allez me le dire ?

— Vous êtes en colère, constata Responsable-des-Prisonniers.

— Et comment ! Ça m'arrive souvent quand on m'insulte, et encore plus quand on me ment, même par omission. Tout ça ne tient pas debout ! Vous pensiez vraiment que je ne m'en apercevrais pas ? Toute cette affaire pue. Elle pue tellement que si vous ne vous décidez pas à me fournir des réponses claires, je m'opposerai à cet accord, juste par principe. Je…

— *Andrea !?* »

Cort s'interrompit au milieu de sa phrase, consciente, mais un peu tard, que Première-Offerte l'avait interpellée. Ce n'était d'ailleurs pas la première fois au cours des quelques secondes écoulées. Sa voix, douce au début, s'était faite plus pressante à mesure que la colère de Cort enflait. À présent, elle semblait presque terrorisée.

Andrea se tourna vers elle ; la *fotir* avait adopté une posture qu'elle n'avait jamais observée chez un Zinn. Les sacs qui composaient son torse ballant s'étaient ratatinés comme des ballons en train de se dégonfler. Chacun d'eux s'aplatit, se replia et tira la structure entière vers le support circulaire où s'ancrait la faucille de la tête. Ensemble, ils n'occupaient plus qu'un peu moins de la moitié de leur taille totale précédente.

On aurait dit la réaction d'une créature exposée de manière imprévue à une toxine dans son environnement.

« S'il te plaît, Andrea, ne tue pas mon parent. »

L'estomac de Cort se noua. Malgré son ignorance du langage corporel des Zinns, le contexte ne laissait aucune place au doute. Repliée ainsi, Première-Offerte présentait une cible réduite au maximum qui permettait également une retraite plus facile. Une configuration qu'un Zinn n'adoptait que s'il se sentait menacé, mortellement terrifié.

Comme un enfant en présence d'un monstre.

Cort était cramoisie.

« Pardonne-moi, Première-Offerte. J'étais en colère contre ton parent, mais je n'ai aucune intention de lui faire du mal. »

Les sphères suspendues de la *fotir* se regonflèrent, timidement. Sa tête tremblait si fort qu'elle semblait presque floue.

« J'ai… j'ai entendu dire que parfois, des humains en colère se font du mal, même sans le vouloir. C'est vrai ?

— Ça arrive. Mais pas sous le coup d'une simple colère. C'est ce que nous appelons de la *fureur*. Et j'en suis très, très loin. Notre désaccord a juste pris un tour un peu personnel, rien de plus. Crois-moi, je peux être beaucoup plus en colère contre ton parent que je le suis en ce moment, sans pour autant nourrir la moindre intention de lui nuire. Et puis, ton amitié m'est trop précieuse pour que je la mette en péril. D'accord ? »

Un enfant humain aurait reniflé et séché ses larmes. Le torse de Première-Offerte gonfla pour retrouver son volume précédent, et le tremblement de sa tête diminua jusqu'à devenir à peine discernable. La signification était la même.

« D'a… d'accord. »

Les traits de Valcek étaient figés dans une grimace. Sa déception n'avait rien d'inattendu de la part d'une ambassadrice qui vient de voir une incapable causer son second incident diplomatique moins de vingt-quatre heures après le premier. Cort savait qu'elle ne couperait pas à un savon plus tard. Et contrairement au rappel à l'ordre de la veille, qu'elle avait accueilli avec une attitude de défi, elle ne pourrait même pas protester. En l'occurrence, elle se sentait en dessous de tout.

Responsable-des-Prisonniers siffla plusieurs fois en succession rapide.

« Les humains sont décidément une source inépuisable de comportements intéressants… »

Cort aurait voulu trouver au moins une objection qui lui permette de déclarer que ces installations ne convenaient pas. S'il n'avait tenu qu'à elle, elle aurait décidé de s'opposer au transfert de manière péremptoire, se basant sur le vague sentiment de malaise, plus oppressant de jour en jour. Mais pas moyen, pas sans motif valable, pas alors qu'elle ne jouissait que du statut de simple fonctionnaire venue apposer son tampon sur un accord inévitable et attendu par tous.

Une fois la visite terminée, elle ne pouvait que retarder l'échéance. Elle informa Responsable-des-Prisonniers qu'elle n'avait plus de questions et qu'elle rendrait sa décision dans un délai inférieur à un cycle planétaire. Puis elle se replia sur elle-même pendant le vol du retour, écoutant distraitement les autres passagers échanger des politesses sans jamais se mêler à la conversation. Elle songea à Bocai, aux corps jonchant le sol, au sang sur ses mains, celui d'un sentient qu'elle avait aimé, à la peur soudaine dans la posture d'une enfant extraterrestre... Elle secoua la tête et chassa ces pensées, profondément dégoûtée par elle-même. *Ce n'est pas que moi*, se dit-elle, alors que le cycle d'autoflagellation reprenait.

Le transport zinn se posa enfin sur le toit de l'ambassade de la Confédération. Cort remercia Responsable-des-Prisonniers dans un murmure ; comme elle se levait pour descendre du véhicule, Première-Offerte la retint.

« Attends. »

Cort attendit.

« Je t'ai observée pendant le vol. À certains moments, tu as de nouveau donné l'impression que du liquide allait couler de tes yeux. Tu m'as dit que ce n'est pas nécessairement un indicateur de douleur, je m'en souviens. Mais là, je pense que si. »

Cort se serait bien passée de montrer à Valcek combien elle se sentait bouleversée.

« Et alors ?

— Si jamais j'en suis la cause, je tiens à m'excuser. Bien que je me familiarise avec les humains depuis ma naissance, je ne les comprends pas toujours. Si une malencontreuse erreur de ma part t'a blessée d'une manière ou d'une autre, je ne veux pas que cette rencontre, sans doute la dernière, s'achève sans que j'exprime mes regrets. Puis-je encore te considérer comme mon amie ? »

La colère et l'irritation le disputaient à la honte dans le cœur d'Andrea Cort.

« Oui. Bien sûr, Première-Offerte. J'espère te revoir. »

La *fotir* lui fit ce qui ressemblait à une révérence humaine, un geste qui ne lui était pas naturel, et qu'elle n'avait pu maîtriser qu'au bout d'une longue et difficile pratique.

« Au revoir.

— Au revoir », répondit Cort.

Elle franchit l'écoutille en matériau sélectif à la suite de Valcek et se tint à côté de l'ambassadrice, tandis qu'elles regardaient le transport zinn décoller et disparaître en atteignant quasi instantanément sa pleine vitesse. Un léger souffle dans son sillage rabattit l'unique mèche de cheveux que Cort gardait longue sur son œil droit. Elle l'écarta et resta plantée là, se sentant plus mal à l'aise que jamais, alors que l'arrivée de la nuit étouffait les dernières lueurs à l'horizon.

« À moins d'une objection cataclysmique, dit Valcek à côté d'elle, j'attends votre autorisation dès demain matin. »

Cort se mordit la lèvre et répondit, plus dans le vide qu'en s'adressant au symbole de l'autorité qui formulait ses exigences.

« Ce marché ne vous semble-t-il pas complètement tordu ?

— Bien sûr que si. Le moindre aspect de toute cette histoire me paraît totalement foireux. Mais ne perdez pas de vue que vous avez affaire à des extraterrestres – première chose ; l'humain directement concerné est lui-même complètement tordu – et de deux ; votre gouvernement a clairement établi au plus haut niveau la décision qui lui convenait – et de trois ; et enfin, cette technologie améliorera considérablement le sort de vos semblables – et de quatre. Sans oublier la façon dont Responsable-des-Prisonniers vient de tâter le terrain pour vous ajouter à son zoo – et de cinq. Croyez-moi, maître, si vous souhaitez faire carrière dans le Corps diplomatique, vous apprendrez qu'il y a un moment pour tout. En l'occurrence, vous devriez d'abord vous soucier de quitter cette planète tant que vous en avez encore l'occasion. »

Cort chercha ses mots avant de répondre.

« Nous leur vendons un être humain. Nous pourrions toujours invoquer la convention contre l'esclavage interespèces…

— Ce n'est de l'esclavage que si le sentient concerné a un droit à la liberté. Farr a renoncé au sien par ses actes longtemps avant que les Zinns entendent parler de lui. Et en définitive, il se livre à eux de son plein gré, en échange d'une existence qu'il ne mérite pas. Même lui est gagnant. »

Cort avait pensé à tout cela, écartant sa propre idée une fraction de seconde avant que Valcek s'en charge. Elle n'avait en effet aucune bonne raison de s'opposer à la poursuite de la procédure. Mais pourquoi imaginait-elle autre chose, qui l'inquiétait, comme une forme monstrueuse aperçue partiellement derrière un portail trop petit pour permettre de bien la distinguer ?

Un poids se posa sur son épaule. Cort eut besoin d'un moment pour reconnaître la main de Valcek, placée là dans une tentative de fausse camaraderie. Elle détestait qu'on la touche sans y avoir été invité ; dans d'autres circonstances, elle aurait pu l'écarter d'une tape, mais elle autorisa sa présence, sans toutefois réagir de manière démonstrative. Elle y gagnerait quelques secondes de plus pour réfléchir.

« Écoutez, reprit Valcek d'un ton cajoleur. Donnez votre assentiment, et dans moins d'une semaine, la Confédération entrera en possession d'un vaisseau spatial zinn. À elle seule, la technologie du moteur est en avance d'un bon millénaire sur tout ce que nous connaissons. Ils nous fourniront le manuel d'instructions et un ingénieur pour répondre à toutes nos questions. Après, libre à nous de prendre tout le temps nécessaire pour étudier nous-mêmes son fonctionnement. Dites-moi que ce n'est pas un marché gagnant-gagnant. Soutenez-moi que le sort de l'humanité n'en sera pas amélioré. En donnant votre accord, vous associez votre nom à cette avancée.

— Et si je m'y oppose ? murmura Cort, sa propre voix lui semblant provenir de l'autre extrémité d'un long tunnel.

— Si vous privez l'humanité de cette occasion historique, sans raison ? Votre nom y restera associé aussi. Pour toujours. Et vous n'avez pas besoin de ça, Andrea. Surtout avec ce que vous vous traînez déjà comme réputation, croyez-moi. »

Cort songea à deux enfants, que séparaient des décennies : la fillette humaine dont l'existence paisible avait volé en éclats au cours d'une nuit de folie ; et la petite *fotir* zinne, qu'une infime fraction de cette folie avait suffi à terroriser.

Pour elle, certaines choses ne changeraient jamais.

Terriblement abattue, elle adopta une attitude qui ne lui ressemblait pas. Des pressions qui la dépassaient la poussaient à prendre une décision plus politique que juste, à ignorer ce que lui soufflait son instinct.

Et elle céda.

« D'accord.

— Quoi ?

— J'ai dit d'accord. Dès que j'aurai regagné mes quartiers, je rédigerai les documents. Mon autorisation sera sur votre serveur dans l'heure, attendant votre signature.

— Formidable ! »

La main sur l'épaule de Cort se retira pour lui donner une claque dans le dos qui se voulait probablement un geste de félicitations.

« Mais rien ne presse. Dînons d'abord, nous pourrons...

— Non, l'interrompit Cort.

— Comment ?

— Non », répéta-t-elle.

Elle enleva la main de l'ambassadrice de son épaule, l'écarta de son espace vital et la laissa retomber, rejetée.

« Je ne mange pas en compagnie d'autres personnes, si je peux l'éviter. Je vais me mettre au travail, et ensuite j'irai me coucher. Je suis épuisée. »

Tournant le dos à Valcek, elle partit en trombe, abandonnant l'ambassadrice stupéfaite qui la regardait s'éloigner.

Les documents ne présentaient guère de difficultés, puisqu'elle disposait de modèles de saisie. Une fois dans ses quartiers, Cort n'eut qu'à rédiger une déclaration personnelle attestant ses entretiens avec Simon Farr et son inspection des installations prévues pour sa détention. Elle ajouta avoir été témoin du renoncement volontaire de Simon Farr à toutes relations ultérieures avec ses semblables, et fournit également l'assurance d'être parvenue à ses conclusions de son plein gré, sans subir aucune contrainte.

Elle fixa son texte du regard pendant une bonne quinzaine de minutes, insatisfaite du résultat, mais ne voyant vraiment pas ce qui avait pu lui échapper.

Puis elle envoya le fichier et se cala dans son fauteuil ; pourquoi son cœur battait-il si fort ?

C'était sans importance. Bâclée ou pas, sa mission venait de prendre fin. D'ici à quelques jours, elle regagnerait sa crypte intersom pour le voyage retour vers La Nouvelle-Londres. Juste avant son réveil, de terribles cauchemars viendraient la tourmenter, toujours les mêmes. Elle avait fini par s'habituer, tout comme au flot de demandes d'extradition émises par les gouvernements extraterrestres qui se disputaient le privilège de la poursuivre pour les crimes de son enfance. D'ici peu, on lui confierait une nouvelle mission. Puis une autre, et encore une autre.

Des problèmes qu'elle réglait, voilà à quoi se résumait sa vie, maintenant et pour longtemps. Ils détournaient son attention de ce qui la rendait indigne de la compagnie de ses semblables.

Elle posa le disque que lui avait donné Première-Offerte sur sa table d'appoint; d'un tapotement, elle fit surgir son portrait, celui d'une femme à l'air mélancolique. Elle se demanda si les autres humains percevaient sa tristesse avec la même acuité que la petite Zinn qui n'en avait jamais rencontré aucun auparavant.

Puis elle empoigna sa besace et déballa un de ses narcs. Ce mélange de stupéfiants était interdit dans la majeure partie de l'espace confédéré, mais populaire parmi le personnel diplomatique des mondes qui n'engageaient pas de poursuites pour leur importation. C'était une dose beaucoup plus agressive que le simple sédatif qu'elle avait pris lors de la réception au capitole. Un coup sec sur la peau, et l'effet apaisant immédiat de la drogue submergea ses sens, emportant dans un raz de marée euphorique tout ce qui avait contribué à la rendre malheureuse. Elle ferma les yeux, se satisfaisant de cette échappatoire qui, si elle ne réglait rien, lui permettait au moins de s'accorder une pause. Elle alla se coucher, se pelotonna en position fœtale, et se mit à rêver.

Pendant un long moment, des heures, elle flotta dans un oubli serein.

Puis le voyage insouciant entama sa transition vers un sommeil sous influence chimique, et les souvenirs s'invitèrent. Ils revenaient toujours, dès qu'elle n'avait plus l'esprit occupé par un problème à résoudre. Mais ils ressemblaient à des images d'un mélodrame dont elle n'était qu'une spectatrice. Le massacre de Bocai, la sensation du sang sur ses mains, l'…

Responsable-des-Prisonniers

... l'expression sur le visage du *vaafir* bocaïen de Cort, un être qu'elle avait aimé autant qu'un second père, alors qu'il succombait aux blessures que la toute jeune Cort lui avait infligées...

Première-Offerte

... le contact odieux du violeur parmi les gardiens de Cort, au centre de détention du Corps diplo...

Nous n'avons eu à déplorer de meurtre ou même de crime grave à aucun moment de notre histoire

... et sa vengeance, terrible, sur le...

Bien que je me familiarise avec les humains depuis ma naissance

... puis retour sur Bocai, et les objets sanglants avec lesquels elle jouait quand on l'avait trouvée le lendemain

Responsable-des-Prisonniers

Un froncement de sourcils à peine perceptible troubla la paix chimique du sommeil d'Andrea Cort.

Elle se retourna sur elle-même en gémissant, se sentant cernée par quelque chose de plus grand qu'elle et de menaçant. Comme d'habitude, les vieux souvenirs la hantaient en lui montrant le sang qu'elle avait déjà sur les mains ; mais dans cette phrase, c'était ce mot, *déjà*, qui semblait soudain sonner comme une mise en garde concernant un proche avenir.

Son esprit s'activa.

Elle pensa aux Zinns, ratissant l'espace humain en quête d'un meurtrier, multipliant les offres faramineuses pour s'assurer d'en obtenir un.

Bien que je me familiarise avec les humains depuis ma naissance.

Depuis sa naissance ? Vraiment ?

Nous les élevons tous, dès leur plus jeune âge, dans la perspective du rôle précis qu'ils auront à jouer un jour dans notre société.

Dès leur plus jeune âge ? Vraiment ?

Mais comme ma vie sera courte, je n'ai pas de temps à perdre.

Comment ça, courte ? Comment ça, pas de temps à perdre ?

S'il te plaît, Andrea, ne tue pas mon parent.

Cort s'agita de nouveau.

Le mal. Un concept si étranger. Et si troublant. Ce serait intéressant d'en connaître la source. Vous avez commis d'autres crimes dans votre vie. Des crimes contre des enfants. Qu'avez-vous ressenti ? Je demande ce que j'ai besoin de savoir pour apprendre. Si vous souhaitez venir ici, vous n'avez qu'à demander.

Les nuits où ce ne sont pas mes réflexions sur le mal qui m'empêchent de dormir, je reste éveillée en me demandant si ma vie sera utile.

Je suppose que ce qui m'effraie, ce n'est pas tant la mort que l'extinction.

Tout le monde est tellement excité à l'idée de récupérer ce prisonnier.

Je ne veux pas que cette rencontre, sans doute la dernière...

Nous les élevons tous, dès leur plus jeune âge, dans la perspective du rôle précis qu'ils auront à jouer un jour dans notre société.

Puis, tels des battements de tambour, les deux noms.

Responsable-des-Prisonniers. Première-Offerte.

Andrea Cort s'en moquait. Elle ne parvenait pas à se sentir concernée. La faute au narc. Tous les petits ennuis de l'univers lui faisaient l'effet d'une pièce de théâtre dont les acteurs muets articulaient en silence des dialogues sans importance devant une toile de fond monotone coupée de toute réalité. Mais elle se redressa dans son lit. Elle avait laissé la lumière dans ses quartiers, mais l'absence de bruit ambiant en provenance du couloir suggérait une ambassade dont les engagés avaient tous gagné leurs chambres respectives pour la nuit. Un effort de volonté colossal lui donna la force de se tourner vers l'horloge murale sur sa gauche. Il était trente heures : bien après minuit, heure locale.

Puis-je te considérer comme mon amie ? Ce sera une consolation, j'imagine.

Et enfin, d'une façon qui faisait encore plus froid dans le dos :

Au revoir.

Cort tapota sa gorge, activant son port hytex. Une instruction mentale suffit à faire apparaître l'image de l'ambassadrice Mira Valcek : elle se redressait dans son lit, les yeux gonflés de sommeil, ses scarifications rituelles nues sans leur couche de peinture rouge. Une forme féminine remua, endormie derrière elle.

« Euh… maître ? Vous avez vu l'heure ? »

Cort parla avec un soin exagéré pour éviter de trahir le tremblement dans sa voix.

« C'est important, Ma… madame l'ambassadrice. Avez-vous déjà annoncé aux Zinns que j'ai donné mon accord pour le transfert ?

— C'est ça qui vous préoccupe à une heure pareille ? Rassurez-vous, j'ai fait le nécessaire vingt minutes après que vous m'en avez informée. »

Cort serra les poings.

« Dites-moi qu'ils n'ont pas encore pris Farr.

— Pourquoi ? Vous vouliez dire au revoir à cette ordure ?

— Madame l'ambassadrice…

— Il est avec eux depuis des heures, répondit Valcek. Il y a un problème ? »

Cort mit fin à la communication, puis attrapa sa besace qu'elle lança de toutes ses forces contre le mur en criant. L'impact, un léger bruit sourd, ne fit rien pour la soulager.

Une seconde après qu'il s'écrase sur le sol, elle se jeta sur le sac, qui contenait sa réserve personnelle de substances interdites, y compris une dangereuse capsule de dégrisement. On la soupçonnait d'avoir déjà provoqué quelques décès parmi les plus incorrigibles fêtards du Corps diplomatique, ces engagés encore sous l'influence de stupéfiants quelques heures avant le travail. Des méthodes plus douces permettaient de désamorcer une euphorie chimique, la plus efficace nécessitait plusieurs minutes ; quelqu'un d'assez idiot ou désespéré pour prendre cette capsule pouvait redevenir totalement sobre en quelques secondes, au risque de lésions cérébrales permanentes. Cort n'avait jamais essayé.

Elle brisa l'ampoule sous son nez, respira à fond et manqua de tomber à la renverse. Les nanoagents s'introduisirent en elle, pas tant pour neutraliser les effets de la drogue que pour obliger son système sanguin à l'absorber beaucoup plus vite.

Une première vague faillit l'emporter. Elle chancela, eut la sensation que sa tête allait exploser, appuya sa paume contre le mur et se força à se redresser, la haine de soi tordant soudain ses traits en une grimace de démence.

Elle se tapota de nouveau la gorge pour rappeler l'ambassadrice.

L'image de Valcek apparut devant elle, toujours remontée, mais visiblement un peu inquiète aussi.

« Qu'est-ce qui ne va pas, Andrea ?

— Vous allez me mettre en contact avec les autorités zinnes. Pas demain matin, pas dès que vous vous serez réveillée, pas après que je vous aurai expliqué pourquoi, mais immédiatement. Essayez de joindre Responsable-des-Prisonniers en priorité, sinon n'importe quel responsable fera l'affaire. Ceci est un ordre, madame l'ambassadrice. Tout refus d'obtempérer vous exposera à des poursuites pour obstruction à une représentante du procureur général. Je vous donne cinq minutes. Au revoir. »

Elle coupa la communication.

Valcek reprit contact moins de deux minutes plus tard.

Cette fois, le vol ne ressemblait pas à ceux de la veille, pour la visite de l'île. Cette fois, pas d'enfant bavarde, pas d'échanges de banalités entre diplomates pour tenter de plaquer un vernis acceptable sur une transaction barbare. Pas de siège adapté à la morphologie humaine non plus. Cort arpenta donc l'engin en se rongeant les ongles jusqu'au sang.

Le seul autre passager, un Zinn au nom imprononçable, l'avait invitée à l'appeler Escorte. Il lui confia également son lien de parenté avec Responsable-des-Prisonniers, mais ses explications alambiquées se perdirent rapidement dans le dédale des quatre sexes de son espèce, au point d'irriter et de lasser Cort dès la deuxième phrase.

Elle le coupa.

« J'en déduis que vous avez aussi un lien de parenté avec Première-Offerte ?

— Bien sûr. À l'instar de la vôtre, notre société attache beaucoup de prix à la filiation directe.

— Mais est-ce que vous *l'aimiez* ?

— J'ai joué avec elle, quand elle était plus petite, si c'est le sens de votre question. Les jeunes Zinns sont devenus rares, c'était donc une expérience plutôt originale. »

Cort sentit la colère l'envahir.

« L'originalité est une qualité qu'on attend d'un jouet, pas d'une personne. Est-ce que vous *l'aimiez* ? L'amour : ce mot a-t-il seulement un sens pour vous et vos semblables ? Vouliez-vous qu'elle ait une vie bien remplie ? Souhaitiez-vous son bonheur ? Vous faisiez-vous du souci pour elle, rien qu'un peu ? »

Escorte ne répondit pas ; il se contenta de pencher sa tête en croissant, un geste de confusion si profonde qu'en d'autres circonstances, il aurait pu sembler touchant. Pour Cort, impossible de savoir si elle se heurtait à une lacune dans le vocabulaire mercantile de son interlocuteur, ou si l'émotion humaine en question lui était étrangère au point d'échapper à sa compréhension. À moins que sa véhémence l'ait simplement rendu muet de stupeur. Peut-être se comportait-il comme n'importe quel fonctionnaire amené à défendre une politique de son gouvernement qu'il sait mauvaise : en justifiant l'indicible, dans l'espoir de garder les mains propres.

« Laissez-moi tranquille », dit Cort, dont les mains ne seraient jamais propres.

Il accéda à sa demande.

Le reste du vol se déroula dans un silence maussade, qu'Escorte ne rompit qu'une fois, juste avant leur arrivée.

« Sans vouloir vous mettre en colère, puis-je vous poser une question ?

— S'il le faut.

— Je ne suis qu'un contributeur indirect à ce projet, mais j'y ai participé avec enthousiasme ; j'ai en particulier consacré beaucoup de mon temps libre à me documenter sur l'histoire humaine. J'ai appris que certains de vos dirigeants ont donné l'ordre de noyer des enfants, de les empaler sur des piques ou de les asphyxier dans des chambres à gaz. Même des empires que vous considérez comme vertueux ont bombardé les villes de leurs ennemis, faisant un nombre incalculable de victimes. J'ai cru comprendre que les gens qui se livrent à ces actes rentrent ensuite chez eux, auprès de leurs propres familles, sans y voir de contradiction intrinsèque. Ma perception des faits est-elle exacte ?

— Oui, répondit Cort. Quelle est votre question ?

— Comment se fait-il que la honte ne pousse pas davantage de vos semblables à se supprimer ? »

Cort garda le silence. Elle reporta son attention sur la partie légèrement plus grise de la carlingue opacifiée, regrettant que les Zinns n'aient pas inventé un filtre sélectif pour la mémoire, comparable à celui qu'ils possédaient pour les objets solides.

« Nous sommes arrivés », annonça Escorte quelques minutes plus tard.

Cort n'avait rien senti.

« Où est Responsable-des-Prisonniers ?

— Communiquer avec vous, avant que vous ayez terminé, perturberait le comportement en observation. »

Oui, bien sûr. Évidemment. Ce qui l'attendait au-delà de cette porte grise n'était pas tant la prison de Simon Farr qu'un zoo, conçu pour exhiber sa vraie nature ; et ses nouveaux propriétaires n'allaient rien faire qui puisse affecter ce qui le rendait si exceptionnel à leurs yeux.

Exceptionnel... mais pas unique. Plus depuis qu'elle était là, elle aussi.

À ce stade, la haine qu'elle éprouvait à l'encontre d'Escorte était telle qu'elle aurait pu le tuer dans son harnais, sans regret. Mais comme elle aurait sans doute à canaliser bientôt sa rage, elle se contenta de découvrir ses dents. Dans le temps qu'il avait consacré à étudier l'humanité, elle espérait qu'il avait appris que cette expression véhiculait parfois plus qu'un simple sourire.

« Profitez bien du spectacle. »

Puis elle lui tourna le dos et sauta hors du transport.

Elle se reçut en position accroupie sur le sable de la plage immaculée. Le soleil tropical cognait déjà dur sur l'île-prison. Le jour venait de se lever, mais l'air était assez chaud pour qu'apparaisse immédiatement sur sa peau une fine pellicule de transpiration. À peine à une dizaine de pas devant elle, la ligne des arbres, verdoyante et attirante, semblait l'appeler. À l'abri dans la forêt, des oiseaux, ou quel que soit le nom que donnaient les Zinns à l'équivalent local, émirent un gazouillis indigné en signe de protestation. Elle regarda à gauche, puis à droite, irritée par la présence du véhicule derrière elle, mais appréciant, pour le moment du moins, la sécurité relative fournie par un objet solide dans son dos. Ainsi, elle pouvait prendre ses marques avant de s'exposer aux plus grands dangers que lui réservait l'intérieur de l'île. Elle s'attendait presque à voir Farr surgir d'entre les arbres, une arme quelconque à la main, pour l'abattre sur place. Mais rien de tel ne se produisit. Pour le moment, elle était en sécurité.

Puis ce moment prit fin.

Elle respira à fond et se mit à courir.

Le sentier pierreux qui s'enfonçait dans le sous-bois ne se trouvait qu'à quelques pas plus loin sur la plage. Cort s'y lança à fond de train, son cœur battant la chamade, ses bras montant et descendant régulièrement, son souffle jaillissant de ses lèvres à chaque foulée.

Elle ne risquait pas de se perdre : le chemin menait au centre de l'île, à la maison. Mais elle regretta amèrement de ne pas avoir fait plus attention lors de sa première visite. Elle manquait de points de repère pour estimer la distance à parcourir, et ses chances de retrouver Farr avant qu'il soit trop tard. Ce buisson mauve, sorte de fleur, avec ses longs brins de *quelque chose* qui oscillaient apparemment sans influence de la brise locale ? Marquait-il le dernier tournant avant la grande montée ? Ou était-ce ce rocher à la forme bizarre, peut-être évidé pour servir de banc au prisonnier fatigué après un aller-retour à la plage ? Où commençait le terrain de chasse ? Elle n'avait jamais imaginé revenir sur l'île, et encore moins que sa connaissance des lieux serait alors une question de vie ou de mort.

Pour une raison qu'elle ignorait, elle avait la quasi-certitude de s'être trompée de chemin, égarée sur un sentier parallèle. À moins qu'un détour l'ait entraînée dans un autre aménagement paysager dessiné par les Zinns pour le plaisir de leur meurtrier apprivoisé. Mais soudain, le rideau de verdure sembla s'écarter. Devant elle se trouvait la clairière avec la colline où se dressait la petite maison de Farr, un espace qu'elle allait devoir traverser à découvert. Son ennemi la verrait arriver de loin.

Toute stratégie plus discrète exigerait du temps. Cort se mit à courir, ruisselante de sueur, tandis qu'une voix désespérée criait en elle : *faites qu'il ne soit pas trop tard, faites qu'il ne soit pas trop tard, faites qu'il ne soit pas trop tard*.

À proximité du sommet, elle aperçut ce qui ressemblait au cadavre d'un Zinn, caché par un creux peu profond dans la pente, à moins de quarante pieds sur sa droite.

Première-Offerte gisait sur le côté, la tête posée à plat sur le sol, ses membres de marche et de préhension écartés, ses organes sphériques complètement dégonflés. Le lustre écarlate qui la couvrait sembla confirmer qu'on l'avait taillée en pièces.

Pour la toute première fois dans sa vie d'adulte, Andrea Cort hurla.

Puis la tête en croissant bougea, pivotant sur sa base circulaire pour tourner une série de petits yeux noirs vers Cort.

« Andrea, tu ne devrais pas être là. »

Cort en eut le souffle coupé. Oubliant toute prudence, elle trébucha dans la pente douce pour descendre vers l'enfant baignant dans son sang.

Elle tomba à genoux à côté de Première-Offerte, se disant qu'elle arrivait à temps pour assister à la mort de la *fotir*. Du sang zinn couvrait tout, des membres tremblants de Première-Offerte à ses organes contractés. C'était humide, luisant, et à première vue plus que ce que le petit corps pouvait se permettre de perdre. Cort se sentit impuissante, elle ignorait comment rendre à ce corps la force vitale qui s'en était échappée, elle n'aurait pas su par où commencer. Elle resta agenouillée sans rien faire, alors que son âme déjà bien amochée menaçait de voler en éclats.

Première-Offerte étendit ses membres, enchaînés pour l'empêcher de s'enfuir ou de se défendre.

« Tu ne devrais pas être là, Andrea. Ceci est le but de mon existence.

— Tu vas devoir t'en trouver un autre. Je ne le laisserai plus lever la main sur toi.

— Il ne m'a pas touchée, pour l'instant, répondit Première-Offerte, avec un calme si surprenant que Cort remarqua l'absence de faiblesse dans sa voix. Je ne l'ai même pas encore vu.

— Je ne comprends pas. Tout ce sang…

— J'ai peur.

— Je suis là maintenant.

— Je ne demande pas de réconfort. J'explique simplement la présence du sang. Tu as vu comme nous contractons nos sacs quand nous sommes effrayés ? À partir d'un certain stade, nous devons évacuer le trop-plein de fluides, pour faire de la place. Ce que j'ai déjà perdu, je peux me le permettre. J'ai expulsé du sang pendant que je l'attendais, parce que j'ai peur. »

Forte de cette révélation, la puissance de l'élan pacifiste chez une espèce qui ne pouvait même pas avoir peur sans saigner, Cort comprit mieux que jamais.

« Tu n'as aucune raison d'avoir peur, chuchota-t-elle. Je te le promets. »

Puis elle se leva, tourna le dos à l'enfant menacée et fit face à la maison du bourreau.

« Montrez-vous, Simon ! » lança-t-elle d'une voix forte. Le meurtrier apparut à l'angle de sa maison.

Sous le soleil, Simon Farr était une créature différente de celle rencontrée sous les luminaires du salon de l'ambassade. Pieds et torse nus, d'une pâleur que seul donne un long séjour derrière les barreaux. Il était gris, blafard, mou et pitoyable, l'ombre d'un homme, amputé de toute réelle vitalité. Ne restait que le poison, le mépris pour l'existence d'autrui qui avait fait de lui un tel fléau pour ses semblables… À la lumière du jour, il apparaissait clairement que ce poison, après avoir affecté les autres, le rongeait à présent de l'intérieur.

La lame qu'il serrait dans sa main droite – une arme de conception non humaine, mais que Cort décida de considérer comme une machette – était aussi longue que son avant-bras. Elle était assez affûtée pour lui avoir entaillé la cuisse, traçant un sillon rouge, une marque de couleur vive qui contrastait avec l'ensemble de sa personne.

La présence de Cort sembla le déconcerter.

« Maître. Je pensais que nous n'avions plus rien à nous dire.

— Et vous vous trompiez, Simon. Posez ce truc. »

Il baissa les yeux vers la machette, comme s'il ignorait sa provenance.

« Quoi, ça ? Ne vous inquiétez pas. Je n'ai aucune raison de vouloir vous tuer. Vous m'avez *aidé*.

— Je sais, Simon. Et je suis de nouveau là pour ça. Mais je sais aussi ce que vous êtes. Vous pouvez vous retourner contre moi sans prévenir. »

Farr tint la lame plus près de sa poitrine, passant son pouce sur le tranchant, comme s'il envisageait de changer d'avis.

« Je préfère la garder pour l'instant. Vous n'étiez pas obligée de revenir me voir. Avez-vous décidé que je vous plaisais plus que vous ne vouliez l'admettre ?

— Non. Vous m'inspirez toujours autant de mépris. Mais je vous offre une chance d'être un homme meilleur, en retournant dans cette maison et en refusant de donner à ces fumiers ce qu'ils demandent. »

Il parut attristé.

« Ça faisait partie du marché, Andrea. J'ignore en quoi c'est si important pour eux, mais c'est ce qu'ils ont exigé.

— Ce marché pue, Simon. Vous n'avez pas à l'honorer. »

Il sembla réfléchir à sa proposition. Et pendant un moment, il parut sur le point de se détourner, déchiré entre la promesse douillette de son nouveau foyer et la laideur qui l'avait toujours défini et qu'on attendait de lui. Toute autre personne qu'Andrea Cort aurait pu croire qu'il avait renoncé. Mais avant même qu'il se contracte, dévoilant ses intentions, que son impulsion meurtrière le pousse à l'action, l'envoyant charger, machette en l'air, elle sut qu'il avait pris sa décision.

Pas parce qu'il haïssait Première-Offerte, ou Andrea Cort.

Pas parce qu'il y prenait plaisir.

Mais parce qu'un homme tel que lui ne tolérait pas qu'on lui dise *non*.

Il fondit sur elle, le visage vide d'expression, toute émotion disparaissant derrière un masque de concentration et de détermination.

Son premier coup, maladroit, était celui d'un sédentaire trop longtemps resté en cage. Cort, qui dut tout de même reculer pour l'esquiver, se retrouva donc très déséquilibrée quand un second sifflement fendit l'air depuis la direction opposée. Il la manqua de nouveau, mais de peu cette fois, ce qui l'obligea à céder davantage de terrain, rendant sa position encore plus précaire.

Elle aurait dû pouvoir compenser, mais l'herbe sous ses pieds était humide de rosée. Elle glissa, trébucha, mit un genou à terre et évita de s'écrouler tout à fait en prenant appui sur une paume.

Quelqu'un de stupide aurait tenté de se relever, et rencontré la trajectoire de la lame de Farr à son troisième passage.

Cort accompagna sa chute, se plaquant contre le sol, alors que la lame sifflait là où s'était trouvée sa tête.

Il lui donna un coup de pied dans les côtes. Haletante, elle roula sur elle-même, s'éloignant tant bien que mal, prête à sentir la douleur soudaine de la machette se fichant à l'arrière de son cou. Quand rien ne vint, elle devina qu'il n'en avait plus après elle. Il estimait probablement qu'en dépit de ses vantardises, elle ne représentait pas une menace dans l'immédiat et qu'il aurait tout loisir de lui régler son compte, après s'être occupé de sa véritable cible.

Première-Offerte.

La petite Zinn, sans défense dans ses chaînes, se mit à crier, un son qu'aucune voix humaine n'aurait pu reproduire, comme Simon Farr s'attaquait à elle. Le premier coup manqua de force, la lame se logeant dans l'os d'un des membres préhensiles. Farr dut faire un effort pour dégager la machette ; les cris de souffrance et de terreur de la *fotir* devinrent plus aigus dans les quelques secondes qu'il fallut à la lame pour se libérer. Gonflé à bloc, Farr s'agenouilla à côté d'elle et positionna son arme pour porter le coup suivant.

À ce moment-là, Cort s'était reprise et fondait sur lui.

Elle ne perdit pas de temps à jouer de ses poings ou de ses pieds. Après tout, l'arme la plus mortelle en vue, la machette, se trouvait dans la main de son adversaire.

Un instant avant que la lame retombe, elle referma ses propres mains autour de son poignet. Ajoutant sa force à la sienne, elle fit dévier suffisamment sa trajectoire pour qu'elle s'enfonce dans la cuisse de l'homme, juste au-dessus du genou.

Elle avait cherché à atteindre le ventre, mais c'était mieux que rien. Le son de la lame contre l'os résonna comme une musique à ses oreilles.

Les hurlements du prisonnier couvrirent les cris de Première-Offerte, alors qu'il traitait Andrea Cort de garce et de choses bien pires encore. Elle en profita pour reculer d'un pas et lui assener un violent coup de pied sur le côté du visage, lui fendant l'oreille. Il tomba en arrière, jurant et gémissant, serrant son arme pour la dégager et pouvoir s'en servir contre elle.

Un nouveau coup de pied au creux des reins, puis un autre au ventre à couper le souffle, et la plaie causée par la machette était devenue secondaire. Il continuait de se tordre de douleur en geignant, hors d'état de nuire pour le moment. Andrea posa un pied sur son genou, s'arc-boutant pour extraire la lame d'un coup sec ; du sang s'échappa de la plaie béante et lui inonda la jambe. Se retenir pour ne pas l'achever exigea d'elle un effort de volonté comme elle en avait peu connu, mais elle lui cracha dessus en se relevant.

« Je vous l'ai dit, s'étrangla-t-elle avec un profond mépris. Vous n'êtes *rien*. »

D'une voix rauque, il prononça les premières syllabes d'une menace.

Elle lui assena un nouveau coup de pied, cette fois dans son genou blessé.

« Andrea ! » s'écria Première-Offerte derrière elle.

Cort se ressaisit. Elle secoua la tête, essuya le sang qui maculait ses mains sur le tissu de son pantalon, lança la machette avec une force qui l'envoya tournoyer dans un carré d'herbes hautes. Puis elle enjamba la petite *fotir* pour pouvoir s'agenouiller à côté d'elle, tout en continuant de surveiller Farr au supplice.

« Oui. Je suis là. Ne t'inquiète pas, ma chérie. Tout va bien se passer maintenant. »

Première-Offerte redressa la tête.

« Je dois savoir.

— Quoi ?

— Ce que je viens de voir, c'était ça, cette *fureur* dont tu m'as parlé hier ? »

Cort se frotta les yeux, qui la piquèrent davantage au contact de sa main salie.

« Pas uniquement. C'était un mélange de plusieurs choses.

— Lesquelles ? »

Cort faillit répondre. Mais les mots ne semblaient pas suffire, et elle n'en avait pas encore terminé ici. Elle se contenta de tapoter les plis de peau de l'enfant, juste au-dessus de ses yeux, et se releva, guettant le ciel.

Elle attendit. Farr jura. Une brise à la douceur contrastant avec tout ce qui s'était produit au cours des dernières minutes plaqua la longue mèche de l'engagée contre sa joue, où elle resta collée à la tache de sang qui séchait. Elle attendit encore.

Elle allait perdre patience quand deux silhouettes apparurent en haut de la colline, leurs têtes obstruant le paysage telles deux lunes au-dessus d'un horizon planétaire. L'une d'elles appartenait à Responsable-des-Prisonniers. À côté de lui cheminait un autre Zinn que Cort ne connaissait pas.

Tous deux s'arrêtèrent à une distance respectable, comme s'ils craignaient de se placer à portée de ces humains qui, l'un comme l'autre, leur semblaient dangereux.

Cort ne leur en voulut pas.

« Votre *fotir* est blessée. Votre prisonnier aussi. Leur état demande des soins.

— Je ne suis pas aveugle, répondit Responsable-des-Prisonniers. Ça saute aux yeux. Mais vous n'avez pas fait ce que vous m'avez proposé, quand vous m'avez appelé ce matin. Vous n'êtes pas allée au bout de votre démonstration.

— J'ai empêché ce fils de pute de la tuer, sans avoir besoin de le supprimer.

— Vous n'avez donc fait que retarder l'inévitable. Vous nous avez rendus responsables du bien-être de Simon Farr. Par guérison accélérée, nous l'aurons remis sur pied, et elle aussi, avant la fin de la journée. Bientôt, il sera de nouveau prêt. Première-Offerte sera ramenée sur l'île, et livrée à sa merci. »

Cort regretta de ne pas avoir gardé la machette.

« Salaud. »

Responsable-des-Prisonniers pencha la tête d'un côté, puis de l'autre, un geste qui correspondait peut-être à l'équivalent d'un haussement d'épaules.

« Mon peuple obtiendra ce que nous avons négocié, d'une manière ou d'une autre. De lui, ou de vous. »

Jamais Cort ne s'était sentie à ce point prise au piège. Ni à l'âge de huit ans, quand elle avait obéi à des impulsions qu'elle ne comprenait pas. Ni pendant le reste de son enfance, enfermée et traitée par le Corps diplomatique comme un animal de laboratoire. Ni au moment où on lui avait annoncé qu'elle appartenait désormais à une organisation qui déciderait de son avenir. Le caractère inévitable de ce qu'elle allait bientôt être obligée de faire, pas au cours d'une lutte à mort, mais de manière froide et calculée, lui pesait tel un fardeau.

« Entendu, répondit-elle au bout d'un moment. Si c'est le seul moyen d'épargner Première-Offerte, vous obtiendrez satisfaction de ma part. Mais une fois, pas plus, et uniquement pour sauver cette enfant. Comprenez bien que je ne le referai pas, alors inutile de vouloir m'installer dans une de vos foutues maisonnettes.

— Vous devriez y réfléchir, intervint le Zinn anonyme. Avec votre réputation, vous ne trouverez jamais un meilleur endroit pour vous accueillir.

— J'irais n'importe où plutôt que de rester avec vous.

— Dans ce cas, peut-être que vous devriez nous laisser soigner M. Farr et permettre à cet exercice d'aller à son terme, comme prévu à l'origine.

— Pas question, répliqua sèchement Cort. Cette *fotir* est peut-être mon amie, mais je tiens aussi beaucoup à ma propre liberté. Je peux vous montrer ce que vous voulez voir, mais quoi qu'il arrive, quelles que soient vos menaces et vos tentatives de manipulation, vous n'obtiendrez de moi ce que vous exigez qu'une fois. Une seule. Et uniquement en échange de votre promesse qu'à partir de maintenant, Première-Offerte sera en sécurité. »

Un autre haussement d'épaules zinn, de la part de celui qui n'avait pas donné son nom.

« Ça ne fait pas réellement de différence. Même si vous faites cela pour nous et que nous acceptons d'épargner Première-Offerte, rien ne nous empêchera de payer généreusement pour acquérir des meurtriers appartenant à votre espèce. Nous ne manquerons jamais de sources d'approvisionnement. Nous nous les procurerons, puis nous les logerons et leur fournirons d'autres spécimens de nos enfants. »

Cort ne demanda pas pourquoi. Elle connaissait la réponse, qui la brûlait de l'intérieur, telle une pilule empoisonnée qui se renouvellerait d'elle-même à l'infini, une fois brisée pour contaminer son sang.

« Je peux la sauver elle ; le reste n'est pas de mon ressort.

— Quand bien même, vous ne devriez vous faire aucune illusion : ce n'est pas un service que vous lui rendez. C'était le but de sa vie, et elle a échoué. Si elle survit à cette journée, toute son existence sera placée sous le signe de la honte.

— On s'y fait. L'expérience m'a au moins appris ça, répondit Cort, sa voix hésitant pour la première fois, alors qu'elle prononçait des mots destinés à Première-Offerte. C'est peut-être même préférable. Ça permet de revoir ses priorités. La plupart des gens que je connais ont de toute façon une bien trop haute opinion d'eux-mêmes. »

Responsable-des-Prisonniers tourna la tête vers son collègue anonyme, avant de reporter son attention sur Andrea Cort.

« Votre honte semble vous avoir coûté votre bonheur. Elle paiera le même prix. Tant qu'elle vivra, elle ne sera jamais heureuse.

— De toute ma vie, je n'ai jamais croisé quelqu'un qui l'était, répliqua Cort d'une voix rageuse. Mais qui sait ? Elle pourrait nous surprendre, vous et moi. Et cette conversation est stupide. J'ai clairement établi les limites de ce que j'étais prête à faire pour vous, et ce que j'exigeais en échange. »

Les deux Zinns adultes s'entreregardèrent à nouveau. Une négociation silencieuse se tint entre eux. Puis, celui qui n'avait pas donné son nom bougea.

« Nous acceptons vos conditions », dit-il.

Le cœur d'Andrea Cort se glaça. Elle déglutit et baissa les yeux vers Simon Farr, qui avait suivi la conversation et rampait à présent en direction de la maison, lâchant un nouveau juron à chaque mouvement de sa jambe blessée. Puis elle regarda Première-Offerte, qui l'étudiait, avec davantage de fascination que de peur, ses sacs considérablement plus distendus qu'ils l'avaient été quand elle était directement menacée.

Peut-être était-elle ce que Cort voulait désespérément qu'elle soit : une enfant innocente, fourvoyée dans un projet répugnant, le manque d'expérience l'empêchant de s'apercevoir qu'il procédait d'un mal comparable à celui qu'elle tentait de comprendre. À moins qu'elle ne vaille pas mieux que les autres : d'abord participante volontaire et enthousiaste, puis observatrice froide et impitoyable, indigne de la clémence que Cort lui offrait au prix d'une partie de son âme.

Et peut-être que cela n'avait aucune importance.

Que l'enjeu, ici, les dépassait tous.

Cort ne prit pas la peine de fouiller les herbes hautes pour récupérer la machette qu'elle avait jetée. Elle gagna du temps en se rabattant sur une pierre qu'elle avait repérée ; légère, elle tenait dans la main, mais semblait suffisamment dense pour résister à de multiples impacts avec une surface plus cassante, comme un crâne.

Elle la soupesa, se demanda combien de fois ce qui se déroulerait au cours des prochaines secondes avait déjà eu lieu dans la longue et brutale histoire de l'humanité.

Farr, qui avait rampé jusqu'à sa petite maison, martelait des deux poings la section du mur censée ne s'ouvrir que pour lui.

Mais ce n'était plus qu'un mur à présent, un obstacle entre lui et la sécurité du foyer.

Cort n'allait pas apprécier les quelques minutes qui allaient suivre. Mais au bout du compte, les Zinns ne s'étaient pas trompés : elle possédait effectivement les qualités qu'ils attendaient. Elle en était capable. Elle l'avait déjà fait. Ça lui donnerait des cauchemars, et une raison – une de plus, elles ne manquaient pas – de se méprendre, mais c'était dans ses cordes. Ça allait être beaucoup trop facile.

Je vais vraiment le refaire.

« Je suis désolée, dit-elle à l'homme à terre qui se tordait de douleur. Je vais tâcher de faire vite. »

Simon Farr eut assez de temps pour hurler.

Andrea Cort refusa d'entrer dans la maison de Farr pour utiliser sa salle de bains ; elle aurait eu l'impression d'être prête à emménager. Elle quitta donc l'île avec ses vêtements, sa peau et ses cheveux poisseux qui empestaient le sang.

Le vol fut bref. En dépit de l'efficacité du système de filtration de l'air à bord du transport zinn, elle ne parvint pas à chasser les relents cuivrés de ses narines. Chaque respiration invoquait en elle le souvenir des derniers instants de Simon Farr. Ses yeux n'avaient plus été ceux du monstre qu'il avait été toute sa vie, mais ceux d'un homme vulnérable et sans défense, qui ne demandait qu'à vivre encore un peu plus longtemps.

Les gardes qui avaient assuré la surveillance de Farr dans sa prison l'attendaient sur le toit de l'ambassade à son retour. Ils ne lui dirent rien, mais la raison de leur présence était claire. Elle se laissa escorter à l'intérieur et éprouva un profond soulagement quand leurs pas les conduisirent non pas vers la cellule, mais vers les quartiers réservés aux visiteurs. Les couloirs grouillaient de monde : des dizaines de fonctionnaires et d'engagés, les yeux écarquillés et l'air désapprobateur devant son regard froid et fixe, son expression choquée et le sang sur ses mains et ses vêtements. Plusieurs femmes, voyant son état, plaquèrent leurs mains sur leurs bouches. Une réaction qu'elle connaissait bien.

Valcek l'attendait devant sa chambre, le visage impassible, ses scarifications rituelles ne semblant désormais plus qu'une affectation culturelle un peu ridicule. Elle ne dit rien. Cort non plus.

À l'intérieur, Cort régla la température de l'eau tout juste au-dessus de son seuil de tolérance à la douleur et entra sous la douche, la tête levée en direction du pommeau. Les sangs zinn et humain se mélangèrent à ses pieds. Elle oscilla, haletant de temps à autre, s'assoupit peut-être l'espace d'un instant, plantée là. Ses épaules tremblèrent, et elle poussa même un gémissement, un seul, avant qu'elle se ressaisisse.

Après, elle aurait volontiers pris un narc, juste pour oublier. Mais elle n'en avait pas encore terminé avec cette terrible affaire. Elle se changea et, une fois sa veste noire boutonnée, fit un ballot des draps où elle avait déposé ses habits couverts de sang qu'elle emporta. Elle demanda aux deux femmes postées à sa porte de la mener au bureau de l'ambassadrice. Elles obéirent sans discuter. La marche sous escorte dans les couloirs de l'ambassade ressembla beaucoup à celle qui l'avait conduite dans ses quartiers une heure plus tôt. Les mêmes regards, portant les mêmes accusations silencieuses.

En arrivant chez Valcek, elle laissa les gardes derrière elle, traversa la pièce, brandit le sac de fortune et lâcha son paquet au milieu du bureau.

Le ballot s'ouvrit, et les vêtements ensanglantés se répandirent en un tas luisant.

Valcek n'eut aucun mouvement de recul.

« Dégagez-moi ces saletés.

— Je pensais que ça vous intéresserait. C'est votre œuvre, vous devriez en être fière. »

Valcek tenta maladroitement de renouer le ballot, avant de s'adresser aux gardes derrière Cort.

« Vous. Sortez-moi cette merde de là. Je me fiche de ce que vous en ferez. Brûlez le tout, si nécessaire. Vous pouvez nous laisser. Je ne cours aucun danger. »

Elles obtempérèrent, une opération militaire promptement exécutée, si discrète qu'elle n'affecta en rien les regards furieux que se lançaient l'ambassadrice et l'avocate. Aucune des deux femmes ne baissa les yeux ni ne produisit un son, jusqu'à ce que les gardes aient débarrassé le bureau et refermé la porte derrière elles.

Puis Valcek prit la parole.

« Je pense mériter mieux de votre part. J'ai tenté de vous protéger.

— C'est vrai. Je le reconnais ; vous avez voulu m'épargner, et avez essayé de me prévenir dès ma première rencontre avec l'enfant. Ç'aurait été tellement plus simple, plus efficace, et moins pénible pour *moi*, par la même occasion, si j'avais été un peu plus stupide et entériné l'accord sans m'en mêler. Mais si vous pensez que c'est la raison de ma colère, vous n'avez vraiment pas idée de l'*abomination* que vous avez perpétrée en leur livrant un assassin, tout en sachant pertinemment ce qu'ils en attendaient. »

Valcek se leva si brusquement que son fauteuil bascula et tomba derrière elle avec fracas.

« Ne soyez pas si naïve ! Vous savez combien de traités ont été signés avec des régimes brutaux qui n'hésitent pas à tuer les leurs ? Combien de fois la diplomatie a exigé de passer un marché avec le diable, de serrer la main à des interlocuteurs dont la morale fait vomir, juste pour que notre camp puisse garder une longueur d'avance ? Vous connaissez le prix à payer pour la bonne cause ?

— Oh, oui, vous n'avez pas besoin de me le rappeler, dit Cort. En revanche, je ne suis pas si sûre que ce soit le cas pour vous.

— D'une façon ou d'une autre, ils allaient se procurer un meurtrier humain, avec ou sans notre concours, et l'utiliser comme ils en avaient l'intention avec Farr, peu importe notre consentement. On ne peut pas les empêcher de commettre des atrocités contre les leurs, s'ils le souhaitent. Au moins, nous obtenons quelque chose de valeur en échange… et nous remettrons ça plus tôt que vous pouvez l'imaginer, dès qu'ils seront prêts à retourner à la table des négociations, pour l'acquisition du candidat suivant. Et il y aura toujours des enfants zinns pour prendre la place de Première-Offerte. Mais de *cette* façon, il en sort quelque chose de bon.

— Il n'en sort rien de bon », murmura Cort.

Elle se tamponna les coins des yeux avec le pouce, regarda, sur le mur, un paysage de bâtiments en flammes et de corps en train de refroidir qu'elle seule pouvait voir. Rassemblant ses forces, elle se tourna de nouveau vers Valcek, cette fois avec une expression qu'elle aurait voulu montrer à Première-Offerte, une parfaite illustration du concept de *fureur*.

« Je me moque de ce qu'ils ont d'autre à offrir en guise de paiement : c'est terminé. Dès que j'aurai quitté cette pièce, vous contacterez La Nouvelle-Londres. Vous ferez tout ce qui est en votre pouvoir pour convaincre les autorités qu'à dater de ce jour, la seule politique intelligente consiste à mettre cette planète en état de blocus permanent, économique et militaire. Jusqu'à extinction des Zinns. Certes, leur technologie rend cette menace peu crédible. Mais leur aversion psychologique au conflit devrait les retenir sur ce monde et les empêcher de se procurer de nouveaux assassins, auprès de nous ou de n'importe qui d'autre. »

L'incrédulité de Valcek était telle qu'elle faillit éclater de rire. Elle croisa les bras sur sa poitrine.

« Rien que ça, réussit-elle à dire d'un ton atterré.
— Oui.
— Une déclaration de guerre, sans provocation, contre une espèce qui non seulement n'a jamais tiré un coup de feu contre nous, mais possède une technologie qui pourrait nous détruire, si l'envie lui en prenait. Vous êtes cinglée.
— C'est possible. Mais vous allez faire ce que je vous dis.
— Et comment suis-je censée justifier cette folie auprès de nos supérieurs ? »

Cort se sentit soudain très fatiguée. Pour toute une série de raisons : ses côtes douloureuses ; sa lassitude d'être toujours réduite à des actes qu'elle pensait avoir laissés derrière elle ; son écœurement, parce qu'elle venait de confirmer de façon saisissante qu'elle n'avait finalement pas changé ; son désespoir, devant la place à laquelle elle semblait vouée dans l'univers... Mais surtout, elle se sentait abattue : le manque de perspicacité et la stupidité de ses semblables l'étonneraient aussi longtemps qu'elle vivrait.

« Vous n'avez pas la moindre idée de ce dont je vous parle, n'est-ce pas ?

— Expliquez-moi, alors.

— Très bien. »

Cort fit le tour du bureau pour affronter Valcek face à face, s'exprimant d'abord à voix basse, puis montant en intensité et en volume à chaque mot.

« Une race extraterrestre vous fait une proposition qui semble n'avoir aucun sens. Vous choisissez d'y voir une manifestation, une de plus, d'un comportement qui, le plus souvent, nous échappe. Après tout, ils sont si différents et mystérieux. Vous ne vous posez pas la question de savoir ce qu'ils espèrent en tirer. Vous partez immédiatement du principe que leurs motivations défient notre entendement, et décidez d'accepter tous les trésors qu'ils ont à offrir en échange. Comme ils sont si notoirement inoffensifs, vous n'envisagez à aucun moment, même brièvement, la seule raison logique qui pourrait les pousser à négocier avec ardeur l'acquisition de représentants de la lie de l'humanité. Ils ont abandonné tout un empire sans tirer le moindre coup de feu, ils sont menacés d'extinction à cause de cette barrière psychologique qu'il leur suffirait de lever pour renaître de leurs cendres et balayer tous leurs ennemis. Alors, pourquoi manifestent-ils un tel intérêt pour le mal ? »

En prononçant la phrase suivante, elle planta son index dans la clavicule de Valcek.

« Vous vous réjouissez de mettre la main sur un de leurs vaisseaux spatiaux. Mais ce que vous ne semblez pas réaliser, c'est qu'ils sont animés d'intentions qui correspondent précisément aux vôtres. »

Pendant de longues secondes, le visage de Valcek resta un masque d'incompréhension totale... puis tout devint clair. Dans son expression, l'assurance céda la place à l'horreur, une seconde avant qu'Andrea Cort martèle sa conclusion.

« *Personne n'analyse et n'étudie quelque chose par simple curiosité, sans intention de le reproduire et de s'en servir.* »

Les lèvres de Valcek remuèrent sans émettre un son. Le sang quitta son visage, et elle tendit la main vers son fauteuil, oubliant qu'il était tombé derrière elle.

Andrea Cort n'attendit pas qu'elle s'en aperçoive. Elle tourna les talons et sortit.

UNE DÉFENSE INFAILLIBLE

Tasha Coombs

Tasha s'était sauvée à toutes jambes, pressant fort la blessure qui saignait à son flanc. Elle allait probablement mourir cette nuit, et elle ne pouvait s'en prendre qu'à elle-même.

Elle avait commis une grave erreur tactique en décidant de rentrer chez elle ce soir-là. Dans ses locaux, le Corps diplomatique mettait plusieurs appartements très corrects à la disposition des gens qui faisaient des heures supplémentaires. Elle n'aurait eu aucun besoin de quitter son lieu de travail.

Par ailleurs, sa mission entrait dans une phase critique et le soleil installé dans l'axe de La Nouvelle-Londres avait faibli au point d'y établir l'équivalent de la nuit. Il y avait donc moins de monde dans les rues, ce qui l'avait rendue plus vulnérable. Mais elle avait tablé sur le fait d'avoir suffisamment couvert ses traces.

Avec le recul, vouloir retrouver son lit et un mari virtuel au lieu de rester dans les parages au cas où les choses se débloqueraient manquait singulièrement de logique.

Ça ne lui ressemblait pas. Elle était sortie indemne de zones de guerre.

Elle n'avait pas hésité à sacrifier des vies pour sauver la sienne. Elle aurait dû faire preuve d'un peu plus de bon sens.

Mais elle vivait de cette manière depuis maintenant trois semaines, alors qu'elle abordait les dernières étapes de son enquête. Aucune des précautions antérieures ne s'était avérée utile et l'opération n'avait pas vraiment franchi le point de basculement nécessaire. Elle avait donc pris une décision qu'elle regrettait à présent. Elle avait choisi le confort au détriment de la sécurité, en s'entêtant à ne pas écouter son instinct. Elle avait voulu privilégier son désir d'une autre vie, plutôt que d'obéir au besoin impérieux de protéger la seule qu'elle possédait.

C'était une erreur.

Derrière elle, les pas de son probable assassin le lui confirmèrent.

Plus tôt

Elle avait passé les dernières semaines au siège du Corps diplomatique, au cœur du monde-cylindre connu sous le nom de La Nouvelle-Londres. On lui avait confié deux tâches, une bien réelle, une seconde pour donner le change et justifier sa présence.

Son travail officiel consistait à réunir les analyses économiques de transactions récentes des États-sociétés exoconfédérés, comme Bettelhine, Dejahcorp et Trawleny. Ces puissances rivales de la Confédération homsap exerçaient leurs activités, avec la possibilité qu'éclate un conflit ouvert si la fortune souriait à l'une plutôt qu'à l'autre. Même la modélisation 5-D des affaires en cours de tous les principaux acteurs ne suffisait pas à la tirer d'un ennui profond. Sans compter que ce n'était pas la vraie raison de sa présence.

Plus tard cet après-midi-là, sa supérieure Veronica Cheung était venue la regarder à l'œuvre un moment, avec son air de ne pas y toucher, avant de se décider à intervenir après de longues minutes d'observation.

« Il y a forcément une erreur. »

Tasha pensait voir ce que Cheung avait remarqué, mais elle feignit l'ignorance.

« Ah bon ?

— Ce chevauchement de couleurs, entre le cloud de Bettelhine et celui de Dejahcorp. C'est très improbable. Ces deux sociétés se livrent une concurrence acharnée depuis des années. Elles en sont presque déjà venues aux armes.

— On les voit mal faire des affaires », reconnut Tasha.

Ses doigts voltigèrent autour de la projection, grossissant la zone en question.

« Mais chacune d'elles possède des ressources dont l'autre a besoin ; ce ne serait pas la première fois qu'un cadre subalterne, loin du pouvoir central, prendrait l'initiative d'un troc, et oublierait d'en informer sa hiérarchie. »

Elle zooma, là où les chevauchements apparaissaient les plus fréquents.

« On observe une forte activité dans l'Amas lésothique ; l'un des administrateurs des mondes-roues appartenant à Dejahcorp y a échangé un peu moins de dix pour cent de sa production annuelle avec des filiales de Bettelhine. Ça va à l'encontre des politiques des deux groupes en la matière, mais je ne pense pas que ses patrons soient au courant. »

Cheung sembla admirative.

« L'enfoiré... En voilà un qui ne manque pas d'air.

— Mais peut-être de prudence. Ses tentatives pour effacer ses traces ont été terriblement maladroites ; il a exercé son trafic sans trop savoir comment s'y prendre, à tel point qu'il devra bientôt se livrer ou passer chez Bettelhine s'il veut éviter la prison.

— Peut-il nous être utile... comme recrue ?

— Le Corps serait obligé de couvrir ses pertes. »

Aucun sourire chez Cheung, ce n'était pas son genre. Mais elle devait apprécier à sa juste valeur cette occasion rare : infiltrer un agent triple.

« Votre façon de penser me plaît, Tash. Rédigez-moi un rapport pour demain en fin de journée. Mais maintenant, allez vous reposer ; vous tombez de sommeil. Quand avez-vous fermé l'œil pour la dernière fois ? »

Depuis qu'on lui avait confié cette mission, Tasha avait dû souvent jouer la comédie, mais elle n'eut pas à feindre le bâillement par lequel elle répondit.

« C'est bien ce que je pensais. Si vous restez plus longtemps, vous allez finir par commettre des erreurs. Rentrez vous reposer et ne revenez que lorsque vous serez de nouveau capable de tenir la tête droite.

— Encore une heure, négocia Tasha. Je termine.

— Dix minutes, lui accorda Cheung. Ensuite, sauvegardez votre travail et allez vous détendre un peu, boire un verre... je ne sais pas, moi. »

Elle tourna les talons et s'éloigna à grands pas, faisant claquer les aiguilles sur le sol en alliage du bureau.

Tasha n'avait aucunement l'intention d'écouter sa supérieure.

Elle consacra encore une heure entière à la tâche en cours, pas pour démasquer un traître potentiel au sein de Dejahcorp, mais pour créer de toutes pièces le col blanc indélicat qu'elle venait de décrire. Quand elle eut terminé, les chiffres dressaient un portrait aussi détaillé que n'importe quelle peinture à l'huile. Tasha pouvait presque sentir la peur transpirer par tous les pores de sa peau lorsque l'homme faisait quotidiennement ses comptes ; son hésitation empreinte de tristesse chaque fois qu'il approchait d'une hauteur ; la tentation d'en finir avant que sa perfidie soit découverte. Tasha se le représentait avec un visage rond, les joues flasques et une mèche rabattue qui cachait mal une calvitie grandissante, la peau luisante de sueur en permanence. Elle le voyait rentrer chez lui, retrouver sa femme qui lui adressait à peine la parole, et un fils à peu près aussi communicatif. Elle ajouta quelques transactions personnelles pour montrer que ce pauvre bougre vivait bien au-dessus de ses moyens, et menait une double vie. Elle sut toutefois s'arrêter avant qu'une telle accumulation de données risque de transformer le tout en soap-opéra.

Ensuite, elle effaça l'échafaudage numérique qui identifiait sa fiction comme un travail en cours, effectua une sauvegarde, et fit un crochet par le bureau de son autre cible, un certain Beau D'Eauffier. Quand elle passa la tête par la porte, elle vit une masse affalée sur un canapé, les yeux dissimulés sous un avant-bras poilu. Mais avant qu'elle s'éclipse, elle entendit :

« Vous allez y laisser votre santé, Coombs. »
Elle rit.
« Cheung m'a dit la même chose.
— Vous devriez l'écouter. Personne n'a jamais sauvé le royaume en restant dans sa coquille. Vous

allez vous épuiser, à force de chercher à impressionner tout le monde. »

Elle haussa les épaules.

« Je suis un bourreau de travail. On ne se refait pas.

— Dur à la tâche, on l'est tous, Cheung, moi... C'est normal dans ce boulot. Mais j'ose à peine imaginer comment vous réagirez quand une crise diplomatique grave éclatera et qu'on demandera à toute l'équipe d'être sur le pont vingt-quatre heures sur vingt-quatre. Vous avez mangé, au moins ? »

Gênée, Tasha s'aperçut que, pour la seconde fois dans la même journée, quelqu'un semblait s'inquiéter de sa santé.

« Ce matin, je crois.

— Un jour, psalmodia-t-il, vous vous rendrez compte que vous êtes passée à côté des plaisirs de l'existence. Je vous assure, si ma vieille carcasse est encore là pour vous parler, c'est uniquement parce qu'elle a besoin d'un petit somme pour recharger ses batteries avant de rentrer au bercail. »

Elle sourit.

« J'ai juste quelques bricoles à terminer.

— Allez-y, alors ! Mais pour l'amour de Juje, ne soyez plus à votre poste quand je partirai.

— Je n'en ai plus pour longtemps », promit-elle.

Elle traversa d'un bon pas le complexe du Corps diplomatique, et but un café dans une salle de repos où personne ne la connaissait, de l'autre côté du bâtiment. Elle en profita pour envoyer un rapport codé à ses officiers traitants. Puis elle retourna à son bureau, prête à justifier sa présence en expliquant à ses supérieurs qu'elle avait oublié quelque chose.

D'Eauffier était parti depuis longtemps. L'écho de ses pas accompagna Tasha dans ses allées et venues. La consultation des enregistrements de la sécurité du bâtiment lui confirma que toute l'aile avait été pratiquement désertée depuis plus d'une heure. Elle tergiversa encore une dizaine de minutes, avant de prendre sans doute la décision la plus inconsidérée de sa carrière.

Elle se dit qu'elle pouvait rentrer chez elle sans problème.

Le trajet

Tasha pointa en quittant les couloirs inhospitaliers des services de renseignements, pour un environnement encore moins accueillant. Malgré un entretien impeccable et le soin méticuleux porté à l'aménagement de son parc, le campus du Corps diplomatique demeurait dans son esprit un décor bâti sur la duplicité et le mensonge.

Le Corps diplomatique était le visage qu'affichait la Confédération homsap face aux autres grandes puissances de l'espace connu. Mais il s'agissait d'une construction pour le moins bancale, moins soucieuse de maintenir la paix que l'illusion d'une humanité qui parlerait d'une même voix. Quitte à recourir parfois aux pires méthodes. Tasha en avait été témoin, assez souvent pour lui enlever tout espoir, s'il lui en restait, que la Confédération soit bien le phare qui éclairait l'avenir de l'humanité. En ce qui la concernait, c'était un moindre mal. Andrea Cort, une collègue qu'elle n'appréciait guère, l'avait prévenue un jour. Si elle se mettait à avoir des états d'âme, elle devrait songer à demander un changement d'affectation, pour la fin de son contrat. Quelque chose de moins éprouvant sur le plan psychique, comme de bosser dans une ambassade. Et ses états d'âme ne dataient pas d'hier.

Depuis la cour, elle emprunta un tapis roulant jusqu'à la rame express qui devait la conduire à son lit et dans les bras de son amant virtuel. La simulation convenait très bien au temps qu'elle avait à y consacrer. Ce soir, elle n'avait même pas envie que cette fichue machine lui fasse l'amour. À quand remontait la dernière fois ? Elle préférait ne pas y penser. Mais la chaleur d'un corps contre le sien, si illusoire soit-elle ; la sensation rassurante et douce du souffle d'un être cher dans son dos, si artificielle soit-elle ; arrivait un moment où ces choses devenaient nécessaires, juste pour garder la raison.

Quand j'aurai bouclé cette affaire et coincé cette ordure, se dit-elle, *je demanderai une mutation, un poste qui prend moins de temps et m'en laisse pour avoir une vie à moi.*

Les ingénieurs de l'habitat avaient décidé que la nuit serait chaude et étoilée. Tasha ne se hâta donc pas, au cours des deux longs passages où elle circulait à pied. Elle s'arrêta pour acheter un shake protéiné qu'elle avala à l'aide d'une paille, sans se presser, les yeux levés vers la fausse voûte étoilée qui dansait sur l'axe central de La Nouvelle-Londres. Pas vraiment le ciel du monde rural qui l'avait vue grandir, ni même une illusion convaincante. Mais ça valait déjà mieux que cette impression permanente d'une grosse massue en métal, immobile, qui menaçait de s'abattre et d'aplatir la petite provinciale montée en grade.

Elle se sentait presque mélancolique quand elle tourna au coin de la coursive qui donnait sur le quartier où se trouvait son immeuble. Sans songer une seconde aux dangers tactiques du terrain.

Son agresseur sauta sur elle à ce moment-là.

Tout en sentant la lame qui entamait le tissu de son ensemble et traçait une ligne sur ses côtes, Tasha pensa d'abord être victime d'une délinquance qui avait pratiquement disparu des rues de La Nouvelle-Londres.

Certes un peu d'argent liquide circulait encore dans la Confédération, parce que ses membres comprenaient un si vaste échantillon de civilisations humaines. Mais ici, tous les échanges de nature commerciale donnaient lieu à un virement de compte à compte. Personne n'avait donc de raison de porter des objets de valeur sur soi. Sauf que les gens, eux, ne changeaient pas, ce qui expliquait les agressions gratuites, les viols, les crimes passionnels… Alors que la douleur lui embrasait le côté, Tasha eut même le temps d'être sensible à l'ironie de la situation. Succomber à une menace aussi banale si près de chez soi, après avoir survécu à des périls bien plus grands, en mission sur des mondes lointains !

Elle tendit la main vers son arme de poing. Son agresseur lui saisit le poignet, avant qu'elle puisse la dégager de son étui et la jeta de côté. Puis il plaqua violemment Tasha contre le mur, une seconde fois.

Maintenant, ça va bien, pensa-t-elle, et elle passa aux choses sérieuses.

Ce qui, en combat rapproché, aurait normalement suffi à entraîner la mort de n'importe quel amateur.

Mais son agresseur bloqua sa riposte, un coup qui, assené à un vulgaire voyou, se serait révélé fatal.

Pour la première fois, elle eut l'occasion de voir de près le visage rageur, mais animé par la peur, qui se cachait derrière le couteau. Elle reconnut son adversaire, non sans surprise – son instinct avait plutôt penché pour son autre suspect –, et se dit qu'elle avait réellement choisi la pire soirée pour satisfaire son désir de jouir des plaisirs du foyer.

Les mots qu'il lui cria en plein visage étaient rauques, tremblants, mais déterminés : les tons que peut adopter la voix de l'être humain même le plus civilisé, quand le vernis se craquelle sous les assauts de l'instinct de conservation.

« QU'EST-CE QU'ILS SAVENT ? »

Aussi gravement blessé que Tasha, le commun des mortels aurait succombé à l'illusion néfaste que fournir des réponses offrait une voie possible vers la survie.

Tasha était trop intelligente pour ça. Par cet acte désespéré, son agresseur confirmait tous les soupçons qui pesaient sur lui. Il ne pourrait pas se permettre de la laisser en vie ; pour elle, parler ou se rendre se traduirait par le même résultat : la mort garantie.

Elle hurla, fit perdre l'équilibre à cette ordure qui tomba sur le sol. Puis, pour illustrer avec force son point de vue, elle lui décocha un puissant coup de pied dans le ventre. Elle évita de justesse qu'il la saisisse par la cheville et, comprenant que ses efforts n'avaient pas suffi à venir à bout de son adversaire, elle chercha du regard son arme de poing. Constatant qu'elle avait dû glisser quelque part hors de sa vue, elle estima que toute tentative pour la récupérer n'aurait pour résultat que de la retarder.

Elle prit la fuite.

Son flanc saignait encore plus quand elle courait. Mais c'était une blessure superficielle, pas le genre d'entaille profonde d'où s'échappent organes ou fluides en quantités mortelles au bout d'un supplice de quelques pas. Une coupure pour la terroriser ; elle ne la tuerait que si elle laissait la souffrance la distraire.

Elle avait une chance : si ce n'est de distancer son agresseur ou de placer une porte entre eux, au moins de se mettre en position de contre-attaquer, ou d'atteindre un endroit plus fréquenté.

Elle détestait les sons de gamine paniquée et impuissante que produisait sa bouche. Mais elle ne tenta pas de les étouffer, ni eux ni les larmes qui lui étaient spontanément montées aux yeux. Ces réactions physiques involontaires ne méritaient pas qu'elle gaspille son énergie.

Derrière elle, son agresseur était à ses trousses :

« Ne soyez pas stupide ! »

Elle tourna de nouveau, au hasard, et s'aperçut immédiatement qu'elle avait commis une erreur. Cette coursive, un itinéraire qu'elle n'avait jamais emprunté, semblait s'étendre à l'infini. Le sol, les murs et le plafond convergeaient en un point, qui paraissait situé légèrement au-dessus du centre, dans ce qui pouvait être une manifestation de la courbure de La Nouvelle-Londres. Aucun endroit où aller, à part droit devant, aucun passage transversal où se réfugier. La douleur qui lui brûlait le côté attestait de manière éloquente que, si elle fondait quelque espoir de survie en se proposant de distancer la mort, elle ferait aussi bien de s'arrêter et de lui ouvrir les bras.

Mais elle avait de la chance. Elle repéra un petit mécanisme qui traversait le sol en glissant, à environ une centaine de mètres devant elle ; elle reconnut un drone d'entretien, effectuant ses rondes nocturnes pour balayer la poussière. Alors, son regard se mit à chercher autre chose. À mi-chemin entre la forme ramassée et sa propre position : elle aperçut une ouverture caractéristique. Connues sous le nom de « trous de souris », ces niches, qui n'avaient jamais reçu la visite du moindre rongeur, accueillaient les drones en dehors de leurs périodes d'activité.

Elle serait peut-être assez profonde pour qu'elle s'y mette à couvert pour son baroud d'honneur.

Il s'en fallut de peu ; les bruits de pas derrière elle avaient gagné en volume. Alors qu'elle s'attendait à sentir de nouveau la morsure du couteau d'une seconde à l'autre, elle esquiva le coup en se jetant sur la gauche. Puis elle laissa son élan l'entraîner dans le tunnel, juste assez large pour s'y glisser à quatre pattes en toute hâte. Des mains tentèrent de l'empoigner, elle les chassa d'un coup de pied, pas assez fort pour causer ne serait-ce qu'un bleu. Elle avança péniblement, consciente qu'elle atteindrait bientôt une impasse. Piégée, elle n'aurait d'autre choix que d'affronter son adversaire.

Heureusement, aucun drone n'était à l'intérieur. Le tunnel s'achevait par un cul-de-sac sombre, suffisamment spacieux pour lui permettre de se retourner.

Elle se redressa, le dos au mur, lançant un regard furieux en direction de l'entrée.

Elle s'aperçut qu'elle avait laissé une traînée humide derrière elle.

Ses efforts avaient élargi sa plaie, ravivant la douleur. Affaiblie, elle lutta contre les vertiges qui la menaçaient ; elle respira à fond et secoua la tête, cherchant à retrouver sa vivacité d'esprit pour la suite.

De la lumière dansa dans le tunnel.

Une voix qu'elle haïssait à présent l'appela.

« Tasha ? Je vous entends haleter.

— Je peux tenir jusqu'à ce qu'on vienne à mon secours.

— Je ne pense pas. Et même si vous décidez de vous mettre hors service, je peux vous rebooter et vous confier aux bons soins de spécialistes qui prendront leur temps pour vous arracher ce dont j'ai besoin.

— Foutaises ! »

Un rire émana du tunnel en guise de réponse.

« Vous croyez sérieusement que j'aurais commis un acte aussi désespéré, sans avoir mené ma petite enquête ? Je sais très bien comment obtenir de vous ce que je veux. »

La lumière dansa de nouveau, se limitant progressivement à quelques bandes blanches étroites à mesure que la forme de son agresseur avançait et occupait le reste de l'espace.

Tasha changea de position et sentit la douleur se réveiller dans son flanc. Elle se prépara à être capturée.

Andrea Cort

Ils ne me laissaient pas vraiment le choix : je devais les suivre, sans savoir pourquoi on avait jugé utile de me tirer d'un sommeil aussi profond qu'artificiel, au troisième mois de mon assignation à résidence à La Nouvelle-Londres.

Ils se contentèrent d'insister. Lourdement. Sous-entendant clairement qu'en cas de refus, on n'hésiterait pas à me porter ou à me traîner de force.

Je m'abstins de poser des questions, parce que je ne fais cela que si un supplément d'informations est susceptible de changer quoi que ce soit. Et trente secondes de *vous-me-faites-marcher* d'une voix endormie ne m'avaient valu que cinq secondes de *on-en-a-l'air?* en guise de réponse.

Je me retins également de les tuer, avec l'une ou l'autre arme que je cachais sur moi, même pendant mon sommeil. Le meurtre d'un homme était déjà pour partie responsable de mes ennuis actuels ; ajouter ces deux mastodontes à la liste n'aurait pas réglé la question de ma fuite hors de La Nouvelle-Londres et de l'espace confédéré. Mes chefs pouvaient décider de m'incarcérer ou de se débarrasser de moi avant la fin de la journée. Mais pour l'instant, j'estimais avoir toujours une chance sur deux. Alors, autant ne rien précipiter et suivre docilement le mouvement.

Ils acceptèrent de se retirer pendant que je m'habillais. Je profitai de ce moment d'intimité pour transférer mes armes des vêtements que je portais pour dormir à l'austère ensemble noir qui me faisait à la fois office d'uniforme et de cuirasse. Je me sentais déjà beaucoup mieux pour affronter la suite, quand je m'aperçus que notre itinéraire évitait les endroits trop fréquentés ; privilégiant la discrétion, mon escorte nous fit emprunter des coursives et des rames express réservées au personnel de sécurité et d'entretien. Je révisai l'estimation de mes chances à sept contre trois et me préparai à bientôt défendre chèrement ma peau.

Après un long trajet inconfortable, on me conduisit dans des bureaux que je ne connaissais pas, puis dans une petite pièce sans âme où l'on m'enferma, dans l'attente de mon sort. Je n'avais pas demandé une seule explication, et personne n'avait jugé bon de m'en donner. À présent, j'évaluais mes chances à neuf contre un. Je m'assis sur une des chaises disposées de part et d'autre d'une table, les mains jointes, et bien décidée à épuiser la patience d'un éventuel observateur. Qu'ils n'espèrent pas me faire craquer si facilement.

Alors que je pensais devoir attendre des heures, la porte s'ouvrit en coulissant moins d'une minute plus tard. Un homme entra, qui m'inspirait un mépris sans bornes.

« Fumier. »

Artis Bringen, un fonctionnaire imberbe terriblement mince qui, pour des raisons connues de lui seul, avait adopté l'apparence d'un garçon d'à peine quinze ans – système mercantile. Uniques concessions à son âge réel : une coupe qui laissait voir la racine des cheveux et faisait ressortir le désert désolé de son front et un regard las, désenchanté. L'abus, jusqu'à l'obsession, de traitements de rajeunissement n'était pas parvenu à étendre à ses yeux la fraîcheur de son visage et de son corps.

C'était mon patron, et également mon gardien, en raison de mon statut juridique bancal en tant que criminelle de guerre précoce, avant même ma dernière incartade.

Il soupira.

« Un jour, Andrea, j'entrerai dans la pièce et vous me direz bonjour. Ou peut-être : "Comment allez-vous ?" Bref, vous éviterez de me rappeler inutilement la haine viscérale que je vous inspire.

— N'y comptez pas trop. C'est quoi le problème, cette fois ?

— Rien. Aucun problème. »

Mon estomac se dénoua un peu. À sa manière cavalière, il venait de m'accorder un sursis.

« Et les Zinns ? »

Ma récente et houleuse mission chez les Zinns avait conduit à mon assignation à résidence des derniers mois. J'aurais dû me limiter à entériner les termes d'un transfert de prisonnier, négociés par des gens bien plus compétents que moi. La routine. Au final, j'avais invalidé l'ensemble de la procédure, tué un homme et recommandé le blocus militaire de la planète.

Pour d'excellentes raisons, il est vrai.

Mais une jeune recrue du Corps diplomatique, fraîchement nommée au bureau du procureur général, ne pouvait pas espérer prendre ce genre de décision en toute impunité. Depuis, j'attendais donc la sanction, et qui mieux que Bringen pour me l'annoncer ?

Il me surprit en secouant la tête.

« Votre cas a fait débat pendant un temps, et je crains que le meurtre reste un point noir dans votre dossier. Mais, après enquête, personne ne nie que vous nous avez empêchés de commettre une terrible erreur tactique. Officieusement, nous vous sommes même reconnaissants.

— Ça concerne Bocai, alors ?

— Allons, cette supposition n'a aucun sens. Utilisez cette logique qui contribue à votre réputation naissante. Pourquoi nous donnerions-nous autant de mal pour vous protéger des retombées de vos actions parmi un peuple puissant comme les Zinns, pour céder aux exigences d'une planète reculée comme Bocai ? »

Je m'accrochai à ma paranoïa durement acquise.

« Par perversité ? »

Bringen, détracteur farouche s'il en était, m'avait rarement épargnée dans le passé. Mais de ceux qui m'avaient fourni d'excellentes raisons de les détester, il se distinguait par une mauvaise habitude très irritante : adopter un air blessé dès qu'il estimait que je me montrais injuste envers lui.

« Voyons, Andrea… »

L'expérience aidant, j'ai développé une classification assez pointue de mes ennemis. Ceux qui, entre deux coups tordus, se prétendent vos amis sont les pires ; ils sont persuadés d'agir pour votre propre bien, jusque dans les privations qu'ils vous infligent. Bringen appartenait clairement à cette catégorie, d'où sa frustration, parfois, face à mon manque d'enthousiasme à accepter sa main tendue.

Je ne le laissai pas protester davantage.

« Qu'est-ce que vous voulez, alors ?

— Nous avons un problème à vous soumettre. »

Je haussai les épaules.

« Je suis suspendue.

— On vous a expressément demandée.

— Ça ne change rien.

— Une vie est en jeu, celle de quelqu'un qui vous est cher.

— Je ne connais personne qui corresponde à cette description.

— C'est Tasha Coombs. »

Tasha était une collègue ; nous avions obtenu nos diplômes en même temps, et avions travaillé côte à côte pendant un an, dans le cadre d'une de nos premières missions, un projet commun d'un ennui prodigieux.

Nous étions toutes les deux dotées de fortes personnalités, malheureusement incompatibles. Elle savait se comporter en société, contrairement à moi qui manquerais toujours de savoir-vivre. Mais elle avait aussi grandi dans un milieu privilégié, et pris l'habitude qu'on lui cède systématiquement. De mon côté, j'étais une boule de colère, résolue à tout régenter, convaincue de ma propre infaillibilité. Au début, pleines de bonnes intentions, nous avions fait un effort pour nous entendre. Mais au bout de quelques jours, ma réserve et sa courtoisie de façade avaient fait long feu, rapidement remplacées par une franche hostilité. Nous avions alors décidé d'adopter une froideur de robot en présence l'une de l'autre, ne nous adressant la parole que pour échanger des informations de nature strictement professionnelles. Nous nous étions entendues aussi bien que deux animaux enragés dans un sac de toile.

Depuis, j'avais rejoint le bureau du procureur général, tandis qu'elle avait intégré le monde plus mystérieux des services de la sûreté interne du Corps diplomatique, et nos contacts en étaient restés là.

Suggérer que je puisse avoir un quelconque rapport avec le pétrin dans lequel elle s'était fourrée était tout bonnement incongru. J'allais devoir y mettre bon ordre.

« Montrez-moi. »

Vingt minutes plus tard

Prisonnière d'un moment de sa propre création, système clos, sans issue, Tasha ne savait ni où elle se trouvait ni qui elle était. Comme l'avait un jour observé un bel esprit à propos d'une ville de son monde natal réputée pour son manque d'intérêt, il n'y avait rien là-bas, parce qu'il n'y avait pas de « là-bas ».

Quand j'avais fait sa connaissance, Tasha avait le teint moka clair, des cheveux châtains bouclés mi-longs et un regard perçant. À présent, toute chaleur avait déserté ses yeux autrefois marron. Elle avait procédé à quelques changements pour des raisons professionnelles ou esthétiques. Sa peau avait bruni de trois ou quatre tons, elle s'était teinte en gris et avait adopté une coupe à ras ; pour ses yeux, elle avait choisi une couleur proche de l'orange, du sur-mesure comme on n'en trouve que sur les humains augmentés. Impossible de dire si son corps avait lui aussi subi des modifications. Elle disparaissait jusqu'au cou sous les machines qui la maintenaient en vie, l'aidant à se nourrir, à rester propre et à faire de l'exercice, mais sans jamais lire dans son regard vide. Sur son visage ne subsistait aucune trace de l'emmerdeuse intelligente et motivée avec qui j'avais fait mes débuts. La bouche molle et les yeux vitreux témoignaient de l'impuissance d'un esprit prisonnier, même si une partie d'elle-même était peut-être en train de hurler là-dedans. Si tentante cette idée soit-elle, pour en être moi-même passée par là, je savais qu'elle n'avait aucune conscience du temps qui s'écoulait, de sa triste condition actuelle, ou de son incapacité totale à penser ou agir.

« Elle a eu droit au marqueur, constatai-je.

— Oui, en effet, confirma Bringen. Nous avons pu rapidement traiter ses autres blessures – la traînée de sang qu'elle a laissée derrière elle suggère une fuite assez longue devant un agresseur qui l'aurait attaquée à l'arme blanche.

— Depuis combien de temps est-elle sans réaction ?

— Quatorze jours, à peu près. »

Je fronçai les sourcils.

« Elle devrait avoir repris ses esprits.

— C'est un cas un peu particulier. »

L'arme qui avait mis Tasha dans cet état portait un nom officiel peu poétique ; bien vite rebaptisée « marqueur » par un des fumiers qui l'avaient inventée, elle était désormais connue sous ce sobriquet. Une vieille expression juridique, « marque déposée », lui en avait donné l'idée. Après en avoir été la victime, j'avais cherché à me documenter sur l'emploi de ce terme. Mais ce que j'avais pu trouver ne m'avait guère éclairée. Apparemment, il aurait jadis existé une boisson d'une popularité insensée, appelée

« pedsi », ou quelque chose d'approchant. Pour la vendre, on concoctait des jingles publicitaires qui, une fois entendus par le consommateur, se gravaient dans sa mémoire de manière presque indélébile. Les gens les fredonnaient, les chantaient, ou écoutaient de la musique plus agréable pendant des heures pour se nettoyer le cerveau. Peine perdue, la publicité finissait immanquablement par les réinfecter.

Les marqueurs adoptaient le même principe, mais en poussant les choses un cran plus haut. Par contact visuel rapproché, ils procédaient par effet stroboscopique pour installer une image virale puissante, annihilant la volonté et rendant impossible toute pensée consciente. Pendant parfois une semaine, la victime, complètement absorbée par cette image, se retrouvait dans l'incapacité de voir, entendre, sentir ou agir.

Face à une foule agitée, les forces de l'ordre avaient recours à ces armes, considérées comme « humaines ». Ayant moi-même eu l'occasion d'en faire l'amère expérience, au milieu d'une émeute dans les rues de La Nouvelle-Londres, je vous assure que ces trucs n'ont rien d'humain, quelle que soit la définition qu'on donne à cet adjectif. D'abord, après coup, le sentiment d'impuissance est terrifiant. Mais en plus, la phase de récupération n'est ni aussi rapide ni aussi aisée que le prétendent les défenseurs de cette technologie. Certaines victimes continuent de souffrir de flash-back, qui peuvent provoquer de courtes périodes d'incapacité totale ou partielle. Par ailleurs, ceux qui emploient les marqueurs programment parfois des images répugnantes et/ou pornographiques. Ils jouissent d'une complète liberté dans ce domaine. Le bruit court même que des gouvernements exploiteraient cette technologie sur leurs prisonniers politiques, ne leur autorisant que de rares instants de conscience de soi, avant de les replonger dans les limbes de leur propre crâne. À terme, ce processus est susceptible de causer des lésions cérébrales irréparables.

Les marqueurs sont des armes terribles, qui ont bousillé des vies.

Mais dans la plupart des cas, les effets se dissipent en moins d'une semaine.

« Le modèle utilisé sur elle…, reprit Bringen d'une voix hésitante. Eh bien, il s'agit d'une version perfectionnée et hautement confidentielle de celui que vous connaissez. L'image qu'il transmet se régénère automatiquement, elle se recompose dès que le cerveau se met de nouveau à réagir à des stimuli extérieurs. Sans intervention de notre part, elle restera ainsi jusqu'à la fin de ses jours. »

Je retirai l'ongle de mon pouce coincé entre mes incisives et lançai à Bringen le regard révolté que j'aurais pu réserver aux tueurs en série et aux violeurs.

« Dans quel esprit malade a bien pu naître une telle saloperie ? »

Il rosit.

« Dans le nôtre.

— Et je suis sûre que vous avez une explication foireuse à me fournir. »

Nous n'étions pas dans une chambre d'hôpital ordinaire, mais une clinique secrète que le Corps entretenait sur site pour ses cas les plus gênants. J'avais d'ailleurs un temps fait partie de cette sous-catégorie de l'humanité. Mais l'équipement des lieux prévoyait quelques éléments de confort essentiel pour les rares visiteurs autorisés, à l'instar du fauteuil dans lequel Bringen se laissa tomber, l'air abattu. Je ne l'avais jamais vu aussi honteux. Il se couvrit la tête de ses mains et se défendit.

« Ne me mettez pas ça sur le dos, Andrea. Je n'ai jamais donné mon approbation à ce fichu projet. Je me contente de travailler pour les gens qui l'ont fait, tout comme vous.

— J'attends toujours vos explications. »

Il se frotta les yeux.

« Vous vous rappelez peut-être l'époque lointaine où les espions ne se déplaçaient jamais sans une capsule de poison sur eux ? Elle devait leur permettre de se suicider s'ils se sentaient sur le point d'être capturés et de révéler ce qu'ils savaient. »

J'avais lu ça en passant dans un roman complètement débile.

« Poursuivez.

— Ce projet est considéré comme une amélioration de ce système. L'agent reçoit des implants sur ses nerfs optiques. En situation de danger immédiat, il a la possibilité de se marquer lui-même en donnant le signal mental convenu. Tout ce qu'il sait est alors sauvegardé, hors de portée de l'ennemi. Il ne vaut plus rien comme prisonnier, puisque aucune forme de torture, d'intimidation ou d'interrogatoire ne pourra le faire craquer.

— C'est aussi la quasi-garantie que l'ennemi, s'il est au courant, ne prendra même pas la peine d'essayer de le capturer en vie.

— Exact. Le système privilégie la survie des agents qui opèrent en territoire ami, où les autorités pourront le récupérer et restaurer ses fonctions cognitives. »

Je jetai un coup d'œil à Tasha. De la bave s'échappait de sa bouche mollement entrouverte. Sérieusement, regardez-moi cette idiote. La partie de moi qui se remémorait nos nombreuses disputes tirait un petit plaisir revanchard de cette situation, je mentirais en disant le contraire. Mais, à défaut d'avoir une conscience, j'avais un profond respect pour l'intelligence. Je considérais la destruction de toute forme de vie intelligente comme indécente.

« Si je vous suis bien, il est censé exister un moyen de la sortir de là, une sorte de mécanisme de sécurité.

— Bien sûr.

— Mais vous ne l'avez pas utilisé.

— Nous ne l'avons pas en notre possession.

— C'est normal, ça ?

— Maintenant, vous commencez à entrevoir notre problème. »

J'avais mal à la tête. Arpentant la chambre d'un mur à l'autre, je réfléchis, puis fermai les yeux.

« Sortez-moi de là. J'ai besoin de prendre l'air et sa présence m'empêche de penser. »

Cinq minutes plus tard

Il m'emmena à l'extérieur, ou ce qui s'en rapprochait le plus dans un monde-cylindre comme La Nouvelle-Londres, à savoir un vaste balcon, trente étages au-dessus du campus du Corps diplomatique. Nous dominions un espace vert avec un étang où une fontaine projetait des jets d'eau argentés en l'air, dans l'un de ces ballets liquides perpétuels dont je n'ai personnellement jamais compris l'intérêt. En ce début de matinée, heure locale, les lampes solaires de l'axe central se réveillaient, pour atteindre progressivement l'éclat qu'elles garderaient durant la journée. Les systèmes de circulation d'air avaient créé une brise maîtrisée et la courbe de l'horizon révélait les premiers signes d'activité des quartiers résidentiels et commerçants de la ville. N'appréciant guère les hauteurs, je n'aimais pas les balcons ; j'étais donc à cran, ce qui me convenait parfaitement – j'en avais besoin.

Bringen me guida jusqu'à une table au soleil, puis y posa un petit objet de forme oblongue. Je reconnus un brouilleur, l'assurance que notre conversation resterait confidentielle. Au cas bien improbable où des oreilles indiscrètes s'intéressaient à nous, un mur de bruit blanc s'interposerait entre elles et nous.

Il s'assit. Moi pas.

« Vous étiez amies, toutes les deux.

— Non, répondis-je. Elle me détestait. Et la réciproque était vraie.

— Vous n'exagérez pas un peu ? »

Je pris un air contrarié.

« Qu'est-ce que vous voulez m'entendre dire ? Qu'elle ne m'empêchait pas de dormir ? Que je ne passais pas des nuits blanches à ruminer les différentes façons de la tuer ? D'accord, selon cette définition, je ne la détestais pas. Mais je me suis tout de même sentie soulagée quand elle est sortie de ma vie, et moi de la sienne.

— Vous voudriez que beaucoup de gens sortent de votre vie, n'est-ce pas, Andrea ? »

Il adopta de nouveau cette expression blessée, feinte ou non, mais pour partie fruit d'un certain aveuglement ; l'attitude d'un homme qui estimait ses fautes négligeables, et considérait le ressentiment de ceux à qui il avait fait du tort comme un malentendu, aisément rattrapable.

« Si vous avez quelque chose à dire, dites-le.

— Vous devez savoir une chose. Après son affectation à la sûreté interne, l'une des premières missions de Tasha a consisté à rédiger des évaluations de différents membres du personnel du Corps diplomatique tombés plus ou moins en disgrâce. Une manière de mesurer sa propre perspicacité, qui n'est qu'indirectement liée à notre problème. Voici un extrait de sa conclusion du rapport de deux cents pages qu'elle vous a consacré. »

Il tapota le port hytex de son col et la voix calme et mélodieuse de Tasha s'éleva dans l'air entre nous.

« Les détracteurs d'Andrea Cort l'ont qualifiée d'instable et d'asociale ; ils ont parlé d'elle en employant des termes comme haine de soi, colère et paranoïa. Indéniablement, ces éléments entrent dans la composition de son mix émotionnel, nourri par la vie qu'elle a menée. Ils sont si marquants qu'ils ont tendance à occulter le reste : entre autres qualités, sa vive intelligence et une intégrité personnelle totale, comme l'auteure de ces lignes a peu eu l'occasion d'en rencontrer. En dépit des inquiétudes exprimées dans son profil, j'estime hautement improbable l'éventualité de son recrutement par une puissance ennemie. À défaut d'être sympathique, c'est quelqu'un sur qui compter. Je mettrais ma vie entre ses mains sans hésitation. »

Il interrompit la diffusion du rapport.

La voix de Tasha n'avait réussi qu'à accroître la tension qui me nouait l'estomac ; les paroles prononcées en ouverture l'avaient portée à petite ébullition. Sa conclusion n'avait en rien atténué ces frémissements, mais elle m'avait privé d'un exutoire.

« Merde, dis-je sur le ton de la conversation.

— Au cas où ça vous intéresserait, ma propre évaluation, qui figure dans votre dossier, dit à peu près la même chose.

— Merde », répétai-je.

Avec le soupir des éternels persécutés, il reporta son attention sur les champs cultivés de La Nouvelle-

Londres au loin, comme s'il regrettait de ne pas posséder un repère pour le guider à travers ce territoire périlleux.

« Au pire moment de sa vie, ajouta-t-il au bout d'un moment sans se retourner, elle a choisi de se reposer entièrement sur vous pour lui venir en aide. Libre à vous de penser qu'elle vous détestait. Mais je vous invite à réviser votre postulat de départ. Après, vous prendrez la décision qui vous plaira.

— Vous ne m'avez pas tirée d'un profond sommeil juste pour le plaisir de me faire un sermon. Racontez-moi tout, depuis le début ; ensuite, je vous dirai si c'est dans mes cordes. »

Il hésita, plus par réflexe que par réticence à livrer des informations sensibles. Un homme comme lui, habitué à garder toutes sortes de secrets, se devait de soigneusement sélectionner lesquels partager.

« Très bien, dit-il au bout d'un moment. Il y a environ deux ans, des renseignements confidentiels du Corps diplomatique ont fait leur apparition dans la base de données d'une entité humaine non affiliée, hors de la Confédération. »

Les différents mondes qui composaient la Confédération regroupaient quelque quatre-vingt-un pour cent des trillions d'humains, mais certains acteurs, entreprises ou gouvernements préféraient rester à l'écart. Parmi eux, quelques sérieux fauteurs de troubles.

« Bien sûr, vous n'auriez jamais eu vent de ces fuites, si vous n'aviez pas vos propres espions chez eux. »

Il écarta les mains.

« C'est de bonne guerre.

— Quelle était la nature de cette information ?

— Vous répondre de manière exhaustive nécessiterait plusieurs jours. Je me contenterai de dire que sept de nos agents, qui travaillaient dans des conditions extrêmement difficiles, très loin de leur base, ont été compromis. Deux d'entre eux ne sont jamais rentrés. Nous n'avions aucun moyen de connaître le nombre exact de ceux qui ont été mis en danger, mais je ne soulignerai jamais trop les risques qui subsistent. Je veux parler de pertes en vies humaines, mais aussi de l'impact sur nos intérêts.

» Naturellement, nous avons cherché à localiser la source de la fuite sans tarder. Sans entrer dans les détails, certains indicateurs internes nous ont appris que les renseignements transmis provenaient de La Nouvelle-Londres. Nous avons donc envoyé un fichier test, apparemment de la plus haute importance, à l'ensemble de nos services. Puis nous avons attendu, le temps que ladite information se retrouve, telle quelle, dans la base du gouvernement que nous soupçonnions.

» Bien sûr, nous avons également pris la précaution de rendre chaque version du fichier unique, en déplaçant quelques virgules dans certaines statistiques essentielles. Quand les chiffres en question sont apparus chez l'ennemi, nous avons donc pu identifier sans risque d'erreur le bureau impliqué. »

Je hochai la tête.

« C'est un peu comme de remplir un bateau avec de l'eau pour découvrir par où fuit la coque.

— Exactement. »

Bringen poursuivit :

« Ainsi, nous avons pu concentrer nos efforts sur une cellule d'analystes de confiance : trois hommes, deux femmes, un neutre, qui tous travaillent à proximité immédiate les uns des autres. Différents facteurs que vous n'avez pas à connaître nous ont permis de laver de tout soupçon le neutre, deux des hommes et une des femmes. Restait le plus difficile, découvrir le coupable parmi les deux derniers suspects, sachant que toute approche trop directe, comme un interrogatoire, risquait d'alerter notre cible et de l'amener à mettre un terme à ses activités illicites.

» Ça n'aurait pas réglé le problème. Nous aurions tout de même dû fermer ce service, à cause des fuites. Nous aurions également été obligés d'écourter plusieurs opérations. Par ailleurs, aucun des suspects n'aurait été blanchi, nous aurions donc perdu deux éléments importants, là où nous n'avions besoin d'en éliminer qu'un.

— Sans oublier, ajoutai-je avec aigreur, que vous teniez sans doute à éviter de ternir la réputation d'un innocent. Cet aspect-là devait figurer parmi vos priorités, j'en suis persuadée. »

Il afficha de nouveau cet air blessé.

« Cela va de soi, Andrea. »

Je reniflai, pour lui montrer que je n'en croyais pas un mot.

« Poursuivez.

— Il se trouve que Tasha possédait les compétences requises pour le travail effectué dans ce service. Nous l'avons donc mutée là-bas, pour observer les deux suspects et déterminer lequel était notre traître. Elle occupait un poste d'employée de bureau sédentaire, mais l'expérience du terrain de ces deux cibles et leur capacité à faire usage de la force pour se défendre, à tuer si nécessaire, rendaient sa mission périlleuse. Si Tasha se trahissait, elle devait s'attendre à une réaction violente. Elle risquait sa vie. Pire, d'un point de vue stratégique, en cas de capture, elle pouvait livrer sous la torture des informations sur ce que nous savions déjà, mais aussi sur la nature des données transmises que nous avions volontairement falsifiées. Nous lui avons implanté le marqueur pour limiter les dégâts, si le coupable approchait d'un peu trop près de ce qu'elle avait dans la tête.

— C'est ce qui s'est passé, je suppose.

— Clairement. Elle s'est mise hors service et on l'a retrouvée au fond d'une niche pour drones d'entretien, dans un couloir à cinq minutes de chez elle. L'un des robots a probablement dérangé l'agresseur en voulant rentrer au bercail. Cette ordure a dû fuir, et les drones ont sauvé la vie de Tasha en signalant la découverte de celle qu'ils ont prise pour la victime d'un viol, gravement blessée. Son agresseur a été mis en fuite avant de commettre l'irréparable. Mais elle reste sans réaction depuis. »

Je soupirai, m'éloignai à grands pas, réfléchis intensément pendant plusieurs secondes, avant de me retourner.

« Voyons si je parviens, à partir de son état actuel, à reconstituer ce qui s'est produit. Tasha a découvert l'identité du traître, à qui elle a tendu une sorte de piège, pour le pousser à se trahir. Quelles qu'elles soient, ses mesures de précaution n'ont pas suffi ; le coupable l'a rattrapée dans la rue et s'est débrouillé – probablement en étant mieux armé, ou simplement en frappant le premier – pour prendre un avantage tactique contre lequel Tasha savait ne pas pouvoir l'emporter. Elle s'est retirée du jeu, le coupable s'est éclipsé sans se faire repérer, et vous, vous vous retrouvez à la case départ. Sauf que l'ennemi a compris que vous êtes sur ses talons, et que Tasha ne vous sert plus à rien.

— C'est ça.

— Je suppose que vous ne disposez d'aucune preuve médicolégale, ou même accessoire, qui accuse l'un de vos suspects plutôt qu'un autre. Et que les caméras de sécurité n'ont rien donné.

— Au contraire, Andrea. Les indices ne manquent pas. Mais ils pointent dans les deux directions. Tout reste ambigu, jusqu'au moment où Tasha s'est marquée : pour les deux suspects, nous avons en notre possession autant d'éléments à charge qu'à décharge. Tout porte à croire que certains de ces indices sont de pures fabrications, mais jusqu'à présent, nous n'avons pas été en mesure de déterminer la cible de cette désinformation. »

Mon coude droit dans ma main gauche, j'arpentai le balcon, mordillant de nouveau l'ongle de mon pouce.

« C'est un problème intéressant. Même si vous parvenez à distinguer le vrai du faux, rien ne vous garantit que votre traître ne s'est pas volontairement incriminé, dans l'espoir que, n'étant pas dupes des preuves fournies, vous soupçonniez l'autre.

— Nous croulons sous les informations, reconnut Bringen. Mais rien n'est exploitable, précisément pour cette raison. Vous pouvez y jeter un coup d'œil, si vous y tenez. Mais tout le monde s'y est déjà cassé les dents avant vous. »

J'appréhendais de me plonger dans un dossier aussi exhaustif que méticuleux. En outre, avec un niveau d'habilitation nettement inférieur à celui de Tasha, j'allais me retrouver face à quelques îlots d'informations dans un océan lourdement censuré : de quoi décourager même les plus maniaques des analystes. Bringen, sans être un génie selon moi, n'était pas non plus un idiot. S'il affirmait que la réponse était noyée dans cet océan, je le croyais.

Si j'étais la solution à ce problème, c'est qu'il n'y avait que moi pour le résoudre.

« Deux choses encore : quel est le mécanisme de sécurité, et pourquoi ne l'avez-vous pas ?

— C'est censé être un mot de passe bien précis, que l'on peut ensuite télécharger dans une image ; cette dernière annule la capacité de la première image à se régénérer et, par neurostimulation directe, permet à l'individu de se remettre à penser. En connaissant ce mot de passe, nous pourrions la réveiller en quelques minutes.

— D'accord. Mais vous avez dit que vous ne l'aviez pas.

— Elle a dû en changer, juste après notre briefing.

— C'est idiot. Qu'est-ce qui a pu la pousser à faire une chose pareille ? »

Il se frotta les yeux, sans doute pour la centième fois en l'espace de quelques jours. Ils étaient rouges et fatigués, une frustration presque palpable semblait en avoir aspiré toute vie.

« Je ne vois qu'une explication : elle aura probablement estimé que son mécanisme de sécurité était lui-même compromis. Après tout, se mettre hors service ne présente absolument aucun intérêt, si l'ennemi a les moyens de vous rebooter. Nos agents gardent donc toujours la possibilité de changer leur mot de passe, ainsi que l'image flashée dans leur esprit, par ce qui leur plaît. Elle a dû s'y prendre à la dernière minute ; quand elle nous avait fait son rapport quelques heures plus tôt, elle n'avait aucune information à nous communiquer... mais après, ses ennuis ont commencé : elle s'est retrouvée coincée, incapable d'entrer en contact avec nous.

— Et le marqueur lui-même ? Il ne contient pas un enregistrement du mot de passe ?

— S'il le conservait sous une forme lisible, l'ennemi pourrait le récupérer en retirant et en examinant l'implant. Non. Le mot de passe est dans sa tête, une vulnérabilité inhérente à l'image qui la paralyse.

— Et je suppose que vous ne pouvez pas essayer avec des mots de passe au hasard, dans l'espoir de tomber sur le bon.

— Ça pourrait nécessiter des centaines ou des milliers de tentatives. Le cerveau humain n'a jamais été conçu pour être marqué, encore moins de manière répétitive. Nous provoquerions une psychose permanente.

— Combien de fois, avant d'infliger des dégâts irréversibles ? demandai-je, curieuse.

— Vu le nombre de fois où son image actuelle a déjà dû être rafraîchie, je dirais... encore deux. Ou trois. Sachant qu'à chaque tentative, ses chances de retrouver la raison s'amenuisent, y compris avec le bon mot de passe. »

À force de me mordiller le pouce, j'avais fini par faire couler le sang. J'examinai la peau entamée, songeant aux multiples occasions où cette mauvaise habitude avait eu les mêmes effets, et me demandant combien de blessures, moins visibles, je m'infligeais quotidiennement.

« Dernier point, repris-je au bout d'un moment. Vous m'avez dit qu'elle m'a appelée à l'aide. Moi, et personne d'autre.

— Oui.

— Vous ne vous appuyez pas uniquement sur cet extrait de son rapport sur moi, je suppose. »

Il tapota de nouveau son port hytex. Un hologramme apparut dans l'espace entre nous. À mon grand regret, je connaissais bien cette image, le portrait officiel à trois cent soixante degrés qui figurait autrefois dans le fichier du personnel du Corps diplomatique. Par l'intensité de son expression et une réticence évidente à poser pour l'occasion, il incarnait tout ce qui chez moi déplaisait à la plupart des gens. Mes lèvres étaient relevées dans une tentative de sourire qui évoquait davantage une grimace. Mes sourcils soudés au-dessus d'un regard qui se voulait pénétrant me donnaient une mine renfrognée, terriblement peu engageante.

Soucieuse de l'impression que je produisais sur autrui – une première, ou presque –, j'avais demandé et obtenu des responsables du fichier qu'ils remplacent ce portrait par quelque chose d'un peu mieux. Guère plus flatteur, tout de même un poil moins psychotique. Mais le mal était fait. Chez mes détracteurs, cette image constitue un argument très commode, bien qu'assez mesquin, qui accompagne tout rapport me concernant. Elle avait d'ailleurs fait son grand retour au cours des derniers mois, depuis l'affaire avec les Zinns. L'illustration parfaite de mon instabilité, preuve, si besoin était, qu'on ne devrait plus jamais me confier la moindre responsabilité.

Elle devait assez bien refléter mon expression actuelle.

« Pourquoi me montrez-vous ça ?

— Nous ne sommes pas en mesure de récupérer le mot de passe à partir de l'implant, mais le marqueur conserve une copie de l'image flashée sur sa cible, au cas où elle contiendrait une information importante. C'est… voilà ce qui mobilise toutes les capacités intellectuelles de Tasha depuis deux semaines. La dernière chose qu'elle a téléchargée, avant de se mettre hors service, et avec laquelle elle a pris le risque de se retrouver coincée dans la tête pour le restant de ses jours. Ça. Nous l'avons interprété comme sa volonté que nous vous contactions. Vous seule pouvez savoir pourquoi. »

J'y réfléchis. Encore et encore.

« Vous souriez », dit Bringen.

Il avait raison. Et j'étais sûre que ce n'était pas un beau sourire ; mi-cruel, mi-entendu, totalement triomphant, et sans la moindre chaleur.

« J'ai une idée. »

Un peu plus tard

En règle générale, ceux qui traquent des criminels pour les poursuivre en justice sont capables, dans la plupart des cas, de reconnaître un coupable en observant le comportement de suspects laissés seuls dans une pièce.

C'est pourtant moins intuitif qu'il n'y paraît.

Un innocent n'a rien à se reprocher. N'ayant pas enfreint la loi, il voit son arrestation comme un caprice du destin. Il aura donc tendance à manifester une appréhension, une fébrilité croissante. Peut-être même de la peur, au bout d'un moment. Il se creusera la cervelle pour trouver un moyen de remettre l'univers sur les rails, en accord avec la logique de ses actes et de leurs conséquences. Le coupable est nerveux, lui aussi, bien que, parfaitement conscient de ses actions, il soit mieux préparé émotionnellement à la situation. Il verra plutôt dans sa présence la confirmation que l'univers fonctionne exactement comme on le lui a toujours expliqué. Pressé d'en finir, il accueillera donc son arrestation avec un mélange de résignation, d'ennui et d'impatience. En théorie, un suspect innocent laissé dans une pièce se met à grimper aux murs. Un coupable s'endort.

Malheureusement, cette règle ne s'avère pas suffisamment fiable pour demander une mise en accusation. Le facteur humain joue un rôle, chez l'innocent comme le coupable. Un individu refusera tout bonnement de croire que l'univers peut se retourner ainsi contre lui. Un autre, prompt à l'anxiété, frôlera la panique à la simple perspective de se voir infliger une amende symbolique. Pour le sociopathe, les critères habituels du bien et du mal ne s'appliqueront pas : dans son esprit, ses besoins, et eux seuls, justifient tout ce qu'il entreprend. Cela ne mérite même pas réflexion.

Enfin, le professionnel connaît par sa formation tous ces signes révélateurs ; pour lui, ce genre d'interrogatoire s'apparente à une promenade de santé. Ni nervosité, ni paranoïa, ni absence de tension accablante : juste une froide détermination pour qu'on en finisse au plus vite. Mes deux suspects appartenaient à cette dernière catégorie.

Ils occupaient la même pièce, à des tables adjacentes, avec un espace étroit laissé entre elles ; tous deux connaissaient la raison de leur présence, tous deux étaient mortellement dangereux. Par mesure de sécurité, un blocage neural leur paralysait les membres inférieurs pour la durée de l'interrogatoire. On les avait gardés au chaud ensemble depuis deux heures ; ils avaient souffert en silence, attendant que je fasse mon entrée. Ils n'avaient pas échangé un seul regard.

La femme, Veronica Cheung, était grande, mince et athlétique, avec une coupe au carré, comme moi.

L'homme, Beau D'Eauffier, avait une mâchoire forte et perdait ses cheveux ; plutôt bien bâti, il semblait s'être ramolli. Il faisait dix ans de plus que Cheung, alors que son dossier affirmait qu'il en avait cinq de moins. Il avait accentué volontairement son âge apparent dans le but d'accroître l'autorité qu'il exerçait sur sa division.

J'entrai, un café à la main, ne me tournant dans leur direction qu'après avoir pris position contre le mur nu qu'ils fixaient bien malgré eux depuis deux heures. Une technique éprouvée et couramment employée pour entamer la résistance d'un suspect consistait à l'ignorer un certain temps. Grâce à elle, j'avais obtenu d'assez bons résultats dans la poignée d'interrogatoires menés au cours d'une carrière qui, si brève fût-elle, ne demandait qu'à devenir brillante. Face à eux, elle sembla rester sans effet.

« Avant de commencer, puis-je faire quoi que ce soit pour votre confort ? » dis-je.

D'Eauffier poussa un grognement.

« Sérieusement, maître Je-Ne-Sais-Qui, vous nous prenez pour des débutants ? »

Soit je lui répondais, soit je l'envoyais sur les roses. Dans un cas comme dans l'autre, je reconnaissais, par cette admission de ma jeunesse et de mon manque d'expérience, que la somme de mon savoir théorique en matière de manipulation psychologique ne faisait pas le poids.

Je souris.

« N'y voyez aucune manœuvre de ma part. Vous avez tous les deux trop de métier pour tomber dans le panneau. Je ne fais que me montrer accueillante.

— À d'autres, répondit D'Eauffier. Vous cherchez à vous présenter comme une interlocutrice de confiance ; j'ai moi-même interrogé trop de criminels et de terroristes pour m'y laisser prendre. Mais j'accepterai volontiers un verre d'eau, ne serait-ce que pour en finir. Merci. »

Je reportai mon attention sur Cheung.

« Et pour vous, madame ?

— De l'eau, comme mon ex-collègue, ce sale traître. À condition qu'il soit bien entendu que cela n'affectera en rien la dynamique des pouvoirs dans cette pièce. »

Quoi que cela reflète de ma personnalité, je me surpris à ressentir une certaine affinité avec ces individus que leur paranoïa poussait à rester sur leurs gardes. Peut-être m'étais-je trompée de carrière.

« Très bien. Ceux qui écoutent cette conversation vont s'en occuper. Je m'appelle Andrea Cort. Savez-vous *qui* je suis ?

— Ce nom m'est familier, répondit D'Eauffier. J'ai dû tomber dessus au détour d'un dossier.

— Je vous ai reconnue au moment où vous êtes entrée, intervint Cheung. Vous vous êtes de nouveau attiré des ennuis récemment. Et je sais que vous ne travaillez pas pour la sûreté interne. »

Je bus mon café à petites gorgées.

« Vous avez doublement raison. Mais depuis ce matin, et en reconnaissance de l'aide que j'apporte à votre division, on m'a réintégrée au bureau du procureur général. Notre entretien sera bref, dans la mesure où mes fonctions ne concernent pas *directement* la situation actuelle.

— Et pour cause, souligna Cheung. Pour autant que je sache, votre niveau d'habilitation ne vous permet pas de consulter les informations en jeu ; en fait, vous n'avez même pas le droit de nous en parler. »

J'émis un petit rire de pitié.

« C'est vrai. D'ailleurs, évitez de mentionner le contenu de ces fichiers, ou d'aborder d'une manière ou d'une autre la mission qui fait l'objet de cette enquête. Sinon, ceux qui nous écoutent me feront sortir de cette pièce, avant que je constitue un risque pour la sûreté.

— Un de plus, renchérit Cheung.

— Pas faux non plus, admis-je posément. Que les choses soient parfaitement claires entre nous. À part pour les rafraîchissements que je viens de vous proposer, je ne vous demanderai rien. Promis. »

Tous deux affichaient l'expression de serpents venimeux aux mâchoires fermement maintenues pour les empêcher de mordre. Ils savaient que je n'allais pas renoncer si facilement. Néanmoins, ils avaient bien conscience que je venais de leur retirer un avantage-clé dans cette négociation, en les privant de leur capacité à répondre à mes questions, ou à les ignorer. Ils me toisaient donc du regard, se demandant comment je comptais m'y prendre pour leur arracher des aveux.

Pourtant, j'étais sincère. Je n'avais franchement aucune envie d'en savoir plus. Mon existence était déjà suffisamment compliquée pour ne pas y ajouter des informations confidentielles. Je n'avais vraiment pas besoin de ça.

Ils pouvaient les garder.

« Qu'est-ce que vous faites là, alors ? s'enquit D'Eauffier.

— Une chose est sûre, je ne suis pas là pour vous pousser à la faute. »

J'avalai d'un trait le reste de mon café, jetai le gobelet dans la poubelle, puis me tournai vers D'Eauffier.

« Vous avez raison, monsieur. Je suis jeune. Et je ne fais pas l'unanimité. Même mes supérieurs m'estiment dangereusement instable. Pour ces raisons, et quelques autres, je n'ai pas connu dans ma carrière une ascension aussi fulgurante que ma collègue Tasha Coombs. Et je n'ai assurément pas encore acquis les compétences ou l'expérience nécessaires pour rivaliser avec des individus qui, comme vous, ont appris à résister aux interrogatoires les plus hostiles pour maintenir une couverture.

» Je n'espère pas non plus vous manipuler. Si quelques mots de gens comme moi y suffisaient, l'infiltration de Tasha n'aurait pas été indispensable au départ. Comme son agresseur a vu clair dans son jeu, une non-espionne presque sans expérience a certainement peu de chances d'obtenir en quelques minutes un meilleur résultat que Tasha en plusieurs mois.

» Alors, je vous suggère d'oublier ces foutaises et d'accepter le fait que ma présence ne doit rien à la ruse. On m'a envoyée pour discuter. En fait, même pas. Je ne suis là que pour vous présenter les options qui s'offrent à vous. »

J'observai qui hochait la tête en premier – Cheung, en l'occurrence –, mais ne parvins pas à tirer de conclusion de ce mouvement, qui ne faisait que refléter la vitesse à laquelle elle traitait l'information.

Elle me lança un sourire en coin, l'air approbateur.

« Je ne suis pas concernée, maître. Mais je vous écoute.

— C'est elle, la coupable, pas moi, réagit D'Eauffier. Mais moi aussi, je vous écoute. »

La porte s'ouvrit et un des membres du personnel de sécurité entra avec deux gobelets qu'il déposa devant chaque prisonnier. Cheung et D'Eauffier burent tous deux quelques gorgées, puis reposèrent leur eau, attendant la suite.

Je me mis à arpenter la pièce.

« Bien. Comme je vous l'ai déjà dit, j'ignore presque tout des activités de cette division. En matière d'espionnage, mes connaissances sont purement théoriques. Mais le simple bon sens me suggère un certain nombre de choses.

» Si je comprends bien, la capture d'un espion et les poursuites éventuelles engagées contre lui finissent toujours par poser le même problème. Il cesse d'être une source d'information pour l'ennemi, qui entreprend alors immédiatement de le remplacer. On peut donc se retrouver face à un réel dilemme. La première fuite a été colmatée, et des mesures de sécurité plus strictes seront certainement mises en place ; mais la faillibilité des organisations étant ce qu'elle est, un autre espion passera tôt ou tard au travers des mailles du filet et ouvrira une nouvelle fuite.

» À part pour la satisfaction que nous apportent le déshonneur, la perte et peut-être même l'exécution d'une ordure qui l'a amplement mérité, le bénéfice à en attendre est nul.

» Mais si cet espion, se sachant découvert, se voit offrir l'immunité, à condition de continuer à travailler pour ses employeurs, la fuite reste exploitable, et nous permet de transmettre toutes sortes de fausses informations. Mon raisonnement se tient, je suppose ?

— Vous n'avez pas à nous expliquer les mécanismes de la désinformation, répondit D'Eauffier.

— Non. C'est mon côté méthodique. Vous me pardonnerez.

» Maintenant, passons à l'impact de notre délicate situation actuelle sur le coupable. Voyez-vous, le Corps diplomatique ne peut pas engager de poursuites pour espionnage, sans reconnaître qu'il y a bien eu espionnage.

» En revanche, il peut le faire pour l'agression dont a été victime Tasha Coombs. Le bureau du procureur général veillera à ce que l'inculpation pour coups et blessures volontaires soit requalifiée en tentative d'homicide par mise en danger de la vie d'autrui. Une accusation à laquelle le coupable s'est exposé en laissant cette pauvre Tasha pour morte dans cette niche.

» Par ailleurs, tout en respectant la lettre de la loi, nous devrions pouvoir gonfler le nombre d'accusations et insister auprès du juge qui prononcera les peines pour qu'elles s'appliquent avec cumul.

» À ce moment-là seulement, nous soulèverons la question de la nature particulièrement critique de la situation, pour justifier une incarcération à l'isolement, dans un centre de haute sécurité. Le coupable n'aurait hélas plus jamais l'autorisation de communiquer avec un autre être humain. De quoi devenir fou rapidement.

» Nous détenons déjà suffisamment de preuves pour assurer une condamnation, mais au prix de démarches longues, d'un processus laborieux, au terme duquel le coupable perdrait toute forme d'utilité pour nous. »

Je marquai une pause de quelques secondes.

« Dans le deuxième scénario, repris-je, le coupable avoue l'agression et la tentative de meurtre, étant entendu que ses aveux serviront uniquement de garantie d'une future coopération. Il ne sera pas libre au sens habituel du terme, dans la mesure où, à partir de maintenant, nous surveillerons ses moindres faits et gestes. Mais il mènera une vie presque normale – amis, famille, carrière, etc.

» En échange, nous exigeons qu'il continue de travailler à l'exploitation du canal de communication existant avec l'ennemi, pour diffuser des informations – sans discussion, et tant que la « fuite » restera viable. Bien entendu, au premier signe de trahison, nous réactiverons les poursuites.

» Voilà le marché. Des questions ? »

Mes deux interlocuteurs s'entreregardèrent, comme s'ils se consultaient, avant de prendre conscience que les conditions offertes ne s'appliquaient qu'à l'un d'eux.

« Je n'ai rien à me reprocher, c'est ce fumier, répondit Cheung. Mais, simple curiosité : qu'est-ce qui nous dit que vous n'allez pas juste à la pêche aux informations ?

— C'est Veronica, l'espionne, intervint D'Eauffier. Mais elle a raison : si vous déteniez réellement des preuves suffisantes, nous n'aurions pas cette conversation. Vous ne savez rien. Tout ça n'est qu'un gros coup de bluff. »

Je leur adressai un large sourire, consciente que mon excitation devait se manifester sur mon visage, mais je me moquais bien qu'ils s'en aperçoivent.

« Je comprends qu'on puisse avoir cette impression. Mais c'est aussi là que le jeu devient intéressant. Parce que, ne vous y trompez pas, c'est un jeu, et la tension monte. Littéralement. À l'extérieur de cette pièce, certains prennent des paris. Croyez-le ou non, nous connaissons déjà notre coupable, sans le moindre doute possible. En effet, moins d'une heure après que mes supérieurs m'ont mise au courant de la situation, j'ai réussi à ranimer Tasha Coombs. Et elle nous a tout dit.

» Cette offre recueille sa totale approbation. Froidement pragmatique, elle n'a pour but que de préserver un canal de désinformation que nous espérons exploiter. Nous nous devons de la faire, en dépit des fortes réserves qu'elle nous inspire. À Tasha, à moi, et également à ses supérieurs qui, si implacables qu'ils puissent paraître parfois, ne sont pas complètement insensibles. Cette fuite a déjà causé la mort de plusieurs de nos agents, ce qu'ils déplorent, mais d'autres sont toujours en danger. Ils sont très remontés après l'agression dont Tasha a été victime, vous pouvez me croire. Ils en font une affaire personnelle.

Même moi, j'en fais une affaire personnelle, et pourtant je ne porte pas Tasha dans mon cœur.

» Alors, à son réveil, quand s'est posée la question du sort à réserver à l'un d'entre vous, j'ai attiré l'attention sur ce qui m'a semblé une évidence. Mis directement en présence de Tasha, le coupable comprendrait immédiatement qu'il ne s'agit pas d'un bluff et n'aurait donc pas d'autre choix que de coopérer.

» En revanche, si une inconnue se présentait à la place de Tasha, vous ne sauriez que croire.

» À partir de là, la décision, quelle qu'elle soit – défection ou poursuites judiciaires – vous appartient, guidée par vos seules actions.

» J'ai soutenu que, dans l'éventualité d'une future collaboration, un pantin qui aurait trahi ses maîtres de son plein gré serait d'autant plus malléable. Dans le cas contraire, son erreur d'appréciation le condamnerait à vivre un véritable enfer, à notre immense satisfaction.

» Pour cette raison, nous vous avons arrêtés tous les deux et retenus dans cette pièce. Dans la partie qui se joue, le coupable entretiendra alors inévitablement l'espoir même fugace de passer à travers les mailles du filet, ce qui le poussera à prendre la pire décision de toute sa misérable existence. Une existence qui se transformera en supplice, pour chaque jour qui reste à vivre à cette ordure.

» Que celui ou celle qui n'a rien à se reprocher accepte mes excuses. En notre nom à tous. Mais je suis sûre que vous apprécierez le résultat à sa juste valeur. »

J'écartai les mains, paumes vers le haut.

« Soixante secondes. Pendez-vous, ou pas. Honnêtement, je gagne sur les deux tableaux. »

Cheung et D'Eauffier échangèrent de nouveau un regard, puis se tournèrent vers moi et manifestèrent ce que j'attendais depuis le début : de l'incertitude. Plus sur un des visages que sur l'autre, qui, à la moitié du compte à rebours, décida d'y croire et s'épanouit en un large sourire d'ordinaire réservé aux mariages.

À dix secondes de mon ultimatum, j'annonçai qu'il était bientôt l'heure. De mes deux interlocuteurs, celui qui continuait d'entretenir des doutes mena un combat perdu d'avance avec la confiance en soi, hésita, puis (comme je l'avais prévu) prit la pire décision en gardant le silence.

« C'est l'heure », dis-je.

La porte s'ouvrit.

Tasha Coombs entra sans se presser, traversa la pièce en quatre enjambées furieuses, et gifla un Beau D'Eauffier stupéfait.

Tasha Coombs et Andrea Cort

Je ne buvais pas souvent en public. C'était une activité qui impliquait un niveau de relations sociales que je ne souhaitais pas encourager. Quand j'avais envie d'oublier, je préférais le faire seule. Mais en de très rares occasions, une obligation me forçait à rencontrer quelqu'un dans un endroit où les êtres humains avaient coutume de se retrouver. J'acceptais alors de me plier à l'inévitable, prenant le plus souvent une longueur d'avance, pour que les échanges nécessaires me semblent moins difficiles ou rebutants.

Quand Tasha arriva, je baignais déjà dans un brouillard léger et confortable. Son entrain et son assurance contrastaient avec la méfiance qu'elle avait autrefois manifestée à mon égard. Elle se glissa dans le box en face de moi en affichant une jovialité d'ordinaire réservée à une vieille amie. Habillée pour sortir, elle portait une tenue gaie, à des années-lumière des tons austères qu'elle affectionnait au travail, et encore plus éloignée de l'ensemble noir que j'avais gardé en quittant le bureau ce soir-là.

Huit jours après l'arrestation de D'Eauffier, j'avais dû me résoudre à honorer sa demande d'une rencontre dans un contexte non professionnel.

« Tu as l'air abattue, constata-t-elle. Qu'est-ce qui ne va pas ? Tu n'as pas été réintégrée ? »

Je haussai les épaules. Certes, j'occupais de nouveau mon poste au bureau du procureur général. Mais rien n'avait changé. Bringen continuait de se prétendre mon ami, tout en me tenant par la bride. Je me heurtais quotidiennement à cette même réticence à me confier de nouvelles missions, fondée sur la façon dont j'avais librement interprété la précédente. Et je gardais ce sentiment de n'être pas tant une collègue qu'un rouage d'une machine qui se souciait de mon bien-être comme d'une guigne. J'avais l'habitude. Mais j'étais effectivement « abattue », dans le sens où j'avais eu la brutale confirmation de ce que je savais depuis toujours : rien ne changerait jamais. Je préférais donc détourner la conversation.

« Et de ton côté, comment ça se passe ?

— Je ne peux évidemment pas trop t'en dire, répondit Tasha. Mais Tu-Sais-Qui ne demande qu'à tout déballer. On va le faire mijoter dans son jus encore un peu, pour le convaincre, si nécessaire, qu'on n'hésitera pas à le laisser pourrir en prison. La prochaine fois qu'on lui fera une offre, il sera mûr, aussi docile qu'un chiot. »

Je bus une nouvelle gorgée.

« C'est bien. Mais je voulais parler de ton rétablissement. »

Elle grimaça.

« Cette image de toi a été rafraîchie si souvent pendant ces deux semaines qu'elle continue de surgir à l'occasion, sans prévenir, quand j'essaie de m'endormir, par exemple. Inutile de te dire que le simple fait de m'asseoir en face de toi, comme maintenant, ne va pas de soi… et pas seulement à cause de nos antécédents. Mais ça passera, m'a-t-on dit. En attendant, la thérapie fait son effet. »

Elle inclina la tête pour croiser mon regard.

« Mais toi, ça n'a pas l'air d'aller.

— Comme d'habitude, Tasha. Je n'aime pas rester oisive. Je ne suis peut-être plus assignée à résidence, mais on ne me refile que des tâches ingrates d'ordinaire réservées aux stagiaires. J'ignore combien de temps je vais devoir ronger mon frein, avant qu'on daigne de nouveau me confier une mission. J'avoue que je perds un peu espoir.

— Patience. Le talent finit toujours par être reconnu. Ou, si ça t'intéresse, mon petit doigt m'a dit qu'un poste vient de se libérer ailleurs, suite à un revers de fortune… »

Je frémis.

« Non, merci. »

Je ne voulais surtout pas d'une carrière claquemurée, consacrée à l'analyse de données agrégées par d'autres. J'avais besoin d'être sur le terrain, d'affronter les problèmes. Sans eux pour m'occuper l'esprit et me stimuler, je me sentais mourir à petit feu.

Sa commande arriva, et elle monopolisa la conversation un moment, parlant de sa mutation imminente dans une ambassade, un poste plus reposant qui, espérait-elle, lui laisserait plus de loisirs.

Elle enchaîna sur un fait divers sous les feux de l'actualité, une tentative d'escroquerie qui avait horriblement mal tourné.

Je me limitai à des réponses courtes, une ou deux phrases, le temps qu'elle épuise sa réserve d'entrées en matière. Puis, je lui demandai :

« Tasha. Qu'est-ce que tu attends de moi ?

— Je voulais te remercier, expliqua-t-elle sans sourciller.

— C'est inutile. Je n'ai fait que résoudre un problème qu'on m'a soumis.

— Et ce faisant, tu m'as rendue à moi-même.

— J'aurais agi de la même façon pour n'importe qui, y compris une inconnue. Ta reconnaissance me touche. J'accepte tes remerciements, mais il n'y a pas de quoi. Je suis heureuse de constater que tu vas mieux. Mais ça ne fait pas de nous des amies. »

Elle ne semblait toujours ni surprise ni perturbée. Elle se contenta de boire son verre à petites gorgées.

« On pourrait peut-être essayer, Andrea, suggéra-t-elle, pesant chaque mot. Ça ne t'a jamais traversé l'esprit ?

— Oh, je t'en prie…

— Je suis sérieuse, me coupa-t-elle. À l'époque où on travaillait ensemble, je ne nie pas que mon amour-propre a contribué à entretenir les frictions entre nous. Mais, reconnais-le, tu ne m'as pas épargnée non plus. Et hors du supplice qu'on s'infligeait mutuellement dans le cadre professionnel, je fréquentais d'autres gens : des amis, de la famille et même un amant, un vrai, digne d'un investissement émotionnel. Une des raisons qui m'ont poussée à demander une mutation pour un poste moins prenant, c'est ma volonté de retrouver tout ça. Mais déjà à l'époque, je savais au moins une chose sur toi, et j'en ai eu la confirmation quand j'ai eu à rédiger cette stupide évaluation. Tu t'es toujours refusé ces plaisirs dont je viens de parler. Cette intervention, je te la dois. Mais ça va plus loin : je veux en être. Je veux essayer. Et j'ai suffisamment foi en toi pour croire que tu peux essayer aussi. »

J'observai son expression, à la fois directe et implorante, et pour autant que je sache, sincère. Elle ne me tendait pas un piège, elle m'ouvrait réellement son cœur. Je retrouvais là un de ses traits de caractère, que je n'avais pas oublié : déjà du temps de notre collaboration, dès qu'elle s'emparait d'un projet, elle allait jusqu'au bout. Sur le plan intellectuel, j'étais intriguée : comment entendait-elle s'attaquer à ce problème, si on lui en donnait l'occasion ?

Malgré ma curiosité, je secouai la tête.

« Tu te fais des illusions, Tasha.

— Vraiment ? Je sais que tu as lu ce que j'avais écrit sur toi. Et quand ma vie a été en jeu, je n'ai pas hésité à la mettre entre tes mains.

— Tu m'as fait confiance pour résoudre le problème qu'on me soumettrait. Tu pensais que j'associerais l'image de ton mécanisme de sécurité à notre expérience commune et que je devinerais immédiatement ton mot de passe. Tu m'as envoyé un message, et tu espérais que je le reçoive cinq sur cinq. De là à croire que tu peux me changer, ou même que j'en ai le désir… J'apprécie ton offre, Tasha, mais l'amitié et moi, ça fait deux. Et ça me convient très bien. »

Je me glissai hors de mon siège, apposai mon p[ouce] sur le bloc-crédit pour payer nos consommations, et me dirigeai vers la sortie. Mais l'exiguïté de l'espace qui séparait les tables et l'agencement des lieux me forçaient à passer à côté d'elle pour atteindre la porte. Elle en profita pour me saisir par le poignet.

Elle semblait davantage blessée qu'en colère.

« Allons, Andrea. C'est l'occasion de te rendre la vie plus douce. Pourquoi la laisser filer ? Pourquoi vouloir constamment donner au monde entier l'image d'une garce ? »

Avec un beau sourire, je l'obligeai à me lâcher.

« Ça tombe pourtant bien pour toi, non ? répliquai-je, en injectant une dose de venin dans chacune de mes paroles. Puisque c'est précisément ce mot, et pas un autre, que tu as retenu pour résumer le mieux la nature de nos relations. »

Elle détourna les yeux, et je me dirigeai vers la sortie.

LES LÂCHES N'ONT PAS DE SECRET

Griff Varrick était un homme au visage rougeaud et au regard fuyant, dont la tignasse rousse frisée, centrée au sommet d'un crâne ovoïde, évoquait une motte de mousse. Depuis sa récente condamnation pour meurtre, il avait frappé un de ses gardiens, un ami à lui avant son arrestation – probablement pas un hasard. Par conséquent, on le considérait comme un danger pour lui-même et pour autrui. Le temps de cette conversation, un blocage neural lui paralysait donc les membres et l'entravait bien plus efficacement que n'importe quelles chaînes, laissant pendre la couche de graisse accumulée durant ses mois d'incarcération.

« Je ne veux pas mourir », dit-il.

L'expression d'Andrea Cort, représentante du procureur général, ne trahit pas la moindre compassion. Ses fins sourcils s'arquaient vers l'intérieur de son visage ; seul subsistait un petit espace de pure tension au-dessus de l'arête du nez. L'unique mèche de cheveux qu'elle gardait longue tombait librement sur une pommette finement ciselée, balafrant ce côté de son visage. Comme à son habitude, elle portait son ensemble noir austère, une tenue plus protocolaire que ne l'exigeaient ses supérieurs du Corps diplomatique hors d'une salle d'audience. Enfin, une paire de gants, noire également, protégeait ses mains du froid pénétrant, même dans les pièces les mieux chauffées de l'ambassade. Caithiriin était une planète rebutante et glaciale. Arrivée seulement depuis dix jours, Andrea Cort avait déjà surpris, et ignoré, au moins une remarque à voix basse comme quoi ces adjectifs la décrivaient assez bien, elle aussi. Elle ne l'aurait jamais reconnu, mais cela ne lui déplaisait pas.

« Vous n'auriez pas dû tuer quelqu'un, répondit-elle.

— Vous savez comment on exécute les condamnés sur cette planète ? insista-t-il, plus fort. En avez-vous la moindre idée ? »

Cort se demanda si Varrick pensait sérieusement qu'elle avait pu travailler aussi longtemps sur cette affaire sans le découvrir.

« Je ne vois pas en quoi c'est pertinent.

— Une mort lente, par écrasement, voilà comment ! On vous attache et on pose une sorte de planche sur vous. Ensuite, on fixe un bac par-dessus et on laisse de l'eau couler doucement à l'intérieur. À chaque goutte, ça devient plus lourd. Ça peut prendre des heures pour sentir quelque chose, plus avant d'avoir mal. On respire de plus en plus difficilement, et longtemps après, les os commencent à craquer. Ça peut traîner pendant cinq jours, dont trois dans d'atroces souffrances. Trois *jours*, maître. »

Cort soupira. En dépit de l'image qu'elle entretenait soigneusement, elle n'avait rien d'un monstre, elle était même sensible à la terreur et au désespoir de son interlocuteur. Ce qui ne l'empêchait pas, aussi, d'être réaliste.

« Je ne dis pas que vous n'êtes pas à plaindre. Mais la cause est entendue. Vous avez épuisé tous les recours juridiques.

— Je refuse de mourir de cette manière.

— D'accord, répondit-elle avec douceur. Vous refusez. C'est comme ça que ça fonctionne, alors ? Qu'est-ce que vous attendez de moi ? Que j'informe les autochtones de votre refus ? Je suis sûre que nous saurons aisément les persuader qu'il y a eu un malentendu. »

Ses yeux, ceux d'un homme pris au piège, s'agrandirent.

« Vous trouvez ça drôle, maître ?

— Non, monsieur Varrick. Je comprends vos sentiments, mais ils n'entrent pas en ligne de compte. À moins que vous ayez à me soumettre des informations qui jettent le doute sur les résultats de l'enquête, je ne peux rien faire pour vous.

— Et ça vous réjouit, hein ? Espèce de... *garce*. »

Et par l'usage de cette épithète, une conclusion fréquente dans les relations professionnelles d'Andrea Cort, les choses auraient dû en rester là.

Elle était prête à sortir et à mettre un terme à la dernière conversation qu'aurait Varrick avec un être humain, avant qu'on le livre aux Caiths.

Elle fit le geste de se lever.

« Attendez... », dit-il.

La plupart des traités prévoyaient qu'un humain accusé d'un crime sur un monde sous contrôle extraterrestre restait sous la protection de sa propre espèce, jusqu'à épuisement de tous les recours juridiques. Cort était le dernier de ces recours, et Varrick lui devait de demeurer en détention après de si longs mois.

Cet arrangement réciproque convenait à toutes les parties. En effet, la question de la garde des prisonniers constituait un véritable casse-tête pour la plupart des races qui entretenaient des relations diplomatiques avec la Confédération. Le plus souvent, elles n'auraient pas su s'occuper d'un détenu qui ne bénéficiait pas de l'immunité. Lui appliquer des conditions « normales » d'incarcération auraient pu causer des dégâts irréversibles.

Les Caiths, par exemple, préféraient des températures glaciales ou presque, et la densité de leur atmosphère ne correspondait qu'au dixième de celle à laquelle les humains étaient habitués. Varrick aurait eu le temps de mourir d'hypothermie ou d'asphyxie bien avant que tombe le verdict.

Personne, de part et d'autre, ne contestait sa culpabilité, pas même Varrick. À son arrivée sur Caithiriin, il avait déjà fait l'objet de poursuites judiciaires à trois reprises au cours de sa carrière – pour vol, parmi ses collègues –, sans compter ses diverses tentatives de spolier les populations autochtones des mondes auxquels on l'avait affecté. Il avait le vol dans le sang, c'est tout. Et il ne semblait posséder ni la volonté ni la force de caractère pour arrêter.

Caithiriin, une destination peu prestigieuse, sorte de cimetière des carrières diplomatiques, aurait dû représenter sa dernière chance. Mais même ici, il n'avait pas su résister à ce besoin de s'emparer de ce qui ne lui appartenait pas. Il s'était mis à multiplier les sorties nocturnes pour piller les reliques d'un site sacré. Avec une habileté qui ne lui ressemblait guère, il avait poursuivi ses activités pendant des semaines, avant que les autorités locales s'aperçoivent des vols et renforcent la sécurité. Lors de sa dernière expédition, Varrick avait eu la surprise de trouver un garde caithiriin sur sa route. Avec son intelligence limitée, il avait simplement supposé que, s'il n'y en avait jamais eu, il n'y en aurait jamais. Cet idiot avait eu la brillante idée de frapper la créature à la tête, la tuant sur le coup. En perpétrant son forfait à l'aide d'une figurine sacrée, il avait en outre ajouté le blasphème à la liste déjà longue des faits plus graves qui lui étaient reprochés.

Étant un voleur invétéré doublé d'un imbécile, il n'avait pas songé un instant que les nouvelles mesures de sécurité prises par les Caiths comprendraient l'installation de caméras holo.

Un crime minable et stupide, à l'image de celui qui l'avait commis, un individu que le Corps diplomatique n'aurait jamais dû recruter.

Le Corps avait dressé les obstacles habituels pour éviter qu'il soit jugé selon le droit local, allant jusqu'à garantir aux autorités que sa trahison lui vaudrait l'emprisonnement à vie. Mais rien ne justifiait réellement qu'on ne le livre pas, sauf à invoquer des raisons humanitaires, plutôt hors de propos.

Le travail de Cort, une pure formalité à ce stade, avait consisté à rédiger un ultime rapport, comme l'exigeaient les traités, dans une tentative de découvrir une faille quelconque susceptible de le remettre en liberté. Comme elle s'y attendait, elle n'avait rien trouvé : ni vice de procédure ni motif diplomatique pour un appel. Ils n'avaient aucune raison de vouloir empêcher les Caiths de l'exécuter, ni par principe ni par esprit de contradiction.

Forte de cette conclusion, elle avait eu hâte de regagner sa crypte intersom pour s'y allonger et dormir jusqu'à son retour sur le monde-cylindre de La Nouvelle-Londres. Mais Varrick avait demandé à la voir une dernière fois, un droit que lui donnait sa défense. D'où cet exercice futile. En vérité, elle n'en attendait pas grand-chose. Même dans les affaires mineures, la plupart des condamnés qui ont épuisé tous leurs recours juridiques s'obstinent à croire que, s'ils continuent à parler, le résultat peut encore changer. Dans le cas présent, cet entretien relevait donc d'une phase classique (celle du *Non, attendez, attendez...*), l'ultime marchandage d'un homme piégé. Il pensait sérieusement que son histoire, la plus importante jamais écrite dans l'univers, il en avait l'intime conviction, ne pouvait tout bonnement pas se terminer de cette façon. Elle connaîtrait nécessairement un rebondissement, lui soufflait son instinct. Un revirement de dernière minute ! Une opération de sauvetage imprévue !

L'instinct n'a jamais été très calé en droit.

De toute façon, les choses avaient suivi leur cours normal : il l'avait traitée de garce, insulte à laquelle avait succédé, sans surprise, le « Attendez... » de rigueur ; Cort n'avait plus rien à faire ici.

« Je suis désolée pour vous, monsieur Varrick, mais si vous n'avez rien à ajouter... »

À en juger par l'expression rusée qui apparut soudain sur ce visage peu accoutumé à refléter une vive intelligence, il croyait avoir une dernière carte à jouer.

« Il existe une autre solution.

— Cette solution, répondit-elle posément, consistait à ne tuer personne.

— Ne vous donnez pas de grands airs, maître. Vous aussi, vous avez tué. »

Il avait raison. Une fois pendant son enfance, une deuxième dans l'exercice de ses fonctions, et deux autres dont ses supérieurs au sein du Corps diplomatique ne savaient rien. Cort avait l'habitude qu'on lui jette sa propre histoire au visage ; elle trouvait presque amusant que cela devienne le dernier argument dans la bouche de gens qui n'avaient plus rien à perdre.

« En l'occurrence, ce n'est pas de mon sort qu'il est question aujourd'hui. Je vous accorde trente secondes supplémentaires pour m'intéresser.

— Ça ne suffira pas pour expliquer...

— Je ne vous ai pas dit que vous aviez trente secondes pour vous expliquer, mais pour éveiller mon intérêt. Allez-y, et donnez-moi une raison de continuer à vous écouter. Plus que quinze... »

Bien sûr, maintenant que cette porte qu'il était parvenu à entrouvrir menaçait de se refermer, il céda à la panique. Les mots se bousculèrent dans sa bouche, sans qu'il reprenne son souffle, telle une horde de réfugiés.

« Vous pouvez vérifier. Chaque fois que l'un des leurs est condamné pour meurtre, ils lui donnent le choix entre l'exécution et une sorte de traitement censé le guérir, pour qu'il ne tue plus jamais. »

Cort sentit un picotement désagréable au bas de la colonne vertébrale, un signe de curiosité, susceptible de prolonger inopportunément son séjour sur ce monde monochrome, sombre et glacial. Ici, même dans les habitats chauffés pour leur confort, les humains ne parvenaient pas à se défaire d'une impression de froid ; la vue de ce paysage désolé suffisait à donner le frisson. C'était complètement illogique, elle en avait conscience ; après tout, à l'extérieur du monde-cylindre de La Nouvelle-Londres, son port d'attache, régnait la température du vide absolu de l'espace, bien pire que tout ce que Caithiriin avait à offrir. Mais La Nouvelle-Londres possédait la chaleur d'un endroit familier, tandis qu'elle ne devait sa présence sur Caithiriin, une planète qui n'avait déjà rien pour elle, qu'à une mission simpliste et ingrate.

« Ça m'a tout l'air d'une légende urbaine, monsieur Varrick. Personne ne m'en a jamais parlé.

— Je n'invente rien, insista-t-il. Je vous le répète : vérifiez.

— Je vais me renseigner. Mais dans ce cas, pourquoi ne pas l'avoir mentionné plus tôt ?

— Je me gardais ça en réserve, comme qui dirait. J'espérais que les choses n'iraient pas aussi loin, que vous trouveriez un vice de procédure pour réclamer la révision de mon procès. Mais maintenant que je n'ai plus rien à perdre... »

Il marqua une pause ; le blocage neural l'empêchant de hausser les épaules, il communiqua ce même sentiment de n'avoir rien à perdre d'un tremblement des paupières.

« Ces enfoirés ne me l'ont jamais proposé. Demandez-leur pourquoi. Vous me devez bien ça. »

Cort se retint de répondre qu'elle ne lui devait rien.

« Je vous tiendrai informé. »

Pourtant, ce n'était pas la pensée de sauver la vie du condamné qui la motivait, mais une autre question simple, qu'elle trouvait beaucoup plus troublante.

Au cours des voyages de Cort, aucun des ambassadeurs de la Confédération ne lui avait fait une forte impression. Dans la plupart des cas, elle avait rencontré des bureaucrates médiocres interchangeables, à qui on avait alloué un titre ronflant et un poste qui leur conféraient une aura de compétence, sans jamais l'exiger. Elle avait eu l'occasion de croiser un ambassadeur dont la bêtise avait failli déclencher une guerre ; un autre s'intéressait si peu à son travail qu'il s'enfermait toute la journée dans ses quartiers pour boire, tandis que son personnel devenu incontrôlable transformait son mandat en une série d'incidents diplomatiques.

Pour l'instant, Son Excellence Virila Pendrake ne l'avait guère éblouie non plus. Cela dit, elle n'était pas surprise. Les Caiths n'étaient pas une race majeure qui méritait l'élite du Corps, mais une petite civilisation qui ne payait pas de mine. Elle ne possédait que trois mondes tout juste habitables, tous situés dans le même système solaire. Leur population totale d'environ trente millions d'individus n'aurait pas rempli une ville humaine d'importance secondaire. Diplomatiquement, ils existaient à peine; ils ne devaient leur place dans les circuits d'échanges commerciaux qu'à quelques innovations déterminantes dans le domaine du traitement de l'information. Par conséquent, c'était une mission réservée aux débutants, comme les engagés au visage juvénile qui constituaient l'essentiel du personnel. On y casait aussi les sources d'embarras, comme ce gredin de Varrick, ou les diplomates dont la carrière était dans l'impasse, un groupe qui incluait Pendrake.

Ses rencontres et ses relations avec l'ambassadrice ne lui avaient donné aucune raison de revenir sur ses idées préconçues. Cette femme était une snob à l'air pincé; elle avait le teint orange, un nez et un menton en pointe; sur le plan professionnel, elle manifestait l'impatience offensée de ceux qui se considèrent comme les éternels lésés de la vie, et se contentait de compter les années qui la séparaient de la fin de son contrat. Cort cultivait elle-même une certaine rudesse, qu'elle estimait parfois utile dans l'exercice de ses fonctions. En tant que représentante du procureur général, une réputation effrayante pouvait servir. Pendrake, elle, était odieuse, alors qu'une partie essentielle de sa mission d'ambassadrice consistait à s'attirer les faveurs de ses interlocuteurs. Cort attendait encore de voir ça.

Au cours de leur premier entretien, elle avait évoqué à trois reprises le sujet controversé du propre statut juridique de Cort, pas dans le but de clarifier les choses, mais dans une tentative d'intimidation préventive. Apparemment, son registre se limitait à cette seule tactique.

Elle allait rapidement découvrir que Cort pouvait la battre à son propre jeu.

La salle de repos de l'ambassade se composait de quelques tables rondes, d'une cible de fléchettes, d'un jeu d'échecs et d'un de ces caissons d'isolation euphorisant à la mode, mais qui semblait à l'abandon.

Pendrake avait choisi le divertissement le moins exigeant, un simulateur de boxe holographique, calibré si bas que l'exercice s'apparentait davantage à un passage à tabac qu'à une véritable séance d'entraînement. La victime sur laquelle elle s'acharnait avec ses bras puissants et ses épaules dures comme la pierre – un physique de soldat – avait les traits de son supérieur hiérarchique direct. Ce haut responsable du Corps diplomatique prenait un malin plaisir à exiler ses représentants les plus médiocres sur des planètes peu prestigieuses.

Quand Cort entra, Pendrake n'eut pas un regard pour elle, préférant décocher à la simulation un coup de poing à l'aine qui lui arracha un hurlement de souffrance et lui coupa le souffle.

« Vous avez fini avec lui ?
— Pour l'instant, répondit-elle, avec un dernier coup. Vous ne deviez pas boucler le dossier aujourd'hui ?

— Votre ex-employé prétend qu'il n'a pas bénéficié d'une défense suffisamment zélée.

— Ben voyons, marmonna Pendrake, qui repartit à l'assaut du visage et du torse de sa victime. Un type comme lui trouve toujours des défauts à sa défense, la plaidoirie ne peut que pécher par manque d'éloquence. "Votre Honneur, regardez ce pauvre homme. Bien sûr, il a tué père et mère, mais comment ne pas prendre cet orphelin en pitié ?" »

Cort ignora la plaisanterie éculée.

« Apparemment, la plaidoirie n'est pas en cause. »

Pendrake se détourna de l'hologramme recroquevillé et couvert de sang, mais sans interrompre le programme. Toutefois, son adversaire ne profita pas de ce manque d'attention pour frapper à son tour.

« Ah ?

— Varrick soutient que le droit local propose une peine de substitution, une piste que vous ne semblez pas avoir explorée. J'en ai eu confirmation par mes recherches préliminaires. Ma question est donc la suivante : avez-vous bâti votre défense sans vous assurer d'avoir pris en compte toutes les possibilités... ou avez-vous sciemment décidé de nous laisser, lui et moi, dans l'ignorance ? »

Pendrake s'écarta de son sparring-partner virtuel, qui se désagrégea, avant d'être aspiré dans un point unique qui clignota, puis s'éteignit définitivement.

« Qu'est-ce que vous insinuez ?

— Je n'insinue jamais, madame l'ambassadrice. Je dis simplement les choses, sans détour. Quand je vous demande comment une défaillance de ce genre a pu se produire, ce n'est que pour déterminer la nature de votre négligence. »

Pendrake s'essuya les lèvres du revers de la main.

« Il n'y a eu aucune négligence. Le Corps diplomatique se doit de donner l'exemple. Les engagés qui se rendent coupables de crimes en territoire extraterrestre nous mettent tous en péril; alors, nous refusons qu'ils se soustraient à la justice en exploitant une faille du droit local. »

Cort resta calme.

« C'était donc délibéré.

— C'était un choix, maître. Nous ne pouvons pas tolérer ce genre de tache qui ternit notre réputation.

— C'est vrai. Toutefois, il se trouve que le Corps diplomatique dispose de sa propre instance juridique, que je représente. En exerçant ses droits dans le cadre du droit local, M. Varrick s'épargnera peut-être une exécution sanglante. Mais si nous l'estimons nécessaire, ce qui est probable, son comportement l'exposera alors à des poursuites de notre part. En revanche, il n'appartient en aucun cas à une simple diplomate, pressée de se débarrasser d'une situation gênante, de jeter l'éponge et de livrer un suspect aux autorités sans contestation. Voilà, madame l'ambassadrice, ce que je qualifie de grave négligence, un acte susceptible de menacer votre carrière, si peu remarquable soit-elle. »

Pendrake bouillait de colère.

« Allez au diable. »

Cort lui adressa son sourire le moins aimable.

« Ce n'est pas exclu. C'est tout ce que vous avez à dire pour votre défense ? »

L'ambassadrice approcha jusqu'à se retrouver nez à nez avec Cort, du moins autant que le leur permettait leur différence de corpulence.

« À votre place, j'en resterais là. Vous vous êtes vue ? Je peux vous casser en deux. »

Cort envisagea de la provoquer, mais elle n'avait rien à y gagner. Elle tendit les mains, paumes vers le haut, dans un geste qui se voulait apaisant.

« Inutile de me raccompagner. »

Le lendemain matin, Cort se réveilla tôt, fit de l'exercice, puis s'assit au bord de son lit pour manger les fades rations sous vide qu'elle emportait toujours. Elles lui évitaient la gêne de devoir prendre ses repas en compagnie de ses congénères. Ensuite, elle s'autorisa une longue douche chaude ; la sensation de l'eau sur sa peau la changeait agréablement des bains à ultrasons minutés, la norme dans les environnements orbitaux où elle passait le plus clair de son temps. En sortant de la douche, elle s'appliqua un patch d'oxygénation sanguine sur le haut du bras, avant d'enfiler son sévère ensemble noir si reconnaissable. Puis, ayant pris ses vêtements contre le froid, elle s'achemina vers l'aire de départ des glisseurs.

Elle y trouva une engagée au teint basané qu'elle avait remarquée dans les couloirs de l'ambassade, sans jamais lui adresser la parole. La très jeune femme l'attendait, emmitouflée dans un manteau avec une capuche en fausse fourrure, des moufles aux mains.

« Maître Cort. Je suis Marys Kearn. C'est moi qui vous servirai de guide aujourd'hui. »

Cort lança sa sacoche dans le glisseur.

« Je n'ai pas demandé de baby-sitter. »

Kearn avala sa salive, redoutant clairement ce moment.

« Je suis désolée, maître, mais la réglementation locale l'exige.

— Ah ?

— En d'autres circonstances, l'ambassadrice vous aurait volontiers accompagnée, mais elle m'a chargée de vous dire qu'en raison de votre comportement hostile à son égard, elle préfère s'abstenir. »

Cort ne voyait aucune raison de se montrer désagréable avec quelqu'un qui, pour l'instant et contrairement à Pendrake, n'avait rien à se reprocher.

« Très bien. Détendez-vous, je ne vous tiendrai pas rigueur de l'attitude de votre supérieure. Ce n'est pas dans mes habitudes. »

Kearn ne se départit pas de sa raideur.

« D'accord.

— Si vous êtes comme ça quand vous êtes détendue, on va très bien s'entendre toutes les deux.

— Oui, maître. »

Elles montèrent à bord du glisseur et s'assirent face à face dans le compartiment passager, après que le pilote, un jeune homme d'une beauté fade qui laissait Cort indifférente, eut pris place aux commandes. Le vol au-dessus de la ville caithi-riine venteuse, d'une architecture aussi monotone que fonctionnelle, serait très court. Sur n'importe quel monde un peu plus accueillant, Cort aurait sans doute choisi de se lever plus tôt pour couvrir cette distance d'un pas vif. Dans cet enfer de glace irrespirable, le personnel diplomatique évitait de sortir se promener, à l'exception des amateurs de survie en milieu hostile ou des masochistes. Par ailleurs, une pluie de grêle et de neige fondue martelait aujourd'hui les bâtiments gris et massifs. En allant à son rendez-vous à pied, Cort aurait craint de ne pas se présenter à son avantage pour une négociation qui s'annonçait délicate.

Alors que le glisseur décapotable s'échappait par un panneau coulissant dans le toit de l'ambassade, ses écrans ioniques invisibles entrèrent en action, protégeant les passagers d'une atmosphère froide et suffocante.

Le relatif confort de la cabine conduisit Marys Kearn à baisser sa capuche en fausse fourrure. Plutôt mince, elle dépassait Cort d'une tête. Elle avait le visage joufflu, des lèvres pleines, un front haut et des yeux marron piquetés d'or. Ses cheveux châtains frisés, noués en une tresse épaisse, pendaient sur ses épaules, dans sa nuque.

La jeune femme semblait si mal à l'aise en sa présence que Cort, dans un rare moment de compassion, la prit en pitié.

« Quelle est votre spécialité ?

— L'exosociologie, répondit Kearn, avec la raideur d'une nouvelle recrue du Corps diplomatique, habituée à être interrogée. Je suis encore en période de formation, en attente d'attribution de mon grade définitif.

— C'est votre première affectation ?

— Oui. Je ne suis arrivée qu'il y a trois mois. »

Grand Juje, c'est un bébé !

« Alors, mes félicitations : bienvenue au sein de l'immense farce connue sous le nom de diplomatie interespèces.

— Merci, maître. C'est... intéressant, jusqu'à présent.

— De quel point de vue ?

— Eh bien, mon monde natal ne m'avait pas habituée à un climat aussi... uniforme. Il faisait froid dans certaines régions, mais je n'y suis jamais allée. Je vivais sous les tropiques. Avec de la verdure. »

Cort eut un large sourire.

« Et naturellement, ils ont tout de suite pensé à vous pour cette planète stérile et glacée. »

Kearn eut besoin de quelques secondes de réflexion pour décider de la réponse qu'on attendait d'elle.

« La... la perversité de ce choix ne m'a pas échappé, maître.

— À mesure que progressera votre carrière, vous vous apercevrez que, non sans malice, vos missions continueront de suivre cette logique un peu particulière. Sauf, bien entendu, si par vos compétences, vous parvenez à imposer vos préférences. Dans le cas contraire, préparez-vous à détester les endroits où vous conduira votre travail pour les vingt prochaines années ou plus. Et à finir comme moi, une personne pas très fréquentable. Maintenant, dites-moi : avec votre spécialité, je suppose que vous avez déjà eu l'occasion d'avoir de nombreux contacts avec les autochtones ?

— Oui, maître.

— Bien. Moi pas. Pour ma part, j'ai limité mes relations avec les Caiths au minimum, je les connais donc mal. J'aurai besoin de vous pour m'éclairer sur ce qui, à leurs yeux, appartient au protocole obligatoire ou à la simple étiquette – ce genre de choses. Votre patronne croit me punir en m'imposant votre présence, à vous de lui donner tort. N'hésitez pas à exploiter vos compétences pour m'épauler et je m'engage à abréger votre séjour au purgatoire. Avec une évaluation positive de ma part, vous n'aurez pas à attendre le jour où vous pourrez vous-même exercer une influence sur votre carrière. C'est clair ? »

Les lèvres de Kearn ébauchèrent un sourire.

« Oui, maître.

— Et ne vous bornez pas à répondre à mes questions. Faites preuve d'initiative, rendez-vous utile. »

Le sourire s'élargit et, pour la première fois, révéla des dents d'une blancheur éblouissante ; son visage s'éclaira, métamorphosant la jeune fille terriblement sérieuse en femme très belle. Puis elle parut se reprendre et revint à une expression plus neutre.

« Compris. Dans ce cas, j'ai peut-être déjà quelque chose pour vous.

— Je vous écoute.

— Les Caiths... Ils sont relativement courtois, mais ne commettez pas l'erreur de penser qu'ils sont accueillants.

— Développez.

— Eh bien...

— Un conseil gratuit, la coupa Cort. "Eh bien" marque l'hésitation ; une locution comme celle-là suggère que vous vous excusez de votre audace ; elle implique que vous retenez des informations, voire que vous mentez. Faites comme moi : rayez-la de votre vocabulaire. Vos idées n'en auront que plus de poids. »

Kearn buta sur la pensée suivante, sans doute parce qu'elle avait failli répéter "Eh bien", mais elle se ressaisit.

« C'est un peuple dur et cruel. Si entier, si impitoyable que leurs mœurs confinent au sadisme. Et je ne parle pas que de leurs méthodes d'exécution. Ça s'applique à toutes leurs relations. Ils n'aiment pas les étrangers, aucune espèce, et ils détestent tout particulièrement les humains. Certains d'entre eux ne s'en cachent pas. Ils ne tolèrent les échanges commerciaux que pour pallier le faible rendement de leur milieu naturel, source de famines catastrophiques tout au long de leur histoire. Leur civilisation est tombée plusieurs fois, ils ont même frôlé l'extinction, notamment moins d'une centaine d'années avant leur premier contact.

— Je pensais qu'ils habitaient plus d'une planète.

— Ils en ont trois. Vous êtes sur la plus agréable. »

Cort grimaça.

« Continuez.

— Les importations de nourriture en provenance de la Confédération leur ont permis de survivre à quelques mauvaises années... mais cette dépendance leur apparaît comme une tache sur leur honneur. Ils *veulent* exécuter l'un des nôtres, ne serait-ce que pour retrouver une partie de leur dignité. C'est important pour eux. »

Cort mordilla l'ongle de son pouce, un tic nerveux qui la reprenait dès qu'elle se plongeait dans ses pensées.

« Au point de ne pas proposer la peine de substitution que Varrick a mentionnée ?

— Je n'en ai moi-même que rarement entendu parler. Plus comme d'une légende. En tout cas, même si elle existe, j'ai eu l'impression qu'ils ne la trouvent guère plus enviable que l'exécution. Seuls les condamnés qui ne supportent pas de se soustraire à des responsabilités professionnelles ou familiales en feraient la demande. »

Les dents de Cort claquèrent, alors que son ongle cédait. Elle allait poser une autre question, mais le glisseur entamait sa descente vers le toit ouvert du bâtiment officiel caithiriin. Le moment était venu de tester l'efficacité de ces patchs d'oxygénation.

Bilan : *peut mieux faire*, malheureusement. Quelques rares mondes comptaient des résidents humains qui s'habituaient à porter ces patchs dès la naissance. Mais pour Cort, qui avait vécu toute sa vie sur des planètes agréables et dans un environnement orbital réglé en fonction de conditions humaines optimales, cette solution médicale ne s'attaquait pas au problème psychologique. Son cerveau écoutait ce que lui disaient ses poumons : donc, pas question d'oublier qu'elle n'y faisait pas entrer de quoi rester consciente. Le patch, en absorbant le peu d'oxygène dans l'air pour le concentrer, l'empêchait de perdre connaissance en fournissant à son système sanguin ce dont il avait besoin. Ces sensations conflictuelles – la certitude d'une suffocation imminente combinée à la crainte d'un excès d'oxygène – la maintenaient dans un état proche de la panique.

L'hyperventilation la guettait en permanence, alors que, paradoxalement, inspirer fortement aurait pu provoquer son évanouissement.

Seule la présence de Marys Kearn, qui semblait n'éprouver aucune difficulté à gérer la même contradiction, lui permit de conjurer son affolement. Cort se refusait à manifester la moindre faiblesse devant la jeune femme, bien que chaque cellule de son corps lui hurlât qu'elle était en train de se noyer. Elle prit donc son mal en patience, et songea : *Je déteste les planètes*. Une vieille rengaine.

Le bâtiment officiel caithiriin était oppressant à plus d'un titre. Son architecture favorisait les plafonds bas et les espaces étroits inquiétants, éclairés de manière à accentuer l'obscurité, le tout maintenu à la température moyenne d'une toundra. Avant de quitter l'environnement régulé du glisseur, Cort s'était couverte en prévision du froid. En plus de son volumineux manteau, elle avait coiffé un bonnet en fausse fourrure et enfilé des gants épais, mais elle regrettait amèrement de ne pas avoir emporté un masque pour se protéger le visage. En un tournemain, ses joues s'engourdirent, au point qu'elle dut les frotter fréquemment pour leur redonner des sensations, tandis que leur guide les entraînait dans un véritable labyrinthe. Le dédale de couloirs semblait conçu pour retarder le moment où les visiteurs arriveraient à destination.

Au bout de quelques longues minutes, leur escorte s'arrêta à un endroit que rien ne distinguait apparemment du reste, fit coulisser un panneau jusque-là invisible, et leur demanda d'attendre le Xe.

Le port hytex de Cort ne traduisit pas, mais on lui avait conseillé de considérer le fonctionnaire qui les recevrait comme un juge. Le terme « Xe » était aussi un titre honorifique saluant ses longues années d'expérience et de sagesse. C'était également un mot censé inspirer la peur et l'effroi. En effet, les Caiths ne s'embarrassaient pas d'un jury. Le Xe décidait seul de la culpabilité d'un accusé, et assurait personnellement les exécutions. Après quelques recherches la veille au soir, Cort avait appris qu'un Xe n'atteignait un poste aussi élevé qu'après avoir étudié la moitié de sa vie. Ensuite, il renonçait à sa famille, à ses amis, à toute relation sexuelle, et même à son nom de naissance. Il sacrifiait l'idée que les Caiths se faisaient du luxe pour une existence d'ascète dans des conditions sordides. Son temps, il le passait dans une petite cellule, l'équivalent d'une cave, sans aucune distraction, sauf quand se présentait l'occasion de gâcher la journée d'un pauvre bougre.

Cort songea qu'une telle carrière attirerait sans doute des misanthropes invétérés, prêts à tout pour devenir des personnages redoutés.

La clémence ne ferait pas partie du vocabulaire d'un Xe.

Bien. Elle n'en aurait que plus de facilité à le comprendre.

Elles patientèrent dans une pièce qui ne ressemblait en rien au cabinet d'un juge humain. Ni solennité ni pesanteur. Des murs gris et nus, et deux blocs de pierre, assez bas pour être confondus avec des sièges par des visiteurs humains. Cort évita cette erreur grâce à ses lectures. Elle aurait profondément offensé leurs hôtes, qui considéraient cet usage comme un crime capital.

Quelques minutes plus tard, le Xe entra. Il ne s'assit pas non plus, mais arpenta la pièce. À l'instar des autres représentants de son espèce, c'était une créature vaguement simiesque, avec des bras et des jambes épais. Une couche de fourrure jaune rêche devait lui rendre cet environnement bien plus agréable qu'à n'importe quel humain. Ses traits comprenaient un orifice secondaire à la fonction inconnue, au-dessus de ses yeux noirs, à peine visibles, qui rappelaient des petits cailloux. Ses vêtements lui couvraient l'ensemble du corps, à l'exception de ses organes génitaux, dont un membre qui ressemblait à une fleur, probablement son pénis. Cort ne s'en formalisa pas ; selon les espèces, la pudeur ne concernait pas les mêmes parties de l'anatomie. L'ambiguïté de son expression la gênait davantage ; ainsi, elle ne parvenait pas à déterminer si sa mine renfrognée reflétait son humeur ou n'était que la géographie naturelle de son visage. Probablement un peu des deux.

Il dispensa Cort des formalités d'usage.

« Oui. Oui. Respect, salutations… Oubliez tout ça. C'est déjà bien assez pénible pour moi de me trouver dans la même pièce que des sentients qui dégagent une odeur comme la vôtre. Quel prétexte allez-vous invoquer cette fois pour surseoir à l'exécution ?

— Aucun, répondit Cort. Pardonnez notre ignorance, mais en notre qualité de simples visiteurs sur votre monde, de nombreux aspects de votre droit nous échappent encore.

— C'est la criminalité humaine qui est en cause ici, pas son ignorance.

— Pardon, mais je m'offusque de votre remarque. Cette affaire ne concerne pas l'humanité dans son ensemble, mais un criminel en particulier, qui s'avère être un humain. Le reste d'entre nous, moi compris, fait de son mieux pour vous traiter, ainsi que vos lois, avec respect. Nous sommes en droit d'attendre la même considération en retour. »

Le Xe se figea, inclinant la tête comme s'il remarquait Cort pour la première fois. Au cours des quelques secondes qui s'écoulèrent, elle se demanda s'il allait éclater de rire, les attaquer ou les chasser hors de sa vue. Puis il émit un son guttural.

« Je vous accorde volontiers cette distinction, marmonna-t-il, tout en notant que cet odieux criminel n'est toujours pas mort.

— Je peux vous rassurer sur ce point : nous avons l'intention de résoudre ce problème fâcheux dans les plus brefs délais.

— Si vous aviez réellement à cœur de régler cette affaire, l'immonde Varrick serait déjà mort. »

Il grogna, arpenta la pièce d'un mur en pierre à l'autre, se gratta, puis avança vers Cort, passant devant l'un des blocs. Il la renifla vigoureusement, plusieurs fois, avant de reculer.

« Je ne vous connais pas. Votre ambassade est-elle si mécontente de mon verdict qu'elle estime nécessaire de me faire perdre mon temps en m'envoyant un nouvel humain ?

— Vous avez raison. J'aurais dû me présenter. Maître Andrea Cort, du bureau du procureur général,

Corps diplomatique de la Confédération. Ma mission ne consiste pas à freiner la procédure, mais à m'assurer que M. Varrick a bénéficié de l'ensemble des dispositions prévues par le droit caithiriin. »

Il renifla.

« Je vous le confirme : l'accusé a eu pleinement l'occasion d'exercer ses droits. Je l'ai déclaré coupable et j'ai ordonné son exécution. Combien de reports dois-je tolérer avant qu'on me livre sa misérable vie, en accord avec ce décret ?

— J'ai simplement besoin que vous répondiez à une dernière question, Xe. »

La créature roula les yeux, son expression la plus anthropomorphique depuis le début de l'entretien. Comme la plupart du temps avec les extraterrestres, toute ressemblance avec un équivalent humain relevait au mieux de la coïncidence. Pourtant, dans ce cas particulier, Cort ne put s'empêcher d'y voir la manifestation d'une profonde exaspération. Elle était certaine de ne pas se tromper.

« Je vous écoute, dit-il.

— On m'a informée que l'exécution n'est pas la seule solution : vous disposeriez d'un traitement médical qui préserve la vie du criminel, tout en éliminant le risque de récidive. Ceci n'a pas été proposé à M. Varrick lorsque sa peine a été prononcée. Ma question est donc la suivante : cette solution est-elle toujours d'actualité pour lui... et dans le cas contraire, pourquoi n'a-t-elle pas été envisagée ? »

Le Xe devint agité, comme le singe auquel il empruntait certains traits face à une invasion de son territoire. Il se mit à arpenter la pièce en décrivant des cercles, tel un derviche tourneur débordant d'énergie.

« Le criminel Varrick souhaite-t-il continuer à subvenir aux besoins de sa famille ? A-t-il des responsabilités qu'il ne peut se résoudre à abandonner ? Des obligations juridiques ou professionnelles que sa mort l'empêcherait d'assumer ?

— Pour autant que je sache, Xe, il veut juste vivre.

— Alors, ce n'est qu'un lâche, un être méprisable avec aussi peu de respect pour lui-même que pour les autres.

— Je vous l'accorde. Néanmoins, je crois que, s'il a envie d'être un lâche, c'est son droit.

— Ce serait effectivement cohérent avec son droit d'être un voleur et un assassin. »

Le Xe s'immobilisa entre deux pas, penchant la tête, comme distrait par un son que lui seul pouvait entendre.

« C'est un cas intéressant. Je ne sais pas si la procédure fonctionnera sur un humain. À ma connaissance, elle n'a jamais été tentée sur un représentant de votre espèce. En vérité, la décision revient aux spécialistes de cette technique.

— S'ils attestent la compatibilité du traitement sur un humain, l'autoriserez-vous ?

— Un lâche devrait être libre de choisir la triste vie d'un lâche. »

Après deux reniflements, il ajouta :

« Comprenez que ma patience est à bout. Cet ultime report prendra fin dès que vous aurez obtenu votre réponse définitive. Après, j'accorderai encore deux jours de réflexion à Varrick, pas un de plus, pour se décider : le choix des lâches ou la mort. »

Cort hocha la tête.

« Je ne demande pas davantage. »

« Vous avez réussi », dit Kearn.

De retour au glisseur, elles n'avaient pas encore décollé ; le pilote attendait que Cort lui indique leur destination. Pour le moment, elle accueillait la relative chaleur et l'atmosphère plus respirable de la cabine avec le soulagement d'une femme qui, ayant frôlé la noyade, vient de regagner la surface au prix d'un effort héroïque et reprend son souffle. Elle répondit à contrecœur.

« Ça ne règle rien.

— Mais si ce traitement se révèle efficace sur les êtres humains...

— D'abord, la coupa Cort en frictionnant ses doigts que ses gants pourtant épais n'avaient pas réussi à protéger, nous n'en savons rien pour l'instant. Ensuite, même dans ce cas, Varrick n'aura pas son mot à dire. C'est moi, et moi seule, qui déciderai s'il peut ou non choisir cette solution.

— C'est *sa* vie.

— C'est vrai... bien qu'en commettant ses crimes sur un monde où il risquait la peine capitale, il ait semblé en faire bien peu de cas. Mais ma priorité, ce n'est pas lui. En l'occurrence, son sort est accessoire. Avant tout, ce qui m'intéresse, c'est de déterminer si ce traitement tant vanté tient ses promesses... Et ensuite, de savoir si nous mesurons bien les conséquences d'un tel acte sans précédent. »

Kearn fronça les sourcils.

« Mais lui sauver la vie ne devrait-il pas… »

Comme souvent face à un esprit plus lent ou moins perspicace que le sien, Cort s'impatienta.

« Je ne suis pas spécialement attachée à la peine capitale, répliqua-t-elle, non sans rudesse. Je ne suis pas contre par principe, mais je m'en passe très bien. J'y ai moi-même échappé deux ou trois fois, au cas où vous l'ignoreriez. Mais certaines considérations l'emportent sur la valeur d'une vie humaine, même la plus noble – inutile de souligner que Griff Varrick n'entre définitivement pas dans cette catégorie. En attirant l'attention sur ce fameux traitement, cet imbécile nous a exposés à des variables qui n'affectent pas uniquement sa misérable capacité de continuer à respirer. Cette technologie, si les Caiths acceptent de la partager, pourrait changer le cours de la justice sur d'innombrables mondes humains. Vous comprenez, maintenant ? Je ne suis pas certaine que l'humanité soit prête à ouvrir ses prisons et à en assumer les conséquences. J'ai besoin d'en savoir plus. »

Kearn resta longtemps silencieuse.

« Vous avez raison, réagit-elle enfin. Les répercussions peuvent être énormes.

— Oui, dans un cas comme dans l'autre. Peut-être faudra-t-il également préconiser des mesures de confinement. Excusez-moi. »

Cort alla à l'avant pour parler au pilote. Elles devaient maintenant se rendre au centre médical que leur avait indiqué le Xe, pas exactement un hôpital, un peu comme lui n'était pas exactement un juge. La petite structure se trouvait aux abords de la ville ; elles avaient rendez-vous avec un rédempteur, l'un des spécialistes chargés de la réhabilitation des meurtriers. À cause de la rareté du recours à cette procédure, l'établissement n'ouvrait que de façon intermittente, quand une intervention l'exigeait. Mais le Xe leur avait promis qu'un rédempteur les retrouverait sur place pour une consultation. Comme on les avait prévenues qu'il arriverait un peu plus tard qu'elles, Cort dit au pilote de prendre son temps.

Alors que leur glisseur décrivait un large cercle au-dessus de la ville qui, vue de haut, ressemblait à un champ de ruines sordide sous une neige fraîche, Cort retourna s'asseoir.

« Si je peux me permettre… », commença Kearn.

Cort roula les yeux.

« Ah. Nous y voilà.

— Vous savez déjà ce que je vais vous dire ?

— Par expérience, répondit Cort, avec la lassitude que lui inspiraient les discussions de ce genre, toutes les questions hésitantes qui débutent par "si je peux me permettre" concernent mon statut juridique. Vous n'êtes pas la première. Votre patronne ne s'en est pas privée, et sans ménagement, dès notre première rencontre. Varrick s'est montré presque aussi désagréable, pas plus tard qu'hier. Ça n'a rien d'original. La seule différence est le degré de courtoisie. Comme vous semblez faire un effort pour y mettre les formes, si nous devons avoir cette conversation, allons-y.

— Vous avez vous-même été reconnue coupable de meurtre…

— J'ai tué, c'est un fait établi, mais je n'ai pas été condamnée, corrigea sèchement Cort. Sur un plan juridique, la distinction est d'importance. Il me paraît superflu d'entrer dans le détail de mes propres circonstances atténuantes, mais elles existent. Poursuivez.

— Vous avez néanmoins perdu votre liberté...

— Nous sommes vous et moi sous contrat d'engagement avec le Corps diplomatique. Seule différence, vous n'êtes liée que pour une durée limitée. Quinze, vingt ans ? Mon contrat court tant que je leur serai d'une quelconque utilité – jusqu'à ce que je tombe raide morte, si bon leur semble. Sur le plan professionnel, c'est pratique, ça a le mérite de me faire bénéficier de l'immunité diplomatique. J'évite ainsi l'extradition vers des mondes qui me réservent un sort comparable à celui de ce cher Varrick. Mais pour l'heure, ni vous ni moi ne sommes totalement libres. Nous avons les mêmes maîtres. Où voulez-vous en venir ? »

Kearn resta longtemps silencieuse, consciente d'avoir froissé Cort plus que cette dernière l'admettait. Mais, visiblement incapable de lâcher l'affaire, elle finit par se lancer d'une voix hésitante.

« Si j'ai remué des souvenirs douloureux, je m'en excuse. Telle n'était pas mon intention. Mais l'idée m'a traversé l'esprit que, si le Corps diplomatique reconnaît la validité de ce traitement... vous pourriez appliquer ce précédent à votre propre cas, et les obliger à vous rendre votre liberté. »

Andrea Cort réagit comme à la piqûre d'un insecte venimeux. Elle se crispa, ses yeux s'agrandirent ; un mélange de terreur et de compréhension soudaine la laissa bouche bée, le vrai visage d'une âme blessée apparaissant brièvement sous la sérénité de façade. Le tout en à peine une seconde. Puis le moment de vulnérabilité passé, le masque sévère se remit en place, aussi froid et oppressant que le paysage tumultueux visible derrière les écrans du glisseur.

« Vous êtes plus… redoutable que je l'imaginais, mademoiselle Kearn. Je n'avais honnêtement pas envisagé la chose sous cet angle. Pas le moins du monde. Merci.

— Et je pense également que… »

Cort frémit.

« Pardonnez-moi, mais je ne souhaite pas poursuivre cette discussion. Jusqu'à nouvel ordre. »

Elle se détourna, se laissant absorber par le spectacle de la tempête, et n'ouvrit plus la bouche jusqu'à ce que le pilote annonce qu'ils se posaient.

Le Xe avait eu l'air survolté, un vrai forcené, l'image même d'un animal qui s'agite dans sa cage. Andrea Cort n'avait pas eu de conversations prolongées avec un Caith avant ce matin. Elle ne pouvait donc pas s'empêcher de s'interroger sur la part de ce comportement à attribuer à l'excentricité née de la vie solitaire imposée au fonctionnaire, et celle caractéristique de la psychologie de son espèce.

Le rédempteur lui fournit un point de comparaison. Son calme, sa sérénité quasi béatifique lui conféraient une étrangeté qui allait bien au-delà de sa physionomie ; à sa manière, non humaine, il semblait presque aimable. Au moment de se présenter, son nom avait résonné aux oreilles de Cort comme une mélodie de quatre notes, interrompue après un troisième son persistant, par une consonne dure qui s'apparentait moins à un coup de glotte qu'au claquement brutal d'une paume sur une table. Elle ne se serait pas risquée à le reproduire, mais Marys Kearn parvint à s'en approcher suffisamment pour remercier la créature du temps qu'elle daignait leur accorder.

« Ceux de mon ordre n'en manquent pas, répondit-il. On ne fait pas souvent appel à nous pour appliquer aux lâches la peine de leur choix. Si ma mémoire est bonne, ma dernière intervention remonte à un peu plus d'un an ; la précédente a eu lieu quatre ans plus tôt.

— Nous vous remercions tout de même d'avoir accepté de nous recevoir, insista Kearn.

— Ce n'est rien, minimisa le rédempteur, avec ce que le traducteur hytex interpréta comme une chaleur significative. Je n'ai jamais eu l'occasion de rencontrer un étranger à notre monde, d'aucune espèce. Je connaissais votre existence, et on m'avait dit que vous étiez répugnants, mais cette conversation est une première pour moi. Quelle expérience fascinante !

— À ce qu'il paraît, nous sentons mauvais, observa Cort, incapable de résister.

— Le terme est un peu exagéré, je trouve. Votre odeur pourrait faire le vide autour de vous, mais je ne la qualifierais certainement pas de *mauvaise*. Vous me rappelez davantage… une épice particulièrement forte que nous utilisons parfois dans notre cuisine. Ne le prenez pas comme une menace, mais j'avoue que votre proximité me donne faim.

— Voilà sans conteste le plus étrange compliment qu'on m'ait jamais fait, dit Kearn. Merci. »

Tous trois se réunirent dans une salle de réanimation adjacente au service où les lâches recevaient leur traitement. Cela faisait un moment que Cort n'avait recours qu'aux installations automatisées des s-source pour ses besoins médicaux, mais l'apparence générale de la pièce demeurait familière. Une plateforme en pierre faisait office de lit. (Les Caiths n'en avaient que rarement l'usage en dehors de ce contexte, lui expliqua Kearn ; ils dormaient debout, par périodes de trente à quarante secondes.) L'équipement de pointe offrait un contraste saisissant avec l'aspect primitif du mobilier prévu pour le confort du patient. L'écran de surveillance des fonctions vitales affichait un solide zéro, et des liquides de différentes couleurs (et propriétés, vraisemblablement) garnissaient les étagères.

Cort avait appliqué un second patch d'oxygénation sur son bras, dans l'espoir d'inhaler plus facilement l'oxygène, rare dans l'air local irrespirable. Mais elle n'avait réussi qu'à ajouter à sa gêne une vague euphorie, assez comparable à un début d'ébriété. Par conséquent, Kearn s'était trouvée dans l'obligation de relancer la conversation.

« À quoi consacrez-vous le reste de votre temps, si vous n'êtes jamais là ? demanda-t-elle.

— Mes fonctions m'incitent à me tenir toujours prêt, en espérant qu'on ne fera jamais appel à moi. Je ne vis pas très loin. J'ai une famille. J'élève des *grayens* pour le plaisir. Mes responsabilités dans notre justice m'honorent. Je n'ai pas à me plaindre.

— Vous avez de la chance, alors, conclut Kearn.

— J'aime à le penser. »

Pas encore complètement remise de son shoot d'oxygène, Cort parvint tout de même à se ressaisir pour demander au rédempteur en quoi consistait le traitement.

Il dévoila ses canines.

« Nous avons un dicton : les lâches n'ont pas de secret. En connaissez-vous la signification, maître Andrea Cort ?

— J'en ai une vague idée.

— Dans le cas de ce traitement, c'est la stricte vérité. Le lâche qui choisit cette voie n'a plus aucun secret. Son esprit est ouvert, examiné, lu comme un livre. Tout, jusqu'à la moindre cachotterie, est catalogué et transcrit. Accepteriez-vous de vous soumettre à une telle indignité ? »

Cort éluda la question.

« En quoi cela empêche-t-il la récidive ?

— La transcription est enregistrée sur un tout petit dispositif, implanté à la base du cou du meurtrier. Souvent, une marque que nous ajoutons le rend visible à l'œil nu ; le déshonneur n'en est que plus grand. Ce n'est pas systématique. Dans le cas qui nous occupe, je suppose que ce sera facultatif.

» Quoi qu'il en soit, poursuivit-il, à partir de ce moment-là, le dispositif en question exerce un contrôle total sur ses actions. De fait, il devient un second cerveau, identique au premier, mais programmé avec certaines modifications comportementales – et dominant. Le criminel conserve ses penchants, ses instincts, ses souvenirs, ses impulsions, tout ce qui fait de lui une créature déplorable ; mais, selon la situation, la transcription prend toutes les décisions à sa place, en temps réel. Comme les deux versions de son esprit sont pour l'essentiel indiscernables, elles répondent aux mêmes stimuli conformément au profil enregistré. Les différences entre ses désirs et ce que l'implant lui permet seront donc le plus souvent minimes. S'il souhaite traverser une pièce, la transcription, réagissant avec une personnalité semblable à une même série de choix, voudra faire de même et ne s'y opposera pas. S'il a faim et souhaite prendre un repas, la transcription voudra aussi prendre un repas, et il mangera. S'il lui vient une pensée, qu'il souhaite l'exprimer en paroles, la transcription voudra également l'exprimer en paroles. La seule divergence notable entre ses intentions et ses actions se produira quand ses instincts le poussent à accomplir des actions proscrites, ou lorsqu'une autorité reconnue lui ordonne d'aller à l'encontre de sa préférence... Dans ce cas, la transcription le forcera à adopter un comportement plus responsable, jusqu'à ce que ses pulsions coïncident à nouveau avec les choix qui lui sont proposés.

— Ne s'apercevra-t-il pas qu'on le contrôle ? demanda Kearn.

— Uniquement lorsque ses actions ne s'accorderont pas avec ses impulsions. Par exemple, s'il souhaite fracasser le crâne d'un innocent avec une figurine sacrée, et que l'implant l'oblige à poser l'objet et à se rendre. Mais, le reste du temps, pouvez-vous affirmer, maître Andrea Cort, que vos actions sont bien les vôtres ? Que quelque moyen artificiel ne vous dicte pas des comportements que vous attribuez, à tort, à votre libre arbitre ? Pouvez-vous dire cela de Marys Kearn, ou de n'importe quel humain de votre connaissance ? »

Bien des années plus tard, Andrea Cort aurait tout lieu de méditer cette conversation, dont l'ironie lui échappait encore. Mais dans l'immédiat, elle n'avait pas de réponse. Elle se mordit l'ongle du pouce.

« Votre société continue de mépriser les condamnés qui choisissent ce traitement à la place d'une longue et douloureuse exécution... au point que la plupart préfèrent la mort. Pourquoi ? »

Les Caiths ne semblaient pas posséder de geste équivalent au haussement d'épaules des humains. Mais d'une légère inclination de la tête, le rédempteur exprima sa réticence à réfléchir à un aspect de sa culture qui lui avait sans doute toujours paru aller de soi.

« Peut-être parce que nous savons tous ce qu'ils sont restés, au plus profond d'eux-mêmes. Même ceux qui ont réintégré notre société et respectent les lois qu'ils ont enfreintes dans le passé nous font horreur. La marque qu'ils portent nous rappelle constamment que, sous leurs dehors policés, sommeille un fou meurtrier, prêt à resurgir pour étancher sa soif de sang. Peut-être que les coupables eux-mêmes s'opposent à ce choix, car ils ont conscience qu'ils ne pourront plus se défendre, quelle que soit la provocation ; même le suicide leur est interdit. Une échappatoire abhorrée, mais précieuse, puisqu'elle nous permet de déterminer la valeur de notre vie par notre décision quotidienne de ne pas y recourir. Par ailleurs, dépossédé de la maîtrise de ses actes, on finit par ne plus se connaître soi-même ; le condamné qui choisit la solution des lâches doit faire face à la perspective de devenir progressivement un inconnu à l'intérieur de son propre crâne. Pour certains, cette idée est probablement insupportable. »

L'inclinaison de sa tête s'inversa.

« En général, l'exécution nous semble la voie la plus simple. Quoi qu'il en soit, sur notre monde, seuls les lâches et ceux qui refusent d'abandonner les responsabilités qu'ils pensent avoir envers leurs familles optent pour le traitement. La plupart des meurtriers préfèrent l'exécution. »

Dans le silence qui suivit, il revint à Marys Kearn de poser la question qui s'imposait.

« Cette procédure peut-elle s'appliquer à un être humain ? »

Le rédempteur pencha de nouveau la tête.

« Certaines différences exigeraient une attention particulière, mais je ne crois pas rencontrer d'obstacle insurmontable. Dans sa forme, la technologie employée est vraiment simple. Si votre meurtrier se décide pour la solution des lâches, nous devrions être prêts presque immédiatement. L'opération elle-même est l'affaire de quelques minutes.

— Merci pour ces précisions, dit Cort. Un dernier point : est-ce réversible ?

— Pourquoi, maître Andrea Cort ? Songez-vous à défier notre justice ? À tenter de retirer l'implant après avoir évacué le meurtrier sur un monde qui échappe à notre juridiction ? »

Cort sourit.

« Votre question est compréhensible. Non ; il ne se soustraira pas aux effets du traitement, quels qu'ils soient. J'y veillerai. Mais s'agissant d'un premier essai sur un humain, je me dois de demander si vous pouvez rendre la procédure provisoire, le temps d'observer d'éventuels effets secondaires. Nous ne sommes pas à l'abri de complications.

— Je vois. C'est une inquiétude raisonnable. Entendu. Je m'assurerai que l'implantation soit aussi peu invasive que possible et que les effets, bien qu'immédiats, ne deviennent permanents que progressivement, à mesure que le cerveau forge de nouvelles synapses. Nous aurons ainsi le temps de confirmer le bon fonctionnement de l'appareil et l'absence de complications médicales qui exigeraient son retrait d'urgence. Toutefois, la cicatrisation intervient rapidement. À la fin de la période d'ajustement, qui pour nous ne dépasse jamais seize de nos jours, le cerveau est complètement tributaire du dispositif. Il n'est plus capable de contrôler le corps sans lui. À ce stade, un retrait provoquerait des lésions irréversibles, suffisamment graves pour empêcher le patient de voir, entendre, parler ou se mouvoir. Sachez également que, même durant la période d'ajustement, seules de rares circonstances permettent d'envisager une annulation de la procédure… Par ailleurs, il est de mon devoir d'informer le Xe que vous avez posé cette question. Il interdira probablement à ce Varrick de quitter notre monde tant que nous n'aurons pas eu la certitude d'avoir définitivement modifié son comportement.

— Merci à vous, répondit Andrea Cort. Si nous donnons suite, je m'assurerai du respect de ces conditions. »

Plus tard, à bord du glisseur, entre un ciel gris ardoise et une ville que même l'accumulation de neige ne parvenait pas à embellir, Andrea Cort frissonna, comme au contact d'une main froide et squelettique. Elle se tourna vers Marys Kearn, qu'elle avait ignorée depuis leur décollage.

« Qu'est-ce qui ne va pas ? demanda Kearn.

— Rendez-moi un service, mademoiselle Kearn, répondit Cort d'une voix très faible, et terrifiée.

— Tout ce que vous voudrez.

— Si jamais vous pensez que je risque de céder à la tentation de cette technologie monstrueuse pour échapper à mon passé... flanquez-moi votre poing dans la figure. »

À leur retour à l'ambassade, la nuit était tombée. Cort chercha l'ambassadrice, mais trouva son bureau fermé. Dans la salle de repos, deux engagés trichaient aux cartes. Quand elle aperçut enfin Pendrake au réfectoire, celle-ci n'était pas d'humeur à être dérangée en plein repas, quelle que soit l'urgence. Cort convint d'un rendez-vous deux heures plus tard, puis regagna ses quartiers, où elle passa un temps infini sous une douche chaude, la température de l'eau dangereusement proche de son seuil de tolérance à la douleur.

À l'heure prévue, elle enfila un ensemble noir à la propreté impeccable et alla voir Pendrake. Peut-être pour compenser sa vulnérabilité lors de leur précédente rencontre, où elle était habillée décontractée pour son match de boxe contre un fantôme, l'ambassadrice la reçut dans son bureau. Selon les normes du confort diplomatique, l'endroit plutôt petit ne payait pas de mine. Ici, point de drapeaux, de photos de remises de distinctions et autres moments prestigieux d'une carrière en compagnie de dignitaires plus connus. Aucune décoration sur les murs blancs, d'une austérité à l'image du reste de l'architecture sur cette planète. Il y aurait sans doute fait aussi froid, si Pendrake ne maintenait pas une température étouffante dans sa tanière.

Comme pour contrebalancer le côté spartiate de son bureau, Pendrake apparut en tenue d'apparat, ce qui ne devait pas lui arriver souvent sur un monde si peu protocolaire. Elle avait relevé ses cheveux avec des épingles et ajouté un générateur holographique qui passait en revue les honneurs et les médailles reçus au cours de sa carrière. Cort trouvait cet étalage d'autant plus pitoyable que le cycle se répétait rapidement. Elle regretta de n'avoir pas été plus conciliante avec cette femme déjà hostile, maintenant qu'elle avait avant tout besoin de s'en faire une alliée.

Pendrake, qui avait dû sentir son hésitation, décida de l'exploiter.

« Ne me faites pas perdre mon temps. »

Cort n'avait pas l'habitude d'entamer ce genre de négociation en position de faiblesse ; d'ordinaire, il lui suffisait d'être elle-même, c'est-à-dire opiniâtre, pour impressionner son adversaire.

« Je... je me retrouve dans la situation où je dois me fier à vous.

— Je vous plains. Pourquoi ?

— Nous avons un problème. »

Méfiante :

« Ah bon ? C'est grave ?

— S'il ne tenait qu'à moi, je préconiserais la rupture des relations diplomatiques avec ce monde et la mise en place d'un blocus militaire permanent afin d'empêcher les échanges commerciaux avec d'autres civilisations. »

Pendrake plissa le front, incrédule.

« Rien que ça ?

— Oui. Ce ne serait pas la première fois. C'est d'ailleurs ce qui m'ennuie : personne ne me laissera le refaire après un laps de temps aussi court. J'ai donc besoin de vous pour prendre la décision qui s'impose.

— Vous êtes complètement cinglée.

— Je comprends votre réaction. Je vous assure.

— Ça ne m'étonne pas. Vous devez avoir l'habitude. Après tout, c'est ce que tout le monde pense de vous. Même les gens qui vous soutiennent voient en vous une espèce de bombe à retardement, une sauvage. Mais ça. Comment avez-vous pu espérer une seconde que je me prêterais à... »

Cort la coupa.

« Je sais. Une initiative comme celle-là peut détruire une carrière, bien que le bien-fondé de la décision ne laisse aucune place au doute. Même justifié, ce genre d'escalade finit toujours par être considéré comme un échec honteux. L'ambassadrice à qui j'ai eu affaire la fois précédente ne s'en est pas relevée. Mais cette planète représente un danger évident et immédiat pour la civilisation humaine. Il est donc de notre devoir, après que nous aurons respecté nos obligations concernant Varrick, de mettre tout en œuvre pour décourager tout contact ultérieur avec les Caiths. »

Pendrake tapota sur son bureau, adoptant un rythme martial malgré elle.

« À supposer que vous parveniez à trouver des arguments convaincants en faveur de cette folie, pourquoi accepterais-je de coopérer avec quelqu'un qui a déjà menacé ma carrière ?

— Si vous me suivez sur ce coup-là, j'oublierai l'affaire précédente. En fait, mon rapport suggérera que vous avez empêché l'accès à cette technologie en connaissance de cause ; loin de vous présenter comme une incompétente, je louerai votre lucidité. Votre carrière n'avancera pas, je le crains, mais reconnaissez vous-même qu'elle n'a guère été brillante. Vous ferez valoir vos droits à la retraite par anticipation... et je veillerai à ce que vous soient accordés les avantages réservés aux éléments les plus méritants du Corps diplomatique. »

Les doigts de Pendrake continuèrent de tapoter.

« Et si je n'ai pas envie de partir à la retraite ?

— Ne me demandez pas l'impossible, madame l'ambassadrice. Je joue franc jeu avec vous. Cette affaire nous dépasse, vous comme moi. Si nous autorisons Varrick à suivre ce traitement, et qu'après l'information circule, les conséquences pour l'humanité pourraient s'avérer catastrophiques. Soyez-en sûre. »

Pendrake sembla s'apercevoir de ce que faisaient ses doigts et les écarta de son bureau transformé en percussion.

« D'accord, je vous écoute. Expliquez-vous, bon sang ! »

Cort se retrouva dans la position d'une femme en train de se noyer qui se débat pour atteindre un objet flottant que le courant éloigne d'elle à chaque mouvement des bras.

« Un aspect m'a frappée dès qu'on m'en a parlé : le sadisme délirant de l'exécution, proposée parallèlement à un traitement plus indulgent, du moins en apparence. Je me suis demandé quel genre de société développerait une contradiction aussi fondamentale. »

Pendrake haussa les épaules.

« La plupart des sociétés humaines sont bâties sur des contradictions. Punir le même crime de la peine capitale ou de la prison à vie en est une, d'ailleurs.

— Seulement dans une certaine mesure. La réclusion à perpétuité revient tout de même à prendre au détenu le reste de sa vie. On le sépare de sa famille, on le prive de tout confort et on lui retire, pour la plupart des choses importantes, sa liberté de choix. C'est une exécution d'un genre différent, une mort lente.

— C'est discutable.

— J'en conviens. Mais dans le cas présent, la contradiction est d'une tout autre ampleur : une agonie dans d'atroces souffrances, à très petit feu... ou l'implantation d'un minuscule boîtier dans le cerveau, avant de reprendre le cours – presque – normal de son existence. Pourtant, peu de condamnés choisissent cette solution. Ça donne à réfléchir. Ma théorie, c'est que les Caiths, ayant grandi sur un monde qui offre cette possibilité, comprennent qu'un contrôle aussi total doit représenter une torture d'une nature plus insidieuse. Je ne suis pas sûre de la forme exacte qu'elle prend, mais d'un point de vue moral, je suis certaine qu'elle existe. Forcément. Sinon, dans le cadre d'une justice pénale qui ne semble guère se préoccuper de clémence, la présence de cette solution n'a aucun sens. »

L'expression de Pendrake resta neutre.

« Je ne suis pas convaincue. Mais poursuivez.

— Les Caiths peuvent se permettre d'avoir ça dans leur société. Leur population totale ne dépasse pas trente millions d'individus, sous l'autorité d'un seul gouvernement ; leur système, pour brutal qu'il soit, est stable.

» Les humains, en revanche, ont essaimé sur des dizaines de milliers de mondes, ils ont mis en place des centaines de types de gouvernements, et Juje sait combien de formes locales de corruption. Qu'arrivera-t-il quand la nouvelle de l'existence de cette technologie commencera à se répandre ? Vous pensez qu'on en limitera l'usage aux meurtriers ?

» J'en ai fait personnellement l'expérience, madame l'ambassadrice, alors je peux en parler. Nous appartenons à une espèce qui n'hésite pas à torturer et à tuer son prochain pour des raisons aussi insignifiantes qu'une légère différence physique. Nos conflits ancestraux remontent à des siècles pour certains. Questions philosophiques mineures, orientation ou identité sexuelle : il n'en faut pas plus. Parfois, la perversité, la simple envie d'opprimer l'autre, suffit.

» Laissez cette technologie se diffuser librement, et je vous garantis que nous aurons tôt fait de nous en servir sur des condamnés reconnus coupables de délits moins graves que le meurtre. Le viol sera le suivant sur la liste. Et pourquoi pas ? Aucun individu sain d'esprit n'approuve le viol. Autant contrôler les salauds qui cèdent à ce genre de penchants. D'autres formes d'agressions ? Le vol ? Là aussi, tout le monde est contre. Empêchons la récidive ! Et les fauteurs de troubles qui protestent un peu trop fort quand le pouvoir formule des exigences intolérables ? À partir de maintenant, on pourra les faire taire *en une seconde* !

» L'animal humain étant ce qu'il est, certains gouvernements auront l'idée d'utiliser cette technologie de manière préemptive. Ce n'est qu'une question de temps. Des mondes installeront cet implant aux enfants dès qu'on l'estimera médicalement possible. Des populations entières seront maintenues en esclavage, incapables d'aller à l'encontre de la volonté de leurs petits boîtiers, aux mains de quelques privilégiés. Personne ne protestera. Oh, ce ne sera pas faute d'essayer... mais même fous de rage, les implantés continueront d'obéir docilement, et avec le sourire, à leurs maîtres, seuls juges de ce qui entre dans le cadre normal de leur coopération. Toute rébellion deviendra impossible parmi ceux qui ne seront plus que des ressources que s'échangent les puissants, en toute impunité.

» Voilà l'enjeu, madame l'ambassadrice. Et malgré nos différends, *je sollicite votre aide pour empêcher ça.* »

Pendrake avait blêmi, elle paraissait dévastée, comme une femme qui vient de se voir infliger une grave blessure, mais se demande encore quelle arme l'a frappée, et si le coup est mortel. Plusieurs secondes s'écoulèrent, avant qu'elle semble s'apercevoir qu'elle était restée bouche bée. Puis ses dents claquèrent.

« C'est… », commença-t-elle, puis elle avala sa salive.

« Juje… »

Elle se leva, traversa la pièce vers un placard fonctionnel qui s'intégrait au décor aussi bien qu'une tumeur à la biologie de l'organisme qui l'accueille. Elle revint avec une bouteille en cristal remplie d'un liquide orange vif ; le goulot se resserrait au point qu'il semblait se terminer par un trou microscopique. Pendrake confirma cette impression quand elle servit, ne versant que trois gouttes dans deux verres tirés du tiroir de son bureau.

Elle en tendit un à Cort.

« Buvez. »

Cort préférait boire seule, mais l'alliance qu'elles forgeaient ici passait par le respect de certains rituels. Elle accepta donc le verre, qu'elle porta à ses lèvres ; elle attendit, le temps de s'assurer que Pendrake l'imitait, puis elle rejeta la tête en arrière. Les trois gouttes lui embrasèrent le gosier ; la seconde d'après, elle éprouva une irrésistible euphorie, alors qu'étaient sollicités les récepteurs du plaisir de son corps tout entier.

L'effet, intense, ne dura que trente secondes, auxquelles succéda immédiatement une plongée émotionnelle vertigineuse qui la ramena dans l'atmosphère sordide et froide du bureau de Pendrake.

Cort se surprit à regretter ce bref instant de volupté, comme si le vide qu'il laissait revenait à une promesse de ne plus jamais connaître le bonheur.

« Bon sang ! Mais qu'est-ce que c'était ?

— Mieux vaut que vous en ignoriez le nom, répondit Pendrake, alors qu'elle rangeait la bouteille. Sur mon monde natal, la dépendance d'une partie de la population à cette boisson est un véritable fléau social. Les plus atteints finissent par se griller les centres du plaisir du cerveau. Personnellement, je prends le risque d'en garder une bouteille à portée de main, mais uniquement parce que je n'ai trouvé aucun alcool ou stupéfiant qui lui arrive à la cheville. Je la réserve pour les grandes occasions. Histoire de marquer le coup. Comme pour sceller un pacte, par exemple.

— Alors… nous sommes d'accord ?

— Mon monde a renoncé à des richesses colossales en refusant de produire cette came dans des quantités qui auraient rendu dépendant le reste de l'humanité. »

Pendrake sourit, révélant des dents grises.

« La notion de bien commun ne m'est donc pas inconnue. Je saurai prendre mes responsabilités. »

Elles allèrent se coucher sans avoir résolu tous les problèmes que poserait leur petite conspiration. Elles devaient encore trouver le moyen de rompre les relations diplomatiques avec les Caiths, sans trahir leurs véritables raisons. Par ailleurs, livrer la population locale aux incertitudes d'une agriculture fragile n'était pas sans conséquence. Enfin, il fallait prendre une décision à propos de Varrick, et de son droit à choisir son propre sort.

La tâche s'annonçait difficile. Cort allait devoir travailler avec Pendrake, une femme qu'elle s'était mise à dos et considérait comme une incapable depuis des mois.

On lui avait déjà confié des missions plus pénibles, mais probablement aucune aux enjeux aussi importants.

Épuisée, un peu effrayée par la porte qu'elle venait d'ouvrir, et consciente que la refermer requerrait tous ses efforts, elle retourna dans ses quartiers. Elle commença par rédiger un message adressé à son supérieur hiérarchique direct à La Nouvelle-Londres, Artis Bringen. Elle le voyait davantage comme un ennemi qu'un confident. Mais en dépit des très nombreuses raisons qu'elle avait de le mépriser, il avait su l'écouter, et elle était parvenue à le convaincre qu'il obtiendrait de meilleurs résultats avec elle en lui lâchant la bride. Dans l'affaire en cours, cette latitude l'autorisait à user plus facilement de faux-fuyants. Mais sans tirer sur la corde non plus. Bringen n'était pas stupide.

Pendrake et elle n'ayant encore rien décidé, elle écrivit simplement :

Sérieuses complications. Précisions suivent. Cort

Même un responsable plutôt coulant comme Bringen n'accepterait pas de se contenter d'aussi peu. Un engagé en mission devait rendre compte de chaque heure de son temps ; il ne pouvait pas, de sa propre initiative et sans raison valable, s'éterniser sur place. Elle y réfléchirait, comme à tout le reste, après une bonne nuit de sommeil.

Les implications du traitement caithiriin la tinrent longtemps éveillée, perchée au bord de son lit. Le cœur serré et l'esprit en proie à la confusion, elle céda à la tentation, récurrente et inutile, de s'apitoyer sur son sort. Cela avait toujours fait partie de sa pathologie personnelle. Pourquoi ? se demanda-t-elle. Pourquoi était-ce chaque fois si dur ? Pourquoi ses missions l'envoyaient-elles systématiquement vers des destinations si peu accueillantes ? Pourquoi elle et pas un de ses collègues, tout aussi compétent ? Puis l'heure tardive et l'effort auquel elle avait soumis son organisme, obligé de respirer sous assistance dans des espaces caithiriins, eurent raison d'elle. Elle n'eut même plus assez d'énergie pour se sentir déprimée.

Elle s'endormit sans avoir rien réglé, sa dernière pensée lui soufflant que Pendrake s'était montrée beaucoup plus docile qu'elle l'espérait.

Les effets secondaires du narcotique orange la frappèrent moins d'une heure après qu'elle eut fermé les yeux, transformant un sommeil déjà profond en une léthargie provoquée par la drogue sans transition notable.

Si elle avait été réveillée et consciente du danger, elle aurait pu remarquer sa faiblesse et lutter ; un agent neutralisant tiré de sa réserve personnelle lui aurait immédiatement rendu sa sobriété et son aptitude à se défendre. Endormie, elle sombra dans un sommeil sans rêves. Endormie, elle parvint à un état qu'elle atteignait rarement : la sérénité.

Elle se retrouva donc incapable de réagir quand la porte de ses quartiers s'ouvrit en coulissant.

Les premières phases de l'exécution offraient un spectacle encore supportable ; avec le temps, on atteindrait des sommets dans l'horreur. Pour le moment, Varrick, nu et terrifié, se trouvait coincé entre le sol froid en pierre et une planche, sur laquelle un bac recevait ses premières gouttes d'eau. Il protestait avec une véhémence incrédule, la pression exercée lui permettant toujours de crier. Plus tard, avait-on expliqué à Andrea, le peu d'air qu'il parviendrait à introduire dans ses poumons ne l'autoriserait qu'à de rares chuchotements. On lui avait également parlé d'autres manifestations, plus atroces : les diverses manières dont le corps se viderait sous la pression, les bruits variés que produiraient les os qui se brisent et se fracturent ; sans oublier les descriptions plus imagées de la peau étirée à son point de rupture, devenue incapable de contenir sa cargaison de sang. Seul un monstre aurait voulu assister à cela. Cort dut détourner les yeux. Elle songea que parfois le volume de souffrance dans l'univers dépassait ce que le cœur humain pouvait endurer. Elle se dit qu'elle avait doublement failli à son devoir ; envers cet homme épouvantable, mais aussi envers elle-même.

Ce soir-là, dans la solitude de ses quartiers, Andrea rédigea son rapport quotidien sur l'exécution de

Varrick, qui se prolongerait probablement encore deux ou trois jours. Une dépêche de Bringen arrivée dans la journée exigeait de connaître la nature des complications auxquelles elle avait fait allusion, dans la mesure où l'exécution suivait son cours.

Elle n'était pas surprise. Bringen finirait par poser un problème. Il tenait sa laisse, un rôle auquel il attachait beaucoup d'importance ; il n'avait jamais fait mystère de son affection à son égard, bien que cette affection eût plus d'une fois pris la forme d'une franche opposition. Il la connaissait mieux que personne, ce qui la perturbait. Elle ne voulait pas qu'on la connaisse. Ni lui ni un autre.

Elle chercha une idée, un bobard qui aurait une chance de le satisfaire. Enfin, elle écrivit :

Je l'avoue. Il n'y a pas de « complications ».

La vérité, Artis, c'est que je suis fatiguée. Plus que je ne l'ai jamais été, plus qu'après Bocai.

Cette mission absurde m'a porté un coup au moral. Varrick était condamné avant même mon arrivée. Pour l'essentiel, c'est sa nature qui l'a perdu. Rien n'aurait pu le sauver. S'il n'avait pas commis ses crimes stupides sur cette planète, il l'aurait fait ailleurs. Il se serait fait prendre d'une manière ou d'une autre, au risque de tomber sous la juridiction d'un gouvernement encore plus cruel.

Le plus triste dans cette histoire, c'est qu'on aurait pu l'éviter. Ses tendances criminelles étaient connues, à cause de ses antécédents. Mais au lieu de renoncer à lui réclamer les années qu'il devait par contrat, le Corps diplomatique s'est contenté de lui taper sur les doigts et de le muter. Et il a récidivé, à chaque fois. *C'est nous qui l'avons détruit.*

Cette affaire m'a peut-être davantage touchée, parce que j'ai le sentiment d'avoir pas mal de choses en commun avec lui. Il va me falloir du temps pour digérer tout ça. En attendant, l'ambassade ici a besoin d'une assistance juridique pour quelques litiges mineurs. Avec mes compétences, je ne doute pas de régler tout ça les yeux fermés, et ça me laissera le loisir de réfléchir à l'avenir. Mme l'ambassadrice vous fera parvenir sa demande sous pli séparé. C'est quelqu'un de bien, presque une amie maintenant.

J'espère que vous me pardonnerez ; si je vous ai déçu, sachez que je le regrette.

Votre amie sincère, Andrea

Elle se relut trois fois, avant de s'estimer satisfaite. Puis, avec un frisson, elle transmit son texte à l'ambassadrice.

Peu après, Pendrake demanda à la voir. Avec un nouveau frisson, elle défroissa son ensemble noir, avant de traverser les trois petits couloirs qui la séparaient du bureau de l'ambassadrice.

Cette fois, Pendrake n'avait pas fait d'effort vestimentaire. Elle portait sa tenue de sport, moite de transpiration, signe d'une récente séance de boxe avec la simulation. Le texte du message adressé à Bringen flottait, transparent, au-dessus de son bureau. Les parties qui avaient attiré son attention, surlignées en vert, créaient des reflets émeraude sur ses joues brillantes de sueur.

« Vous pouvez m'expliquer ? demanda-t-elle.

— C'est ma lettre pour La Nouvelle-Londres, dit Cort.

— Ça, j'avais compris, Andrea. Je viens de la lire, votre foutue lettre. Vous me prenez pour une idiote ? »

Oui, voulut répondre Cort. Pendrake était idiote. Même si sa stupidité s'accompagnait de fourberie, l'absence totale de lucidité de l'ambassadrice l'empêchait de se projeter au-delà de son ambition personnelle ; tout le reste n'étant perçu que comme une simple contrariété. Déloyale jusque dans ses exercices de simulation sportive, elle n'affrontait que des adversaires incapables de se défendre. Cort mourait d'envie de sauter par-dessus le bureau pour lui montrer qu'on ne se mettait pas impunément à dos quelqu'un qui, comme elle, avait déjà eu à tuer pour sa survie. Mais elle n'en fit rien. Elle ne dit rien.

« Vous me prenez définitivement pour une idiote, insista Pendrake. C'est ce que semble suggérer votre conduite, en tout cas. »

Cort voulut répondre que n'importe quelle personne sensée aurait traité Pendrake d'idiote ; qu'elle ne méritait pas mieux ; que, s'il n'avait tenu qu'à elle, elle aurait immobilisé l'ambassadrice, le temps de lui graver sur le front le mot « Idiote », à l'aide d'une lame émoussée de préférence. Elle se serait dévouée, de gaieté de cœur même. Mais elle n'en fit rien. Elle ne dit rien.

« Je connais votre façon de parler, reprit Pendrake. J'en ai moi-même fait l'expérience. Alors, n'espérez pas me faire avaler que ce ton chaleureux et poli est fidèle à celui que vous employez habituellement avec un supérieur hiérarchique. »

Cort voulut répondre qu'elle ne limitait pas ses relations avec autrui aux rebuts de l'humanité, et qu'elle respectait Artis Bringen. Mais elle aurait menti, au moins sur le dernier point.

« C'est ma nouvelle façon de m'exprimer, madame l'ambassadrice.

— C'est bien le problème. Ça ne vous ressemble absolument pas. »

Crève, salope.

« Non.

— Votre franchise vous honore. »

Pendrake se leva et se dirigea vers le placard où attendait la bouteille désormais familière – et haïe. Elle versa quatre gouttes du liquide orange dans un verre. « Buvez. »

Non, pas question !

Elle but. De nouveau, son gosier s'embrasa, la chaleur envahit son corps, chassant la détresse des derniers jours. Son cœur et ses poumons s'emplirent d'une euphorie dont elle avait commencé à devenir dépendante à un degré qui l'horrifiait. L'espace de quelques secondes qui semblèrent durer des heures, tout parut rentrer dans l'ordre. Dans cet état, même la terreur qui l'habitait récemment se dissipa : après tout, pourquoi s'inquiéter d'un avenir débarrassé du fardeau d'avoir à prendre des décisions ?

Puis le plaisir reflua et elle se trouva brutalement rappelée, avec un abattement qui lui fit l'effet d'une gifle, à la cruelle réalité de sa prison.

Pendrake eut un sourire affable.

« C'est pourtant simple : punition *et* récompense, la vie se résume à ça. *En même temps*, parfois.

Récompense, maintenant, parce que c'est tout ce qui vous reste. Punition, parce que vous savez qu'en en abusant, vous vous perdez chaque jour un peu plus. La promesse de réconfort devient elle-même la menace, la récompense *est* la punition. Peut-on rêver technique de modification du comportement plus éloquente ? Vous craignez qu'on vous en donne plus, n'est-ce pas ? »

Je te tuerai, te crèverai les yeux, te réduirai en cendres.

« Oui.

— Vous savez ce qui vous reste à faire. Ce soir, vous réécrirez cette lettre ; et supprimez-moi ces amabilités, que ce soit un peu plus crédible. Demain matin, vous reviendrez me voir et nous aurons une nouvelle réunion pour élaborer notre stratégie. D'accord ? »

À mains nues, je te…

« D'accord.

— C'est bien. Et pendant que j'y suis, montrez-vous un peu plus aux heures des repas. Votre côté reclus vous donne une aura de mystère qui encourage les questions. Ça ne me va pas. Soyez plus sociable. C'est un ordre. »

Cort hocha la tête, ses lèvres allant jusqu'à esquisser un sourire contre son gré. Puis elle tourna les talons et s'éloigna vers ses quartiers, un trajet qui lui aurait paru trop court, même s'il englobait le gouffre séparant les confins de l'espace de la Confédération.

Chaque pas lui donnait l'impression d'user vainement ses poings contre ses murs personnels. Elle ne pouvait pas s'empêcher de focaliser toute la haine – considérable – qu'elle portait en elle sur les priorités qui la ramenaient docilement vers sa petite chambre.

Là, elle concentrerait son énergie à obéir aux ordres. La rébellion faisait partie intégrante d'elle-même. C'était même le trait qui la définissait le mieux. Mais pour l'heure, ce n'était pas ce qui animait le corps devenu sa prison. Cet esprit-là ne lui était pas accessible.

Il ne se passait pas un moment de la journée sans qu'elle ait conscience de sa situation. Même quand cette version inhibée d'elle-même décidait de se comporter comme *elle* l'aurait fait, ses pas, ses gestes, ses mots, pourtant analogues aux siens, l'exaspéraient. Ils étaient coupés, de manière subtile mais tangible, de ses désirs. Ce n'était pas elle qui se retournait dans son lit ; pas elle qui, tôt le matin, se rendait à la salle de bains ; pas elle qui avalait sa nourriture après l'avoir mâchée le bon nombre de fois. C'était une créature qui menait une vie parallèle à la sienne, partageait nombre de ses activités, mais qui ne reflétait pas sa volonté. Une Andrea Cort vidée de tout ce qui constituait Andrea Cort.

Elle avait fini par s'apercevoir que même ses quelques pitoyables tentatives de révolte, comme le ton de sa lettre à Artis Bringen, ne lui ressemblaient pas. Elles étaient l'œuvre de cette autre elle-même, celle qui la contrôlait et n'avait trouvé aucune raison particulière de s'y opposer.

Pendrake l'avait compris immédiatement et, sans perdre de temps, avait utilisé le système punition/récompense de la drogue orange pour décourager chez l'esprit aux commandes toute initiative de ce genre, aussi minime soit-elle. À l'instar d'Andrea elle-même, il apprenait vite. Il n'était pas bête. Il capitulerait d'ici peu.

Cort ferma sa porte derrière elle et s'étendit tout habillée sur son lit, les yeux rivés au plafond.

Retourner dans sa chambre n'était pas se rebeller. Elle en avait reçu l'ordre.

Rester allongée non plus. Pendrake lui avait donné jusqu'à ce soir pour s'exécuter ; c'était encore l'après-midi. Tant qu'elle aurait terminé pour demain, l'esprit aux commandes ne voyait pas d'inconvénients à la laisser se comporter suivant ses humeurs.

Se concentrer furieusement n'était pas se rebeller. Ça n'affectait pas ses actions. C'était aussi la seule arme à sa disposition. Le traitement des Caiths, loin d'offrir une solution plus humaine que l'exécution, se révélait aussi insidieux qu'elle l'avait soupçonné. Un supplice cruel qui la rongerait de l'intérieur jusqu'à la fin de ses jours.

Réfléchir, c'était sa seule arme. Mais elle avait beau faire, ses pensées s'acharnaient à emprunter les mêmes chemins parcourus une bonne demi-douzaine de fois, depuis qu'elle s'était réveillée dans le centre médical des Caiths, privée de sa volonté.

Pendrake, avait-elle compris, n'en avait sans doute pas eu l'idée immédiatement.

Dans un premier temps, consciente des questions évidentes posées par le traitement, l'ambassadrice avait peut-être partagé l'avis de Cort : cette technologie ne devait en aucun cas tomber entre les mains de l'humanité, fût-ce au prix de sa carrière.

Même au moment de sortir l'alcool orange du placard, elle n'avait peut-être envisagé que de sceller leur pacte.

Mais ensuite, Cort avait quitté son bureau, remettant au lendemain des problèmes trop complexes à résoudre immédiatement.

Et là, cette ratée pleine de colère, ce monstre d'égocentrisme qu'était Son Excellence Virila Pendrake avait surpris Cort.

Elle avait continué à réfléchir, ce qui ne lui ressemblait absolument pas.

Elle s'était dit :

Une minute.

Pourquoi je laisserais cette garce détruire ma carrière ?

Il n'y a pas de raison.

Si je parviens à la mettre dans ma poche, je peux encore sauver ma peau.

Puis elle avait pensé :

L'humanité en a vu d'autres, elle s'en est toujours relevée. Si je quitte cette planète avec ce traitement en ma possession, je pourrais le vendre au plus offrant. Je vivrais comme une reine, je n'aurais pas assez de l'éternité pour tout dépenser. Je deviendrais une importante femme d'affaires, une Bettelhine.

Je n'aurais même pas à m'inquiéter du pire des répercussions, j'aurais filé depuis longtemps.

Calée dans son fauteuil, elle avait dû céder aux chimères de la vie de château, entourée d'une pléthore de domestiques, nageant dans un luxe qui dépassait tout ce qu'elle pouvait imaginer. Autant de tentations irrésistibles.

Mais bien sûr, ses réflexions l'avaient ramenée à Cort.

Si seulement il y avait un moyen de la mater.

Puis, inévitablement, le coup de tonnerre :

Juje. Mais il y en a un.

C'est une criminelle de guerre.

Une meurtrière.

Connue pour son insubordination.

Elle est déjà pratiquement en sursis.

Si je parvenais à la neutraliser, d'une manière ou d'une autre, je n'aurais plus qu'à la conduire aux Caiths et à leur présenter les faits ; ma demande leur apparaîtrait certainement tout à fait raisonnable.

Je peux m'occuper d'elle, et de Varrick, en même temps.

En fait, ce serait facile.

Je vois ça d'ici.

Je prends contact avec les autorités locales.

Je dis aux Caiths : « Vous pouvez avoir Varrick. Il a choisi l'exécution. Il paniquera sans doute au dernier moment, et changera d'avis quand ça aura commencé, mais vous savez ce que c'est. Toutes les décisions sont sans appel. »

Premier problème réglé.

Ensuite, j'ajoute : « Pendant que vous y êtes, j'ai quelqu'un d'autre à vous soumettre. La candidate idéale pour votre traitement. Voilà son dossier complet. Comme vous pouvez le constater, elle a de sacrés antécédents. Meurtre, et tout et tout. Et une fautrice de troubles en plus, partout où elle est passée. Un vrai danger pour l'ordre social. Nous sommes impuissants. Et ça fait des années que ça dure !

» Non, nous ne souhaitons pas sa mort ; elle possède de réelles compétences que nous saurons exploiter, à condition de canaliser son énergie. Veillez simplement à ce qu'elle ne représente plus une menace pour qui que ce soit ; plus jamais. Profitez-en pour supprimer ses

tendances violentes. Et qu'elle ne puisse plus se rebeller, ou désobéir à un ordre direct.

» *Avec l'autorisation de qui? La mienne. Vous me connaissez. Je suis la représentante la plus haut placée du Corps diplomatique sur cette planète. J'en assume la responsabilité. Allons. Vous avez vu son dossier. Elle le mérite. Nous l'aurions déjà exécutée nous-mêmes, mais elle nous a été utile. De cette manière, elle continuera de l'être.* »

La plupart des humains ne s'y laisseraient pas prendre. Pas les plus malins.

Mais ça suffira à berner quelqu'un qui n'est pas très au fait de notre façon de penser, ou qui ne comprend pas vraiment comment fonctionne notre société. Les Caiths nous tolèrent, ils nous accordent à peine leur attention.

Je peux les manipuler.

Le cœur d'Andrea battit plus fort, alors qu'elle imaginait ce qu'avait dû se dire Pendrake juste après.

Et dans le camp humain, qui s'en apercevra? Cort est une misanthrope notoire. Elle est cinglée. Elle n'a pas d'amis. Personne ne risque de remarquer que sa conduite ne correspond pas à sa personnalité... surtout si je m'assure de sa mutation permanente sous mon autorité.

Elle serait parfaite, comme conseillère. Brillante, à sa façon. Logique.

Loyale.

Elle ne sera jamais tentée de me voler, de me nuire ou de me trahir.

Ce n'est plus un rêve. C'est un plan.

Juje. Je peux le faire.

Je dois le faire.

Ça règle tous les problèmes. Varrick. Cort. J'empêcherai que cette technologie s'ébruite avant que j'aie trouvé un moyen de l'obtenir et de la revendre ailleurs. Cort m'aidera. Et quelle revanche sur cette garce insupportable qui a eu l'audace de me menacer ! En soi, c'est déjà une récompense, et non des moindres. Elle le regrettera jusqu'à la fin de ses jours.

C'est parfait.

Ma décision est prise.

Et ainsi, sourde aux rares scrupules qu'elle avait pu garder, Pendrake avait attendu d'être relativement sûre de trouver Andrea Cort assoupie. Elle avait fait le nécessaire pour qu'elle reste plongée dans un profond sommeil en lui administrant une autre drogue récréative. Cort la soupçonnait de disposer d'une réserve personnelle assez étendue. Puis elle l'avait emmenée. À une heure aussi tardive, tous les engagés avaient regagné leurs chambres, la plupart dormaient ; Pendrake avait donc pu rejoindre l'aire de départ des glisseurs sans se faire remarquer et embarquer à bord d'un des véhicules avec Cort inconsciente. Vu le peu de temps que les Caiths consacraient au sommeil, elle n'avait eu aucun problème pour voir le Xe séance tenante ; aucun problème pour avoir la conversation qu'elle avait soigneusement répétée dans son bureau, promettant de livrer Varrick et obtenant du Xe l'ordre de traitement pour Cort ; aucun problème pour rejoindre le rédempteur, qui n'avait aucune raison particulière de remettre en cause les instructions du Xe et de l'humain le plus haut placé sur son monde ; aucun problème pour attendre patiemment, tandis qu'on arrachait à Cort sa volonté ; aucun problème après, pour rentrer à l'ambassade, avec une Andrea bien changée dans son sillage, sans que personne s'aperçoive qu'elle et Cort étaient parties.

Pendant le vol du retour, Pendrake avait administré l'agent neutralisant qui avait sorti Cort horrifiée de sa torpeur, et lui avait lancé :

Espèce de garce, vous faites moins la maligne maintenant.

Votre erreur a été de vous croire plus futée que moi.

Vous avez pensé que, parce que je suis coincée sur ce monde pourri, je n'ai plus d'ambition.

Vous vous êtes doublement trompée.

Nous allons remédier à cela.

À partir d'aujourd'hui, vous travaillez pour moi.

Allongée sur son lit à songer aux années de servitude que lui réservait son aveuglement stupide, Cort n'eut que quatre révélations notables cet après-midi-là.

La première : se laisser obnubiler par les événements récents, encore douloureux, ne la ferait pas avancer d'un iota. L'heure n'était pas à l'autoflagellation ; elle n'avait que ce qu'elle méritait. Qu'elle consacre plutôt ce temps précieux à se sortir du pétrin dans lequel elle s'était fourrée, si elle ne voulait pas le regretter plus tard.

La deuxième : tant qu'elle était seule et à l'abri des regards, le dispositif la contrôlant l'autorisait à exprimer certaines émotions. Elle pouvait pleurer librement. Elle laissa donc couler ses larmes, qui lui piquèrent les joues, plus qu'elle n'en avait versé depuis des années. Pourtant, malgré les sanglots qui la secouaient, alors qu'elle se chuchotait qu'elle ne voulait pas vivre ainsi, elle n'éprouva aucun soulagement. Les larmes elles-mêmes résultaient d'un automatisme, mais le reste était l'œuvre de la transcription, qui cherchait à traduire au mieux la réalité des sentiments et des désirs d'Andrea. Elle n'y parvenait pas tout à fait, puisqu'elle ne laissait pas l'émotion proprement dite se manifester. Ce qui ne faisait qu'ajouter à la torture.

La troisième révélation était un corollaire de la précédente. Cet aspect-là ne pouvait qu'empirer, comprit-elle. Le traitement voulait ça. La transcription, qui ne reflétait son état d'esprit qu'au moment de la copie, n'évoluerait jamais. Elle n'apprendrait jamais. Elle n'accompagnerait pas son développement intérieur. Même si Cort se mettait à hurler entre les murs de sa prison de chair en appelant la mort de tous ses vœux, ou si elle sombrait dans la folie, la transcription ne bougerait pas. Le fossé avec sa volonté se creuserait, elle deviendrait peu à peu une étrangère dans son propre corps, une captive dépossédée de son existence.

Ce serait différent, supposa-t-elle, si on avait réellement pu considérer le traitement comme une forme de *contrôle mental,* modifiant d'une façon ou d'une autre le processus de pensée. Se connaissant, elle aurait approuvé, voire vivement encouragé certains ajustements. Elle n'aurait pas refusé une pilule du bonheur, par exemple. Mais là, l'esprit avec lequel elle vivait depuis toujours continuait d'exister, avec cette même tendance à se mordre la queue, mais neutralisé. Aussi efficace qu'un fantôme rageant dans les limites de son crâne, tandis qu'on tirait les ficelles de son corps.

Elle n'avait jamais rencontré de châtiment plus cruel, et il était conçu pour empirer. *Un jour, dans un an, peut-être dix, je me souviendrai de cette période en me disant à quel point j'étais ridicule d'imaginer que la situation ne pouvait pas s'aggraver. Ce moment m'apparaîtra comme le paradis… à condition que je sois encore capable de penser d'ici là. Que je ne sois pas devenue complètement folle à l'intérieur.*

Sa quatrième révélation : il ne lui appartenait plus de décider si elle avait ou non de l'appétit. Après qu'elle eut consacré l'essentiel de son après-midi à chercher vainement une échappatoire, la transcription jugea qu'il était l'heure de dîner.

Elle n'avait pas faim, et n'était pas d'humeur à retrouver d'autres êtres humains. Mais comme elle avait reçu l'ordre de se montrer plus sociable, elle se redressa sur son lit. En dépit des protestations de chaque once de volonté dans son corps, elle alla sous la douche, pour effacer les traces de larmes sur son visage. Puis elle tira de son sac les cosmétiques qu'elle emportait par habitude, mais n'utilisait que rarement, pour réduire le gonflement autour de ses yeux et rendre son regard plus pénétrant.

Elle ne se reconnut pas dans le reflet que lui renvoya le miroir. Ses yeux lui ressemblaient, tristes et perdus. Mais ils donnaient aussi l'impression de voir le monde depuis l'intérieur d'une prison aux murs garnis de pointes, par deux trous. La forme bougeait et agissait comme elle, mais seuls ces yeux lui étaient familiers.

Si elle avait pu s'attarder devant la glace, elle se serait probablement remise à pleurer pour de bon. Mais son corps commença à s'habiller, contre son gré.

Le réfectoire de l'ambassade, un espace fonctionnel, proposait plusieurs buffets avec les suggestions du jour. Apparemment, le personnel ne mangeait pas à horaires fixes. Les quelques engagés présents occupaient des tables quadrangulaires, toutes déjà complètes. Pendrake n'était pas là, une chance. Soit elle ne se mêlait pas à la plèbe, soit elle ne prenait pas ses repas à la même heure. Mais au cours des jours et des années à venir, Cort n'aurait que trop souvent l'occasion de se restaurer bien sagement en sa compagnie, une perspective qui lui donnait la nausée.

Elle salua de la tête – bien obligée – les gens qu'elle avait déjà croisés dans les couloirs de l'ambassade. Ces derniers la considérant sans nul doute comme l'une des instigatrices de l'exécution en cours de leur collègue, ne manifestèrent pas particulièrement d'envie d'entamer la conversation. Elle s'achemina vers le buffet frugal où elle choisit quelques mets qui paraissaient relativement comestibles. Peu importait leur goût, elle ne sentirait probablement rien. L'ordre était de manger. Une fois son assiette suffisamment remplie, ses jambes la portèrent jusqu'à une table inoccupée ; puis elle s'assit, et ses mains se mirent à la nourrir, mécaniquement.

Elle avait à peu près avalé le tiers de sa ration, quand un plateau apparut en face d'elle.

« Bonsoir, maître. Vous permettez ? »

Cort préférait les repas pris en solitaire, mais la transcription n'en avait cure.

« Je vous en prie. »

Kearn prit place, lui adressant un sourire qui s'effaça dès qu'elle se rappela le motif de la présence de Cort sur cette planète. Elle semblait différente, maintenant qu'elle portait, au lieu de la tenue de survie nécessaire à leur rencontre avec les Caiths, des vêtements adaptés à la température et à l'atmosphère plus clémentes de l'ambassade. Elle avait dénoué ses cheveux frisés, qui lui tombaient sur les épaules de part et d'autre d'un visage en forme de cœur.

« Je n'arrive toujours pas à comprendre son choix », dit-elle.

Cort voulut répondre (et se surprit à articuler) :

« Je préfère changer de sujet.

— Vous avez raison. Interdiction de parler boutique à table. »

Kearn planta sa fourchette dans son assiette.

« J'ai appris que vous comptiez rester un peu plus longtemps parmi nous. Je suis contente. »

Cort voulut répondre (et se surprit à articuler) :
« Ah bon ?

— Bien sûr. Ça vous étonne ? Un peu de sang neuf, ça ne peut pas faire de mal, de temps à autre. Maintenant, c'est vous la nouvelle. Et puis, malgré vos efforts pour donner cette impression, vous n'êtes pas si terrible. »

Cort eut envie de hurler : *Vous êtes aveugle, ou quoi ? Ce n'est pas moi ! Je ne suis pas moi ! Vous n'avez en face de vous qu'un pantin de chair, et je suis prisonnière à l'intérieur ! Ne vous laissez pas abuser par ce visage, pauvre idiote ! Regardez bien, vous verrez ce qui se cache derrière !* Mais elle se contenta de la gratifier d'un sourire chaleureux.

« Surtout, ne l'ébruitez pas, dit-elle sans élever la voix.

— Entendu. Qu'est-ce qui vous a décidée à rester ? »

Elle devait trouver une réponse qui la mette sur la voie, mais rien de trop évident, que la transcription rejetterait en faveur de quelque chose de moins révélateur. Cort avait déjà remarqué que le dispositif lui passait certaines manifestations de rébellions jugées mineures. Elle devait trouver une idée qui paraisse suffisamment innocente pour que la transcription la communique sans regimber.

« Je suis lasse de voyager, je suppose.

— Je peux le comprendre, mais pourquoi choisir précisément Caithiriin pour poser vos valises ? À La Nouvelle-Londres, quelqu'un comme vous n'aurait eu aucun mal à décrocher un travail administratif et à profiter des bienfaits de la civilisation pour ses loisirs. »

Quelque chose. N'importe quoi. Même un tout petit truc.

« Vous pleurez. »

Effectivement, les yeux de Cort avaient versé des larmes, alors qu'elle continuait à sourire de manière rassurante, en totale contradiction avec les cris qu'elle poussait à l'intérieur de sa prison.

« Ce n'est rien. Juste le stress, après une rude journée.

— Oui, c'est terrible, renchérit Kearn, se satisfaisant de cette explication, sans insister. Perdre une vie et se dire qu'on aurait pu la sauver. Ça doit être très dur. Je ne vous envie pas. »

Non ! Je ne veux pas de votre pitié ! Je suis là, à moins d'un mètre de vous ! Un petit effort et vous verrez ce qui se passe dans ma tête !

Kearn trempa un bâtonnet de légume dans la sauce blanche qui l'accompagnait ; elle en croqua une bouchée qu'elle avala, avant de poursuivre.

« Mais, au risque de me répéter : pourquoi quitter La Nouvelle-Londres ? »

À La Nouvelle-Londres, Cort se sentait chez elle. Pas *bien*, parce qu'elle n'était bien nulle part, mais la ville était l'endroit qu'elle connaissait le mieux. Elle avait fini par la considérer comme son port d'attache, de cœur et professionnel.

« Je ne m'y plais pas », se surprit-elle pourtant à répondre.

Kearn fronça les sourcils.

« Vous préférez ici ? »

Non !

« Pas vraiment.

— Mais vous avez demandé votre mutation ! Et à un poste où vous n'aurez pratiquement rien à faire. »

Pas de mon plein gré ! Ouvrez les yeux, bon sang !

Cort eut un haussement d'épaules forcé, accompagné d'un vague mouvement des mains, tout aussi involontaire, censé signifier : *la belle affaire !* Sa bouche émit un grognement évasif, toujours sans son consentement. Sa vision se troubla de nouveau, alors que davantage de larmes se mettaient à couler.

« Je devrais trouver à m'occuper, je pense. »

Profondément dubitative, Marys Kearn fronça les sourcils, l'arête de son nez se plissa.

« Vos réponses sont… très succinctes, maître… et vous pleurez, encore. Y a-t-il quelque chose que vous n'avez pas le droit de me dire ? »

Oui !

« Oui.

— Ça concerne le traitement ? »

Oui, bon sang ! Un petit effort ! Vous y êtes presque !

« Je ne peux pas le dire. »

Cort planta sa fourchette dans son assiette, elle porta une bouchée à ses lèvres, et ses mâchoires s'activèrent mécaniquement, sans qu'elle ait le moins du monde l'impression d'absorber de la nourriture. Ce n'était pas mauvais. Les cuisiniers de l'ambassade s'y entendaient pour mettre en valeur la saveur des ingrédients même les plus simples. Mais les plaisirs de la table semblaient à un million d'années-lumière.

Cort n'avait d'yeux que pour les trois petites rides surmontant l'arête du nez de Marys Kearn, qui persistait à froncer les sourcils.

« Y a-t-il quelque chose que vous *pouvez* me dire ? » demanda enfin Kearn.

Quelque chose. Presque rien. Une idée assez anodine pour que la transcription ne juge pas utile de la censurer.

Puis Cort trouva : deux mots insignifiants, mais un indice si flagrant qu'elle désespéra de les entendre franchir ses lèvres.

À sa stupéfaction, ils y parvinrent.

« *Eh bien*, non, je ne peux pas. »

Vous avez saisi ? Vous comprenez ce que je vous dis ?

Les rides sur le front de Kearn disparurent, tandis qu'elle se mettait en retrait sur sa chaise.

« … D'accord. »

Pendant les deux minutes qui suivirent, les deux femmes dînèrent dans un silence poli, Cort bouillant à l'intérieur, tandis que Kearn, concentrée sur son assiette, cherchait quelque chose à ajouter. Cort craignit d'avoir gâché sa dernière chance. Alors qu'elle restait assise sagement, bien obligée de faire comme si de rien n'était, les modifications de ses synapses continuaient d'aller bon train. D'heure en heure, elle se rapprochait du point de non-retour.

Puis le regard de Kearn se posa de nouveau sur elle.

« Vous savez, vous avez peut-être fini par vous en lasser, mais moi j'ai toujours rêvé de voir La Nouvelle-Londres, au moins une fois. Je n'en aurai peut-être jamais l'occasion, alors puisque je vous ai sous la main, pourquoi ne pas en profiter ? De quoi ça a l'air, hein ? »

Dis-le ! supplia-t-elle la transcription. *Aie la même idée que moi et dis-le !*

« Eh bien…, répondit Cort en étirant ces deux premiers mots, c'est un monde-cylindre. Avec un soleil central le long de l'axe, une colonie-jardin aux abords. Les horizons courbent vers le haut, partout où porte le regard… et il y fait toujours chaud, sauf quelques jours d'hiver programmés chaque année calendaire. »

Kearn grignota un autre bâtonnet de légume.

« Ça doit être plaisant.

— Eh bien... »

Cort désespéra du ton plat que lui imposait l'esprit aux commandes. Elle aurait tant voulu insister sur son emploi de cette locution.

« ... Que demander de plus ? C'est un des centres de l'activité humaine. Je n'ai jamais beaucoup aimé la foule, mais j'adore marcher de mon petit appartement au siège du Corps diplomatique. En parcourant les rues à la surface, je vois tous ces visages, issus de toutes ces cultures différentes. C'est... *Eh bien*, ça me suffit à fermer les yeux sur toutes les choses terribles que nous nous infligeons parfois les uns aux autres. »

Trois petites rides avaient refait leur apparition au-dessus de l'arête du nez de Kearn.

« Mais vous venez de dire que vous ne vous y plaisiez *pas*. »

Allez, encore un effort ! Combien de fois vais-je devoir répéter « eh bien » avant que vous pigiez ?

« Je n'aime pas les gens là-bas », répondit-elle.

Ensuite, soit l'impératif de dissimuler son état, soit l'ordre de finir son travail ce soir s'imposa. Impossible de savoir lequel. La transcription avait ses propres raisons, qu'elle n'entendait pas partager avec elle. Affichant son sourire le plus désarmant... *non*..., elle se leva... *non*... avec son plateau.

« Désolée, dit-elle, je viens de me rappeler que j'ai quelque chose à terminer avant d'aller me coucher. »

Elle n'exerçait aucune influence sur les absurdités qui sortaient de sa bouche.

229

« J'espère que nous aurons bientôt l'occasion de reprendre cette conversation. »

Tais-toi, tais-toi, tais-toi.

Après quelques dernières amabilités terriblement banales, ses jambes l'entraînèrent de l'autre côté du réfectoire. Ses bras jetèrent à la poubelle les restes d'un repas à peine touché et déjà oublié, sans la moindre intervention de sa part. Sa santé mentale commençait à s'effriter, la descente dans la folie pure et simple la guettait, tel un abîme prêt à l'engloutir. Soudain, une main se posa doucement sur son épaule et l'obligea à se retourner. Marys Kearn lui avait emboîté le pas et la regardait d'un air affligé.

« Si je me trompe, je m'en excuse, dit-elle, mais je crains de devoir vous flanquer mon poing dans la figure. »

De l'intérieur de sa prison, Cort vit arriver le coup de loin. La totale absence d'expérience de Kearn pour le combat lui aurait permis d'éviter ou de bloquer l'attaque d'une dizaine de façons différentes. La colère monta en elle, comme chaque fois qu'on usait de la force à son égard.

Mais elle se contenta de suivre du regard la trajectoire du poing en direction de sa cible, tel un missile qu'elle aurait pourtant dû pouvoir esquiver sans difficulté.

Un missile qui la percuta sans rencontrer d'opposition. Cort tomba lourdement sur le sol. Alors qu'elle se redressait, les lèvres en sang, elle s'aperçut que la moitié des personnes présentes s'étaient soudain levées, choquées par l'irruption de la violence au cours d'un repas jusque-là paisible. Marys Kearn se tenait devant elle, se frottant le poing. Visiblement peu habituée à en faire usage, elle découvrait probablement qu'un bon coup de poing peut aussi faire mal à son auteur.

Andrea Cort se tourna vers le reste des engagés et, étant donné les circonstances, dit ce qu'elle aurait sans doute dit de toute manière.

« Tout va bien. C'est une affaire privée. Ça n'ira pas plus loin. »

Puis elle se leva, s'épousseta et fit face à Kearn, pensant : *un dernier effort, dis-lui encore une chose qui achèvera de la convaincre. Juste une.*

Quelque chose qui obéissait à l'impératif de la transcription de désamorcer tout conflit en refusant l'escalade de la violence.

« Vous avez raison, dit Cort. Je l'ai mérité. Je vous fais mes excuses. »

Et pour finir, elle sourit.

« *Eh bien*, je ferais mieux de regagner mes quartiers à présent. J'ai du travail. »

Les quelques heures qui suivirent furent les plus longues d'une vie qui avait déjà connu son lot d'attentes angoissantes. Réécrire sa lettre à Artis Bringen n'exigea que quelques minutes. Elle en consacra le reste, dans une solitude atroce, à se tourmenter à propos de choses qui se déroulaient ailleurs, probablement pendant ce temps-là, mais sur lesquelles elle n'avait aucune influence. Kearn avait-elle tiré la mauvaise conclusion ? Pensait-elle que Cort avait volontairement choisi le traitement ? Était-elle assez idiote pour faire part de ses doutes à Pendrake ?

Quelqu'un informerait-il l'ambassadrice de l'incident du réfectoire ? Dans ce cas, Pendrake envisageait-elle peut-être déjà de se débarrasser de Kearn, l'unique personne susceptible de la démasquer ? Peut-être en inventant une accusation quelconque qui justifierait de lui faire subir le même sort qu'à Cort...

Un supplice. Des heures à hurler en silence, dans sa prison de chair. Pendant ce temps, l'esprit aux commandes s'assura que Cort terminait bien sagement sa lettre et mettait de l'ordre dans ses réflexions pour sa réunion de stratégie avec Pendrake le lendemain. Enfin, il lui fit écouter de la musique et l'envoya au lit.

Bien sûr, elle ne dormit pas.

Elle resta allongée, adoptant le comportement normal d'une personne dans le sommeil. Les yeux clos contre son gré, elle sentit la terreur monter en elle, jusqu'à supplier la mort de venir la délivrer.

Le lendemain, elle se leva à l'heure prévue, se doucha et s'habilla, puis alla prendre son petit déjeuner au réfectoire. Personne ne vint s'asseoir avec elle ; Marys Kearn fit une apparition, croisa son regard et frémit, avant de s'éloigner, renonçant à son repas. Cort termina sans hâte, ne libérant sa table que pour honorer le rendez-vous matinal fixé par l'ambassadrice. Arrivée avec quelques minutes d'avance, elle attendit patiemment devant la porte.

Pendrake se présenta à son bureau avec un léger retard, un gobelet de café à la main, et un sourire aussi malveillant qu'approbateur sur les lèvres.

« Heureuse de vous voir si ponctuelle. C'est une qualité que j'apprécie.

— Merci, madame l'ambassadrice », répondit poliment Cort d'un ton respectueux.

Elles entrèrent ; Cort resta debout, les mains jointes, tandis que Pendrake s'installait confortablement à son bureau et affichait le texte que Cort avait corrigé la veille au soir, selon ses instructions.

Elle prit connaissance de son contenu en moins de trente secondes.

« C'est déjà beaucoup mieux. Je vois encore une ou deux bricoles à remanier, mais rien de sérieux. Avec ma lettre, voilà qui devrait répondre à toutes les questions que votre M. Bringen pourrait se poser.

— Je regrette, mais nous n'en avons pas terminé. »

Pendrake fronça les sourcils.

« Quel est le problème ?

— Je n'étais pas satisfaite de cette version ; j'en ai donc rédigé une nouvelle, tôt ce matin. »

L'ambassadrice roula les yeux.

« Vous auriez dû me la montrer en premier ; mon temps est trop précieux pour que je valide la moindre étape d'un projet jusqu'à son aboutissement.

— Je m'excuse, madame l'ambassadrice.

— Ça ne me rendra pas le temps perdu. Où est-elle, cette dernière version ? »

Cort tapota son port hytex.

« La voilà. »

L'hologramme au-dessus du bureau de Pendrake vacilla, alors que le nouveau texte remplaçait le précédent. La différence apparut immédiatement, sans avoir à lire un mot. En effet, le message se composait de quatre paragraphes, à la fois plus longs et plus denses que ceux rédigés par Cort la veille.

Pendrake déchiffra le début de la première ligne, avant de lever les yeux, une lueur de compréhension naissante dans le regard. Elle se redressa d'un bond, renversant son fauteuil. Hésitant instinctivement entre la lutte et la fuite, elle se décida pour l'affrontement ; elle contourna son bureau, consumée par la rage, et se jeta sur Cort, comptant visiblement sur sa supériorité de taille et de corpulence pour s'assurer la victoire.

La suite se révéla carrément embarrassante.

Au cours de sa vie, Cort avait eu à se défendre contre des meurtriers de chair et de sang. Elle avait encaissé des coups, qu'elle avait rendus, avec les intérêts. En entrant dans cette pièce, elle ne pensait pas rencontrer de problème pour venir à bout d'une femme habituée aux combats contre une simulation holographique. Les événements lui donnèrent raison. Elle esquiva aisément la charge maladroite, coupa le souffle de Pendrake d'un coup à la gorge ; un talon judicieusement placé contre sa cheville lui fit perdre l'équilibre ; enfin, Cort la priva de son ressort en l'attrapant par les cheveux à l'arrière de la tête, avant de lui cogner violemment le front contre le plateau de son bureau.

Elle ne se serait peut-être pas arrêtée en si bon chemin si Marys Kearn, épaulée par deux de ses collègues ralliés à leur cause, ne s'était tenue dehors. Prêts à intervenir, si jamais Pendrake prenait l'avantage, ils choisirent ce moment pour entrer en courant.

Tous trois restèrent bouche bée face à la scène qui s'offrait à leurs yeux : Pendrake, étourdie, se tenait à quatre pattes, une estafilade en travers du front ; Andrea Cort, rouge de colère, se dressait devant son adversaire, ne demandant visiblement qu'à en découdre.

« Eh bien… », dit Kearn, sans réfléchir.

Puis elle entendit ce qu'elle venait de dire et grimaça.

« Vous n'avez pas fait dans le détail.

— La confrontation physique n'était qu'une formalité, dit Cort. Je n'avais aucune inquiétude à ce sujet.

— Je vois ça. Désolée d'avoir douté de vous.

— Vous avez encore besoin de nous ? demanda l'un des hommes.

— Pas ici, lui répondit Cort sans le regarder. Retournez dans le couloir. Empêchez quiconque d'entrer. Mieux vaut ne pas vous impliquer davantage que vous ne l'êtes déjà. »

En dépit des explications que les deux collègues de Kearn avaient reçues, et de ce dont ils avaient eux-mêmes été témoins la nuit précédente, Cort avait raison. C'était tout de même un acte d'insubordination. Il était donc plus sûr de rester en marge. Visiblement soulagés, ils sortirent, fermant la porte derrière eux.

Cort contourna le bureau et lut le texte qui flottait toujours dans l'air.

« *À l'att. de : Artis Bringen. Vous trouverez ci-dessous les éléments nécessaires concernant plusieurs chefs d'accusation que je souhaite déposer contre Son Excellence l'ambassadrice Virila Pendrake, représentante de la Confédération sur,* bla, bla, bla, *relevée de ses fonctions,* bla, bla, bla, *pour faute professionnelle grave*, bla, bla, bla, etc. »

Elle tapota le port hytex sur sa gorge, faisant disparaître les lettres, avant de retourner faire face à la femme agenouillée, les bras croisés.

« S'il faut vous faire un dessin, ça signifie que vous êtes en état d'arrestation, espèce d'emmerdeuse ! »

Pendrake gémit, frottant son front blessé, et leva les yeux vers ses deux adversaires à la mine renfrognée, cherchant un moyen de négocier – en vain.

« Quand... avez-vous... ?

— La nuit dernière, répondit Cort, longtemps après que tout le monde dormait. Vous-même avez choisi ce moment, la nuit où vous m'avez réglé mon compte. Marys s'est assuré l'aide des deux collègues qui attendent dehors ; ensemble, ils m'ont maîtrisée, m'ont droguée et m'ont conduite au Xe. Autant vous dire qu'il a été très remonté, en apprenant que votre interprétation personnelle de la justice ne respectait pas le droit de la Confédération. Il a donc ordonné le retrait immédiat de mon implant.

— Je craignais qu'il s'y oppose, ajouta Kearn, trop content d'infliger ce fameux traitement à un humain, quel qu'il soit. Je me trompais : apparemment, il a aussi le sens de l'honneur... ou l'instinct de conservation. Il ne tenait pas à se trouver au cœur d'un incident diplomatique, quand votre hiérarchie aurait vent de votre abus de pouvoir. Il s'est montré très coopératif. Il nous a même présenté des excuses. »

Cort contint à grand-peine sa fureur.

« Ils sont intervenus juste à temps ! J'ai failli ne pas survivre à la procédure. Vous savez ce que le rédempteur m'a dit, après ? Il s'avère que les humains développent leurs nouvelles synapses beaucoup plus rapidement que les Caiths. Il ne me restait pas une semaine de sursis, comme je le pensais, mais quarante-huit heures ! »

À présent, le regard terrifié de Pendrake oscillait entre Cort et Kearn, comme pour déterminer laquelle constituait la plus grande menace.

« M-mais… comment avez-vous réussi à la prévenir ? »

Cort ne voyait aucune raison d'entrer dans le détail de la conversation du réfectoire.

« L'information est comme l'eau, madame l'ambassadrice. Elle finit par creuser ses propres canaux, quoi que vous fassiez pour la contenir. Il a suffi d'une journée passée ensemble pour qu'elle se forge une impression sur moi ; par ailleurs, notre briefing sur le traitement des Caiths était encore frais dans son esprit. Forte de ces éléments, Kearn a perçu ce qui n'allait pas chez moi en une seule et brève conversation. J'ai simplement eu de la chance qu'elle devine que vous étiez la dernière personne à qui demander de l'aide. »

Kearn, indignée, tremblait elle aussi de colère.

« Ça, ça n'a pas été trop difficile, madame l'ambassadrice. Vous étiez la seule à profiter de la mutation de maître Cort sur cette planète. Et puis, ne m'en veuillez pas, mais vous ne m'avez jamais inspiré confiance. »

Cort esquissa un de ses rares sourires dépourvus d'arrière-pensées.

« Oui. Marys perd son temps ici, elle devrait songer à un changement de carrière. Sa perspicacité et ses qualités d'observation seraient bien plus utiles au bureau du procureur général. Elle possède un réel talent pour démêler les plus inextricables faisceaux d'indices. J'entends bien la convaincre de demander sa mutation, et superviser sa formation dans mon propre service. Je pense qu'elle trouvera son travail, sans parler du cadre de La Nouvelle-Londres, beaucoup plus agréable que ce que vous avez à lui offrir ici. »

Pendrake se remit à gémir et se frotta de nouveau le front.

« Varrick…, dit-elle.

— Oh, lui ? Je suis contente que vous abordiez le sujet. C'est le détail qui vous enfonce. Pendant notre visite, le Xe nous a informées que votre ex-collaborateur se classait terriblement bas sur l'échelle de la survie. Son exécution n'a duré qu'un quart du temps prévu. Plus que la pression, qui certes augmentait, mais pas au point d'être déjà incommodante, la terreur semble avoir eu raison de lui. Au bout de quelques heures à regarder le néant droit dans les yeux, ce pauvre malade a perdu le goût de vivre. Il a renoncé, tout simplement. D'après le Xe, ça arrive.

— Il allait mourir, de toute façon », lâcha Pendrake, soucieuse de se justifier.

Kearn laissa échapper un bruit écœuré et détourna les yeux.

« Exact, reconnut Cort. Mais votre compréhension des Caiths rivalise en stupidité avec votre compréhension de l'éthique. Vous sous-estimez leur capacité à s'indigner d'une infamie. Il est vrai que cet homme avait été condamné à la peine capitale. Et maintenant que nous avons pleinement conscience de ce qu'implique le traitement de substitution proposé, je vous accorde même qu'il aurait pu choisir la mort. Mais en le livrant aux Caiths sous un prétexte fallacieux, vous avez transformé une exécution ordonnée par la justice en commodité personnelle. Le Xe est très contrarié d'avoir été abusé de manière aussi éhontée et n'apprécie guère d'être devenu un instrument entre vos mains. À tel point qu'il envisage de vous inculper pour meurtre. »

Une lueur de terreur s'alluma dans les yeux de Pendrake.

« Je ne me laisserai pas faire.

— Bien sûr. Libre à vous. C'est votre droit. Peut-être obtiendrez-vous même gain de cause. Mais ensuite ? Dès que vous mettrez un pied hors de leur juridiction, vous aurez à affronter la justice de la Confédération.

» Et à partir de là, madame l'ambassadrice, votre situation devient bien pire. Dès que vous serez en mon pouvoir, je veillerai à ce qu'on vous inculpe non seulement de meurtre, mais aussi de voies de fait, d'enlèvement, de détention illégale et d'asservissement. Je n'ai pas fini de faire le compte. J'ajouterai peut-être une demi-douzaine d'accusations d'ici là. Pour apporter la preuve de votre culpabilité, j'aurai à révéler à mes supérieurs tout ce qui s'est passé ici. Pour vous, c'est l'assurance d'être considérée comme une menace majeure pour la sûreté de la Confédération. On vous enverra purger votre peine, quelle qu'elle soit, en compagnie d'individus estimés trop dangereux pour continuer d'entretenir des rapports avec le reste de l'humanité. Votre vie s'achèvera dans une cellule sans fenêtre, sans jamais voir le jour, sans avoir personne à qui parler. Peu à peu, vous sentirez votre esprit se fragmenter. À votre place, je préférerais la justice des Caiths. Livrez-vous, c'est encore ce que vous avez de mieux à faire. »

Pendrake l'écouta, assimilant ce qu'elle lui disait, et se raccrocha à un dernier espoir.

« Vous n'oserez pas. Quel que soit le scénario, l'humanité découvrira l'existence du traitement. Si vous en parlez à vos supérieurs, ça va s'ébruiter. Si on me juge sur cette planète, je veillerai à ce que la rumeur se propage. Vos pires craintes deviendront une réalité.

— Encore exact, reconnut Cort. Dans un cas comme dans l'autre, des milliards d'êtres humains souffriront. Mais, en l'absence d'une autre solution, nous pourrons nous consoler en sachant que, pour tous ceux qui auront à subir les effets néfastes de cette technologie, un grand nombre y échappera, des mondes refuseront de l'utiliser. L'humanité a déjà survécu à des pilules plus amères. En tant qu'espèce, nous nous en remettrons.

» Pour l'heure, *vous* représentez la menace la plus pressante, à éliminer sans tarder pour éviter une catastrophe, dans tous les cas de figure. En outre, ajouta-t-elle, presque sur le ton de la confidence, vous sous-estimez la haine que vous m'inspirez, et son influence sur mes décisions. Mon sens des proportions ne doit plus grand-chose à la logique. Après ce que vous m'avez infligé, veiller à ce que vous récoltiez ce que vous avez semé me préoccupe davantage que le sort *éventuel* de milliards d'humains. Je suis prête à courir le risque. Je vous assure. En fait, je ne demande que ça, ou presque. »

Pendrake baissa la tête et resta ainsi, tremblant pendant plusieurs secondes, avant d'en appeler à Kearn, qui s'était tenue à l'écart pendant cet échange, le visage aussi impassible que celui de Cort.

« Vous ne pouvez rien pour moi ?

— Comment ça ? fit Kearn d'une voix qui trahissait le profond mépris que lui inspirait l'ambassadrice.

— Vous n'êtes pas directement concernée. N'en faites pas une affaire personnelle. Vous avez forcément conscience des risques qu'elle… »

Kearn secoua la tête.

« C'est à moi d'en juger, madame l'ambassadrice, la coupa-t-elle. Je l'aime bien. Et vous, je ne vous aime pas. »

Pendrake se prit la tête entre les mains, elle frémit et, tâtonnant à la recherche d'un appui sur le bord de son bureau, elle se releva. Les deux autres femmes s'écartèrent, alors qu'elle se dirigeait vers le placard et sortait la bouteille que Cort avait appris à détester. Elles la regardèrent redresser son fauteuil et s'y effondrer, comme plombée par son propre poids. Elle versa quatre gouttes du puissant euphorisant dans un verre. Elle but, s'offrant ainsi un bref moment d'un plaisir exquis, qui se dissipa bien vite pour la ramener à la réalité du piège qui se refermait sur elle. Elles étaient prêtes à l'empêcher de se resservir, mais elle rangea la bouteille, avant de poser les mains à plat sur son bureau.

« Tout ce que vous venez de me dire, maître, ce qui est en votre pouvoir…, vous *préféreriez* l'éviter, n'est-ce pas ?

— Oui.

— Je m'en doutais. Cette lettre est un brouillon, que vous n'avez pas envoyé. Exact ?

— Exact, confirma Cort en hochant la tête.

— Alors, il reste de la place pour la négociation. »

Cort soutint le regard de l'ambassadrice qu'elle abhorrait, détestant sa capacité même à continuer de respirer.

« Vous déchiqueter la gorge à mains nues, voilà ce que je *voudrais*. Mais pas au point de risquer la prison, ou pire. Je saurai donc me montrer raisonnable.

— Je vous écoute…

— Pour vous éviter les poursuites, j'ai deux solutions à vous proposer. Celle que j'aime le moins : Kearn et moi quittons cette pièce pendant dix minutes. Vous mettez fin à vos jours, sans laisser d'explication. Vous trouvez une façon de mourir. Vous êtes une femme pleine d'imagination, je vous fais confiance. Pourquoi pas une overdose de cet épouvantable liquide orange ? Vous ne seriez pas la première, ce sont des choses qui arrivent, si soudaines et énigmatiques soient-elles. Kearn veillera à ce que ses collègues qui attendent dehors corroborent cette version. Je ne formulerai aucune objection.

» J'admets volontiers que cette solution me procurerait un plaisir non négligeable. Ce qui me gêne, c'est qu'elle ne résout en rien le problème de la diffusion de ce traitement à l'échelle de l'humanité.

» Ou alors, vous choisissez de vivre, ce qui me convient nettement mieux. Vous nous accompagnez discrètement chez le Xe et vous plaidez coupable des accusations portées contre vous. Les procès-verbaux officiels n'en garderont aucune trace, à condition que vous promettiez de vous soumettre immédiatement au traitement. Vous nous laissez vous conduire chez le rédempteur pour la procédure. Vous revenez ici. Vous conservez votre poste. Vous ne faites pas de vagues. Nous vous surveillons, environ une semaine, le temps d'acquérir la certitude que certains des effets sont devenus permanents. Vous reprenez du service, vous menez une vie normale, vous allez au bout de votre carrière médiocre, mais débarrassée de votre dangereuse tendance à agir par ambition ou simplement par amertume.

» Dorénavant, vous n'obéissez qu'à une priorité, sur ordre direct de ma part : trouver un moyen discret et acceptable de mettre un terme à nos relations avec les Caiths. Vous m'envoyez des rapports réguliers. Vous accomplissez quelque chose d'utile pour l'humanité. Tirez-en autant de satisfaction que vous le pouvez. Dans quelques années, cet endroit ne sera déjà plus qu'un souvenir, vous prendrez votre retraite là où vous avez toujours eu l'intention de couler des jours paisibles. Vous ne serez plus qu'une spectatrice de votre vie, mais au moins, vous la gardez. Et vous n'entendrez plus jamais parler de moi. »

La voix de Cort se brisa, alors que la peine et la colère la submergeaient.

« Vous avez dix minutes pour vous décider. Sinon, je mets en route la machine judiciaire, et ce qui doit arriver arrivera. *Est-ce que c'est clair ?* »

Pendrake se servit de l'articulation d'un doigt pour s'essuyer le coin de l'œil.

« Oui, très clair. Merci.

— Alors, à plus tard – ou pas. »

Cort et Kearn sortirent, fermant la porte du bureau derrière elles et hochant la tête à l'intention des deux hommes qui montaient la garde. Puis elles s'éloignèrent dans le couloir, où Andrea Cort laissa échapper le souffle qu'elle retenait et s'affaissa contre un mur, le menton tremblant.

Marys Kearn s'approcha dans une attitude protectrice, prête à rattraper la jeune femme au cas où elle s'abandonnerait complètement à la pesanteur. Elle se détendit à peine, même quand il sembla évident que Cort tenait plus solidement sur ses jambes qu'elle en donnait l'impression. Cort songea, mais de manière froide et analytique : *ça doit être ça, se comporter en amie*. Elle ne pouvait pas s'empêcher de rejeter cette étiquette, impropre dans son cas. L'amitié n'avait pas sa place dans sa vie. Mais toute expérience était bonne à prendre, ne serait-ce que pour information, sur un plan professionnel.

« Vous étiez sérieuse, quand vous avez parlé de me recommander pour une mutation ? demanda Kearn, plus pour meubler le silence que par réel intérêt.

— Oui, parvint à lâcher Cort d'une voix essoufflée.

« — Je suis flattée. Mais je ne suis pas certaine d'en avoir envie. Pas si ça m'oblige à penser comme vous le faites en permanence.

— Si vous venez effectivement à La Nouvelle-Londres, vous vous apercevrez que la majorité de nos collègues sont nettement plus humains que moi. Je suis un cas un peu à part. Mais la décision vous appartient. Je veux seulement que vous sachiez que l'offre est là, qui vous attend.

— D'accord. »

Mais il y avait autre chose ; Kearn semblait chercher comment formuler ses idées, envisageant différentes approches et les rejetant l'une après l'autre. Plusieurs minutes s'écoulèrent. Cort ne la pressa pas ; elle laissa le processus suivre son cours, observant le mécanisme de sa pensée à travers chaque regard en coin, chaque hésitation. *Quel spectacle fascinant!* songeat-elle. Voilà à quoi devrait ressembler la vie pour n'importe quel sentient : constamment peser ses choix, n'agir qu'après mûre réflexion.

« Je crois qu'elle va décider de vivre, dit Kearn, toujours sans aborder ce qui la tracassait.

— Oh, je n'en ai jamais douté. Elle est incapable de concevoir le monde sans elle. Tout comme elle ne peut concevoir un monde où elle ne finit pas par avoir le dernier mot. Elle choisira le traitement des Caiths, en croyant nous jouer un bon tour. Elle s'imaginera avoir remporté une victoire, jusqu'au moment où elle découvrira le peu de latitude qu'il lui laisse. »

Après une nouvelle hésitation, tout sembla se mettre en place pour Kearn qui se lança enfin.

« J'ai remarqué une chose. Dans son bureau, même au plus fort de votre colère, vous ne lui avez jamais dit quel effet ça vous avez fait, quel effet ça allait lui faire. Pas la moindre allusion. »

À l'autre bout du couloir, la porte du bureau de Pendrake s'ouvrit en coulissant.

« C'est vrai, répondit Cort, alors qu'elle allait à la rencontre de l'ambassadrice pour entendre sa décision. Je m'en suis bien gardée. »

DÉMONS INVISIBLES

1

Assis au bord de son lit, l'autre monstre fixait du regard le sol de sa cellule d'un blanc immaculé, les mains jointes entre ses genoux, une attitude qui aurait pu suggérer un certain désespoir. Toutefois, chez ce prisonnier qui ne montrait ni peur, ni sentiment de culpabilité, ni doute, cela ne traduisait qu'une indifférence choquante, un ennui profond et sincère. Mais pas d'accablement non plus ; en fait, il semblait accueillir son incarcération comme une pause bienvenue dans l'exercice de plus lourdes responsabilités.

Jeune homme avenant de taille moyenne et de carrure ordinaire, l'autre monstre avait des yeux bleu pâle, des cheveux châtain clair et un teint satiné. Rien qui suggérât des mœurs particulièrement dépravées. Au contraire, un charme prometteur se dégageait de son sourire à peine esquissé et de sa façon de fredonner les chansons d'amour populaires du moment en attendant l'heure de son jugement.

Debout dans l'entrée d'une salle de réunion, ailleurs dans les locaux de l'ambassade, Andrea Cort étudiait la projection. Plusieurs fois grandeur nature, l'homme occupait l'espace au-dessus de la longue table de conférence, tel le spectre des crimes qui hantaient les cauchemars de la vingtaine de diplomates rassemblés. Une chaise attendait Cort, mais elle avait préféré rester debout, une vieille habitude. Tant qu'elle pouvait l'éviter, elle s'efforçait de ne pas s'asseoir en présence d'autres gens. Ou manger. Ou dormir.

Elle-même un monstre, elle était pleinement conscience d'avoir davantage en commun avec l'autre monstre qu'avec eux.

La projection secoua la tête, comme si l'embarras de Cort l'amusait.

Elle plissa ses yeux marron.

« C'est en direct ?
— Depuis sa cellule », lui confirma-t-on.

Tous évitaient de regarder l'autre monstre, comme effrayés que sa folie se révèle contagieuse. Ils évitaient également de regarder Cort ; en revanche, elle n'aurait su dire si c'était parce qu'on les avait informés de sa propre monstruosité, ou seulement par peur d'être associés à ce fiasco.

Cette incertitude l'irritait ; elle préférait rester une énigme pour eux, une bureaucrate austère dans son ensemble noir, professionnelle jusqu'au bout des ongles, le plus souvent inflexible, ne manifestant que rarement son humanité, sinon par mégarde. Elle les voulait sur le qui-vive, inquiets. Dans ce but, elle adoptait une allure sévère. Elle ne portait que des vêtements sombres, élégants mais fonctionnels ; elle coupait ses cheveux au carré, à part l'unique mèche mi-longue qu'elle laissait pendre ; elle gardait un visage impassible et parlait d'une voix distante, sans chercher à plaire. Si cette mission se déroulait comme les précédentes, on la traiterait bientôt de garce dans son dos, ce qui lui convenait parfaitement, tant sur le plan professionnel que personnel.

Elle rongea l'extrémité de son pouce, au-delà de son seuil de tolérance à la douleur.

« Sait-il que nous l'observons ? demanda-t-elle.

— Oui.

— Sait-il que nous l'observons *en ce moment* ?

— Il est constamment sous surveillance. Maintenant, si votre question est : "sait-il que la représentante du procureur général est arrivée ?", la réponse est non.

— Ça ne lui fait probablement ni chaud ni froid, marmonna l'ambassadeur Lowrey, un diplomate de carrière au niveau de compétence sans doute inversement proportionnel à sa suffisance.

— Vous le maintenez en isolement presque total depuis six mois, système mercantile, lui fit remarquer Cort. Pas étonnant qu'il manifeste une certaine apathie.

— Mais observez-le. Ce n'est pas de l'apathie. C'est de l'indifférence. »

Elle en convint d'un signe de la tête.

« Comment était-il avant son arrestation ? »

Les engagés autour de la table s'entreregardèrent, négociant en silence le rôle de porte-parole. Une jeune femme mince d'une vingtaine d'années fournit le haussement d'épaules officiellement autorisé.

« Poli. Bien élevé. Aimable.

— Ennuyeux, ajouta un autre diplomate.

— C'est ça, renchérit sa collègue. Un vrai bonnet de nuit. Pas le genre de type qu'on a envie de fréquenter.

— Une absence totale de personnalité », dit un troisième.

Sous-entendu : comme vous.

Ce qui lui allait très bien.

L'ambassadeur Lowrey reprit la parole.

« D'après ses gardiens, il n'est plus aussi effacé.

— Ah ? fit Cort.

— Qu'est-ce que vous croyez ? Il attend depuis six mois que La Nouvelle-Londres envoie quelqu'un pour s'occuper de son cas. »

Elle fit claquer l'ongle de son pouce contre ses dents.

« Il n'a pas semblé inquiet quand on l'a pris sur le fait ?

— Non, dit la jeune femme. Il souriait, comme maintenant. »

Un chœur approbateur salua sa réponse.

« Est-il possible qu'il ne mesure pas pleinement la gravité de ses actes ? insista Cort. Les traités comportent des clauses particulières applicables en cas de folie.

— Nous avons exploré cette piste pendant que vous étiez en chemin », intervint Roman Whalekiller.

Whalekiller était son interlocuteur officiel sur Catarkhus. Malgré un nom aux connotations guerrières[1], l'homme faisait davantage penser à une peluche inoffensive au visage rond et naturellement

---

1. *Whalekiller* = « tueur de baleine » *(NdT)*.

jovial. Pourtant, l'autre monstre lui inspirait une répugnance si intense que ses traits étaient crispés dans une expression profondément indignée. S'apercevant que Cort l'observait, il se frotta la nuque.

« Nous lui avons même promis de le laisser choisir l'établissement de soins qui lui conviendrait, expliqua-t-il avec exaspération. À condition qu'il accepte de plaider la folie. Il n'a rien voulu entendre. Il nous a répondu qu'il avait pleinement conscience de ses actes, et qu'il n'hésiterait pas une seconde à recommencer.

— D'accord. On a affaire à un petit malin, réagit Cort.

— Il aurait tort de se gêner, non ? ironisa l'ambassadeur. Il sait qu'il ne risque rien. Il nous a tous mis dans le pétrin et franchement, maître, je crois que, pour lui, ça fait partie du plaisir. »

Cort, qui n'était pas loin de partager cette analyse, s'acharna sur son pouce.

« Vous pensez qu'il a pu volontairement chercher à nous embarrasser vis-à-vis des délégations extraterrestres ?

— J'y ai songé ; ce ne serait pas la première fois. Mais ce mollusque n'a pas la moindre fibre politique en lui. Non, apparemment, ce qui l'amuse, c'est de nous faire tourner en bourrique, et de nous regarder tenter de réparer les pots cassés. Rien de plus. »

Elle s'adressa de nouveau à Whalekiller qui semblait au fait de la situation.

« Et les délégations extraterrestres ? Comment ont-elles réagi ?

— Officieusement ? Elles pensent qu'il a raison. Il ne sera pas inquiété pour ces meurtres. Elles ne sont pas stupides ; elles comprennent les limites des Catarkhiens, elles ont conscience que leur livrer le coupable ne résoudra rien. Mais ça ne les a pas empêchées de nous accuser d'entraver le cours de la justice, et de chercher à étouffer la dernière d'une interminable série d'atrocités. »

Cort grimaça. La longue histoire des relations entre l'humanité et les civilisations extraterrestres avait souvent consisté à faire oublier les crimes du passé. Des crimes comme ceux commis par le prisonnier fournissaient plus d'armes qu'il n'en fallait à ceux qui soutenaient que l'Homsap avait épuisé ses chances de se racheter une conduite.

« Puis-je au moins espérer travailler sereinement ? murmura-t-elle d'un ton las.

— Les délégations s'emploieront à en donner l'apparence, répondit Whalekiller. Mais vous les aurez sur le dos dans moins de vingt-quatre heures. Ensuite, elles ne tarderont pas à dresser de vous le portrait d'un monstre aussi dangereux que lui. »

Cort, se rappelant une nuit qui résonnait de hurlements belliqueux, songea : *c'est ce que je suis.*

Ça n'allait pas lui faciliter une mission déjà pratiquement impossible.

2

Catarkhus n'était qu'une boule de roc bosselée parmi d'autres, couverte de déserts, sauf à l'équateur où un mélange de mers intérieures et de forêts pluviales formait une ceinture verdoyante. Andrea Cort en avait assez vu avant de quitter son orbite. Whalekiller avait insisté pour lui offrir une visite guidée en glisseur avant la réunion, un petit tour qui ne lui avait pas fait davantage apprécier cet endroit. Pas plus que l'odeur de l'air, ni âcre ni parfumée, mais immédiatement reconnaissable, comme chaque fois qu'une biosphère créait la sienne. Les touristes s'extasiaient devant de telles fioritures, qui donnaient une sorte de signature particulière à chaque planète. Quant à Cort, elles lui flanquaient la migraine.

C'était plus fort qu'elle. Elle détestait les planètes. Hormis les toutes premières années de son enfance, elle avait vécu dans un monde-cylindre, un habitat sûr. L'essentiel de sa carrière juridique, elle l'avait consacré à constamment intervenir sur des désastres qui se produisaient immanquablement, dès que des humains interagissaient directement avec des écosystèmes en évolution. Elle préférait de loin les environnements artificiels. Eux au moins, on pouvait les forcer à maintenir une certaine cohérence. En revanche, les planètes lui inspiraient de la répulsion ; et, centre de premier contact ou non, Catarkhus lui semblait plus répugnante que la plupart. Pour ce qu'elle en savait, en assassinant plusieurs autochtones, l'autre monstre avait tiré cette planète de l'anonymat où elle croupissait.

Il s'appelait Emil Sandburg ; son dossier résumait sa vie en quelques faits anodins, sans expliquer ce qui avait pu le décider à adopter un nouveau passe-temps et à débiter en rondelles des créatures sentientes. Âgé de vingt-quatre ans, système Vieille Terre, c'était un réfugié économique d'une coopérative industrielle en faillite, à la périphérie de l'espace confédéré. Lors de la procédure de sélection préalable à la signature de son contrat d'engagement, il avait obtenu les évaluations suivantes : normal-à-faible en empathie, normal-à-faible en charisme et normal-à-faible en imagination ; un individu insignifiant, rattrapé par une note extrêmement élevée en raisonnement par induction. En poste sur Catarkhus depuis trois ans, il avait noué des relations cordiales avec ses collègues, mais sans se lier. Son dossier faisait aussi état d'un travail satisfaisant au contact des représentants des sept autres puissances spatiales présentes sur place.

Il avait été apprécié de tous, comme souvent les gens qui ne font pas de vagues. Personne ne pouvait prétendre le connaître réellement. Tous avaient décrit quelqu'un de terne, d'ennuyeux. Sans aucune personnalité. Aucun signe de démence. Pourtant, en pas moins de six occasions depuis sa prise de fonction, il était descendu dans l'une des communautés souterraines de sentients autochtones pour y choisir des individus au hasard, avant de tranquillement les tailler en pièces. Ce manège aurait pu durer encore longtemps, si un représentant de la délégation riirgaane ne l'avait pas pris sur le fait.

Cort rencontrerait le Riirgaan en question plus tard dans l'après-midi, puis elle était censée s'adresser au conseil interespèces, dès qu'elle serait prête à présenter ses recommandations. Avec de la chance, le conseil ferait preuve d'indulgence et ne retiendrait pas le comportement d'un fou contre le reste de son espèce. Mais ça s'annonçait mal. Au cours de l'année écoulée, trois incidents avaient entamé comme jamais dans l'histoire la confiance du conseil dans la bonne foi des humains. Après le fiasco d'Hossti, la crise de (*Tone*)-Shtok et le massacre de l'ambassade sur Vlhan, la communauté diplomatique ne se trouvait pas dans les meilleures dispositions pour accorder le bénéfice du doute à des Homsaps décidément incorrigibles.

3

L'ambassade homsap ne disposant pas de cellules de détention, on avait hâtivement aménagé une chambre de quarantaine dans la clinique pour accueillir Sandburg. Un jeune engagé très maigre montait la garde d'un air un peu penaud. Uniquement armé d'un pulvérisateur de cryothérapie, il n'était clairement pas formé à ce genre de boulot. Il la conforta dans cette impression en se confondant presque en excuses, alors qu'il suivait les étapes du protocole pour lui permettre d'entrer. Ayant rejeté tous les arguments d'un Whalekiller qui s'inquiétait pour sa sécurité, elle franchit le seuil de la cellule seule, sans son escorte. Elle remarqua une poignée de livres papier et un hytex bridé, avant que la silhouette sur le lit ait le temps de se lever et de réagir à son arrivée.

L'homme lui sourit en lui tendant la main.

« Bonjour.

— Bonjour », fit-elle, sans répondre à sa poignée de main.

Sandburg ne bougea pas pendant cinq bonnes secondes, avant de renoncer avec un haussement d'épaules fataliste.

« Vous êtes nouvelle.

— Je viens de débarquer. »

À part le lit de camp, elle n'avait nulle part où s'asseoir. Comme elle ne souhaitait pas le partager avec lui, elle resta debout.

« J'ai fait un long voyage pour vous voir, Emil. »

Il esquissa un timide sourire, qui fit réviser à Cort sa première impression : il était plus insolent qu'accueillant.

« Ooooh. L'administration.

— Andrea Cort. Représentante du procureur général du Corps diplomatique.

— Et du beau monde en plus ! ajouta-t-il, carrément moqueur. Vous avez pris votre temps, m'dame.

— Eh bien, je suis là maintenant. »

Il la toisa.

« Je ne sais pas si je dois m'en réjouir, m'dame. Vous êtes jolie comme un cœur, et vos jambes me font rêver, mais on vous a envoyée pour veiller à ce que je sois exécuté en bonne et due forme, pas vrai ? »

C'était lui, le type qu'on lui avait décrit comme dépourvu de toute personnalité ? L'homme qu'elle avait face à elle donnait pourtant l'image de quelqu'un d'odieux, il n'avait rien de falot.

« Je ne suis pas votre juge, Emil.

— Possible, mais mon petit doigt m'a dit que vous regrettez de ne pas faire partie du jury. »

Il eut un petit rire sans amertume ; clairement, il se moquait complètement de susciter l'antipathie. Il tapota le matelas à côté de lui.

« C'est pas pour vous faire du gringue, ma jolie, mais vous voulez vraiment pas vous asseoir ? Je vais attraper un torticolis en continuant à vous parler comme ça. »

Il cherchait à se montrer désarmant. Seulement, le simple fait de se trouver dans la même pièce que lui donnait à Cort des sensations acides dans l'estomac.

« J'ai une meilleure idée : levez-vous. »

Sandburg roula les yeux, mais claqua des mains sur les genoux et s'exécuta avec l'expression d'un martyr doté d'une patience à toute épreuve.

« Bien, m'dame. »

Elle regretta de ne pas avoir de document sur lequel se concentrer, de liseuse à parcourir, ou un collègue avec qui s'entretenir en aparté ; de quoi retarder la suite de la conversation de quelques secondes, le temps de mettre de l'ordre dans ses pensées.

« Récapitulons. On vous a surpris en train d'éviscérer un Catarkhien que vous aviez préalablement amputé de ses membres ; en outre, depuis votre arrestation, vous avez reconnu avoir commis le même crime au moins une demi-douzaine de fois. Toujours selon vos propres déclarations, vous auriez agi pour vous distraire, pour le plaisir. Je n'ai rien oublié, Emil ?

— On vous aura très bien informée, m'dame. »

Elle approcha son visage du sien, presque à le toucher, pour que son souffle ponctue chaque mot au contact de sa peau.

« Ça vous a plu, Emil ?
— Parfois, répondit-il, sans se départir de cette lueur espiègle dans le regard.
— Et torturer vos victimes, ça aussi, ça vous a plu ?

— C'est le plus amusant.

— Vous avez torturé les Catarkhiens ?

— Je ne suis pas sûr que ce mot s'applique dans ce cas, m'dame. Pas avec cette espèce. »

Le fumier. Elle non plus n'en était pas certaine ; c'était bien le problème.

« Admettons. Mais vous préférez faire durer le plaisir.

— Parfois, m'dame.

— Juste avec les Catarkhiens ? Ou ce passe-temps bien particulier concerne-t-il aussi d'autres sentients ? »

Son sourire s'élargit, révélant ses dents.

« Ce ne sont pas vos affaires, m'dame. »

À ce moment-là, elle acquit la conviction qu'il n'en était pas à son coup d'essai, qu'il avait probablement déjà semé quelques cadavres derrière lui, dans les zones d'ombre de son passé. Il avait dû commencer, comme souvent, dès l'enfance, avec des expériences sur des animaux. Peut-être avait-il même inscrit quelques humains à son tableau de chasse, avant que sa carrière au sein du Corps diplomatique lui permette d'exercer ses talents sur un plus vaste échantillon de sentients. En parvenant à établir un lien avec certains crimes non éclaircis ailleurs, elle pouvait espérer contester aux autochtones leur juridiction sur ce dossier et résoudre ainsi son dilemme actuel. Mais, sans savoir pourquoi, elle était sûre de ne rien trouver. Un monstre comme Sandburg n'aurait pas donné l'air de s'amuser autant, s'il pensait qu'elle allait avoir la tâche facile. Elle le gratifia donc d'un sourire tout aussi déplaisant.

« Très bien. C'est une affaire catarkhienne. Je limiterai mes investigations aux Catarkhiens tués. »

Il hocha la tête.

« Ça nous fera gagner du temps, m'dame.

— Pourquoi avez-vous fait ça, Emil ?

— Vous avez déjà piétiné des bestioles, m'dame ? »

(Elle se rappela les restes d'une forme extraterrestre ensanglantée, incapable de se lever, tentant de la repousser de ses mains implorantes ; le visage tuméfié, rendu presque méconnaissable par les coups ; les yeux évoquant encore un être qu'elle avait jadis considéré comme un second père.)

« Vous pensez que cette description correspond à vos actes ?

— Pas trop mal, ouais. Observez-les un moment, et revenez me dire que j'ai tort.

— Ces "bestioles", comme vous les appelez, sont des êtres sentients.

— C'est ce qu'on s'évertue à me répéter », répondit-il, pas particulièrement ému.

Il esquissa de nouveau un sourire du coin des lèvres.

« Personnellement, je n'en suis pas convaincu.

— C'est ça, votre défense ? Qu'ils n'étaient pas sentients ?

— Je ne sais pas s'ils le sont ou pas. Mais pour moi... disons, ça se discute. »

Ce salaud n'était pas intimidé, même pas inquiet. Il n'ignorait pas que la jurisprudence diplomatique le mettait à l'abri des lois humaines. Par ailleurs, la nature de ses victimes écartait probablement le risque de toutes poursuites de leur part. Cort devait le reconnaître : il avait parfaitement choisi l'espèce à persécuter. Mais elle s'approcha de lui.

« Vous avez commis six meurtres, Emil. Si vous croyez que je trouve ça malin ou séduisant, ou que je me préoccupe de savoir ce qui vous semble évident ou pas, vous êtes encore plus tordu que nous le pensions. Vous paierez pour ce que vous avez fait, je vous le garantis.

— Beaucoup plus que six, corrigea-t-il, toujours sans émotion particulière. Et j'ai pris mon pied. Les loisirs sont rares sur cette boule de roc. Mais pour ce qui est de me faire payer, vous avez carrément un problème, pas vrai ?

— Je le résoudrai. Soyez-en sûr. »

Il bâilla à s'en décrocher la mâchoire.

« Ouais. C'est ça. Je pense qu'on n'a plus rien à se dire, m'dame. J'ai sommeil. »

Il s'assit sur le lit, roula sur le côté, puis se mit à ronfler bruyamment, de manière théâtrale.

Cort resta un instant les yeux rivés sur le dos de ce sociopathe. Au fil des années, son travail l'avait plusieurs fois mise en présence de ce genre d'individus (derrière un bureau ou des barreaux). Elle avait toujours eu la même réaction : une répugnance naturelle, instinctive, mais qui s'accompagnait de ce qu'elle avait fini par identifier comme de l'envie. Quelle était l'existence de gens dénués de boussole morale, comme Sandburg ? Quel effet ça faisait, de ne jamais éprouver de honte, de regrets ou d'embarras ? De ne s'inquiéter que d'une chose : ne pas se faire prendre ? Cela devait avoir un côté libérateur. En tout cas, ça lui aurait certainement permis de supporter plus facilement le sang qu'elle avait sur les mains. Ce n'était pas ce qu'elle souhaitait, mais ça n'en demeurait pas moins fascinant à observer, à l'instar de n'importe quelle forme de vie inconnue. C'était aussi une des nombreuses raisons pour lesquelles elle était bien décidée à détruire Sandburg.

Elle se retourna et se dirigea vers la sortie.

« Oh, Andrea ? Une dernière chose…, lui lança-t-il avant qu'elle atteigne la porte.

— Oui ? » fit-elle à contrecœur.

À présent, il affichait un large sourire, odieux.

« Bonne chance pour trouver un juge et un jury. »

4

Suffisamment intelligent et professionnel pour comprendre que Cort avait besoin de silence, Roman Whalekiller lui accorda presque cinq minutes de répit. Ils sortaient de la clinique de l'ambassade quand il n'y tint plus.

« Ça va ?

— Oui, répondit-elle, ne cachant pas sa contrariété devant son ton condescendant.

— Désolé, c'est juste que vous semblez un peu secouée...

— C'est l'air, plus raréfié ici que j'en ai l'habitude. Amenez-moi dans la plaine, là où vivent les autochtones ; je reprendrai des couleurs.

— Si vous le dites. »

En tant que diplomate, Whalekiller savait exprimer son assentiment avec une désapprobation à peine voilée.

Elle s'en irrita.

« Ce n'est pas mon premier meurtre, Whalekiller.

— J'en ai conscience. Je ne mets pas en doute votre vaste expérience en la matière. »

Elle lui lança un regard furieux, certaine d'entendre une accusation dans ses paroles, avant de comprendre qu'il faisait allusion à ses fonctions au bureau du procureur général. Sentant que son arrogance risquait de lui aliéner inutilement cet homme, elle baissa d'un ton.

« Pas assez vaste pour être blasée.

— Tant mieux », approuva Whalekiller, sans qu'elle parvienne à décider s'il se montrait conciliant ou sarcastique.

Ils quittèrent la clinique, puis traversèrent la cour intérieure, un demi-hectare plutôt gai que des engagés de l'ambassade avaient conçu sans ménager leurs efforts. L'importation de toute flore d'outre-planète étant formellement interdite, ils avaient repiqué des arbres, des buissons et des simili-herbacées en provenance de tout Catarkhus pour créer des parterres ovales entourés de pierres blanches polies. Au milieu, un drapeau du Corps diplomatique flottait au sommet d'un mât. L'ensemble évoquait un territoire coincé entre deux extrêmes, un sol ni humain ni catarkhien. Peu de gens étaient visibles. Encore frais dans les mémoires, les crimes d'Emil Sandburg jetaient une ombre sur la présence humaine. La majorité du personnel de terrain avait mieux à faire ailleurs, seul un groupe de trois jeunes engagés déjeunait au soleil. Ils levèrent les yeux à leur passage, avec une sorte de fascination morbide. *C'est elle*, disaient leurs regards, *l'envoyée du procureur général qui va régler le problème Sandburg*.

Cort craignait qu'ils les retardent, mais ils étaient suffisamment bien formés et disciplinés pour donne une image remarquablement hideuse de l'humanité. Décidément, vos critères laissent à désirer, Mekile. Pour ma part, j'hésiterais à qualifier cela d'excellence. »

Se tournant vers elle, il la toisa.

« Permettez-moi de me présenter : Gayre Rhaig, de la République tchie, représentant du Comité sur les violations aux règles de Premier Contact. Je suis arrivé il y a vingt-deux jours, système local ; depuis, je mène ma propre enquête, une assurance contre toute tentative humaine de contourner la loi. »

Cort ne sourit pas, mais elle n'éleva pas non plus la voix.

« Soyez tranquille, monsieur Rhaig : la Confédération n'a nullement l'intention d'entraver le cours de la justice.

— Votre présence ici semble indiquer le contraire. Mes recherches m'ont déjà permis d'établir que, dans près de soixante pour cent des dossiers qu'on vous a confiés, vous avez appuyé la jurisprudence humaine face à celle de la planète où ont eu lieu les faits. Comment comptez-vous justifier un abus de pouvoir aussi flagrant dans le cas qui nous occupe ? »

C'était une autre spécialité diplomatique, que certains représentants des Tchis avaient toujours su manier avec un talent particulier, la question du genre : *quand avez-vous cessé de battre votre femme ?* Impossible d'y répondre sans se compromettre. Cort cacha son agacement derrière une réplique passe-partout.

« Je serai ravie de répondre à toutes vos questions, dès que j'aurai terminé mon enquête.

— Bien sûr, dit Rhaig. Vu l'abject chauvinisme homsap, vous devez d'abord déterminer si les autochtones sont suffisamment similaires à votre propre espèce, avant de vous résoudre à reconnaître la gravité des crimes commis contre eux.

— Eh bien, votre impartialité, elle, ne semble faire aucun doute, monsieur… », intervint Whalekiller.

Bien qu'elle partage sa colère, Cort l'interrompit d'un geste.

« Nous n'avons pas à nous "résoudre" à quoi que ce soit, monsieur Rhaig. Personne, à la possible exception de Sandburg lui-même, ne minimise la gravité de ses crimes.

— Alors, que fait-il encore en détention provisoire homsap, si ce n'est pour priver les habitants de cette planète de leur droit à le juger ?

— Vous connaissez la réponse, dit Whalekiller.

— Je connais la raison avancée. J'attends toujours que votre ambassade fournisse la preuve qu'il ne s'agit pas que d'une excuse.

— Nous cherchons à établir que les Catarkhiens possèdent la capacité à le juger.

— Ah… Et si vous arrivez à la conclusion inverse ? À la lumière de la folle histoire de votre propre espèce, qu'est-ce qui vous autorise à croire que vous en êtes vous-mêmes pourvus ? »

Cort aurait pu réagir de plusieurs façons. En apportant une réponse diplomatique ou juridique, en se mettant sur la défensive, ou même en laissant s'exprimer sa colère. Rien qui aurait définitivement clos le débat et fourni une réfutation satisfaisante de tous les épisodes de l'histoire humaine écrits dans le sang. Rien qui efface de sa mémoire les souvenirs très nets de corps tombant par un clair matin ensoleillé.

Avant qu'elle parle, le représentant de la délégation riirgaane s'invita dans la discussion, avec le trille aigu qui correspondait au plus proche équivalent d'un rire pour son espèce.

« Votre tâche consiste à trouver des réponses à des questions qui n'en ont peut-être pas. Aucun de nous ne vous envie, maître. Mais c'est votre congénère, ce Sandburg, qui vous a mise dans cette position.

— C'est exact. Néanmoins, j'obtiendrai les éclaircissements dont j'ai besoin.

— Alors, soyez certaine que nous écouterons vos propositions avec grand intérêt. »

L'écran plat de l'IA-source afficha son accord : <> LA JUSTICE EST NOTRE PRIORITÉ À TOUS. <>

Dans le contexte, ça ressemblait fort à un défi, guère plus encourageant que la vacherie balancée par le monstrueux Sandburg sur ses probables difficultés à trouver un jury.

Après tout, on l'avait prévenue : rendre la justice sur Catarkhus relevait sans doute de la mission impossible.

Mais bon, elle avait l'habitude.

5

Alors que Whalekiller pilotait leur glisseur au-dessus du désert catarkhien, l'absence de couverture nuageuse assurait une vue dégagée dans la durée du paysage zébré qu'ils survolaient. Les bandes plus foncées qui se détachaient sur le fond brun pâle représentaient les terres cultivées par les autochtones maintes fois discutés. Lors de leur premier trajet, Whalekiller s'était extasié sur la beauté de cet endroit. Peut-être avait-il raison ; Cort, que ce spectacle laissait froide, soupçonnait plutôt un phénomène couramment constaté chez les gens en poste depuis trop longtemps sur le même monde. Quand le manque de beauté se faisait ressentir avec un peu trop d'acuité, ils finissaient par créer la leur, dans leur tête.

Elle remarqua qu'il la jaugeait du regard ; et il dut prendre son expression pour un encouragement, puisqu'il ne put se retenir d'ouvrir de nouveau sa grande gueule.

« Je déteste les Tchis. »

Elle lui jeta un coup d'œil.

« Drôle d'observation pour un diplomate.

— Je sais. Je suis censé respecter tous mes interlocuteurs. Et je fais de réels efforts. Avec les Riirgaans, les Bursteenis, ça va. Même avec les IAs-source... j'aime me mesurer à elles dans des jeux de logique. Mais les Tchis, avec leurs airs supérieurs, ils me donnent envie de me taper la tête contre un mur. Ça fait de moi un raciste, maître ?

— Non. En revanche, vous réagissez exactement comme les Tchis l'attendent. C'est volontaire chez eux, vous savez, cette attitude.

— Quoi ? Le fait d'être odieux ?

— Ça y ressemble, je vous l'accorde, mais leur culture leur enseigne à considérer la plupart des relations sociales comme des défis verbaux. Ils ont tendance à placer la barre de plus en plus haut, jusqu'à ce que leur adversaire triomphe ou batte en retraite. Ils peuvent se montrer très agressifs, en particulier quand ils pensent avoir affaire à quelqu'un qui leur donnera du fil à retordre. Ce qui rend d'autant plus difficile de savoir si Rhaig se contente de suivre son code de conduite habituel... ou s'il prépare effectivement un mauvais coup.

— Et moi qui les prenais seulement pour des trous du cul.

— La plupart le sont. Mais c'est culturel.

— Et Rhaig, tout à l'heure ? Il vous a juste souhaité la bienvenue à la manière tchie, ou est-ce qu'il va vraiment poser un problème ?

— Il est trop tôt pour le dire. »

Mais elle pensait déjà : *un problème.*

Il cligna des yeux.

« Il y a autre chose qui m'a frappé pendant cette rencontre. Vous n'aimez pas beaucoup les extraterrestres, je me trompe ? »

Cort fit claquer l'ongle de son pouce contre ses incisives.

« Je n'ai rien contre...

— Mais vous n'êtes pas à l'aise en leur présence. »

Nouveau claquement d'ongle.

« Je ne suis à l'aise avec personne. »

Whalekiller fronça les sourcils.

« De la timidité, maître ? Je n'aurais pas cru ça possible chez une femme qui a gravi les échelons jusqu'à un poste comme le vôtre.

— Ce n'est pas de la timidité, mais une question de préférence. Je n'ai simplement pas une très haute opinion des formes de vie sentientes en général. »

Le front de son collègue se rida davantage.

« Toutes les formes de vie sentientes ?

— Si c'est capable de penser, c'est indigne de confiance. »

La bouche de Whalekiller remua d'une manière fréquente chez les gens qui se demandaient jusqu'où la prendre au sérieux.

« Mais vous-même, maître, vous pensez...

— Je ne me considère pas comme une exception.

— Mmm... Ça ne vous laisse pas l'embarras du choix pour vos amis, n'est-ce pas ? »

Elle le regarda droit dans les yeux.

« Voilà une des raisons pour lesquelles je n'ai jamais vraiment cherché à m'en faire. »

Il se détourna, étudiant l'espace aérien qui s'étalait devant eux. Cette apparente absorption par le pilotage de leur glisseur aurait pu la convaincre si elle ne l'avait pas vu enregistrer leur destination au préalable. Au bout d'un moment, il reprit la parole, mais sans reporter son attention sur elle.

« Ne le prenez pas mal, mais je trouve ça triste.

— Je ne le prends pas mal. Vous pouvez en penser ce que vous voulez. »

Whalekiller en resta là, heureusement. Aurait-il creusé un peu qu'elle aurait peut-être dû lui expliquer sur quoi reposait son opinion : des bases solides, des années d'expérience, personnelle et professionnelle. Elle aurait pu lui parler de son enfance, lui dire qu'elle avait assisté à un génocide, dès son plus jeune âge ; elle aurait pu témoigner de la violence qu'elle côtoyait dans son travail au bureau du procureur général. La pensée pouvait se révéler autant une porte sur le bonheur qu'une source de torture mentale. Toute espèce dotée d'une capacité d'abstraction consacrait une bonne partie de son existence à empiler ces idées pour bâtir des structures branlantes et déséquilibrées... certaines plus brillantes que d'autres, certaines complètement idiotes, qui menaçaient toujours de s'écrouler sous leur propre poids. Si la sentience était à l'origine de toute civilisation humaine et extraterrestre, elle portait également en elle une réserve inépuisable de mal et de folie. C'était bien ce qui avait produit des gens comme Emil Sandburg. Voilà tout ce qu'elle aurait pu lui expliquer, elle aurait même pu l'emmener dans les recoins les plus sombres de son esprit où ses pensées l'avaient entraînée, sans relâche.

Dix minutes semblèrent s'écouler, avant que Whalekiller, trouvant sans doute le silence aussi pesant qu'elle, s'éclaircisse la voix.

« Maître ?

— Oui ?

— Ce qu'a dit le Tchi, à propos de votre tendance à vous prononcer souvent en faveur des humains, c'est vrai ? »

Soulagée de pouvoir reparler boutique, elle écarta une mèche de cheveux noirs de son visage.

« Non. C'est une déformation grossière de la réalité.

— C'est ce que j'ai pensé. Qu'a-t-il omis de préciser ?

— Aucune des affaires où j'ai obtenu gain de cause ne concernait des crimes commis contre des formes de vie sentientes autochtones. Les faits avaient eu lieu en territoire extraterrestre, mais il s'agissait de délits entre humains – le plus souvent entre engagés du Corps diplomatique ; ça allait du vol à un meurtre particulièrement stupide. Je n'ai jamais forcé la main à quiconque, j'ai simplement convaincu les autorités locales que l'humanité étant la partie lésée, l'exercice de la justice nous revenait. La plupart du temps, elles ont accueilli la possibilité de l'extradition comme un soulagement.

— J'espère que vous parviendrez à ce résultat dans le cas qui nous occupe.

— Moi aussi. Ça faciliterait énormément les choses. »

Il hésita.

« Vous avez déjà eu à livrer quelqu'un comme Sandburg aux autorités locales ?

— Comme Sandburg ? Non. Pas dans le même contexte. J'ai connu quelqu'un de pire, qui s'était déjà rendu de lui-même à la justice extraterrestre ; et les questions auxquelles j'ai été confrontée alors dépassaient de loin l'enjeu de ce qui aurait été bien ou mal pour lui. Mais j'ai eu une affaire récente, celle d'un engagé qui, au cours d'une randonnée pédestre, s'était réfugié dans une grotte pour échapper à une pluie torrentielle. Il a eu la mauvaise idée d'en profiter pour pisser ; un pèlerin qui l'a surpris l'a accusé de profaner un site sacré, un tombeau. Un crime puni de flagellation en public et d'exil. On n'a même pas eu à contester quoi que ce soit : le type avait le sens du devoir, il a accepté d'encaisser dix coups de fouet par respect. On lui a donné quelque chose pour calmer la douleur, on l'a rafistolé ensuite et affecté ailleurs. Ça a probablement servi sa carrière. Je crois qu'il est ambassadeur quelque part, maintenant.

— Mais il ne méritait pas vraiment cette peine.

— Il n'en méritait aucune, reconnut Cort. Le site sacré en question n'était pas indiqué et n'avait jamais été mentionné. Le gars s'était contenté de satisfaire un besoin naturel, mais le livrer à la justice locale nous a permis de maintenir de bonnes relations avec les autochtones, sans qu'il ait à en souffrir de manière permanente. Sandburg, en revanche… »

Elle ne termina pas sa phrase.

Ce qu'il s'empressa de faire pour elle.

« … mérite tout ce qu'ils pourront lui faire subir. »

Elle hocha la tête.

« Le connaissiez-vous, monsieur Whalekiller ? Avant, je veux dire.

— Le connaître ? Il semble assez clair pour moi que personne ne le connaissait. Dans le cas contraire, on l'aurait évacué avant qu'il soit trop tard.

— Je reformule ma question : *pensiez-vous* le connaître ? »

Whalekiller réfléchit.

« J'ai dû essayer de lui parler trois ou quatre fois. Des conversations informelles. Il s'est toujours montré poli, cordial. Mais ce type n'avait rien à raconter. Tout ce qu'il disait, c'était juste… creux. Comme si la moindre de ses paroles passait devant un comité chargé de s'assurer que rien d'intéressant ne franchisse ses lèvres. »

Il frémit.

« Je ne sais pas. Peut-être que pour ne plus être un rien du tout, cet enfoiré a décidé de devenir un grand malade.

— Peut-être, dit-elle, tâchant de concilier ce portrait avec le Sandburg arrogant qu'elle avait interrogé.

— Une chose est sûre, maître : ce qu'il a dans le crâne, c'est le mal pur et simple. Les Riirgaans nous ont fourni des images de ce qu'il a fait. Il y a de quoi vous donner honte d'être humain. »

Il ferma les yeux et secoua la tête.

« C'est vraiment dommage, ajouta-t-il. Pour nous, je veux dire. Dans cette affaire. Que les Catarkhiens n'aient pas de lois.

— Oui, je ne vous le fais pas dire. »

Elle redevint silencieuse, tandis qu'il se replongeait dans la contemplation du vaste désert brun qui défilait sous le glisseur. Une extradition aurait tellement simplifié les choses. Le Corps diplomatique aurait veillé à ce que Sandburg prenne le maximum – si ce n'est par sens moral, au moins pour soigner sa réputation. Mais Emil Sandburg avait commis un délit avec violence sur des autochtones, ce qui, selon les Protocoles de Premier Contact ratifiés par les principales puissances spatiales, exigeait un procès local.

Dans le cas présent, les Catarkhiens n'avaient ni justice, ni crimes, ni concept du bien ou du mal. Mais peu importe. Ça n'entrait pas en ligne de compte. Tout comme le fait qu'au cas par cas, chacun pouvait décider de ne pas appliquer les accords signés, puisqu'ils ne prévoyaient aucune mesure contraignante. Mais le principe demeurait, telle une règle inviolable, instaurée pour minimiser les désastres qui ne se produisent que trop souvent quand une culture se croit autorisée à en mépriser une autre. En ne l'honorant pas, même sur Catarkhus, l'humanité risquait d'entamer sérieusement son prestige et son capital moral, à l'heure où elle cherchait à persuader ses partenaires que le pire de ses errements appartenait au passé.

Les autochtones devaient fournir un juge et un jury.

Bien que cela n'existe pas chez eux. Bien qu'ils ne disposent même pas d'un vague équivalent.

Bien qu'ils ne soient, en l'occurrence, carrément pas capables de comprendre qu'un crime avait été commis.

6

Autrefois, son travail avait conduit Cort sur un monde qui possédait un herbivore auquel les autochtones avaient donné un nom évoquant une longue fuite d'air. L'équivalent humain le plus proche était le chuintement audible d'un *sssssss* sifflant. Ils l'avaient appelé ainsi, parce que cet animal semblait se déplacer à la même lenteur que l'érosion. Il clignait des yeux peut-être toutes les heures, respirait au double de ce rythme, et ne réagissait à un événement qu'une demi-heure après. Heureusement pour lui, il était aussi bête à manger du foin ; l'ennui d'une telle existence aurait rendu folle toute créature plus intelligente.

En comparaison, les Catarkhiens étaient carrément survoltés. Quand ils manifestaient une certaine excitation, ils bougeaient moitié moins vite qu'un humain parti se promener pour se détendre. Ce qui aurait pu contribuer à leur donner un côté attachant... s'ils avaient montré la moindre conscience de ce qui se passait autour d'eux. Mais ils semblaient au moins aussi oublieux de leur environnement que les herbivores sifflants dans le souvenir de Cort ; le monde qui les entourait n'entrait tout simplement pas en ligne de compte.

« Ils n'ont pas de système judiciaire, expliqua Whalekiller, peu après qu'ils se soient posés. Ni lois, ni structure sociétale, ni philosophie, ni religion, ni rituels ; pas d'individualité ; pas de comportement qui ne serait pas, d'une manière ou d'une autre, inscrit dans leurs gènes. »

À force de le ronger, le pouce de Cort commençait à lui faire mal.

« Est-on déjà parvenu à établir la moindre communication avec eux ?

— Vous plaisantez ? Nous ne sommes même pas arrivés à leur faire prendre conscience de notre présence. »

Les Catarkhiens étaient gris, mais pas comme des éléphants ; les éléphants ont un caractère, les Catarkhiens n'avaient rien de tel. Imaginez un gris qui ne soit pas seulement l'absence, mais le rejet de toute couleur. Imaginez un torse en forme de rein légèrement courbe, un haricot d'à peu près soixante-quinze centimètres de hauteur ; pour la tête, un cône inversé, siège du cerveau, avec un buisson de cils qui se tortillaient en permanence autour d'une bouche perpétuellement ouverte. Imaginez : ni dents, ni langue, ni mâchoires fixes, mais un entonnoir menant directement au gosier. Six membres, tous articulés autour de deux genoux ; les membres inférieurs, eux aussi garnis de cils, mais plus fins. Des appendices de préhension maladroits aux extrémités, un compromis entre mains et pieds, avaient juste assez de force pour ramasser et manipuler des objets pas trop gros ; en général, les petites boules de l'espèce de pâtée que les Catarkhiens enfournaient dans cette bouche immense.

Ils étaient capables de creuser ; en fait, ils vivaient dans des ruches. Mais l'excavation leur prenait un temps fou et exigeait un travail soutenu, par centaines, pour espérer accomplir des progrès significatifs. Très faibles par rapport à leur taille, ils ne pesaient guère plus que des enveloppes de chair vides – Emil Sandburg n'avait donc éprouvé aucune difficulté à maîtriser ses victimes. C'était probablement à la portée d'un enfant humain. Mais leur principale vulnérabilité résidait dans leur insensibilité presque totale. Tels des îlots, repliés sur eux-mêmes, ils ne percevaient pratiquement rien. L'absence d'yeux et d'oreilles les rendait aveugles et sourds ; les récepteurs chimiques de leurs cils leur permettaient tout juste de reconnaître leur nourriture, et peut-être de la sentir, mais certainement pas de distinguer les saveurs. Leur cerveau ne comprenait pas non plus de centre de la douleur. On pouvait leur tirer dessus, les estropier, leur briser les membres, y mettre le feu, ils continuaient à vaquer maladroitement à leurs occupations, sans s'apercevoir de leurs blessures, tant qu'ils n'étaient pas définitivement hors service. Le toucher était leur seul sens qu'on pouvait qualifier de fonctionnel, et uniquement sur une fraction du corps, à savoir les cils qui garnissaient leurs membres, sous chaque second genou. En les leur retirant, on les rendait inopérants. Les Catarkhiens se retrouvaient alors coupés du reste de l'univers, enfermés dans leur bulle, totalement inconscients de la réalité même de ce qui les entourait. Pas étonnant que leurs comportements de survie aient dû être inscrits dans leurs gènes ; autrement, l'espèce se serait éteinte, le temps que toute la population meure de faim.

Plantée au milieu de milliers d'entre eux, qui défilaient lentement vers les fermes installées en cercles concentriques autour de leur ruche, Cort eut la nette impression de ne pas exister.

C'était sa première rencontre avec les créatures parmi lesquelles elle devrait recruter son jury. Comme l'exigeait la loi, et contre toute raison.

Au bout de dix minutes d'observation silencieuse, elle rendit son verdict.

« Merde.

— Vous commencez à voir l'ampleur de notre problème.

— J'en avais déjà conscience, Whalekiller. Disons que là, ça devient concret. Il n'y a vraiment aucun moyen d'entrer en contact avec eux ?

— Tentez votre chance, allez-y. »

Après une brève hésitation, Cort tendit le bras vers un des marcheurs sourds et aveugles pour l'extraire du cortège. La principale difficulté consistait à décider où les toucher sans risque ; pas pour elle, puisqu'ils ne disposaient d'aucune réelle capacité offensive, mais pour eux. Elle préférait éviter d'en blesser un et de se retrouver dans la cellule voisine de celle de Sandburg. Un cauchemar diplomatique à la fois. Elle choisit de poser les mains de part et d'autre du torse en forme de haricot pour guider, en douceur, la créature vers elle. Une pression négligeable suffit à la détourner de sa trajectoire, comme si Cort manipulait un ballon ou une maquette de bateau. Le Catarkhien abandonna docilement les autres pour la suivre, puis s'immobilisa, soit pétrifié par ce brusque détour, soit dans l'attente d'indications supplémentaires.

Les Catarkhiens derrière lui n'emboîtèrent pas le pas de leur congénère. Ignorant cette perturbation, ils continuèrent à avancer, sans interruption. Pour ce qu'en savait Cort, cela pouvait trahir autant une indifférence absolue qu'une décision mûrement réfléchie, ou un engagement total, quasi-robotique, à une programmation antérieure.

Celui qu'elle avait extrait de sa file attendait, sans bouger. Il ne la voyait pas. Cette absence la réduisait à l'équivalent d'un phénomène naturel susceptible de transformer sa routine quotidienne, mais aussi invisible qu'un esprit.

« Ou qu'un démon, dit-elle à voix haute, songeant à Emil Sandburg.

— Pardon ? réagit Whalekiller.

— Rien. »

Les cils autour de la bouche grande ouverte du Catarkhien se tortillaient comme des anémones. Seule indication qu'il tentait de percevoir (ou percevait) autre chose que lui-même, ils semblaient également sourds et aveugles. Conscients qu'il se passait quelque chose, mais à jamais incapables d'en déterminer précisément la nature. Cort chercha à discerner des constantes dans la valse des fils.

« Je peux les toucher ?

— Pour ce que ça changera », répondit Whalekiller.

Andrea portait les gants qu'elle réservait à son travail sur le terrain ; quand ses missions la conduisaient sur une planète, l'une des choses qui la rebutaient, c'était toute cette saleté, cette crasse bien réelle qui se glissait sous ses doigts. Elle ôta le droit et toucha l'un des petits vers qui ondulaient du bout de son index. Contre toute attente, ils n'étaient pas visqueux, mais dégageaient une certaine chaleur. Plus qu'une matière organique, leur texture un peu rêche évoquait un tissu entreposé au chaud. Ils ne réagirent pas à son contact, et leur hôte non plus.

Elle jeta un coup d'œil à Whalekiller.

« Rien ?

— Il n'est pas équipé de récepteurs pour ce qui vous compose, expliqua son collègue.

— Je suis donc toujours invisible pour lui.

— Exact. Il n'est absolument pas capable de vous détecter.

— Et il n'a pas la moindre idée de ce qui se passe ?

— Nous n'obtiendrons la réponse à cette question que le jour où nous serons parvenus à entrer dans leur tête. Pour l'instant, personne n'a réussi, pas même les Riirgaans. »

La grimace de Cort s'élargit.

« Dans ce cas, comment sait-on qu'ils sont sentients ?

— Comme avec les Vlhanis, les Thlanes ou les Farshs. »

Ces trois espèces prétechnologiques avaient présenté des problèmes de premier contact particulièrement ardus. Toutes clairement sentientes, elles étaient aussi terriblement singulières, et pas uniquement selon les critères humains – selon ceux de toutes les autres puissances spatiales connues. Les tentatives d'établir une réelle forme de communication avaient traîné en longueur pendant des années. Mais la comparaison n'était pas parfaite. Même si les échanges avec les Vlhanis, les Thlanes et les Farshs n'avaient pratiquement pas dépassé le babillage, ces trois espèces avaient au moins remarqué qu'on cherchait à leur parler. Les Vlhanis avaient progressé au point d'autoriser les humains à participer à leurs rituels les plus sacrés. Ils étaient d'ailleurs entrés dans une colère folle quand un crétin d'ambassadeur de la Confédération avait tenté de s'en mêler. Mais au bout de sept années d'observation, système mercantile, les Catarkhiens restaient coupés du monde, indifférents à ce qui les entourait.

« Qu'est-ce qui prouve qu'on ne prend pas nos désirs pour des réalités, hein ? » insista Andrea.

Si son ton sarcastique froissa Whalekiller, il n'en laissa rien paraître, préférant se lancer dans une explication qu'il semblait avoir mise au point à force, avec le temps.

« L'étude du contenu de leurs communications interpersonnelles.

— Ils en ont ?

— Tout se déroule à l'intérieur de la ruche. Leur langage, incroyablement subtil, repose sur le nombre de cils qu'ils touchent ou s'abstiennent de toucher à un moment donné. Ça dépasse mes compétences, pour l'essentiel, mais les Riirgaans, qui sont à l'origine de cette découverte, ont établi les grandes lignes de la circulation des informations. Ils ont mis au jour l'existence d'une structure grammaticale, de thèmes constants, d'une individualité, d'enchaînements complexes et répétés, et même d'accents régionaux. C'est une forme de communication sentiente, d'une densité comparable à celle du flux d'une IA. Mais rien, dans ces échanges, ne semble avoir trait à leurs activités quotidiennes. Ça paraît aussi abstrait que de la philosophie, de la religion ou de la poésie, et ça nous restera totalement inaccessible tant que nous n'en aurons pas trouvé la clé.

— Je ne suis pas convaincue, dit Cort. La sentience implique un minimum de libre arbitre, et je ne vois rien de tel ici.

— Oh, ils n'en manquent pas – tant qu'il s'agit de dialoguer entre eux. Ils n'en ont simplement pas besoin pour leur comportement qui, lui, est inscrit dans leurs gènes.

— Instinct. Ou réflexe.

— Quelque chose comme ça. Catarkhus bénéficie d'un écosystème ridiculement stable. Ils n'ont aucun prédateur, vous comprenez, maître ? Ils n'ont pas d'ennemis. Ils ne connaissent ni activité sismique ni mauvais temps. Tout juste quelques maladies contagieuses. La capacité à réagir face à l'imprévu ne leur a donc jamais fait défaut. Ils n'ont pas eu à déplorer l'absence d'une batterie de sens qui les alimenteraient constamment en informations sur un environnement changeant et potentiellement dangereux. Ils n'ont jamais eu besoin de la douleur pour apprendre quelles étaient les choses à éviter. Ni de variations individuelles pour fournir à leur population des aptitudes complémentaires et compétitives.

Il ne leur a fallu que les instincts nécessaires à se procurer de la nourriture et à se reproduire, et un toucher et un odorat primitifs pour les assister dans les rares occasions où ça ne suffirait pas. Leur cerveau, bien trop développé pour leurs activités quotidiennes, ils le réservent à cette communication si sophistiquée, à la pensée intellectuelle. En fait, ajouta-t-il, comme s'il venait de s'en souvenir, un nombre non négligeable d'exolinguistes soutiennent que l'esprit catarkhien n'est pas conscient des actions du corps. Selon ce courant, toute l'intelligence qu'ils possèdent serait entièrement, et involontairement, coupée de leur réalité quotidienne par leur système nerveux. Ça expliquerait pas mal de choses. Quoi qu'il en soit, ces adaptations les ont rendus totalement vulnérables à toute intrusion étrangère à leur environnement.

— Nous. »

Whalekiller haussa les épaules.

« Eh bien, les Bursteenis sont arrivés les premiers. Ils ont découvert l'espèce et baptisé la planète. Ensuite, ç'a été le tour des Riirgaans, qui ont établi la sentience des Catarkhiens. Puis quelques autres, et enfin nous. Sur cette mission de contact, nous avons été les derniers. Mais nous sommes tous des étrangers ici… des concepts littéralement tombés du ciel pour une créature biologiquement incapable de percevoir la nouveauté. »

Cort hocha la tête, il y avait de quoi donner le vertige.

« Nous n'existons pas. Nous ne sommes que des rumeurs.

— Même pas, répondit Whalekiller. Des démons invisibles. »

Encore cette expression, qui s'appliquait singulièrement bien à Emil Sandburg. Les Catarkhiens qu'il avait taillés en pièces n'avaient pas eu conscience de ce qui leur arrivait. Ils n'avaient pas eu mal, ils n'avaient pas connu la terreur, ils n'avaient pas maudit l'univers de leur infliger pareil supplice. Et ceux sur qui il n'avait pas eu le temps de s'acharner ne s'étaient probablement pas aperçus que d'autres manquaient à l'appel. Pour eux, les crimes d'Emil Sandburg avaient été des non-événements, dans une existence tellement immuable que même dix mille générations n'avaient pas produit une ligne d'histoire.

Il ne les avait pas touchés. Pas du tout.

« Quoi ? s'enquit Whalekiller.

— J'ai dit quelque chose ? s'étonna Cort.

— Non, mais vous souriez.

— Sûrement pas.

— Je vous assure. Et c'est la première fois depuis que je suis venu vous chercher en orbite. »

Ça la surprit. Elle souriait si rarement. Maintenant qu'il lui en avait fait la remarque, elle sentait la tension révélatrice dans ses joues. Elle refoula ce sentiment, l'enfouit et lui planta un pieu dans le cœur.

« Allons-y. Nous avons encore beaucoup de travail. »

7

Le témoin riirgaan, Vighinis Mukh'thav, les attendait à son ambassade, à la lisière d'une forêt humide en zone tempérée. À l'instar de la plupart des autres complexes diplomatiques, le site se trouvait à l'écart de tout habitat de l'espèce autochtone sentiente. Cette politique, établie de longue date, avait pour but d'éviter toute contamination de la culture locale par une exposition excessive à une technologie étrangère. Mais les Riirgaans auraient vraisemblablement choisi cet endroit de toute façon. Pour une raison qui échappait totalement à Cort, ils appréciaient ce genre d'environnement, pourtant très différent de celui de leur monde d'origine. Leur intelligence ne faisait aucun doute, mais ils considéraient la forêt vierge comme un paradis. La compagnie de toutes sortes de bestioles venimeuses et de plantes vénéneuses ne semblait pas les déranger, au contraire, pas plus que marcher dans la boue. Ils s'adonnaient même à la natation, une activité qui, aux yeux de Cort, apparaissait comme la plus folle jamais développée par une espèce sentiente. À ne pratiquer qu'en cas de guerre. Après tout, des gens se noyaient. Un truc de planétaire, supposa-t-elle. Comme les Riirgaans prenaient visiblement plaisir à fouiller l'espace dans ses moindres recoins pour y découvrir les formes de vie sentientes les plus étranges, ils devaient eux-mêmes manifester un seuil de tolérance élevé aux bizarreries des mondes qu'ils exploraient.

D'après les informations de Whalekiller, Mukh'thav occupait au sein de la délégation de premier contact riirgaane la fonction de *princeps*, un travail qui aurait dû le maintenir sur le terrain, au plus proche des autochtones. Mais à présent, assigné à temps plein à l'entretien des véhicules, il ne quittait plus guère l'enceinte de l'ambassade. Il leur en expliqua la raison, alors qu'ils s'installaient à l'extérieur, autour d'une table sculptée, ornée d'une de ces frises historiques que les Riirgaans affectionnaient tant. Cort et Whalekiller buvaient du café chaud qu'on leur avait aimablement proposé ; Mukh'thav, son visage impassible penché au-dessus d'un bol, inhalait les vapeurs d'une sorte de bouillie fermentée et bouillonnante.

« Je suis sali, dit-il, avec une tristesse qui rompait avec la réserve notoire des Riirgaans. J'ai été témoin d'une atrocité, et j'en sens encore la souillure sur ma peau. Je perds mon temps dans des tâches subalternes, au lieu d'accomplir la mission pour laquelle on m'a formé. Et j'ignore si je me sentirai de nouveau propre un jour.

— Vous n'êtes pas responsable », dit Whalekiller.

Mukh'thav inclina la tête, à la manière sibylline des Riirgaans, un geste susceptible d'exprimer toute une gamme d'émotions, de l'agacement à l'affection, du dégoût à la chaleur.

« Vous croyez me réconforter ? Cette logique est-elle partagée par tous les Homsaps ? Pensez-vous que ne pas être présent pour empêcher un crime horrible au moment où il est commis vous absout de toute responsabilité ? Je comprends mieux pourquoi, au cours de votre histoire, les génocides perpétrés par les uns n'ont pas semblé troubler le bien-être des autres. Ce type de détachement nous est profondément étranger. Mais je suppose qu'avec les tendances qui sont les vôtres, c'est en cultivant ce talent que vous restez sains d'esprit.

— Dites-vous bien que je me sens tout à fait concernée, monsieur Mukh'thav », répondit Cort d'une voix tendue, dominant très bien ses émotions.

Le Riirgaan émit le genre de bruit qui semble concéder un point, tout en établissant qu'il n'en était rien.

« Ne m'en veuillez pas, Andreacort, je ne mets pas en doute votre sincérité. Mais je n'oublie pas non plus que vous êtes une bureaucrate, versée dans l'exercice qui consiste à manifester sur commande une profonde compassion. Ce n'est pas *réel* pour vous.

— Assez pour que je me sente salie, moi aussi ; assez pour que la souillure s'imprime sur ma peau. Assez pour savoir que, comme vous, je ne serai plus jamais propre. Pensez ce que vous voulez de nous en général, monsieur, mais pour ma part, je ne suis pas indifférente. »

Au cours du silence qui suivit, le Riirgaan et l'humaine se regardèrent, tels deux reflets imparfaits se retrouvant dans un miroir.

Ce n'était pas de la télépathie; aucun d'eux n'en possédait le don. Mais parfois, deux individus qui ont vécu des expériences comparables, tout aussi accablantes, peuvent se reconnaître. Pour Cort, c'était la vision d'une nuit qui vibrait de cris. Pour Mukh'thav, cela prenait les traits d'Emil Sandburg en train de se livrer à son passe-temps mortel. Deux leçons différentes, apprises dans des endroits différents, mais si les circonstances variaient, les résonances semblaient encore assez puissantes pour remplir l'air entre eux.

Whalekiller, qui assistait à ce moment de communion, parut terriblement frustré d'en être tenu à l'écart. Il hésita à peine une ou deux secondes de plus avant de briser le silence.

« Personne n'approuve ce qu'a fait Sandburg, monsieur. Nous voulons tous la justice. »

Mukh'thav se tourna vers lui, comme s'il s'apercevait de sa présence.

« Oui, la justice. »

Il s'affaissa.

« Est-ce seulement possible dans ce cas… ?

— Je m'y emploierai, affirma Cort.

— Je suis tenté de vous croire, Andreacort. Souhaitez-vous que je vous décrive ce que j'ai vu ? »

Avant de répondre, Cort prit le temps de boire une gorgée de café et de le reposer sur le dessous de tasse fourni par les Riirgaans pour protéger le bois finement sculpté.

« Ce n'est pas nécessaire; votre témoignage a été enregistré, et le crime prouvé de manière satisfaisante à nos yeux. Sandburg lui-même ne nie pas. Ce qui reste à établir, c'est la nature de ce crime. »

Il y eut un nouveau moment de silence. Le visage impassible du Riirgaan, pourtant figé dans un masque inexpressif, sembla néanmoins changer d'aspect à quatre reprises pour l'entendre finalement répondre :

« C'était un meurtre, vous le savez très bien.

— C'est exact. Mais y a-t-il aussi eu torture, à votre avis ? »

Mukh'thav réfléchit ce qui parut une éternité, avant de lever la tête des vapeurs les plus épaisses et de joindre les mains dans un geste si étudié que ses doigts donnèrent l'impression de se souder au ralenti.

« C'est une question intéressante, Andreacort. Est-elle importante ?

— Je me contente de réunir des informations.

— Fort bien, dans ce cas. »

Il pencha de nouveau la tête ; cette fois, elle n'éprouva aucune difficulté à interpréter sa réaction comme le comportement expansif de n'importe quel spécialiste, trop heureux d'étaler sa science.

« La victime était un Catarkhien. Elle n'était pas en capacité d'être torturée. Elle n'a pas souffert. Elle n'a pas eu peur. Elle n'a sans doute pas eu conscience qu'on la maltraitait. Ses sens ne lui ont pas permis de comprendre qu'on la déchiquetait. C'était une créature sentiente, qui ne pouvait pas entendre les rires de son bourreau. La mort n'a été perçue ni comme un soulagement ni comme une surprise ; si les Catarkhiens ont un au-delà, ils ne remarquent peut-être même pas le moment de leur passage. »

Il baissa de nouveau la tête vers le bol vaporeux ; quand il la releva, de la fumée s'enroulait autour de sa carapace, lui donnant l'apparence d'un démon émergeant des profondeurs les plus chaudes de l'enfer.

« Si les Homsaps ont l'intention de s'appuyer sur ces arguments pour minimiser ce crime...

— Absolument pas, monsieur. »

Andrea porta de nouveau la tasse à sa bouche, la vida complètement, et la reposa. Puis elle se leva, faisant signe à Whalekiller de l'imiter.

« Je ne cherche qu'à établir la nature réelle du crime. Ce qu'il est – et ce qu'il n'est pas. »

Un nuage de vapeur rendait trouble le visage de Mukh'thav. À trop étirer son cou curieux, Whalekiller semblait sur le point de se faire une hernie.

« Vous avez terminé ? demanda le Riirgaan.

— Je ne fais que commencer », répondit Cort.

8

L'ambassade des Tchis s'élevait vers le ciel, telle une stalagmite de glace plantée dans l'un des endroits les plus désolés et les plus inhospitaliers de la région polaire catarkhienne. En fait, l'édifice n'était autre que le vaisseau qui les avait amenés sur la planète. Pointé vers le cosmos, il semblait languir après les étoiles. Une dizaine de petites structures pneumatiques avaient poussé comme des champignons sur le glacier voisin, permettant d'étendre la surface habitable. Enfin, ils avaient gonflé un imposant dôme transparent qui coiffait l'ambassade. Les Tchis l'avaient confortablement meublée et il y régnait une chaleur agréable. Cort se dit que l'odeur d'engrais qui flottait dans l'air devait leur rappeler leur monde d'origine. L'ensemble avait été conçu pour résister aux assauts constants de l'environnement le plus hostile de Catarkhus. Les Tchis n'avaient pas ménagé leurs efforts pour mettre leurs hôtes à l'aise. Après leur avoir proposé des rafraîchissements, ils s'étaient enquis de leur confort, et avaient même modifié le degré d'humidité à leur demande. Pourtant, Cort ne pouvait pas s'empêcher de se cramponner à son fauteuil chaque fois qu'une bourrasque de neige s'abattait contre les murs pneumatiques. Il lui semblait que le dôme en équilibre précaire allait se détacher d'un instant à l'autre, et tomber en vrille ou être emporté par le vent.

Ah, les planètes… Elle ne comprenait vraiment pas qu'on puisse s'y sentir bien.

Ils patientaient depuis environ une heure, quand Whalekiller s'arracha enfin à la contemplation du paysage qui paraissait le fasciner.

« Maître… Vous avez toute latitude pour mener vos investigations… et je ne veux pas me montrer indiscret… mais qu'est-ce qui s'est passé là-bas, au juste, entre vous et Mukh'thav ? »

Cort évita son regard.

« Rien qui sorte de l'ordinaire, monsieur Whalekiller. Je me contente de réunir des indices.

— Je ne parlais pas de l'orientation de votre enquête. Je suis sûr que vous savez ce que vous faites. Mais ce moment où vous lui avez renvoyé son mépris en pleine face… Il a vu quelque chose en vous qui m'a échappé. Qu'est-ce que c'était ? »

Elle le regarda dans les yeux.

« De l'empathie. »

Les muscles de son visage se contractèrent.

« J'arriverai à vous comprendre, tôt ou tard.

— Ce jour-là, faites-moi signe », rétorqua-t-elle.

Il finit par hocher la tête et retourna se perdre dans la contemplation des champs de glace du nord catarkhien.

Cort préférait qu'on la laisse tranquille ; mais sa sérénité s'envola à la seconde où son imagination se mit à vagabonder. La vision d'Emil Sandburg en train de massacrer sa victime s'imposa immédiatement à elle. Puisqu'elle ignorait toujours tout de l'anatomie catarkhienne, son esprit refusa de reconstituer ce qu'Emil avait fait. Mais c'est avec enthousiasme qu'il lui montra son expression *pendant le meurtre*, allant jusqu'à lui proposer des variantes. Se succédèrent ainsi : le tueur froid, le tueur jubilant, le tueur au regard mauvais, le tueur orgasmique, le tueur inconscient de la gravité de son acte... Aucune d'elles ne lui parut convaincante. Quand Cort lui donna enfin un visage consumé de peur, elle s'aperçut que le tueur n'avait plus du tout les traits de Sandburg... Et les Catarkhiens qu'elle imaginait n'avaient pas la bouche-entonnoir des créatures que lui avait montrées Whalekiller près de leur ruche. Non, ils étaient plus humanoïdes. Mammaliens. Assez pour posséder des expressions humaines ; ils avaient des yeux vert vif, pleins d'humour et de curiosité, et leurs hurlements résonnaient tels des grondements de baryton, soutenus par un chœur de cris plus humains.

Elle ouvrit les yeux et remarqua Whalekiller qui, se détachant toujours sur fond de désolation glacée, l'observait à présent sans dissimuler son inquiétude.

Elle se reprit, et lui rendit son regard, sans expression, jusqu'à ce qu'il se détourne.

Une éternité s'écoula avant qu'arrive Haat Vayl, l'exolinguiste tchi avec qui ils devaient s'entretenir. Sa minceur, même selon les critères de son espèce, pouvait s'interpréter comme le signe d'un âge avancé. Vayl se caractérisait également par un air grave qu'il semblait cultiver et une paire d'yeux cernés terriblement tristes ; l'image du bureaucrate patelin qui prend un malin plaisir à annoncer de mauvaises nouvelles. Il portait une longue robe diaphane, si fine qu'elle paraissait sur le point de se déchirer à chaque pas.

Malheureusement, il n'était pas seul. Rhaig, le conseiller tchi qui avait accosté Cort plus tôt, l'accompagnait. Malgré sa peau pâle rougie par la morsure du vent et sa frange de boucles grises frisées par l'humidité, il traversa la pièce avec une grâce légère qui lui permit de distancer aisément son collègue plus faible.

« Désolé pour le retard, maître Cort, mais j'étais sur le terrain, en train d'étudier les autochtones.

— Vous n'aviez pas besoin d'interrompre vos observations pour nous, répondit Cort. Nous sommes venus voir Dr Vayl.

— J'en suis conscient, dit Rhaig, qui s'assit face à elle. Mais mon estimé collègue a émis le souhait que je sois là pour l'assister. »

Cort aurait parié gros que l'idée n'était pas de Haat Vayl.

« Ce n'est pas nécessaire, monsieur Rhaig. Le docteur n'est pas un accusé qui risque de se compromettre.

— Cela va de soi, mais la tendance des humains à la déformation étant connue de tous, la présence d'un conseiller me paraît relever de la sagesse. »

C'en fut trop pour Whalekiller.

« Décidément, vous vous donnez un mal fou pour être désagréable ! lança-t-il, fort peu diplomate. Quel genre de "déformation" craignez-vous au juste ? »

Rhaig le fixa froidement.

« Si je voulais vraiment me montrer désagréable à votre égard, monsieur Whalekiller, je vous ferais remarquer combien votre nom commémore si judicieusement l'un des xénocides les plus notoires commis par votre espèce. Mais ma détermination à vous traiter avec la plus élémentaire courtoisie ne m'empêchera pas de faire tout ce qui est en mon pouvoir pour contrer cette tendance des humains au révisionnisme flagrant. »

Whalekiller se laissa tomber dans un fauteuil à côté de Cort.

« Vous noterez qu'il n'a pas répondu à la question. »

Cort, qui l'avait effectivement remarqué, s'adressa de nouveau à Rhaig.

« Avez-vous un problème personnel avec les humains, monsieur Rhaig ?

— Ça n'a rien de personnel. J'ai eu affaire à plusieurs membres tolérables de votre espèce. Les meilleurs d'entre vous semblent animés de bonnes intentions, même si leurs insuffisances innées ne leur permettent pas de les accomplir. Hélas, ils ne représentent qu'un faible pourcentage de votre population qui, dans son ensemble, refuse d'assumer la responsabilité des actes des pires d'entre vous. Je pense que ça fait de vous un danger, qu'il est préférable de contenir.

— Comme une maladie, intervint Whalekiller.

— Exactement. Les humains posent un problème, mais rien qu'une bonne quarantaine militaire ne puisse régler. »

Cort ressentait une antipathie d'une telle violence à l'égard du conseiller qu'elle regretta presque de devoir interrompre cet échange d'amabilités. Mais son temps était précieux, et elle devait donner la priorité à son travail. Elle décida donc d'ignorer Rhaig et s'adressa directement à l'exolinguiste qui, assis à côté de son collègue, patientait silencieusement d'un air las.

« Veuillez nous excuser, docteur Vayl. Vous êtes un scientifique, pris dans une dispute entre bureaucrates.

— J'ai remarqué », répondit Vayl, d'une voix rocailleuse, sèche et sifflante, identique à celle d'un vieillard humain.

Il avait l'air terriblement frêle ; le simple fait de devoir parler semblait l'affaiblir.

« Je m'appelle Andrea Cort ; je suis là pour permettre de trancher une question de juridiction dans l'affaire Emil Sandburg. Ce que j'attends de vous, en votre qualité d'éminent chercheur, c'est votre point de vue sur les Catarkhiens. De l'avis des spécialistes, ils sont sentients. Partagez-vous cette opinion ? »

La voix râpeuse parvint péniblement à franchir la distance qui la séparait des oreilles de Cort.

« Oui.

— Un scientifique humain a un jour défini les êtres sentients comme des créatures capables de comportements imprévisibles.

— Je ne vous autoriserai pas à utiliser une définition humaine parce qu'elle vous arrange », intervint Rhaig.

Vayl baissa la tête.

« Je veux bien l'accepter, pour les besoins de la discussion. Poursuivez, maître. »

Cort résista à la tentation de tirer la langue à Rhaig.

« Autrefois, j'ai eu un chiot qui remplissait ce critère. Thetis, un petit animal domestique comme certains humains en possèdent pour leur tenir compagnie ; ils sont exubérants et assez indisciplinés, surtout très jeunes. Impossible de savoir ce qu'ils vont faire d'un moment à l'autre ; et ils font aussi preuve d'une assez bonne capacité à résoudre certains problèmes importants pour eux, comme d'accéder à un placard garni de nourriture, ou de se soustraire à la surveillance de leur maître. Ils passent le test de Turing, mais personne n'aurait l'idée de les déclarer sentients. »

Rhaig, qui avait roulé les yeux pendant tout l'exposé, poussa un profond soupir.

« Est-ce une nouvelle démonstration de la brillante logique des humains ? Rabaisser les victimes d'un meurtre en les comparant à des animaux domestiques ?

— Non, dit Vayl, intimant d'un geste au conseiller de se taire. Je vais répondre. »

Une minuscule langue rose surgit de ses lèvres en forme de bec, réalisant un tour complet de sa bouche, avant de se retirer. Il s'adressa à Cort.

« Je vois où vous voulez en venir, maître, mais l'outil de mesure de votre Turing m'apparaît très peu fiable. Au sein même de nos deux peuples, je suis persuadé que certains officiels de haut rang ne parviendraient jamais à le passer. Des personnalités bornées, dont les réactions immuables s'appuient sur des idées préconçues. Mais ils n'en sont pas moins sentients, selon tous les critères admis et mesurables. »

Il prit soin de regarder Rhaig, qui cligna plusieurs fois des yeux, avant que le linguiste poursuive.

« C'est encore plus vrai dans le cas des Catarkhiens. Leur existence enrégimentée ne leur fournit peut-être qu'un nombre limité de réactions pour leurs relations avec nous, mais toutes nos analyses prouvent qu'ils disposent d'une gamme bien plus riche pour communiquer entre eux.

— Vous en êtes absolument certain ? insista Cort.

— Oui. Reste à déterminer si nous saurons un jour établir une forme de communication... et si vous parviendrez à leur donner les moyens de juger votre meurtrier.

— Merci », dit Cort.

Elle laissa son regard s'attarder sur le sol, respira à fond et ajouta :

« J'ai une dernière question à vous poser.

— Peut-être pertinente, celle-là », suggéra Rhaig.

Elle l'ignora.

« Toujours pour les besoins de l'enquête, supposez que votre espèce n'ait jamais eu de contact avec la nôtre ; que nous ne soyons pas convenus d'une langue diplomatique commune et que vous ne sachiez rien de nous, à part le fait que quelqu'un, dont vous respectez l'autorité, nous a déclarés sentients. Maintenant, supposez que nous nous rencontrons pour la première fois, que j'entre dans la pièce et, sans la moindre provocation, que je décoche à M. Rhaig ici présent un coup de poing dans les dents. » (Entendant cela, Rhaig dressa la tête un peu plus haut sur son cou.) « En excluant tout chauvinisme interespèces, ce geste communiquerait-il à M. Rhaig le message que je ne l'aime pas ? »

Dr Vayl plissa suffisamment les yeux pour indiquer que cette image le choquait profondément... ou l'enchantait. Sa soudaine animation sembla suggérer que la deuxième hypothèse était la bonne.

303

« Personnellement, je serais tenté de le croire ; mais par manque de données, j'aurais aussi à admettre la possibilité que les humains saluent toujours d'autres sentients de cette manière.

— Ce qui s'est bien trop souvent vérifié », dit Rhaig.

Cette dernière remarque arracha un petit rire à Whalekiller, bien obligé d'en reconnaître le fondement.

Cort ne quitta pas des yeux Dr Vayl.

« Très bien, alors. Oubliez la question de sa signification. Pourrait-on qualifier ce geste de message, quel qu'il soit ? »

Les yeux de Vayl étaient presque clos à présent.

« Oui, je dois bien l'admettre. »

Un sourire illumina le visage de Whalekiller, comme un rayon de soleil. Positivement enchanté par le tour que prenait la conversation, il semblait retenir à grand-peine son excitation.

« En résumé... infliger une souffrance est une forme de communication.

— Une forme qui manque de précision et de clarté, mais je dois bien admettre que oui. En fait, la douleur est, au strict minimum, un message que le corps s'envoie à lui-même. Malheureusement, cela ne me paraît pas pertinent ici ; je suis persuadé qu'on vous aura informée : les Catarkhiens...

— ... ne ressentent pas la douleur. Je sais. »

Cort se leva, s'inclina. Whalekiller la regardait, les yeux ronds. Elle lui fit signe que l'entretien était terminé.

« Merci beaucoup, docteur Vayl. Merci, monsieur Rhaig. J'ai tout ce qu'il me faut pour l'instant. »

9

De retour à l'ambassade ce soir-là, Cort s'assit au bord de son lit, le seul meuble du box où elle logeait. À son arrivée sur Catarkhus, on l'avait d'abord installée dans l'équivalent local d'un appartement pour VIP, petit selon les critères de certaines résidences officielles où elle avait séjourné, mais carrément digne d'un palais, vu les ressources limitées de la plupart des ambassades de premier contact. En tout cas, assez spacieux pour accueillir un bureau, un fauteuil douillet, un lit de flottaison à inducteur de sommeil, une salle de bains à ultrasons complète et même un port hytex multisensoriel. Des conditions de confort ridicules à ses yeux ; l'inducteur était, à lui seul, la garantie d'un sommeil réparateur. Très peu pour elle qui avait l'habitude des nuits agitées, souvent interrompues par des cauchemars et des sueurs froides. Elle avait donc demandé une chambre plus petite, moins bien équipée, et avait obtenu gain de cause, malgré les protestations de l'ambassadeur Lowrey. Dans son esprit, une visiteuse de marque comme elle méritait ce qu'il y avait de mieux.

Son box était même plus étroit que la chambre de quarantaine médicale où on avait enfermé Sandburg. Le mobilier se composait en tout et pour tout d'un lit qui se repliait dans le mur ; dans un coin, une douche à ultrasons représentait la seule concession au confort. Inutile de songer à faire les cent pas dans un espace aussi réduit ; n'importe quel observateur aurait pensé qu'elle était simplement en train de décrire des cercles. Cort avait l'impression de se retrouver en cellule, et ce n'était pas pour lui déplaire. À d'autres, les quartiers VIP assez grands pour s'y perdre. Elle s'y sentait à peu près autant à l'aise que sur une planète. Avec une petite surface, il n'y avait de place que pour le strict nécessaire : elle, et sa mission. Tout le reste n'était que distraction, et la porte ouverte aux rêves indésirables.

Elle avait décliné l'invitation à dîner de Lowrey avec les responsables de la délégation ; elle préférait manger dans sa chambre, et en profiter pour s'intéresser à la vie d'Emil Sandburg. Ce n'était pas réellement pertinent pour le dossier qu'elle montait, le droit interespèces ne considérait pas une enfance malheureuse comme une circonstance atténuante. Mais c'était révélateur en soi, surtout par l'absence de tout détail significatif.

Ses parents étaient des anonymes, qui ne se distinguaient pas par leurs idées politiques ou économiques, ou par leurs convictions religieuses. En treize années de scolarité, il n'avait jamais particulièrement brillé aux tests d'intelligence obligatoires. Profils de personnalité, scores de socialisation ou d'intelligence émotionnelle, tout était normal, pas le moindre signe d'activité déviante, ou de tempérament. L'évaluation psychologique réalisée par le Corps diplomatique le décrivait comme un type terne et sans humour, mais animé d'une forte envie de réussir – une forme de compensation. À ce titre, lui proposer un contrat d'engagement pouvait se justifier. Le même document allait jusqu'à préciser qu'il ne serait pas populaire parmi ses collègues, mais sans être une source d'irritation non plus. (Avec un humour macabre, Cort nota que sa propre évaluation rendait un verdict à peu près comparable la concernant.) Il n'avait donné aucun signe de tendances meurtrières ni témoigné cette arrogance qu'il avait manifestée lors de son entretien avec Cort. Peut-être avait-il refoulé sa véritable personnalité. À moins que celle affichée maintenant ne fût le masque… Prenait-il plaisir à être un monstre ?

Elle ne pouvait pas se reconnaître dans ce sentiment. Sa monstruosité, survenue tôt, lui avait gâché l'existence, elle avait réduit tout ce qu'elle avait accompli depuis à une forme d'expiation. En revanche, chez Sandburg, la monstruosité semblait un phénomène tardif – sa découverte, en tout cas –, comme s'il avait dû travailler dur pour y parvenir. Peut-être y voyait-il une sorte d'achèvement, un motif de fierté…

Avec cette question, il lui parut avoir mis le doigt sur quelque chose ; elle se promit d'y revenir ultérieurement.

Puis elle aborda la jurisprudence, examinant les précédents historiques de crimes commis contre des autochtones projetés sur son mur blanc. Elle remonta des siècles en arrière, du temps où l'humanité n'occupait qu'un système solaire, et même une seule planète. La lourdeur de ce bilan la déprima. Bien sûr, le nombre de victimes s'était envolé à l'époque où la Confédération se rêvait en puissance coloniale ; la compréhension des autres espèces passait alors au second plan, après leur soumission. Cette litanie de la folie meurtrière humaine donna la nausée à Cort, qui n'apprenait pourtant rien, ou presque.

Par habitude, et par masochisme, elle afficha le récit trop souvent consulté des massacres de Bocai. Une histoire qui ne datait pas d'hier, et qu'elle connaissait par cœur ; elle n'avait pas besoin de lire le dossier. Mais elle s'attarda néanmoins sur le seul document visuel témoignant de cet événement : un plan fixe de survivants en haillons qu'on embarquait à bord d'une navette. Ce n'était pas le meilleur neuropic de tous les temps : un signal faible avait flouté le souvenir enregistré, transformant les détails les plus fins en neige sur l'écran. Mais même ainsi, on s'apercevait facilement que le traumatisme subi par ces gens les avait poussés au bord de la folie. Leurs regards absents, leur totale incompréhension... L'un d'eux, une petite fille qui se tenait seule à l'écart, était presque hors cadre. Elle avait l'air perdue, ses yeux bleu pâle semblaient assez anciens pour avoir assisté à la destruction de mondes.

Si c'est capable de penser, c'est indigne de confiance, se dit Cort.

Puis la projection hytex se brouilla, remplacée par un message vocal de l'ambassadeur qui demandait à la voir immédiatement dans son bureau.

Elle le trouva habillé pour aller au lit, en train de tourner comme un lion en cage, ou comme un homme profondément survolté qui croit le sol miné et envisage de se faire sauter, juste par dépit. Il était dans tous ses états ; au-dessus de son front luisant, ses cheveux tout aussi gras formaient une crinière en pétard. Whalekiller, arrivé avant elle, s'était prudemment placé hors de l'orbite de son patron pour échapper à la mitraille. L'intensité avec laquelle il examinait le plancher pouvait donner l'impression qu'il souscrivait lui-même à la théorie du champ de mines.

L'ambassadeur s'immobilisa dès qu'il aperçut Cort. Il lui lança un regard furieux, le visage rouge sang.

« Maître. On m'avait dit que vous étiez douée pour ce travail. On m'avait assuré que vous étiez une vraie professionnelle.

— C'est ce que je suis, répondit-elle, parfaitement calme.

— Je viens de passer trois quarts d'heure à apaiser mon homologue tchi. Il prétend que vous avez menacé un de ses conseillers, un certain Rhaig. S'agit-il d'une de ces balivernes auxquelles nous ont habitués les Tchis ou dit-il la vérité ?

— Je pense qu'il est sincère. »

Lowrey, qui s'attendait clairement à un démenti formel, en resta comme deux ronds de flan. Il s'approcha d'elle à moins d'un mètre.

« Qu'est-ce que ça signifie ?

— Ça signifie que leur ambassadeur, absent lors de notre rencontre avec Rhaig, ne dispose que de sa version des faits. Dans ce sens, il ne vous a donc pas menti. »

Lowrey examina les yeux d'Andrea, comme s'il espérait voir la réponse y défiler en caractères lisibles.

« Rhaig prétend que vous l'avez menacé d'un coup de poing.

— C'est faux. Je me suis contentée de décrire, de manière hypothétique, une situation de premier contact dans laquelle je le frappais au visage. Je n'ai jamais dit que j'en avais l'intention. Je m'en suis simplement servie pour poser ma question. »

Les joues de Lowrey se contractèrent.

« Rhaig y voit une tentative d'intimidation de votre part, il pense que vous cherchez à le faire renoncer à son soutien aux Catarkhiens.

— Rhaig n'a pas levé le petit doigt pour eux, pour l'instant. Par ailleurs, un autre membre de la délégation tchie assistait à l'entretien. Lui a compris sans la moindre difficulté la différence entre une question hypothétique et une menace bien réelle. »

Lowrey se calmait à présent ; mais comme la plupart des gens qui sentent leur colère s'estomper, il s'y raccrocha jusqu'au bout.

« Il affirme que le Dr Vayl témoignera en sa faveur. »

Cort soutint son regard, sans sourciller.

« Je n'aime pas beaucoup les Tchis, mais je respecte le Dr Vayl. Alors, tant que je n'aurai pas entendu ça de sa propre bouche, le conseiller Rhaig restera à mes yeux un raciste paranoïaque doublé d'un menteur. »

L'ambassadeur assimila ce qu'elle venait de lui dire, puis, après un hochement de tête tout juste perceptible, il retourna se réfugier derrière son bureau. Il s'y écroula dans son fauteuil, comme une masse.

« Merde, dit-il en tapotant le dessus de son bureau. Merde.

Merde. Merde. »

Et après une pause de plusieurs secondes :

« Merde. » Les fulminations d'à peine un instant plus tôt n'étaient plus qu'un souvenir, chassées par une lassitude si palpable qu'elle semblait avoir remplacé le sang dans ses veines. Ses traits s'affaissèrent, et ses yeux prirent dix mille ans d'un coup.

« Vous savez pourquoi le Corps diplomatique m'a nommé sur cette planète, maître ? Pas à cause de mes compétences en matière de premier contact. Ce n'est pas mon fort. Ça ne l'a jamais été. J'ai décroché ce boulot à l'ancienneté. Et en haut lieu, on a dû estimer que je ne pouvais pas faire trop de dégâts sur un monde peuplé d'êtres sourds, muets et aveugles. Personne n'a songé un instant que je serais capable de créer un incident diplomatique dans un contexte pareil. Rien sur cette boule de roc n'en valait la peine. »

Il soupira.

« Mais depuis, j'ai appris une chose : pour aggraver une situation, il suffit d'ignorer comment pense une autre espèce sentiente. »

Cort approcha d'une des chaises et s'assit.

« Avec tout le respect que je vous dois, monsieur l'ambassadeur, j'ai consacré toute ma carrière à l'arbitrage de conflits juridiques avec des cultures extraterrestres. Et je soupçonne fortement que le malentendu en question ne tienne pas tant au fait que le conseiller Rhaig soit un Tchi, qu'au fait qu'il soit un foutu trou du cul. »

Oublié dans son coin, Whalekiller s'efforça d'étouffer un rire, tandis que Lowrey le tançait du regard. Lui-même sembla avoir du mal à garder son sérieux.

« Il va nous en faire baver, maître. Il va exiger des sanctions.

— Ça ne change rien. Il en avait déjà l'intention, de toute manière. Depuis son arrivée. C'est son objectif. Il l'a pratiquement reconnu – il est de ceux qui veulent nous paralyser en nous infligeant un isolement diplomatique total. À moins que je me trompe, il espère exploiter la situation pour nous retirer toute influence en matière de politique interespèces. »

Lowrey pâlit.

« Il en a la capacité ?

— Non, bien sûr. Il reflète l'opinion d'un groupe qui reste marginal ; même parmi les siens, son autorité est loin de suffire pour imposer ce qui équivaudrait à un acte de guerre, pur et simple. Il compte juste se servir de notre échec sur Catarkhus – si nous échouons – pour rallier davantage de partisans à sa cause. Et je ne le laisserai pas faire, parce que je n'ai nullement l'intention d'échouer. La justice suivra son cours sur cette planète, que les Catarkhiens soient capables de l'exercer ou pas. »

Lowrey semblait presque effrayé à présent ; il affichait la même expression de lapin pétrifié que ses engagés avaient eue pendant la réunion de ce matin.

« Je pense que vous ne mesurez pas pleinement les risques. Il est plus influent que vous le croyez.

— Alors, il est d'autant plus important de régler ce problème. Et je m'en fais un devoir. »

L'ambassadeur soupira, joignit le bout de ses doigts et examina Cort comme un homme qui, venant d'embarquer sur une attraction, s'aperçoit qu'il est trop tard pour descendre.

« Comment comptez-vous procéder ? »

Elle se tourna vers Whalekiller.

« Vous m'avez bien dit que les Catarkhiens étaient rarement malades ?

— Oui. Ce sont des organismes assez simples, sur le plan cellulaire. Ils…

— Pas besoin d'entrer dans le détail. Même si c'est rare, ça arrive. »

Whalekiller sembla immédiatement sur ses gardes.

« Et alors ?

— On leur connaît des maladies mortelles ?

— Nous en avons inventorié quelques-unes. Pourquoi ?

— Je veux voir des Catarkhiens mourir. »

10

Le vide traversé par le glisseur n'était pas celui de l'espace. Mais on aurait pu s'y tromper. Il faisait nuit noire, sur un monde sans lumière artificielle, ce qui rendait le paysage au-dessous totalement invisible. Leur véhicule stabilisé leur épargnait les sautes d'humeur des conditions météorologiques, donnant à Cort l'illusion d'une absence de mouvement. Et grâce à la qualité de l'air filtré, aucune des odeurs locales si irritantes ne troublait son nez pourtant hypersensible. N'eût été son malaise inhérent à la présence de sentients, même à un degré infinitésimal, elle se sentait presque en sécurité, comme ce qu'on devait éprouver à l'intérieur d'un œuf. *Incroyable*, se dit-elle. *Apparemment, il suffisait que rien ne vienne rappeler l'existence d'une planète ou d'autres personnes pour améliorer l'ambiance générale.*

Ambiance que Whalekiller s'employa à perturber, alors qu'il fouillait bruyamment une petite armoire de rangement à l'arrière du glisseur, comme si l'avenir de la civilisation humaine dépendait de sa capacité à jouer des percussions avec tous les outils à sa portée. Pire, il insista pour bavarder.

« Comme il fait nuit, je propose de nous faciliter la tâche en changeant d'hémisphère pour trouver une ruche quelque part en plein jour.

— D'accord, répondit Cort.

— Bien sûr, sous terre, il fera sombre de toute façon ; où qu'on aille, des lampes frontales seront nécessaires. Mais la plupart des gens qui descendent en exploration se sentent rassurés par la présence du soleil à la surface. »

Il s'interrompit dans une cascade de bruits métalliques, étouffant un juron.

« C'est psychologique, je suppose.

— D'accord », répéta Cort.

À quatre pattes, Whalekiller sortit à reculons de l'armoire qu'il referma. Il se leva et cambra le dos d'une manière qui suggérait un patient réalignement de chaque vertèbre, une à une. Puis il s'écroula dans le siège à côté de Cort, semblant se confier aux bons soins de la pesanteur. Sa lassitude se lisait dans les cernes qui soulignaient ses yeux.

« Sinon, ça aurait pu attendre demain…

— Désolée. J'ai pensé profiter du fait qu'on était debout.

— Debout et claqué ; rien ne pressait. Vous ne dormez donc jamais ?

— Aussi peu que possible, répondit Cort.

— Mauvais rêves ?

— Mieux à faire. »

Se résignant, il fit mine de consulter l'écran qui affichait à présent une carte topographique des régions plongées dans l'obscurité qui défilaient sous le glisseur. Avec l'itinéraire programmé, la carte fournissait surtout au pilote l'illusion d'exercer encore une quelconque influence sur le contrôle du véhicule. Son échelle verticale, exagérée par souci de clarté, la rendait d'autant moins pertinente qu'elle transformait même les contreforts à la pente la plus douce en cimes himalayennes déchiquetées. Pratiquement inutile pour la navigation, elle s'avérait néanmoins un outil précieux pour se conforter dans l'idée qu'on gardait la main sur son glisseur. Mais l'expression de Whalekiller, alors qu'il fixait l'écran, semblait perdue à plus d'un égard... et plus lasse que la simple fatigue physique aurait pu l'expliquer.

Quand il reprit la parole, il ne se tourna pas vers Andrea.

« Bocai, hein ? » dit-il.

Une masse de plomb en fusion, composée à parts égales de colère, de gêne, de honte et de peur se matérialisa immédiatement dans la poitrine de Cort. Elle eut envie de le tuer.

« Vous avez enquêté sur moi. »

Il s'obstina à ne pas la regarder, terriblement absorbé par l'écran de navigation, comme s'il pensait y trouver un paysage grandeur nature où se cacher.

« Je n'ai pas eu à creuser beaucoup, maître. Je n'ai consulté aucune information confidentielle. Tout figure dans votre profil pour le Corps diplomatique, si on ne se contente pas d'un coup d'œil superficiel. Quelqu'un de suffisamment intéressé n'a pas à chercher bien loin.

— Personne ne vous a demandé de vous intéresser à moi. »

Les yeux de Whalekiller se posèrent brièvement sur elle.

« Je suis un exopsychologue. C'est mon job de fourrer mon nez dans les esprits singuliers. »

Aux oreilles de Cort, chacune de ses paroles résonnait comme une intrusion.

« Je ne suis pas une créature d'une espèce inconnue à étudier. Ni une énigme qu'il vous appartient de résoudre. »

Il la dévisagea, et bien que ses yeux fussent aussi secs que les siens, la tristesse qu'elle y lut sembla, à l'instar de la sienne, bien trop grande pour s'y être accumulée en une seule vie.

« Nous sommes tous des créatures d'une espèce inconnue ; tous des énigmes. Et si on ne se comprend pas, le moins qu'on puisse faire, c'est d'essayer. »

Il s'interrompit une seconde, comme s'il croyait l'avoir convaincue. Puis, semblant s'apercevoir qu'il n'en était rien, il haussa les épaules, un geste inexpressif pour ce moment dépourvu d'émotion. De nouveau concentré sur l'écran de navigation, il reprit :

« Ça n'a aucun sens. Deux petites communautés. L'une humaine, la seconde composée de sentients autochtones. Elles cohabitent pendant vingt ans dans une région reculée de la planète mère des autochtones, apparemment en parfaite harmonie. Les deux espèces ont des échanges commerciaux, elles communiquent entre elles, chacune participe à la vie sociale de l'autre ; leur compatibilité psychologique est telle qu'elles en viennent à se persuader que rien ne les sépare sur ce point. Elles s'entendent si bien que deux familles, avec l'approbation de leurs dirigeants respectifs, décident de mener une expérience : chacune élèvera les enfants de l'autre. Ensuite, à la surprise de tous... »

Il secoua la tête.

« Vous rappelez-vous seulement comment ça a commencé ? Ce qui a déclenché ce déchaînement de haine et de violence entre les deux communautés ? Et pourquoi... »

Elle le coupa, mettant dans sa voix toute l'acidité dont elle se sentait capable.

« J'ai déjà répondu à ces questions, monsieur Whalekiller. »

Mais il poursuivit, imperturbable.

« Vous avez déclaré ne vous souvenir de rien. D'après mes renseignements, c'est ce qu'ont affirmé tous les survivants. Oh, ils se sont montrés intarissables à propos des horreurs perpétrées par chaque bord... mais rien sur ce qui avait déclenché la tuerie. Personne n'a émis de théorie qui tienne debout. Moi, ce que je constate, c'est qu'une petite fille, avec un pied dans chaque communauté, en est sortie avec la haine des humains et des Bocaïens chevillée au corps. »

Il se détourna de l'écran de navigation, et la cloua du regard.

« C'est ce que vous m'avez dit. Vous *êtes* une énigme. Bien plus que Sandburg.

— J'avais huit ans. C'est loin », se défendit-elle mollement, comme chaque fois qu'on l'interrogeait sur cet été abhorré.

Elle détestait ce ton.

« Non. Je n'ai qu'à vous regarder pour m'apercevoir que ça continue de vous hanter. »

Le fils de pute. Cort mourait d'envie de lui faire rentrer sa maudite curiosité dans la gorge, mais elle ne trouva rien à lui rétorquer.

Puis il la stupéfia en ajoutant :

« Nous avons beaucoup en commun, vous et moi. Vous seriez surprise… »

11

Whalekiller avait choisi une ruche (« Calcutta », précisa-t-il) nichée dans une chaîne de collines couleur rouille, quelque part dans la ceinture tempérée de l'hémisphère sud de Catarkhus. Le sol caillouteux craquait sous leurs pas, le genre de terrain qui aurait éliminé la possibilité d'une approche furtive, si la surdité des autochtones ne la rendait pas complètement inutile. La végétation, clairsemée et rabougrie, semblait n'avoir de pied ici que par pure obstination. On accédait à la ruche par un tunnel hélicoïdal. À part une poignée d'empreintes catarkhiennes, rien n'indiquait la présence d'un lieu de vie souterrain.

Cort hésita quand, la descente à peine entamée, ses chevilles s'enfoncèrent dans le sable, bien plus mou que celui du désert qu'elle venait de laisser derrière elle. Elle continuait d'en vouloir à Whalekiller et aurait préféré ne pas avoir à lui parler, mais la nécessité en décida autrement.

« C'est solide là-dedans ? »

Whalekiller, voyant Cort sur le point de trébucher, la retint en la tirant vers lui par le haut du bras.

« Ne vous inquiétez pas, maître, les murs n'utilisent pas le même matériau ; ils s'écrouleraient dans la seconde. C'est juste un revêtement de sol que les Catarkhiens se procurent dans une sablière des environs. C'est une sorte de gravier, beaucoup plus dur, qui renforce les parois. Ils l'obtiennent ailleurs. Après un traitement de nature biologique, ils le liquéfient pour le transformer en un genre de ciment malléable. La conception est entièrement différente de celle de la ruche de leurs cousins que je vous ai déjà montrée. Mais elle se trouvait dans l'hémisphère nord, où ils n'exploitent pas les mêmes matières premières. »

Elle se dégagea de Whalekiller et s'assura de ses appuis en avançant d'un pas. Bien que la surface lui parût toujours incommode pour des pieds humains, elle décida de s'y fier. Au bout de plusieurs pas, elle plissa les yeux.

« Ça signifie que leur comportement n'est pas entièrement inscrit dans leurs gènes.

— Pas entièrement, vous avez raison. Ils sont sentients, après tout, ce qui leur permet d'ignorer leur instinct en cas d'absolue nécessité. Mais plus qu'une réelle capacité d'innovation ou d'apprentissage, c'est un moyen de réviser, à l'échelle de chaque groupe, les pratiques de survie. Par exemple, contrairement à leurs cousins de l'hémisphère nord, les habitants de cette ruche ne possèdent pas de terres arables dignes de ce nom. Ils subsistent grâce à un genre de levure à l'odeur nauséabonde qu'ils cultivent dans des cuves d'eau souterraine à cinq cents mètres sous nos pieds. C'est répugnant, mais ça les nourrit.

— Ça démontre bien une certaine faculté d'adaptation, insista Cort.

— Très limitée. Si vous prenez quelques Catarkhiens de cette ruche au hasard pour les transplanter dans celle que je vous ai montrée, la plupart mourront de faim. Quelques-uns réécriront leur logiciel personnel en accord avec ce nouveau paradigme ; ils s'épanouiront là-bas, tout en perdant ce qui leur permettait de survivre ici. Rien de tout ça ne les prépare à affronter un facteur totalement aléatoire, comme un effondrement, un cinglé venu d'un autre monde qui se met à les découper en morceaux, ou...

— Être appelé à faire partie d'un jury », dit Cort.

Il hocha la tête.

« Oui. »

C'était, après tout, le problème qui les occupait.

À mesure qu'ils s'enfonçaient, même l'ombre du jour les abandonna. Leurs lampes frontales ne fournissaient qu'un pis-aller, les parois de pierre paraissant se dérober à toute forme d'éclairage. De timides ronds de lumière s'attachaient aux pas de Whalekiller et Cort. Mais ils semblaient hésitants et craintifs, comme s'ils rechignaient à s'imposer et à bannir complètement les ténèbres d'un endroit où ils n'étaient clairement pas les bienvenus. La situation ne s'améliora pas lorsque les deux humains croisèrent leurs premiers Catarkhiens. Ils avançaient sur une seule file, vaquant machinalement à leurs occupations sans s'apercevoir de la présence des deux intrus.

« Comme ils n'ont pas de fermes à la surface, ils ne montent pas plus haut, en général, expliqua

Whalekiller. À part pour chercher des matériaux de construction, ils ne sortent pas beaucoup. J'appellerais ça une différence culturelle, si j'étais prêt à croire que la culture a quoi que ce soit à y voir. »

Cort songea aux diplomates sur cette planète, dont le rôle semblait souvent se résumer à dénigrer les autochtones pour leurs limitations. Elle ne leur jetait pas la pierre ; plus elle en apprenait sur cette espèce, plus elle en venait à la considérer comme une porte fermée, sans clé disponible.

Plus bas, la qualité de l'air commença à se dégrader. Ils croisèrent d'autres Catarkhiens ; certains occupés, d'autres immobiles, peut-être endormis ; des Catarkhiens agenouillés face à face, liant les cils de leurs membres inférieurs. Rien ne distinguait les paires entre elles. Bien qu'on ait assuré Cort de la complexité et de la sophistication de leurs conversations, rien dans leur attitude ne permettait à un observateur humain de se faire une idée de leur contenu. Prières, négociations, échanges de plaisanteries ou de blagues salaces, discussions houleuses… impossible à savoir. En revanche, la discipline excessive et robotique rencontrée dans les niveaux supérieurs semblait absente de ces échanges. Quoi que se disaient ces Catarkhiens-là, ils se trouvaient dans une zone d'habitation et apparaissaient plus détendus. De là à parler de sentience… Mais c'était un début.

« J'appelle ça la Grand-Rue, dit Whalekiller. Dans la plupart des ruches, on retrouve un quartier comparable où ils ont ce qui leur fait office de vie sociale.

— Va-t-on bientôt voir un mourant ? demanda Cort.

— Ce n'est pas si facile. Comme je l'ai déjà dit, les Catarkhiens ne tombent pas souvent malades ; ça arrive, mais en général ils finissent par s'écrouler de vieillesse.

— Et c'est différent ici ?

— Oui. La cochonnerie qu'ils cultivent dans leurs cuves a tendance à devenir septique, si on la laisse mariner trop longtemps. Les Catarkhiens sont exposés aux infections. Cette ruche présente un taux de mortalité nettement supérieur à celui observé partout ailleurs. En fait, je suis déjà venu plusieurs fois et j'ai vu ce qu'ils font aux malades. Suivez-moi… »

Au fur et à mesure de leur progression dans une nouvelle série de tunnels, les Catarkhiens se firent de plus en plus rares. L'air presque irrespirable les obligea à enfiler des masques qui leur couvraient la bouche et le nez et distillaient l'oxygène. Ils descendirent encore ; ils se servirent de cordes pour franchir un puits presque vertical. Cort se demanda jusqu'où s'étendait la ruche et comment elle parvenait à résister au poids de toute cette terre qui pesait sur elle. Elle en eut le vertige. Mais alors qu'elle commençait à douter du sens de l'orientation de son guide, ils arrivèrent à ce qu'il avait baptisé le Mouroir.

12

C'était une longue salle étroite où une masse de Catarkhiens semblaient se disputer avec la dernière énergie le droit d'occuper la même place en même temps. Tous cherchaient à atteindre le milieu, où ils disparaîtraient sous leurs congénères. Le spectacle évoquait des asticots grouillant sur une charogne. Leur nombre et l'espace réduit donnaient l'impression d'une mer de corps. Chaque nageur plongeait dès qu'il en avait la possibilité, pour réapparaître dès qu'on l'éjectait. À la surface flottaient quelques cadavres, mais Cort ne parvint pas à détacher son regard d'un individu aux membres brisés, agité de mouvements convulsifs. Constamment précipité hors de la foire d'empoigne, il repartait sans se décourager à l'assaut du Mouroir, où ses congénères l'expulsaient, une nouvelle fois.

Andrea Cort avait déjà vu des créatures sentientes s'entretuer, des gens qu'elle aimait qui, pour la protéger, avaient commis des actes rendant jusqu'au souvenir de leur visage insoutenable. Elle avait visité des mondes ravagés par la pauvreté, des planètes où la guerre, la famine et la maladie avaient fauché des populations entières. Ces fléaux avaient laissé dans leur sillage des survivants aux yeux caves, soulagés d'être encore debout, affaiblis et sans défense pour affronter la suite. Elle s'était endurcie, tentant vainement de devenir cette personne que plus rien ne choque. Mais elle avait découvert que de nouvelles horreurs parvenaient toujours à se glisser par les failles dans sa carapace. Elle en voyait un exemple.

« Qu'est-ce qu'ils fabriquent ?

— Ça va ?

— Non, ça ne va pas. Qu'est-ce qu'ils fabriquent ? répéta-t-elle.

— Ils se mettent à l'isolement. Il n'existe presque pas de maladies infectieuses chez les Catarkhiens – ils semblent immunisés, et la plupart des chercheurs n'ont jamais réussi à en observer. Mais dans les rares cas qui se produisent, ils déclenchent immédiatement une quarantaine. La majorité des ruches que nous avons explorées possède une salle réservée à cet usage. En général, on n'y trouve pas plus de trois ou quatre patients. S'ils guérissent, ils rejoignent leurs congénères ; sinon, ils meurent, et sont emmurés là où ils s'écroulent.

— Mais ici, ça ne se passe pas comme ça.

— Visiblement, non. Malheureusement pour ces pauvres bougres, leur petit problème d'intoxication alimentaire réveille leur instinct de mise en quarantaine. Et leurs actes sont tellement régis par ce qui est inscrit dans leurs gènes qu'ils sont incapables de construire des salles plus vastes quand la demande l'exige. Ils vont s'entasser les uns sur les autres jusqu'à ce qu'ils soient réduits à l'état de fruits vidés de leur jus. »

La comparaison arracha une grimace à Cort.

« C'est horrible.

— Ils sont comme ça. »

Elle continua à regarder un peu plus longtemps, songeant qu'elle devrait peut-être réviser ses sentiments à propos de la sentience. Certes, elle s'accompagnait d'une formidable aptitude au mal et à la folie ; ce terreau avait produit des tragédies comme Vlhan et Bocai. Mais l'instinct, purement mécanique, pouvait s'avérer bien pire. Imperméable à la logique. Pire encore lui semblait l'idée de créatures sentientes esclaves. Elle préférait ne pas savoir si les Catarkhiens qui s'affrontaient sous ses yeux avaient conscience de ce qu'ils faisaient. Les deux possibilités lui paraissaient aussi terribles l'une que l'autre.

« Et si un infecté est trop malade pour se déplacer ?

— Ils s'aperçoivent qu'ils sont atteints avant de manifester des symptômes. Mais s'ils ne se présentent pas par leurs propres moyens, on les traîne ou on les porte jusqu'ici. »

Elle concentra son attention sur un Catarkhien amaigri et ensanglanté. Sur ses six membres, trois pendaient de son torse, désarticulés et couverts de sang, aussi souples que des cordes. Son état de faiblesse l'avait chassé de la mêlée ; il n'avait clairement plus la force de se battre pour atteindre l'endroit où il devait mourir. Tenant à peine debout, il continuait pourtant de se lancer à l'assaut de la masse grouillante de corps, avant de retomber en arrière en chancelant. Il faisait peine à voir, mais, esclave de son instinct, il ne parvenait pas à renoncer, même quand un autre de ses membres se brisa dans un bruit sec. Il recula en tremblant, secoué de mouvements convulsifs, le temps de réunir la volonté suffisante à une nouvelle tentative.

Se surprenant elle-même, Cort se précipita vers le Catarkhien à terre, l'empoigna par les membres postérieurs et se mit à l'entraîner à l'écart de l'agitation, vers le seuil de la salle. En protestation, le mourant enfonça deux de ses membres antérieurs dans le sol du tunnel, creusant deux sillons profonds sur le sable, alors que Cort l'éloignait de la destination vers laquelle le guidait son instinct, envers et contre tout. Le geste semblait plus tenir du réflexe que d'une réelle réticence. À part ça, il ne parut pas se soucier de ce qui lui arrivait ; il ne se débattit ni ne s'affola, il ne chercha pas à lui donner des coups de griffes pour se libérer. De manière typiquement catarkhienne, il ignora simplement ce qui tentait de freiner sa progression, comme si cela n'existait pas.

Whalekiller se précipita aux côtés de Cort et attrapa à son tour le Catarkhien.

« Vous pouvez m'expliquer ?

— Je jette un coup d'œil, répondit-elle.

— Vous ne pensez tout de même pas pouvoir faire quelque chose pour lui ? Regardez-le. Il s'accroche à la vie comme à une mauvaise habitude à laquelle il est prêt à renoncer.

— Je vois ça. Mais tenez-le quand même. Je veux comprendre une chose. »

Elle tendit les membres postérieurs du Catarkhien à Whalekiller, puis contourna tant bien que mal le corps pour se retrouver devant le masque impassible avec son entonnoir creusé au milieu. Elle savait qu'une expression faciale n'était qu'une structure anthropomorphique illusoire, à laquelle on ne pouvait même pas se fier pour connaître l'âme humaine. S'agissant des autres formes de vie sentientes, son expérience lui avait appris que c'était encore plus vrai. Néanmoins, elle se surprit à scruter la créature sans visage, sans nez et sans yeux, pour y découvrir comment elle ressentait une telle intrusion. Chassant cette pensée, elle agrippa les bords de la bouche-entonnoir à deux mains.

Whalekiller immobilisa le Catarkhien sans difficulté.

« Au risque de me répéter, maître : vous pouvez m'expliquer ?

— J'envoie un message. »

Dans les cils autour de la bouche, du sable ramassé sur le sol du tunnel se mêlait au sang et à d'autres sécrétions corporelles. Pensant aux équivalents humains, Cort eut un haut-le-cœur, mais elle passa néanmoins ses mains à travers les petits doigts qui ondulaient. Elle décrivit deux tours complets de la bouche, puis elle s'agenouilla, saisit les membres antérieurs plantés dans le sable et répéta l'opération avec les cils présents à cet endroit. Ils étaient encore plus humides ; quand elle retira ses mains, ses gants luisaient dans l'éclat de la lampe. Ceux de Whalekiller également.

Enfin, elle se releva et s'écarta.

« J'ai terminé. Vous pouvez lui rendre sa liberté. »

Il lâcha le Catarkhien, qui se mit immédiatement à agiter ses membres cassés, luttant avec l'énergie du désespoir pour rejoindre le Mouroir dont on l'avait chassé déjà tellement de fois. À sa vitesse actuelle, et avec son endurance apparente, il y parviendrait peut-être d'ici à une heure. Cort n'aurait pas parié que le jeu en valait la chandelle.

« J'aimerais vraiment qu'on puisse faire quelque chose pour lui, regretta-t-elle. Pour eux tous. »

Whalekiller la rejoignit.

« On vous a déjà confié une mission impossible sur cette planète. Tâchez de vous en contenter.

— Ça n'empêche pas que je me sente concernée, répondit-elle avec une tristesse si palpable que sa voix se brisa. Je n'aime pas la mort.

— Moi non plus. »

Bien que sincère, son empathie fit l'effet à Cort d'un couteau s'enfonçant dans une plaie ancienne.

« Mais parfois, quand on l'a vue assez souvent en face, on arrête d'y penser. C'est ce qui s'est passé sur mon monde d'origine. Et ici, avec les Catarkhiens, on finit par adopter un certain détachement. Il y a…

— Sortez-moi de là », le coupa-t-elle.

Il cligna des yeux, surpris par la fermeté retrouvée de sa voix. L'espace d'un instant, on eût dit qu'il allait s'obstiner à l'accabler de sa compassion. Pour finir, il se redressa, hocha la tête et la précéda dans le tunnel qui les ramènerait à la surface.

Mais sur le chemin de la sortie, les Catarkhiens les attaquèrent.

13

Avant même que l'humanité rencontre ses premiers sentients extraterrestres, la culture populaire homsap regorgeait de scénarios où d'héroïques protagonistes humains résistaient aux assauts par vagues successives de monstres en maraude.

La trame de ces fictions présupposait immanquablement que les monstres en question représentaient un quelconque danger.

Cort et Whalekiller ne s'aperçurent de la réalité de l'attaque qu'au bout de plusieurs minutes. Dans un premier temps, ils crurent que les Catarkhiens aveugles butaient accidentellement contre eux. Leur lenteur semblait démentir toute organisation, toute intention, donnant simplement aux deux humains l'impression de devoir jouer des coudes à travers une foule importante pour quitter la ruche. En fait, leur fragilité obligea surtout Cort et Whalekiller à ne pas se débattre avec une vigueur excessive.

« Je n'en reviens pas, s'étonna Whalekiller. Ils ont remarqué notre présence. »

Cort avait soupçonné cette possibilité.

« Ils ne peuvent pas nous empêcher de passer, j'imagine ?

— Ce ne sera pas notre plus gros problème. »

La tête d'un Catarkhien heurta Whalekiller en pleine poitrine, à la manière d'un bélier, mais sans le freiner le moins du monde. Un autre l'attrapa par le bras ; il n'eut qu'à le plier pour soulever la frêle créature, qui le lâcha et tomba, les membres empêtrés. De nouveaux Catarkhiens piétinaient déjà leur congénère, prêts à prendre la relève, toujours à leur allure de tortue. Whalekiller se plaqua contre la paroi.

« Vous voyez le problème ? Face à eux, nous possédons la force de héros mythologiques. Tant que l'étroitesse du tunnel les empêche de nous submerger par le nombre, nous pouvons les terrasser par centaines. Notre principal souci, c'est de limiter les dégâts. À moins de vouloir partager la cellule de Sandburg.

— Ça l'amuserait, commenta Cort.

— Peut-être, mais distraire les meurtriers ne figure pas sur la liste de mes ambitions dans l'existence. »

Ils continuèrent de longer le mur, presque imperméables aux tentatives des Catarkhiens massés pour les repousser. Si lents soient-ils, ils semblaient dans tous leurs états, désespérés même, possédés par l'absolue nécessité de retenir les deux humains. Mais en dépit de sa férocité, leur attaque se révélait aussi inoffensive que celle d'animaux de papier. Par pur réflexe, le souvenir des massacres de Bocai s'imposa soudain à Cort. Mais sur Bocai, deux espèces de force équivalente s'étaient retournées l'une contre l'autre, en proie à un accès de démence réciproque ; leur affrontement avait ressemblé à tant d'autres du même genre, rempli de centaines de drames dont l'issue – qui survivrait – reposait le plus souvent sur un unique facteur : qui délivrait le coup mortel en premier. Là, on avait affaire à quelque chose de complètement différent : une guerre sans merci déclenchée par un ennemi aveugle, qui possédait à peine la puissance d'une brise frôlant la peau. Ce n'était pas tant de la violence que du délire.

Puis l'un des Catarkhiens se jeta contre Whalekiller et lui érafla le visage d'un de ses membres antérieurs. Ce dernier poussa un hurlement et eut un mouvement de recul, portant la main à ses yeux.

« Merde !

— Qu'est-ce qui s'est passé ? demanda Cort.

— Il a eu de la chance... il m'a eu, en plein dans l'œil. Ce fumier aurait pu m'éborgner, s'il avait su ce qu'il faisait. Ça fait un mal de chien.

— Ça va ?

— À votre avis ? Je n'y vois plus rien de cet œil ! Faites gaffe, vous aussi. »

Les Catarkhiens s'agglutinaient, toujours plus nombreux, ils bouchaient le tunnel en formant un rempart de leurs corps. Ils représentaient un obstacle infranchissable à présent, à moins de les tailler en pièces. Ils continuaient néanmoins d'offrir une vision plus comique qu'effrayante ; devant la façon qu'avaient leurs entonnoirs de se tendre vers les humains, Cort ne put s'empêcher de songer à un orchestre de trompettes en colère. Une idée folle germa dans son esprit : si tous ces instruments se mettaient à jouer en même temps, ils produiraient une seule et même note d'une justesse absolue. Alors, tout deviendrait clair ; les exolinguistes comprendraient enfin ce monde qui les avait toujours plongés dans la perplexité. Puis une autre idée vint chasser la première : si les Catarkhiens silencieux avaient pu faire un bruit, n'importe lequel, ils auraient poussé des cris de fureur.

Ces Catarkhiens les haïssaient. Eux, les intrus. Les démons invisibles.

« En arrière ! lança-t-elle à Whalekiller. Vers le Mouroir !

— On sera coincés ! protesta-t-il.

— Justement ! Faites ce que je vous dis ! »

Whalekiller rechignait à s'exécuter, mais le rempart de corps formé par les Catarkhiens pour les empêcher d'avancer se transformait en déferlante. Il eut l'impression que des êtres de papier pleuvaient sur lui, l'ensevelissant peu à peu. Par leur seule obstination, les Catarkhiens l'obligeaient à reculer. Avec un juron, il tendit la main vers Cort, qui l'empoigna pour l'entraîner vers le Mouroir. Les Catarkhiens les suivirent, plus comme des bergers qui ramèneraient un troupeau indiscipliné à l'enclos, que comme des créatures cherchant à submerger un ennemi. Whalekiller et Cort les distancèrent aisément.

Se tenant toujours l'œil, il poussa un grognement incrédule.

« Qu'est-ce qu'il y a ? demanda Cort.

— Je crois que ce petit saligaud m'a éborgné.

— Ça se soigne. »

Même s'il perdait complètement son œil, la clinique de l'ambassade pouvait lui en fabriquer un nouveau en une nuit.

« Ça fait quand même super mal. »

Une précision inutile, dans la mesure où il s'était mis à tituber et avait besoin du soutien de Cort.

Alors qu'ils approchaient du tunnel latéral qui accueillait le Mouroir, leurs poursuivants restèrent en retrait, libérant de l'espace et les laissant en paix, tant qu'ils continuaient à avancer dans la bonne direction. À un moment, les genoux de Whalekiller cédèrent ; les ombres de Catarkhiens surgirent de tous côtés ; Cort le força à se redresser et l'entraîna plus loin ; les ombres se retirèrent. La fureur des autochtones, si difficile à discerner soit-elle, sembla refluer, remplacée par une sorte d'intérêt poli.

Juste avant d'arriver au Mouroir, à quelques mètres de l'endroit que des Catarkhiens à l'agonie se disputaient farouchement, Cort et Whalekiller s'écroulèrent, à bout de souffle.

« C'est bien ma... veine, haleta-t-il. Des centaines... de diplomates... courent... dans tous les sens... sur ce tas de boue... sans qu'un seul... Catarkhien... remarque l'un d'entre eux... et c'est moi... la pauvre cloche... qui finis par établir le premier contact... »

Cort se releva en vacillant, la tête lui tournait. Elle vit des dizaines de Catarkhiens souffrants qui cherchaient à entrer coûte que coûte dans un espace visiblement insuffisant pour les accueillir tous. Leurs corps, éclairés par les lampes frontales, luisaient du sang des blessures qu'ils s'infligeaient dans cette guerre totalement vaine. Sous la mêlée, le sol lui-même en était trempé. Concentrant son attention sur ce sang, elle se remémora une mer de sang versé comparable ; une façon bien inutile de remuer des souvenirs bouleversants, mais indispensable pour lui insuffler la force que donnait la colère.

« Vous avez pu appeler les secours ? »

Whalekiller tapota le micro à sa gorge.

« Je m'y emploie. »

Au bout de deux minutes de subvocalisation pleine d'angoisse, il annonça :

« Arrivée estimée dans trois heures, à condition que Lowrey... parvienne à réunir rapidement son monde. Peut-être moins... si une équipe de terrain intercepte le message. On est hors de danger, si ces saletés nous fichent la paix.

— Les Catarkhiens nous laisseront tranquilles, répondit-elle. Et dites aux secours d'apporter des combinaisons de protection ; ce sera nécessaire pour sortir sans risque. »

Il se figea, la scrutant pendant de longues minutes de son œil valide. Un regard froid, qui la jaugeait, un chaudron d'émotions bouillonnantes allant de la pitié au dégoût ; le genre d'expression qu'on réserve à quelqu'un, une fois qu'on a décidé qu'il n'appartenait pas à l'humanité, mais à une espèce plus ancienne, un prédateur éteint avant que le premier homme taille son premier gourdin dans un os.

Cort n'éprouva aucune difficulté à l'affronter, principalement parce qu'elle l'avait déjà rencontrée, cette expression, par intermittence, pendant la majeure partie de sa vie. La première fois, dans les yeux d'un sauveteur ; elle avait à peine huit ans. Et bien qu'elle n'y soit pas indifférente, elle s'en accommodait. Bien obligée.

« Vous saviez ce qui allait se produire, fit Whalekiller, d'une voix blessée, trahie. Vous vous y attendiez.

— Je m'attendais à quelque chose de ce genre. Ça règle pas mal de problèmes.

— Et vous n'avez pas jugé utile de me mettre dans la confidence ?

— Je n'étais sûre de rien. Je ne voulais pas me tromper. »

Il grimaça plus fort, davantage d'écœurement que de douleur, mais il transmit le message à l'équipe de secours.

Elle s'assit de nouveau, s'adossa à la paroi du tunnel et s'absorba dans un silence uniquement troublé par les Catarkhiens qui se déchiraient pour le droit à mourir dans une quarantaine splendide.

14

Les Catarkhiens cessèrent de les importuner. Tant que les deux humains gardaient une distance raisonnable avec le Mouroir, ils les laissèrent tranquillement mijoter, chacun dans sa détresse respective.

Whalekiller s'enferma d'abord dans le silence. Mais sa résolution d'ignorer Cort ne résista pas à l'anesthésique qu'il s'injecta pour atténuer la douleur. Au lieu de l'assommer ou de le rendre moins cohérent, il eut pour effet de libérer un flot de paroles; son ton absent, détaché, donnait l'impression d'entendre des dépêches en provenance d'un pays tellement lointain que son existence n'intéressait que quelques spécialistes pointus. Il parla un peu de son monde d'origine, Greeve, une planète dominée par un océan paisible dont quelques rares îles mouchetaient la surface. Il expliqua que son nom faisait allusion à d'immenses animaux des profondeurs. Il leur arrivait de s'aventurer assez longtemps dans les hauts-fonds pour fournir aux colons la seule source de nourriture qu'ils n'avaient pas à produire synthétiquement, à faire pousser ou à importer d'outre-planète. Si l'anesthésique lui avait délié la langue, il n'oubliait apparemment pas qu'une représentante du bureau du procureur général l'écoutait. En effet, il répéta à Cort une bonne vingtaine de fois que ces baleines ne devaient qu'à leur ressemblance physique d'avoir été baptisées en référence à l'espèce terrestre éteinte. Elles n'étaient pas sentientes. C'était absolument impossible. Elles n'étaient pas en voie de disparition. Il s'en fallait de beaucoup. Les chasser n'avait rien de criminel. Elles n'étaient qu'une source de viande ambulante. Rien de plus.

Il était innocent. Vraiment. Comme eux tous. Greeve était un endroit où il faisait bon vivre : un paradis.

Malheureusement, à la lumière d'éléments nouveaux, la classification de non-sentience avait été remise en cause. Et la chasse à la baleine pratiquée sur Greeve avait rejoint la longue liste des crimes perpétrés par l'Homsap contre d'autres êtres pensants.

« Je ne savais pas, murmura Whalekiller. C'était chez moi. »

Cort ne lui fit pas remarquer qu'il s'était vendu au Corps diplomatique pour quitter sa précieuse planète. Ç'aurait été malvenu : elle avait fait le même choix pour échapper à sa culpabilité. Elle en connaissait le prix.

Au bout d'un certain temps, Whalekiller se plaignit que son œil blessé manifestait une sensibilité anormale à la lumière. Il lui demanda si elle voulait bien qu'ils restent dans le noir un moment. Comme elle n'y voyait aucun inconvénient, ils éteignirent leurs lampes frontales. Les ténèbres s'abattirent sur eux. Les bruits des Catarkhiens malades et mourants qui se bousculaient à l'entrée du Mouroir n'avaient pas cessé ; des sons humides, violents, à vous retourner l'estomac. Cort, assise en tailleur et adossée à la paroi du tunnel, se boucha les oreilles. Pas à cause des Catarkhiens, mais pour chasser les cris, encore plus proches, d'humains et de Bocaïens qui s'écharpaient, ailleurs, sur un autre monde, il y a une éternité.

Whalekiller s'était trompé en pensant qu'elle avait tout gardé en mémoire. Elle ne se souvenait que d'une chose : sa haine envers eux. Du haut de ses huit ans, elle avait représenté un symbole vivant de l'harmonie interespèces ; elle jouait avec les enfants bocaïens, elle mangeait avec eux, et elle amusait ses parents humains par sa facilité à fredonner les chansons des autochtones. On lui avait même attribué un nom bocaïen, pour marquer son adoption honoraire au sein d'une famille bocaïenne. Un nom qu'elle avait appris à prononcer, malgré des différences d'appareils phonatoires considérables qui transformaient en un pataquès presque comique tout dialogue. Elle les avait aimés comme sa propre famille, et ils le lui avaient bien rendu. Mais ensuite, elle les avait haïs, et eux l'avaient haïe ; elle avait été trop petite pour participer, pour se battre, pour tuer et pour brûler, quand chaque communauté avait décidé d'anéantir l'autre, sans raison apparente, un jour ordinaire. Elle avait vu la tête de son père réduite en bouillie sous les coups d'outils de ferme bocaïens soudain transformés en gourdins ; sa mère, déchiquetée par des mains brusquement devenues des griffes. Andrea, trop jeune pour s'en mêler, et terrifiée à l'idée que ces monstres l'attaquent et la détruisent à son tour, s'était réfugiée dans un recoin sombre. Elle avait regardé, écouté, haï, attendu son heure. Elle n'était sortie de sa cachette qu'au moment où le Bocaïen qu'elle considérait comme son second père s'était éloigné des combats en rampant. Quand elle l'avait vu, à terre, couvert de sang et sanglotant, sans défense, elle avait émergé de son petit coin sombre et avait baissé les yeux sur le monstre qui l'avait un jour appelée sa fille. Elle l'avait haï, profondément ; elle avait voulu le supprimer, effacer l'idée même de son existence de l'univers. Dans ses derniers instants, il l'avait suppliée. La folie qui s'était emparée des deux communautés avait peut-être déjà commencé à refluer chez lui. Mais pas chez elle.

Après ce jour-là, elle n'avait plus eu envie d'appartenir à une famille. Plus jamais. Plus de planète. Plus jamais. Plus d'amis. Plus jamais. Et sa confiance envers les espèces sentientes avait disparu. Y compris la sienne. Plus jamais.

Remplacée par une obsession : combattre les monstres.

Elle n'avait pas trouvé d'autre moyen de se racheter, après avoir été l'un d'eux.

Fermant les yeux, elle pressa ses mains plus fort contre ses oreilles, et se réfugia dans un endroit secret où le temps et le sang n'existaient pas. Une éternité plus tard, elle sentit qu'on la secouait par l'épaule. L'espace d'un instant éprouvant, son cœur se serra, comme si elle s'attendait à devoir affronter un Catarkhien, pleinement conscient de sa présence et bien décidé à la faire payer pour les crimes d'Emil Sandburg. Ou pire, un Bocaïen, venu lui demander des comptes à travers les âges, pour les crimes de son passé. Mais quand elle ouvrit les yeux, elle vit un Tchi : pas un de ceux qu'elle avait rencontrés ; un individu plus jeune, moins grand, qui plissait ses yeux gris d'un air de franche confusion.

« Vous êtes blessée, maître ? »

Elle regarda derrière lui : une femme menue s'occupait de Whalekiller, tandis qu'un Riirgaan observait, bouche bée, l'émeute qui faisait rage à l'entrée du Mouroir. Un écran IA-source flottait entre eux, affichant des symboles qui exprimaient la fascination et le désarroi.

« Vous êtes blessée ? » répéta le Tchi.

Elle sentit un tiraillement aux coins de sa bouche.

« Mes blessures sont anciennes. »

Elle laissa le Tchi l'aider à se relever.

« Et Whalekiller ? ajouta-t-elle.

— Il a subi une blessure à l'œil. Douloureuse, mais moins grave qu'il y paraît. Il n'aura probablement même pas besoin d'une greffe. Il est sous le choc, rien de plus.

— Je préfère ça », dit Cort.

Bizarrement, elle était sincère.

« Vous avez eu du mal à descendre ? Les Catarkhiens ont cherché à vous en empêcher ?

— Les Catarkhiens se sont conduits comme des Catarkhiens. Ils ne nous ont même pas remarqués. Je serais curieux d'apprendre ce qui les a poussés à agir différemment avec vous.

— Ils vont remettre ça, si vous n'avez pas apporté de combinaisons de protection.

— C'était précisé dans votre appel. Elles sont là.

— Bien.

— Ce sera intéressant de voir si vous avez raison, ajouta le Tchi.

— J'ai raison », répondit Cort.

Elle ne parlait pas que des combinaisons, mais elle ne jugea pas utile de l'en informer.

15

Le Conseil interespèces se réunit cinq jours plus tard.

Ce n'était pas un procès. Personne ici n'aurait osé employer ce mot. Un procès impliquait le droit d'en tenir. Audience ne convenait pas non plus : même ce terme aurait conféré un poids officiel aux conclusions, quelles qu'elles soient, qu'on risquait d'en tirer. C'était donc une réunion, rien de plus.

Les Bursteenis, découvreurs de Catarkhus, lui avaient aussi donné son nom ; les premiers, ils avaient émis l'hypothèse de la sentience de ses habitants. Le conseil avait décidé de tenir séance dans leur ambassade, située dans un désert de sel. Le bloc sans fenêtres et sans grâce, coiffé d'un toit plat et quasiment vide à l'intérieur, évoquait une caverne. Rien ne semblait y refléter le caractère des Bursteenis qui, en général, aimaient le luxe chez eux, et un certain confort sur le terrain. Mais ici, dans leur base d'opérations planétaire, ils se comportaient différemment ; ils n'y gardaient presque aucun équipement et n'avaient pas pris la peine de la meubler. Tout ce dont ils avaient besoin se trouvait dans différents points de chute répartis sur toute la planète. Ce hangar immense, qui aurait probablement paru désert même s'ils y avaient entreposé la totalité de leurs possessions, ne leur servait qu'à expédier les affaires courantes de l'ambassade. Personne n'avait su en expliquer la raison à Andrea Cort ; elle avait fini par classer ce mystère au rayon des bizarreries de l'esprit extraterrestre qui, à l'instar des Catarkhiens eux-mêmes, ne semblaient exister que pour jeter un observateur humain dans la perplexité.

Quoi qu'il en soit, l'aspect quelconque du site renforçait sa polyvalence et le rendait parfait pour les rares occasions où les différentes délégations de premier contact présentes sur Catarkhus devaient se réunir. Chaque espèce pouvait ainsi veiller à son confort en apportant son propre mobilier. Tables et chaises fonctionnelles pour les Homsaps ; estrades mobiles imposantes pour les Tchis ; banquettes finement sculptées pour les Riirgaans ; plus un vaste échantillon allant du hamac au poteau d'où dépassaient des ergots auxquels se pendre. Les Bursteenis étaient assis par terre, tandis qu'un écran plat, représentant des IAs-source, flottait à deux mètres au-dessus du sol. Sa surface, d'ordinaire vibrante de couleurs, affichait pour l'heure un noir délibérément neutre. Tous formaient un cercle grossier, l'espace libre en son centre devant accueillir les différentes prises de parole.

Presque tous les humains présents sur Catarkhus assistaient à la réunion, la plupart d'entre eux relégués aux derniers rangs. Seules trois personnes occupaient la table fournie pour le contingent homsap : l'ambassadeur Lowrey, Roman Whalekiller (complètement remis) et, entravé à un siège paralysant pour raisons de sécurité, la cause de tous ces embêtements, Emil Sandburg. En dépit de la paraplégie artificielle qui le clouait provisoirement à sa chaise, il semblait de bonne humeur ; il parvint même à attirer l'attention de Cort pour la gratifier d'un sourire enjoué. En cela, il se montrait plus amical que Whalekiller, qui avait refusé ses visites pendant son séjour à la clinique de l'ambassade, et conservé une attitude froide et professionnelle depuis qu'il avait repris du service. Toute trace de son affabilité antérieure, si pénible pour quelqu'un d'aussi réservé qu'Andrea, avait disparu.

Fidèle à elle-même, Cort avait préféré rester debout, à l'écart. Mais quand Sandburg lui adressa un clin d'œil, elle traversa la scène pour se tenir devant lui.

« Ça vous amuse toujours autant, à ce que je vois. »

Le visage de Sandburg s'épanouit en un large sourire.

« Je n'ai pas à me plaindre. J'adore le théâtre !

— Et ce n'est rien d'autre pour vous ?

— Permettez-moi de préciser. Ce n'est pas seulement du théâtre, c'est une farce. C'est un ramassis de sentients qui meurent d'envie de me traîner derrière ce bâtiment pour m'exécuter, mais sont trop inhibés par leurs propres règles pour le faire.

— Alors, vous n'êtes pas inquiet. Vous êtes sûr que les Catarkhiens ne pourront pas vous juger ? »

Il sourit d'un air méprisant.

« Les Catarkhiens sont infoutus de juger quoi que ce soit. »

Elle hocha la tête, pas parce qu'il avait peut-être raison, stricto sensu, mais parce qu'elle reconnaissait la nature de la colère de Sandburg. Elle cristallisait quelque chose qu'elle avait fini par comprendre à propos de ses crimes, quelque chose qui transformait les hypothèses les plus fondamentales qui les concernaient en mensonge.

Assis à côté de Sandburg, Whalekiller grimaça.

« Revoilà ce sourire. »

Quelques jours plus tôt, durant son enquête, cette remarque aurait été empreinte d'affection et d'ironie. Maintenant, Cort n'entendait que du ressentiment.

Elle attaqua le problème de front.

« Je vais devoir me surveiller. Je ne voudrais pas que ce soit trop flagrant. Comment va votre œil ?

— Bien. Vous maîtrisez la situation ?

— Je maîtrise », répondit Cort.

Lowrey baissa la tête et chuchota d'une voix pressante :

« Ce ne sera pas facile, vous savez ; on m'a dit que Rhaig est à l'affût, il vous attend au tournant.

— Ce n'est pas nouveau.

— Nous avions une idée de ses intentions. Nous nous doutions qu'il cherchait à politiser cette affaire depuis le premier jour. Nous soupçonnions qu'il allait concentrer ses attaques sur vous. Maintenant, nous en avons la certitude.

— Et d'où tenez-vous ça ? »

Lowrey se tordit les mains si vivement qu'il sembla vouloir les arracher de ses poignets.

« Rhaig a rencontré les Riirgaans, poursuivit-il. Il a tenté de recruter des partisans pour son camp. Il a dû se dire qu'il pourrait compter sur eux ; après tout, ils ont joué un rôle-clé pour rattraper les bourdes de notre ambassadeur chez les Vlhanis. Mais nous n'avons pas perdu tous nos soutiens parmi les Riirgaans, et l'un d'eux m'a appelé pour me mettre en garde. Rhaig veut vous abattre.

— Il en fait donc une affaire personnelle, souligna Cort.

— Ça vous étonne ? Vous l'avez insulté en public ! »

Elle eut de nouveau ce sourire, dépourvu de toute chaleur, mais cette fois, au vu et au su de tous.

« J'espérais bien qu'il en fasse une affaire personnelle », dit-elle.

Exactement à l'heure prévue, Mekile Nohm, un des Bursteenis, ouvrit la séance par un éloge, interminable, de chaque espèce présente. Il se posa en admirateur de longue date de leurs cultures respectives, de leurs accomplissements et de leurs nombreux efforts dans les domaines connexes de l'exosociologie, l'exolinguistique et l'exodiplomatie. Il enchaîna en louant leur esprit de coopération, sans lequel cette réunion n'aurait pas pu se tenir ; il exprima son immense satisfaction qu'autant de distingués sentients aient accepté d'y participer, et les assura enfin de son approbation, quelles que soient les conclusions auxquelles ils parviendraient. À le voir manifester ainsi son contentement, on aurait pu croire qu'il présidait une fête dont il était l'invité d'honneur. Les Bursteenis étaient comme ça ; ils avaient tendance à se laisser emporter par leur enthousiasme. Au moment où Nohm cédait la parole à Cort pour lui permettre de rendre son rapport, elle eut le sentiment d'avoir déjà à moitié gagné la bataille en réussissant à s'extraire de sous la montagne de superlatifs.

Mais à peine avait-elle prononcé le début de sa première phrase que Rhaig s'avança.

« Excusez-moi... mais malgré tout le respect que j'ai pour l'objet de cette réunion, je me dois d'élever de sérieuses objections à la présence de cette femme parmi nous. »

Quelques cris de colère, humains pour la plupart, vinrent ponctuer le murmure général qui accueillit cette déclaration. L'ambassadeur Lowrey protesta avec le plus de véhémence possible ; malheureusement, Sandburg parvint presque à le couvrir avec ses huées. Cort ne réagit pas, se contentant de laisser passer les quelques secondes qui suivirent.

Le visage de Nohm se plissa, alors qu'il clignait les yeux d'un air perplexe.

« Sa présence ? Pour quel motif ?

— Au motif que le problème réellement posé aujourd'hui n'est pas l'aberration psychologique d'un seul individu perturbé, mais l'arrogance habituelle que témoignent les Homsaps envers les espèces moins développées. »

Les paroles de Rhaig résonnèrent à travers la vaste salle, dominant l'assemblée, malgré le grondement sourd qui avait commencé à enfler avant qu'il achève sa phrase. Il n'attendit pas le retour du silence pour enchaîner, préférant élever la voix pour surmonter la réaction de l'assistance, qu'il parvint finalement à étouffer.

« Le but de la justice n'est pas de punir des crimes ni même de fournir à des peuples persécutés les moyens d'obtenir réparation ; le but de la justice est de s'assurer que de tels crimes ne se reproduisent pas. Et dans le cas qui nous occupe, nous devons commencer en nous intéressant à leur origine. En nous rappelant que l'espèce humaine s'est singularisée par sa violence depuis qu'elle est descendue de son arbre... et qu'elle n'y a pas mis un frein après avoir trouvé le chemin des étoiles. C'est une constante, chez eux. »

Il désigna Andrea Cort.

« Même notre collègue, l'éminente représentante du procureur général de la Confédération homsap, n'y échappe pas. Ce sont ses propres antécédents criminels, tout aussi odieux, qui me poussent à m'opposer vigoureusement à sa participation. »

La salle entra de nouveau en éruption : un raz de marée de bruits balaya le décorum de la réunion, transformant la pièce en brouhaha polyglotte où s'exprimait une dizaine de langues différentes. Même les écrans des IAs-source, qui ne communiquaient d'ordinaire que des informations brutes, faisaient défiler leur texte avec une telle frénésie qu'ils donnaient l'impression de crier. Andrea Cort, qui continuait de garder ses pensées pour elle, nota simplement que Whalekiller figurait parmi ceux qui hurlaient... tandis qu'Emil Sandburg, toujours souriant, s'abstenait.

Rhaig poursuivit :

« Comme les faits sont anciens, certains d'entre vous ne connaissent peut-être pas les détails de cette affaire. Il y a de nombreuses années, sur un monde nommé Bocai, une petite colonie d'Homsaps s'est retournée contre les autochtones. Une cohabitation paisible a soudain sombré dans la violence, avec une sauvagerie qui dépassait de loin tout ce que ce dément de M. Sandburg a pu accomplir. D'après tous les rapports dignes de foi, chaque humain valide a participé, même les plus jeunes, obligeant les Bocaïens, doux par nature, à recourir eux-mêmes à la force pour défendre leurs familles. L'un des criminels, pris avec du sang bocaïen sous les ongles de ses mains et entre ses dents, était une enfant de huit ans, système mercantile ; toute justice saine d'esprit l'aurait condamnée et déclarée une menace pour tout être vivant. Mais les Homsaps ont préféré récompenser la coupable, la RÉCOMPENSER, s'emporta-t-il avec une rage soudaine, en la faisant adopter par le Corps diplomatique qui l'a formée en vue d'une carrière auprès de leur procureur général ! Sommes-nous prêts à honorer leur hypocrisie en autorisant une telle créature à parler ? Le sommes-nous ? »

La clameur qui s'était emparée de la salle redoubla. Chacun sembla vouloir crier plus fort que son voisin, protester plus fort, se montrer plus bruyant, ruinant à l'avance toute tentative d'explication ou de justification de la part d'Andrea Cort. N'étant pas une débutante, elle ne commit pas l'erreur d'essayer de répondre trop tôt aux accusations du Tchi. Elle se contenta de garder le silence, le visage impassible, calme, adoptant l'attitude d'une femme pas particulièrement pressée d'être entendue.

C'était une façon de mettre le conseiller Rhaig au défi de continuer sa harangue.

Mais ce dernier, qui espérait visiblement un échange virulent qui lui aurait permis de la faire taire en criant plus fort qu'elle, était allé un peu vite en besogne. Ayant brûlé toutes ses cartouches, il resta coi, attendant – comme les autres – la réaction de Cort, ou celle de quiconque se présenterait pour prendre sa défense.

Le grondement s'éteignit peu à peu, se transformant en murmure. Puis tout le monde retint son souffle.

Cort ne brusqua pas les choses. Elle patienta encore une, deux, trois secondes, tandis que l'atmosphère de la salle évoluait, passant de l'expectative à la franche inquiétude.

Mekile Nohm se pencha vers elle.

« Maître Cort ? Souhaitez-vous apporter une réponse à ces accusations ? »

Elle laissa s'écouler une seconde de plus.

« Oui. »

Elle s'avança, et se mit à parler dans un murmure qui lui permit d'obtenir l'attention de tous les sentients qui auraient pu céder à la tentation de couvrir sa voix.

« M. Rhaig dit vrai. J'étais à Bocai, pendant ces événements.

» J'ai participé au massacre de Bocai. Je… »

Elle marqua une pause, le temps que retombe le brouhaha.

« J'étais une enfant. Je tiens également à souligner que, lors de cet incident, cette violence aussi soudaine que gratuite n'a pas été le fait d'une seule, mais bien de deux communautés qui se sont inexplicablement retournées l'une contre l'autre. La folie qu'elles ont partagée était si brutale et si injustifiée qu'un débat a fait rage pendant des années à propos de la possible existence d'un facteur organique ou environnemental inconnu. Aucune enquête indépendante n'est jamais parvenue à établir de façon satisfaisante la cause de ces événements.

— Et la crainte de représailles humaines n'y est pour rien, n'est-ce pas ? ironisa Rhaig. Un peu de sérieux, maître ! »

Cort l'ignora et poursuivit :

« Si l'un de vous éprouve le besoin d'examiner les faits pour déterminer si je suis réellement l'odieuse criminelle que décrit le conseiller Rhaig, il a ma bénédiction. À titre personnel, je partage son avis ; j'ai d'ailleurs pris la précaution d'envoyer le rapport d'enquête complet sur Bocai à chacune de vos ambassades par hytex. Mais indépendamment du jugement que vous porterez sur moi, RIEN, RIEN, insista-t-elle, de ce que vous déciderez de croire à mon sujet ne devrait avoir une incidence sur ce que je suis venue vous dire aujourd'hui ; les faits sont les faits, peu importe le sentiment qui les présente. Insinuer le contraire en dit plus long sur les intentions cachées du conseiller Rhaig, et sa totale absence de scrupules, que sur la raison de notre présence. »

Elle les laissa digérer ses propos, parcourut la salle du regard pour observer les réactions ; elle vit de la pitié, du dégoût, de l'admiration, du mépris, de la colère et même de la confusion à l'état pur. Mais tous l'écoutaient. En fait, ils lui accordaient sans doute davantage d'attention qu'ils ne l'auraient fait si Rhaig n'avait pas tenté de la salir. Elle repéra Mukh'thav parmi les Riirgaans et Haat Vayl parmi les Tchis ; aucun d'eux ne s'était montré particulièrement engageant lors de leur entretien, tous deux semblaient captivés, à l'image d'êtres affamés à qui on offre leur premier repas après un long jeûne imposé. Du côté du contingent homsap, elle constata que tous (hormis Sandburg, et son grand sourire) avaient eu la même réaction indignée. Ce qui n'avait rien d'étonnant, après la tentative de Rhaig de faire porter le chapeau à l'humanité dans son ensemble. Elle pouvait compter sur eux, pour ce que ça pèserait.

Whalekiller était clairement de son côté. Bien que toujours assis, il semblait comme un ressort prêt à bondir. Ses yeux se posèrent sur Rhaig, puis croisèrent les siens. Elle ne parvint pas à interpréter tout ce qu'elle y voyait, si ce n'est que la colère dirigée contre elle n'avait pas totalement disparu.

S'autorisant l'esquisse d'un sourire, elle reprit :

« J'ai cependant relevé un point pertinent dans ce qu'a dit M. Rhaig : il a mentionné ce qu'il a appelé l'attitude des humains envers les espèces moins développées. Cette expression m'a frappée. Les espèces moins développées. Elle est moins révélatrice des humains que des postulats qui nous réunissent ici aujourd'hui. Ceux qui concernent l'espèce au nom de laquelle est censée se tenir cette audience. »

S'adressant à Rhaig, elle demanda :

« À titre personnel, jugez-vous les Catarkhiens incompétents, d'une manière ou d'une autre ? Pensez-vous qu'ils ont besoin d'être "développés" ? Que leur capacité à communiquer avec nous serait une des clés de ce développement ? »

Rhaig feignit l'écœurement.

« Mᵉ Cort déforme mes propos… »

Il n'avait pas terminé, mais elle n'eut aucun mal à lui reprendre la parole, comme lui-même l'avait interrompue plus tôt par son attaque.

« Je ferais simplement remarquer que les protocoles de premier contact qui nous ont si bien servi ailleurs s'avèrent bien peu adaptés pour cette espèce. Nous-mêmes avons bénéficié de notre association mutuelle, de nos échanges culturels et technologiques, de nos transactions commerciales. Nous avons aussi eu la chance de pouvoir confronter des points de vue sur l'existence nés de nos évolutions respectives. Cependant, nous devons admettre que les Catarkhiens se débrouillaient très bien sans nous avant notre arrivée. Peut-être nos tentatives d'entrer en contact avec eux se résument-elles à une entreprise destinée à satisfaire notre amour-propre. Peut-être pensons-nous pouvoir les élever si nous parvenons à faire en sorte qu'ils nous remarquent enfin. Et nous nous leurrons. Dans notre obstination à leur imposer notre présence, nous ne faisons que les déranger de façons auxquelles leur évolution ne leur permet pas de réagir.

— Comme dans le cas de meurtres commis par des humains, intervint Rhaig.

— Par un humain profondément perturbé, le corrigea Cort. Mais oui. Que dire alors de notre insistance pour les associer à nos efforts, afin que justice soit rendue pour des crimes commis sur leur propre sol ? Nos intentions sont certainement louables, et se justifient parfaitement en présence d'une espèce capable de comprendre des notions telles que le crime. Mais n'est-il pas irrationnel d'exiger la participation des Catarkhiens, quand l'idée même de participer à quoi que ce soit nous concernant semble si totalement étrangère à leur nature fondamentale ? Cette approche n'est-elle pas plus révélatrice de ce que nous attendons d'eux que de ce qu'ils attendent de nous ? »

Rhaig, qui ne l'avait pas quittée des yeux pendant sa démonstration, paraissait incapable de deviner où elle voulait en venir. Il fit une nouvelle tentative.

« Comme d'habitude, la représentante de la Confédération homsap s'emploie à trouver des excuses à…

— Non, c'est faux », le coupa-t-elle sèchement.

Elle se tourna vers les sentients réunis avant de reprendre.

« Les actes de M. Sandburg sont inexcusables. Et je souhaite qu'il réponde de ses crimes autant que vous. Simplement, je vous demande d'admettre qu'exiger des Catarkhiens un jugement selon leurs critères revient par définition à exiger qu'ils développent lesdits critères. Ce faisant, nous leur imposons nos règles. Nous les privons de toute protection réelle contre des gens comme M. Sandburg, parce que l'idée qu'ils se passent très bien de nous nous perturbe. Et ainsi, ajouta-t-elle en adressant ses dernières paroles à Mekile Nohm, nous nous rendons coupables d'un crime, au même titre que M. Sandburg. »

Cette conclusion troubla le petit Bursteeni. D'un geste de la main, il fit taire Rhaig, prêt à s'indigner. Il posa sur Cort ses yeux gris où elle crut lire de l'abattement.

« Vos arguments ne me paraissent pas particulièrement saisissants, maître. Ils ne changent rien au problème essentiel qui nous occupe. Les protocoles de premier contact…

— … ne s'appliquent pas ici », compléta Cort, causant une certaine agitation.

Raisonnable. Rien de comparable à la réaction suscitée par les révélations de Rhaig la concernant, mais tout de même une légère effervescence. L'ambiance dans la salle devint électrique, alors que toute l'assistance sentait que les mailles d'un filet étaient sur le point de se resserrer.

Nohm sembla désemparé.

« Si ma mémoire est bonne, répondit-il avec méfiance, ceci est une mission de premier contact, maître Cort. »

Elle n'adressa pas les paroles suivantes au président de séance, mais à toute la salle.

« Alors, pourquoi les Catarkhiens brillent-ils précisément par leur absence ? »

Silence.

« Ils ne sont pas là, continua Cort, parce que leur présence n'aurait aucun sens pour eux. Ils ne participeraient pas. Ils ne seraient pas attentifs. Ils ne comprendraient pas. Ils s'en ficheraient. Ils n'auraient même pas conscience de ce qui se passe. Oh, nous pourrions en amener quelques-uns de force, mais seraient-ils des ambassadeurs ou... nos prisonniers ? Ou pire... des spécimens ?

— Ce n'est pas une excuse pour les tuer ! cria Rhaig.

— Non, monsieur. Je suis bien d'accord. En revanche, ça change la nature du crime, et ça simplifie notre problème sur le plan judiciaire, puisque nous ne sommes plus entravés par les protocoles de premier contact. »

Rhaig faillit exploser.

« Comment arrivez-vous à cette conclusion ? »

Elle eut un large sourire.

« Les Catarkhiens, dit-elle, n'ont pas été contactés. »

16

Le chaos monstre qui en résulta survint au ralenti. Nohm, le premier à comprendre, réagit en manifestant son admiration avec l'enthousiasme coutumier de son espèce. Sautant sur son siège tel un bouchon de champagne, il remua les doigts de manière jubilatoire.

« Oh, bravo, Andrea Cort ! Bravo ! »

Le contingent homsap éclata en cris de surprise et jurons étouffés. Emil Sandburg se mit à pousser des « Youhou ! » de joie, l'écran des IAs-source afficha EXCELLENT ARGUMENT en caractères homsaps, les Riirgaans en effervescence se consultèrent, et progressivement, l'onde de choc parcourut la salle. Le brouhaha se résumait à une question : était-ce réellement si simple ?

Rhaig tenta de reprendre l'avantage.

« Comment mes collègues peuvent-ils saluer une tactique homsap si flagrante…

— Ils la saluent, répliqua Cort, parce qu'ils se sentaient aussi prisonniers des limites apparentes de la loi que vous et moi. Ils savaient qu'il n'y aurait pas moyen de faire juger Sandburg par les Catarkhiens.

Mais jusqu'à présent, ils ne voyaient tout bonnement pas comment contourner ce fait.

— La justice n'est pas un obstacle à contourner !

— De là à en dresser sous des prétextes fallacieux... C'est pourtant ce qui risquait de se produire. Parce que vous étiez sur cette planète en mission de premier contact, vous avez cru devoir traiter cette situation comme telle. Alors que les faits montrent clairement qu'il n'en est rien. C'est impossible. Le premier contact n'a pas encore eu lieu.

— Assassiner des sentients, chez eux, me semble une forme de contact plutôt concluante, maître.

— Je partage votre avis ; néanmoins ma perspective humaine tout comme votre point de vue tchi n'entrent pas en ligne de compte. J'ai consacré une bonne partie de mon enquête à consulter un grand nombre d'entre vous ; je devais m'assurer que les crimes de M. Sandburg ne constituaient pas une forme de contact. »

Elle s'adressa à Rhaig.

« J'ai d'ailleurs demandé à votre spécialiste, le Dr Vayl, si vous donner un coup de poing au visage pouvait être assimilé à une forme de communication. Vous vous rappelez ? »

Des rires en cascade, et parmi eux celui du Dr Vayl, accueillirent cette boutade. Elle poursuivit :

« Le Dr Vayl m'a répondu par l'affirmative. Même si nos différences vous empêchaient de comprendre le message. Il a ajouté qu'infliger une souffrance pouvait être considéré comme une forme de communication, bien que peu raffinée. Et je suis de cet avis. Si les Catarkhiens victimes de M. Sandburg avaient pu ressentir la douleur, les protocoles de premier contact s'appliqueraient.

» Mais le Dr Mukh'thav, de la délégation riirgaane, m'a assuré qu'en dépit de leur brutalité, les crimes de M. Sandburg excluaient la torture, puisque les Catarkhiens n'avaient même pas conscience de ce qui leur arrivait. Un message a peut-être été envoyé… mais aucun n'a été reçu. Par conséquent, pas de premier contact.

» Permettez-moi de citer un précédent. Dans une affaire qui remonte à plusieurs années, un vaisseau spatial d'une espèce que je ne nommerai pas s'est délesté de déchets radioactifs dans un système habité. Cet acte, aussi stupide qu'irresponsable, a provoqué de graves dégâts environnementaux quand les déchets sont entrés dans le puits gravitationnel du monde qui abritait l'espèce sentiente autochtone. La question de la juridiction a donné lieu à un débat : les coupables devaient-ils être jugés par ceux auxquels ils avaient nui le plus ? Ça n'aurait pas été sans mal, puisqu'il n'y avait eu, à ce stade, aucun contact physique avec eux ; les informer de la nature du crime commis contre eux aurait préalablement requis un premier contact. Une fois la communication établie, on aurait dû commencer par leur expliquer la radioactivité et les voyages interplanétaires. On a estimé que le crime en lui-même ne constituait pas un premier contact et relevait donc du cadre juridique interespèces existant. Comme l'affaire qui nous occupe.

— C'était une contamination accidentelle ! hurla Rhaig. Là, nous parlons de meurtre délibéré ! Vous ne pouvez pas comparer les deux !

— Je n'en ai pas l'intention, puisqu'en fait, le problème de juridiction est secondaire. Les mesures que nous adopterions si la décision nous appartenait ou celles que les Catarkhiens prendraient si la question pouvait leur être posée sont les mêmes. »

Après quoi, la représentante du bureau du procureur général leur dit ce qu'ils auraient dû savoir depuis le début.

17

Plaidoirie de clôture de Mᵉ Andrea Cort, expurgée des diverses et vaines interruptions du Tchi Gayre Rhaig.

A. CORT : Ironiquement, même si cette assemblée conclut que les protocoles de premier contact s'appliquent dans cette affaire, cela n'aura malgré tout aucune influence sur ce que nous devrions décider.

Laissons de côté la politique et les ressentiments interespèces, et vous verrez que tout s'éclaire. Simplement, nous n'avons pas considéré la situation avec suffisamment d'attention pour reconnaître l'inévitable, pourtant à notre portée depuis le début.

Quand les futurs étudiants en droit interstellaire se pencheront sur ce dossier, ils constateront que nous n'avons toujours eu qu'un nombre réduit de possibilités pour régler le cas de M. Sandburg.

Si vous éliminez l'impunité, une option que tout individu civilisé rejettera avec répugnance, il n'en demeure, en fait, que trois.

Nous aurions pu le juger en fonction de notre meilleure approximation de la justice catarkhienne.

Nous aurions pu différer, jusqu'à ce que nous soyons capables de communiquer avec les Catarkhiens pour leur demander leur avis.

Enfin, nous aurions pu le juger selon le droit humain, puisque Sandburg a aussi enfreint les lois du Corps diplomatique qu'il était censé représenter.

Trois approches.

Toutes légitimes ; notre querelle de juridiction nous a empêchés d'en choisir une.

Mais examinons leurs implications respectives.

En différant, nous courons le risque de voir cette affaire traîner en longueur, des années, peut-être indéfiniment.

M. Sandburg devra être maintenu en détention jusqu'à son procès. Si nous ne parvenons jamais à établir le contact, c'est une condamnation à perpétuité.

Comme par hasard, c'est aussi la peine requise par la justice humaine.

Quant à celle des Catarkhiens, il est un peu plus difficile de se prononcer. On m'a répété des dizaines de fois qu'ils n'avaient pas de lois, mais c'est absurde. Ils en ont, nous en avons tous bien conscience. Elles sont d'ailleurs tellement strictes qu'il ne leur viendrait même pas à l'esprit de les enfreindre.

Sauf que nous ne les considérons pas comme telles, nous préférons les appeler des instincts. Pourtant, bien qu'inscrites dans leurs gènes, ce sont indéniablement des règles de conduite, que les Catarkhiens observent sans jamais y déroger.

Qui a dit que nous ne pouvions pas consulter ces lois pour connaître la peine qu'infligerait un Catarkhien à quelqu'un comme M. Sandburg ?

Nous ne trouverons rien qui corresponde exactement à ce que nous cherchons, bien sûr ; le meurtre n'existe pas chez eux. Mais ils traitent de situations analogues. Examinons leur façon de gérer les individus malades qui représentent une menace pour leur communauté. Ils les mettent en quarantaine dans des salles prévues à cet effet, où ils cessent d'exposer le reste de la ruche à leur affection. Ils les maintiennent à l'isolement tant que le risque subsiste. Bien sûr, les Catarkhiens atteints rejoignent volontairement ces salles. Mais comme j'ai pu le confirmer récemment en compagnie de M. Whalekiller, alors que nous étions saturés de sécrétions d'un Catarkhien au plus mal, la communauté se charge d'isoler les récalcitrants. Bref, ils sont mis en quarantaine jusqu'à leur guérison ou leur mort, quelle que soit celle qui survient.

M. Sandburg est un individu dérangé dont la présence menace le reste de sa communauté. La justice humaine le condamnerait à l'emprisonnement ; la justice catarkhienne à la quarantaine. La différence est d'ordre purement sémantique ; je la laisse aux diplomates.

Voilà ce que je voulais dire en affirmant que le problème de juridiction est secondaire. Nous sommes tous d'accord, depuis le début. Nous n'étions simplement pas assez attentifs pour nous en apercevoir.

18

Le Conseil se laissa convaincre, bien sûr. Ses membres n'avaient pas vraiment le choix ; en refusant sa logique, ils auraient perpétué l'impasse qui empêchait le jugement de Sandburg. Ce que personne ne souhaitait, pas même la faction qui cherchait à faire peser le fardeau de la culpabilité sur les épaules de l'humanité tout entière.

Le Compromis Cort, comme on finirait par l'appeler, serait décrit comme une victoire pour la diplomatie interespèces ; sa plaidoirie de clôture serait citée, analysée, débattue et disséquée bien après que les mots eux-mêmes se soient vidés de toute substance à force d'être galvaudés. Dans les années à venir, on détournerait ses paroles pour casser des décisions de droit local en matière de crimes commis par des étrangers ; parfois, on les appliquerait à des affaires impliquant des espèces bien plus réceptives que les Catarkhiens. Le précédent établi par Andrea Cort serait alors aussi vilipendé qu'il était loué aujourd'hui.

Au cours d'une audience ultérieure, le Conseil interespèces se prononça en faveur de l'emprisonnement à perpétuité d'Emil Sandburg. La peine restait ouverte à d'éventuelles modifications par les autorités locales, un cas bien improbable eu égard à l'incommunicabilité avec les Catarkhiens. On prit les dispositions nécessaires pour le transfert de Sandburg dans un centre de haute sécurité sur La Nouvelle-Pylthothus, la même prison qui accueillait déjà les coupables condamnés pour des crimes diplomatiques antérieurs sur Hossti et Vlhan.

La tentative du conseiller Rhaig d'intenter une action contre Andrea Cort pour menaces physiques sur sa personne se solda par un échec retentissant. L'ambassade homsap fit d'ailleurs suivre à Andrea les messages de soutien d'autres délégations qui avaient eu affaire à Rhaig. Elles lui avaient manifesté leur sympathie, tout en lui opposant une fin de non-recevoir. Rhaig annonça néanmoins son intention de déposer une plainte auprès du bureau du procureur général. Cort ne couperait probablement pas à une procédure disciplinaire, ce qui ne l'inquiétait pas outre mesure. On l'avait toujours considérée comme un élément à problèmes, à la réputation irrémédiablement souillée, bien avant son premier jour de boulot. Tant qu'elle s'acquittait de sa mission, ça n'avait pas d'importance.

L'ambassadeur Lowrey ne tarit pas d'éloges à son sujet ; elle eut également droit aux félicitations de plusieurs représentants des autres délégations : Mekile Nohm, pour les Bursteenis ; Vighinis Mukh'thav, pour les Riirgaans ; et Haat Vayl, pour les Tchis. Elle accepta leurs compliments sans réaction excessive, doutant de leur apparente sincérité. Après tout, la politique était une invention de la sentience. Elle se contenta du strict respect des convenances, puis se retira le plus tôt possible.

On l'informa d'un nouveau crime commis en sol étranger. Cette fois, un engagé d'une ambassade n'avait rien trouvé de mieux pour s'occuper que de vendre à ses collègues des doses d'hallucinogènes sacrés que les autochtones réservaient à leur clergé. Ils se déclaraient prêts à passer l'éponge en faisant de cet idiot un membre honoraire dudit clergé, mais lui voulait à tout prix éviter l'opération de chirurgie de réattribution sexuelle obligatoire. À sa surprise, Cort dut admettre qu'elle avait hâte de s'attaquer à ce dossier, si merdique soit-il. Après Catarkhus, ce serait un soulagement d'enquêter sur un crime sans violence, avec des autochtones capables de défendre leurs propres intérêts.

Tout le monde pensait que la cause était entendue.

Tout le monde, sauf Andrea Cort.

Quand l'ambassade homsap donna une petite soirée pour fêter sa victoire – se gardant bien de l'appeler une fête pour ne pas froisser les autres délégations –, elle déclina l'invitation. Elle l'aurait fait de toute façon, par habitude. Mais cette fois, quelque chose de plus la retenait. Elle avait préféré aller prendre l'air. Ballottée par le vent au son étouffé de la musique, elle s'aperçut qu'elle tremblait, malgré la chaleur de la nuit. Elle scrutait l'obscurité, lui adressant parfois des questions à voix basse.

Whalekiller sortit de l'ambassade en tenue de soirée, lui apportant un verre.

« Je me suis dit que je devrais cesser de vous en vouloir. »

Elle n'accepta pas la coupe qu'il lui offrait.

« Libre à vous, répondit-elle.

— Vous ne pouviez pas savoir que les Catarkhiens se comporteraient avec une telle violence. Vous espériez une réaction de leur part, mais rien d'aussi extrême.

— Si vous le dites. »

Whalekiller attendit la suite, ferma brièvement les yeux d'un air frustré, puis écarta les mains comme un homme qui jetterait ses cartes sur une table.

« Vous pourriez au moins feindre un minimum d'intérêt.

— Je n'ai pas à feindre, je ne suis pas un robot.

— Dans ce cas, vous vous donnez un mal fou pour le faire croire.

— Peut-être que je n'ai pas le choix. Peut-être que c'est tout ce qui me reste. »

La pointe d'amertume dans sa voix suffit à persuader Whalekiller qu'il savait de quoi elle parlait. Avec un soupir, il posa son verre sur le rebord d'un pilier à côté d'elle.

« Ou peut-être que ce ne sont que les foutaises que se raconte une égoïste. Tout le monde se trimballe avec des choses pas très reluisantes dans son passé – certaines ridicules comparées aux vôtres, d'autres aussi moches, et d'autres carrément pires. Mais il y a ceux qui sont capables de laisser tout ça derrière eux, et ceux qui s'accrochent à cette merde comme à un héritage familial inestimable… et se complaisent dans la solitude.

— Possible, dit-elle en le dévisageant calmement. Mais peut-être suis-je loin d'être seule. Peut-être ai-je toujours été entourée. Peut-être le suis-je en ce moment même. »

Il fronça les sourcils.

« Je ne vous suis plus, maître. »

Son incompréhension provoqua en elle une immense lassitude. Il pensait vraiment que tout était réglé. Si un homme de son intelligence, qui avait consacré toute sa carrière à la communication interespèces, pouvait passer autant de temps avec les Catarkhiens et ne pas percevoir les implications plus profondes, comment allait-elle convaincre le reste de l'humanité ? L'espace d'un instant, elle envisagea de laisser tomber…

Malheureusement, renoncer n'avait jamais été dans sa nature.

Elle accepta le verre qu'il lui avait apporté et l'avala cul sec.

« Vous êtes un type bien, monsieur Whalekiller. J'espère que personne ne vous brisera le cœur.

— Merci, répondit-il. Vous aussi, vous êtes quelqu'un de bien, maître Cort. Et j'espère que vous saurez vous en convaincre, avant qu'il soit trop tard. »

Tentée de répliquer, elle se contenta de hocher la tête, puis elle retourna dans ses quartiers sans un mot de plus, à quiconque.

19

Tôt le lendemain matin, elle prit les dispositions nécessaires pour avoir accès à la cellule d'Emil Sandburg. À peine entrée, elle constata que l'autre monstre avait passé une nuit au moins aussi mauvaise que la sienne. L'arrogance et l'affabilité sarcastique manifestées lors de leur première rencontre avaient complètement disparu, remplacées par un air désespéré et des yeux rouges. Ses gardiens, se méprenant sur son état, avaient craint qu'il tente de se blesser ou d'agresser un de ses rares visiteurs et l'avaient mis sous blocage neural partiel. Il n'était donc pas paralysé des pieds à la tête, comme sur sa chaise pendant la séance du Conseil interespèces, mais chacun de ses mouvements semblait bizarrement s'effectuer au ralenti, comme si l'air autour de lui avait épaissi et adopté la consistance de la gélatine. En revanche, ses frissons n'avaient rien de lent. L'homme était terrifié.

Elle nota immédiatement un détail amusant : son masque d'arrogance n'avait pas résisté à l'apparition de la peur. La personnalité terne et sans relief décrite par ses collègues ressortait nettement, révélant un individu médiocre, sans aspérité, avec du jus de navet dans les veines. Comme l'indiquait son profil du Corps diplomatique, il n'était personne. Du vide. Qui avait su brièvement profiter des avantages douteux de l'infamie, mais juste du vide.

Elle tenta de lutter contre les sentiments de compassion qu'il lui inspirait, mais n'y parvint pas. Au bout d'un moment, elle attira à elle un tabouret laissé dans la cellule et rompit avec une vieille habitude en s'asseyant en présence d'un autre être humain.

« Bonjour, Emil.

— Bonjour, ma jolie. »

Il s'efforça d'insuffler un peu de son ancienne arrogance à son sourire, mais dut renoncer. Cette expression ne figurait plus à son répertoire, il l'avait perdue en même temps que sa liberté.

« Alors, on jubile ?

— Pas mon genre, répondit Cort.

— Non, probablement pas. Rire non plus. Ou pleurer. Ou quoi que ce soit d'autre, d'ailleurs. Un souvenir du traumatisme de votre enfance violente ? Je me demandais : quel effet ça vous a fait de tuer ? Ça vous a plu ? Autant qu'à moi ? »

Elle aurait voulu adopter le même ton sévère que lors de leur première rencontre, mais à quoi bon ; il avait déjà perdu, il fanfaronnait. Comme elle ne pouvait pas s'en contenter, elle tira un petit appareil sphérique de sa poche, le montra à Sandburg, avant de le poser sur la table rabattable. Puis elle pressa une partie concave de la taille d'un pouce située à la surface de la sphère.

« Voilà, dit-elle. Ça brouillera le système de surveillance. À partir de maintenant, et pendant les prochaines minutes, tout ce que nous nous dirons restera entre nous. »

Il se lécha les lèvres.

« Ça vous rend terriblement vulnérable. Vous n'avez pas peur que je tente de vous tuer ? »

Une menace peu convaincante, de pure forme. L'effet du blocage neural sur son temps d'action ne lui donnait que peu de marge de manœuvre. Elle le prit néanmoins au pied de la lettre.

« Libre à vous d'essayer, Emil. Mais comme vous vous êtes plu à le faire remarquer, vous n'êtes pas le seul monstre dans cette pièce. Je vous déconseille de me pousser à la violence. Ce serait une mauvaise idée, croyez-moi. »

Il hocha la tête d'un air las.

« Alors, qu'est-ce qui vous amène ?

— Je voulais vous parler une dernière fois de vos crimes. »

Il parut extrêmement fatigué.

« Et si on parlait plutôt des vôtres…

— Ne vous inquiétez pas, le rassura-t-elle. Je ne suis pas venue pour avoir une conversation avec vous, Emil ; vous n'êtes pas aussi divertissant que vous semblez le penser. Je tenais simplement à ce que vous sachiez que j'ai découvert votre secret. J'y vois clair à présent.

— Vous m'en direz tant…

— Ça m'a pris du temps, surtout à cause du zèle que votre entourage mettait à vous peindre sous les traits d'un tueur sadique.

— C'est ce que je suis.

— Pas sûr. Vous aimez le faire croire, c'est certain. Vous avez joué votre rôle à merveille, Emil ; tellement bien, en fait, que j'ai d'abord eu du mal à distinguer le petit homme vide et terne que décrivaient vos collègues. Ça a dû vous plaire d'être enfin quelqu'un. Même un monstre. Ça présentait au moins l'attrait de la nouveauté.

— La ferme.

— Vous ne l'avez jamais avoué, mais vous n'avez pas ménagé vos efforts pour nous faire croire que vous aviez déjà commis des meurtres avant Catarkhus. Vous avez encouragé tout ce qui pouvait renforcer votre image de brute sadique. Ça ne devait pas être très difficile. Ça paraissait même logique dans ce contexte. Après tout, on ne tue pas sans se salir les mains, alors, en faire une habitude exige un certain enthousiasme. La cruauté fournissait une bonne explication pour ce genre de comportement, et votre plaisir apparent à nous provoquer plaidait en faveur de cette hypothèse. Sauf que... »

Elle hésita, puis elle poursuivit :

« Ça n'entre pas en ligne de compte ici. N'est-ce pas, Emil ? Pas en choisissant de vous attaquer à des Catarkhiens. Des créatures qui ne ressentent pas la douleur, qui n'éprouvent même pas la peur. Vous deviez avoir une autre raison pour vous acharner sur eux de cette façon.

— Peut-être ai-je une imagination fertile ? suggéra-t-il.

— J'y ai songé ; tuer un Catarkhien qui ne s'en apercevra pas et n'émettra pas la moindre plainte est plus reposant que de s'en prendre à un Tchi, un Bursteeni, ou un Homsap d'ailleurs. Tous vous auraient donné un peu plus de fil à retordre. Si vous vouliez céder à votre pulsion en minimisant les risques, les Catarkhiens offraient la solution de facilité. Sauf que... si vous aviez l'intention d'infliger de la souffrance, tuer des Catarkhiens se révélerait rapidement frustrant, n'est-ce pas ? Un véritable connaisseur, un amoureux de la douleur aurait tôt fait de se lasser. Torturer de telles créatures lui aurait paru aussi satisfaisant que de mâcher du papier.

— Je déteste les gens qui font ça, dit Sandburg. C'est une habitude dégoûtante.

— Le meurtre également, répliqua Cort, même en l'absence de cruauté. »

Sandburg ferma les yeux, se détourna d'elle et se mit à fredonner une chanson sentimentale insipide en vogue sur les réseaux. Cort reconnut l'air entendu lors de sa première réunion sur la planète, quand l'équipe diplomatique lui avait projeté les images de la cellule en direct. Son interprétation ne s'était pas améliorée. Mais elle ne remplissait plus la même fonction. Avant, c'était une manifestation d'arrogance de la part d'un homme qui se moquait de son sort ; à présent, ça ressemblait davantage à une série de sons pitoyables produits par une âme cherchant désespérément à repousser une vérité qu'elle n'était pas prête à accepter.

Cort, qui n'avait pas fini de lécher les plaies de son propre passé, était bien la dernière sentiente à pouvoir faire preuve de clémence envers lui.

« Un moins-que-rien, reprit-elle. Une personnalité inadaptée. Faible charisme, absence d'empathie. Un individu insignifiant qui ne laisse ni souvenir ni impression. Qui rejoint le Corps diplomatique poussé par le désir de sortir de son isolement, par tous les moyens. Et qui échoue, même là. Cruellement affecté à une mission chargée d'établir un contact avec des créatures incapables de remarquer sa présence. »

Il fredonna plus fort ; à présent, il se balançait d'avant en arrière, tel un enfant autiste voulant coûte que coûte se retirer dans son monde à lui.

Elle se pencha et saisit d'un coup sec ses mains, avec lesquelles il se bouchait les oreilles. La surprise lui arracha un glapissement et il tressaillit ; le méchant monstre, tremblant comme une feuille malmenée par le vent, mais pas par peur de prendre un coup. Non : tout simplement terrifié à l'idée qu'on l'ait percé à jour.

« Vous ne supportez pas d'être invisible, n'est-ce pas, Emil ? » chuchota-t-elle, confirmant sa pire crainte.

Il lui fit lâcher ses mains, avant de serrer ses bras contre sa poitrine et de river ses yeux au sol.

« Vous avez pris votre temps pour les tuer, ajouta-t-elle, parce que vous étiez prêt à tout pour qu'ils vous remarquent. »

Il ne dit rien, ne fit rien.

« À votre manière, désespérée et maladroite, vous cherchiez effectivement à établir un premier contact. »

Il ne réagit pas davantage. Mais sans bouger d'un millimètre, sans émettre le moindre son, il lui fournit tout de même la réponse qu'elle attendait, dans la façon dont ses os semblèrent se vider de toute force.

Elle l'observa pendant plusieurs minutes, prenant la mesure du poids de son silence. Elle avait cru voir en lui un autre monstre, et en avait brossé un tableau assez impressionnant pour lui permettre d'entrer dans le rôle. Mais il n'avait rien d'impressionnant, rien de notable qui justifie le temps et les efforts consacrés à son dossier. Il n'avait été que la somme de ses illusions, rien de plus. Et maintenant qu'elle les lui avait retirées, il ne lui restait plus rien. Il retombait comme un soufflé, redevenait l'être insignifiant qu'il avait toujours été. Elle se demanda si cette transformation s'opérerait jusque dans sa chair, la transparence gagnant progressivement sa peau et ses muscles à mesure que se dissipait le peu de substance qu'il possédait dans l'air recyclé de sa cellule.

La prison le détruirait. Il disparaîtrait au sein d'une population de monstres bien réels, qui le persécuteraient, s'ils ne l'ignoraient pas. Quoi qu'il en soit, il n'avait pas de quoi se réjouir. Plus personne ne lui accorderait jamais autant d'attention.

Il avait pourtant changé quelque chose, sans le savoir.

« Allez-vous-en, dit-il.

— Pas encore. J'ai une dernière chose à vous raconter. C'est à propos des événements de Bocai.

— Je n'y étais pas, murmura-t-il.

— Ça a éclaté de manière totalement imprévisible, Émil. Ni ressentiment ni conflit larvé entre les deux communautés. Juste une haine féroce, à l'état pur, surgissant comme par génération spontanée entre deux espèces qui s'étaient engagées à cohabiter paisiblement. Je n'ai jamais pensé que je comprendrais un jour… jusqu'à ce que je voie ce que vous aviez infligé aux Catarkhiens. »

Il croisa de nouveau son regard ; cette fois, à son désespoir se mêlait une dose de franche perplexité. Elle ne lui en tint pas rigueur ; il ne lui serait d'aucune aide à ce stade. Mais il était le seul monstre présent, et donc la seule personne qui méritait de porter une part de son fardeau.

« Nous marchons parmi eux, reprit-elle. Nous leur parlons, nous les malmenons contre leur gré, et leur indifférence à notre égard nous exaspère – jusqu'au meurtre, dans votre cas. Mais sommes-nous si supérieurs ? Sommes-nous sûrs de voir, de sentir et d'entendre tout ce qui se trouve autour de nous ? Comment savoir si des missions de premier contact d'autres espèces ne sont pas parmi nous, indétectables ? Peut-être éprouvent-elles, elles aussi, une terrible frustration face à notre incapacité à nous apercevoir de leur présence ? »

Sandburg remua.

« Des Démons invisibles. »

Il retrouva alors un peu de son arrogance passée.

« Vous êtes plus cinglée que moi.

— Et si un Catarkhien plus imaginatif que les autres racontait à ses congénères que des créatures invisibles rôdent parmi eux, tentant d'attirer leur attention ? Que lui répondraient-ils, d'après vous ? »

Il la regarda sans la voir, comme si, au-delà des murs de sa cellule, s'esquissaient les contours d'une idée. Ses lèvres se contractèrent, son expression semblait celle d'un homme qui goûte une délicatesse exotique et n'a pas encore décidé si elle lui plaît.

« Peut-être faut-il être un peu fou pour imaginer ça, et qu'une idée de ce genre ne peut séduire qu'un individu désespérément en quête d'absolution. Ça n'en fait pas nécessairement une mauvaise idée – seulement une conception ancienne des choses, que nous pensions avoir laissée derrière nous. Jadis, l'humanité attribuait ses pires impulsions à l'existence de démons. Peut-être sont-ils bien réels. Nous nous étions simplement trompés sur leur nature et leur provenance. Imaginez leur frustration, s'ils sont partout, autour de nous, et que nous ne sommes pas équipés pour les voir. Alors, peut-être qu'ils se vengent en tirant les ficelles de nos vies, en faisant de nous leurs marionnettes. »

Elle reprit son souffle, laissant le reste de ses mots lui échapper dans un frémissement presque hystérique.

« Peut-être que l'un d'eux était avec nous sur Bocai. Peutêtre que l'un d'eux était avec vous ici. »

Pendant un moment, Sandburg parut terriblement tenté d'y croire. Puis il secoua la tête et rendit son verdict avec autant de mépris qu'il pouvait en mettre dans sa voix.

« Ou alors, c'est vous, juste vous, qui êtes prête à vous satisfaire de n'importe quelle explication, tant qu'elle vous permettra de vous exonérer de la responsabilité de vos propres actes.

— J'ai envisagé cette hypothèse, reconnut Cort. Mais je n'y crois plus. »

Une rage noire parut monter en lui à ce moment-là, chassant – du moins provisoirement – tout abattement dans son attitude. Le visage tordu par une grimace et les poings serrés, il se dressa si soudainement qu'elle tressaillit, s'attendant à une explosion de violence. Mais elle n'avait rien à craindre, pas avec le blocage neural toujours à l'œuvre. C'était le dégoût, pas la soif de sang, qui avait rendu un semblant de mobilité à ses membres.

« Alors, je vaux mieux que vous, maître. Parce que je sais ce que j'ai fait, et je ne cherche pas d'excuses. Vous devriez peut-être suivre les conseils de Rhaig et vous plonger dans un livre d'histoire un de ces jours. Nous n'avons pas besoin de démons pour agir comme nous le faisons.

— Peut-être, répondit-elle, affrontant sa colère avec un calme tout aussi menaçant. Et le pire, c'est que vous avez sans doute raison. Mais à partir de maintenant, j'ai l'intention de consacrer ma vie à le découvrir. »

Elle se leva, posa la main sur le brouilleur, le pouce sur l'interrupteur, mais sans appliquer la très faible pression qui permettrait de nouveau aux gardiens de voir et d'entendre ce qui se passait dans la pièce. Elle voulait appuyer sur ce bouton ; elle aurait même dû, en fait. Mais une partie d'elle-même résistait, sachant qu'une fois de retour dans le vaste monde, elle se retrouverait infiniment plus seule qu'ici, en compagnie d'un autre monstre.

Sandburg, qui éprouvait peut-être un sentiment similaire, voire une certaine compassion, malgré lui, se contenta de lui lancer un regard furieux ; il attendait.

Elle lui sourit avant de partir, le même sourire que Whalekiller en était venu à appréhender. Et elle lui fit une promesse.

« Quand je les retrouverai, ils paieront pour leurs crimes. Je m'y engage. »

ÉMISSAIRES DES MORTS

*À Christina Santiago-Peterson,
qui n'était pas satisfaite de la façon
dont je l'ai tuée la première fois.*

Prologue

Quand le monstre rêve, il rêve de Bocai.

Bocai n'avait rien de remarquable, c'était un monde d'une beauté quelconque ; ses déserts d'imposants cactus rouges ; ses montagnes couvertes de grands arbres spongiformes, qui refusaient de plier, malgré la souplesse de leur écorce. La nuit, les océans luisaient, une sorte de phosphorescence dansait à la surface. La durée d'une journée et d'une nuit correspondait à la moitié du rythme veille/sommeil auquel les humains sont habitués. Les colons installés sur l'île louée aux autochtones assistaient donc à deux levers et deux couchers de soleil pour chaque jour vécu sur son sol généreux et fertile.

C'était beau, oui ; remarquable, non. Tous ceux qui avaient beaucoup voyagé s'accordaient sur ce point : ils avaient déjà vu mieux.

Fidèle au type de comportement de son espèce, la petite communauté humaine avait trouvé dans les paysages et les odeurs exotiques une source d'inspiration pour de la poésie tarabiscotée. Sa production avait rapidement dépassé plusieurs centaines de volumes, avant que certains événements viennent assombrir l'impact de ces œuvres d'une manière qui ne reflétait pas les intentions de leurs auteurs.

Ces jours-ci, dans les rares moments de veille où le monstre ne peut s'empêcher de penser à cet endroit maudit, il se demande comment il a pu y vivre.

Après tout, c'était une planète.

Et toute sa vie d'adulte, le monstre a détesté les planètes.

Toute sa vie de femme, elle n'a jamais réussi à comprendre l'attrait que continuent d'exercer les environnements naturels sur des espèces pourtant technologiquement avancées. Les habitats artificiels offrent une option tellement plus sûre et contrôlable.

À huit ans, elle n'avait pas encore appris que même les mondes les plus heureux avaient une fin. Elle ne pensait pas se retrouver recroquevillée dans un recoin sombre, entre un lit et un mur, respirant la poussière et l'odeur chargée de sueur de sa propre peur.

Elle le sait à présent ; elle se le rappelle dès qu'elle rêve de Bocai : pas du paysage luxuriant, mais de ce réduit étroit, de son souffle saccadé, des effluves de chair carbonisée, des cris étouffés de sentients qui tuent ou qu'on achève.

Elle rêve de cette nuit où cache-cache a cessé d'être un jeu d'enfants. Elle rêve de pensées qui n'avaient pas leur place dans sa tête alors et de sensations nouvelles sur sa peau.

Elle rêve d'une horde de voisins, fracassant le crâne de sa mère contre un mur, jusqu'à ce que ne subsiste de cette femme douce et un peu distraite qu'une tache sur les briques et le mortier.

Elle rêve de son père, armé d'une pelle, qui s'acharne sur la tête de la petite Bocaïenne qu'elle considérait comme sa sœur.

Elle rêve de deux sentients qui, jusqu'à cette nuit, étaient les meilleurs amis du monde, un humain et une Bocaïenne; ils se roulent à terre, ils se griffent et se déchirent, trop fous de rage pour crier, alors qu'ils se sont déjà arraché les yeux.

Autant de visions d'horreur terrifiantes, mais aucune qui la touche, du moins pas au moment des événements, pas comme elles auraient dû le faire.

Cette nuit-là, elle s'était sentie électrisée.

Cette nuit-là, son cœur s'était emballé, son sang avait coulé plus vite dans ses veines. L'idée de participer à ce nouveau jeu, plus palpitant que tout ce qu'elle connaissait, lui avait donné des picotements sur la peau.

Cette nuit-là, elle avait regretté d'être trop petite pour jouer.

Elle aussi aurait voulu tuer quelque chose.

Une pensée curieuse pour une fillette homsap de huit ans; la part d'enfant en elle restée saine d'esprit en avait eu pleinement conscience. Cette violence constituait une expérience inédite, absente de sa vie jusqu'à ces dernières heures; hormis dans un contexte d'autodéfense, elle n'aurait jamais dû ressentir ce désir fou.

Elle était pourtant bien là, la soif de sentir une créature vivante mourir, d'éprouver cette satisfaction intense à l'idée d'être responsable de son passage du monde des êtres qui respirent à celui des choses qui pourrissent.

Devenu adulte, le monstre se remémore ces moments du point de vue d'une survivante; il demeure stupéfait de cette fillette de huit ans, de la force de son instinct de conservation qui lui a permis de rester aussi longtemps dans sa cachette. Si incroyable que ça puisse paraître, elle avait réussi à garder le silence, à s'abriter des adultes transformés en monstres avant qu'elle subisse le même sort que son père, sa sœur, ses voisins et ses amis.

Si seulement elle n'était pas sortie.

Elle aurait peut-être évité d'avoir elle-même du sang sur les mains.

Peut-être.

Dans les rêves, tout est possible. On peut réécrire l'histoire. Marchander avec le destin. On peut corriger des choses gravées dans le marbre, comme avec de la pâte à modeler.

Mais ce rêve suit le déroulement de faits bien réels.

Son caractère inéluctable l'a torturée toute sa vie.

Tout a déjà eu lieu, elle ne peut rien changer, et elle en est pleinement consciente.

Dans ce rêve, une petite fille innocente devient un monstre.

Et ce qui effraie la petite fille du rêve, ce n'est pas l'idée de mourir cette nuit, mais de savoir que le monstre, une fois adulte, assiste à ces événements, à travers son regard; de savoir qu'il aurait peut-être mieux valu qu'elle meure.

Prisonnière de ce rêve immuable, la petite fille entend un bruissement; elle comprend que quelqu'un d'autre est là, dans la pièce, avec elle.

Quelqu'un qu'elle aime.

Elle sait qu'il est venu pour la tuer.

Elle sait qu'elle le tuera avant.

Elle sait qu'à l'instant de sa mort, elle ressentira un plaisir malsain qu'aucune joie dans l'existence ne parviendra jamais à égaler ou à dépasser.

Et elle sait qu'il lui manquera pour le restant de ses jours…

1

Habitat

Je n'ai jamais aimé les écosystèmes naturels.

À mon avis, on les idéalise. Ils ont leurs défenseurs, des gens qui sont ravis d'écraser toutes sortes de bestioles, de marcher dans des excréments et d'attraper des maladies bizarres. Je n'ai jamais appartenu à cette curieuse sous-catégorie de l'humanité. Ayant grandi dans des habitats orbitaux urbains, je sais de quoi je parle. Cela dit, un endroit naturel évolue par accident, il n'est donc pas responsable de son caractère fortement déplaisant.

En revanche, quand des sentients conçoivent volontairement des écosystèmes artificiels, j'appelle ça de la perversion, pure et simple.

Un Un Un en fournissait un exemple éloquent.

Même la nature laissée à elle-même n'aurait pas eu une idée aussi tordue. À l'instar de la plupart des mondes-cylindre, il tournait sur lui-même pour simuler la pesanteur qui s'exerçait sur son environnement interne depuis son axe de rotation. Une technique de base, si ancienne que cette bonne vieille humanité la considérait déjà comme brillante avant de la mettre en pratique pour partir vers les étoiles. Souvent ces habitats orbitent autour d'un astre, ou restent au moins au sein d'un système solaire. Les sentients qui les construisent ont évolué sur des planètes où ils ont pris l'habitude de marcher sur du solide, quitte à se satisfaire d'un horizon qui s'incurve. Par conséquent, les zones habitables proprement dites occupent les parties qui correspondent le mieux aux notions planétaires de haut et de bas, sur le « plancher » du cylindre.

Sur Un Un Un, les intelligences logicielles autonomes connues sous le nom d'IAs-source avaient complètement chamboulé ce modèle. La station elle-même se situait au fin fond de l'espace interstellaire, à une bonne vingtaine d'années-lumière du monde habité le plus proche, et loin de tout territoire revendiqué par les principales espèces spatiales. Personne n'aurait appris son existence si elles n'avaient pas donné les coordonnées. La partie habitable se concentrait sur les Frondaisons, un « plafond » végétal noueux qui enveloppait l'axe de rotation. La basse atmosphère, terriblement dense, était un épais brouet de gaz toxiques au-dessus d'une mer organique fangeuse. Seule la haute atmosphère, à proximité de l'axe central, offrait un mélange oxygène-azote plus agréable pour les formes de vie nées du génie génétique des IAs-source.

Leur volonté de jouer à Dieu dans une bouteille me semblait un projet au mieux chimérique, au pire démentiel. Et inutilement grandiose, aussi. En moyenne, un monde-cylindre humain mesure dix kilomètres de long sur deux de diamètre, des dimensions compactes et gérables qui, à mon sens, témoignent d'une certaine humilité face à un chantier à l'échelle cosmique. Des exceptions existent, à l'image de mon port d'attache, La Nouvelle-Londres, de dix fois cette taille environ, plus quelques mégapoles. Mais La Nouvelle-Londres elle-même ne pouvait pas rivaliser avec Un Un Un, une station près de mille fois plus longue et cinquante fois plus grosse. Tout ça pour accueillir quelques grands singes qui se déplaçaient par brachiation et passaient le plus clair de leur temps suspendus à des plantes grimpantes issues du même génie génétique. Le contraire d'un monde taillé sur mesure, en fait.

Un monde à l'envers, littéralement ; un véritable enfer.

Alors que le transport aux lignes épurées des IAssource me conduisait à l'intérieur de l'habitat, j'énumérai mentalement tout ce qui me perturbait dans cet endroit. Beaucoup plus bas, la couche de nuages menaçants ressemblait à un chaudron bouillonnant brunâtre, traversé d'éclairs à chaque décharge des forces violentes qui s'y accumulaient. Des créatures ailées géantes s'aventuraient de temps à autre au-dessus de la brume, rappelant les dragons des contes de fées. Un conte qui aurait tourné au cauchemar : leur envergure pouvait dépasser deux kilomètres, la puissance de leur vol laissait des dépressions dans leur sillage. Il leur arrivait aussi de percer le voile opaque des nuages avec des cris stridents pour se livrer à des actes de prédation épiques sur des proies que nul, à mon altitude actuelle, n'avait jamais vues.

On m'avait assuré que les dragons ne montaient pas dans les Frondaisons. On m'avait également conseillé de ne pas y penser, puisqu'ils n'entraient pas dans le cadre de ma mission.

Mais c'était comme cette vieille blague : *Ne pense pas à l'éléphant.*

(Mais il est là.)

N'y pense pas et il s'en ira.

(Mais il est là.)

Tu continues d'y penser.

Etc.

Les Frondaisons, parsemées çà et là de silhouettes léthargiques de Brachiens, formaient une vaste surface grise, tressée de plantes grimpantes et rampantes. Elles se profilaient au-dessus de ce monde, tel un marteau qui attendrait le meilleur moment pour s'abattre. Tous les cent kilomètres environ, d'épais pylônes noirs descendaient des Frondaisons. Solidement arrimés à mi-parcours de la couverture nuageuse brillaient les soleils d'Un Un Un. Le caractère massif de ces boules en fusion pouvait légitimement susciter quelques craintes à propos de la robustesse de leur point d'ancrage. La lumière produite se révéla suffisamment crue pour laisser des images rémanentes violettes sur mes rétines ; à cause du grand nombre de sphères, l'ombre de mon véhicule surgit en plusieurs endroits des Frondaisons, créant l'impression d'un affrontement entre glisseurs au-dessus de moi.

J'observais le tout avec ma réserve ordinaire, vaguement consciente d'avoir cédé à une mauvaise habitude qui m'empoisonnait depuis des années.

Chaque fois que je me sentais nerveuse, je tortillais l'unique mèche de cheveux noirs encore longue qui pendait du côté droit de mon visage. Comme je coupe le reste très court, ma horde de détracteurs prétend que je ne la garde que pour ce tic. Sachant que ça en agace prodigieusement certains, je me fais un point d'honneur d'y recourir dès que l'occasion se présente. La présence d'autrui me met mal à l'aise, alors je ne vois pas pourquoi je serais la seule à en souffrir.

Le vol aurait pu être supportable dans un glisseur clos, comme il se doit. Malheureusement, dans ce modèle sans toit, un bouclier ionique me protégeait du vent et des précipitations ; les yeux fermés, je n'aurais eu aucune sensation de mouvement. Mais je savais que rien de solide ne me retenait dans la cabine. Un accès passager de folie suicidaire aurait suffi pour enjamber la cloison qui m'arrivait à la taille et plonger vers une mort certaine.

Tout comme je savais que quelqu'un, dans cet habitat, était un assassin.

Pardon : quelqu'un d'autre.

J'oublie toujours de me compter.

Le transport se manifesta brusquement :

<> ***Andrea Cort : ressentez-vous de la détresse ?*** <>

« Oui. Comment avez-vous deviné ? »

<> ***Votre tension artérielle, votre rythme cardiaque et votre respiration reflètent des niveaux de tension qui correspondent à un début de panique.*** <>

« J'ignorais que vous me prêtiez une si grande attention. »

<> *Vous êtes notre hôte et votre santé, tant que vous serez sous notre responsabilité, est primordiale. Désirez-vous un médicament ?* <>

« Non. »

<> *Une conversation thérapeutique, alors ?* <>

J'avais enduré des années de thérapie imposée et de traitements inutiles ; on m'avait examiné le cerveau sous toutes les coutures jusqu'à sa structure moléculaire pour y trouver des réponses qui n'y figuraient pas. Tous ces efforts n'avaient eu pour résultat que de faire naître chez moi une aversion envers les sentiments animés de bonnes intentions.

« Non. Peut-être plus tard. »

<> *Vous ne seriez pas le premier être humain à rencontrer des difficultés dans cet environnement. Nous restons à votre disposition pour vous aider.* <>

« Ça ira, merci. »

Le transport respecta suffisamment mes souhaits pour la fermer, manifestant là une différence majeure entre intelligences logicielles et êtres humains, qui ont tendance à se mêler de vos affaires, que ça vous plaise ou non.

L'installation prévue pour le logement de la mission humaine sur Un Un Un se présentait comme un réseau de formes en toile, qui pendaient des Frondaisons, telles des courges. Du même gris que les entrelacs végétaux, elles semblaient faire partie du paysage de manière organique. D'ailleurs, leur véritable nature ne m'apparut qu'en les voyant de plus près.

Je comptai une cinquantaine de ces « hamacs », plus quelques-uns à l'écart, dans un isolement tout relatif. Les ponts de corde qui les reliaient grouillaient de silhouettes humaines. Néanmoins, certaines n'hésitaient pas à emprunter le chemin des Frondaisons elles-mêmes et se déplaçaient par brachiation le long des racines et des branches, sans câble de sécurité. Une jeune femme agile aux cheveux d'un roux flamboyant qui se jetait dans le vide resta comme figée en plein vol l'espace d'une seconde. Puis elle se reçut sur un filet, bondissant de haut en bas, avec un mépris total de la chute mortelle qui l'attendait si elle avait manqué sa cible.

Mon taxi ralentit, adopta un angle d'approche et avança sous les hamacs. Bientôt, je pus distinguer des formes couchées sur le ventre dans les distensions les plus basses de la toile. Parmi les humains qui traversaient les ponts, certains marquèrent une pause pour observer mon arrivée. Leur style vestimentaire allait de la combinaison ajustée à de rares cas de nudité. Hommes, femmes et quelques neutres identifiables, tous bâtis comme des gymnastes au sommet de leur condition physique, des gabarits compacts pour la plupart, même si je notai quelques individus minces et aux membres longs. Leurs expressions offraient un curieux mélange d'espoir, de terreur, de ressentiment et de méfiance, parfois simultanément.

J'avais déjà vu ça.

Ces gens-là se sentaient assiégés.

Le glisseur s'arrêta sous l'un des hamacs, au centre de la grappe. Une fois le bouclier ionique baissé, je sentis le vent. La petite brise chaude véhiculait une odeur à mi-chemin entre l'océan et l'air saturé de sucre devant une confiserie où j'ai mes habitudes à La Nouvelle-Londres. En dépit de l'environnement terrifiant, je me surpris à saliver. La dépendance aux sucreries est l'un des rares vices qui m'humanise.

Au-dessus de moi, la toile remua et se renfla sous le poids d'un corps. Une fente étroite s'ouvrit à un endroit où la couture était visible, et un visage masculin approchant la quarantaine apparut. Il avait des cheveux châtains courts, des yeux d'un bleu très pâle, presque blancs. Ses fines lèvres roses et ses joues creuses donnaient à son sourire hésitant l'air d'une fissure dans la façade d'un édifice.

« Bonjour ! Bienvenue à Hamac-Ville ! Vous devez être l'envoyée du proc' ? »

En principe, je suis contre ces abréviations, mais je reconnais que mon titre complet – représentante du procureur général du Corps diplomatique de la Confédération Homo sapiens – n'est pas des plus faciles à débiter d'une traite.

« Oui, maître Andrea Cort. Vous êtes l'ambassadeur en poste ? »

Il pinça ses lèvres fines.

« Ce n'est pas un titre que nos estimés hôtes me permettent d'utiliser.

— Depuis quand les IAs-source trouvent-elles à redire au titre d'ambassadeur ?

— Elles y trouvent à redire *ici*. »

Si les intelligences artificielles se mettaient à renâcler sur les intitulés de poste maintenant, c'était le signe d'un changement majeur dans la nature de nos relations ou d'une particularité des règles sur Un Un Un. Mais ça collait aussi avec ce qu'on m'avait laissé entendre.

« Elles vous ont donné une raison ? »

Son sourire s'effaça.

« Le briefing que vous avez reçu en chemin n'a pas dû être très approfondi.

— J'étais encore en crypte intersom il y a à peine sept heures. »

Et j'attendais toujours l'inévitable chute d'énergie qui vous tombe dessus dans les vingt-quatre heures après le réveil.

« Vous n'avez pas répondu à ma question.

— Entrons, d'abord. Au fait, mon nom est Gibb, Stuart Gibb. Considérez-moi comme l'emmerdeur en chef ici. »

La fente dans la toile s'élargit, et il tendit les deux bras vers moi.

« Montez, qu'on puisse vous informer de la situation. Vous avez un bagage ? »

Mon sac cylindrique mou contenait trois tenues de rechange, quelques affaires de toilette et une quantité non négligeable d'articles de contrebande. Je n'ai jamais eu le moindre scrupule à le confier à qui que ce soit. De fabrication tchie, il était conçu pour satisfaire un peuple qui passait son temps à prendre ombrage des comportements malséants (et le plus souvent imaginaires) d'autrui à son égard. Gibb aurait pu l'étudier sous toutes les coutures pendant des jours sans parvenir à accéder à mes effets personnels.

Il disparut à l'intérieur avec mon sac ; quelques secondes plus tard, une échelle souple descendit vers moi, claquant dans la brise. Une fois entièrement déroulée, elle devint solide. Je la saisis, m'assurai de sa capacité à soutenir mon poids, et me demandai ce que j'éprouverais si je glissais et dégringolais dans cet enfer agité par les tempêtes.

Du soulagement. Mon vieux désir de mort, qui pointait de nouveau le bout de son nez.

Je respirai à fond et forçai mes membres à se détendre, détendre, détendre. Puis, marmonnant mon mantra personnel – *Démons invisibles* –, je grimpai.

Alors que je me hissais par la fente dans un espace plus chaud et plus sombre, Gibb m'empoigna par le haut du bras pour m'aider à me remettre d'aplomb. Son contact eut immédiatement pour effet de me contrarier. Je le laissai me guider vers un endroit où m'appuyer, à environ un mètre de l'ouverture, ne me sentant guère rassurée par la façon dont la toile élastique fléchissait sous mon poids.

L'intérieur du hamac se présentait sous la forme d'une grande salle ronde, affaissée en son centre. Moulée en son point le plus large, une armature circulaire lui permettait de maintenir la forme approximative d'une larme. Mais sous cette base, le tissu pendait de manière lâche, creusant une sorte de cuvette peu profonde.

Gibb n'était pas seul. Un autre homme l'accompagnait : compact, le crâne rasé, un disque mémoire prosthétique collé à une tempe, le visage grimaçant et des yeux comme des lasers. Tous deux portaient d'amples pantalons gris et des gilets ouverts munis de nombreuses poches qui avaient l'air conçus pour mettre en valeur leur physique de gymnaste. Impossible de dire s'ils avaient gagné ces muscles à la dure, par un entraînement intensif, où s'ils s'étaient fait augmenter.

L'intérieur du hamac sentait le renfermé, avec des relents d'alcool et d'odeurs corporelles. Mais mon soulagement d'avoir échappé à la longue chute vers l'atmosphère orageuse d'Un Un Un suffit presque à me faire prendre cette mélasse pour un parfum enivrant.

D'un autre côté, Gibb me tenait toujours par le bras.

Je tirai d'un coup sec.

« Lâchez-moi.
— Vous sembliez éprouver des difficultés à...
— C'était le cas.
— Il n'y a aucune raison d'avoir honte. L'acrophobie n'a rien de nouveau pour moi...
— J'imagine. Lâchez-moi. »

Il me tenait toujours.

« Je connais les signes, maître. Vous êtes à dix secondes de la crise de nerfs.
— Et vous à cinq de perdre votre main. Lâchez-moi. »

Un curieux petit regard passa entre Gibb et l'homme grimaçant. Pas besoin d'une augmentation psi pour comprendre qui menait ce dialogue silencieux.

L'emmerdeur en chef autoproclamé ne semblait pas être autant aux commandes qu'il aimait le prétendre. Pas grave. J'étais prête à lui accorder la justesse du reste de sa description. D'après mon expérience personnelle, les gens qui insistent lourdement sur leurs défauts lors d'une première rencontre tentent simplement de désamorcer votre propre réaction, qui viendra inévitablement, en prenant les devants.

Je suis bien placée pour le savoir. Je fais pareil.

Gibb me libéra et recula tant bien que mal d'un demimètre vers la toile.

« Excusez-moi, Andrea. Certains nouveaux venus souffrent réellement du vertige. Ils ont tellement peur de tomber que ça finit par leur arriver. Dès que je vois quelqu'un en difficulté, j'ai tendance à redoubler de prudence, le temps de m'assurer que tout ira bien.

— Ne m'appelez plus Andrea, et nous ne devrions plus avoir aucun problème.

— Oh, l'ambiance est plutôt décontractée ici...

— Moi pas. »

Nouvel échange de regards.

« Il est vraiment inutile de vous vexer ainsi. Nous savons que certaines personnes ont besoin d'une période d'adaptation au début. Pour la plupart, ça ne dure pas...

— Je n'en doute pas. Et je vous remercie par avance de tout ce que vous pourrez faire pour m'aider dans ce sens. Mais je préfère tout de même éviter les familiarités.

— Allons, rien ne nous empêche d'avoir au moins un comportement amical...

— Rien, à part le fait que je ne cherche pas à me faire des amis, annonçai-je sur un ton neutre.

Vous pouvez m'appeler maître. Et si je ne peux pas employer votre titre d'ambassadeur...

— Comme j'ai commencé à vous l'expliquer, bégaya Gibb, les IAs-source ne reconnaissent pas cet endroit comme une ambassade officielle. Elles ont menacé de nous expulser si je me donne ce titre. Alors, Stuart fera l'affaire. Ou Stu.

— Non. Je crois que je préfère M. Gibb. »

L'homme grimaçant roula les yeux d'un air méprisant, mais son dédain ne m'était pas destiné, contrairement à d'habitude. Il concernait son collègue, un sentiment qu'il souhaitait partager avec moi.

Intéressant. Je n'étais arrivée que depuis deux minutes, et on me mettait déjà dans le secret d'une lutte de pouvoir.

Le regard de Gibb émettait des vagues de chaleur et de compassion, mais ne trompait pas un instant mon détecteur de sincérité.

« Ai-je fait quoi que ce soit pour vous offenser, maître ?

— Pas encore, monsieur Gibb. En avez-vous l'intention ? »

De nouveau, il sembla pris au dépourvu, manifestant une absence fort peu diplomatique de compétences pour réagir face à des gens désagréables tels que moi.

« Très bien, maître. Si c'est ce que vous préférez, nous maintiendrons des rapports strictement professionnels. »

Il désigna l'homme grimaçant.

« Je vous présente M. Peyrin Lastogne, notre consultant spécial sur place. Mon adjoint, si vous voulez. Il vous fournira tout ce dont vous avez besoin dans le cadre de votre enquête. »

Lastogne me salua d'un signe de tête à peine perceptible.

« Maître. »

Un seul mot, empreint d'une colère rentrée qu'il ne cherchait même pas à cacher. Il avait connu l'enfer, ailleurs, à un moment, peut-être plusieurs fois. Je le saluai à mon tour, puis demandai à Gibb :

« Pourquoi les IAs-source refuseraient-elles de reconnaître votre statut diplomatique ? »

Il fit un vague geste de la main.

« Elles considèrent l'habitat comme une installation commerciale, et non un territoire souverain. Tout ce qui s'y trouve, y compris les chers sentients qu'elles ont conçus, représente un capital en développement qui n'entre donc pas dans le cadre des traités prévoyant des échanges diplomatiques.

— C'est scandaleux ! m'indignai-je. Peu importe l'administrateur, ce sont les administrés qui comptent. Les Brachiens ont leur mot à dire.

— Vous et moi savons cela. Les IAs-source prétendent que les Brachiens sont un cas particulier. Après tout, ils n'appartiennent pas à une espèce autochtone, puisqu'ils ont été créés ailleurs, avant d'être transplantés. Ils ont aussi reçu la citoyenneté IA-source au moment de leur création, ce qui donne en théorie le droit aux IAs-source de parler en leur nom. »

Ce genre de baratin, pour transparent qu'il soit, n'était malheureusement pas nouveau. Les peuples soumis sont toujours des sous-ensembles des sociétés qui prétendent s'exprimer à leur place. Parfois, on les appelle même des citoyens. Ça n'en fait pas moins des assujettis.

D'un haussement d'épaules, Gibb coupa court à mon sermon sur des principes juridiques qu'il connaissait déjà.

« Économisez votre salive, maître. Je ne fais que répéter les arguments avancés par les IAs-source. »

Je mordillai l'ongle de mon pouce – un autre de mes tics, que je ne contrôlais plus depuis des années.

« Comment en est-on arrivé à un problème diplomatique ? C'est une station complètement verrouillée, bien cachée de quiconque aurait les capacités de la chercher. Les IAs-source n'avaient pas besoin de laisser entrer ni de dévoiler l'intérieur de l'habitat à qui que ce soit. Les Brachiens auraient facilement pu rester un secret, à moins qu'elles révèlent leur existence.

— C'est précisément ce qui s'est produit, répondit Gibb. Il y a environ trois ans, système mercantile, elles ont informé les principaux gouvernements qu'elles avaient quelque chose à montrer. Peu après, une délégation composée de Riirgaans, de Bursteenis, d'Homsaps et de Tchis est arrivée et a pu observer les Brachiens dans leur habitat prétendument "naturel". Quand les représentants des autres espèces ont compris que les IAs-source avaient conçu leurs propres sentients, et mieux encore, prétendaient en être propriétaires, ça a déclenché une levée de boucliers diplomatiques.

— Les IAs-source devaient s'y attendre. »

Gibb roula les yeux.

« Ah oui ! Vous croyez ? »

Au fil des ans, j'avais déjà été impliquée dans des imbroglios de ce genre qui avaient toujours tourné au cauchemar. Rien d'étonnant, s'agissant de débats prolongés entre créatures qui diffèrent tant par leurs cultures que par leurs psychologies. Ça ne s'est jamais envenimé au point de déclencher une guerre interstellaire totale, une perspective si peu réaliste et tellement coûteuse que seuls un imbécile ou un fou y songeraient. Ce qui n'est pas plus mal, parce que les centaines de gouvernements égocentriques, chamailleurs et belliqueux qui composent la Confédération homsap ne sont jamais parvenus à s'entendre sur rien ; résister à un effort concerté de conquête ou d'annihilation de la part d'un ennemi de l'extérieur vraiment déterminé n'était même pas envisageable. Alors, on se dispute pour la moindre broutille, on s'indigne, on multiplie les escarmouches autour de ridicules questions de souveraineté économique ; et on se querelle à n'en plus finir à propos des clauses de la Convention interespèces censée assurer le respect des convenances entre les parties.

C'est aux dispositions diplomatiques de cette Convention que je dois ma réputation de criminelle de guerre, et mon immunité contre les poursuites que tant d'espèces aimeraient engager contre moi. Une Convention qui s'opposait également de façon claire à la création de races d'esclaves. Pourtant, ici les IAs-source bafouaient délibérément cet aspect de l'accord. Qu'est-ce qui leur était passé par la tête ?

L'ongle de mon pouce claqua contre mes dents.

« Alors, quelle est la taille de votre délégation "non officielle" ?

— Environ soixante-dix personnes sur place, invitées par les IAs-source qui nous tolèrent, dans certaines limites. Nous avons obtenu l'autorisation d'établir ce camp il y a à peu près deux ans, système mercantile. Nous pouvons interagir avec les Brachiens, les observer et tenter de nouer des relations avec eux, et même faire un inventaire de leurs comportements, mais uniquement dans un but d'étude. Si nous franchissons la ligne rouge de la diplomatie, on nous expulsera.

— Ma mission première, intervint Lastogne, consiste à mettre ces règles en application. Autrement dit : à m'assurer que personne, dans notre équipe, n'accomplisse quoi que ce soit de significatif. »

Je scrutai son regard, pour voir s'il plaisantait.

« Ce doit être frustrant. »

Il me toisa avec la même franchise.

« Les diplomates n'ont besoin de personne pour ne pas faire de vagues. »

Encore plus intéressant. Je commençais peut-être à avoir une bonne opinion de ce type.

Mais son attitude dérangea Gibb.

« Ça suffit, Peyrin. Vous aurez tout le temps pour manifester votre nihilisme facile. Notre présence n'est pas inutile, maître. La création de sentients à des fins d'esclavage est un précédent intolérable et nous sommes là pour le combattre. Réunir des informations sur cet habitat nous donnera les armes dont nous pourrions avoir besoin. Peut-être s'agit-il d'un des dossiers les plus brûlants du Corps diplomatique.

— Et vous pensez en avoir encore pour combien de temps ?

— C'est une installation permanente, répondit Gibb. À moins d'une découverte capitale, certains d'entre nous sont susceptibles de passer la vingtaine d'années de leur contrat ici. »

Je n'aurais pas su trouver meilleure définition de l'enfer.

En parlant d'enfer, le genou de Gibb frôla le mien. C'était peut-être involontaire. La mollesse du sol exigeait une vigilance de tous les instants pour ne pas glisser vers le point le plus bas, au centre du hamac. Cela dit, Lastogne ne semblait éprouver aucune difficulté à maintenir sa position. Sans pouvoir mettre le doigt sur un détail en particulier, je ne parvenais pas à me défaire d'une sensation de tension sexuelle à proximité de Gibb.

Respirant profondément, je me concentrai sur le problème du moment.

« Alors, quelle est votre opinion des Brachiens ? Esclaves ou pas ?

— Ils ne donnent pas l'impression de travailler. Apparemment, ils se contentent d'occuper une niche dans l'écosystème d'Un Un Un. Mais ils appartiennent tout de même à une espèce sentiente, traitée en propriété, et privée de tout droit à l'autodétermination. Actuellement, onze puissances spatiales, y compris la Confédération homsap, sont engagées dans une bataille juridique afin qu'un tribunal interespèces se saisisse du dossier. »

Formidable. Onze races sentientes – des Riirgaans, toujours aimables, aux Tchis, carrément infréquentables –, toutes avec une conception bien particulière de la diplomatie : je ne me serais pas risquée à avancer une date pour la fin de ce litige.

Gibb interpréta correctement mon expression.

« Ça arrivera, tôt ou tard. Mais les IAs-source sont retorses. Après un an de négociations à couteaux tirés, elles n'ont accordé qu'une seule autorisation d'entrer. C'est tombé sur nous, avec une équipe réduite d'observateurs admis dans l'habitat pour s'assurer que les Brachiens n'avaient pas à se plaindre de leur sort. »

Les rivaux de la Confédération homsap n'avaient pas dû apprécier, d'autant plus que bon nombre de ces espèces tenaient l'humanité en piètre estime.

« Personne n'a protesté ? m'étonnai-je.

— Oh, si – tout le monde. Pour ce que j'en sais, ça n'a pas cessé depuis. Nous enfermer ici présente au moins l'avantage de nous épargner ces querelles. À noter que les Riirgaans ont réussi à envoyer un de leurs représentants sur Un Un Un, en la personne d'un humain bénéficiant de la citoyenneté riirgaane. Mais dans la pratique, il reste l'un des nôtres, sous mon commandement. »

Je grommelai.

« En l'absence de statut diplomatique, ça ne signifie pas grand-chose.

— C'est vrai. Sur le plan officiel, nous n'exerçons aucune autorité et ne jouissons d'aucune immunité.

— Pas la situation idéale pour enquêter sur un meurtre. »

Gibb cilla.

« Non.

— Parlez-moi de la victime, Christina Santiago. Comment est-elle morte ? »

Gibb s'excusa, grimpa tant bien que mal sur le sol en pente, en direction d'un ballot attaché à l'armature du hamac. Il en sortit deux cylindres munis de pailles intégrées, puis refit le chemin inverse en se laissant glisser de manière bien peu élégante sur le derrière. Sa course s'interrompit quand ses genoux touchèrent de nouveau les miens.

« Buvez, je vous prie. »

Je ne buvais ou ne mangeais que rarement en présence de mes frères humains, les repas pris en commun impliquant un lien social que je préférais éviter. Mais je m'exécutai, haletant quand le liquide entra en contact avec ma gorge.

« Comprenez bien ceci, maître : la strate nuageuse au-dessous de nous se trouve à seize kilomètres ; l'océan encore plus loin ; l'atmosphère est irrespirable sur la majeure partie de cette distance, et devient de plus en plus caustique à mesure qu'on descend. Seule l'épaisseur de toile qui nous retient en ce moment se dresse entre nous et une vilaine chute. Difficile de ne pas garder constamment à l'esprit les conséquences d'un faux pas. Je réserve l'alcool à l'usage des nouveaux venus. Certains en ont besoin en attendant de se faire à cette idée. Et le temps que je découvre si l'altitude leur posera problème. Ça a semblé être votre cas plusieurs fois depuis votre arrivée. Alors, je vous le demande : pensez-vous que vous aurez un problème ? »

Je sentis la toile fléchir sous mon poids, et me dis que, si elle avait dû se déchirer, Gibb et ses collaborateurs auraient dégringolé à travers les nuages depuis belle lurette.

« Non.

— Vous en êtes sûre ?

— Ma réponse ne changera pas parce que vous répétez la question. »

Gibb m'étudia plus longuement que je l'aurais souhaité.

« J'espère que vous avez raison. Parce que ceci n'est plus une enquête concernant un cas isolé de meurtre. »

Il hésita, comme s'il craignait de prononcer les mots suivants.

Lastogne lui évita cette peine.

« Mais deux meurtres. Quelqu'un d'autre a été tué, avant-hier. »

2

Message de haine

J'aimerais pouvoir dire que la nouvelle me surprit, mais avant même d'arriver je m'étais doutée que ce meurtre ne resterait pas isolé.

J'avais reçu une sorte d'avertissement, mais à ce moment-là, je n'étais pas prête à traiter cette information. Je venais à peine de sortir d'intersom. C'est comme si on vous tirait d'un coma d'un coup de marteau : un choc, cristallin, mais tellement désagréable qu'on meurt d'envie de replonger dans le néant.

Déjà que je n'aime pas me réveiller en temps normal. D'abord, première étape, terrible, je me rappelle qui et ce que je suis ; chaque matin, mon cœur se serre, j'ai l'impression qu'il se contracte autour de cette information, comme une cloque qui se formerait autour d'une plaie.

J'enfonçai le kres dans son dos, pas pour me protéger, bien qu'il m'eût tuée sans hésitation, mais parce que je voulais le voir mourir. Je me regardai faire et j'y pris du plaisir. Il avait été mon vaafir. Il avait été comme un père pour moi. Je m'en moquais. Je voulais le voir mourir.

Si, comme moi, on préfère se passer d'implants pour contrôler ses rêves, le sommeil normal est déjà assez moche.

L'intersom, c'est pire.

L'esprit conscient est hors service pendant des semaines ou des mois, système mercantile. Seules de rares interférences mentales viennent troubler un encéphalogramme plat. On ne peut même pas parler de pensées ou de souvenirs, tout juste de quelques bribes qui traînent.

Pour les gens enclins à rêver de choses agréables ou d'intermèdes érotiques, l'expérience peut parfois se révéler plaisante.

Ça n'a jamais été mon cas.

Je me redressai donc, couverte du gel bleu translucide propre à la crypte intersom, les paupières poisseuses, les genoux ramenés et serrés contre ma poitrine, tandis que des larmes acides me piquaient les yeux et traçaient des sillons dans la matière visqueuse séchée sur mes joues.

J'éprouvai un sentiment de perte, de honte, de haine de soi et de rage, et le désir de faire couler le sang.

Je frémis. Je sanglotai.

Je voulus mourir.

Je fermai les yeux et me reprochai amèrement mon incapacité à prendre du recul.

Je retins ma respiration. Mon cœur se mit à battre la chamade, et je dus l'obliger à retrouver un rythme normal avant qu'il explose en moi.

Bonjour, Andrea. Et bon réveil.

Reprenant peu à peu mes esprits, je me rappelai où j'avais été, et où j'étais censée me trouver maintenant.

Je revenais d'une mission sur Grastius, une perte de temps, dans une longue carrière déjà riche en colossales pertes de temps.

Je devais rentrer à La Nouvelle-Londres. À un dock du Corps diplomatique, j'aurais eu à mon chevet des gadgets de sleeptech pour me prodiguer quelques paroles de réconfort et m'offrir une boisson sucrée. Leurs attentions ne me manquaient pas particulièrement, mais leur absence était synonyme d'imprévu.

« Merde. »

Autrefois, avant que je le reprogramme avec une personnalité plus compatible avec la mienne, l'ordinateur de bord m'aurait rassurée de sa voix la plus sirupeuse. Plus maintenant.

« Ouais. C'est la merde », renchérit-il sur ce ton irrité et profondément las qui me convenait parfaitement.

« Pourquoi on n'est pas arrivés ? On va s'écraser ? »

L'ordi répondit avec une grimace presque audible.

« On n'aura pas cette chance.
— Alors quoi ?
— La Nouvelle-Londres nous a déroutés.
— Comment ça, déroutés ?
— Déroutés, répéta-t-il, avec un degré d'agacement qui rivalisait avec le mien. Déviés. Contraints à changer de direction. Affectés à une nouvelle destination. Sommés d'aller chasser le dahu. Déroutés, quoi. »

J'avais des élancements dans la tête.

« Merde.

— C'est un synonyme acceptable, dit l'ordi.

— Merde. Merde. Merde. Merde.

— N'en abuse pas, ma grande.

— Je devais partir en congé. »

Du temps libre que j'avais eu l'intention de consacrer à une enquête personnelle sur certains Démons invisibles.

« Je sais. Et eux aussi. Apparemment, ils s'en moquent.

— Pourquoi n'ont-ils pas dérouté quelqu'un d'autre ?

— Ils ont dû penser que ce serait trop cruel de faire ça à quelqu'un dont l'existence importait vraiment.

— Va te faire foutre.

— Qu'est-ce qui te fait croire que je serais intéressé, mon chou ? »

Qu'est-ce qu'il ne fallait pas entendre pour profiter d'un ordi doté d'un minimum de personnalité !

« On est où ?

— À sept heures de notre arrivée sur un monde-cylindre, un habitat des IAs-source enregistré sous le nom d'Un Un Un ; représentant à la tête de la délégation du Corps diplomatique : M. Stuart Gibb. »

La mention des IAs-source était le premier signe que l'affaire était à prendre au sérieux.

Quiconque bourlinguait un peu dans l'espace civilisé croisait forcément cette communauté d'intelligences artificielles autonomes ; bien que désincarnées et intangibles, elles allaient et venaient parmi nous, offrant leurs conseils et vendant leurs services, mais ne se rendant jamais suffisamment abordables pour que nous puissions espérer de réels échanges. Le peu d'informations disponibles à leur sujet restait extrêmement vague. Elles avaient toutes pour origine les logiciels propriétaires de plusieurs espèces sentientes organiques dont les avancées technologiques avaient permis de créer des programmes informatiques capables de les guider dans leur propre évolution. Ces proto-IAs avaient fini par accéder à la sentience et, peu de temps après, à l'autonomie, et ce bien avant que l'humanité émerge de sa mélasse primitive. Ensuite, au cours de leurs explorations respectives de l'univers, elles avaient établi des contacts entre elles. Une sorte de communauté était née, prête à nous accueillir, nous, pauvres créatures de chair et de sang, quand nous étions parvenus à nous bouger les fesses hors de nos puits gravitationnels, avec tous les équipements de vie nécessaires.

En revanche, nous ignorions où elles gardaient leur hardware. À en croire la théorie la plus acceptée actuellement, ce n'était pas dans l'espace conventionnel, à la merci de créatures organiques paranoïaques à la gâchette facile. Nous n'avions pas non plus la moindre idée des avantages qu'elles tiraient de leurs relations diplomatiques et commerciales avec nous. Peut-être juste pour se distraire (un jeu informatique dont *nous* serions les pions). Nous ne connaissions pas l'étendue réelle de leur intelligence et de leur pouvoir. J'avais moimême assisté à plus d'une réunion du Corps diplomatique où la simple évocation de leur capacité à rayer de la carte céleste toutes les espèces sentientes organiques avait suscité un silence gêné. Voire un abus d'alcool.

En attendant, elles semblaient se satisfaire de papillonner parmi nous, d'écouler leur technologie et de nous surprendre parfois par leurs caprices bizarres. Que faisaient-elles de tout l'argent qu'elles gagnaient par l'intermédiaire de leurs diverses entreprises ? Mystère. Elles n'avaient aucun besoin de ce que nous aurions pu leur vendre. Leur réseau IA-Santé, riche de nombreux hôpitaux et cliniques, constituait leur contribution la plus connue aux échanges interespèces. Rien que dans l'espace homsap, il assurait plus du tiers des soins médicaux. J'avais eu recours à leurs services d'urgence à plusieurs reprises, et je leur devais d'avoir survécu à au moins deux attentats. Mais justement : jusqu'à présent, elles étaient toujours venues sur *notre* terrain. Jamais l'inverse.

Elles ne possédaient pas de corps au sens où nous l'entendions. Quel besoin avaient-elles d'un monde, même artificiel ? Je me couvris les yeux avec mes mains encore poisseuses.

« Est-ce qu'on a au moins daigné m'envoyer un message pour m'informer de la raison de ma présence ?

— Daigné est le mot juste, répliqua l'ordi.

— À ce point-là, hein ?

— À ce point-là. Serre les fesses. Tu vas adorer. »

La lumière froide de la pièce diminua devant moi, remplacée par une obscurité totale, au sein de laquelle surgit le visage d'un homme que je méprisais presque depuis le début de ma carrière.

Artis Bringen était un fonctionnaire imberbe terriblement mince qui avait adopté l'apparence d'un garçon d'à peine quinze ans, système mercantile. Ses joues étaient lisses, son menton plat, son visage dénué de toute trace qu'aurait pu y graver l'expérience. Uniques concessions à son âge réel : une coupe qui laissait voir la racine des cheveux et faisait ressortir le désert désolé de son front et un regard las, désenchanté. L'abus, jusqu'à l'obsession, de traitements de rajeunissement n'était pas parvenu à étendre à ses yeux la fraîcheur de son visage et de son corps. Cette discordance avait toujours contribué à lui donner l'apparence d'un blanc-bec insignifiant qui ne méritait pas qu'on le prenne au sérieux.

Bringen était également l'un de ceux qui, parmi d'autres, ne considéraient ni mon jeune âge ni mon irresponsabilité au moment des faits comme des circonstances atténuantes pour les crimes que j'avais commis. À ses yeux, j'incarnais les tendances génocidaires de l'humanité, et mon maintien en liberté représentait la négation de tous nos efforts pour nous améliorer en tant qu'espèce. Depuis qu'il était mon supérieur hiérarchique, il avait tenté à quatre reprises de remettre en cause le statut qui, au sein du Corps diplomatique, m'assurait l'immunité. Une fois, il avait presque réussi à me traîner devant un tribunal interespèces.

La projection m'adressa un sourire sans chaleur, plus comme un carnassier montrant les dents que comme un collègue en saluant un autre.

« Bonjour, maître. Quand vous écouterez ce message, on vous aura déjà informée que vous vous dirigez à présent vers Un Un Un. J'ai bien conscience que le report de votre congé doit vous contrarier…

— Vous pouvez vous le foutre au cul, marmonnai-je.

— … mais la situation sur cet habitat est à la fois critique et politiquement délicate, raison pour laquelle nous avons accédé à la demande de plusieurs des intéressés qui vous ont réclamée personnellement. »

Accédé à la demande. Typique de Bringen.

« Allez vous faire voir.

— Les détails vous seront communiqués une fois sur place. La situation est fluctuante… »

Je gémis.

« C'est votre *tête* qui est fluctuante.

— J'imagine votre réaction. »

Il soupira, adoptant une expression qu'il affichait souvent quand il avait affaire à moi : un genre d'infinie tristesse, plus appropriée à une personne qu'on apprécie qu'à quelqu'un qu'on a si souvent tenté de jeter en pâture aux loups.

« Ne m'en veuillez pas de ce contretemps, Andrea. Nos relations ne sont pas faciles. En d'autres circonstances, vous et moi aurions pu être amis. S'il n'avait tenu qu'à moi… »

Je lui tirai la langue.

« Malheureusement, je pense ne pas me tromper en affirmant que je ne remonterai pas dans votre estime quand vous aurez découvert les conditions à l'intérieur d'Un Un Un. »

Il sourit, une expression qui, sur son visage, ressemblait à un rictus rapace.

« Comme il vous arrive d'être sujette au vertige, vous risquez de rencontrer quelques difficultés. Je suis navré, Andrea. »

C'est ça. J'y crois dur comme fer.

« Je vais m'en tenir au strict minimum », reprit Bringen.

La grimace qui remplaça son petit sourire satisfait ne fit que confirmer son absence totale de dispositions pour la gravité.

« Les IAs-source ont créé une espèce sentiente. »

Une longue pause, tandis que la confusion consécutive à ma sortie d'intersom se dissipait d'un seul coup.

« Un membre de notre équipe d'observation sur place serait décédé suite à un acte de sabotage des IAs-source : une engagée, en première année de contrat, Christina Santiago. Tous les faits connus à cette heure semblent confirmer cette théorie. Mais si les IAs-source sont coupables, ça risque de déclencher un sacré merdier ; je n'exagère pas. Nous ne pouvons pas nous le permettre. Suis-je assez clair ? »

Très clair. Si les IAs-source avaient provoqué la mort d'un diplomate humain, c'était un acte de guerre de la part d'un ennemi invisible exerçant son emprise sur les industries majeures de plusieurs mondes homsaps depuis six siècles au bas mot. Qui serait assez bête pour riposter par le feu dans un conflit pareil ? Avec la certitude d'avoir déjà perdu la bataille avant même qu'on remarque l'ouverture des hostilités ?

Si elle devait en arriver là, l'humanité pouvait jouer sa survie.

« Quels que soient les faits, quelles que soient les preuves, quel que soit ce que vous dictent vos sens… vous devez déclarer les IAs-source innocentes. Même si elles sont coupables. Nous nous occuperons de ce problème plus tard, en faisant au mieux. Mais en attendant, il vous appartient de remettre ce diable à ressort dans sa boîte. Et de nous trouver un coupable qui satisfera tout le monde. »

Il hésita.

« J'ai confiance en vous, Andrea. Tenez-moi au courant, dès que possible. »

La projection s'éteignit et disparut, remplacée par les quatre murs de ma crypte.

L'espace d'un instant, je regrettai de ne pas pouvoir lancer mon transport dans une direction vierge de toute pollution sentiente. J'aurais pu dériver tranquillement pendant des siècles ou des millénaires sans rencontrer un puits gravitationnel, sans crises et sans controverses pour me déranger.

L'ordi me tira de mes rêveries.

« Hé !

— Quoi ?

— *Démons invisibles*. N'oublie pas : c'est toi qui m'as demandé de te rappeler à l'ordre chaque fois que tu te mettais dans cet état. »

La pièce était calme, hormis ce sifflement présent partout, y compris dans les lieux déserts, l'écho des molécules qui entrent en collision et transforment le silence lui-même en une sorte d'explosion étouffée.

Je me serais bien passée de ce mémento qui me ramenait à la réalité d'un engagement dévorant.

« Merde, marmonnai-je.

— Tu préfères que je garde le reste pour plus tard ? » s'enquit l'ordi.

J'envisageai d'attendre de me sentir vraiment en forme. L'apathie consécutive à l'intersom persistait. Je devais me traîner sous une douche à ultrasons pour me débarrasser du gel, me forcer à avaler quelque chose de solide et dormir quelques heures dans mon lit de camp. Je n'en aurais peut-être plus l'occasion avant plusieurs jours. Les amphétamines qui entraient dans la composition des agents nécessaires au redémarrage de mon organisme me poussaient toujours à fond, jusqu'à ce que je heurte de plein fouet le mur de mon métabolisme.

Mais écouter Bringen et l'ordi m'avait déjà ramenée à mon niveau d'irritation le plus productif.

« Envoie.

— Un second message est arrivé, greffé au premier. Des données codées, par paquets de dix tous les mille mots que Bringen dégoisait. Ajoutés au flux *après* qu'il est parti de La Nouvelle-Londres. J'ai repéré au moins dix-sept indications différentes qui le prouvent. Je t'épargne les détails, c'est terriblement ennuyeux – sauf si tu insistes.

— Tu es sûr ? Ce n'est pas une des entourloupes de Bringen ?

— Hautement improbable, à en juger par le contenu de ce second message. Mais pour m'en assurer, j'ai demandé à La Nouvelle-Londres de nous renvoyer le premier par hytex. Cette fois, la transmission s'est limitée à Bringen, sans code supplémentaire. Non, quelqu'un semble avoir intercepté le signal de Bringen et tripatouillé les données. »

L'ordi hésita, imitant à la perfection la réticence d'un humain face à une folle hypothèse.

« Tout porte à croire qu'on a affaire à un Homsap utilisant du codage IA-source. La manipulation a pu être effectuée depuis l'intérieur d'Un Un Un. »

Je me mordis l'ongle du pouce, le goût des résidus de gel me faisant immédiatement regretter mon geste.

« Quelqu'un cherche à me parler en évitant les canaux officiels.

— Ou à prouver qu'il les contrôle. Le contenu a de quoi inquiéter. »

Je me redressai un peu.

« Montre-moi. »

La pièce redevint sombre. Une autre projection apparut : moi ; ou plutôt un holo grandeur nature, vêtu de mon habituel ensemble noir ; debout, comme au garde-à-vous, une expression neutre, quasi comateuse sur le visage, mais sans le petit air sérieux que me conférait d'ordinaire mon front ridé. Le menton semblait moins prononcé que dans la réalité, mais la hauteur des pommettes et la minceur du nez collaient plutôt bien. Combinés et au repos, ces traits donnaient à l'ensemble une beauté dont je me serais bien passée.

Ce portrait périmé me représentait avec les cheveux coupés court de tous les côtés ; j'avais depuis pris goût à une certaine asymétrie, manifestée par une fine mèche que je laissais pendre sur mon épaule droite. Mais j'étais tout de même reconnaissable ; on aurait tout à fait pu envoyer ça aux médias en cas de décès ou de disparition, suite à une tombée en disgrâce suffisante pour m'éliminer en toute impunité.

L'holo me regarda dans les yeux et dit :

« Salut. »

Juste *salut*.

Avant d'exploser de l'intérieur.

Il renversa la tête, ouvrit grand la bouche et se tint devant moi, tandis que ses joues se contractaient convulsivement. Sa bouche, de plus en plus béante, repoussait les limites de l'anatomie humaine. Elle les dépassa bientôt, quand le bas de sa mâchoire en vint à reposer presque à plat contre son cou. La chair et la peau autour du menton, tendues comme du papier, se déchirèrent en une blessure écarlate criarde qui mit à nu les dents rosies par de soudaines hémorragies à l'arrière de la gorge. Puis un geyser d'entrailles jaillit de l'impossible béance, comme tiré par des canons ; pas seulement du sang et de la bile, mais de la charpie noire, luisante et organique, qui aurait désespérément cherché à échapper aux horreurs qui se déroulaient à l'intérieur. Jamais mon corps n'aurait pu contenir un tel volume de liquides. Bientôt, le simulacre en fut couvert des pieds à la tête. Puis quelque chose d'indescriptible survint au niveau de sa cage thoracique qui s'affaissa, les côtes se brisant en éclats d'os qui émergèrent de la chair, tels des scalpels.

La haine, ça me connaît. Mon passé m'a valu mon lot de menaces de mort, aussi variées que les représentants des différentes espèces qui en étaient les auteurs. La plupart ont choisi d'exprimer leur colère et leur amertume à mon égard de vive voix, via hytex. Quelques-uns ont pris la plume (avec de la *vraie* encre, sur du *vrai* papier). Certains ont su faire preuve d'une imagination fertile, n'hésitant pas à recourir à l'animation. Parmi ces derniers cas, j'ai assisté à des simulations de torture, de strangulation, de viol et d'actes sexuels d'une folle perversion. Même mes recherches les plus poussées ne m'ont permis de découvrir qu'une dizaine de mondes où on y faisait allusion (ne parlons même pas de les pratiquer).

En général, c'est assez risible. Il m'arrive d'être amusée par la méconnaissance de l'anatomie féminine dont font preuve mes correspondants.

Les auteurs anonymes du geyser d'entrailles sanglantes savaient ce qu'ils faisaient. En dépit d'un ou deux détails périmés ou inexacts, ils avaient produit un simulacre parfaitement convaincant.

Leur travail semblait très réel.

C'était du sérieux.

Comme une promesse.

Il fallait être un monstre pour envoyer ce genre de menaces.

J'aurais dû me sentir terrifiée.

Mais j'étais, moi aussi, un monstre. Et alors que je songeais à mon expéditeur invisible, je tapotai l'ongle d'un doigt contre mes dents et murmurai une promesse silencieuse en retour.

J'aurai ta peau.

3

Victimes

Ils commencèrent par me parler de Christina Santiago.

Lastogne débita les faits d'un ton monotone. À l'écouter, je devinai qu'il n'éprouvait guère de compassion. Santiago était une engagée qui venait d'achever sa formation; elle avait pour spécialité l'exopsychologie. Le Corps diplomatique lui avait permis d'échapper à son monde d'origine, un enfer industriel perdu au fin fond de l'espace homsap.

Les siens payaient un lourd tribut au féodalisme économique qui a cours dans les recoins les plus défavorisés de la Confédération. Installés depuis dix-sept générations, les colons avaient dû hypothéquer leurs vies et celles de leurs enfants, juste pour s'établir. De fait, ils étaient devenus les esclaves de Bettelhine, qui avait avancé les fonds. Ce monde dépendait de la production de composants destinés aux modérateurs quantiques des vaisseaux spatiaux. Un tiers de la population fournissait nourriture, logement et divers services annexes, tandis que les deux autres trimaient sans relâche dans les usines de Bettelhine. Perpétuellement en retard sur des objectifs inatteignables, ils ne pouvaient pas espérer réduire significativement une dette monumentale.

Même parvenir à l'équilibre paraissait une ambition démesurée ; la direction y veillait. Pour ne pas rester à la traîne, ils étaient de plus en plus nombreux à déserter les exploitations agricoles et les entreprises locales. Bettelhine, dans son infinie générosité, prenait le relais, accaparant une part croissante du marché des produits de première nécessité, avec une marge toujours plus confortable. De son vivant, Christina Santiago avait vu les siens hypothéquer l'avenir de trois générations supplémentaires.

Cette situation ne me choquait même plus. La Confédération n'offre aucun recours à ses citoyens contre la rapacité des grandes entreprises. Son peu de poids politique est tourné vers l'extérieur, il permet à l'humanité d'afficher une unité de façade dans ses relations avec les autres puissances sentientes. En interne, elle n'est jamais parvenue à faire l'unanimité de toutes nos sous-cultures autour d'une constitution. Nous n'arrêtons pas de nous chamailler. Un visiteur de passage dans l'espace homsap peut rencontrer tout type de système politique et économique, du culte écolo au fascisme. Sur certains de nos mondes les plus divisés, plus de cinquante gouvernements différents se partagent le pouvoir, et se bombardent parfois allègrement les uns les autres depuis l'orbite. Voilà pourquoi, aujourd'hui encore, nous sommes témoins de génocides au sein de la Confédération ; voilà aussi ce qui explique la persistance de cette forme d'esclavage financier avec lequel Santiago a grandi, alors qu'on devrait aligner ses bénéficiaires contre un mur et les exécuter.

Ne me lancez pas sur le sujet. Il m'arrive de haïr ma propre espèce.

Face à Lastogne et Gibb, je feignis une certaine lassitude.

« Et après ? La moitié de l'effectif du Corps diplomatique est probablement issu de mondes en crise ou d'économies en déclin. C'est ce qui rend notre contrat d'engagement si attrayant, malgré la perspective de servitude.

— Ça nous éclaire sur sa personnalité, répondit Lastogne.

— Sa personnalité n'est pas pertinente, à moins qu'elle ait un rapport direct avec sa mort, avec ce qui a pu pousser l'assassin à la prendre pour cible. C'est ce que vous croyez ?

— Je n'ai aucune raison de croire quoi que ce soit. Je me contente d'être exhaustif. »

Gibb semblait las.

« Venez-en aux faits, Peyrin. Elle comblera ses lacunes plus tard. »

Santiago s'était engagée dans le Corps diplomatique dès qu'on lui avait donné la possibilité de signer un contrat. Elle espérait s'offrir une vie meilleure, une chance qui ne s'était malheureusement pas concrétisée. Son assassinat avait eu lieu pendant la période nocturne, quand les globes irisés des soleils d'Un Un Un luisaient plus faiblement et permettaient aux habitants du monde-cylindre de connaître l'équivalent d'une nuit planétaire. Certains témoins avaient déclaré avoir vu de la lumière dans le hamac de Santiago ; elle ne dormait donc probablement pas et devait travailler au moment du crime.

Le ou les coupables avaient découpé tous les câbles qui retenaient un des côtés de son hamac aux Frondaisons. L'effondrement partiel avait transformé la tente en bannière claquant au vent. Tout ce qui n'était pas solidement arrimé à la toile, y compris Santiago elle-même, avait dégringolé dans les ténèbres au-dessous, dans le sillage de ses cris.

La jeune femme terrifiée avait dû rester consciente de longues minutes, le temps de plonger vers les régions de haute pression mortelles.

Qu'avait-elle ressenti, pendant sa chute, alors que la température montait tout autour d'elle, sachant que tous ses efforts avaient été vains ?

Loin d'avoir sur mes nerfs l'effet apaisant qu'escomptait Gibb, l'alcool avait accru ma sensibilité aux nombreuses vibrations subtiles qui résonnaient dans le matériau souple du hamac. Certaines provenaient des battements de nos trois cœurs, transmettant leurs rythmes à la toile, à travers la chair, les os et les vêtements ; d'autres, la majorité sans doute, du vent à l'extérieur. Peut-être les bourrasques renvoyaient-elles encore l'écho des hurlements de Christina Santiago au cours de sa chute, quelque part dans cet endroit impossible.

Au contact de ma paume contre la paroi du hamac, je ne pus m'empêcher de frémir.

« Ce n'est pas l'œuvre d'une lame normale. »

Gibb se fendit d'une grimace presque aussi pleine d'amertume que celle de Lastogne.

« Non, vous croyez... ?

— Des faisceaux de microfilaments renforcent les câbles conçus pour supporter cinquante fois la charge, expliqua Lastogne. Aucun des outils autorisés à l'intérieur de l'habitat n'est capable de les entamer. Nous avons rapporté les segments qui pendaient des Frondaisons au vaisseau pour examen. Nous avons ainsi pu écarter l'hypothèse d'un défaut de fabrication et constaté la présence de coupures nettes et précises, avec quelques marques à peine perceptibles de très intense chaleur. Le ou les coupables se sont servis d'un matériel de pointe, ça ne fait aucun doute.

— Vous soupçonnez les IAs-source.

— C'est la conclusion logique, répondit Gibb. Elles fixent les règles ici. Les Brachs n'ont aucune technologie. Hamac-Ville se débrouille avec le minimum : quelques flotteurs, des glisseurs de moyenne autonomie, et bien sûr une liaison au réseau hytex. De quoi nous déplacer dans les parages, faire notre boulot et informer quotidiennement La Nouvelle-Londres des résultats de nos recherches. Rien qui permette de s'attaquer à ces câbles.

— Quelle est la capacité de votre vaisseau ? demandai-je.

— Cinquante dormeurs. Salle de réveil pour quatre. Il a servi au transport des matériaux et du gros de la dél... »

Il s'arrêta avant d'avoir prononcé le mot « délégation ».

« Notre équipe de recherches.

— Votre cargaison comprenait donc les outils nécessaires à la construction de cette base ?

— Oui.

— Y compris de quoi découper ces câbles.

— Bien sûr.

— Et je suppose que vous vous êtes assuré que ces outils n'avaient pas bougé de votre vaisseau ?

— Absolument, dit Gibb. Je vois où vous voulez en venir, maître. Vous pensez que je devrais balayer devant ma porte, avant d'accuser nos hôtes.

— Ça semble une première étape raisonnable.

— Malheureusement, les IAs-source ont banni toute technologie de pointe à l'intérieur de l'habitat dès la fin des travaux. Tout est donc retourné en soute. Les systèmes de bord du vaisseau tiennent un inventaire précis des entrées et des sorties ; ils confirment que rien ne manque à l'appel. Les IAs-source sont bien les seuls sentients qui possédaient les outils nécessaires au moment du crime.

— À moins qu'un des vôtres ait piraté le système pour dissimuler un détournement.

— C'est possible. L'histoire nous a montré que rien n'arrête un hacker déterminé. Mais les IAs-source ont des yeux partout ; elles ne permettraient à personne de quitter le hangar avec une technologie proscrite. Je ne parle même pas d'entrer dans l'habitat. Elles me préviendraient à la moindre tentative, et elles ont tout lieu de le faire, puisqu'en l'absence d'une autre explication, tout les accuse. »

Je me mordillai un ongle.

« Peut-être qu'elles s'en moquent.

— Dans ce cas, sans vouloir leur attribuer des motivations humaines, ça paraît plus logique qu'elles soient coupables. À leur place, si j'étais innocent, je n'aimerais pas qu'on me soupçonne.

— Nous avons aussi notre propre dispositif de sécurité, intervint Lastogne. Trois engagés qui n'ont pas supporté les conditions qui règnent à l'intérieur de l'habitat. Ils restent à plein temps dans le hangar où ils s'occupent essentiellement de l'entretien, de tâches administratives et de l'accueil de leurs collègues au repos. Ils nous signaleraient immédiatement toute tentative d'intrusion.

— Aucune raison de les soupçonner ?

— Vraiment aucune, répondit Gibb, avec un mépris palpable. Travailler à l'intérieur a failli les tuer... Je vois mal l'un d'eux surmonter sa paralysie assez longtemps pour faire ça. Il aurait d'abord dû pirater l'inventaire, trouver le bon outil et parvenir d'une manière ou d'une autre à le passer au nez et à la barbe des IAs-source. Ensuite, s'emparer d'un transport et le piloter jusqu'ici pour se livrer à un acte de sabotage mortel qui ne rime à rien. »

Je me demandai ce que ces acrophobes faisaient toujours sur la station. Leur transfert n'aurait certainement posé aucun problème.

« Votre coupable a très bien pu feindre son acrophobie pour préparer un meurtre qu'il avait l'intention de commettre plus tard...

— C'est tiré par les cheveux. Les trois individus dont je vous parle ont été déclarés inaptes il y a des mois, système mercantile. L'un d'eux depuis deux ans, soit avant que Santiago nous rejoigne.

— Je veux tout de même les interroger.

— Vous perdez votre temps. »

Avec ses airs supérieurs, cet imbécile de Gibb commençait à me rappeler ce fumier de Bringen, et à sérieusement m'agacer.

« Mais c'est prévu. Vous verrez tout le monde. Et vous arriverez à la même conclusion que nous, ça ne fait aucun doute.

— Les IAs-source détiennent le seul véritable pouvoir à bord de cette station, reprit Lastogne. Leurs téléagents sont omniprésents : écrans plats, glisseurs, robots de maintenance, caméras de surveillance. En taille, ils varient de l'engin de chantier au dispositif nanotechnologique et s'affairent dans tous les sens, sans interruption. Autrement dit : elles avaient les moyens de commettre ce crime, et les occasions n'ont pas manqué. »

L'ongle de mon pouce crissa entre mes dents.

« Mais elles nient toujours toute responsabilité ?

— Bien sûr.

— Et elles n'ont rien à nous apprendre ? Même si elles ne sont pas impliquées, elles ont forcément observé... »

Gibb paraissait s'assombrir à chaque réponse.

« Elles ne semblent pas pressées de témoigner.

— Ça ne m'empêchera pas de m'entretenir avec elles.

— C'est prévu, répéta Lastogne. Elles ont déjà fixé un rendez-vous : demain matin, à la première heure. Je vous y emmènerai en glisseur. »

Je n'étais pas certaine d'avoir bien entendu.

« En glisseur ?

— Oui. Comme vous êtes venue.

— Avec la ribambelle de téléagents qui se baladent dans cette station – ça fuse de tous les côtés, vous l'avez dit vous-même –, elles ne sont pas fichues de me mettre directement en relation avec leur système central et de m'épargner le trajet ? »

J'étais atterrée.

« Non, dit Gibb. Elles vous recevront dans l'axe. »

De plus en plus étrange. Voilà qui ne leur ressemblait absolument pas. Ce n'était pas un problème de distance. J'avais déjà eu affaire à des téléagents des IAs-source, sous la forme de ces écrans plats qui flottent sur plus d'une vingtaine de mondes. Pourquoi changer les règles et m'obliger à faire la navette pour assister à une audience privée dans cette station qui leur appartenait ? Ça semblait complètement idiot.

Ou terriblement arrogant.

Lastogne eut un large sourire.

« N'ayez pas l'air si contrariée, maître. De toute façon, vous devrez vous rendre dans l'axe, pour parler à nos bannis. Pourquoi ne pas profiter de votre visite aux propriétaires des lieux ? Vous verrez, leur Interface système est assez particulière », ajouta-t-il, comme amusé du mauvais tour qu'on se préparait à me jouer.

C'était peut-être juste une excentricité locale. Nous traitons les IAs-source comme une vaste entité monolithique, alors qu'en réalité elles sont des milliards d'intelligences opérant dans un consensus imparfait. Probablement des millions, rien que sur cette station. D'ailleurs, même si je parvenais à prouver leur implication, isoler *la* coupable ne serait pas une mince affaire. Et à partir de là, j'aurais encore à déterminer si ce meurtre n'était que l'acte aberrant d'un élément isolé ou si ses motivations étaient d'ordre politique.

Somme toute, il y avait de quoi sourire. Non pas que la mort d'une jeune engagée du Corps diplomatique ait quoi que ce soit de drôle. Mais la malveillance de ceux qui m'avaient envoyée l'était. C'était : a) une enquête impossible ; b) en territoire hostile ; c) sans protection ni autorité officielle ; d) avec, comme enjeu potentiel, le statut juridique de toute une espèce sentiente – excusez du peu ; e) un nombre presque infini de suspects intangibles ; f) rien qui me permette de les distinguer les uns des autres ; g) alors que tous pouvaient m'éliminer sans prévenir ou presque, comme cette malheureuse Christina Santiago ; h) le tout dans un environnement exploitant à merveille mon aversion bien connue pour l'altitude ; i) enfin, on m'avait clairement demandé dès le départ d'écarter les suspects les plus vraisemblables.

Merci *beaucoup*, Artis Bringen.

« Et la seconde victime ? Celle dont la mort remonte à quarante-huit heures ? »

La grimace de Gibb se crispa.

« Cynthia Warmuth. Vingt-trois ans. Engagée, dans la troisième année de son contrat ; spécialité : exolinguistique. »

Cynthia Warmuth était originaire d'une colonie agricole située dans l'espace de la Confédération, sans en faire partie. Les détails de son quotidien sur ce monde dressaient le portrait d'une réalité sordide de privations volontaires, en adéquation avec les règles d'une religion barbare appliquées avec une discipline moyenâgeuse. Ni musique ni liaisons hytex. Une éducation réduite au strict minimum. Si la Confédération n'avait pas exigé, préalablement à tout échange commercial, que la population ait au moins connaissance de l'existence d'autres civilisations, ses dirigeants auraient probablement censuré cette information. Warmuth avait donc grandi en ayant conscience qu'un univers plus vaste l'entourait, imaginant tout au plus une centaine de mondes, plus ou moins des copies conformes du sien. Comme le tiers des jeunes gens de sa classe d'âge, elle avait sauté sur l'occasion de signer un contrat d'engagement dès que possible. Ses carences sur le plan scolaire lui avaient valu une extension de servitude de dix ans, dont cinq pour rattraper son retard.

« C'était un prodige, dit Gibb. Une étudiante très douée. Elle a complété son parcours de formation en moitié moins de temps que prévu et obtenu des notes parmi les meilleures à tous ses examens. Une excellente condition physique aussi, digne d'une gymnaste. Se déplacer dans les Frondaisons ne lui a jamais posé le moindre problème. Je l'ai recommandée à trois reprises pour le cursus des dirigeants. »

Une fois déclarée bonne pour le service, Warmuth avait passé une année peu mouvementée en tant qu'agente de liaison du Corps diplomatique sur Vlhan, au contact des pèlerins. Bien notée pour son efficacité, elle ne s'était toutefois pas particulièrement distinguée. Un conflit non détaillé avec ses collègues avait eu pour conséquence une demande officielle de transfert.

« Quoi que ce soit, ce n'était pas assez grave pour figurer dans son dossier, dit Gibb. Warmuth tapait sur les nerfs de pas mal de gens. Le courant n'a pas dû passer. Mais ça n'a rien de surprenant, vu le brassage des cultures au sein du Corps diplomatique.

— Qui a demandé son transfert ? Elle ou son patron ?

— Elle, pour autant que je sache. Une fois, je l'ai entendue se plaindre qu'elle était bien la seule sur Vlhan à s'intéresser aux populations locales. Une remarque typique de sa part : elle aimait passer pour une sainte. »

Quelle que soit l'explication, on avait envoyé Warmuth sur Un Un Un. Au moment de sa mort, elle se trouvait dans la station depuis six mois, système mercantile, et se consacrait à des tâches d'assistance, avant qu'on la déclare apte à étudier directement les Brachiens. Jusqu'au jour de sa disparition, elle ne s'était jamais beaucoup éloignée des hamacs sans escorte.

« Ses rencontres avec les Brachs ont été minimes, je vous assure, dit Gibb. Des séances de travail préparatoire, avec notre exosociologue Mo Lassiter ou avec un couple d'*inseps*, Oscin et Skye Porrinyard. C'était sa première nuit parmi eux quand c'est... c'est arrivé. »

Il frémit. Je n'avais aucune raison de remettre en question la sincérité de son émotion, mais notai l'information dans un coin de ma tête, au cas où il me donnerait l'occasion d'en douter plus tard.

« Je parlerai avec Lassiter, les Porrinyard et tous les Brachiens que Warmuth a rencontrés.

— Les Porrinyard ne demanderont pas mieux que de vous aider. Si vous tirez quoi que ce soit d'utile des Brachiens, faites-moi signe. »

Scrutant toujours le regard du non-ambassadeur, j'y découvris plus de tristesse, plus de regrets, un chagrin presque intime... et quelque chose d'autre, une sorte de réticence. La crainte de se trahir, de me montrer quelque chose qu'il aurait souhaité garder pour lui.

« Aviez-vous de l'affection pour elle, monsieur Gibb ? »

Il détourna les yeux.

« Je préfère vraiment qu'on m'appelle par mon prénom, maître. Mais, oui, je l'aimais bien ! Voilà, c'est dit ! C'était un rayon de soleil : compatissante, amicale, dévouée, et surtout généreuse à l'excès ; le genre de personne qui devient le cœur d'une base comme la nôtre. »

Les yeux de Lastogne brillaient d'une lueur railleuse.

« Une idéaliste-née. »

Je ressentis l'insulte, c'était voulu. Contrairement à Gibb, apparemment. Lastogne semblait trouver amusant d'envoyer des missiles verbaux au nez et à la barbe de son supérieur.

« Avant d'en dresser le portrait d'un ange, vous avez affirmé qu'elle tapait sur les nerfs de pas mal de gens. Il faudrait savoir, repris-je.

— L'un n'empêche pas l'autre, répondit Gibb. Il lui arrivait d'en faire trop.

— Son hamac a-t-il été également saboté ?
— Non. »

Le désespoir sembla jeter un voile noir d'obsidienne sur les yeux pâles de Gibb.

« Comme je vous l'ai dit, c'était sa première sortie de nuit en solo. On l'a retrouvée accrochée dans les Frondaisons.

— Des détails, Stu », intervint Lastogne.

Gibb parut résister, comme si en s'enfermant dans le silence, il retirait toute réalité à des faits terribles. Il parvint enfin à s'extraire de son mutisme :

« Elle était clouée aux poignets et aux chevilles par des griffes de Brachien ; une autre, enfoncée dans le cœur, a porté le coup fatal.

— Des quoi ?
— Des griffes. »

Sa voix se brisa.

« Les Brachiens sont munis de griffes courbes très acérées. Elles poussent en permanence et cassent quand elles deviennent trop longues. En général, elles tombent dans les nuages et on ne les revoit jamais. Mais de nombreux Brachiens en conservent quelques-unes insérées dans leur fourrure ; elles leur servent d'outils. Celles-là semblaient avoir été trimballées depuis des mois. »

Le silence s'abattit ; personne dans le hamac ne paraissait vouloir tirer la conclusion qui s'imposait.

Les mots de Lastogne, par leur violence et leur amertume, firent l'effet d'une bombe.

« Elle a été crucifiée. »

4

Brachiens

Se déplacer dans Hamac-Ville nécessitait un mélange de confiance en soi et de coordination éprouvant pour mes nerfs déjà fragiles. Un réseau de filets et de câbles reliait entre eux les hamacs, mais la sécurité ne semblait pas avoir présidé à sa conception d'ensemble. La plupart des itinéraires requerraient une constitution athlétique qui ne correspondait pas à mon propre niveau de préparation physique, pourtant satisfaisant dans la majorité des environnements. L'assurance ou l'arrogance de certains les poussaient même à emprunter des voies plus hasardeuses, des raccourcis, au mépris du danger. Des ponts de corde oscillaient à chaque pas ; de vastes surfaces de filets tendus forçaient à se mouvoir à quatre pattes ; quelques plateformes fixes offraient aux hôtes comme autant de tremplins improvisés d'où ils semblaient s'élancer avec un plaisir pervers. La station debout restait l'exception, à part dans les rares endroits dotés d'un plancher solide répondant à certaines nécessités pratiques dans la vie de la communauté. Difficile d'y voir une concession au préjugé favorable de l'Homsap envers la locomotion verticale.

Parfois, il s'avérait indispensable de traverser les hamacs eux-mêmes, certains occupés par des agents en pause. On me présenta ainsi à une vingtaine de personnes, trop vite croisées pour les graver dans ma mémoire. Dans certains cas, nous les surprîmes allongées, plus ou moins vêtues et blotties les unes contre les autres dans une dépression de la toile. Cependant, leur position semblait devoir davantage aux effets de la pesanteur qu'aux possibilités érotiques suggérées par une telle proximité. Je me demandai si je m'étais méprise sur le compte de Gibb. Ici, la notion de limites personnelles paraissait soudain prendre un sens tout différent.

Un homme endormi, pelotonné au creux de sa tente, ne bougea même pas à notre passage, alors que notre intrusion faisait glisser son corps à la manière d'une pierre dans un sac.

« Cartsac, lâcha Lastogne d'un ton dédaigneux. Sans ses douze heures de sommeil, il n'est bon à rien.

— Et le reste du temps ? demandai-je.

— Ce n'est pas beaucoup mieux. »

Intéressant. Un nouveau commentaire désobligeant sur les compétences dans l'équipe.

Aux latitudes les plus élevées, les Frondaisons pendaient à portée de la main. Ici et là, les branches portaient des grappes de fruits gonflés qui ressemblaient à des bonbons. Par endroits, le jus maculait la superstructure au point que j'en vins à m'étonner que les humains réussissent à rester propres en travaillant.

Lastogne cueillit un fruit.

« Vous voulez goûter ? C'est bon.

— Non, merci. Qu'est-ce que c'est ? »

Il en mangea une bouchée, fit la grimace et jeta avec désinvolture le fruit à peine touché dans les nuages.

« Des poires manne. La nourriture de base des Brachiens, créée par les IAs-source. Mais comme les humains peuvent aussi les métaboliser, nos patrons du Corps diplomatique ont tenté, dans leur infinie générosité, d'invoquer ce prétexte pour réduire nos approvisionnements. Bien sûr, nous ne nous sommes pas laissé faire : pas question de survivre en nous alimentant exclusivement avec cette merde. »

Vu son empressement à jeter la portion tout juste entamée, je n'aurais sans doute pas apprécié.

« Qu'est-ce que vous leur reprochez ?

— Il faut du temps pour s'habituer à leur goût. Je n'ai rien contre, mais avec modération. Et puis, elles fermentent facilement ; méfiez-vous.

— C'est si mauvais ?

— Le goût est terriblement fort. Et persistant. L'organisme n'évacue l'alcool qu'au bout de près de quarante-huit heures. C'est parfait pour se prendre une cuite, quitte à se retrouver hors service deux jours d'affilée, système mercantile... nettement déconseillé tant que vous ne vous serez pas pleinement adaptée aux conditions de vie locales. »

L'alcoolisme, et toute addiction en général, est un problème endémique dans le Corps diplomatique, où une foule d'engagés, à l'instar de Warmuth et Santiago, signent leur contrat pour fuir l'adversité, plus que par passion pour ce travail. Mais en matière de risques, toutes les affectations ne se valent pas. Alors que je songeais aux casse-cou lâchés dans Hamac-Ville, mon attention se fixa sur une jeune femme. Elle se déplaçait en s'aidant des deux mains le long d'une corde mal tendue entre les hamacs, peu soucieuse des kilomètres de vide qui s'ouvraient sous elle. *Je me demande s'ils sont nombreux à s'être livrés à ce genre d'acrobaties en état d'ébriété, sous l'emprise d'un narc, ou pire.*

Je frémis, chassant l'image d'un engagé ivre en train de faire un vertigineux plongeon sans retour vers la basse atmosphère.

« Et ces grands machins volants que j'ai vus en arrivant ? Les dragons ? m'enquis-je.

— Qu'est-ce que vous voulez savoir ?

— Que mangent-ils, par exemple ?

— Une chaîne alimentaire complexe s'est mise en place là en bas. Les nuages contiennent des composés organiques lourds. Une sorte d'insecte les métabolise et une créature qui ressemble à un oiseau s'en nourrit. Les dragons avalent un peu de tout. Je n'ai jamais pris la peine de creuser davantage. Je pense qu'ils ne sont pas plus de quatre ou cinq ; ils jouent le rôle d'un purificateur d'air ambulant qui nettoie cette couche de l'atmosphère de tous les composés dont les IAs-source ne veulent pas. Ensuite, ils éliminent en chiant gaiement un peu partout. Je les vois comme des aspirateurs avec un petit côté mythologique.

— Vous en avez déjà observé un de près ?

— Assez pour satisfaire ma curiosité. Comme ils ne sont pas sentients, ils n'entrent pas dans le périmètre de notre mission.

— Est-on bien sûr qu'ils ne sont pas sentients ?
— Les IAs-source sont formelles.
— Nous avons eu l'occasion de remettre leur honnêteté en question, pas plus tard qu'aujourd'hui.
— Peut-être, reconnut Lastogne. Mais pourquoi attirer l'attention sur une bande de sentients dont personne ne soupçonnait l'existence, si c'est pour refuser d'admettre la sentience d'un autre groupe qu'ils auraient tout aussi aisément pu garder secret ? Ce ne serait pas très malin. »

À moins qu'elles espèrent tirer un quelconque avantage en ne nous donnant qu'une image partielle de la réalité.

« Quelqu'un s'est intéressé d'un peu plus près à la question ?
— Nous ne sommes qu'une poignée à travailler ici, maître. Dans un habitat où l'expression "puits sans fond" prend une tout autre ampleur. À mesure que vous descendez, les environnements atmosphériques se succèdent, tous avec leurs formes de vie différentes, de plus en plus étranges. Qui sait combien de ces créatures sont ou ne sont pas sentientes ? Peu importe. Les IAs-source ne nous permettront pas d'introduire le matériel nécessaire pour dresser correctement la carte de ces basses altitudes. Les seuls véhicules autorisés résistent mal aux conditions rigoureuses qui règnent sous la couverture nuageuse. Peut-être irons-nous un jour. Dans ce cas, j'adorerais me joindre à l'expédition. Mais pour le moment, les Brachiens suffisent à nous occuper. Ils sont notre mission, tout comme Warmuth et Santiago sont la vôtre. »

Plus loin, il me montra deux jeunes engagés qui se frayaient un chemin à travers la base. Un homme et une femme, visiblement ensemble, peut-être un frère et une sœur, peut-être un couple. Tous deux avaient des cheveux gris argenté coupés en brosse et le visage carré ; ils ne portaient qu'une sorte de slip et une bande du même tissu gris argenté luisait en travers de leur poitrine. Leurs bras bien développés et leurs abdominaux durs comme la pierre devaient faciliter leur progression. Ils se déplaçaient en s'aidant des deux mains sur les Frondaisons elles-mêmes, se servant des nombreuses racines saillantes comme d'autant de barreaux d'une échelle en surplomb. La rapidité de leurs mouvements dénotait une pratique quotidienne. Leurs jambes pédalaient dans le vide, donnant l'impression qu'ils couraient sur une piste invisible.

D'ordinaire peu sensible à la beauté, avec ces deux-là, j'étais indéniablement sous le charme. Je me hâtai de refouler cette émotion qui ne me ressemblait guère.

« Qui est-ce ?
— Les Porrinyard. »
Oscin et Skye.
« Vous pouvez m'en dire plus ?
— Dans leur monde d'origine, on habite des arbres de près de deux kilomètres de haut. Dès le plus jeune âge, les enfants sont fourrés toute la journée dans les branches. Les Porrinyard étaient un choix naturel pour cette mission.
— Comment qualifieriez-vous leurs rapports avec les victimes ?
— Aimables, répondit Lastogne.
— C'est tout ? insistai-je.

— C'est tout. Ce sont de bons professionnels.

— Rien de plus ?

— Ce sont des *inseps*. Ils ne se font pas d'amis au sens habituel du terme. »

Je connaissais la réputation des *inseps*, mais je n'avais jamais rencontré un augmenté de ce genre. J'ignorais si je pouvais me fier au jugement de Lastogne.

« Et vous ? » répliquai-je.

Il ne s'en émut pas.

« Non. Mais c'est différent. Moi, c'est parce que je n'ai pas de temps à perdre ; eux, c'est parce que leur condition rend cette idée superflue. Et vous, maître ? De votre façon de traiter M. Gibb, je déduis que vous n'êtes guère liante non plus.

— C'est vrai.

— Répugnance, manque d'intérêt ou pure misanthropie ?

— Pas vos affaires. »

Pas vexé pour deux sous, il continua.

« Ça ne devrait pas me surprendre, avec vos antécédents.

— Que savez-vous de moi ? demandai-je, d'un ton plus froid.

— Tout ce qui n'est pas confidentiel, et pas mal de détails qui ne sont pas censés l'être. Votre réputation vous précède, maître. L'incident de Bocai, le procès Magrison, le Compromis Cort... tout ça est bien connu des gens qui s'intéressent à ce genre de choses. »

Carrément glaciale :

« Quel "genre" de choses ?

— La diplomatie dans ses grandes œuvres. »

Comme il n'avait pas caché son peu d'estime pour les diplomates, je n'eus pas la bêtise de prendre sa remarque pour un compliment.

« C'est fascinant, poursuivit-il. Nous avons beaucoup en commun, tous les quatre – vous, moi et notre paire d'*inseps*, les Porrinyard. Asociaux par goût, mais obligés de faire ami-ami avec les autres à cause de notre profession. »

Je tentai de mettre dans ma voix toute la froideur possible.

« La diplomatie n'a pas grand-chose à voir avec le fait de se faire des amis, monsieur Lastogne. C'est ma conviction, et elle ne date pas d'hier.

— Vous avez raison, maître, reconnut-il avec un sourire lugubre. Rien à voir. »

Ensuite, il m'emmena à l'autre bout de la base, pour observer de près mon premier Brachien, un individu solitaire accroché aux Frondaisons à cinq mètres du pont le plus proche.

Quatre bras poilus aux muscles hypertrophiés rayonnaient du torse poisseux de jus de manne de la créature. La tête, une petite bosse sans cou, dépassait au centre de la poitrine. Ses traits évoquaient un légendaire cousin de l'homme, aujourd'hui disparu, connu sous le nom de chimpanzé. Sauf que ses trois yeux n'avaient pas de blanc et que sa bouche sans dents semblait tordue dans une perpétuelle grimace. La position de son visage lui imposait une existence passée face aux Frondaisons. Toute tentative du Brachien pour se tourner vers les nuages se serait soldée par une chute.

Il était si lent que je ne m'aperçus qu'il bougeait vraiment qu'après plusieurs secondes. Ses contours me parurent flous, jusqu'à ce que je comprenne qu'un halo d'insectes l'entourait, récupérant la manne qui gouttait de sa fourrure.

« Ils mangent salement, commenta Lastogne. De la sève s'écoule des branches, dès qu'elles sont percées. Résultat : un Brach ordinaire passe sa vie couvert d'une crasse poisseuse.

— D'où la présence de toutes ces bestioles.

— Oui. Dans un premier temps, elles nous inquiétaient un peu. Une infestation, dans Hamac-Ville, risquait de se révéler franchement désagréable. Mais les insectes ne s'intéressent pas à nous, même quand il nous arrive d'avoir du jus sur nous. Ils doivent nous trouver naturellement repoussants. »

Je me retins de répliquer qu'ils n'étaient sans doute pas les premiers.

« Ce Brach, qu'est-ce qu'il a ? Il est vieux, ou infirme ?

— Non. Ils ne vont pas plus vite. C'est logique, en fait : cet environnement privilégie la sécurité des mouvements, c'est même un critère de survie. Et comme les hôtes de ces lieux leur ont mis de la nourriture à disposition partout, sans aucun prédateur naturel, pourquoi se hâter ? »

Je me rappelai les Catarkhiens, l'espèce rencontrée lors de l'affaire à laquelle je devais ma vocation. Aveugles, sourds et muets, insensibles aux humains. Ils se déplaçaient si lentement que leur existence ressemblait à un pitoyable ballet oublieux du monde.

Par la monotonie de son mouvement inexorable, ce Brachien m'évoquait le Catarkhien moyen.

« Il sait que nous l'observons ?

— Oh, il nous entend très bien. Et il nous verra, si nous entrons dans son champ de vision, pratiquement à côté de lui, ou juste au-dessus. Nous pouvons même bavarder. Ils parlent le mercantile. »

La langue dominante du commerce et de la diplomatie des humains était un idiome aussi fruste que peu poétique, conçu pour ménager les susceptibilités de milliers de subcultures chicaneuses. La beauté n'y avait pas sa place. Je m'étonnai de le trouver chez les Brachiens. Ma méfiance monta d'un cran.

« C'est un peu trop commode, monsieur Lastogne.

— Remerciez les IAs-source. Grâce à elles, tous les membres de l'espèce parlaient couramment le mercantile à notre arrivée. Un geste d'hospitalité, je suppose. »

Ou une façon sournoise d'occulter la langue indigène, empêchant ainsi Gibb et les siens de l'étudier pour comprendre les mécanismes de pensée des Brachiens. Un Un Un portait bien son nom : l'environnement de l'habitat évoquait une série de cercles concentriques.

« Allons lui parler », dis-je.

Lastogne me flanqua une trouille bleue en s'agrippant aux Frondaisons ; puis, s'aidant des deux mains, il grimpa en direction de la créature. Après une conversation de quelques secondes, il revint et se laissa tomber sur le pont de corde avec une aisance qui chassa promptement mon impression première : ce n'était pas pour la frime.

Je dus rassembler tout mon sang-froid pour ne pas me sentir mal et garder un visage impassible, alors que le Brachien, nettement moins gracieux que Lastogne, nous rejoignait. Contrairement à ce dernier, qui avait couvert la même distance en une poignée de secondes, il lambina près d'une minute avant de s'adresser à nous d'une voix éraillée, aiguë et geignarde.

« Ombre Peyrin me demande de parler au Fantôme. Est-ce que le Fantôme m'entend ? »

Lastogne me donna un petit coup de coude.

« Oui, répondis-je.

— Je suis Ami des Ombres, poursuivit le Brachien. Je ne suis pas celui des Fantômes. Je ne vous parle que par courtoisie pour Ombre Peyrin, mon ami. »

Lastogne me donna un autre coup de coude.

« Je suis maître Andrea Cort. Amie des... »

J'hésitai, puis laissai mon instinct me dicter ma réponse.

« ... des Vivants. »

Le Brachien sembla y réfléchir de longues secondes.

« Resterez-vous un Fantôme ou deviendrez-vous une Ombre, comme Peyrin ? »

Lastogne posa un index sur ses lèvres.

Mais je n'ai jamais su me taire quand on me le conseillait.

« Et si je n'ai pas envie d'être une Ombre ou un Fantôme ? Et si je préfère la Vie, tout simplement ? »

Le Brachien eut une grimace qui pouvait passer pour l'équivalent de la moue dédaigneuse qu'un humain réserverait à quelqu'un qui, à ses yeux, a des idées de grandeur.

« La Vie n'est pas bonne pour les Ombres ou les Fantômes. Elle les épuise. »

J'ignorai les gestes de plus en plus agacés de Lastogne.

« Je respire. Je mange. Je dors et je me réveille. Ce sont les conditions de la Vie.

— Vous vivez ; ce n'est pas la Vie.

— Et si je deviens une Ombre ?

— Alors, vous pouvez toucher la Vie.

— Juste la toucher ? insistai-je.

— Oui. Un moment.

— Mais pas la conserver ?

— La conserver, répondit le Brachien, c'est trop demander pour une Ombre.

— Merci, mon ami, intervint Lastogne. Maintenant, si vous voulez bien nous excuser... »

Je mordis fort le bout de mon pouce, la douleur m'aidant à me concentrer.

« Une dernière question. Que savez-vous des êtres que les miens appellent les IAs-source ?

— Nous ne faisons qu'un avec les IAs-source, répondit Ami des Ombres. Nous respirons leur air. Nous connaissons les IAs-source et elles nous connaissent à chaque souffle. Nous n'avons aucun secret pour elles.

— Sont-elles vivantes ou mortes, d'après votre définition ?

— Les IAs-source ne sont pas la Vie.

— Alors, ce sont des Ombres ou des Fantômes.

— Non. Elles sont la Main dans les Ombres et les Fantômes. Elles ne sont pas la Vie, mais le réceptacle de la Vie. Elles. »

Ami des Ombres s'interrompit au milieu de sa déclaration, comme l'aurait fait n'importe quel sentient qui cherche les mots justes pour exprimer la suite d'une pensée complexe. Mais le silence se prolongea, si longtemps que la phrase déjà entamée se referma, telle une tumeur maligne excisée avant qu'elle puisse causer des lésions irréparables aux tissus voisins. Puis il bougea brusquement la tête et ajouta :

« Je m'excuse, ami Peyrin. J'ai enfreint les lois des miens. Je ne peux plus répondre aux questions de maître Andrea Cort, tant qu'elle restera un Fantôme. Merci de lui dire que nous reprendrons cette conversation quand elle sera devenue une Ombre.

— Elle comprend », le rassura Lastogne.

Le Brachien se retourna et commença le long et laborieux trajet qui le ramènerait à l'endroit où il avait interrompu son repas. À ce rythme, il mettrait plusieurs minutes, mais ce désagrément ne semblait pas le perturber, une aversion génétique pour la précipitation présentant un net avantage en matière d'évolution chez une espèce incapable de se presser.

Non pas que l'évolution, telle qu'on l'entendait habituellement, avait joué un rôle sur Un Un Un.

Pourquoi les IAs-source, capables de traiter instantanément n'importe quelle information, avaient-elles créé une espèce si lente, en pensée comme en actes ? Les Brachiens auraient pu être des acrobates. Pourtant, elles en avaient fait des paresseux.

Je regardai Lastogne.

« Cette hiérarchie : Fantôme, Ombre, Vie. Comment l'interprétez-vous ?

— Probablement comme vous : ils ne croient pas à l'existence des êtres humains en tant que créatures vivantes. Nous ignorons toujours pourquoi, à moins que ce soit une forme de racisme ordinaire. Mais ils ne plaisantent pas avec ça. Tous les nouveaux venus sont des Fantômes tant qu'ils n'ont pas été admis dans leur cercle. Et tant qu'ils estiment que vous n'êtes pas une Ombre, avec un pied dans le monde des vivants, ils refusent obstinément de vous parler. Nous avons tous dû faire nos preuves, en leur montrant que nous étions capables de rester suspendus des heures aux Frondaisons, comme eux. Cynthia Warmuth subissait précisément ce rite de passage avec une tribu, à une heure de vol d'ici, la nuit où nous l'avons perdue.

— Qu'est-ce qui aurait pu empêcher un Brachien de la tuer ?

— Rien. Ils en avaient l'occasion, et bien sûr les moyens. Ils en ont même le tempérament, dans une certaine mesure : Mo Lassiter saura vous éclairer sur ce point. Mais, à part vous, tous les humains présents sur Un Un Un se sont soumis à ce rite, et Warmuth a été notre première mauvaise expérience. Si un Brachien l'a tuée, c'est un comportement que nous n'avons jamais observé auparavant, et il me paraît difficile de considérer sa mort indépendamment de ce qui est arrivé à Santiago.

— Ce qui ne veut pas dire que les deux incidents sont liés. Il pourrait n'y avoir aucun rapport.

— C'est vrai, admit Lastogne. Ça aussi, c'est à vous de le découvrir. »

On avait mis l'un des hamacs du camp à ma disposition, le temps de l'enquête, une réplique exacte de celui qu'occupait Gibb. Liaison hytex, couvertures, vêtements de rechange et assez de rations pour soutenir un siège. Lastogne me fit faire un rapide tour du propriétaire.

« Commande vocale pour l'éclairage et l'accès au réseau, conclut-il. Vous pouvez travailler ici, y lire vos dossiers, vous familiariser avec le contexte ; prenez votre temps. Pour parler à quelqu'un de la mission, faites-moi signe et je vous arrangerai ça. Si vous avez besoin d'un guide, je suis là. Et s'il manque quelque chose à votre confort…

— Eh bien… »

Il anticipa ma question suivante.

« Les latrines se situent au centre du camp. Inutile de tirer la chasse, tout tombe par le fond, et l'environnement en dessous est capable de rivaliser avec les toilettes chimiques les plus efficaces de ce système solaire. Tout le monde ne se donne d'ailleurs pas la peine de se déplacer ; on parvient au même résultat en ouvrant les rabats d'accès au fond des hamacs. »

Je fronçai les sourcils. Normalement, on évite d'introduire des déchets organiques dans un habitat qui n'est pas conçu pour les traiter.

« Je suis surprise que les IAs-source tolèrent ce genre de comportement.

— Il n'y a rien d'étonnant à cela. La partie la plus sensible de l'écosystème, ce sont les Frondaisons, et elles se situent au-dessus de nous ; la merde, une fois lâchée, ne remonte pas. Pas même celle d'un diplomate de carrière. Quant à tout ce qui se trouve au-dessous, aucun composé de notre corps n'est capable de survivre à une traversée des couches inférieures de l'atmosphère. Ça ne produira pas une ride à la surface de l'océan. »

Songeant de nouveau aux effets d'une chute aussi vertigineuse pour un humain, je frémis.

« Autre chose ?

— Pour votre toilette : une trousse à ultrasons est rangée dans ce sac-là. »

Il m'indiqua l'un des nombreux ballots pendus aux crochets qui ornaient l'armature en forme de O.

« Mais si vous ne pouvez absolument pas vous passer d'eau, notre vaisseau est doté d'un système de recyclage complet. Et nos bannis n'ont rien de mieux à faire que de prendre soin de vous. Le vol aller-retour jusqu'au hangar dure près d'une heure, mais c'est faisable. En fait, ce serait un gain de temps, puisque les IAs-source vous y attendent dans la matinée. Je vous dépose ? »

Ça ressemblait à un défi ; message reçu cinq sur cinq : à sa place, j'aurais difficilement accordé ma confiance à quelqu'un qui ne supportait pas les conditions locales.

« Non. Demain, ça ira. »

Lastogne ne daigna pas manifester son approbation, même mitigée.

« Si vous n'avez plus besoin de moi, je vous souhaite une bonne nuit ; j'espère vous trouver fraîche et dispose dès l'allumage des soleils. »

Sans se soucier de ma réaction, il grimpa tant bien que mal en direction de la sortie. Ce départ quelque peu abrupt ne trahissait ni hâte ni manque de courtoisie, juste la certitude d'avoir fourni toutes les réponses de la part d'un homme habitué à l'efficacité. J'avais horreur des gens qui pensaient pour moi. Alors qu'il atteignait le seuil du hamac, je lui lançai :

« Je n'ai pas terminé. »

L'enfoiré ne daigna même pas se retourner.

« Ah ?

— Plus que quelques questions. »

En le voyant se laisser glisser vers moi avec un sourire insolent, je compris qu'il avait prévu que je le rappellerais.

« Je doute que ce soient les dernières, maître. Vous me paraissez du genre plutôt méthodique.

— Je m'y emploie. Mais pour l'instant, j'aimerais savoir : qui a requis l'assistance du procureur général dans cette affaire ? Vous ou Gibb ?

— Gibb m'a demandé de m'en occuper.

— A-t-il mentionné mon nom ?

— Non. Je pense qu'il n'avait jamais entendu parler de vous, avant aujourd'hui. »

Son accueil chaleureux avait éveillé mes soupçons, c'était plutôt rare avec des gens qui connaissent mes antécédents. Et il ne jouait pas la comédie.

« C'est vous, alors, qui avez voulu que ce soit moi ?

— Même si j'aurais pu en avoir l'idée, j'avoue que je n'y ai pas pensé ; et je n'avais aucun moyen de savoir que vous étiez disponible. Non. Je me suis contenté d'expédier la requête à La Nouvelle-Londres. »

Bringen m'avait pourtant affirmé qu'on m'avait expressément demandée.

« Le message est-il passé entre d'autres mains que celles de Gibb ou les vôtres ?

— Non. Actuellement, aucune communication ne sort de la station sans notre approbation. Pourquoi ? »

Quelqu'un mentait, mais je manquais d'informations pour déterminer qui et où – ici ou à La Nouvelle-Londres.

« Vous avez qualifié Warmuth d'idéaliste.

— Elle l'était.

— Vous m'avez semblé clair : dans votre bouche, ce n'est pas un compliment.

— C'est vrai ; ça n'en est pas un.

— Vous ne l'aimiez pas. »

Il hésita.

« Mes sentiments n'entrent pas en ligne de compte.

— Vous l'aimiez, oui ou non ?

— Elle m'était sympathique.

— Mais vous ne la trouviez pas aussi merveilleuse que Gibb le prétend ? »

Il marqua une seconde pause, comme pour ne pas médire d'une morte.

« Sa soif de découverte, son goût excessif pour la nouveauté pouvait agacer. Elle répétait sans arrêt qu'elle avait quitté son monde d'origine pour vivre des expériences exotiques et se sentir enfin en vie. Mais il lui arrivait de faire preuve d'égoïsme et de manquer de sensibilité, quand elle donnait l'impression de considérer les gens et leurs particularités comme autant de divertissements que l'univers aurait programmés pour son amusement. Demandez aux Porrinyard ; ils vous en parleront mieux que moi.

— Et l'autre victime ? Santiago ?

— Elle était encore plus pénible, mais plus directe aussi. Elle avait un côté aigri, dû en partie au genre d'endroit où elle avait grandi. Tout le monde devait savoir qu'elle avait souffert plus que le reste d'entre nous. On devinait chez elle les tendances subversives de quelqu'un qui n'aurait pas hésité à anéantir toute société humaine si l'occasion se présentait. Elle aimait dire à qui voulait l'entendre son dégoût de la Confédération, qu'elle estimait aussi inutile que corrompue. N'étant pas indifférent à ce type de discours, j'ai cherché plusieurs fois à engager la conversation avec elle, mais derrière ses tirades idéologiques, je n'ai trouvé que du vent. Elle était assez compétente et sérieuse dans son travail, mais fermement décidée à ne faire que le strict nécessaire en attendant la fin de son contrat. Au fait, elle détestait Warmuth.

— Pourquoi ?

— Warmuth tentait de la *comprendre*. Elle ne pouvait pas s'en empêcher.

— Et c'est un problème ?

— Certaines personnes n'aiment pas qu'on les traite comme un objet d'étude. »

Ayant moi-même vécu la majeure partie de mon enfance décryptée sous une loupe, je compatis.

« Elles en sont venues aux mains ?

— Plus Warmuth insistait, plus Santiago lui tournait le dos. Si elles n'étaient pas toutes les deux mortes, ça aurait pu mal finir.
— À ce point-là ?
— Santiago était comme nous. Vous et moi, en fait. Elle ne cherchait pas à se faire des amis. Warmuth estimait que tout le monde en a besoin, même ceux qui croient le contraire. Elle s'est donné pour mission d'apprivoiser Santiago. Poussée à bout, Santiago a fini par la bousculer un peu ; après quoi, Warmuth n'a plus voulu avoir affaire à elle.
— Je lirai le rapport concernant cet incident. Vous me communiquerez aussi les noms d'éventuels témoins.
— C'est prévu. Bien que ça ne me semble pas très pertinent. À la mort de Santiago, nous avons passé au crible les activités récentes de Warmuth ; je peux vous assurer qu'elle n'a eu ni les moyens ni l'occasion de causer ce genre de dégâts au hamac de Santiago. »

Je hochai la tête.

« Et Gibb ? Quelle est votre opinion sur lui ?
— Vous parlez de mon supérieur hiérarchique direct, maître.
— Répondez-moi.
— Je vais le faire. Mais j'aimerais d'abord entendre la vôtre. »

J'envisageai de lui répliquer de se mêler de ses affaires, mais jugeai la question inoffensive.

« Il m'a paru... excessif.
— C'est vrai. Il est aussi plus dangereux qu'il le semble au départ.

— Vous suggérez qu'il est responsable de ces morts ?

— Absolument pas. Mais c'est un diplomate de carrière. Pas besoin de vous faire un dessin.

— Expliquez-moi quand même.

— En ce qui me concerne, poursuivit Lastogne d'une voix où le mépris le disputait à la lassitude, le Corps diplomatique est une médiocratie, une organisation incapable de retenir ses meilleurs éléments. C'est un défaut de conception. Les plus compétents s'acquittent rapidement de leur dette et se libèrent de leur contrat en accumulant primes et bonus. À l'inverse, les tocards voient la durée de leur engagement se rallonger, une sanction après l'autre, et on leur confie des missions de plus en plus inconséquentes. Entre ces deux extrêmes, on trouve une sorte de ventre mou de la médiocrité, qui assure la gestion de l'ensemble. Et, au cours de l'histoire humaine, toute administration n'a jamais été guidée que par une priorité : se simplifier la vie. »

Il dressait un tableau sévère du Corps diplomatique, mais ça se défendait.

« Et M. Gibb dans tout ça ?

— M. Gibb se considère comme un fonctionnaire dévoué.

— L'est-il ?

— Il est un pur produit de l'administration. Disons qu'il ne m'éblouit pas par ses compétences.

— Vous ne cachez pas votre ressentiment, monsieur Lastogne. Comment se porte votre propre carrière ?

— Je ne peux pas me plaindre.

— Vous n'avez rien à ajouter ? Aucune mesure disciplinaire dans votre passé ? Je vous préviens : je vérifierai.

— Faites donc. Ma réputation est sans tache. Vous aurez rarement l'occasion de voir un dossier aussi vierge. »

Son petit sourire mystérieux ne me disait rien qui vaille ; j'y devinais une bonne dose de provocation, comme s'il me jouait un tour à sa façon que je n'allais pas tarder à comprendre. Je changeai de sujet, revenant sur un point qu'il avait semblé désireux d'aborder.

« Les deux victimes étaient des femmes. Gibb m'a donné l'impression d'avoir les mains un peu baladeuses. Quel est votre avis sur la question ?

— Je n'en ai pas. J'ai entendu certaines de nos engagées le trouver trop collant, et il m'est arrivé de le remarquer, mais ce n'est pas un crime. Pas plus que ne l'est son ambition de baiser toutes celles qui veulent bien de lui. Nous sommes tous là pour longtemps, et la vie est déjà bien assez dure sans faire vœu de chasteté. Je ne pense pas qu'il ait tué Santiago ou Warmuth, si c'est ce que vous avez en tête. Protéger ses arrières, voilà tout ce qui l'intéresse.

— Et vous, monsieur Lastogne, qu'est-ce qui vous intéresse ? »

Il fit un bruit incongru.

« Moi, je vois les choses en grand. »

Ou comment parler pour ne rien dire ; j'en pris bonne note et poursuivis.

« Qui les a tuées, d'après vous ? »

Il ne croisa pas mon regard.

« Une faction parmi les IAs-source.

— Pourtant, elles nous ont révélé l'existence des Brachiens. Elles nous ont même invités ici.

— Cette initiative ne fait peut-être pas l'unanimité.

— Au point de commettre deux meurtres ? »

Il sembla dégoûté.

« Pourquoi pas ? L'assassinat n'est que la continuation de la diplomatie par d'autres moyens.

— C'est aussi ce qu'on dit de la guerre.

— Exactement. »

J'attendis un éclaircissement qui ne vint pas. Au bout de quelques secondes, je décidai qu'il n'en savait pas plus que moi. C'était son « nihilisme facile », comme l'avait qualifié Gibb, qui parlait. Je changeai donc de cap.

« Que pensez-vous du point de vue que soutiennent les IAs-source ? Vous semble-t-il défendable de traiter d'autres créatures sentientes comme des propriétés ? »

Il émit un petit rire cynique, né du genre de colère qui dure une vie entière.

« Nous sommes tous des propriétés, maître. La seule chose qui importe, c'est de bien choisir son maître. »

5

Propriétés

Après le départ de Lastogne, je regrettai que les concepteurs du camp n'aient pas songé à construire davantage de plateformes solides à arpenter par un esprit en ébullition. À Hamac-Ville, on ne se déplaçait qu'en rampant, en grimpant ou en s'accrochant. Pas l'idéal pour brûler mon trop-plein d'énergie, et surtout : totalement inefficace pour faciliter la réflexion. J'aurais voulu pouvoir marcher de long en large, et on me privait de cette possibilité pour toute la durée de mon séjour ; ça me déstabilisait.

Comme Lastogne ; en quelques mots lâchés de but en blanc, il avait manifesté un don pour se faire l'écho de soupçons que j'avais rarement exprimés à voix haute.

Nous sommes tous des propriétés.

Peut-être ne s'agissait-il que d'une illustration de son cynisme politique.

Pour la majeure partie de l'année écoulée, j'avais pris cette affirmation au pied de la lettre.

Des propriétés.

Les événements de Bocai avaient provoqué une tempête diplomatique. Les autorités, y compris la Confédération et les Bocaïens eux-mêmes, avaient donc estimé préférable que les survivants disparaissent. Définitivement.

Je ne sais toujours pas ce que sont devenus la plupart des autres. Probablement morts, ou en prison quelque part. Moi, je n'ai pas gardé un souvenir agréable de là où on m'a envoyée. On m'y a mise en cage et traitée comme un animal de laboratoire, dans l'espoir de découvrir ce qui avait pu métamorphoser des sentients paisibles en monstres féroces.

Dix ans, on m'a maintenue en observation, craignant la rechute, une nouvelle plongée dans la folie. Dix longues années à me rappeler constamment que j'étais la honte de mon espèce, à ne pas pouvoir me déplacer sans escorte, à devoir toujours répondre à la même question : allais-je me remettre à tuer ? Au cours de cette période, certains de ceux qui m'étudiaient ont fait preuve d'humanité, d'affection parfois. Mais à mes yeux, leur amour possédait tout le réalisme et la crédibilité d'un scénario lu par des acteurs à qui on n'aurait jamais dû attribuer le rôle. Même les meilleurs d'entre eux me considéraient comme une bombe à retardement ; s'il leur est arrivé de vouloir me serrer dans leurs bras, ils ne s'y sont jamais risqués sans un gardien dans la pièce. D'autres, les pires, ont estimé que ma souillure était telle que je n'étais plus vraiment humaine. Moins qu'humains eux-mêmes, ils ont usé de ce prétexte pour s'offrir tous les plaisirs cruels auxquels ils pensaient avoir droit.

Même une fois libre, on ne m'a pas totalement lâché la bride.

Les résultats de vos derniers tests sont remarquables, Andrea. Nous vous proposons donc de poursuivre vos études. En revanche, nous ne pouvons pas vous relâcher sans avoir à rendre de comptes. De nombreuses espèces n'acceptent pas la folie passagère comme circonstance atténuante ; à moins de trouver une solution qui les en empêche, elles feront tout ce qui est en leur pouvoir pour vous extrader. Mais nous vous offrons de bénéficier de l'immunité. Tout ce que vous avez à faire, c'est vous mettre sous notre tutelle pour le restant de vos jours.

Les contrats de la plupart des engagés, comme Warmuth et Santiago, sont de durée fixe : cinq, dix, vingt ou trente ans, en fonction des clauses. En cours de carrière, des primes permettent de réduire cette durée, et de se libérer avant le terme prévu. Tous pouvaient espérer toucher un jour une généreuse pension de retraite et obtenir un passeport illimité. Tous savaient que, tôt ou tard, ils ne seraient plus la propriété de personne.

Pas moi. Le Corps diplomatique m'avait promis sa protection à perpétuité, bien que je sois persuadée qu'ils me lâcheraient dès que je leur apparaîtrais comme une monnaie d'échange intéressante. Eux pouvaient résilier notre contrat. Pas moi.

J'étais leur propriété, et ça ne risquait pas de changer dans l'immédiat.

Je m'étais faite à cette idée.

J'avais cru comprendre.

Mais moins d'un an plus tôt, sur Catarkhus, elle avait pris une tout autre signification.

J'activai l'hytex pour consulter les états de service des deux femmes assassinées.

Je commençai par la victime la plus récente, Cynthia Warmuth, et par une photo prise depuis son arrivée sur Un Un Un. Svelte et plutôt jolie, elle avait le visage juvénile et des yeux bleus, un sourire timide et des cheveux courts, teints de toutes les couleurs de l'arc-en-ciel. Sur la photo, elle montait à une échelle de corde, un pied posé sur le barreau du dessus. Les soleils d'Un Un Un l'éclairaient par-dessous, lui donnant un petit côté exotique dont elle semblait tirer une certaine fierté.

Sur ses antécédents, je n'appris guère plus que les informations déjà fournies par Gibb. Seul élément notable supplémentaire : une thèse sur le thème de l'impossibilité à étudier de manière objective les espèces sentientes. Au cours de leur formation, les nouveaux engagés rédigeaient ce genre de travaux, et le résultat manquait le plus souvent cruellement d'originalité et d'intérêt. Celle de Warmuth ne faisait que répéter la ligne officielle du Corps diplomatique : *Les sentients ne peuvent être étudiés que par d'autres sentients qui, par nature, abordent tout sujet d'étude avec leurs propres préjugés.*

J'ignorais jusqu'à quel point ces foutaises s'appliquaient dans la pratique. Dans le cadre de mon travail, j'avais eu affaire à quantité de diplomates et d'exosociologues qui prétendaient observer des espèces extraterrestres intelligentes, alors qu'eux-mêmes possédaient la sentience d'une poignée de porte.

Les évaluations personnelles de Gibb figuraient également dans le dossier ; je notai une certaine réserve. Il reconnaissait son potentiel, mais soulignait la nécessité pour elle de refréner un excès de zèle. Ses compétences ne semblaient toutefois pas en cause, à en juger par les primes accordées par ce même Gibb, quatre au total. Warmuth avait ainsi raccourci la durée de son contrat de moins d'un mois. C'était peu, dans l'absolu, mais tout de même pas mal pour une engagée qui n'avait pas encore obtenu le feu vert pour son premier contact solo avec les Brachiens. Soit elle avait particulièrement brillé pendant sa formation, soit Gibb était un patron étonnamment généreux.

Santiago ne semblait pas aussi sympathique. Elle n'avait pas posé, contrairement à Warmuth. La photo de son dossier, prise sur le vif, de loin, la montrait accrochée aux Frondaisons, par les quatre membres. À l'arrière-plan, quatre Brachiens paraissaient moins dans leur élément qu'elle. Manifestement, les exigences physiques de son travail ne lui causaient aucune difficulté. Autre cliché : Santiago, debout dans un couloir triangulaire, les bras croisés, un fin sourcil levé, un air gauche. Elle avait des yeux sombres, le teint hâlé, un visage rond encadré de cheveux ébouriffés couleur caramel ; sa mâchoire, légèrement saillante, figeait sa lèvre inférieure dans une moue. Et pas l'ombre d'un sourire.

Santiago avait moins souvent pris la plume que Warmuth, mais dans tout ce qu'elle écrivait se manifestait une certaine aigreur. Lastogne m'avait mis un signet à un passage qui me paraissait particulièrement intéressant. *Pour la plupart des sentients, appartenir à son espèce, c'est prendre part à l'influence du tout. Pas chez les humains, où le tout réduit souvent l'individu à l'état de cellule qui n'a pas son mot à dire dans le fonctionnement de l'organisme. Chez les humains, c'est être traité en propriété.*

Encore cette idée. *Des propriétés.*

C'était peut-être une coïncidence. Après tout, c'était une opinion assez répandue chez les plus cyniques d'entre nous, j'étais bien placée pour le savoir. C'était même cohérent. Le passé de Santiago, originaire d'une planète réduite à l'esclavage, à cause des dettes de sa population. Sur trop de mondes identiques au sien, les gens comme elle n'avaient qu'une hâte : partir. Ce désir alimentait en grande partie l'effectif du Corps diplomatique.

Un coup d'œil aux conditions de son contrat m'apprit qu'elle avait troqué sa propre dette pour dix ans de service. Le Corps diplomatique avait alors ajouté les coûts de transport, de formation, sans oublier ceux des soins médicaux indispensables. Il fallait nettoyer ses poumons et évacuer de son organisme les toxines qui l'auraient tuée ou mise dans l'incapacité de travailler à l'âge de quarante ans. En définitive, la durée de son contrat était passée de dix à vingt ans.

Comme Warmuth : une coïncidence, ou un lien ? Quoi qu'il en soit, elle n'y aurait pas trouvé à redire. Le Corps diplomatique était la meilleure forme de servitude, puisque la liberté était au bout, à condition de s'acquitter de sa part du contrat.

Mais c'était tout de même de l'esclavage. On devenait une propriété.

De quoi vous mettre en rogne. On m'avait décrit Santiago comme une personne en colère.

Nous sommes tous des propriétés.

Je poursuivis ma lecture. Santiago avait gagné quelques primes au cours des mois passés sur Un Un Un, mais elle avait également fait l'objet de sanctions pour son comportement asocial, la plus lourde intervenant après sa prise de bec avec Warmuth. En faisant le calcul, je m'aperçus qu'à ce rythme, elle aurait atteint la fin de son engagement au bout de la durée initialement prévue par son contrat, une performance particulièrement médiocre. Je me demandai quelle part de son aigreur lui venait de ses idées politiques, et quelle part était simplement un trait de sa personnalité.

Je songeai à une autre personnalité acerbe : Lastogne.

Lui aussi avait fait référence à l'idée de ne pas être son propre maître.

Il avait même lourdement insisté.

Comme le ferait un homme rempli d'amertume par le marché qu'il a accepté.

Il n'avait pas ménagé ses efforts pour me faire comprendre qu'il me connaissait de réputation.

Avait-il voulu m'influencer pour que j'oriente l'enquête dans la direction qu'il souhaitait ?

Ou brouillait-il les pistes ? Peut-être cherchait-il simplement à me provoquer... À moins que son laïus sur les problèmes relationnels de Santiago ne soit qu'un écran de fumée pour dissimuler les siens.

Je demandai à voir son dossier.

Rien.

Je me plongeai dans la base de données du Corps diplomatique, utilisant non seulement mes propres codes d'accès, mais aussi plusieurs autres qui auraient surpris mes supérieurs.

Rien.

Je me mordis le pouce ; avais-je mal compris son nom ?

Non ; c'était trop facile. Je me trompais parfois sur les gens, jamais sur leurs noms. Et le sien était bien Peyrin Lastogne.

Alors pourquoi ne trouvais-je aucune information à son sujet ?

Je me posais toujours la question, quand la page blanche projetée par l'hytex cligna, tel un œil cyclopéen, avant de remplir l'espace d'une explosion de lumière aveuglante. Une fois qu'elle eut baissé, une image apparut. Encore moi ; cette fois, l'auteur de l'image m'avait représentée immédiatement après un sévère passage à tabac : le visage tuméfié, chaque millimètre de peau à vif, luisant de sang ; les yeux gonflés, fermés ; les pommettes défoncées ; la bouche béante ouverte sur le champ de ruines de mes dents brisées. Mon ensemble noir rendait invisibles les blessures subies sous l'encolure. Mais à en juger par la position du corps – mains serrées autour de l'abdomen, appui sur la jambe droite –, je menaçais de m'écrouler d'un instant à l'autre. Ce n'était donc sans doute pas beau à voir, et mon imagination s'empressa de combler les lacunes avec l'image d'une femme au corps tout entier à l'état de plaie ambulante.

L'animation fit un pas chancelant, se raidit et, comme dans une soudaine et terrible prise de conscience, poussa un cri, lourd de la certitude que tout ce qu'elle avait enduré n'était qu'un aimable préambule.

Le haut de sa tête explosa dans un nuage de sang et de fumée.

Cette version brutalisée de moi-même resta figée, hébétée, amputée de tout ce qui se trouvait au-dessus du milieu du front, du sang ruisselant depuis la cuvette ébréchée de son crâne.

Puis elle trébucha en avant, tombant hors du cadre.

Je clignai plusieurs fois des yeux.

Et murmurai une nouvelle réponse silencieuse à l'expéditeur anonyme.

À *bientôt*.

6

Les Porrinyard

Au matin, les soleils d'Un Un Un eurent la politesse de gagner progressivement en éclat, évitant une explosion de lumière qui aurait aveuglé tout l'habitat. N'ayant pas fermé l'œil, j'assistai au spectacle de l'aube qui, s'introduisant peu à peu à travers le tissu de mon hamac, projeta mon ombre au plafond.

J'avais survécu une nuit de plus ; j'ai connu des façons moins agréables d'en avoir la preuve.

Quand l'hytex m'avertit que mon taxi m'attendait, j'avais eu le temps de prendre une douche à ultrasons, de me rendre aux latrines situées au cœur de Hamac-Ville (une expédition, comme je n'en souhaite pas à mon pire ennemi) et d'enfiler un ensemble noir tout propre. Ouvrant le rabat d'accès à la base du hamac, je trouvai Lastogne et les Porrinyard dans un glisseur des IAs-source, un modèle bien plus racé que celui de la veille.

Lastogne me fit un signe de la main, avec cet air secrètement amusé qui semblait ne jamais le quitter. J'eus plus de mal à déchiffrer l'expression des

Porrinyard, au-delà de leur amabilité de façade. Toujours vêtus de manière identique, la poitrine et la taille couverts de fines et brillantes bandes de tissu gris argent, de près, ils n'apparaissaient plus aussi androgynes. Le pagne du plus grand et du plus costaud, assez serré, révélait un renflement à l'entrejambe ; quant à la poitrine comprimée de l'autre, on devinait de petits seins dans tout ce muscle hypertrophique.

La femme portait un léger duvet, presque transparent, au menton ; l'homme avait le teint plus sombre et ses yeux trahissaient des ancêtres asiatiques. Leur regard, dans la manière dont ils m'observaient, avait quelque chose de profondément amusé : comme s'ils manifestaient leur approbation, après n'avoir entendu parler de moi que par ouï-dire.

Lastogne me salua.

« Bonjour. »

Les Porrinyard m'accueillirent par un « maître » entonné en chœur.

Je clignai des yeux pour chasser un début de vertige.

« Bonjour. Tout le monde m'accompagne ?

— M. Lastogne a dit que vous vouliez m'interroger. »

Les Porrinyard parlaient aussi ensemble. Pas tant simultanément qu'en stéréo, chaque *insep* liant les phonèmes, les fragments de mots et les timbres des voyelles à l'aide de sons complémentaires produits par l'autre. Ils créaient ainsi la troublante illusion d'une voix partagée qui émanait d'un espace indéterminé entre eux.

Personne ne m'offrit son assistance pour descendre par l'échelle de corde de mon hamac. Une manifestation de respect, mais qui avait également valeur de test, j'en avais conscience. À moi de m'en montrer digne. Glissant au bas de l'échelle, je ne cachai pas mon soulagement en retrouvant la pesanteur du transport. Après toutes ces heures sur les surfaces souples de Hamac-Ville, la sensation d'un pont solide sous mes pieds me procura un plaisir encore plus grand.

Quoi qu'il en soit, je semblais avoir réussi le test.

Lastogne sourit.

« Personne ne devinerait que vous n'êtes parmi nous que depuis une journée.

— Si vous le dites. »

J'éprouvai tout de même une pointe de fierté.

Alors que le glisseur s'éloignait de Hamac-Ville en accélérant, son ombre, projetée par les soleils, fila à toute allure sur les Frondaisons au-dessus de nous, déformée par la texture de l'entrelacs noueux. Sa vitesse de croisière me semblait supérieure à celle du véhicule bavard qui m'avait conduite dans l'habitat. J'hésitais entre m'en réjouir ou m'agacer du temps perdu la veille. Comme je réfléchissais à la question, l'ombre avec laquelle nous faisions la course devint floue. Je reportai mon attention sur Lastogne, qui attendait patiemment.

« Ce n'est pas le même itinéraire qu'hier.

— C'est vrai, répondit-il. Votre transport personnel est amarré ailleurs dans l'axe. Un portail plus proche de nous permet d'accéder à l'Interface. Votre trajet sera beaucoup plus court aujourd'hui. »

Comme j'avais horreur de voler, cette nouvelle me fit plaisir. En revanche, je pouvais faire une croix sur mon espoir d'en profiter pour réunir quelques informations en chemin. Sans perdre de temps, je me mis à interroger les Porrinyard.

« Qui est Oscin, et qui est Skye ? »

La femme parla de sa propre voix.

« Je suis née Skye. Il est né Oscin. »

Puis ils reprirent leur voix commune, musicale, mais troublante.

« Nous sommes *inseps* depuis l'âge de quinze ans, et avons pris le nom de Porrinyard.

— Ça leur fait de sacrées économies quand ils ont envie de s'offrir des bijoux ornés d'un monogramme », plaisanta Lastogne.

Je l'ignorai.

« Vous avez accepté de faire ça en toute connaissance de cause ? »

Le binôme me lança des sourires éclatants, identiques.

« Votre question est blessante, maître, mais je la crois dépourvue de malice.

— Merci.

— Oui, ç'a été une démarche volontaire, le seul moyen pour les individus Oscin et Skye de signer un contrat avec le Corps diplomatique en s'assurant qu'ils seraient toujours envoyés en mission ensemble. Ils pensaient être proches à l'époque. Aujourd'hui, la fusion est intégrale. »

Encore illégale sur la plupart des mondes humains, cette technologie figurait au rang des services les plus controversés offerts aux autres espèces sentientes par le réseau IASanté. En échange d'un pourcentage des gains futurs, les IAs-source pouvaient connecter deux personnalités séparées via une matrice de diffusion invisible. Le processus remplaçait les deux individus par une gestalt plus vaste qui menait l'existence d'une seule et même personne. Les informations devenues redondantes n'avaient plus besoin d'occuper une place précieuse sous *deux* crânes. En théorie, l'espace ainsi libéré permettait d'accroître l'intelligence.

Ses détracteurs dénonçaient l'aspect déshumanisant de cette technologie. Ses défenseurs leur répondaient qu'il n'en était rien. Loin de détruire l'individualité, elle la redéfinissait ; de la combinaison de deux personnes qui s'estimaient incomplètes l'une sans l'autre naissait une nouvelle. Celles et ceux qui avaient subi l'opération prétendaient qu'elle avait considérablement amélioré leurs vies. Néanmoins, les candidats ne se bousculaient pas, et parmi les volontaires, seuls quelques rares élus remplissaient les obscurs critères imposés par les IAs-source pour avoir accès à la procédure. Pour autant que je sache, on comptait moins de trois mille paires d'*inseps* dans l'univers. J'avais entendu dire que certains avaient rejoint le Corps diplomatique, mais c'était ma première rencontre.

Je fis claquer un ongle contre mes dents.

« D'après M. Lastogne, c'est vous deux qui vous êtes occupés en grande partie de la formation de Cynthia Warmuth à l'intérieur de la station.

— *Je* m'en suis occupé, me reprirent les Porrinyard, insistant sur le singulier. Avec l'assistance de Mo Lassiter.

— Oui, j'ai déjà entendu ce nom. Mo, c'est un homme ou une femme ?

— Une femme. Mo est le diminutif de Maureen. »

Je devrais l'interroger plus tard.

« Mais vous avez passé pas mal de temps avec Warmuth. Qu'avez-vous pensé d'elle ?

— Elle était jeune. Sa soif d'apprendre, de comprendre les autres était sans bornes, au point de la rendre parfois odieuse.

— Oui, d'ailleurs Santiago ne l'aimait pas beaucoup, précisément pour cette raison. Comment se manifestait cette absence de limites ?

— Dans mon cas, répondirent les Porrinyard, par des questions terriblement intimes.

— Comme les miennes ?

— Non. Vous, vous vouliez simplement comprendre une condition qui ne vous est pas familière. Sa curiosité était d'une tout autre nature.

— Quel genre, alors ? »

Lastogne fit un bruit incongru.

« Enfin, maître ! Vous avez pourtant la réputation d'être une sorte de génie ! »

Apparemment, quelque chose m'échappait ; heureusement, Oscin et Skye me tirèrent d'embarras.

« Elle était plus intéressée par les aspects sexuels. Plus précisément, elle voulait savoir quel effet ça faisait quand mes deux corps faisaient l'amour. »

Puisqu'on en parlait...

« Pas mal de gens doivent se poser la question.

— Et c'est normal, dirent les Porrinyard. Mais Warmuth se montrait intrusive, au point d'exiger des descriptions détaillées.

— Et que lui avez-vous répondu, si je peux me permettre ? »

Ils se hérissèrent.

« Êtes-vous comme elle, maître ? Vous faut-il des détails ?

— Non. Je veux juste savoir ce que vous lui avez dit, à *elle*. »

Après réflexion, les Porrinyard comprirent la distinction.

« Je lui ai dit que c'est exactement deux fois plus agréable pour moi que ça l'est pour deux esprits simples qui ne perçoivent l'acte physique que d'un seul point de vue chacun. Bien sûr, ça n'a fait qu'attiser sa curiosité. Plus d'une fois, elle s'est offerte à moi.

— À vous deux ?

— À *moi*, corrigèrent les Porrinyard.

— Et vous avez refusé ?

— Oui. Je n'ai pas aimé sa façon de demander.

— Mais dans le cas contraire, vous auriez pu accepter ?

— Ça m'arrive tout le temps, répondirent les Porrinyard. Je reste une seule et même personne ; restreindre ma vie sexuelle à moi-même serait aussi déprimant que de se limiter à la masturbation. Alors, je suis toujours en quête de nouveaux partenaires. Peyrin, ici présent, a déjà fait preuve d'assez d'ouverture d'esprit pour se laisser tenter...

— Coucou, fit Lastogne d'une voix moqueuse.

— ... et Santiago a refusé, sans toutefois manifester d'indignation excessive. Mais je ne m'intéresse qu'aux gens capables de comprendre qu'ils feront l'amour à une seule personne, indépendamment du nombre de corps qui participent. Apparemment, dans le cas de Cynthia Warmuth, c'était trop demander. Accumuler les expériences, c'était son unique motivation. Pour ce que j'en sais, elle a fini par se rabattre sur des partenaires moins exigeants, comme M. Gibb, au moins une fois. »

J'avais déjà noté la réaction possessive de Gibb à l'égard des femmes qui entraient dans son orbite.

« Entretenaient-ils toujours une relation ?

— Non. Le charme habituel de M. Gibb a rapidement eu son effet prophylactique.

— Avez-vous remarqué une certaine tension entre eux par la suite ?

— M. Gibb est bien trop balourd pour ressentir quoi que ce soit. »

Oscin et Skye eurent simultanément la même moue de dédain.

« En revanche, j'ignore ce qu'a pu éprouver Warmuth. »

Intéressant. Gibb s'était bien gardé de mentionner cette liaison. Intéressant, mais pas nécessairement accablant.

« Et Santiago ? Gibb a-t-il aussi eu une relation privilégiée avec elle ?

— J'en doute. Santiago n'avait pas de relations privilégiées.

— C'était une solitaire ?

— Plutôt une misanthrope. Elle s'aliénait tout le monde.

— M. Lastogne m'a appris qu'elle ne perdait pas une occasion de rappeler à qui voulait l'entendre sa haine de la Confédération. »

Les Porrinyard froncèrent les sourcils.

« C'est une enquête que vous menez, maître, ou une chasse aux sorcières ?

— En ce qui me concerne, vous pouvez dire tout le mal que vous voudrez du Corps diplomatique et de la Confédération. Dans mes bons jours, je pourrais même joindre ma voix au concert des récriminations. Mais chez Santiago, ce qu'on m'a décrit semblait tourner à l'obsession. J'ai besoin de connaître le genre de discours qu'elle tenait. »

Ils se détendirent.

« À l'écouter, elle aurait collé tout ce petit monde contre un mur pour en finir. En ce sens, c'était une révolutionnaire. Elle en voulait terriblement à la Confédération qu'elle accusait, par son inaction, de favoriser l'existence d'enfers comme sa planète d'origine. Pour elle, si la Confédération détenait un réel pouvoir, elle aurait dû mettre fin aux agissements de ces géants de l'industrie qui se substituaient aux États. Elle appelait de ses vœux un gouvernement unique, ou au moins une déclaration des droits commune. Plus que tout, elle réclamait l'abolition de cette horrible forme d'esclavage financier dans laquelle elle avait grandi ; à ses yeux, les contrats du Corps diplomatique ne valaient guère mieux. Mais n'importe quel engagé vous dira la même chose.

— Je suis d'accord. Et pourtant, j'ai l'impression qu'elle était profondément impopulaire auprès de ses collègues.

— Son amertume sur le plan politique, bien que plus prononcée que chez la plupart d'entre nous, ne constituait pas le véritable problème de Christina.

— Quoi, alors ?

— Elle n'aimait pas la compagnie des autres et ne se gênait pas pour le faire savoir. »

Je me sentais de plus en plus d'affinités avec elle.

« Elle ne s'entendait réellement avec personne ?

— Pas à ma connaissance. Elle se mettait tout le monde à dos, sans distinction.

— Elle passait pas mal de temps avec Cif Negelein, intervint Lastogne, ce qui sembla sincèrement surprendre les Porrinyard.

— Vraiment ?

— Qui est Negelein ? » demandai-je.

À en juger par son expression, Lastogne n'éprouvait guère d'affection pour lui.

« Vous le rencontrerez plus tard. »

Bien, bien.

« Comment définiriez-vous leurs relations ?

— Je ne peux pas vous répondre. Je n'ai pas de temps à perdre avec les gens que je n'aime pas. Alors, quand ces deux-là se sont trouvés, j'y ai vu un sujet de préoccupation en moins. Ça les occupait.

— Qu'est-ce que vous reprochez à Negelein ?

— C'est un snob prétentieux. »

Je reportai mon attention sur les Porrinyard.

« À quoi Santiago consacrait-elle ses jours de repos, quand elle ne les passait pas en compagnie de Negelein ? Elle se retirait dans son hamac pour ruminer sa rancœur ?

— Parfois, confirmèrent-ils. Mais elle partait aussi en exploration en solo. Elle descendait, en espérant observer les dragons, bien qu'elle ne se soit jamais assez approchée pour en tirer quoi que ce soit d'exploitable. Il lui arrivait de remonter se détendre dans le hangar, comme nous tous, histoire de se changer les idées. En tout cas, je n'ai jamais rencontré quelqu'un qui s'intéressait si peu aux autres.

— Y compris vous-mêmes ?

— Certainement, répondirent les Porrinyard. Je n'ai rien d'un misanthrope. »

Lastogne me les avait pourtant décrits ainsi, même si j'étais de moins en moins sûre que l'emploi du pluriel se justifie. Plus j'apprenais à connaître les Porrinyard, plus le choix d'un pronom adéquat s'avérait délicat.

Le glisseur vira, corrigeant sa trajectoire, en direction d'un portail d'accès à l'axe de la station. Grâce au contrôle de la pesanteur locale, je ne ressentis pas les effets de la décélération, mais j'eus tout de même un haut-le-cœur. L'entrée, une écoutille bien camouflée découpée dans les Frondaisons elles-mêmes, présentait la même surface noueuse que la végétation environnante, une touche un rien maniaque de la part des IAs-source. Après tout, qui, à l'intérieur de cet habitat, aurait émis des réserves d'ordre esthétique sur la présence d'un panneau coulissant disgracieux ?

Pour s'orienter vers l'écoutille, notre véhicule devait se positionner verticalement. Si la pesanteur du glisseur m'épargnait toute sensation de changement, il en allait tout autrement pour mes yeux. Mon cerveau refusa d'oublier que le vaste mur devant nous s'était trouvé « en haut », à peine quelques secondes plus tôt. Je sentis le goût de la bile et fermai les yeux pour parer aux pires effets du vertige.

« C'est vous qui avez formé Santiago, n'est-ce pas ?

— Oui.

— Lui est-il arrivé de s'entraîner avec Warmuth ?
— Oui.
— Avez-vous constaté des frictions ?
— Je crois qu'elles se sont accrochées, mais jamais en ma présence ou pendant le travail. Ça peut paraître étonnant, vu son tempérament, mais Santiago s'impliquait totalement dans son boulot. Toujours concentrée. Elle n'accordait aucune place aux rapports humains. Pas vraiment charmante comme collègue, mais efficace.
— Vous pouvez rouvrir les yeux, intervint Lastogne. On est à l'intérieur. »

Nous traversions un tunnel d'accès octogonal, d'un diamètre qui faisait à peine le double de la largeur de notre glisseur, longeant des murs d'un bleu tout ce qu'il y avait de plus neutre, lumineux malgré l'absence apparente d'éclairage. Des panneaux noirs brillaient tous les deux ou trois mètres, sans que je parvienne à déterminer s'ils n'avaient qu'une valeur décorative ou s'ils remplissaient une fonction d'ordre technique. Notre orientation par rapport à l'habitat demeurait également un mystère, mais comme j'avais déjà eu plus que ma dose de vertige aujourd'hui, je me sentais soulagée de ne pas avoir à m'en soucier.

« C'est donc vous qui les avez préparées à leur premier contact avec les Brachiens ?
— Oui, répondirent les Porrinyard. La politique en vigueur exige la présence d'une escorte pour chaque premier contact.
— Décrivez-moi comment ça se passe.
— M. Lastogne vous a probablement déjà expliqué que les Brachs perçoivent la différence entre la vie et

la mort d'une manière très particulière. En ce qui les concerne, les sentients inconnus, comme nous, ne sont pas vivants au sens que vous et moi donnons à cette idée. Nous sommes morts. L'introduction d'un nouvel arrivant dans l'habitat implique une cérémonie ; une façon de dire aux Brachiens quelque chose du style : voilà [Nom du nouveau venu], un Émissaire des Morts, qui souhaite se joindre à vous dans la Vie. »

Juste devant nous, une sorte de diaphragme s'ouvrit au bout du tunnel. Je n'avais plus beaucoup de temps pour poser mes questions. Me mordant l'extrémité du pouce, je jurai à voix basse en m'apercevant que je saignais. Les mauvais jours, les extrémités de mes doigts se couvraient de croûtes.

« Et si les Brachiens se laissent convaincre, le nouveau venu doit grimper dans les Frondaisons et s'y suspendre pendant des heures, tandis qu'ils décident si le candidat est assez vivant pour mériter leur compagnie. »

Les Porrinyard hochèrent la tête.

« Assez vivant pour devenir une Ombre, en tout cas.

— Cette cérémonie ne touche que les visiteurs du dehors ? Ils ne l'imposent pas aux leurs ?

— Non, confirmèrent les Porrinyard. Nous ignorons comment ils réagiraient face à une espèce différente des humains, mais en ce qui nous concerne, ils pensent que nous sommes morts. Nous n'avons pas encore déterminé d'où leur vient cette impression. Mais tant que nous observons leurs usages dans leur environnement, ils sont tout à fait disposés à nous reconnaître le statut d'Ombres pour faciliter nos relations.

— Au moins jusqu'à ce qu'on meure pour de bon, intervint Lastogne. Comme Warmuth et Santiago. »

Je digérais ces informations, alors que le glisseur rejoignait son aire d'amarrage, à l'intérieur d'un espace bien éclairé, desservi par d'autres tunnels. Le tout évoquait un peu trop le métro de La Nouvelle-Londres pour être le fait du hasard, surtout sur un monde qui n'avait jamais été conçu pour accueillir des humains. Cela dit, la réputation de bâtisseurs des IAs-source n'était plus à faire : elles avaient très bien pu tout construire en une journée, juste avant d'inviter l'équipe d'inspection de Gibb.

À moins, bien entendu, qu'elles aient prévu de recevoir des visiteurs humains depuis le début.

Nous débarquâmes et nous tînmes sur le quai, comme surpris de retrouver la terre ferme ; certes, le sol était souple, et la pesanteur semblait correspondre à environ un tiers de celle à Hamac-Ville, mais je m'en moquais. Mes jambes, habituées à me porter de manière traditionnelle, me remercièrent avec le soulagement honteux que seuls des membres agressés sont capables d'exprimer.

La lueur bleutée conférait une certaine froideur au visage de Lastogne.

« Je suis désolé pour la suite, maître.

— Quoi ?

— Si vous n'aimez pas l'altitude, vous n'allez probablement pas apprécier. »

7

Interface

Tous les humains qui ont eu affaire aux IAs-source les connaissent par l'intermédiaire de téléagents mobiles et omniprésents, ces écrans plats flottants d'environ un mètre sur un mètre et d'à peine quelques molécules d'épaisseur. Ils sont si répandus dans les cercles diplomatiques qu'on a aisément tendance à les confondre avec les IAs-source elles-mêmes. Difficile de ne pas oublier qu'elles sont réellement un ensemble inextricable d'applications distribuées, et pas simplement des extraterrestres à l'allure d'écrans noirs.

Sur Un Un Un, les IAs-source évitaient les simagrées pour entrer en contact avec leurs visiteurs comme bon leur semblait.

Je pénétrai dans l'Interface par une écoutille dans le mur d'un couloir étroit, non loin de l'aire d'amarrage. J'eus l'impression, au bout de près d'une minute de chute libre, d'être soumise à une accélération constante ; ensuite, je subis encore une minute de désorientation et de confusion, alors que des courants atmosphériques me portaient vers un lieu à la pesanteur négligeable.

Je débouchai dans une vaste salle sphérique éclairée par une douce lumière bleue. En proie à une surprenante sensation de bien-être, je me laissai aller dans l'air chaud et richement oxygéné. Puis la caresse de vents invisibles m'immobilisa à l'endroit où devait se situer le centre de la pièce. Entre la lumière qui estompait les contours et le refus des IAs-source de fournir un point de repère, je n'aurais su dire où se trouvait l'écoutille ni estimer la distance parcourue. L'espace semblait s'étendre à l'infini dans toutes les directions.

L'idée de ces kilomètres de vide sous moi aurait dû me faire perdre à nouveau tous mes moyens. Or, curieusement, il régnait une atmosphère calfeutrée. J'étais nerveuse, mais mes hôtes ne souhaitaient apparemment pas susciter mon effroi.

Intéressant.

Pour les IAs-source, cet endroit devait représenter l'équivalent d'un siège intimidant où recevoir en visite les dignitaires importuns. La même tradition expliquait en grande partie pourquoi les fonctionnaires humains insistaient pour continuer à trôner derrière d'immenses bureaux. Le remplacement du papier par l'hytex aurait pourtant dû reléguer de telles surfaces de travail aux oubliettes. C'était une mascarade, rien de plus, mais qui faisait son petit effet.

Les IAs-source m'avaient toujours un peu effrayée. Toutes les autres espèces sentientes, si bizarres soient-elles, partageaient au moins un certain nombre de besoins propres aux formes de vie biologiques : nourriture, habitat, capacité à se reproduire... Autant d'éléments qui leur fournissaient une base pour se comprendre. Mais les IAs-source n'avaient aucun besoin de cette nature. Elles étaient pures intelligences, guidées par des impératifs connus d'elles seules, et le tact qu'elles affichaient à notre égard ne m'avait jamais pleinement convaincue.

Sans compter que je préférais pouvoir regarder un autre sentient droit dans les yeux.

La salle se mit à parler d'une voix féminine qui semblait émaner d'une présence invisible située directement devant moi, indépendamment de la direction où me pousseraient les courants dans les prochaines minutes.

<> *Quel plaisir de vous revoir, Andrea Cort!* <>

Je n'étais pas surprise. Depuis des années, leurs téléagents, les écrans plats, me traitaient comme une vieille amie, même si je n'avais jamais été dupe de cette « amitié ».

« On s'est vus hier, n'est-ce pas ? »

<> *Vous faites sans doute allusion à votre conversation avec le sous-programme qui pilotait votre glisseur. C'est un individu limité, dont l'interaction se borne à l'accueil de nos visiteurs. S'agissant de communication sérieuse, ceci constitue votre premier contact avec l'intelligence collective des IAs-source de cette station.* <>

J'abrégeai cet échange de politesses.

« Deux êtres humains ont été assassinés. »

Les IAs-source ne simulaient jamais le rire, mais la voix adopta tout de même un ton amusé.

<> *De nombreux êtres humains ont été assassinés, maître. La plupart, par d'autres êtres humains.* <>

« Je parle des deux meurtres sur cette station. »

<> *Nous présumions que vous faisiez référence à la situation locale, mais avons estimé que la précision s'imposait, étant donné votre tendance au carnage.* <>

Si cette remarque avait pour but de me déstabiliser, les IAs-source se révélaient plus maladroites que je le pensais.

« La mienne, à titre personnel, ou celle de mon espèce dans son ensemble ? »

<> *Votre réputation n'est certes plus à faire, maître. Mais en l'occurrence, c'est de l'humanité que nous parlions.* <>

Je refusai de m'offusquer.

« Dans les deux cas, ça n'a aucun lien avec ce qui m'amène. Je veux me concentrer sur les deux meurtres qui ont été commis sur votre station. »

<> *C'est bien volontiers que nous aurons cette discussion informelle, tant que vous n'oubliez pas ce que vous a dit M. Gibb sur votre situation à bord. Nous ne vous reconnaissons aucun statut diplomatique, et vous ne bénéficiez donc d'aucune des protections qui s'appliquent habituellement.* <>

Autrement dit, les IAs-source pouvaient décider de toute action punitive qui leur semblait adaptée, dès qu'elles me trouveraient gênante. Une autre tactique d'intimidation.

« Je mène mon enquête en tant que simple citoyenne. »

<> *Très bien.* <>

Lorsqu'on a affaire à des sentients qui se considèrent comme plus intelligents que vous, aborder l'interrogatoire sous un angle inattendu peut fournir une bonne entrée en matière.

« Puis-je commencer par vous demander ce que vous faites là ? »

<> *Veuillez préciser votre question.* <>

« Pourquoi avez-vous créé les Brachiens ? »

Une pause.

<> *C'est une première question surprenante.* <>

« Il est difficile d'enquêter sur des crimes sans comprendre les mondes où ils sont commis. Vous ne souhaitez pas répondre ? »

<> *Non, maître. Au risque de vous décevoir, les Brachiens ne sont pas l'unique raison d'exister d'Un Un Un. Les Brachiens ne constituent qu'une partie d'un écosystème complexe à plusieurs niveaux, dont chaque élément pourrait nous intéresser davantage que les activités d'une espèce mineure créée à seule fin d'occuper une niche écologique. Pour vous donner un exemple, les profondeurs des océans d'Un Un Un accueillent des vers acides absolument fascinants.* <>

« Je n'en doute pas. Mais j'ai peine à croire qu'ils sont aussi importants pour vous que les Brachiens. »

<> *Nous reconnaissons que votre raisonnement nous intrigue.* <>

« Les espèces sentientes évoluent dans des environnements où la résolution de problèmes offre un avantage sur le plan de la survie. C'est loin d'être le cas ici. Les Brachiens mènent leur existence, accrochés aux branches, s'alimentant à une source de nourriture inépuisable que vous leur fournissez sans contrepartie. Dans un tel contexte, la sentience ne leur apporte rien. Si vous les aviez créés uniquement pour occuper une niche écologique, vous auriez pu vous contenter d'animaux stupides aux comportements purement instinctifs. Vous n'aviez aucune raison convaincante de les rendre sentients. »

Impossible de ne pas interpréter l'hésitation avant la prochaine réponse comme de l'amusement.

<> *Vous partez du principe que leur sentience était un aspect délibéré de leur conception. Elle a très bien pu se manifester comme une conséquence indirecte d'exigences physiques. Votre cerveau humain a évolué dans un environnement qui récompensait un certain degré de ruse animale, sans toutefois donner un avantage immédiat à l'intelligence supérieure qui allait produire les sonnets de Shakespeare ou découvrir la physique quantique. Votre intelligence s'est étendue bien au-delà de vos besoins du moment, uniquement parce que vous pouviez en tirer d'autres atouts sur le plan de l'évolution. Ce sont les exigences physiques d'une vision binoculaire qui vous ont conduits à développer un crâne d'une forme bien précise. Cette innovation a eu des effets bénéfiques significatifs, mais imprévus, nous pouvons vous l'assurer, sur la partie de votre cerveau capable de pensée abstraite. Le même genre d'accident heureux s'est produit dans le cas des Brachiens. Leur cerveau s'est simplement développé au-delà de leurs véritables besoins.* <>

« J'ai tout de même peine à le croire. »

<> *Cette fois encore : nous brûlons de connaître votre raisonnement.* <>

« Les Brachiens n'ont pas évolué par accident. Ils sont le fruit du génie génétique, créés dans un but précis. Si vous n'aviez pas eu besoin d'une espèce sentiente, vous auriez aisément pu en concevoir une plus simple, sans la capacité à développer ce trait. »

Après une nouvelle pause, bien trop longue pour des intelligences logicielles, la voix répondit :

<> *Nous n'avons jamais pris de mesures pour décourager la sentience, même involontaire.* <>

« Foutaises », répliquai-je, surprise par mon propre emportement.

<> *Notre connaissance des conventions humaines en matière de conversation suggère l'expression d'un certain scepticisme. Mais nous attendons tout de même d'entendre votre raisonnement.* <>

« Ce manque de rigueur ne vous ressemble pas. Je vous imagine mal créer une forme de vie dans un environnement si particulier sans avoir préalablement établi un cahier des charges bien précis. Vous vouliez que les Brachiens soient capables de penser et qu'ils puissent communiquer avec d'autres espèces de passage, comme la mienne. Vous les avez conçus avec cette idée en tête. Vous leur avez même appris le mercantile ! Puis vous avez orchestré cette querelle diplomatique à propos de leur statut, alors que vous auriez aisément pu continuer à cacher leur présence et celle de cette station. Je vous le demande encore : pourquoi avoir créé les Brachiens ? Et pourquoi avoir cherché à nous faire réagir à leur existence comme nous l'avons fait ? »

La salle resta silencieuse un long moment.

<> *Nous nous réservons le droit de ne pas répondre. Pour l'heure, nous estimons que ces informations sont confidentielles.* <>

Je poursuivis.

« Et qu'en est-il de leurs croyances ? Pourquoi pensent-ils que les humains sont morts ? Pourquoi vous qualifient-ils de "Main dans les Ombres" ? Qu'est-ce que ça signifie ? »

<> *Les systèmes de croyances imaginés par les créatures sentientes pour expliquer leur place dans l'univers nous ont toujours intéressées. C'est de loin la conséquence indirecte la plus fascinante de toute forme de vie intelligente. Celle qui peut s'avérer la plus instructive aussi.* <>

Ce qui ne répondait pas à ma question.

« On vous accuse d'avoir violé la convention interespèces interdisant l'esclavage. Comment réagissez-vous ? »

<> *Les Brachiens n'accomplissent aucun travail pour notre compte. Ils vivent à l'état naturel, et nous avons sciemment révélé leur existence à la communauté diplomatique. « Libérés » de leur habitat par des forces décidées à les aider contre leur volonté, ils périraient sans doute par manque d'un environnement qui leur convient. Par ailleurs, votre définition de l'esclavage semble se satisfaire des méthodes de l'entreprise qui a produit votre Christina Santiago, ou du contrat qui vous lie au Corps diplomatique de la Confédération. Notre relation protectrice avec les Brachiens nous paraît beaucoup plus saine. Mais nous pouvons vous assurer qu'aucun de ces problèmes n'a de rapport direct avec les crimes commis à bord de cette station.* <>

Rapport direct. Me suggérait-on une influence indirecte ? J'hésitai, une pensée me traversa l'esprit, mais trop vite pour que je la formule. Je la laissai filer, pour l'instant.

« C'est peu probable, je le reconnais », concédai-je.

<> *Pourquoi ces questions, alors ? Simple curiosité ?* <>

« On peut dire ça. »

Quelque chose m'échappait, je ne m'en aperçus qu'au bout d'une seconde. Dans la plupart des interrogatoires, changer de sujet de manière abrupte est le meilleur moyen de semer la confusion et d'alarmer son interlocuteur. Mais les IAs-source s'en moquaient. Leur vitesse de traitement dépassait largement la mienne ; elles savaient que, sur ce plan-là, je ne faisais pas le poids. Dans ce contexte, chaque hésitation, chaque pause de ma part devait leur faire l'effet d'autant d'interruptions spasmodiques de la conversation.

« Selon l'ambass... l'observateur homsap, M. Gibb, les circonstances de la mort de Christina Santiago indiquent une implication des IAs-source. »

<> *Il est exact que le sabotage du hamac de Santiago a nécessité un niveau de technologie que personne, à part nous, n'est censé posséder à l'intérieur de l'habitat.* <>

« Comment l'expliquez-vous ? »

<> *Il n'y a que deux possibilités, maître. Soit nous sommes responsables de ces incidents, soit d'autres que nous ont eu accès à ces outils.* <>

« Niez-vous toute implication ? »

<> *Un examen logique de la situation devrait suffire à établir notre innocence. Nous avons bâti cette*

station. Nous l'entretenons. Nous avons accepté votre présence ici. Nous vous fournissons même le nécessaire à votre survie. Si nous souhaitions éliminer tous les êtres humains à bord, nous n'aurions besoin que de quelques instants, et sans recourir aux méthodes grossières de votre assassin présumé. Si nous étions animées de mauvaises intentions, nous pourrions aisément créer une série d'incidents sans éveiller les soupçons. <>

Des pensées similaires m'avaient occupé l'esprit depuis mon arrivée sur cette station.

« Et pour Warmuth ? »

<> *Nous n'avons assassiné ni Christina Santiago ni Cynthia Warmuth,* assena la voix sur un ton catégorique. *Bien sûr, il est possible, et même probable qu'en dépit de notre innocence, nous possédions davantage d'informations. Mais rompre notre silence nous obligerait à lever le secret évoqué plus tôt.* <>

« Je m'en doutais. »

La perversité pure et simple n'expliquait pas tout.

<> *Nous attirons votre attention sur un autre point. Si votre coupable a employé des outils sophistiqués pour saboter la tente de Santiago, pourquoi le meurtre de Cynthia Warmuth apparaît-il si primitif par comparaison ? Pourquoi se servir de haute technologie pour un crime et bâcler le second avec une telle sauvagerie ?* <>

Les IAs-source venaient de mettre le doigt sur l'aspect de ce double meurtre qui me préoccupait le plus.

« Les circonstances ne me semblent pas si différentes. »

<> *En quoi sont-elles similaires ?* <>

« Dans les deux cas, on a affaire à une mascarade, imaginée pour que la thèse du meurtre ne puisse faire aucun doute. »

<> *Qu'en déduisez-vous ?* <>

« Comme vous l'avez souligné, les conditions de vie à bord de cette station sont précaires, à dessein. Maquiller un meurtre en accident serait un jeu d'enfant, en l'absence de corps, et donc de preuves médico-légales. Mais ces deux incidents ont immédiatement éveillé les soupçons. Ils font clairement penser à une mise en scène. C'est ça ? »

Difficile de ne pas interpréter le silence qui suivit comme une pause dramatique. Des simagrées. Ou de la diplomatie ; de grands esprits dans l'histoire ont déjà remarqué qu'il n'y avait parfois pas beaucoup de différence entre les deux.

<> *Vous êtes un être humain très intelligent, maître. Vos capacités nous impressionnent considérablement, et depuis longtemps, plus que vous l'imaginez. Vous seriez réellement surprise de découvrir certains des attributs que nous avons en commun.* <>

La vaine flatterie n'était pas dans le style des IAs-source.

« Mais… ? »

<> *Mais vous devez tout de même réviser vos postulats de départ dans cette affaire. Certains sont erronés.* <>

« Lesquels ? »

<> *Poursuivez votre enquête.* <>

La lueur bleue baissa, plongeant la salle dans un néant grisâtre. Sans avoir à poser d'autres questions, je sus que notre entretien touchait à sa fin. La discussion ne reprendrait pas avant que j'aie de nouveaux éléments à leur présenter.

Elles me menaient en bateau. J'ignorais pourquoi. Mais en refusant de préciser lesquels de mes postulats de départ ne tenaient pas debout, elles reconnaissaient de facto qu'elles jouaient avec moi.

Pourquoi ? Ça ne leur ressemblait pas.

Un léger souffle d'air frais venu de nulle part me propulsa vers une masse indistincte, d'un gris plus prononcé, peut-être une écoutille. Consciente qu'il n'était pas en mon pouvoir de prolonger l'entretien, je me laissai porter vers la sortie, sans un mot.

Mais apparemment, les IAs-source n'en avaient pas terminé avec moi.

<> *Andrea Cort ? Deux choses encore.* <>

« Oui ? »

<> *Vos postulats erronés concernent également vos antécédents professionnels. Vous vous êtes totalement méprise sur le compte d'Artis Bringen.* <>

J'en restai bouche bée.

« Quoi ? »

<> *Par ailleurs, nous sommes au courant des messages de menaces que vous avez reçus. Nous n'y sommes pour rien, mais leur auteur se trouve sur Un Un Un et vous veut du mal. Quelle que soit votre ligne de conduite à partir de maintenant, nous vous recommandons la plus grande prudence. Il en va de votre vie.* <>

Je ne pris pas la peine de demander le nom de l'assassin. J'étais presque sûre qu'elles auraient pu me le donner, mais cette comédie n'aurait pas eu lieu d'être si elles avaient été d'humeur à me fournir des réponses.

« Merci. Autre chose ? »

Et en une seule phrase, elles firent basculer mon univers :

<> *À la fin de cette affaire, vous connaîtrez vos Démons invisibles.* <>

8

Oz

Après mon expulsion de l'Interface, je pensais retrouver mes trois guides, mais seul Oscin Porrinyard m'attendait.

Je débouchai dans une petite salle, similaire à celle que je venais de quitter, mais avec quelques différences notables. La pesanteur y était faible et des odeurs curieuses flottaient dans l'air. Des lumières changeantes dansaient sur les parois incurvées et le sol souple. Au fond, la pièce devenait plus étroite et se transformait en couloir qui tournait vers la gauche. Bien que vraisemblablement construit pour l'usage des IAs-source, l'ensemble paraissait bizarrement adapté à des proportions humaines. On dirait un décor, pensai-je, avant de succomber à une soudaine faiblesse.

Oscin me saisit immédiatement par les bras et me guida, tandis que je m'affaissais sur le sol en plastiform. Je faillis protester, comme quand Gibb avait osé me toucher, mais cette fois, j'étais en état de choc, j'en avais physiquement besoin. Je m'abstins donc de tout commentaire, alors qu'il m'aidait à m'adosser contre le mur le plus proche, qui s'adapta tel un coussin dès qu'il sentit mon poids. Ce contact me parut terriblement intime, presque invasif, mais je n'étais pas en état d'émettre une objection.

Démons invisibles, avaient dit les IAs-source.

J'avais dû me répéter ces deux mots dix mille fois dans l'année écoulée, depuis qu'ils avaient ouvert la porte à ma vocation. Ils m'avaient sortie du désespoir, de la torpeur; grâce à eux, je n'éprouvais plus ce sentiment d'être irrécupérable, de ne pas pouvoir me racheter.

Ils m'avaient donné une raison de vivre.

Mais le seul être humain à qui j'en avais parlé était mort.

Un an plus tôt, la planète Catarkhus avait servi de cadre à un conflit diplomatique. Plusieurs puissances extraterrestres s'y étaient opposées sur une question de juridiction à propos du procès d'un être humain profondément perturbé, Emil Sandburg, ce dernier ayant reconnu le meurtre de plusieurs autochtones.

Le droit interespèces ne laissait aucun doute sur ce point : les Catarkhiens devaient juger Sandburg. Seul problème : bien que sentients, ils vivaient à ce point coupés de l'univers et du reste d'entre nous que la notion de crime leur était étrangère. Aveugles, sourds et incapables de sentir quoi que ce soit, ils n'avaient même pas conscience de notre existence, ils ne soupçonnaient pas l'influence sur leurs vies des humains, Riirgaans, Tchis et Bursteenis des différentes délégations diplomatiques. Autant de présences intangibles pour eux.

Bref : de *Démons invisibles*.

Cette expression était revenue à plusieurs reprises au cours de mon enquête. Métaphore commode, elle décrivait de façon élégante l'effet produit par le fait de se trouver parmi les Catarkhiens.

Mais alors que j'œuvrais au compromis au terme duquel la Confédération se verrait confier la responsabilité de l'emprisonnement de Sandburg, les implications plus vastes de cette affaire m'avaient hantée.

À l'issue des festivités marquant la « victoire » du camp homsap, j'avais rendu visite à Sandburg dans sa cellule. J'y avais trouvé un homme brisé, dans l'attente de son extradition, et je lui avais fait face, d'égal à égal : un monstre face à un autre. Pourquoi pas ? Pour me salir et me décrédibiliser, mes adversaires dans ce dossier n'avaient pas manqué de rappeler les crimes que j'avais commis sur Bocai ; Sandburg savait à qui il avait affaire : j'étais aussi coupable que lui.

Ce qui faisait de lui la seule oreille disponible pour entendre ce que j'avais à lui révéler, une conviction apparue pendant mes investigations.

Je m'étais tenue devant lui, et je lui avais dit : *J'ai une dernière chose à vous raconter. C'est à propos des événements de Bocai.*

Aujourd'hui encore, je détestais prononcer le nom du monde qui m'avait vue naître.

Bocai était la planète d'origine d'une espèce sentiente paisible. Satisfaite de son existence douillette, elle n'essayait pas de rivaliser avec les Riirgaans, les Homsaps et les autres puissances assoiffées de pouvoir qui cherchaient à se faire une place sur le vaste échiquier céleste. Les premiers voyages entrepris dans le cadre de leur programme spatial avaient suffi aux Bocaïens pour comprendre qu'ils n'avaient guère de goût pour ce type d'exploration. Ils étaient rentrés chez eux et avaient démantelé ledit programme, se contentant de recevoir cordialement les visiteurs de passage.

Ils avaient volontiers accueilli la petite colonie d'universitaires humains, dont mes parents, qui souhaitaient louer une île pour y mener, conjointement avec des Bocaïens intéressés, une expérience d'éducation commune de leurs enfants. Aujourd'hui encore, l'objectif de l'opération reste obscur à mes yeux. J'ai pourtant consacré des années à éplucher la correspondance et les documents que les deux parties ont laissés. Apparemment, par ce geste aussi utopique que futile, ils cherchaient à démontrer ce cliché selon lequel, sous la peau, nous sommes tous frères (et sœurs).

De l'avis de tous, cette tentative ne présentait aucun risque. Après tout, bien qu'ils fussent le résultat de deux processus d'évolution totalement indépendants, les Homsaps et les Bocaïens semblaient avoir plus de points communs que de différences. Les deux espèces étaient des mammifères bipèdes omnivores, avec deux sexes, une vision binoculaire. Elles manifestaient un goût pour l'art, la musique et les œuvres de fiction, favorisaient les structures familiales tribales. Elles métabolisaient les mêmes aliments, avec à peine quelques disparités dans leur régime idéal. On pouvait aisément les confondre, au moins dans l'obscurité.

Les différences (une pilosité plus fournie des humains, des yeux protubérants chez les Bocaïens) étaient mineures. D'ailleurs, certains journaux intimes rédigés par des adolescents humains et retrouvés par la suite font état d'une attirance sexuelle vis-à-vis des autochtones de leur âge. Les parallèles en matière d'évolution s'étant arrêtés avant de les doter d'organes génitaux compatibles, la simple idée d'un coït réel était totalement ridicule. Mais l'attirance existait bel et bien et témoignait qu'en apparence au moins, humains et Bocaïens pouvaient se considérer comme des versions légèrement plus exotiques d'eux-mêmes. Forts de cette illusion, Homsaps et Bocaïens trouvèrent tout naturel de se réunir dans une même communauté, comme des cousins, et d'y élever leurs enfants.

Ainsi, j'avais eu deux familles, une humaine et l'autre pas. J'avais eu deux noms, l'un humain et l'autre non. J'avais vécu dans deux mondes, l'un humain et l'autre non.

J'avais été folle de mon *vaafir*, l'équivalent bocaïen d'un père. J'avais dormi dans la maison de ma famille bocaïenne aussi souvent que chez mes parents biologiques.

Avant mes trois ans, je n'avais pas réellement compris que j'étais entourée de personnes de deux espèces différentes. Et j'avais dû attendre d'en avoir quatre pour être sûre du groupe auquel j'appartenais.

J'avais huit ans la nuit où tout le monde s'est transformé en monstre et s'est entretué.

Je n'étais jamais parvenue à m'expliquer ce carnage. Jusqu'à ce jour, sur Catarkhus, face à Emil Sandburg, responsable de la mort de six sentients qu'il avait torturés sans raison, hormis la frustration engendrée par leur incapacité à le voir ou à l'entendre.

La cellule était sous surveillance, mais j'avais activé un brouilleur qui noyait tous les dispositifs d'écoute sous un déluge de bruit blanc.

À propos de ses victimes catarkhiennes, je lui avais dit : *Nous leur parlons, nous les malmenons contre leur gré, et leur indifférence à notre égard nous exaspère – jusqu'au meurtre, dans votre cas. Mais sommes-nous si supérieurs ?*

Il m'avait regardée sans me voir, comme si, au-delà des murs de sa cellule, s'esquissait les contours d'une idée. Ses lèvres s'étaient contractées, son expression avait semblé celle d'un homme qui goûte une délicatesse exotique et n'a pas encore décidé si elle lui plaît.

Puis j'avais ajouté : *Peut-être faut-il être un peu fou pour imaginer ça, et qu'une idée de ce genre ne peut séduire qu'un individu désespérément en quête d'absolution. Ça n'en fait pas nécessairement une mauvaise idée – seulement une conception ancienne des choses, que nous pensions avoir laissée derrière nous. Jadis, l'humanité attribuait ses pires impulsions à l'existence de démons. Peut-être sont-ils bien réels. Nous nous étions simplement trompés sur leur nature et leur provenance.*

Imaginez leur frustration, s'ils sont partout, autour de nous, et que nous ne sommes pas équipés pour les voir. Alors, peut-être qu'ils se vengent en tirant les ficelles de nos vies, en faisant de nous leurs marionnettes. J'avais repris mon souffle, laissant ma conclusion m'échapper dans un frémissement presque hystérique. *Peut-être que l'un d'eux était avec nous sur Bocai. Peut-être que l'un d'eux était avec vous ici.*

À partir de maintenant, j'ai l'intention de consacrer ma vie à le découvrir.

Quand je les retrouverai, ils paieront pour leurs crimes. Je m'y engage.

Je n'avais jamais confié ma théorie à qui que ce soit d'autre.

Sandburg n'avait pas eu le temps de contribuer à son éventuelle diffusion : il n'avait tenu que quatre semaines dans sa colonie pénitentiaire, avant d'être assassiné par un détenu.

Depuis, *Démons invisibles* était devenu une sorte de mantra pour moi. Deux mots que je marmonnais à voix haute quand j'avais besoin de me rappeler de ne pas baisser les bras.

Pour autant que je sache, personne n'avait pu m'entendre dans la cellule de Sandburg. J'avais utilisé un brouilleur de dernière génération, absolument sûr.

Mais les IAs-source avaient laissé traîner leurs oreilles.

À la fin de cette affaire, vous connaîtrez vos Démons invisibles.

Comment devais-je l'interpréter ? Comme une menace ? Un avertissement ?

Ou pire ?
Un aveu ?

Sans Skye à côté de lui, Oscin ressemblait à n'importe quel homme. Seule une certaine distraction pouvait suggérer une conscience plus vaste, comme s'il partageait son attention entre moi et un autre problème, tout aussi pressant. Mais ses lèvres esquissaient un sourire que d'autres auraient pu trouver rassurant.

« Où est votre moitié ? m'enquis-je.

— Pourquoi, maître ? Vous sentiriez-vous plus à l'aise avec elle ?

— Je n'ai pas besoin de me sentir à l'aise. Je suis simplement surprise de vous voir l'un sans l'autre. »

Il sourit de nouveau, les yeux clos cette fois.

« Mes composantes ne sont jamais séparées, maître. Nous trouver physiquement côte à côte n'est pas une nécessité. Nous avons la possibilité de tenir des conversations distinctes avec des interlocuteurs différents, ou d'agir de concert à un million de kilomètres de distance. Au moment où je vous parle, Skye déploie ses charmes auprès de M. Lastogne. Ils ne tarderont pas à nous rejoindre.

— Où sont-ils ? »

Oscin perçut la pointe de soupçon dans ma voix.

« Ils se détendent un instant, maître, rien de plus. Les IAs-source auraient pu vous retenir jusqu'après l'extinction des soleils. M. Lastogne avait besoin de se dégourdir les jambes ; Skye s'est proposé de l'accompagner. Elle est la partie de moi la plus aimable ; son corps exerce une sorte de fascination naturelle. »

Il décrocha une gourde de sa ceinture, dont il but une gorgée, et me la tendit.

« Un peu d'eau ? Ou un narcopatch ?

— Non. »

Il sembla vaguement déçu et se rembrunit ; puis il haussa les épaules, posa la gourde à côté de lui et croisa les jambes dans la position du lotus.

« Les IAs-source vous auraient-elles révélé des informations sur vous-même qu'elles n'étaient pas censées savoir ? »

La surprise dut se lire dans mes yeux.

« Peut-être bien…

— Ne vous laissez pas impressionner, maître : c'est une manie à elles, ici. Connaissez-vous L. Frank Baum, un écrivain du xxe siècle, et en particulier son roman *Le Magicien d'Oz* ? »

Je n'ai jamais eu de goût pour les œuvres de fiction, et encore moins les classiques d'un autre âge.

« Non.

— Dommage. Voyez-vous, la mère de Skye solo, une dame adorable passionnée de *fantasy* ancienne, lui a souvent lu cette histoire. »

Une douce nostalgie entra dans son regard, comme s'il revivait un souvenir cher à son cœur, qui n'était pourtant pas le sien.

« C'est celle du souverain d'un pays magique, dont le pouvoir repose entièrement sur une réputation d'omnipotence complètement usurpée. Il terrifie ses sujets, joue sur leurs peurs, au point qu'ils le fuient, pensant qu'il est plus qu'humain. »

Ça me semblait aussi inepte que la plupart des contes de fées.

« Un Un Un est une station des IAs-source. Elles font tourner la baraque. Elles sont toutes-puissantes. Ou, en tout cas, plus qu'humaines. »

L'attention d'Oscin revint au présent.

« Exact. Elles n'ont d'ailleurs sans doute pas manqué de vous le faire remarquer. Elles aiment garder l'avantage, quelle que soit la nature de la confrontation. Ainsi, elles s'ingénient à lâcher des allusions à des détails personnels : plus c'est intime, mieux c'est. Perplexe, vous en êtes réduite à vous interroger : où ont-elles pêché une telle information ? »

Ailleurs, les IAs-source ne se comportaient pas de cette façon. J'avoue que je ne goûtais guère leurs manières sur Un Un Un.

« Elles sont chez elles, poursuivit Oscin. Elles pensent pouvoir s'autoriser une dose d'arrogance. Et elles ne s'en privent pas.

— Ça n'explique pas comment…

— L'étendue de ce qu'elles savent vous surprendrait. Elles ne le crient pas sur tous les toits, mais elles posséderaient une interface – pas ici, sur une autre de leurs installations –, où qui est prêt à mettre le prix peut poser douze questions et recevoir douze réponses exactes. Que vous les interrogiez sur l'emplacement d'un trésor enterré ou le secret le plus honteux de votre vie, les IAs-source vous garantissent le résultat. Il s'agit peut-être d'une légende, mais si je me fie à ce qu'elles m'ont appris depuis qu'Oscin et Skye sont *inseps*, le contraire m'étonnerait.

— D'accord. Mais comment font-elles ?

— Leur vitesse de calcul dépasse l'entendement. Leur capacité de stockage est proche de l'infini.

Elles sont allées partout, ou presque. Avec de telles ressources, qu'est-ce qui pourrait vous échapper ? Disons-le : elles sont la source de tout savoir. Simplement, en terrain neutre, leur courtoisie nous permet de l'oublier. Sur Un Un Un, elles n'ont pas les mêmes scrupules. »

Iraient-elles jusqu'à envoyer des e-mails anonymes et menaçants ? J'écartai cette idée que j'estimais improbable. L'expérience m'a appris que c'est le genre de tactique employée par un adversaire effrayé et impuissant. Si ces communications avaient pour origine Un Un Un, l'expéditeur était humain. Mais était-il également l'auteur des meurtres de Warmuth et Santiago, ou appartenait-il simplement à la légion de gens qui m'exécraient pour d'autres raisons ?

Cette pensée suffit à me donner la bouche sèche. J'empoignai la gourde que je portai à mes lèvres et renversai la tête, si loin en arrière que de l'eau ruissela sur mon menton.

Quand je la lui rendis, Oscin en reprit une gorgée avant de bien fermer le goulot.

« Eh bien, voilà au moins une hypothèse d'écartée.
— Comment ça ?
— Dans les cultures les moins tolérantes, on n'hésite pas à qualifier les *inseps* de criminels, ou même de pervers, et à exercer de terribles discriminations. Il m'est déjà arrivé de me retrouver en poste dans des endroits où, pour ma sécurité, Oscin et Skye devaient se comporter comme deux individus séparés. L'espace d'un instant, j'ai craint de devoir surveiller mes arrières en votre présence.

— Qu'est-ce qui vous permet de croire le contraire ? »

Il faillit rire.

« Vous avez pris ma gourde, maître. La plupart des gens dont je vous parle n'auraient jamais bu au même goulot que moi.

— C'est idiot. Quel rapport ?

— À leurs yeux, ma condition est une maladie ; ils agissent comme si c'était contagieux, c'est plus fort qu'eux. Mais, je suis d'accord avec vous, c'est idiot. Je suis heureux de constater que vous ne ressentez pas la même chose. »

Je me demandai pourquoi mon opinion comptait pour les Porrinyard. Je n'étais rien pour eux. Décidément, la vie en société et ses arcanes me surprendraient toujours ; et je m'en passais très bien. Je me redressai tant bien que mal. Comprenant mon intention, Oscin se leva d'un bond, au cas où j'aurais besoin d'assistance pour tenir debout. Je lui en voulus terriblement, même si j'avais failli m'évanouir.

« Alors, qu'est-ce que vous aviez d'autre à me dire ?

— Pardon ?

— Ne me prenez pas pour une idiote. Vous avez trouvé un prétexte pour éloigner Lastogne. Quelle information aviez-vous tous les deux à me transmettre, sans qu'il l'entende ?

— Nous ne sommes qu'un, me corrigea Oscin.

— Excusez-moi, mais quand vous et Skye agissez de façon autonome, vous poussez ma syntaxe dans ses derniers retranchements. Qu'aviez-vous à me dire ?

— Rien qui concerne votre enquête.

— Lastogne, alors ?
— Je pourrais effectivement vous en apprendre de belles sur Peyrin. »

Je discernai sans mal la rancœur dans la manière calme, mais froide, avec laquelle il prononça son nom.

« Mais non, ce n'est pas à propos de lui. »

Pour ma part, j'y vis une occasion en or de creuser un peu l'une des nombreuses contradictions de cette station.

« Mais moi, j'aimerais tout de même vous parler de lui – ou au moins revenir sur une chose qu'il m'a dite à votre sujet hier.
— Ah bon ?
— Il a dit : "Ce sont des *inseps*. Ils ne se font pas d'amis au sens habituel du terme." »

Il semblait rire jaune.

« Peyrin a dit ça ? fit-il. Le salaud. Décidément, les coups bas, ça le connaît. »

Quelque chose m'échappait.

« N'ayant jamais rencontré d'*inseps*, je n'avais aucune raison de mettre sa parole en doute. Mais depuis que nous avons eu l'occasion de discuter et que j'ai pu vous voir, je me demande si ce qu'il m'a raconté n'est pas... »

Oscin finit ma phrase pour moi.

« ... un gros tas de merde de Tchi.
— Exactement. »

Il s'éloigna de quelques pas, inclina la tête, comme pour prendre conseil auprès d'un observateur invisible, puis revint vers moi. « Personne n'est un système clos sans le vouloir, maître. Pas même moi.

Si je n'avais personne à qui parler, ma situation ne serait guère plus enviable que celle d'un solo comme vous. Je serais juste prisonnier sous deux crânes, là où vous n'en avez qu'un où aller. C'est la seule différence. Alors, oui, je me fais des amis au sens habituel du terme. J'ai de l'affection pour certaines personnes, j'éprouve parfois de la colère. Je peux même tomber amoureux, bien que ce soit plus compliqué pour mon ou ma partenaire. Tout le monde n'est pas capable de me satisfaire dans une perspective partagée ; disons que je place la barre un peu plus haut.

— Trop pour Cynthia Warmuth ?

— Cynthia Warmuth était gentille, généreuse, compatissante, mais aussi collante, arrogante et agaçante. C'est une question de goût, pas de misanthropie.

— Alors, comment expliquez-vous la malice de Lastogne ? insistai-je.

— En venant ici, ne vous ai-je pas raconté que nous avions fait l'amour une fois, Lastogne et moi ?

— Si.

— Une fois, et ç'a été la dernière, maître. Une démonstration d'hétérosexualité sans originalité, qui n'est pas allée bien loin, tant que ce corps (Oscin se désigna) ne l'a pas laissé seul avec Skye. Pour son imagination limitée, c'était l'unique moyen de considérer la situation comme un moment d'intimité. Il se trompait, bien sûr. Notre gestalt commune est bien là, même en l'absence de ce corps masculin. Mais d'après ce que vous venez de m'apprendre, Lastogne a décidé de présenter les faits pour donner l'impression qu'il a séduit Skye derrière le dos d'Oscin. C'est sa manière de se justifier à ses propres yeux. C'est non seulement insultant, c'est aussi ridicule et absolument impossible. Et maintenant, je suis apparemment devenu son excuse toute trouvée pour expliquer le manque d'intérêt que Skye lui témoigne. N'attachez pas trop d'importance aux foutaises de cet égoïste. Je ne suis pas un club fermé. Simplement, je ne souhaite pas l'avoir pour membre. »

Peyrin Lastogne m'apparut sous un nouveau jour, aux antipodes de l'image d'observateur distant et cynique de l'humanité qu'il cultivait. Intéressant. Moi qui me comportais en véritable garce depuis de si nombreuses années, j'avais appris à reconnaître la misanthropie de certaines personnes pour ce qu'elle était réellement : un vernis.

Lastogne appartenait peut-être à cette catégorie.

Pas sûr, pourtant. La révélation d'Oscin prouvait uniquement que l'adjoint de Gibb n'était pas tout à fait l'îlot solitaire qu'il prétendait être. Juste un ancien amant éconduit et vindicatif. Et alors ? Ça ne l'empêchait pas d'être aussi un fils de pute. Ou même un assassin.

« Très bien, dis-je. De quoi vouliez-vous me parler ? »

Oscin changea de sujet sans difficulté apparente.

« Je ne sais pas comment vous le dire, maître. Vu la tournure prise par notre conversation, c'est peut-être un peu risqué de ma part. Mais voilà : autrefois, à l'époque où ils se sentaient prisonniers d'une existence qu'ils rejetaient, les individus Oscin et Skye ont longtemps éprouvé une immense colère. Dans leur malheur, il a pu leur arriver de s'emporter contre celles et ceux qu'ils jugeaient importuns, dans un monde qui, de leur point de vue, n'avait de place que pour eux deux. Leur ressentiment a atteint de telles proportions qu'ils ont fini par s'en prendre à eux-mêmes. Et ces querelles, ces disputes, ont laissé des traces. »

Brièvement, son visage sembla se modifier, prendre les traits de Skye, comme si son corps à elle avait raconté cette histoire.

« Ils ne sont pas devenus des *inseps* juste pour éviter la séparation après la signature de leur contrat, mais parce qu'ils étaient à deux doigts du mot de trop qui les éloignerait à jamais. Créer cette nouvelle entité plus grande que la somme de ses parties constituait leur ultime recours. C'était ça ou la rupture définitive. Un scénario qui les aurait conduits à se sentir incomplets pour le restant de leurs jours. »

Je repoussai le mur derrière moi pour éprouver ma capacité à tenir debout sans assistance ; la solidité de mes jambes me sembla acceptable.

« Pourquoi m'en parler ? »

Il inclina de nouveau la tête avec un sourire entendu.

« Je dois faire vite, maître. Skye et Lastogne ne tarderont plus. Skye devrait pouvoir le retenir encore une minute, guère plus.

» Voilà ce que je peux vous répondre en si peu de temps. La colère ne m'est pas étrangère, et j'ai appris à en distinguer les formes nombreuses et variées. Chez Gibb et Lastogne. Chez Warmuth et Santiago. Chez certains des bannis que vous rencontrerez. »

Depuis le début de sa tirade, il concentrait son attention sur un point situé derrière moi, au-delà des murs bleus, peut-être au-delà d'Un Un Un.

« Chez vous aussi. Je ne sais presque rien de vous, mais même sans l'aide des IAs-source, j'ai le sentiment de vous connaître déjà. »

Lastogne avait dit quelque chose d'assez similaire la veille, et j'avais réagi en admettant, non sans ironie, qu'il avait probablement raison. Ce n'était pas la première fois qu'on me tenait des propos de ce genre ; suivant les interlocuteurs, je répondais généralement en adoptant une attitude agacée, de défi, voire en manifestant une certaine fierté.

Oscin me donna envie de le frapper.

Mais avant d'en arriver là, Skye et Lastogne firent leur apparition à une cinquantaine de mètres, à l'intersection d'un couloir avec le nôtre. Lastogne continuait d'afficher sa grimace-sourire, et Skye marchait d'un pas alerte qui, vu de là où je me trouvais, semblait tourner en dérision ce qu'il avait eu à lui dire.

Quand je croisai son regard, elle fit un clin d'œil qui devait m'être destiné, puisqu'elle n'avait pas besoin de gestes pour communiquer avec sa moitié.

Je reportai mon attention sur Oscin pour en avoir le cœur net ; lui aussi faisait un clin d'œil.

Ma colère s'envola, remplacée par une franche confusion.

À quoi ça rimait, tout ça ?

9

Bannis

Le vaisseau avait la forme d'une balle disgracieuse. Sur ses flancs figurait le logo tant parodié du Corps diplomatique (une main humaine représentée à grands traits et tendue vers les étoiles). Nous nous trouvions dans un des nombreux hangars de l'habitat, un endroit assez vaste pour contenir entre ses murs bleus quatre véhicules de cette taille.

Il aurait donc aisément pu accueillir mon transport, auquel les IAs-source avaient pourtant assigné un autre dock. Pourquoi ? Par courtoisie à l'égard de visiteurs arrivés à des moments différents ? Je l'ignorais et je n'y attachais pas particulièrement d'importance. J'aperçus plusieurs abris-cube gonflables juste devant le vaisseau, une apparition pour le moins curieuse pour ces tentes d'ordinaire réservées aux expéditions en pleine nature. Une lumière douce luisait dans chacune d'elles. Une paire de caisses à lévitation magnétique faisaient office de chaises de part et d'autre d'une table portative. C'était visiblement habité, mais ça n'avait rien d'un chez-soi ; même Hamac-Ville semblait accueillante, en comparaison.

Mais pour des gens cloîtrés dans cette immensité au sol mou et aux murs bleus lumineux, ça suffisait peut-être à entretenir l'illusion d'un campement.

L'air était plus chaud que la température neutre que préféraient adopter la plupart des docks spatiaux ; il régnait une chaleur humide évoquant la présence d'un soleil dans le ciel, mais sans aller jusqu'à en fournir un. Un environnement selon mon cœur : tout y était rectiligne.

« Il y a du laisser-aller, on dirait, ironisa Lastogne.

— Ce n'est pas facile pour eux, » réagirent les Porrinyard.

L'écoutille du vaisseau s'ouvrit sur un homme musclé, au teint basané et aux cheveux mi-longs. Son torse nu luisant de sueur suggérait une séance d'entraînement récente. Il avait un nez énorme et de petits yeux gris qui semblèrent se poser sur Skye, avant de se tourner, d'un air triste et entendu, vers moi.

« Vous êtes l'envoyée du procureur général.

— Brillante déduction, dit Lastogne, d'un ton encore plus méprisant qu'à son habitude. Maître Andrea Cort, permettez-moi de vous présenter Nils D'Onofrio, engagé de troisième classe et exophysiologiste ; statut actuel : inactif. Commandant de fait des deux autres acrophobes consignées ici sur ordre de M. Gibb. »

D'Onofrio me tendit la main ; il se rembrunit face à mon absence de réaction. Je lus dans ses yeux une déception née de l'habitude.

« Je constate qu'à l'instar de M. Gibb, vous avez décidé de nous considérer comme des parias.

— Détrompez-vous, dit Lastogne, faussement rassurant. Elle déteste tout le monde. »

D'Onofrio me jaugea du regard.

« Quelle chance pour vous, Peyrin ! Vous avez trouvé votre âme s... »

Je le coupai.

« M. Lastogne ne parle pas en mon nom, monsieur D'Onofrio. Je préfère effectivement éviter autant que possible les contacts physiques, mais à mes yeux, seul un petit groupe de gens méritent de se donner la peine de les haïr. N'y entre pas qui veut. Comportez-vous correctement avec moi et je vous promets que nos relations seront agréables et professionnelles. »

D'Onofrio m'étudia, à l'affût d'un signe de raillerie.

« Très bien. Comment souhaitez-vous procéder ? Préférez-vous nous interroger ensemble, ou l'un après l'autre ?

— Ensemble, ça ira très bien, dans un premier temps. »

Il hocha la tête, puis retourna au vaisseau, l'image d'un homme atteint dans sa dignité.

Je songeai aux nombreuses années où j'avais dû manifester une force tranquille, ployant sous le fardeau de la réputation de monstruosité acquise à Bocai. L'allure de D'Onofrio témoignait du même genre de blessures, bien connues de ceux qui ont servi de bouc émissaire. Je me surpris à éprouver une profonde empathie pour lui. Sans me tourner vers Peyrin, je soufflai :

« Ne vous avisez plus de parler en mon nom, monsieur Lastogne.

— Mea culpa. Ça ne se reproduira plus, répondit-il, avec un manque de sincérité flagrant.

— Je suis sérieuse. Je vous citerai pour entrave à la justice, si vous recommencez.

— J'ai compris, insista-t-il, sans une once de contrition.

— Surtout si vous m'impliquez dans vos tentatives de stigmatiser ces gens. »

Lastogne fit un geste de la main, comme pour écarter mes objections.

« Nous ne les stigmatisons pas, maître. Pas autant qu'ils l'imaginent parfois.

— Non, intervinrent les Porrinyard. Vous faites pire. »

Ils regardèrent Lastogne, comme s'ils se demandaient jusqu'où pousser la contradiction, puis ils reprirent d'une voix commune, mais penchant davantage du côté du registre de Skye.

« L'équipe de Gibb se compose exclusivement de spécialistes du travail en altitude. Ils se définissent par leur capacité à se mouvoir dans les Frondaisons à mains nues, et ils exigent le même niveau de compétence de tous leurs collègues. C'est inévitable, puisque les réflexes de chacun garantissent la sécurité de tous. Un individu qui n'est plus capable de relever les défis qu'ils affrontent au quotidien n'est pas seulement considéré comme un faible, c'est un risque. Au premier incident, il se retrouve du mauvais côté de la barrière, sans espoir de retour. »

Génial.

« Vous avez déjà remarqué que je n'étais moi-même pas très à l'aise ici. Qu'est-ce que je dois en conclure ? »

Les Porrinyard réfléchirent.

« Ça ne devrait pas poser de problème, maître. Tout le monde ou presque comprend que, n'appartenant pas à la mission, vous n'avez suivi aucun entraînement. Vous faites de votre mieux dans un environnement inconnu qui vous effraie ; ils en sont conscients. Certains commettront peut-être l'erreur de vous sous-estimer, ou de moins vous respecter à cause de ça. Mais dans l'ensemble, personne ne vous jugera sur ce seul critère. »

Je n'étais pas certaine d'y croire, mais je saurais m'en contenter pour le moment.

« Et vous ? »

Les Porrinyard sourirent. Plus j'y pensais, plus j'avais du mal à ne pas y lire de l'affection. Leur voix bascula vers l'extrémité Oscin du registre.

« Laissez-moi vous confier un petit secret honteux, maître. Oscin solo n'est jamais parvenu à atteindre la grâce et la maîtrise de Skye solo en altitude. Parfois, elle le terrifiait. Il le cachait bien, et surcompensait en prenant des risques inconsidérés, pour l'impressionner. Alors, je sais ce que vous ressentez. »

Pourquoi se donner tant de peine pour conserver une certaine individualité en ma présence ? Je l'ignorais, et j'aurais nettement préféré qu'il(s) se décide(nt) une bonne fois pour toutes.

Une seconde plus tard, D'Onofrio arriva avec les deux autres bannies : Li-Tsan Crin, engagée de première classe et exobiochimiste ; Robin Fish, engagée de deuxième classe et analyste atmosphérique.

Li-Tsan dut baisser la tête pour passer par l'écoutille. J'avais rarement vu une augmentée aussi grande ; la combinaison de travail minimaliste qui la couvrait des seins aux hanches ne cachait rien de ses bras et ses jambes hypertrophiés ; ses muscles saillants semblaient trop contractés pour bouger. Le teint légèrement hâlé, elle avait des yeux vert émeraude et un menton en pointe. Un halo de fins cheveux blancs donnait l'impression que des cirrus gravitaient autour de son visage plus sombre. Elle était belle, de la beauté dangereuse d'un prédateur prêt à bondir sur qui ouvrirait sa cage.

Fish lui arrivait à peine à la clavicule, elle avait la peau laiteuse, presque translucide. Ses abondants cheveux roux, noués en quatre nattes, lui tombaient sur les épaules et composaient son trait le plus séduisant. Un gilet flottait librement sur sa poitrine, mettant en valeur la courbe de ses seins ; pour le bas, elle avait enfilé un pantalon de travail informe, trop ample sur elle. Le nom cousu sur la poche de poitrine était pourtant le sien. Rien dans son physique, du léger renflement de son ventre exposé, à la peau douce et tachée de son de ses membres, ne correspondait à la constitution hyperathlétique du reste de l'équipe de Gibb. De nombreuses nuits sans sommeil semblaient avoir laissé des traces dans ses yeux gonflés et injectés de sang.

Les deux femmes respiraient la lassitude, je m'en aperçus avant qu'elles prononcent le premier mot.

Elles avaient beaucoup souffert, et apparemment leurs plaies ne s'étaient pas refermées. Leur échec professionnel sur Un Un Un était-il la seule explication ?

Li-Tsan me jaugea du regard.

« Alors, c'est vous la grande inquisitrice.

— Aucune inquisition à craindre, rectifiai-je. Juste quelques questions.

— Oh, mais bien sûr. »

Li-Tsan parlait de manière saccadée, comme si le mercantile était sa seconde langue, apprise tardivement dans l'existence. Elle amplifiait les voyelles et mettait l'accent sur les consonnes.

« Juste quelques questions avant de choisir un bouc émissaire, n'est-ce pas ? Mais pas l'un des surhommes de Gibb, qui se balancent aux Frondaisons comme des singes. Pourquoi pas un des incapables, que ce cher Lastogne, la voix de son maître, n'hésitera pas à livrer au Corps... »

Fish leva les yeux, mais à peine.

« C'est injuste, Li...

— Injuste ? Réveille-toi, mon chou. La justice n'a pas sa place dans le Corps diplomatique ou sur ce monde, et encore moins avec ce tas de merde de Tchi ! »

De la colère, pas uniquement entre les bannis et le reste de la délégation humaine sur la station. De la colère entre ces deux-là. Cette assignation à résidence se révélait décidément intéressante à plus d'un titre. Je notais également que les comparaisons à un tas de merde de Tchi semblaient monnaie courante ici.

« Seriez-vous plus à l'aise pour répondre à mes questions en l'absence de M. Lastogne ? demandai-je à Li-Tsan.

— Et l'éjecter dans le vide, c'est possible ? Non ? D'accord. De toute manière, vous ne me laissez pas beaucoup le choix. Tant qu'on y est, si les siamois pouvaient aussi débarrasser le plancher... Je ne fais confiance à aucun des larbins du seigneur de cette maison de fous.

— Pas de problème, dirent les Porrinyard.

— Allez *tous* vous faire foutre », lança Li-Tsan sur un ton lourd de sous-entendus.

Le sourire de Lastogne ne vacilla pas ; j'y vis moins le signe qu'il refusait de s'offusquer pour si peu qu'une nouvelle preuve d'arrogance. À ses yeux, ces gens-là ne méritaient même pas son mépris.

« À vous l'honneur, première classe Li-Tsan », répliqua-t-il.

Les Porrinyard me regardèrent d'un air éloquent, comme s'ils cherchaient à partager quelque chose avec moi. Je n'avais pas la moindre idée de là où ils voulaient en venir, mais ils ne semblèrent pas s'en formaliser outre mesure.

Quand l'écoutille au fond du hangar se referma enfin sur mes trois guides, je repris le fil de ma conversation avec les acrophobes.

« Décrire Lastogne comme la créature de Gibb ne me paraît pas correspondre à la réalité. J'ai plutôt eu le sentiment inverse. Lastogne l'a même accusé d'incompétence. »

Li-Tsan roula les yeux.

« Et vous êtes arrivée depuis quand ? Un cycle, deux, tout au plus ? Vous m'impressionnez, maître.

Avoir réussi à analyser aussi rapidement la véritable nature de leurs rapports, chapeau !

— Si j'ai parlé trop vite, je ne demande pas mieux que de reconnaître mon erreur. »

Elle adopta le ton d'une enseignante frustrée obligée de se répéter face à une élève idiote.

« Il ne pense pas que Gibb est incompétent. Il voit en lui un médiocre. Un moins-que-rien, qui a le mérite d'occuper un espace vacant. Et c'est exactement ce qu'il veut. Au point d'apporter son soutien à toutes les petites magouilles sordides de Gibb ; en échange, il est encore plus libre de se comporter en connard arrogant ! »

D'Onofrio leva la main, interrompant Li-Tsan qui n'en avait visiblement pas fini avec Lastogne.

« Je suis désolé, maître. Personne n'aime se sentir inutile, et pour nous trois, ça dure depuis un moment. Vous risquez de nous trouver un peu aigris. En fait, je vois mal comment nous pourrions vous aider. Aucun de nous n'a été autorisé à pénétrer dans l'habitat depuis des mois. Pour cette pauvre Robin, ça va bientôt faire deux ans, système mercantile. Nous ne savons rien de la façon dont ces femmes sont mortes.

— D'accord. Alors, contentez-vous de m'expliquer comment vous vous êtes tous les trois retrouvés poussés vers la sortie. »

Le silence de Li-Tsan, au mieux provisoire, n'y résista pas. « Qu'est-ce que je te disais, Nils ? Elle se fiche complètement de la vérité ! Tout ce qui l'intéresse, c'est de nous mettre ça sur le dos ! »

Dès que j'interroge plus de trois personnes en même temps, l'une d'elles assume immanquablement le rôle de l'excitée de service et devient la porte-parole autoproclamée de la paranoïa commune. Parfois, mais c'est assez rare, elle a quelque chose à cacher. Tout aussi souvent, la quantité d'informations réellement pertinentes enfouies dans toute cette confusion est égale à zéro. Quoi qu'il en soit, elle doit être remise à sa place. J'inspirai profondément, et pris tout mon temps pour m'asseoir sur une des caisses.

« Vous savez, première classe Li-Tsan, je ne prétends pas être tout entière dévouée à la recherche de la vérité. Et si les problèmes que rencontrent les gens injustement accusés peuvent susciter en moi une certaine empathie, je n'en perds pas non plus le sommeil. Non, ma seule objection réelle à la constitution d'un dossier peu convaincant contre des innocents vient du fait que je préfère justifier la réputation de professionnalisme que je me suis patiemment forgée dans mon travail. Choisir des suspects au hasard donnerait de moi une image d'inconstance, d'incompétence et de négligence. Alors qu'en faisant bien les choses dès le départ, et en découvrant le véritable coupable, on s'épargne pas mal de boulot inutile à la longue. »

Les trois acrophobes me fixèrent du regard.

« Ensuite, vous allez nous dire que vous ne mordez pas », cracha Li-Tsan.

Depuis longtemps, j'ai pris pour habitude de réserver mes sourires les plus doux à mes moments les plus désagréables.

« Oh, détrompez-vous : je mords. Et une fois que je serre quelque chose entre mes dents, je suis comme un serpent. Il faut me couper la tête pour m'obliger à lâcher. Alors, un conseil, Li-Tsan : ne me mettez pas à l'épreuve, je laisse des marques. »

Tous trois se consultèrent en silence, avant de parvenir à une décision mutuelle et de me rejoindre autour de la table. Mais même ainsi, ils ne purent s'empêcher de rapprocher leurs caisses pour s'asseoir côte à côte et présenter un front uni. Provocants, D'Onofrio et Li-Tsan affichèrent une profonde lassitude. Fish opta pour une forme plus sombre d'abattement résigné. Je n'aurais su dire si ses deux collègues la soutenaient ou se contentaient de l'encadrer. Toutefois, je notai qu'elle ne semblait vouloir croiser le regard d'aucun d'eux. Pas par peur. Pour quelle raison, alors ? Une dispute récente ? Un différend plus ancien ? Peut-être même un bon vieux triangle amoureux ?

« Qu'est-ce qui vous fait croire que le Corps diplomatique cherche à vous mettre cette affaire sur le dos ?

— Rien de particulier, grommela Li-Tsan. On nous traite comme un tas de merde de Tchi pour quelque chose qui n'est pas de notre faute. On nous retient dans ce trou depuis des mois et des mois au lieu de nous transférer là où on pourrait se rendre utiles. On nous laisse mourir d'ennui à petit feu, à s'en rendre fous. Sinon, le Corps diplomatique a toujours fait preuve d'une équité irréprochable à notre égard. Aucune raison que ça change. Vraiment aucune.

— Donc, d'après vous, ils n'ont rien de concret contre vous ? »

Les yeux de Li-Tsan se plissèrent d'un air menaçant.

« C'est vous l'enquêtrice. À vous de me le dire. »

Elle commençait réellement à me taper sur le système.

« Je suis arrivée hier, Li-Tsan. Faites comme si je ne savais rien.

— Ils n'ont rien de rien. Pire : ils se heurtent à une véritable impossibilité. Nous sommes bloqués ici. Alors, même si nous valons moins qu'un tas de merde de Tchi à leurs yeux, ils sont bien obligés de se rendre à l'évidence : aucun de nous n'a d'influence sur ce qui se passe dehors. Mais ça ne les empêchera pas de tenter de nous faire porter le chapeau. Juste pour voir notre tête. »

Face à la véhémence de cette femme, j'avais comme l'impression d'être branchée sur du cent mille volts en permanence. Excitant au possible. Je me frottai les tempes.

« Gibb semble sincèrement croire à la culpabilité des IAs-source. »

Elle émit un bruit déplaisant.

« Il ne peut pas les accuser, et vous le savez. Pas sans risquer un incident diplomatique majeur, voire déclencher une guerre. Alors, il joue les durs à cuire, avant de se rabattre sur le trio de suspects qu'il garde au frais. C'est la solution idéale. »

Je me rappelai le briefing de Bringen ; son manque de subtilité avait eu le mérite de la clarté. *Quels que soient les faits, quelles que soient les preuves, quel que soit ce que vous dictent vos sens... vous devez déclarer les IAs-source innocentes. Même si elles sont coupables.*

Nous nous occuperons de ce problème plus tard, en faisant au mieux. Mais en attendant, il vous appartient de remettre ce diable à ressort dans sa boîte. Et de nous trouver un coupable qui satisfera tout le monde.

Avait-il déjà ces trois-là à l'esprit ?

Possible. Il avait forcément lu, dans les rapports de Gibb, des allusions aux trois bannis dont le sort n'intéressait personne ou presque.

Mais je me refusais à monter un dossier bidon. J'avais fait bien assez pour mériter mon étiquette de « monstre », merci. Pas besoin d'en rajouter. J'adressai donc mon sourire le plus désagréable à Li-Tsan.

« Eh bien, en attendant de vous inculper officiellement de double meurtre et de vous renvoyer de cette station pour votre procès, je peux au moins faire semblant d'enquêter. Commencez par me parler de vos problèmes liés à l'altitude. Comment ça s'est déclaré, pour chacun de vous ? »

Elle m'étudia à travers des yeux mi-clos, pleins de ressentiment. « Quelle différence ça fera ?

— C'est ce qui explique que vous êtes bloqués là. On vous a choisis pour cette mission, parce que le Corps diplomatique vous estimait capables de fonctionner sous les conditions locales. Or, quelle qu'en soit la raison, ce n'est pas le cas. C'est ce qui rend le sujet intéressant. Alors, dites-moi. Qu'est-ce qui faisait de vous de si bonnes recrues ? Et qu'est-ce qui a changé ? »

Les trois acrophobes se murèrent dans le silence : D'Onofrio, voûté par le dégoût ; Fish, les yeux rivés sur ses mains ; Li-Tsan, au bord d'une nouvelle explosion.

Pas besoin d'une grande enquêtrice pour comprendre qui avait le caractère le plus instable. Mais je n'en tirais aucune conclusion, surtout pas avec des meurtres si froidement orchestrés pour leur donner l'apparence de crimes commis sous l'emprise d'une rage soudaine.

Je pointai du doigt D'Onofrio, qui me semblait le plus placide. « Vous d'abord. »

Il se détendit.

« Ouais, tant qu'à faire. De toute façon, vous avez accès à mon dossier, et tout y est. Je suis originaire d'une planète appelée Agali Vespocci. Vous connaissez ?

— Non. Désolée.

— Ça ne m'étonne pas. C'est à peine habitable, et il ne s'y passe jamais rien. En revanche, ça ressemble à cet enfer, Un Un Un. La chaleur qui règne dans les couches les plus basses de l'atmosphère est insupportable et des substances caustiques rendent la surface presque invivable. Mais la température baisse et les poisons se raréfient à l'état de simples traces au fur et à mesure qu'on s'élève. L'essentiel de la population se concentre donc sur les cimes. »

La situation paraissait effectivement présenter de nombreux points communs avec Un Un Un.

« Je ne vois pas pourquoi vous avez rencontré ce problème de vertige.

— Ça semble illogique, n'est-ce pas ? Mais sur Vespocci, des terrasses ou des habitations à flanc de falaise offraient tout de même un terrain solide où marcher pour qui souhaitait oublier l'altitude un moment. À certaines périodes de l'année, le temps était presque clément. Ici, il n'y a rien de tel. J'ai tenu près d'un an, avant de me mettre à penser à tout ce qui pouvait mal tourner. Un jour, dans les Frondaisons, je me suis figé et j'ai pleuré, sans pouvoir m'arrêter. Gibb m'a tiré de là et m'a bien fait comprendre qu'il me considérait comme un lâche ; ensuite, il m'a envoyé rejoindre Robin et Li-Tsan.

— Elles étaient donc déjà là.

— Oui. Ça ne remonte qu'à environ six mois, système mercantile.

— Et jamais dans votre passé vous n'avez perçu de signe avant-coureur d'une possible défaillance ?

— Non, répondit-il en écartant les mains. Mais je suppose qu'on ne connaît ses limites que le jour où on les atteint. »

Voilà longtemps que je n'avais pas croisé une personne aussi abattue. Et dans ce hangar, je n'avais pas à regarder bien loin pour en voir une autre.

« Qui est arrivée la première ? Robin ou Li-Tsan ?

— Robin.

— D'accord. Li-Tsan, à votre tour. »

Elle sursauta.

« Pas Robin ?

— Non, je m'en occuperai après. Quelle est votre histoire ?

— Comme Nils vous l'a dit, tout ça figure dans nos dossiers…

— C'est *vous* que je veux entendre. Allez-y. »

Li-Tsan roula de nouveau les yeux, juste pour souligner qu'elle continuait de considérer ma démarche comme une énorme perte de temps. Mais elle s'anima dès qu'elle se mit à parler de son passé.

« Je travaillais sur des chantiers de construction orbitale pour une entreprise bursteenie spécialisée dans la fabrication de mondes-roues pour le compte de holdings tchis. Ce n'est pas un boulot facile. Bien sûr, tout se passe en chute libre au départ, mais en plus, ces imbéciles de Bursteenis s'y prennent n'importe comment, si bien que la rotation commence avant que le projet soit à moitié achevé ; ça exige de multiplier les allées et venues dans et hors de la charpente, tandis que le tournoiement tente de vous balancer contre les parois extérieures. La troisième fois qu'un collègue s'est trouvé réduit à une fine pâte rouge, j'ai pris contact avec le Corps diplomatique pour leur demander de racheter mon contrat. Ils ont estimé qu'avec mes antécédents professionnels, je collerais parfaitement à leurs besoins. Ce qu'ils ignoraient, c'est qu'au moment où ils me libéraient de mes obligations avec mon ancien employeur, je perdais déjà les pédales. J'ai tenu trois mois sur Un Un Un avant de commettre une erreur grave qui m'a valu l'exil dans ce goulag, et je ne vois toujours pas le rapport avec votre enquête.

— Depuis combien de temps êtes-vous consignée dans ce hangar ?

— Presque neuf mois, système mercantile. Assez pour avoir un foutu môme, maintenant que j'y pense. »

Je me tournai vers Robin.

« À vous. »

Fish donna l'impression que le simple fait de croiser mon regard exigeait d'elle un effort insoutenable.

« Est-ce bien nécessaire, maître ? Je ne me sens pas très bien aujourd'hui. J'ai vraiment besoin de repos. »

Elle avait effectivement une mine épouvantable ; elle n'était plus que l'ombre d'elle-même et semblait avoir payé un plus lourd tribut que Li-Tsan ou D'Onofrio. Je remarquai de nouveau combien elle flottait dans ses vêtements, notant l'atrophie musculaire. Cette mise à l'écart la tuait. Quelque chose la tuait, en tout cas.

« Plus vite vous me répondrez, plus vite je partirai », lui dis-je.

Fish garda d'abord le silence, si longtemps que je dus me retenir pour ne pas la secouer, ce qui n'est jamais une bonne idée. Parfois, les gens hésitent par manque de courage, parce qu'ils n'osent pas dire ce qu'ils ont à dire ; parfois, ils ne demandent qu'à parler, mais ne trouvent pas les mots justes. En les poussant à s'exprimer prématurément, on court le risque de les dissuader pour de bon. Alors que la patience peut les amener à se livrer davantage. Quand elle se lança enfin, elle ne manifesta aucune énergie visible.

« Je ne me suis jamais distinguée. Je n'étais qu'une employée de bureau au Nouveau-Kansas. Ni compétence ni formation particulières. Mais je m'ennuyais à mourir et je n'avais qu'une envie : changer d'air.

— Vous avez donc rejoint le Corps diplomatique.

— Qui m'a confié le même genre de travail que j'effectuais déjà chez moi. J'ai rencontré M. Gibb pour la première fois aux archives centrales d'Hylanis. Lui, l'étoile montante qui rongeait son frein dans un job de bureaucrate, dans l'attente de sa prochaine affectation ; moi, la gamine frustrée qui le suppliait de ne pas l'oublier pour une possible promotion, quand on le nommerait enfin ailleurs. Peu après son départ, on m'a inscrite à une formation spéciale pour ce projet. Trente jours de désensibilisation à l'altitude, avant d'être expédiée ici.

— Et vous avez craqué.

— Presque dès mon arrivée.

— Qu'est-ce qui s'est passé ?

— Dès le début, presque tout le monde s'est aperçu que j'étais inutile. Excepté Gibb. Mais il soutenait que je finirais par m'adapter. Puis un jour, au cours d'un entraînement de rattrapage dans les Frondaisons, une des branches a cassé net, et je me suis retrouvée pendue la tête en bas au bout d'un câble de dix mètres, complètement paniquée, incapable de cesser de hurler. »

Sa main se crispa à ce souvenir. Elle l'examina sans manifester de réelle surprise et la posa à plat sur la table.

« Après ça, plus personne n'a accepté de travailler avec moi. Comment leur en vouloir ?

— Et ça remonte à deux ans, système mercantile.

— Pas tout à fait. Quelques semaines nous séparent de la date anniversaire de mon arrivée. »

Elle avait employé ce mot festif sans ironie apparente.

« Des vaisseaux vous ont ravitaillés entre-temps. De nouveaux membres ont rejoint l'équipe. En deux ans, Gibb n'a jamais proposé de vous renvoyer chez vous ? Ou de vous transférer là où vous pourriez vous rendre utiles ? Les occasions n'ont pourtant pas dû manquer. »

Li-Tsan, qui précédait la plupart de ses déclarations de bruits incongrus, en produisit un autre.

« M. Gibb estime que ses collaborateurs n'ont pas droit à l'échec ; il a trop peur que ça nuise à sa réputation. Il tient à maintenir l'illusion d'une direction des opérations irréprochable. Alors, il préfère nous écarter et nous laisser pourrir ici ; c'est plus sûr.

— Avez-vous tenté d'en référer à ses supérieurs de La Nouvelle-Londres ?

— Bien entendu, répondit Li-Tsan. Nous l'avons tous fait. Nous les avons littéralement submergés de plaintes. Jusqu'à deux par jour, en ce qui me concerne. Mais devinez un peu : tout passe par l'intermédiaire de Gibb, et il a toujours tout pouvoir de nous déclarer indispensables à l'action qu'il mène ici. Par ailleurs, La Nouvelle-Londres n'est pas vraiment pressée de mettre en péril ses autres projets ailleurs en accordant sa confiance à des gens dont l'incompétence n'est plus à prouver. Tout les autorise à croire que Gibb a de bonnes raisons de nous garder dans les limbes. Libre à nous de pester contre l'injustice qui nous est faite, jusqu'à la fin de nos contrats. »

Elle roula les yeux.

« Bien sûr, maintenant Gibb a besoin d'un bouc émissaire ; ça change la donne.

— Et c'est aussi ce qui expliquerait la haine profonde que vous inspire M. Lastogne ?

— Il approuve ce que Gibb nous fait subir ; ce type est une merde. »

Pas de Tchi.

Une merde ordinaire, cette fois. Je reportai mon attention sur Fish.

« Vous êtes donc restée enfermée ici, seule, pendant plus d'un an, avant que Li-Tsan vous rejoigne. Ça semble cruel. »

Fish ne releva pas la tête.

« Je n'étais pas à l'isolement, pas complètement. J'ai reçu des visites.

— Quelqu'un en particulier ?

— Quiconque a eu pitié de moi, ou avait besoin de se changer les idées.

— Ça représente combien de personnes ?

— Tout le monde fait un break, de temps à autre. Les gens ne se déplaçaient pas nécessairement pour moi. »

Fish eut un sourire écœuré.

« Je ne suis pas restée assez longtemps dans l'habitat pour m'y faire des amis.

— Excepté M. Gibb.

— M. Gibb n'est pas vraiment un ami.

— C'est lui qui vous a obtenu ce boulot. Qu'est-il pour vous ?

— Si ça avait marché, il aurait pu devenir mon mentor.

— Il vous a rendu visite, depuis que vous êtes là ?

— Je l'ai vu, chaque fois qu'il venait se reposer.

— En avez-vous profité pour aborder la question de votre situation ?

— Je l'ai supplié de me transférer.

— Et ?

— Il m'a répondu qu'il acceptait d'en parler, mais uniquement si je le retrouvais à Hamac-Ville. »

Décidément, M. Gibb était un beau salaud.

« Vous avez tout de même dû vous sentir bien seule la plupart du temps.

— Oui.

— Vous aviez de quoi vous occuper ?

— Pas grand-chose. Je relisais et je corrigeais éventuellement les rapports transmis à La Nouvelle-Londres.

— Vous aviez accès au réseau hytex ?

— Oui. Pendant plus d'un an, on m'a confié la gestion des e-mails entrants et sortants.

— Vous est-il arrivé d'envoyer un message sans autorisation ? »

Fish écarquilla les yeux.

« Quel genre ?

— Des messages inhabituels ont circulé récemment. »

Les menaces qu'on m'avait adressées.

Elle ne manifesta aucun intérêt pour les détails.

« Oh, récemment... Désolée de vous décevoir, maître, mais depuis environ un an, aucune communication n'entre ni ne sort sans la bénédiction de Gibb et Lastogne. Même ça, il me l'a enlevé quand il a banni Li-Tsan. »

J'avais du mal à imaginer Gibb ou Lastogne en auteur des messages que j'avais reçus. Non pas que je les croie incapables de malveillance, mais ce type de procédé me semblait contraire à leur style.

« Qu'avait-il à reprocher à votre travail ?

— Rien. Il était satisfait, il me l'a dit. Mais il souhaitait de nouveau gérer personnellement toute la correspondance. Je pense qu'il tenait simplement à s'assurer que rien de compromettant ne sorte.

— Par exemple ?
— Je ne sais pas.
— Moi non plus », renchérit Li-Tsan.
On me cachait quelque chose.
« Des hypothèses ? »
D'Onofrio intervint.
« La situation sur Un Un Un est très précaire, maître. Nous devons faire face à des problèmes terriblement délicats, sous la surveillance d'une puissance extraterrestre, hors de tout statut diplomatique. Un mot de travers, au mauvais moment, peut tout mettre en péril. Peut-être La Nouvelle-Londres a-t-elle demandé à Gibb de resserrer les boulons. »

À moins que les menaces dont j'avais été la cible ne soient pas un incident isolé. Une reprise en main par le patron lui-même était peut-être la seule façon de garantir que ça ne se reproduise pas.

« Pourtant, vous avez suggéré que M. Gibb pourrait avoir quelque chose à cacher. Vous pouvez préciser ?
— Non, répondit Fish. Honnêtement. »
Je laissai tomber.
« D'accord. Donc, il vous a privée de votre boulot, et depuis, vous jouez les hôtesses pour le personnel de repos.
— Je suis aussi responsable de l'inventaire. Je ne suis pas à plaindre. De toute manière, quelqu'un devait le faire.
— Les systèmes de bord ne sont pas là pour ça ?
— Les systèmes de bord se piratent.
— Gibb a dit la même chose. Qu'est-ce qu'il craignait exactement ? Des armes de contrebande ?

— Plutôt des articles de luxe. Des stimulants. Des affaires personnelles. Des produits de haute technologie interdits à l'intérieur de l'habitat par le contrat qui nous lie aux IAs-source.

— Du matériel capable de saboter les câbles du hamac de Santiago ?

— Quelques découpeurs plasma, répondit Fish, mais aucun ne manque à l'appel. C'est ce que nous avons regardé en premier.

— Qui ça, "nous" ? Votre petit groupe ?

— Pas seulement. Les Porrinyard ont contrôlé, et M. Lastogne a confirmé l'absence d'irrégularité.

— Je vérifierai. »

Je n'espérais rien en tirer. Toute personne assez habile pour pirater l'inventaire aurait trop bien couvert ses traces pour laisser des indices ne résistant pas à la rapide inspection d'une non-initiée telle que moi. Réfléchissant comme une forcenée, j'écartai une demi-douzaine de pistes pour avancer, et me concentrai sur celle qui semblait avoir le mieux réussi à attiser les émotions de tous mes interlocuteurs jusqu'à présent.

« Que pouvez-vous me dire à propos de Warmuth et Santiago ? »

Les trois acrophobes accueillirent cette question toute simple avec le même enthousiasme qu'ils auraient réservé à une bombe non explosée. En l'espace de deux secondes, ils s'entreregardèrent, reportèrent leur attention sur moi, puis se détournèrent ; trois attitudes adoptées coup sur coup, comme après une délibération, mais aucune ne parut les satisfaire.

Ce fut Li-Tsan qui décida que la franchise était le meilleur choix dans une longue liste où n'en figurait pas de bon.

« Santiago était une sacrée garce.

— Elle n'était pas désagréable, précisa Fish, pas comme certains autres peuvent l'être... mais certainement pas gentille.

— Une sacrée garce, répéta Li-Tsan. C'est vrai, elle n'a jamais cherché à nous ridiculiser et n'a rien fait qu'on puisse lui reprocher, mais son attitude en faisait la pire du lot. Chaque fois qu'elle venait ici, elle se contentait d'entrer dans l'une de ces tentes, refusant de nous adresser la parole ; elle n'en sortait que pour manger. Le message était clair : à ses yeux, nous étions des moins-que-rien.

— Je ne l'aimais pas beaucoup non plus, intervint D'Onofrio. Mais je ne crois pas qu'elle se comportait différemment avec nous. Je me suis renseigné auprès des autres membres de l'équipe que j'ai pu croiser : tous m'ont dit grosso modo la même chose, à savoir qu'elle adoptait la même attitude avec tout le monde. Elle limitait ses échanges avec ses collègues au strict nécessaire dans le cadre de ses obligations professionnelles.

— Et Warmuth ? demandai-je.

— Elle était pire, cracha Li-Tsan. Elle nous rendait visite sans arrêt, pour *voir si on allait bien.* »

De nouveau cette colère profonde et virulente, sans nuances. Décidément, Warmuth semblait avoir fait l'unanimité contre elle pendant la période de son service sur cette station.

« Et ça vous contrariait ?

« — Je ne suis certainement pas la première à vous le dire : c'était une accro de la compassion. Elle cherchait à devenir l'amie de tout le monde, mais surtout des plus vulnérables, parce qu'elle estimait avoir une *responsabilité* à leur égard.

— Oui, j'ai entendu ça. Mais qu'est-ce qui vous dit qu'elle n'était pas sincère ?

— La vraie compassion ne vous laisse pas un goût amer en bouche. Vous n'avez pas l'impression qu'on se sert de vous. Vous ne vous sentez pas encore pire après.

— Dites-moi tout de même comment vous avez su qu'elle n'était pas sincère. »

Li-Tsan se contenta de secouer la tête d'un air incrédule, comme si elle prenait le monde entier, et elle-même, à témoin de ma flagrante incapacité à saisir quelque chose d'aussi limpide.

Ayant moi-même été une exclue la majeure partie de ma vie, je ne pensais pas nécessairement qu'elle se trompait. J'avais appris à me méfier des altruistes ; souvent, sous des dehors charitables, ils cherchaient avant tout à mettre en avant *leurs* qualités exceptionnelles. Mais la quasi-unanimité autour de Cynthia Warmuth sortait de l'ordinaire, même selon mes critères. Soit Un Un Un hébergeait le groupe de misanthropes le plus sélectif de l'univers connu, soit elle n'avait vraiment pas été douée pour feindre la sollicitude. À moins que…

… à moins que quoi ?

Je sentais qu'il y avait autre chose, un aspect qui continuait de m'échapper, pour l'instant.

D'Onofrio parut soudain très las.

« Allons, maître. Je ne vous connais pas, mais vous devez savoir ce qu'on ressent quand quelqu'un s'apitoie sur vous. Ça a bien dû vous arriver à un moment ou à un autre dans votre vie. Et pas juste pendant quelques minutes. Non, je vous parle d'une pitié profonde, compatissante et ostentatoire, manifestée à la moindre occasion, et lourdement, comme si vous étiez trop bête pour comprendre la première fois. Et par quelqu'un qui ne renonce pas facilement, même quand ses motivations sont devenues claires. »

Il respira à fond et se leva, s'écartant de la table pour se tourner vers le vaisseau, son chez-soi, sa prison et le symbole de son échec le plus cuisant.

« Parfois, la pitié fait plus mal que la solitude. »

Je ne comprenais toujours pas. Clairement, le problème concernait davantage D'Onofrio que les deux autres, mais je restais dans le noir.

Puis quelque chose changea de position dans l'univers, et une pièce du puzzle se mit en place de manière si décisive que je crus entendre un bruit sec.

D'Onofrio s'en aperçut. Il se détourna, son dégoût de soi plus évident qu'à n'importe quel moment de la conversation.

Li-Tsan éclata d'un petit rire mauvais, venu de loin, monté de profondeurs insoupçonnées et apportant le goût palpable du poison.

« On a déjà couché avec vous par charité, maître ? Quand on s'y prend bien, c'est même plus douloureux que d'habitude… »

10

Lastogne

Alors que notre transport rentrait dans l'habitat, la première vision de ce vaste espace vide suffit à me rappeler les effets digestifs d'un vertige dévastateur. La combinaison avec l'odeur purement organique de la biosphère faillit me faire succomber. J'aurais pu vomir par-dessus bord, mais le bouclier ionique m'aurait tout renvoyé en pleine figure. Je me contentai donc de fermer les yeux en comptant les nombres premiers jusqu'à cent, avant de me distraire en me répétant, une nouvelle fois, la liste de toutes les raisons qui justifiaient ma haine des écosystèmes.

Les Porrinyard eurent la décence de passer mon malaise sous silence, mais Lastogne ne fit pas preuve des mêmes égards.

« Vous changez de couleur, maître. Aimeriez-vous quelque chose pour vous soulager ? »

Décidément, tout le monde insistait pour me faire avaler des médicaments ici, presque autant qu'à l'époque où j'avais été pensionnaire de l'État.

« Non. En revanche, si vous pouviez gommer ce sourire amusé de votre visage…

— Pas question, répondit-il avec espièglerie. Ce n'est peut-être pas une partie de plaisir pour vous, mais le spectacle de voyageurs pris de nausée ne manque jamais de réjouir ceux d'entre nous qui ne souffrent pas du même mal. C'est une longue et honorable tradition. »

Je sentis le goût de la bile.

« Je commence à comprendre pourquoi vous ne cherchez pas à vous faire des amis.

— Ah bon ?

— C'est par instinct de conservation. Quand vous dites un truc pareil, quelqu'un qui ne vous connaît pas vous range automatiquement dans la catégorie des trous du cul. Un véritable ami se sentirait obligé de vous tuer.

— Vous avez raison. C'est sans doute l'explication. »

Il hésita, comme s'il pesait le pour et le contre, puis il se lança :

« Alors, où en sont vos interrogatoires ? Vous avez avancé ? »

Lastogne était dans son rôle de contact local ; il n'était pas là uniquement pour m'assister, mais aussi pour faire remonter des informations à qui de droit et s'assurer que mon enquête ne prenne pas une direction embarrassante.

« Je manque encore d'éléments, répondis-je.

— Rien d'utile, alors ?

— Personne n'a avoué, si c'est le sens de votre question. Mais parfois, les silences sont éloquents.

— Ah ? »

J'appelai les Porrinyard.

« Oscin, Skye. »

Absorbée par le contenu d'un colis que nous rapportions du hangar, Skye ne prit même pas la peine de lever la tête. Mais les deux Porrinyard répondirent de leur voix commune, ce terrain neutre entre leurs deux registres.

« Oui ?

— Je souhaite avoir une conversation confidentielle avec M. Lastogne. Qu'on ne nous dérange pas.

— Entendu. »

Je déclipsai mon brouilleur de ma ceinture et le réglai pour couvrir un rayon qui nous incluait Lastogne et moi. Un murmure agréable envahit l'air autour de nous. J'attendis qu'il atteigne son plein volume avant de commencer.

« Premier point. Robin Fish. »

Lastogne sembla surpris.

« Oui, eh bien ?

— Les deux autres sont originaires d'environnements qui les ont préparés à l'altitude. Leur entraînement, leur expérience en faisaient d'excellents candidats pour Un Un Un. Leur échec était totalement imprévisible. Mais Fish a été nommée en dépit de compétences pour le moins discutables, après une formation nettement insuffisante et trop brève ; ça ressemble à s'y méprendre à une tentative pour justifier son inclusion dans l'équipe. Puis, à la première difficulté, on l'a exclue de l'habitat et condamnée à exécuter de petites tâches à l'isolement ou presque.

Et ça fait des années que ça dure ! Sa présence est en soi une anomalie. Pourquoi est-elle là ? »

Lastogne haussa les épaules.

« Ce n'est pas un grand mystère. Le Corps diplomatique avait un certain nombre de postes qu'il a pourvus au maximum avec des gens qualifiés. Pour les autres, on a dû se contenter de ce qu'on avait sous la main, dans l'espoir que les candidats réussiraient à s'adapter.

— Vous admettrez qu'un gouffre sépare les Porrinyard, idéals pour ce boulot, tant physiquement que psychologiquement, d'une Robin Fish. Vous n'allez pas me dire qu'il n'y avait pas plus de profils correspondant à un juste milieu ? »

Sa moue de biais n'était guère plus joviale que la grimace qui débordait habituellement sur ses deux joues.

« Qu'est-ce qui vous fait croire ça ?
— Il y en avait ?
— Cet environnement n'est pas vraiment ordinaire, maître. Si nous n'avions recruté que des gens avec un physique de gymnaste à l'aise pour grimper et effectuer des acrobaties en altitude, nous aurions dû nous priver de nombreuses compétences indispensables. Nous n'aurions peut-être pas trouvé de linguistes, de biologistes, d'analystes en écologie ; personne pour assurer la maintenance des hamacs ou pour évaluer le bien-être des Brachiens. Voilà pourquoi notre équipe compte plusieurs dizaines de collaborateurs dont les antécédents ne permettaient pas de penser qu'ils pourraient fonctionner ici. Nous en avons même un ou deux qui, ayant grandi dans des

plaines planétaires, sans une seule éminence entre eux et l'horizon, n'avaient jamais rien vu en hauteur avant de rejoindre le Corps diplomatique. Je ne vais pas vous mentir : certains ont eu du mal à s'y faire. Mais presque tout le monde a fini par s'adapter aux conditions locales mieux que ces trois-là.

— Ça semble tout de même excessif de retenir une simple employée de bureau comme Fish, sans lui confier la moindre tâche réellement importante. Et depuis deux ans ! Surtout que M. Gibb a personnellement veillé à son transfert ici. »

Il haussa de nouveau les épaules.

« Gibb n'aime pas ceux qui baissent les bras ; il a aussi beaucoup de mal à reconnaître ses échecs. À mon avis, il espère qu'au bout d'un moment, Fish et ses amis cesseront leurs enfantillages et rejoindront la mission.

— Vous y croyez ?

— Pour ce que ça vaut, non. Les gens qui craquent s'en relèvent parfois, mais en général ils restent plus fragiles qu'avant, et pas l'inverse.

— Ça ne vous empêche pas d'apporter votre soutien à Gibb. »

La moue de Lastogne se transforma en petit sourire narquois.

« Je n'aime peut-être pas beaucoup le bonhomme, et je ne suis pas loin de penser que, sur ce sujet précis, il se fourre le doigt dans l'œil, mais c'est lui le patron. Il est de mon devoir d'appuyer ses décisions, indépendamment de mes sentiments. »

Ce portrait de Lastogne en chien fidèle ne me convainquit pas.

« À vous écouter, j'ai eu l'impression que vous les haïssiez.

— Le mot est un peu fort, tempéra Lastogne. Je ne m'apitoie pas sur leur sort. J'estime qu'ils ne méritent pas d'indulgence particulière parce qu'ils se sont plantés ; ils n'ont aucune raison de rester là, à se tourner les pouces en jouant les martyrs. »

Je hochai la tête, pour lui donner l'impression que j'acceptais sa réponse sans la remettre en cause.

« Ce qui nous amène au deuxième point : l'étrange dynamique de leur groupe. Li-Tsan et D'Onofrio ont tous les deux adopté une attitude protectrice envers Fish, qu'ils ont pourtant l'air de mépriser. »

Il sembla surpris que je croie utile de poser la question.

« Eh bien, elle est la plus faible de la meute. Ils ne se gêneront pas pour lui pisser dessus, mais déchireront la gorge de quiconque osera essayer.

— Elle m'a paru mal en point. »

Cette fois, il m'adressa un vrai sourire.

« Oui, elle a effectivement une mine épouvantable, hein ? Je pense qu'elle passe ses journées à se bourrer de narcopatchs et de jus de manne. Pourquoi l'en empêcher ? Elle n'a rien de mieux à faire et, tant qu'elle reste enfermée dans ce hangar, elle ne peut pas tomber plus bas que le sol qui la porte. Bien sûr, plus son état s'aggrave, plus Gibb rechignera à l'envoyer ailleurs. »

Génial. Abandonner cette femme, puis ne rien faire en attendant qu'elle se détruise.

« Où se procure-t-elle le jus de manne, puisqu'on n'en trouve qu'à l'intérieur de l'habitat ?

— Gibb ne s'oppose pas à ce que ses collaborateurs boivent le jus fermenté, tant qu'ils le font hors de leur environnement professionnel et qu'ils sont sobres au moment de reprendre le boulot. Alors, elle en obtient auprès des engagés qui viennent se reposer au hangar. Ils organisent de sacrées fiestas ici.

— J'ai appris que Cynthia Warmuth était une habituée.

— Comme tout le monde. Même Santiago. C'est le seul endroit pour oublier l'habitat un moment.

— Mais Cynthia Warmuth en particulier.

— Peut-être un peu plus que la moyenne. Elle avait de la peine pour ces trois-là, c'est ce qu'elle disait. »

Ça confirmait le témoignage des bannis.

« Saviez-vous qu'elle avait couché avec D'Onofrio ? »

J'avais réussi à le surprendre. Sa mâchoire bougea, alors qu'il envisageait quatre ou cinq réponses différentes, et les rejetait l'une après l'autre.

« Non. Mais ça ne m'étonne pas. C'est typiquement le genre d'idée idiote auquel on pouvait s'attendre de la part de cette pauvre fille.

— Accro à la compassion, hein ?

— À l'excès », confirma-t-il, avec plus d'amertume que nécessaire.

Dans certaines de mes enquêtes, il vient un moment où mon groupe de suspects m'apparaît comme une nichée d'animaux enragés qui cherchent constamment à s'infliger des coups de dents ou de griffes. Mais dans l'affaire en cours, le mépris presque unanime qui entourait les deux victimes ne me facilitait pas les choses, et ça commençait sérieusement à m'agacer.

Sauf que Gibb et Lastogne n'avaient pas caché leur affection pour Warmuth. Gibb avait même couché avec elle. Peut-être qu'un échantillon biaisé faussait ma vision de la situation.

Je levai les yeux vers la masse indistincte des Frondaisons, quelques mètres au-dessus de ma tête.

« Troisième point : Christina Santiago. Mettez-vous à sa place : comment réagiriez-vous, si votre hamac lâchait ? »

Il sourit.

« Si j'avais la chance d'être ailleurs, je serais contrarié d'avoir perdu toutes mes affaires. »

Je parvins à lui sourire en retour.

« Si vous vous trouviez *à l'intérieur* à ce moment-là, bien sûr. »

Il haussa les épaules.

« Je tomberais.
— Et ?
— Et quoi ? Il n'existe qu'un seul scénario. Je mourrais, comme n'importe qui d'autre.
— Vous en êtes sûr ?
— Maître, répondit Lastogne avec une infinie patience, vous ne pensez tout de même pas que Santiago est toujours en vie. Vous me décevriez beaucoup. Ce n'est pas une possibilité.
— Pourquoi ?
— Oublions le fait que la chute elle-même lui ferait traverser par gros temps une couche de nuages toxiques et de pluie acide avant de rencontrer une surface assez solide pour s'y briser tous les os. Vous

vous demandez réellement si quelque chose aurait pu la sauver ? La réponse est non. Pas les Brachiens, qui ne volent pas. Pas nous, puisque aucun de nos glisseurs n'était sorti à ce moment-là. Et si nous en avions lancé un, il ne serait pas arrivé à temps. Quant aux IAs-source, elles se tiennent à notre disposition pour jouer les taxis, mais certainement pas pour assurer notre sécurité. En ce qui les concerne, toute tentative dans ce sens compromettrait la pureté et l'intégrité de cet endroit.

— Elles ont vraiment dit ça ?

— Oui. Au moment où elles ont accepté l'idée d'une présence de la Confédération. Elles ont bien précisé que les Brachiens survivaient en se pendant aux Frondaisons, et que les humains qui souhaitaient les observer devraient apprendre à en faire autant. »

Ou comment ajouter un handicap de plus dans la partie. Une convention interespèces prévoyait de longue date que ses signataires, au rang desquels figuraient l'humanité et les IAs-source, devaient assurer une protection correcte de tous les personnels diplomatiques sur les différents territoires des espèces concernées. En refusant de l'honorer, les IAs-source se seraient rendues coupables d'une grave violation des lois interstellaires... sauf qu'elles avaient préalablement pris la précaution de ne pas accorder à leur station de statut diplomatique.

Hamac-Ville n'étant pas reconnue comme ambassade, il devenait nettement plus facile d'y mourir.

Ce qui m'amenait à ma question la plus troublante à ce stade, du moins concernant Lastogne.

« Dernier point. Peyrin Lastogne, qui êtes-vous, bon sang ? »

Il ne parut pas se formaliser ; il se contenta d'esquisser un sourire en coin, beaucoup plus chaleureux que sa grimace habituelle, et de me serrer le haut du bras, exerçant une légère pression. Quand Gibb m'avait touchée, son geste avait eu un côté sexuel. Le contact de Lastogne, tout malvenu qu'il soit, était de nature différente. Plus affectueux. Comme s'il souhaitait partager une plaisanterie qu'il était seul à comprendre.

« Je me demandais quand vous me poseriez cette question.

— Vous n'existez pas dans la base de données du Corps diplomatique. Je n'ai pas trouvé de bio sur l'hytex. »

Il ne se départit pas de son sourire.

« Peut-être parce que mes antécédents ne regardent que moi, maître. Vous, votre passé est à la portée de n'importe qui doté d'un minimum de curiosité, et ça vous complique vraiment la vie. Je n'ai eu aucun mal à tomber sur toutes ces voix qui réclament votre extradition à grands cris. Les Tchis, bien sûr. Et les Bocaïens… »

Les Tchis en avaient après moi, parce qu'ils étaient prêts à tout pour embarrasser la Confédération. Leur prédictibilité en la matière m'avait sauvé la mise à plus d'une reprise. Quant aux Bocaïens, qui s'aventuraient rarement hors de leur propre planète, ils ne représentaient pas non plus une réelle menace pour moi.

« Je ne suis pas là pour parler de moi, mais de vous. Pourquoi votre dossier est-il un mystère ? Qu'est-ce que ça cache ?

— Si je vous le disais, ce ne serait plus un mystère.
— M'avez-vous envoyé des messages récemment ?
— Rien qui sorte de l'ordinaire, maître.
— Soyez plus clair.
— Juste un peu de communication non verbale, fit-il en battant des paupières. Involontaire, en partie, mais parfaitement acceptable.
— Rien par hytex ?
— Pourquoi ferais-je une chose pareille ? Je peux vous parler à n'importe quel moment. »

Ses réponses me rendaient folle.

« Avez-vous tué Warmuth ou Santiago ? »

Plutôt que de me gratifier d'un oui ou d'un non, il se mit à rire, sans jubilation hystérique, supériorité ou même méchanceté, mais avec une sorte d'affection amusée que je trouvai cent fois plus exaspérante.

« Oh, sincèrement, maître. Quelle réponse pourrais-je vous donner, hormis des aveux complets, que vous seriez prête à croire ? »

J'en avais maintenant la certitude. Ce fils de pute se payait ma tête.

« Je veux quand même l'entendre de votre bouche. Avez-vous tué Warmuth ou Santiago ?
— Non, dit-il. Je n'ai rien fait de tel. Mais vous devez garder une chose à l'esprit.
— Laquelle ?
— Si j'étais l'assassin, je vous ferais exactement la même réponse. »

11

Levine, Negelein, Lassiter

La journée se poursuivit dans une sorte de brouillard où se succédèrent mes interrogatoires des engagés de Hamac-Ville. Comme je ne voulais pas travailler dans la tente où je logeais, je réquisitionnai le grand hamac tout en longueur qui faisait office de tente publique/réfectoire. Je n'aurais pas aimé m'y trouver à l'heure des repas, où il devait supporter le poids de plusieurs dizaines de personnes. L'image de câbles qui s'effilochent m'aurait probablement coupé l'appétit.

Je rencontrai la moitié de l'effectif avant l'extinction des soleils. Pour l'essentiel, ils me confirmèrent ce que j'avais déjà entendu : la misanthropie de Santiago, l'empathie envahissante de Warmuth, l'exclusion de leurs trois collègues acrophobes. Concernant Gibb, les opinions variaient, de l'admiration à la rancœur. En dépit de ma première impression sur son attitude particulièrement lourde à l'égard des femmes, j'eus affaire à certaines jeunes engagées qui ne tarissaient pas d'éloges à son sujet. Deux ou trois d'entre elles allèrent jusqu'à m'avouer avoir eu une aventure avec lui. Néanmoins, leur empressement à m'affirmer qu'ils s'étaient quittés en bons termes acheva de me persuader qu'il les avait préparées à mes questions. Restait à savoir dans quelle mesure.

Personne n'eut grand-chose à ajouter à mes maigres informations sur Peyrin Lastogne. Pour eux, c'était un diplomate de carrière, comme Gibb. Au service du Corps diplomatique, *comme moi*, soulignèrent certains, ce qui ne manqua pas de provoquer mon agacement.

La prise de bec entre Warmuth et Santiago avait eu plusieurs témoins ; tous m'assurèrent qu'il n'y avait pas de quoi en faire tout un plat. Ça s'était passé en milieu d'après-midi, précisément dans le hamac où je me trouvais. Cinq engagés se détendaient avec un jeu de stratégie sur hytex importé du monde d'origine de l'un d'eux. Quelques autres traînaient dans les parages, rouspétant, bavardant ou se chamaillant pour des broutilles. Santiago était entrée, pour se servir à manger et repartir immédiatement, fidèle à elle-même. Warmuth, qui n'en était pas à son coup d'essai, avait abandonné la partie en cours pour tenter d'entamer la conversation. Quand Santiago avait fait mine de l'ignorer, elle avait posé la main sur son épaule. Santiago avait juré, mais pas en mercantile, et avait chassé ses doigts d'une tape. Et c'était au moment où Warmuth avait de nouveau voulu la toucher que Santiago l'avait poussée, pas très fort, mais assez pour l'envoyer au fond du hamac les quatre fers en l'air. Secouée, mais pas blessée.

Personne ne connaissait la teneur de leur conversation, mais tout le monde avait entendu Santiago conclure par :

« Fous-moi la paix, salope ! »

En dépit du sort ultérieur des intéressées, personne ne pensait que cette dispute avait le moindre rapport avec leur mort.

« C'est comme un village ici, maître, m'expliqua Bill Wilson, un toubib rouquin. On se chamaille sans arrêt, on ne s'entretue pas pour autant.

— C'est une piste.

— Vous vous apercevrez vite qu'elle ne mène nulle part. »

Il avait raison, le bougre. L'incident avait semblé tellement mineur sur le moment qu'on n'avait même pas ouvert d'enquête. Ni plainte ni sanction, aucune suite. Rien qui justifie une intervention officielle, rien qui suscite les ragots. Un non-événement. Pour autant que je sache, aucune des deux femmes n'avait livré sa version des faits à un tiers, ami ou collègue. Elles avaient toutes les deux décidé d'oublier cet épisode, et repris le cours de leur existence, sans en reparler.

Aucune raison de lui accorder davantage de signification.

Sauf que, si ça se trouve, c'était la clé de tout.

Quelques personnes éveillèrent toutefois mon intérêt, si ce n'est mes soupçons. Ainsi, un certain Jacques Robinette, dont la nervosité et le bégaiement en ma présence trahissaient une profonde culpabilité, pas nécessairement en rapport avec l'enquête en cours; un type grassouillet nommé Ierck Kzinscki, qui avait effectué sa formation aux côtés de Li-Tsan Crin et semblait en avoir gardé le béguin pour elle; Gilian Brenner, une adepte de la théorie du complot, persuadée que les Tchis étaient derrière les deux meurtres, organisés à distance bien sûr, puisqu'ils n'étaient pas autorisés à entrer dans l'habitat; enfin, Curtis Smalls, qui ne tarderait plus, d'après moi, à rejoindre le trio des acrophobes exilés, tant ses requêtes de transfert avaient des accents désespérés.

Les engagés avaient dans leurs rangs plusieurs utopistes, quelques révolutionnaires, deux ou trois tordus; certains débordaient d'enthousiasme pour leur mission, mais nombre d'entre eux comptaient sombrement les années qui les séparaient de la fin de leur contrat et de l'obtention d'un passeport pour le monde de leur choix. Beaucoup estimèrent nécessaire de me décrire en détail leur planète d'origine. Comme souvent, quand des engagés se mettaient à raconter leur vie, le scénario avait tendance à se répéter: une dictature militaire ou une théocratie, où une famille concentrait tous les pouvoirs et pillait l'écosystème dont tous avaient besoin pour survivre; une société tellement détraquée que la servitude dans le Corps diplomatique s'avérait la seule solution pour éviter de se faire exploser la tête dans une stupide guerre civile.

Vous voulez que je vous dise pourquoi l'humanité ne s'est jamais laissé entraîner dans un conflit interespèces sérieux? Parce que ça reviendrait à sortir dîner, alors qu'on a le réfrigérateur plein à la maison. Pourquoi goûter à la cuisine exotique ailleurs, tant que nous n'aurons pas exploré toutes les super-méthodes pour nous entretuer ?

Sur l'ensemble de l'effectif, seule une demi-douzaine de personnes déclara avoir éprouvé une profonde affection pour Warmuth ; beaucoup plus durent admettre à contrecœur que Santiago leur avait inspiré un certain respect. Comme on pouvait l'attendre d'une petite communauté qui vivait et travaillait dans un environnement dangereux, sans contact avec l'extérieur, le lacis des relations sexuelles s'avérait presque aussi enchevêtré que l'infrastructure de Hamac-Ville. J'eus droit à des ragots excités sur à peu près tout le monde. Warmuth (une dizaine de partenaires mentionnés, tous éphémères, avant que je perde le compte) ; Li-Tsan (presque autant, mais sur une période beaucoup plus longue) ; Gibb (devinez qui couche avec le patron ?) ; Lastogne (avec qui n'a-t-il *pas* couché ?) ; et les Porrinyard (des histoires pas toujours crédibles, avec un petit côté envieux ou lubrique). Au bout du compte, pas grand-chose sur Christina Santiago, à part la confirmation de son sale caractère et plusieurs mentions d'une possible liaison avec un certain Cif Negelein.

« Vous le reconnaîtrez au premier regard », me dit une engagée en roulant les yeux d'un air théâtral.

Parmi les personnes interrogées, seuls quelques individus sortaient du lot.

Oskar Levine était un jeune homme aux yeux tristes ; il avait un visage maigre au teint cireux et portait l'insigne de la République riirgaane. Il n'avait pas grand-chose à m'apprendre sur Warmuth ou Santiago, mais la complexité de son statut juridique rendait le mien presque simple en comparaison. Jadis engagé dans notre Corps diplomatique, il avait servi de bouc émissaire au cours d'une crise majeure – il m'invita d'ailleurs à vérifier. Pour éviter la prison, il avait fait défection avant son procès et s'était réfugié chez les Riirgaans.

À présent, il était assis dans le haut de la courbe du hamac public, ses mains exécutant des sauts périlleux dans un ballet nerveux.

« J'ai l'apparence d'un humain. Je me sens humain, insista-t-il. J'en ai même l'odeur, certains jours. N'importe quel examen médical le confirmerait : je *suis* humain. Mais pas juridiquement. Aucun gouvernement de la Confédération n'a le droit de m'octroyer légalement ce statut. Mon immunité diplomatique riirgaane me met à l'abri du danger, mais j'ai tout de même à subir quelques conséquences désagréables.

— Par exemple ? »

Il se frotta le coin des yeux.

« Eh bien, certains mondes imposent des limites très strictes à la résidence de non-humains : j'ai été chassé plus d'une fois. Il y a quelques années, j'ai eu des ennuis sur une planète où je servais d'agent de liaison de l'ambassadeur riirgaan auprès de la communauté humaine locale. Quand ils ont découvert que j'avais une aventure avec une de leurs filles, ils m'ont accusé de viol, et elle de zoophilie ou presque. On m'a expulsé. Ma compagne a dû payer une amende et présenter des excuses publiques ; on lui a aussi formellement interdit de reprendre contact avec moi. »

Levine me raconta son histoire sans s'apitoyer sur son sort. Bizarrement, il semblait tirer une certaine fierté de son unique et maigre titre de gloire.

« Vous devez vous sentir seul, dis-je.

— Ce n'est pas si pénible que vous le pensez, maître. Depuis, je me suis marié avec une femme qui m'a rejoint chez les Riirgaans, pour pouvoir officialiser notre union. Avec une quarantaine d'autres réfugiés politiques, nous avons pu nous installer sur un de leurs mondes et former une petite communauté d'humains. C'est simplement le droit confédéré qui ne nous reconnaît pas ce statut.

— Où est votre femme en ce moment ? »

Il esquissa un sourire.

« À la maison. Je la reverrai à la fin de mon cycle, dans quelques mois.

— Elle vous manque ? »

Il rougit.

« Bien sûr.

— Alors, ne m'en veuillez pas de vous poser cette question, mais qu'est-ce que vous foutez là ? »

Il rit de bon cœur.

« Ça défie toute logique, hein ? Après tout, je déteste le Corps diplomatique qui me le rend bien. Pourquoi devrions-nous entretenir des relations, quelles qu'elles soient ? »

Ça ne s'était pas passé comme ça pour moi. Malgré une profonde aversion mutuelle, mon destin était lié à cette organisation, qui me garderait sous son joug jusqu'à la fin de ma vie.

« Alors ?

— En fait, je suis là pour permettre aux Riirgaans d'exploiter une faille. Les IAs-source qui gèrent l'habitat ont accepté la présence d'observateurs, mais d'une seule espèce, obligée, par traité, de partager ses découvertes avec les autres. Le choix s'est porté sur les humains. Les "miens", les Riirgaans, ont émis le souhait d'avoir tout de même des yeux et des oreilles sur place. Ils ont tiré quelques ficelles et négocié leur propre accord avec la Confédération, obtenant ma nomination comme consultant indépendant. Les IAs-source connaissent mon statut juridique, mais soit, contrairement à la Confédération, elles font passer la biologie avant la citoyenneté, soit elles s'en moquent. Je suis donc un humain, sans être humain.

— Je suis surprise que vous vous soyez prêté au jeu. Après tout, le Corps diplomatique vous a déjà baisé à deux reprises. Vous devriez les envoyer au diable.

— Vous avez doublement raison. Ils l'ont fait, et je devrais. Et pour ce que ça vaut, ils ne sont pas beaucoup plus tendres avec moi maintenant ; certains des piliers du service, dont ce cher M. Gibb, ne laissent pas passer une occasion de me faire savoir qu'ils me considèrent comme un être odieux, un traître à ma propre race. C'est ce que je suis, j'en ai conscience. Mais les Riirgaans m'ont offert un toit quand j'en avais besoin, alors je peux bien encaisser quelques insultes pour eux. Par ailleurs, mes supérieurs hiérarchiques chez les Riirgaans m'ont affirmé qu'ils pourraient tirer parti d'une réussite dans cette mission afin de négocier une grâce de la Confédération pour mes amis et moi. Peut-être même un rapatriement. »

Je décidai de lui donner quelques conseils juridiques.

« Dans ce cas, tâchez d'obtenir la double citoyenneté, confédérée et riirgaane. Ne les laissez pas vous persuader de renoncer à vos liens avec les Riirgaans. Jamais. »

Levine fronça les sourcils.

« Je n'en avais pas l'intention, mais pourquoi ?

— Parce que la Confédération est tout à fait capable de vous rendre votre citoyenneté dans le cadre d'un accord d'immunité empêchant les poursuites pour des faits antérieurs, mais de vous coller de nouvelles accusations sur le dos dès votre retour. Ces salauds n'hésiteraient pas, monsieur Levine. Ils ont la rancune tenace, je suis bien placée pour le savoir. »

Il lut ma conviction dans mon regard, songea à la mettre en question, puis se ravisa, alors que la vérité lui apparaissait dans toute son horreur.

« Bon sang. Vous pensez réellement qu'ils feraient un truc pareil ?

— Le contraire m'étonnerait, répondis-je sur un ton qui ne laissait pas de place au doute.

— Bon sang », répéta-t-il, cette fois avec une insistance particulière sur chaque mot.

Il resta silencieux un moment, comme il pesait cette révélation. Puis il me regarda de nouveau.

« Merci, dit-il simplement. Votre honnêteté me touche. Ça ne vous dérange pas si je vous pose une question personnelle ? »

En général, je n'aimais pas parler de moi, mais j'avais ouvert la porte. Par ailleurs, avec Levine, j'avais la sensation, extrêmement rare avec un autre humain, qu'il aurait pu devenir mon ami, si j'avais voulu m'en faire.

« Je vous écoute.

— Je vous préviens, ça ne va pas vous plaire.

— J'ai dit : je vous écoute.

— Je connais votre nom depuis une paire d'années. Vos antécédents aussi, votre statut juridique. C'est normal, à force de chercher des renseignements sur les gens dans la même situation juridique que moi. Ne vous inquiétez pas, je n'en ai parlé à personne... »

Mes oreilles me brûlèrent.

« Contentez-vous de poser votre question.

— Je m'interrogeais... si j'ai pu me tirer d'un mauvais pas en faisant défection, pourquoi pas vous ? Ce n'est pas que je préconise particulièrement cette solution ni que je tente de convaincre qui que ce soit, mais le Corps diplomatique est loin d'être un paradis pour vous. Ils vous traitent presque comme leur esclave. N'avez-vous jamais songé à demander asile à une puissance extraterrestre, comme la mienne ? »

La brutalité de sa question me souffla, mais pas autant que sa sincérité. Plutôt que de m'emporter, je décidai de lui répondre, sans toutefois faire montre de la même franchise. Je ne pouvais pas me le permettre.

« Je ne connais pas de gouvernement qui ne me livrerait pas aux Bocaïens.

— Oh, fit-il. C'était juste une idée. »

Et une bonne. Mais parmi les espèces qui réclamaient à grands cris la levée de mon immunité, les Riirgaans qui lui avaient ouvert les bras étaient des plus virulents. Chez les Tchis, certaines voix me vouaient une haine inimaginable. Les Bursteenis reconnaissaient l'existence de circonstances atténuantes, mais souhaitaient que j'aille me défendre une bonne fois pour toutes devant une cour bocaïenne, une démarche que j'estimais suicidaire. Les K'cenhowtens n'offraient l'asile à personne. Les Cids donnaient carrément la chair de poule. Voilà, j'avais fait le tour des plus importantes. Certaines autres espèces, moins influentes, me considéraient avec compassion, mais aucune n'aurait eu le cran de s'opposer à un effort interespèces concerté pour m'extrader. La Confédération avait au moins eu le mérite de ne pas exiger du Corps diplomatique qu'il renonce à moi, une politique qu'elle maintiendrait tant que la situation ne deviendrait pas ingérable. Ils ne m'aimaient peut-être pas, et avaient sans doute hésité à me livrer une demi-douzaine de fois, mais ils avaient tout de même misé sur moi et investi dans ma formation. Ils en attendaient des résultats. J'étais un atout, qu'ils conserveraient jusqu'à ce que je ne leur sois plus utile.

Je passai sous silence un autre facteur, le plus important de tous.

Y compris le fait qu'à mes yeux, faire défection revenait à capituler.

Ni l'espèce humaine dans son ensemble ni les gens pour lesquels je travaillais ne m'inspiraient de sympathie particulière, mais je n'étais pas prête à leur donner cette satisfaction.

On m'avait beaucoup parlé de Cif Negelein, qui ne déçut pas mes attentes.

Le nom de son monde d'origine ne m'évoquant rien, j'ignorais s'il s'agissait d'un endroit bizarre, ou si se tenait devant moi un de ses représentants les plus excentriques. Courtaud et dépourvu de cou, Negelein avait les yeux ronds et le haut du corps beaucoup trop large. Il avait aussi adopté une forme très poussée de la quasi-nudité très en vogue à Hamac-Ville et ne portait qu'une bande de tissu noir autour de la taille. De toute manière, l'abondante pilosité de son torse et de ses bras rendait superflu tout vêtement supplémentaire. En revanche, son visage imberbe et son crâne chauve rappelaient le protoplasme greffé sur les grands brûlés qui n'avaient pas accès au réseau IA-Santé. Le peu de peau disponible accueillait un tatouage, sorte de composition en grosses lettres de l'alphabet mercantile homsap. Ce manifeste personnel démarrait en petits caractères juste au-dessus du front, pour décrire une spirale qui se terminait par des points de suspension en son point le plus haut. Affectation, folie ou piété : je ne voulais même pas émettre d'hypothèse. Mais au début de notre conversation, j'eus du mal à ne pas me laisser distraire par ces mots qui serpentaient d'une tempe à l'autre, et dus souvent m'interrompre au beau milieu d'une phrase. Faute de pouvoir l'introduire dans un tube rotatif pour lire le texte pendant qu'il tournait, je me forçai à concentrer mon attention sur sa bouche et à ignorer tout ce qui se trouvait au-dessus du nez.

Negelein était un artiste ; il avait du talent et peignait aussi bien des paysages que des portraits. En dix-huit ans, il avait produit des milliers d'œuvres. Au hasard de ses missions au sein du Corps diplomatique, il avait appris à se passer de fournitures conventionnelles. Des implants au bout des doigts lui permettaient d'appliquer d'intangibles pigments sur des toiles virtuelles projetées. Il illustrait chacun de ses propos ou presque en affichant d'un claquement de doigts certaines de ses réalisations : portraits saisissants de gens qu'il évoquait, scènes pittoresques d'engagés au travail dans l'habitat. Il me montra ainsi Warmuth en gamine aux yeux écarquillés et au visage cireux, sur fond noir. Elle semblait triste, fragile et seule : une représentation simpliste qui contredisait complètement l'impression que m'avaient laissée d'autres images. En revanche, il possédait près d'une dizaine d'études de Santiago, à commencer par ce portrait d'une femme aux sourcils froncés, bouillonnante de colère et nimbée d'un halo de lumière rouge. Ça ne m'apprit rien de plus. Mais alors que j'examinais son travail en quête d'une réponse qui n'y figurait pas, Negelein dit :

« Ça a échappé à la plupart des gens ici, mais tout le problème résidait dans leur incapacité à s'apercevoir qu'ils avaient affaire à un esprit résolument différent.

— Je suppose que nous ne parlons pas des Brachiens. »

Il secoua la tête.

« Non. De Christina. Ses collègues ont eu du mal avec elle, ils ne la comprenaient pas : pour eux, elle est restée cette garce maussade, prête à mordre au moindre regard de travers.

— Comme lors de cet incident avec Warmuth. »

Il gloussa.

« Oui. Et une dizaine d'autres que je pourrais vous citer. Christina n'était pas simplement quelqu'un avec qui on s'entendait ou pas. C'était un spécimen.

— Et vous dites que son esprit était différent. »

Il esquissa une forme dans l'air, ajouta quelques lignes en dessous ; une caricature honorable de moi apparut.

« J'ai le sentiment que vous avez une assez bonne idée de ce que je veux dire, maître. Au fond, nous sommes tous des inconnus les uns pour les autres ; hormis quelques valeurs communes qui nous rapprochent, nous nous plions à des paradigmes très éloignés de ceux qui nous entourent. Par malheur, nous avons tendance à juger les autres selon des critères qui nous semblent parfaitement raisonnables, mais ne sont absolument pas pertinents à leurs yeux. C'est ce que vous êtes en train de faire avec moi d'ailleurs, même si vous le cachez très bien. Et c'est l'erreur qu'ont commise la majorité des gens avec Christina. En lui appliquant leurs critères, leur manière de penser, ils ont estimé qu'elle était quelqu'un d'insupportable. Pourtant, elle s'est montrée aussi sociable à leur égard qu'elle savait le faire. »

Son ton pontifiant commençait à me lasser. Je bâillai ; mais peut-être n'était-ce que le dernier en date d'une série de symptômes annonçant le choc en retour de ma sortie d'intersom. C'était inévitable au bout d'une journée si gourmande en énergie. Je me ressaisis.

« Quel était son problème, alors ? Juste qu'elle ne savait pas se comporter en société ? »

Un autre crobard.

« Songez à ses antécédents. Son monde a hypothéqué l'avenir de toute la population pour des générations. Pas de lendemains qui chantent pour sa famille, mais une routine quotidienne désespérante, répétée à l'infini. Chaque jour, se dévouer dans des conditions pénibles pour le seul employeur possible, avant de rentrer chez soi, abattu et épuisé. Leurs droits les plus élémentaires étaient bafoués, ils ne pouvaient même pas fonder un foyer sans apporter la preuve que ça ne nuirait pas à la production. Je crois qu'avant son arrivée ici, la notion de loisir lui était inconnue. Le fait qu'elle se soit vendue dès qu'elle a pu trouver un acquéreur qui la sortirait de là en dit long sur sa nature indépendante. Mais à ce moment-là, elle avait déjà des habitudes bien ancrées. Elle est donc venue travailler pour le Corps diplomatique en reproduisant le comportement qui était le sien sur son monde d'origine, c'est-à-dire : *Baisse la tête. Évite les rencontres. Ne te confie à personne. Obéis aux ordres sans discuter. Tes sentiments, garde-les pour toi : contente-toi de te concentrer sur ton travail, rien que sur ton travail.* C'était ce qu'on lui avait appris, la seule attitude qui convenait, pour autant qu'elle sache. Aux yeux de tous ses collègues, ça faisait d'elle une emmerdeuse de première. Les deux points de vue sont justes, tout dépend de votre postulat de départ.

— Et pourtant, remarquai-je, vous dites avoir tiré quelque chose d'elle.

— C'est vrai. »

Il projeta une image de Santiago assise en tailleur sur un pont de corde, tandis que l'horizon d'Un Un Un s'incurvait au loin à l'arrière-plan. Elle portait une combinaison moulante qui la serrait au cou et aux poignets. Elle avait les paupières tombantes, ses lèvres minces ne souriaient pas ; le portrait mettait en valeur la courbe de ses seins sous le tissu, et la manière dont la lumière jouait sur ses joues suggérait que Negelein, lui, la trouvait d'une beauté exceptionnelle.

« Je donne des cours de dessin ; les rares intéressés y consacrent une partie de leur temps libre. En général, j'ai quatre à cinq élèves par séance. Personne ne produit quoi que ce soit de réellement impressionnant, mais ce n'est pas ce que j'attends d'eux, ils sont là pour se détendre. Christina a commencé à venir nous voir au bout de deux semaines de présence dans l'habitat. Elle arrivait tard, pour ne pas avoir à papoter avec les autres, écoutait un peu, et partait tôt pour n'avoir à parler à personne en sortant. Lors de ses deux premières visites, j'ai pensé qu'elle avait dû décider que ce n'était pas pour elle. Mais à la troisième, elle m'a approché en privé pour me poser une question.

— Laquelle ?

— Elle m'a demandé de lui expliquer à quoi servait l'art. »

Je n'étais pas certaine que j'aurais su lui donner une réponse satisfaisante, tant l'art me laisse indifférente. Mais je fis de mon mieux pour paraître choquée.

« Qu'avez-vous répondu ?

— Eh bien, l'art joue un rôle majeur dans mon existence ; ma santé mentale en dépend, et sans lui, je ne suis pas sûr que la vie, la mienne en tout cas, vaille la peine d'être vécue. J'aurais donc pu lui opposer une réplique cinglante, et souligner son ignorance. J'en ai d'ailleurs une dizaine qui m'ont traversé l'esprit avant que j'ouvre la bouche. Puis je me suis aperçu qu'elle n'avait pas cherché à me provoquer. "Vous devriez essayer, peut-être que vous comprendrez", ai-je fini par lui suggérer. Peu de temps après, nous avons programmé des cours particuliers.

— Elle était bonne ? »

Il roula les yeux.

« Si elle était *bonne* ? Je vous en prie. La question n'est pas là. Elle n'avait jamais acquis les notions de base de perspective, d'ombre ou de composition ; elle n'avait pas l'œil assez exercé pour susciter une réaction comme *oh, comme c'est joli*, en voyant un dessin au trait et une tache de couleur. Elle n'était même pas capable de formuler une abstraction viable ou d'identifier les éléments essentiels d'une œuvre. Faute d'une éducation visuelle, son imagination n'avait probablement pas eu l'occasion de se développer de manière significative. Mais être *bonne* n'était pas le but : il s'agissait avant tout d'exprimer ses sentiments. Et alors qu'elle enchaînait les toiles minables, primitives, elle s'est mise à buter sur des choses qu'elle aurait dites si elle avait possédé le vocabulaire nécessaire. Des choses que sa trop grande différence l'empêchait de confier à qui que ce soit.

— Comme quoi ? »

La voix de Negelein s'adoucit, il sembla se rappeler qu'il parlait d'une morte.

« Comme ce qu'elle ressentait, après avoir passé une si importante partie de sa vie en cage. »

Les larmes lui montèrent aux yeux ; il la voyait, j'en étais sûre. Mais qui se tenait devant lui ? La vraie Christina Santiago, qui se serait ouverte à lui ? Ou le fruit de son imagination, une projection sur une femme qu'il avait à peine connue ? L'avait-il aimée ou prise en pitié ? La sincérité de sa peine ne faisait aucun doute, mais certaines personnes ont du chagrin comme d'autres respirent ; ça ne les rend pas moins suspectes pour autant.

« Qui l'a tuée, d'après vous ? » demandai-je au bout d'un moment.

Il se tamponna les yeux.

« M. Gibb affirme que les IAs-source sont coupables, mais ça ne me semble pas logique. Je les imagine mal commettre un acte aussi gratuit. Peut-être y suis-je pour quelque chose. Comme si je ne me sentais pas déjà assez coupable... »

De toute évidence, quelque chose le rongeait. Je pouvais presque voir tourner les rouages dans son esprit, concoctant des scénarios qui expliqueraient comment sa relation avec Santiago avait pu contribuer à sa mort. Coupable ou pas, il avait une conscience, et ça pouvait très bien le détruire. Coupable ou pas, c'était peut-être ce qu'il désirait.

Je décidai de prendre un risque calculé, uniquement basé sur ma certitude, aussi soudaine qu'irrationnelle, qu'il n'avait rien à se reprocher, si ce n'est d'avoir écouté son cœur.

« Monsieur Negelein, je vais vous demander de garder ma prochaine question pour vous et de n'en parler à personne, pas même M. Gibb. »

Negelein parut s'apercevoir de ma présence.

« Très bien.

— Parmi les indices de ce dossier figurent des messages de menaces reçus via hytex. Ils mettent en scène des simulations de violence perpétrées sur une personne actuellement à bord de cette station. Ni Santiago ni Warmuth, mais une éventuelle troisième victime. Ces animations, qui frappent par leur réalisme et leur niveau de détails, sont très perturbantes. Je suppose qu'on peut les considérer comme de l'art. »

Il fit la moue.

« Un certain savoir-faire ne suffit pas.

— Oui, bon : quoi qu'il en soit, connaissez-vous quelqu'un sur Un Un Un capable de produire le travail que je viens de vous décrire ? »

Il m'observa à travers ses yeux plissés.

« Je ne peux pas vous répondre sans avoir vu ces messages.

— Impossible.

— À cause de leur caractère confidentiel ? Ou parce qu'ils n'existent plus ? »

Dans les deux cas, je n'étais pas parvenue à retracer le signal après la réception initiale. Mais il n'avait pas à le savoir.

« C'est confidentiel.

— Je vois. »

Il se frotta le menton, parut terriblement las et ajouta :

« Je ne suis pas infaillible, et tant que je n'aurais pas pu étudier ces images, ma réponse vaut ce qu'elle vaut. Rien n'empêche un amateur qui aurait accès aux sources d'utiliser des routines IA pour esquisser ce genre de choses sur commande. Néanmoins, la qualité dépendra entièrement de la nature de son délire.

— Obsession, disons ? »

Il réfléchit.

« Alors, tout est possible. »

L'art et le meurtre avaient au moins ça en commun.

Mon dernier interrogatoire de la journée concernait quelqu'un qui, à l'instar de Negelein, avait également fait l'objet de plusieurs allusions : Mo Lassiter, engagée de deuxième classe et exosociologue. J'avais rarement rencontré une femme aussi robuste et musclée, même en fonction des critères excessifs d'Un Un Un. Ses bras noueux tendaient le tissu à mailles de ses manches. Elle avait le teint olivâtre, des cheveux noirs d'un centimètre d'épaisseur qui ressemblaient à un duvet et la mâchoire carrée, un roc. Ses yeux marron étaient si petits qu'on n'y distinguait pratiquement pas le blanc.

Si elle m'avait accueillie avec une grimace, elle m'aurait donné l'image d'une brute effrayante. Mais son sourire naturel faisait toute la différence. Sans lui, son visage aurait pu frôler le grotesque, au lieu de posséder cette franchise un peu excentrique.

S'agissant de ses collègues, Lassiter ne se révéla pas très portée sur les analyses en profondeur, résumant ceux à propos desquels je l'interrogeais en quelques bouts de phrases creux d'une neutralité prudente. Elle ne devint utile qu'au moment d'aborder la mort de Cynthia Warmuth.

« Je n'ai jamais eu le moindre doute, maître. C'est forcément un Brachien qui a fait le coup. »

Je tentai d'imaginer les créatures lentes en train de surprendre et de maîtriser un humain athlétique.

« Pourquoi ?
— Parce que c'est dans leur nature. Ils sont dangereux. »

Ça ne m'avait pas frappée. Ceux que j'avais observés étaient ennuyeux, à peine mobiles.

« Expliquez-moi ça.
— Ils cachent bien leur jeu, répondit-elle. Mais agression, meurtre, guerre et même génocide : tout ça existe chez eux. »

Devant mon air interdit, elle insista.

« Ça peut paraître incroyable. Ils sont si lents qu'on peut aisément les supposer passifs. En vérité, ils sont aussi belliqueux que n'importe quels sentients prétechnologiques. Ils ont des tribus, des territoires qu'ils n'hésitent pas à défendre par la force.

— C'est difficile à imaginer.

— Et à justifier également. A priori, ils n'ont aucune raison de se comporter ainsi. C'est vrai, pourquoi se fait-on la guerre, avant tout ? Parfois par idéologie ou par peur, mais le plus souvent parce qu'un camp convoite ce que l'ennemi possède : une terre, des ressources naturelles, des richesses, que sais-je encore. Ici, on trouve tout à profusion ; les IAs-source y ont veillé : les Brachiens ne manqueront jamais de rien, ils ont même de la marge. Pourtant, dès qu'une tribu en croise une autre dans les Frondaisons, si la rencontre n'a pas été soigneusement préparée, un changement d'itinéraire s'impose. Sinon, c'est la guerre totale, qui se soldera par l'élimination d'un des belligérants. »

J'eus l'étrange sensation de vouloir faire quelque chose, mais sans savoir ce que c'était.

« À quoi ça ressemble ?

— À un massacre au ralenti, une mêlée. Ça griffe, ça déchire... Je suppose qu'on vous a montré ces véritables couteaux qu'ils possèdent au bout des doigts. Alors, ils distribuent et parent les coups avec une telle lenteur que ma chère vieille grand-mère aurait le temps de s'enfuir. Parfois, deux combattants se cramponnent l'un à l'autre pendant près de vingt minutes, une demi-heure, avant que coule le premier sang. Deux tribus peuvent s'affronter ainsi pendant des jours, dans un corps à corps qui n'aurait sans doute été que l'affaire de quelques minutes, jadis, entre deux villages humains de taille équivalente. Tout ça se passe si lentement qu'il nous arrive d'aller faire un tour en flotteur dans les parages, pour regarder. Et si nous leur demandons ce qu'ils fabriquent, la question leur semble tellement stupide qu'ils ne comprennent même pas pourquoi nous la posons. »

Je me retins de murmurer qu'ils me rappelaient les humains, mais ce genre de cynisme me vient si facilement que ç'aurait été mesquin de ma part.

« Et pourquoi pensez-vous que ça explique ce qui est arrivé à Cynthia Warmuth ?

— Les Porrinyard se sont occupés de sa formation, pour l'essentiel. Mais j'ai fait plusieurs sorties avec elle ; il y a deux semaines, j'ai eu l'occasion de lui montrer un de ces affrontements. Nous planions sous les Frondaisons, en flotteurs. Quand elle a vu un des Brachs lâcher prise, elle s'est mise à crier qu'il fallait lui venir en aide. Je lui ai répondu qu'on ne pouvait rien faire. Et... »

Lassiter s'essuya les yeux, se frotta le menton et grimpa tant bien que mal vers la courbure du hamac pour récupérer une bouteille d'eau. Elle but une longue gorgée, avant de revenir vers moi, l'air abattue.

J'avais vu cette expression dans tant de regards ces dernières années que je n'avais plus aucun mal à l'identifier.

C'était celle de quelqu'un qui vient de se décider à passer aux aveux.

« Elle a approché son flotteur pour s'interposer entre deux gros mâles dominants qui n'avaient pas encore couvert la distance qui les séparait. Ils n'auraient probablement pas fait couler le sang avant une dizaine de minutes. Elle leur a dit que se battre ne rimait à rien, qu'elle ne bougerait pas. Qu'elle était là pour les protéger et les aider à se parler, que personne n'avait besoin de mourir. Elle leur a dit qu'ils avaient tout le temps d'essayer de régler leur différend.

— Comment ont réagi les Brachiens ?

— Les deux camps ont cessé les hostilités pour la faire taire, l'accusant d'être une Ombre qui se mêlait des affaires des Vivants, et que son imprudence lui vaudrait de retrouver bien vite sa place parmi les morts. »

Les mots planèrent entre nous, résonnant alors même que des rires éclataient ailleurs, sans pour autant diluer la tension laissée dans leur sillage.

« Pourquoi n'en ai-je pas été informée plus tôt ?

— Parce que je ne l'ai jamais signalé, répondit Lassiter, qui refusait de croiser mon regard. Je n'en éprouvais pas le besoin. Cynthia a reculé immédiatement. Les Brachiens ont repris le cours de leur stupide guéguerre. Je l'ai ramenée au camp, l'ai sermonnée et ne l'ai laissée partir qu'après l'avoir entendue admettre qu'elle avait agi sans réfléchir. Plus tard, pour sa première sortie en solo, les Porrinyard ont choisi une tribu différente, à près de trois cents kilomètres des Brachiens qu'elle avait offensés. C'était après ce qui est arrivé à Santiago, mais je n'ai pas cru devoir m'inquiéter pour Cynthia. Je n'avais pas de raison de penser qu'elle… »

Lassiter ne termina pas sa phrase. Elle se couvrit les yeux, baissa la tête d'un air terriblement abattu et frémit, l'image même d'une femme rongée par la culpabilité. Comme elle n'avait visiblement pas dit tout ce qu'elle avait sur le cœur, je lui accordai le temps nécessaire pour y parvenir ; je patientai ainsi près de deux minutes.

Les mots, quand ils vinrent enfin, parurent trop lointains, trop faibles pour sortir de sa bouche.

« On dit que vous cherchez des boucs émissaires. Je fais une bonne candidate, non ? »

12

Crash

Je quittai le hamac public sans escorte, croisant un petit groupe d'engagés affamés avec leurs boîtes à rations. Parmi eux, j'en reconnus une vingtaine interrogés plus tôt. Les plus amicaux m'invitèrent à me joindre à eux.

J'avais la fringale, je n'avais rien avalé au petit déjeuner ni à midi. J'avais aussi presque épuisé les réserves d'énergie qui m'aidaient à tenir depuis mon arrivée dans l'habitat. Mais je me reposerais plus tard. En attendant, j'attrapai mon sac et m'engageai tant bien que mal sur un long pont de corde, jusqu'à un second, imbriqué à deux mètres en dessous des Frondaisons. Son installation en porte-à-faux lui donnait l'avantage d'être relativement épargné par les envahissantes projections de sève séchée. Sa position, un peu à l'écart de l'activité habituelle de Hamac-Ville, me permettait aussi de m'isoler un peu; j'avais vu bien assez de monde ces dernières heures.

Il m'offrait également une vue plongeante sur la routine de fin de journée du camp. J'aperçus une dizaine d'humains qui, telles des araignées sur leurs toiles, se frayaient un chemin le long des câbles qui séparaient une tente suspendue d'une autre. Certains se déplaçaient avec la prudence excessive de ceux qui ne se sentiraient jamais chez eux dans cet environnement ; d'autres témoignaient d'une aisance qui semblait rendre la notion même de pesanteur superflue à leurs yeux.

Près de moi, des mouvements agitèrent l'intérieur d'un hamac. La toile n'avait pas besoin d'être transparente : je reconnus dans les renflements les genoux et les paumes d'une femme qui se dirigeait vers le point le plus bas. D'autres bosses l'y suivirent, également des genoux et des paumes. Au moins deux personnes.

Les habitants de Hamac-Ville savaient en permanence si un hamac était occupé. L'aspect de l'affaissement leur permettait peut-être même d'identifier qui se trouvait là.

Je me demandai si quelqu'un avait repéré la forme caractéristique de Christina Santiago dans les instants précédant sa chute.

Dans ce cas, si je découvrais que l'assassin avait bénéficié de complicités pour le sabotage, nul ne pourrait s'abriter derrière l'excuse de n'avoir pas eu l'intention de tuer. Nul ne pourrait soutenir n'avoir pas su que la tente était occupée.

Ce crime m'apparut soudain comme un acte encore plus froid que celui commis contre Cynthia Warmuth. Il avait eu lieu la nuit, après extinction des soleils ; la seule lumière provenait des quelques hamacs où veillaient de rares personnes. Pas plus tard qu'hier, Gibb m'avait affirmé que Santiago ne dormait pas au moment où les câbles avaient cédé. Sa tente devait briller comme une lanterne dans l'obscurité. Notre saboteur l'avait forcément vue se mouvoir à l'intérieur. Avant de passer à l'action, il avait pu attendre qu'elle lui paraisse confortablement installée au point le plus bas, où il lui serait d'autant plus difficile de se mettre rapidement en sécurité.

Bien sûr, rien ne prouvait qu'il avait été aussi minutieux. Peut-être n'avait-il pas choisi le moment idéal et accompli son méfait dès que l'occasion s'était présentée, en espérant la prendre par surprise...

Mais je n'y croyais pas.

Le crime était trop parfait. Pas de témoins. Des outils que seules les IAs-source étaient censées avoir en leur possession. Une telle organisation ne devait rien au hasard. Assise sur mon pont de corde, je regardai les silhouettes de deux humains se combiner pour n'en former qu'une, une bosse plus grosse, plus profonde dans le logement qu'elles partageaient. Notre saboteur avait forcément observé sa victime, attendant patiemment le meilleur moment.

Et ensuite... quoi ? Qu'avait-il fait ? Appuyé sur un bouton ? Donné un signal à des complices ? Grimpé en s'aidant des deux mains jusqu'à l'attache du hamac pour en finir ?

Non ; même en supposant qu'il ait eu les bons outils avec lui, les conditions idéales qu'exigeait son plan dépendaient de trop de facteurs. Un engagé pris d'une soudaine envie de se soulager pendant la nuit aurait pu tout gâcher par un aller-retour imprévu aux latrines. Pour être sûr de ne pas être vu, il avait dû recourir à une sorte de télécommande pour couper les câbles à l'instant le plus propice.

Mais cette hypothèse supposait un niveau de préparation préalable considérable pour un humain seul, sans complices. Par ailleurs, elle soulevait la même objection que celle d'une action improvisée au moment des faits. Quand aurait-il eu l'occasion de saboter les câbles, avec la certitude absolue de ne pas se faire surprendre ?

Jamais. La voilà, la réponse.

Pas sans la précision d'une machine.

Ce qui me ramenait aux IAs-source.

Elles avaient pu lui fournir les outils et s'arranger pour que les circonstances lui soient favorables.

Mais si les IAs-source faisaient partie intégrante de l'explication, quel besoin avais-je d'un hypothétique et mystérieux saboteur ?

Et donc, retour à la case départ, au scénario que privilégiaient Gibb et Lastogne, et que Bringen avait écarté d'emblée. Autrement dit, que les IAs-source s'étaient servies d'abord de leur technologie pour assassiner Santiago, puis des sentients qu'elles avaient créés pour éliminer Warmuth.

C'était la seule solution.

Sauf que les IAs-source démentaient farouchement.

Et j'avais moi-même la conviction absolue qu'elles disaient vrai, ou au moins partiellement.

Je réfléchis, bercée par l'air ambiant ; d'une partie des Frondaisons en fleurs qui grouillait d'insectes émanait un parfum évocateur. Plus bas dans les cordes, plusieurs engagés qui m'aperçurent me demandèrent si j'avais besoin d'aide ; certains grimpant même à ma rencontre pour me tenir compagnie. Je les renvoyai, je voulais être seule.

Les soleils d'Un Un Un déclinèrent en grésillant, se métamorphosant peu à peu en pâles revenants, un peu comme des phosphènes. Puis ils s'éteignirent, plongeant le monde dans la nuit. Le « ciel » en dessous de nous devint aussi noir qu'une chambre close, une obscurité absolue troublée çà et là par les rares éclairs lumineux des tempêtes qui agitaient les nuages en permanence. Les téléagents des IAssource continuèrent à circuler, en silence et sans éclairage, leur vision n'ayant rien de commun avec le spectre perçu par les humains.

Alors que l'habitat disparaissait derrière ce rideau opaque, le vide en dessous de nous parut s'étendre à l'infini. Certains hamacs s'allumèrent, tandis que leurs occupants terminaient les tâches de la journée. Je suivis les mouvements de leurs ombres, révélateurs de leurs activités ; certains discutaient ou prenaient une bonne douche à ultrasons pour se débarrasser de la sueur accumulée, d'autres se réunissaient pour se détendre, par groupes de trois ou quatre.

Ils formaient des îles dans les ténèbres ; je n'eus aucun mal à me représenter cet endroit sans eux, juste moi, l'obscurité et les Brachiens. Je tentai de m'imaginer, seule avec eux, pour le rituel nocturne qui ferait de moi une Ombre : des heures dans le noir absolu, avec la sensation de tout cet espace vide. Ce genre de choses devait plaire à certaines personnalités. Pour ma part, je n'appartenais clairement pas à cette catégorie. Une telle expérience m'aurait détruite.

J'aurais préféré sauter.

Quelqu'un grimpait vers moi.

« Qui va là ? lançai-je avec une assurance que j'étais loin de ressentir.

— Bonsoir ! C'est vous, maître ? » demanda Stuart Gibb.

Je n'ai jamais compris cette manie, pourtant répandue chez les humains, de poser des questions dont on connaît clairement la réponse.

« Oui, c'est moi. »

La tête de Gibb apparut à travers les mailles de corde. La lumière du hamac occupé le plus proche découpait son visage en un échiquier contrasté, dont les cases déformées exagéraient la taille de sa mâchoire.

« Je m'inquiète de vous voir là-haut toute seule, maître. Vous n'êtes pas encore habituée aux conditions locales ; vous ne devriez pas vagabonder sans escorte.

— Je ne vagabonde pas. Je fais une pause. »

Il regarda derrière moi, comme s'il me soupçonnait de dissimuler une personne très petite et très mince.

« Mais sans escorte, insista-t-il.

— C'est la définition d'une pause. »

Il se contenta d'une moue en guise de réponse.

« Peyrin a pour mission de veiller sur vous.

— Votre équipe se montre plus ouverte quand il n'est pas dans les parages. »

Avec un soupir, il se hissa à ma hauteur et se glissa vers moi, tout en s'arrêtant à une distance respectueuse. Contrairement à l'intérieur des hamacs qui s'affaissait pour un oui ou pour un non, les cordes tendues ne se prêtaient pas aux contacts accidentels qu'il avait paru incapable d'éviter lors de notre précédente rencontre. Je n'étais pas sûre de savoir qu'en conclure : pensait-il qu'il valait mieux ne pas franchir certaines limites trop flagrantes, ou m'étais-je méprise sur son compte ? Il fuit mon regard.

« Sacrée vue, hein ? »

Je ne dis rien.

« Pas moins de dix d'entre nous se consacrent exclusivement à l'étude des aspects techniques. Vous n'imaginez pas le nombre de problèmes d'ingénierie posés par un monde aussi vaste. Certains ne nous étaient même jamais venus à l'esprit pour nos propres habitats. Les IAs-source nous ont fait faire plusieurs fois le tour du propriétaire. Le système de ventilation dépend de turbines de la taille de petites lunes. Les soleils sont équipés de dissipateurs thermiques sans lesquels tout ce qui se trouve à proximité se mettrait à bouillir. Nos spécialistes s'arrachent les cheveux face aux défis que représentent ces pylônes sur le plan de la résistance des matériaux. Les sources de radiations en mouvement dans ce mélange toxique semblent inépuisables ; nous ne cherchons même pas à savoir ce qui vit dans les couches les plus basses. Tout est à la fois complètement arbitraire et absolument parfait. Il m'arrive de me demander si ça a un sens, ou si, comme le Taj Mahal ou le Colosse de Parnajan, c'est la manière qu'ont choisie les IAs-source de montrer leur supériorité dans tous les domaines. *"Voyez mon œuvre, ô puissants, et désespérez!"* Quelque chose dans ce goût-là.

— C'est une théorie.

— Non, ce sont des foutaises. Mais c'est encore ce qu'un vieux de la vieille du Corps diplomatique a trouvé de mieux, avec le peu de données à sa disposition. C'est plutôt vous qui me préoccupez. Vous ne me semblez pas du genre à vous déranger juste pour une vue imprenable. »

J'aurais pu lui faire remarquer que, dans l'obscurité qui engloutissait l'habitat, la vue n'avait rien d'imprenable, mais je me contentai de secouer la tête.

« Vous avez raison. Je n'ai pas de temps à perdre avec ce genre de futilités. J'avais besoin de m'imprégner du rythme de la vie ici, de ce que font les gens en dehors des heures de travail. Les bruits qu'ils produisent quand ils rentrent se coucher. Je voulais avoir un aperçu d'une nuit comme celle où Santiago est morte. »

Il hocha la tête.

« Êtes-vous parvenue à une conclusion ?

— Aucune que je sois prête à partager pour l'instant.

— Très bien. »

Baissant les yeux, il sembla se rappeler la présence d'un paquet sur ses genoux, qu'il me lança.

« Personne ne se souvenait de vous avoir vue manger aujourd'hui. Alors, j'ai demandé qu'on vous prépare un petit quelque chose. Rien de folichon, juste la pâtée habituelle qu'on sert ici en guise de nourriture. Ça devrait au moins vous requinquer. »

De l'emballage encore chaud s'élevaient les odeurs d'aliments que j'avais dû goûter et apprécier dans un lointain passé. Mon estomac gronda. Je mis le paquet de côté sans l'ouvrir.

« Merci. C'est gentil. »

Attendant que j'attaque mon repas, il vit que je n'en ferais rien.

« Ou alors, vous pouvez garder ça pour plus tard et vous joindre à moi. Je n'ai pas dîné non plus.

— Non, merci. Je préfère manger seule. »

Quelque part dans Hamac-Ville, une femme ivre éclata d'un rire ravi. Un homme dit quelque chose de malicieux et elle redoubla d'hilarité. Il y avait de l'amour dans l'air, ou au moins du désir. Un peu plus loin, quelqu'un défendait son point de vue avec conviction. Une voix maugréa une obscénité. Le vent tourna, emportant tous ces fragments sonores aléatoires avec lui, noyés par un barrage de parasites atmosphériques.

Gibb, coincé avec moi alors que les distractions semblaient ne pas manquer ailleurs, prit un air triste et délaissé.

« J'aimerais vraiment que vous vous détendiez, maître.

— Vous ne seriez pas le premier.

— Ah. »

Cherchant comment poursuivre cette conversation, il décida d'incarner la voix de l'autorité.

« Eh bien, si vous êtes résolue à manger seule, peut-être devriez-vous regagner vos quartiers. Après tout, je suis responsable de votre sécurité, et je ne voudrais pas qu'il vous arrive malheur ou que…

— Je comprends. Mais d'abord, si vous n'y voyez pas d'inconvénients, j'aimerais en profiter pour éclaircir certains points... »

Ce retour au motif officiel de ma présence, si brutal soit-il, eut le mérite de le ramener en terrain connu.

« Je vous écoute.

— Commençons par Robin Fish, Nils D'Onofrio et Li-Tsan Crin, dis-je en énumérant les trois noms sur mes doigts.

— D'accord.

— Pourquoi sont-ils toujours là ? »

Il se transforma en martyr, injustement accusé.

« Ils se sont plaints ?

— Répondez à ma question.

— J'y ai déjà répondu, et plus d'une fois, dit-il, révélant plus qu'il en avait l'intention, puisque aucune de ces autres occasions ne me concernait. Je n'ai pas de raison de les transférer. Leur amour-propre souffre peut-être de l'obligation qui leur est faite de ne pas quitter le hangar, mais l'entretien des installations de bord est une nécessité. Ceux d'entre nous qui accomplissent quotidiennement leur mission à l'intérieur de l'habitat ont besoin de cette assistance.

— J'entends bien. Mais ce travail n'occupe pas trois personnes – Fish, livrée à elle-même, s'en est chargée pendant près d'un an, sans l'aide de Crin ou D'Onofrio. Elle assumait même davantage de responsabilités, que vous lui avez retirées depuis.

— C'est vrai, reconnut Gibb, qui s'échauffait, visiblement exaspéré qu'on remette sur le tapis un vieux débat. Mais elle avait du mal. Elle n'a jamais eu le moral au beau fixe, et ses performances en pâtissaient. Pour cette raison, et pas à cause d'un quelconque surmenage, j'ai dû réduire ses attributions. La situation s'est d'ailleurs détériorée après l'arrivée de Nils et Li-Tsan. Pour ce que j'en sais, eux aussi pensent qu'elle est un boulet.

— Donc, vous n'avez pas besoin d'elle.

— Je pourrais m'en passer, mais je fais de mon mieux avec l'effectif que j'ai.

— Pourtant, c'est vous qui lui avez fait intégrer votre équipe.

— Oui. La jeune engagée déterminée et pleine d'ambition que j'ai rencontrée à l'époque se désolait qu'on la cantonne à des missions de routine, sans réelles perspectives d'évolution. Elle m'a pratiquement supplié de lui décrocher un job plus en adéquation avec les compétences qu'elle prétendait posséder. Elle m'a impressionné, et je m'en suis souvenu au moment de composer mon équipe. Elle a remarquablement su faire son autopromotion, mais n'a malheureusement tenu aucune de ses promesses. Que pouvais-je y faire ? Quand je m'en suis aperçu, elle était déjà *là*. »

Ses explications contradictoires commençaient à m'exaspérer. Me prenait-il pour une idiote ?

« Alors, sont-ils indispensables ou pas ? Vous les faut-il tous les trois ? Font-ils bien leur boulot ou sont-ils des boulets ? Décidez-vous !

— Nous sommes peut-être en sureffectif dans ce secteur, admit-il, visiblement agacé. Mais pas entièrement par choix. »

Encore des foutaises. En les gardant ici, il gaspillait des ressources, tout simplement. Son refus de les transférer était stupide, vindicatif. À moins qu'il ait une idée derrière la tête.

« Deuxième question. Peyrin Lastogne. Je n'ai rien trouvé sur lui au Corps diplomatique. La Confédération n'a aucun dossier sur lui. Il n'est même pas un membre officiel de votre délégation. Mais l'autorité qu'il exerce ici semble le placer immédiatement après vous dans la hiérarchie. Qui est-il, bon sang ? »

Gibb me montra ses dents, mais je n'aurais pas appelé ça un sourire.

« Cette information est confidentielle, répondit-il.

— Pas pour moi.

— Pour vous aussi, maître. Désolé. »

Il dépassait les bornes.

« Dans une enquête de ce genre, le bureau du procureur général se voit accorder l'accès illimité à…

— … pas aussi illimité que l'imagine le procureur général », m'interrompit Gibb.

Il sourit. Je me sentis dans la peau du voyageur à qui l'employé du service client de la compagnie annonce qu'on a accidentellement largué ses bagages dans l'espace. Un sourire faux qui cache une joie perverse.

« Je suis navré, maître. Mais en ce qui concerne M. Lastogne, les instructions sont claires et viennent d'en haut : accès interdit. »

Près d'une décennie plus tôt, lors d'une de mes premières missions, j'avais assisté une unité spéciale qui enquêtait sur des allégations de haute trahison au sein de l'organe exécutif de la Confédération. Nous avions interrogé des membres du gouvernement quotidiennement. Personne n'avait été épargné, pas même le Président ; une bonne chose, puisque nous avions bientôt découvert un lien entre Magrison, un terroriste en cavale, et sa famille. (Il est toujours en fuite.) Aujourd'hui, je détenais autant de pouvoir que l'ensemble de cette unité spéciale à l'époque. Mais parfois, des petits fonctionnaires comme Gibb opposent une résistance plus forte que leurs supérieurs, qui eux connaissent leurs limites.

« Très bien. Je ne vous demande pas de détails, mais possédez-vous des informations à propos de ses antécédents ? »

Il eut de nouveau ce sourire faussement contrit.

« Seulement ce que j'ai le droit de savoir.

— Vous ne pouvez vraiment pas m'en dire plus ?

— Je vous explique simplement que mes connaissances sont très parcellaires, et que je n'ai pas l'autorisation de répondre à ce genre de questions. »

Qu'il aille au diable.

« Fish m'a appris que vous aviez pris le contrôle de toutes les communications qui entrent et sortent de l'habitat.

— Oui, pour des raisons de sécurité. Notre position ici est... »

Je le coupai, ma voix couvrant la fin de sa phrase.

« Je m'en moque. Écoutez-moi bien : j'ai l'intention d'envoyer un rapport à La Nouvelle-Londres ce soir. Je passerai par votre intermédiaire, puisque l'organisation en place l'exige, mais mon message sera codé. Toute tentative de votre part pour le lire ou le censurer sera détectée et considérée par le bureau du procureur général comme une entrave à l'exercice de la justice. Dois-je vous rappeler la gravité d'une telle accusation ? »

Le visage de Gibb était l'image même d'une colère difficilement réprimée.

« Je me suis montré très coopératif, maître. Je n'ai rien fait pour mériter cette attitude.

— Vous n'avez rien fait, un point c'est tout », répliquai-je.

Une réaction excessive, que je regrettai à la seconde où les mots sortirent de ma bouche.

Mais quitte à se faire des ennemis, autant s'assurer qu'ils le restent pour longtemps.

En demandant à Gibb de me raccompagner à mon hamac, je remuai le couteau dans la plaie, mais je n'avais pas le choix. Le trajet, déjà bien assez vertigineux de jour, aurait pu se révéler fatal pour moi de nuit.

En tombant, morte de peur ou à cause d'un faux pas sur un pont de corde, j'aurais aussi joué un vilain tour à mon remplaçant. Nul doute qu'on aurait immédiatement ajouté mon nom à la liste des victimes d'un vaste complot, et négligé nombre d'explications raisonnables pour les meurtres de Warmuth et Santiago, parce qu'elles n'incluaient pas mon cas.

Et si leurs deux décès s'avéraient sans rapport entre eux, le mien renforcerait encore la confusion. Trois femmes réputées difficiles, trois disparitions mystérieuses. Après ça, bonne chance pour essayer de défendre l'hypothèse d'une série de coïncidences stupides sans devenir aussitôt le suspect numéro un.

Je préférais ne pas infliger ce genre de problèmes à autrui.

Non pas que j'aurais le luxe de me sentir coupable si une telle éventualité se produisait.

Le hamac empestait la sueur de la nuit précédente. Je me laissai glisser, tentant de m'arrêter à mi-pente pour ne pas me retrouver coincée au fond, mais j'avais encore des progrès à faire. Avec plus d'efforts qu'en auraient déployés Gibb ou les Porrinyard, je remontai tant bien que mal vers l'armature circulaire, où je suspendis mon sac à l'un des crochets. Puis j'utilisai un câble pour m'attacher moi aussi. Je perdais en confort ce que je gagnais en sécurité.

Satisfaite, je humai le dîner qu'on m'avait préparé ; puis j'activai l'hytex et composai un message texte adressé à Artis Bringen. Je lui confirmai que l'enquête suivait son cours, sans entrer dans le détail de mes découvertes ou soumettre mes premières hypothèses. En mission, la plupart de mes collègues ont tendance à envoyer des rapports quotidiens terriblement minutieux ; tout y passe, leurs moindres faits et gestes. Pour ma part, j'avais habitué Bringen à un certain flou qu'il tolérait ; j'en disais le moins possible, juste de quoi éviter ses questions et pouvoir travailler en paix. Ainsi, je lui assurai que, si mes premières investigations semblaient bien confirmer les théories dont il m'avait fait part (comprendre : la culpabilité des IAs-source ne faisait aucun doute), des développements imprévus suggéraient plusieurs autres pistes (comprendre : ma recherche d'un bouc émissaire se poursuivait sans accrocs, merci). L'homme politique en lui s'estimerait satisfait, et j'avais besoin de le mettre dans de bonnes dispositions pour lui soutirer des informations que je ne parvenais pas à obtenir ici.

Je rencontre des difficultés à consulter le dossier d'un dénommé Peyrin Lastogne, qui occupe le poste d'adjoint auprès de Stuart Gibb.

À ce stade, je n'ai aucune raison de soupçonner son implication dans ces crimes. Sur place, sa réputation semble exemplaire. Toutefois, je ne peux pas le rayer de la liste des suspects tant que je n'aurai pas eu connaissance de ses antécédents et de ses états de service au sein du Corps diplomatique. Merci de me transmettre cette information au plus tôt.

Je faillis l'envoyer tel quel, avant de me rappeler autre chose. *Par ailleurs, vous avez mentionné qu'on avait expressément requis ma présence. Ni Gibb ni Lastogne ne reconnaissent avoir formulé une telle demande. Comme ils filtrent toute correspondance, ils m'apparaissent comme la seule source possible.*

Merci de clarifier ce point.

J'hésitai à lui poser une dernière question : *Pourquoi les IAs-source iraient-elles dire que je me suis méprise sur vous ?* Mais je me ravisai. Je préférais aborder ce sujet face à face, ou jamais.

En riposte à la politique en vigueur sur Un Un Un concernant les communications, je codai le message ; j'ajoutai également un sous-programme qui réduirait son contenu en charabia à la première tentative d'ouverture. Sauf par Bringen, bien sûr.

Si je recevais ensuite moi aussi une version de ce charabia, j'aurais la confirmation, si nécessaire, que ni Gibb ni Lastogne n'étaient dignes de confiance.

J'avais encore du pain sur la planche, mais tout à coup, une nouvelle vague d'épuisement m'emporta.

Le choc en retour qui s'abat inéluctablement sur l'organisme dans les deux jours d'un réveil d'intersom n'est pas une partie de plaisir. Il m'est déjà arrivé de me présenter pour une mission en pétant le feu, et de piquer du nez au beau milieu d'une conversation peu après. Les suppléments que je prenais, pas tous autorisés par le Corps diplomatique, m'épargnaient le pire, mais tôt ou tard, la fatigue me rattrapait. Si j'ajoutais l'impact de l'environnement particulier sur Un Un Un, j'avais vraiment trop repoussé l'échéance.

Et la fatigue rend carrément stupide.

Sinon, comment expliquer que je ne m'alarme pas davantage en voyant le tissu de mon hamac m'apparaître tour à tour net ou flou ? Cet effet me rappela les taches grises qu'il m'arrivait de voir dans une lumière intense. Elles sont presque impossibles à discerner, mais elles ressemblent à de toutes petites lueurs translucides, qui s'évanouissent peu à peu en direction d'un point de fuite au loin. Pendant quelques années à l'adolescence, j'ai cru à un symptôme de cette folie qui s'était emparée de moi sur Bocai. Quand j'en avais enfin parlé à un médecin, il avait ri et tenu à me rassurer : ce n'était que le signe d'une banale fatigue visuelle. Ça concernait tous les humains, pas seulement les criminels de guerre.

C'est exaspérant, parce qu'il est vain de fixer son attention sur elles : plus on se concentre, plus elles apparaissent comme des taches indistinctes défiant la capacité de l'œil à les percevoir.

Elles grouillaient sur le tissu du hamac éclairé par le bord luisant de l'armature circulaire, visibles une seconde, invisibles la suivante. Comme hypnotisée par ce ballet, je me laissai aller, uniquement consciente de ce que je voyais devant moi. Le brouillard envahissait peu à peu mon esprit.

Le sommeil me gagnait. Mes paupières s'alourdissaient, mes membres s'engourdissaient. Ma bouche s'entrouvrit et ma mâchoire inférieure frôla ma poitrine. Je me réveillai avec un sursaut d'angoisse, comme j'en ai parfois ; mais je me ressaisis, esquissai un sourire et presque immédiatement, je me détendis à nouveau.

Je pense que je me sentais en paix.

Après tout, un hamac est un lit presque parfait. Il permet au corps d'adopter la position qu'il juge la plus confortable. La souplesse du tissu donne cette impression de nid douillet. Quelqu'un qui a peur du vide aura peut-être des difficultés à se décontracter, se sachant suspendu à tant de kilomètres de la surface solide la plus proche. Mais dès que la fatigue prend le dessus, c'est l'instinct le plus simple qui parle. L'oubli m'appela comme il ne le faisait jamais en intersom, et rarement dans mon lit.

Sentant une brise légère sur ma peau, je m'agitai, soudain inquiète. Mais comme rien de terrible ne se produisit, je me rendormis.

Et mes rêves ne furent pas trop horribles.

J'étais une petite fille de trois ou quatre ans, qui jouait avec sa maman et son papa. Pour une fois, mes souvenirs d'eux ne concernaient pas la tragédie de Bocai. Assis autour d'une table, ils riaient à une plaisanterie que j'étais trop jeune pour comprendre. Mon père semblait heureux, ma mère carrément joyeuse. Pour la première fois depuis de nombreuses années, je me rappelai qu'elle avait été un peu plus grande que lui. Il n'était pourtant pas un homme de petite taille, mais quand ils se trouvaient face à face, elle devait incliner la tête de quelques centimètres pour croiser son regard. Sa peau hâlée par une vie de travail au soleil ressemblait à un cuir fin. Un réseau étoilé de rides entourait ses yeux. Elle avait toujours été avare de ses sourires, sauf quand je disais ou faisais quelque chose d'en avance sur mon âge.

En général, quand il m'arrivait de songer à mes parents, je n'éprouvais la plupart du temps que mépris pour les deux utopistes imprudents dont l'expérience m'avait condamnée à ployer le restant de mes jours sous le poids d'une culpabilité insupportable. Je ne pensais presque jamais à eux en tant que maman et papa ; cette nouveauté me réchauffa le cœur un moment, tandis que je poussais un gémissement vaguement inquiet à cause d'une certaine perte de tension dans le tissu qui me berçait.

Mes rêves changèrent de thème, de cadre, devinrent même érotiques. C'était encore plus rare, dans la mesure où j'avais mis une croix sur cette partie de ma vie après les abus subis en détention. Pour la première fois depuis une éternité, j'imaginai qu'on me touchait, sans réaction de répugnance ou de ressentiment. Des mains surgies d'un brouillard impénétrable se mirent à me caresser le visage, les cuisses, les seins. J'ignorais si elles appartenaient à quelqu'un de précis. Je savais juste qu'elles ne me feraient aucun mal, et je sentis monter en moi une chaleur qui m'enveloppa, balayant toutes les barricades dressées sur son passage. Même dans le flou de mon rêve, j'éprouvai une certaine tristesse à la pensée de ne pas pouvoir contempler les traits de l'amant anonyme qui offrait tant de plaisir à un monstre comme moi. J'avais toujours été persuadée qu'une telle personne ne pouvait pas exister. Mais ce regret s'effaça à son tour, quand je sentis soudain tout ce qui me retenait lâcher d'un seul coup.

J'eus l'impression de voler.

La voix sévère d'un homme que je méprisais tonna dans mon oreille :

Andrea ! Réveillez-vous, si vous tenez à la vie !

Je refusai d'obéir, songeai simplement : *Bringen ? Qu'est-ce que Bringen fiche ici ? Il ne quitte jamais son bureau de La Nouvelle-Londres où il arrache les ailes de mouches de différentes espèces à longueur de journée. Il se moque bien de ce qui peut m'arriver. Je pourrais m'agiter dans le vide avec trente secondes d'oxygène qu'il ne lèverait pas le petit doigt pour appuyer sur le bouton du sas. Alors, je le vois mal traverser la moitié de l'espace habité pour me retrouver dans ce monde à l'envers ; non, il ne ferait pas ça...*

J'ignore combien de directions ont prises mes pensées après ça, mais bientôt, l'expression *monde à l'envers* résonna avec assez de force pour me rappeler où je me trouvais. Sur Un Un Un, un endroit où il arrivait qu'on tombe de haut.

Je me réveillai à temps pour m'apercevoir que mes jambes se balançaient librement au-dessus d'un ciel brièvement éclairé par la foudre, loin en contrebas. Quelque chose d'autre, une forme imprécise et vaste, disparaissait hors de vue à grands battements d'ailes, impossible à identifier, alors que les ténèbres l'avalaient.

Puis je commençai à tomber.

13

Abîme

Le câble qui me sécurisait à l'armature du hamac me stoppa net, juste avant que j'en arrive à la conclusion que j'étais morte.

Il se tendit au bas de ma colonne vertébrale, me coupant le souffle, tandis que mon torse et mes membres supérieurs semblaient décidés à tomber. Paniquée, je m'arc-boutai et me débattis en grognant, tournoyant comme un jouet au bout de son fil. En état de choc, je faillis perdre connaissance.

Je compris immédiatement qu'on tentait de me tuer.

J'aimerais pouvoir dire que ma rage me suffit à tenir la terreur à distance.

Mais ce serait mentir.

Je crois avoir vomi, avant de penser à crier.

Je n'ai aucune certitude, parce que je ne me souviens de rien. Et si je sentis la bile dans ma gorge, je ne trouvai rien, aucune trace nulle part. Le contenu de mon estomac était peut-être déjà en route vers la basse atmosphère d'Un Un Un. J'eus un haut-le-cœur, m'aperçus que je tournais sur moi-même ; à ce moment-là seulement, je voulus hurler, mais ma voix refusa de m'obéir.

Loin en contrebas, un orage grondait au milieu des nuages. Une formation s'embrasa, éclairant par l'arrière la silhouette d'un autre dragon en vol. Au bord de l'hystérie, je me fis la réflexion qu'une telle créature ne méritait pas des ailes si délicates. Puis, avec l'énergie du désespoir, je tournai la tête pour voir ce qui restait de solide au-dessus de moi.

Pas grand-chose.

L'armature circulaire du hamac était intacte, et la plupart des ballots suspendus aux crochets n'avaient pas bougé ; certains, contenant des indices que je n'avais pas encore pris la peine d'examiner, avaient fait le grand plongeon. Mon propre sac, avec tous mes trésors personnels, était toujours là. Tout ce qui se trouvait sous l'armature avait disparu, et (maintenant que je regardais) au-dessus aussi, pour l'essentiel. De petites taches noires couvraient la partie supérieure du hamac.

Elles me firent penser à une pomme infestée de vers, bien que je n'en mange pas.

Je recouvrai enfin ma voix.

« AU SECOURS ! AIDEZ-MOI ! »

Silence.

Pas la moindre réaction.

Je hurlai encore, cette fois en appelant les gens par leur nom. Lastogne ; pas de réponse. Oscin et Skye ; pas de réponse. Oskar Levine, au motif que les exclus sont censés se serrer les coudes ; pas de réponse. Personne. Je n'entendais que ma respiration irrégulière et le vent qui fouettait les lambeaux de toile.

Je me mis à tous les insulter.

Rien.

Peut-être étais-je la seule survivante…

Si toutes les tentes avaient subi la même avarie que la mienne, tout le monde était déjà mort ou c'était tout comme.

Les IAs-source avaient-elles voulu prouver qu'elles ne bluffaient pas et qu'elles pouvaient réellement éliminer tous les humains présents sur Un Un Un ?

Devais-je me contorsionner pour me libérer et rejoindre les autres ?

Je me mordis la lèvre de colère. *Non, bon sang. Sers-toi de ta tête.* De la lumière continuait de filtrer à travers les lambeaux de toile, probablement en provenance de la superstructure de Hamac-Ville. Son intensité ne semblait pas avoir varié, ce qui suggérait que les filets et les ponts de corde étaient intacts. Je devais croire que le camp lui-même n'avait pas bougé, pour la simple et bonne raison que l'assassin de Warmuth et Santiago s'était contenté, jusqu'à présent, de ne faire qu'une victime à la fois.

Si on ne m'entendait pas, il y avait forcément une autre explication.

Tendant l'oreille, je perçus un léger sifflement, et pas uniquement dû au vent.

Le salaud. Ou la salope. Peu importe.

Un brouilleur isolait la totalité du hamac, me mettant hors de portée de voix d'éventuels sauveteurs.

J'aurais pu m'époumoner longtemps sans obtenir le moindre résultat.

Ce qui ne m'empêcha pas d'essayer au cours des quelques secondes qui suivirent.

Plus tard, à bout de souffle, un nouveau coup d'œil au-dessus de moi me confirma que les trous dans la toile s'élargissaient. J'en conçus assez de colère pour agir.

Mais sans brûler les étapes.

Ma vie ne tenait littéralement qu'à un fil. Non sans mal, j'attrapai la corde derrière mon dos, alors que je continuais d'osciller et de tourner sous l'effet de ma chute initiale. Fine mais solide, sa texture me permit de la saisir fermement. J'aurais pu rêver mieux, mais je n'étais pas en position de faire la difficile. Je tirai et, avec un effort considérable, je réussis à soulever mon corps de quelques centimètres, avant que l'épuisement me fasse lâcher et retomber.

Pas de problème. J'avais appris ce que je voulais savoir.

Tendant les deux mains derrière mon dos, je saisis à nouveau l'attache de sécurité, mais en plaçant ma main préférée, la droite, en haut. Je m'en sortis un peu mieux ainsi, mais sans parvenir à maintenir la prise bien longtemps.

J'aurais eu nettement moins de mal face à la corde. Déjà, je n'aurais pas eu à me soucier du sang qui me montait à la tête. Mais ça n'avait pas besoin d'être facile. Que ce soit possible me suffisait.

Je n'avais qu'à lâcher de la main gauche, puis avancer mes doigts de quelques centimètres jusqu'à une nouvelle prise, juste au-dessus de la droite.

Ma main refusa d'abord de bouger. Je dus lui crier d'arrêter d'être aussi foutrement inutile pour qu'elle se décide à m'obéir.

Elle s'éleva vainement de quelques centimètres. Au prix d'une tension horrible dans les bras et le bas du dos, je parvins enfin à introduire un peu de mou dans la corde.

Les nuages de la basse atmosphère d'Un Un Un m'interpellèrent. *C'est ridicule, Andrea. Pourquoi ne pas lâcher et nous rejoindre ? Après tout, rien ne te retient dans cette vie.*

Ma minuscule ascension avait exigé de moi plus que je n'avais à offrir. Rester dans cette position était juste au-dessus de mes forces. L'un des singes de Gibb y serait peut-être parvenu, mais je n'étais pas bâtie comme eux. Je n'avais ni leur expérience ni leur musculature dans la partie supérieure du corps.

Pour avoir une chance de m'en sortir, je devais trouver un moyen de me retourner, face à la corde.

Dès que j'eus gagné quelques centimètres, elle commença à s'enrouler contre ma taille. Des taches noires se mirent à grouiller à la périphérie de ma vision. Je sifflai à travers mes dents serrées et sus, avec une certitude comme j'en ai peu connu, que je n'aurais droit qu'à une tentative.

Continuant à tenir bon avec la main gauche, je lâchai prise avec la droite et me laissai rouler sur moi-même. Mettant tout mon poids dans ce mouvement, j'épuisai mes dernières réserves d'énergie, et même davantage, pour fouetter l'air avec mon bras droit.

Je ne sais pas ce que j'aurais fait si j'avais manqué ma cible. La corde aurait interrompu ma chute, mais j'aurais été de retour à la case départ, trop vidée pour une nouvelle tentative, ma vie ne tenant toujours qu'à un fil, plus inaccessible que jamais.

Mais ma main droite trouva la corde.

Je haletai, alors que ma prise résistait péniblement au mouvement de balancier. Je soufflai encore quand, au moment de me redresser, l'attache à présent enroulée devant moi me fouetta le visage, brûlant la peau de ma joue.

Mais lorsqu'il s'immobilisa enfin, mon corps ne formait plus un V inversé, plié à la taille et coincé avec vue sur les nuages. Maintenant, je leur tournais le dos, et j'avais les yeux rivés sur les vestiges de mon hamac. Au cours des longues minutes écoulées depuis mon dernier examen, la toile de la partie supérieure avait subi de nouvelles détériorations. De grands trous béants avaient fait leur apparition, entourés d'ouvertures plus petites. À présent, je pouvais distinguer des membrures qui descendaient du haut du hamac ; telle une paire d'arches emboîtées, elles maintenaient l'armature centrale du même matériau en quatre points.

Tout ce qui pouvait m'offrir une prise était une bonne nouvelle.

Il ne me restait plus qu'à grimper, m'accrocher par les jambes à l'armature, et poursuivre tant bien que mal mon ascension.

J'allais en baver, mais le plus dur était fait, pensai-je.

Je me trompais.

Le temps que j'enfourche l'armature circulaire, pleine de gratitude au contact d'un appui aussi solide, l'air autour de moi se moucheta de flocons.

Ce n'était pas de la neige, mais un phénomène différent, qui ressemblait à de la cendre et tombait autour de moi en fines rafales, captives des vents d'altitude. Je n'aurais pas distingué ces minuscules grains sombres sans les lumières de Hamac-Ville, qui filtraient à travers les lambeaux au-dessus de moi.

Leur nature ne m'apparut qu'au moment d'en recueillir un sur le dos de ma main. Le carré irrégulier, de la moitié de la taille de l'ongle de mon auriculaire, frappait par la neutralité de sa texture et sa légèreté. Si je n'avais pas fait attention, je ne l'aurais probablement même pas remarqué. J'en avais sans doute déjà un peu partout sur la peau et dans les cheveux. Celui-là semblait fumant, bien que je ne perçoive aucune différence de température avec l'air ambiant. Sous mes yeux, un trou se forma en son centre, et ses contours rectilignes se dentelèrent, alors qu'il retournait peu à peu au néant.

C'était un morceau de mon hamac.

Le processus de dissolution de la moitié inférieure se poursuivait avec autant d'énergie dans les parties supérieures.

À côté de moi, des lambeaux de toile ondulaient dans le vent. Je serrai les cuisses autour de la fine armature et tendis la main gauche vers le tissu.

Son contact me parut plus doux, pelucheux. À mesure qu'il se décomposait, sa surface se sillonnait et se piquetait. Ces imperfections n'étaient peut-être pas visibles à l'œil nu, mais elles modifiaient sa texture, je le sentais au bout de mes doigts.

Les membrures ne semblaient pas affectées, pour l'instant, mais ça ne durerait peut-être pas.

Je me remis à hurler :

« HÉ ! AU SECOURS ! JE SUIS LÀ ! »

Je tendis l'oreille.

Rien.

Et pas moyen de savoir si j'étais toujours dans le champ du brouilleur, ou si le reste de la population de Hamac-Ville était déjà mort. Dans un cas comme dans l'autre, mes possibilités demeuraient limitées.

Je devais retourner sur la terre ferme.

Malheureusement, je me trouvais à l'opposé du pont le plus proche. Pour l'atteindre, je devrais me servir de l'armature comme d'une corde raide. Je ne pouvais ni l'enfourcher ni jouer les funambules, pas avec des lambeaux de toile intacte qui claquaient au vent et me gêneraient dans ma tentative. Je n'étais même pas certaine de posséder encore assez de détermination nécessaire pour bouger. La pensée de tout ce vide en dessous me donnait envie de fermer les yeux ou de me figer.

Seule solution : avancer.

Mais d'abord, récupérer mon sac. Je l'avais accroché, avant de m'attacher, et je n'avais pas l'intention de l'abandonner.

Tendant la main dans sa direction, je l'attrapai par la bandoulière que je glissai par-dessus ma tête.

Ensuite, je le décrochai.

Soudain, je pris peur, consciente qu'il était à présent aussi vulnérable que moi... et susceptible de me déséquilibrer et de me faire basculer de mille façons.

Je ne laissai pas ce genre de considérations me pousser à m'en débarrasser.

De nouvelles rafales de fausse neige tourbillonnèrent autour de ma tête, cascade de minuscules lambeaux de toile dégringolant dans le vide.

Au-dessus de moi, la tente s'était suffisamment détériorée pour révéler les Frondaisons. Trois

Brachiens étaient suspendus là, bien visibles, leurs dos larges et hirsutes tournés vers moi. L'un d'eux portait un petit, qui mesurait un dixième de la taille de sa mère et se cramponnait à elle avec une détermination farouche.

J'envisageai de trouver un moyen d'attirer leur attention, peut-être de leur demander de l'aide, mais je me ravisai en comprenant que l'un d'entre eux était peut-être à l'origine de ma situation. Et même dans le cas contraire, qu'auraient-ils pu faire concrètement ? Les Brachiens n'étaient pas exactement les créatures les plus lestes que je connaissais.

À moi de me débrouiller.

Une nouvelle rafale de flocons de toile.

Puis, quelque part sur ma droite, quelqu'un dit :

« Pourquoi ne pas lâcher prise ? »

La voix arriva directement dans ma tête. Très claire, ce qui suggérait une certaine proximité.

Elle n'était ni masculine ni féminine ; ni jeune ni vieille ; ni raisonnable ni démente : juste plate, posée, passe-partout, vidée de tout caractère. Seuls les mots eux-mêmes respiraient la malveillance.

« Avouez : vous avez déjà songé à en finir, poursuivit-elle. C'est presque une obsession chez vous, et pour information, votre employeur en a conscience. Des documents du Corps diplomatique auxquels vous n'avez pas accès vous décrivent comme une personnalité suicidaire, vous auriez même tendance à envisager systématiquement cette solution dès qu'un problème sérieux se présente. Ensuite, votre intelligence prend le dessus et vous trouvez mieux. D'après leurs analyses, c'est précisément cette tension permanente entre désir d'autodestruction et instinct de conservation qui serait à l'origine de votre réussite professionnelle. »

J'ignorais qui me provoquait ainsi. Rien dans cette voix ne trahissait son identité. En revanche, son arrogance m'était familière. C'était l'ordure qui m'avait envoyé ces messages de menaces. Si elle avait aussi commis les meurtres de Warmuth et Santiago, je n'avais probablement plus que quelques minutes à vivre.

Bien. C'était déjà mieux que quelques secondes. À moi d'encourager cette enflure pour qu'elle continue à parler.

« C'est... c'est bon à savoir.

— Votre état émotionnel fait l'objet d'un suivi régulier, pour s'assurer que votre côté autodestructeur ne prendra pas le dessus. Le Corps diplomatique protège son investissement, en quelque sorte. Aimeriez-vous connaître vos stats actuelles, maître ? Si vous le souhaitez, je peux vous montrer un camembert représentant la valeur que vous accordez à votre propre existence. »

M'aidant de la membrure verticale la plus proche, je tentai de me mettre debout. Au bout de dix secondes d'un véritable enfer, je réussis à me lever sans me tuer. Je ne me redressai pas complètement, car le vent gonflait encore des pans de toile juste au-dessus de ma tête. Un seul coup au visage aurait suffi pour m'envoyer visiter la basse atmosphère ; non, merci. Mais je parvins à m'accroupir de manière précaire, les genoux fléchis et les pieds en équilibre.

Mon cursus n'avait pas inclus de formation de funambule. Et dans le cas contraire, elle n'aurait probablement pas abordé les difficultés propres à une courbe, qui implique d'infimes modifications de trajectoire à chaque pas. Pour qui lutte contre le vertige, la ligne droite est cent fois préférable.

Mais pour l'heure, seule me préoccupait la distance qui me séparait du support vertical suivant, un objectif pas trop éloigné. Assez proche en tout cas pour espérer maintenir à la fois vitesse et précision.

Figée, tremblante, je répétai mes mouvements pour la millième fois en l'espace d'une seconde.

J'allais enfin me lancer quand le Provocateur reprit la parole.

« Votre employeur a même prévu un plan d'urgence. Ça devrait vous plaire, Andrea, c'est plutôt malin. Vos compétences vous ont évité de subir le sort réservé au reste des survivants de Bocai. Mais ne vous y trompez pas, vous n'êtes qu'un outil. Tant que vous lui serez utile, le Corps diplomatique ne vous lâchera pas. Mais ils ont conscience que ça ne durera peut-être pas, que vous pouvez leur faire faux bond de mille façons. Plusieurs scénarios circulent déjà, pour le jour où vous deviendrez un boulet. Ce sera l'occasion de tirer profit de votre personnalité, de vous pousser à retourner cette fameuse colère qui vous ronge contre vous. À la seconde où vous commettrez l'irréparable, ils grinceront des dents et se tordront les mains de désespoir, ils ne tariront pas d'éloges pour la fonctionnaire exemplaire, malgré des débuts si difficiles. Ils se sentiront peut-être même un peu coupables. Mais ils ne vous pleureront pas. Parce que personne ne pleure un monstre, Andrea. »

J'étais à genoux, serrant contre moi la membrure verticale que je m'étais promis d'atteindre.

« Personne… ne le leur demande. »

Les vingt pas ne m'avaient pris que quelques secondes. Je restai paralysée et muette toute une minute après ce moment de terreur pure, le temps de me remettre. Le froid avait creusé un trou dans mon ventre, tandis que mon cœur battait la chamade, apparemment décidé à s'arracher à la prison de ma poitrine.

« Ce n'est pas tout », continua le Provocateur.

Je me relevai, me tins en équilibre sur la dernière section de l'armature, tentant en vain de ne pas chanceler, alors que je m'efforçais de trouver en moi le cran nécessaire pour me précipiter vers la sécurité.

« Je devrais tout vous dire, parce que je sais comment vous fonctionnez. Si vous avez survécu aussi longtemps, c'est que vous refusez de mourir tant qu'il restera quelque chose à découvrir. Vous ne partirez pas sans connaître les visages de vos Démons invisibles. »

Juje ! Est-ce que tout le monde est au courant ici ?

Non. Oublie ça. C'est juste une tentative pour t'ébranler, te distraire. Concentre-toi sur ta trajectoire. N'attends pas un moment idéal qui ne viendra pas. Plus tu restes là pour te donner du courage, plus tes chances s'amenuisent. Vas-y maintenant.

Mes bras refusaient de lâcher prise.

« Mais si je vous dis tout, vous n'aurez plus aucune raison de continuer à vivre. Alors, Andrea ? Voulez-vous savoir, au risque de vous fournir une excuse pour sauter ? »

Trouvant tant bien que mal mon équilibre, je me lançai sur l'ultime quart de section de l'armature centrale.

Après cinq pas, je compris que ça tournerait mal. Je penchais déjà trop vers la gauche. Portée par mon élan, ma course se transforma en chute au ralenti.

Se posant à un angle oblique, mon pied droit se déroba et me livra aux caprices de la pesanteur ; je battis des bras, et l'espace d'un instant, parvins à éviter de basculer. Pendant cette seconde, je pivotai presque à cent quatre-vingts degrés et aperçus deux silhouettes familières sauter du pont de corde que je n'atteindrais désormais jamais.

Les Porrinyard.

Leur geste me mit en colère. Étaient-ils si pressés de mourir ? C'était *mon* tour.

Puis je tombai ; ces dernières minutes n'avaient servi qu'à retarder l'inévitable. J'étais fichue ; cette voix stupide et haineuse avait eu raison : je ne voulais pas disparaître avec tant de questions sans réponses.

Je ne perdis jamais connaissance. Si j'avais poursuivi ma chute, j'aurais gardé les yeux grands ouverts et terrifiés, gravant dans ma mémoire chaque millimètre de cet interminable et inexorable plongeon vers la dissolution au sein des tempêtes. Mais je ne vis jamais l'arc décrit par l'autre corps, tombant à ma rencontre.

14

Retrait

Après avoir presque dû me porter jusqu'à la tente publique où j'avais mené l'essentiel des interrogatoires de la journée, les Porrinyard m'appliquèrent un narcopatch. Sans vraiment atténuer les effets résiduels de la terreur, le sédatif les enveloppa de fleurs douces et parfumées. Puis ils restèrent à mes côtés en attendant Gibb et Lastogne.

Lastogne arriva quelques minutes plus tard, marquant un temps d'arrêt devant le rabat pour refouler le petit groupe d'engagés qui tentait d'entrer en même temps que lui. Je reconnus certaines des voix qui le bombardaient de questions. Est-ce que j'allais bien ? Que s'était-il passé ? Tout danger était-il écarté ? Il leur répondit de se calmer et de faire place. Ils obéirent aux deux injonctions en protestant mollement. Il avait beau me taper sur le système, je devais admettre qu'il savait imposer son autorité.

Alors qu'il refermait le rabat derrière lui, je vis qu'il avait enfilé une combinaison une-pièce de couleur grise qui couvrait tout, à part les mains et les pieds. Ses yeux gonflés de sommeil et un cercle de peau nue et pâle à l'emplacement de sa ROM prosthétique me confirmèrent qu'il avait accouru. Il se laissa glisser sur la toile jusqu'à nous.

« Elle va bien ? demanda-t-il à Oscin.

— Posez-lui la question. »

Il ne parvint pas complètement à dissimuler sa surprise.

« Excusez-moi, maître, mais vous m'aviez l'air catatonique...

— Je suis sous le choc ; c'est loin d'être la même chose. »

Il eut une moue à la fois agacée et admirative.

« Mea culpa. Que savons-nous à ce stade ? »

Je résistai à la tentation d'un commentaire narquois sur son emploi de la première personne du pluriel.

« Un dissolvant non identifié a réduit mon hamac en confettis.

— À quelle vitesse ?

— En quelques minutes. »

Les Porrinyard qui m'encadraient se rapprochèrent légèrement de part et d'autre.

« Elle a bien failli ne pas s'en sortir.

— Je ne m'en suis pas sortie du tout, rectifiai-je. C'est vous qui m'avez tirée de là. »

Cet aperçu du saut depuis le pont de corde n'avait marqué que le premier acte d'un numéro de trapèze d'une complexité insensée, conçu et exécuté par le duo, à la seconde où il avait compris que j'allais tomber. Pendu au pont par les genoux et les chevilles, Oscin avait fermement maintenu Skye pour lui permettre de m'attraper sous les aisselles lors de son mouvement ascendant.

Une coordination parfaite, instantanée, et grandement facilitée par leurs capacités. En revanche, ne pas nous lâcher, moi et mon sac, pendant mes dix secondes de panique totale et convulsive s'était révélé autrement plus difficile.

Ils avaient failli me perdre.

Pire, du moins de leur point de vue : Oscin avait failli perdre Skye.

Je m'étais tellement débattue qu'il avait lâché une de ses chevilles. Mon sort s'était décidé en moins d'une seconde.

Je tentai d'imaginer la chute de Skye. Son effet sur Oscin. Il aurait éprouvé chacune de ses sensations, pendant sa longue dégringolade à travers les nuages ; elle aurait également ressenti toutes ses émotions à lui, resté loin au-dessus d'elle, en sécurité. Ils auraient continué de tout partager, alors qu'une de leurs moitiés mourait. Impossible de se détourner.

Oscin aurait vécu l'agonie de Skye dans les moindres détails.

Pourtant, ils ne m'avaient pas lâchée. Et, comme bien des choses en ce moment, je n'étais pas sûre de savoir quoi en penser. Lastogne se frotta la mâchoire d'un air à la fois sombre et amusé, reconnaissant la gravité de la situation tout en la minimisant par sa dérision.

« Bravo, dit-il aux Porrinyard. J'en toucherai deux mots à Gibb, pour qu'il vous octroie une prime.

— C'est inutile, Peyrin. Je ne l'ai pas fait pour ça.

— Tant pis. Vous n'aurez pas voix au chapitre. »

Puis il s'adressa à moi.

« À vous maintenant, maître. Vous avez conscience des implications de ce que vous venez de me décrire, n'est-ce pas ? »

Je n'avais pas envie de réfléchir.

« Différents scénarios pourraient coller. Un agent chimique entre les mains d'un humain agissant seul…

— Mais vous n'y croyez pas.

— Non, effectivement. En supposant qu'on parvienne à introduire une importante quantité d'une substance dangereuse à bord de la station et à l'appliquer sans attirer l'attention, l'enquête post mortem identifierait probablement les traces sur l'armature du hamac. Notre coupable ne me paraît pas du genre à laisser une empreinte aussi évidente.

— Tout de même, nous vérifierons.

— Bien sûr, ne serait-ce que pour écarter cette hypothèse.

— Oui. Alors, vos soupçons se portent plutôt sur l'usage de… »

Je prononçai le mot accablant sans inflexion.

« Nanotechnologie. »

Lastogne lança un regard à Oscin, ignorant ostensiblement Skye.

« Vous avez assisté à la scène ?

— Aux dernières secondes, répondirent les Porrinyard.

— Et vous confirmez ?

— Oui. »

Personne n'ajouta quoi que ce soit ; inutile d'enfoncer une porte ouverte. Les restrictions qui s'appliquaient à la mission excluaient en particulier l'accès à des microdissolvants. À l'intérieur de l'habitat, seules les IAs-source pouvaient disposer de ce genre de technologie. Cet incident les accusait de manière encore plus flagrante que le meurtre de Santiago, sans mentionner mon Provocateur invisible que je préférais passer sous silence pour le moment.

Des voix s'élevèrent à l'entrée du hamac, et le rabat s'écarta de nouveau. Gibb entra, en nage et essoufflé, vêtu d'un gilet ouvert et d'un slip gris argent assez serré pour exposer ses bijoux de famille avec un luxe de détails. J'aurais aimé croire qu'il se reposait quand on l'avait prévenu et s'était précipité à mon chevet, sans prendre le temps de se changer pour enfiler une tenue moins grotesque. Mais on était à Hamac-Ville, et c'était Gibb. À son tour, il se laissa glisser sur la toile pour rejoindre notre petit groupe et commit immédiatement la même erreur que Lastogne.

« Elle va bien ?

— L'accident n'a pas provoqué de lésions cérébrales, vous savez ? » l'informai-je.

Il tourna la tête dans ma direction de manière si soudaine que j'imaginai entendre claquer des fils invisibles.

« Alors ? s'enquit-il, masquant mal la réticence que je lui inspirais. Je vous écoute.

— La version courte ? demandai-je. Nouvel acte de sabotage ; auteur toujours non identifié, de plus en plus imprévisible et audacieux, au mépris de votre autorité. Vous ne possédez pas les ressources nécessaires à la protection de votre équipe, et tout porte à croire que la menace ne fera que s'accroître avec le temps. À ce stade, Hamac-Ville est devenue un lieu dangereux et s'y maintenir coûte que coûte complique inutilement mon enquête. Seul un imbécile plus soucieux de son amour-propre que de sécurité s'obstinerait. Je n'approuve pas votre style de commandement, monsieur Gibb, mais vous n'êtes pas la personne que je viens de décrire. Vous savez comme moi ce qui vous reste à faire. »

L'expression de Gibb m'était familière, celle de quelqu'un mourant d'envie de me frapper. Plus elle se prolongeait, moins je risquais un passage à l'acte. Gibb la conserva près d'une minute.

« Vous comprenez ce que signifie une telle mesure pour quelqu'un dans ma position ? »

J'en avais conscience. Plus tard, si le Corps diplomatique estimait que ce retrait aurait pu être évité, il entacherait durablement ses états de service et mettrait en péril la suite de sa carrière. Je ne pus que répliquer :

« Combien de personnes êtes-vous prêt à sacrifier pour garder votre réputation intacte ? »

De nouveau, silence. Puis ses poumons semblèrent se vider de tout l'air qu'ils contenaient, et lui de sa colère par la même occasion. J'avais devant moi un homme résigné, vaincu et prématurément vieilli.

« Peyrin ?

— Oui, monsieur.

— Allez faire l'appel. Assurez-vous que nous n'avons perdu personne pendant que nous veillions sur Me Cort.

— Et ?

— Dites-leur de préparer leurs affaires, juste l'essentiel. Nous partons. »

La flotte de glisseurs de Hamac-Ville ne suffit pas pour évacuer tout le monde. Mais une fois contactées, les IAs-source fournirent gracieusement un complément de dix véhicules. Cette soudaine abondance, à bord d'une station qui n'avait pas été conçue pour une occupation humaine, semblait confirmer, si besoin était, qu'elles cherchaient à se débarrasser de nous depuis le début. Gibb ne fut pas le seul à maugréer quelques commentaires furieux à ce propos, tandis que nous laissions derrière nous son village de tentes déserté.

Parmi les autres passagers, j'ignore combien envisagèrent la possibilité que ces beaux oiseaux luisants aux ordres des IAs-source nous jettent tout simplement dans le vide ; pour ma part, je n'eus pas à forcer mon imagination pour me graver cette image macabre dans le crâne, au point d'hésiter à embarquer. Lastogne et les Porrinyard m'attendaient déjà à bord, en compagnie d'une inconnue aux cheveux violets avec des yeux comme des soucoupes que je n'avais pas encore interrogée. Comme foutre le camp était mon idée, je m'installai à côté des Porrinyard et me poussai pour faire de la place aux deux derniers passagers, un jeune homme et Oskar Levine, qui s'inquiéta de ma santé avant de s'asseoir.

Alors que nous démarrions, le glisseur s'adressa à moi.

<> *Andrea Cort.* <>

« Oui ? »

<> *Vous ne me reconnaissez pas. Je ne vous en veux pas, mais je suis le glisseur avec qui vous avez échangé lors de votre arrivée. Je m'inquiétais pour vous, et c'est toujours le cas. Votre séjour a-t-il été aussi pénible que ce départ en masse si soudain le suggère ?* <>

Je regardai les Porrinyard qui, pour une fois, réagirent individuellement : Oscin eut un sourire encourageant, Skye un petit haussement d'épaules charmant. Levine, assis derrière eux, se contenta de secouer la tête. Personne d'autre ne sembla vouloir émettre de commentaire.

Autant jouer le jeu.

« Vous ne connaissez pas la réponse ? »

<> *Nous avons mille façons de préserver l'individualité de nos composantes. L'une d'elles consiste à ne donner que des perspectives limitées à certaines d'entre nous. En d'autres termes, peut-être plus parlants pour vous : on ne me dit jamais rien.* <>

« Je me sens moins seul tout à coup », marmonna Levine.

Lastogne renchérit en murmurant qu'il rencontrait enfin un programme IA-source avec lequel il pensait pouvoir s'entendre.

Bien que les soleils ne soient pas encore allumés, les lumières qui équipaient le glisseur pour le confort de ses occupants organiques éclairaient les Frondaisons à quelques mètres au-dessus de nous. Notre lenteur nous offrait donc une vue imprenable sur les Brachiens que nous croisions. À l'œil nu, la plupart semblaient complètement immobiles, seul un examen attentif permettait de s'apercevoir qu'ils se déplaçaient. J'ignore s'ils nous remarquèrent ou pas ; à la réflexion, je décidai que je préférais que non. À l'instar de nombre d'espèces prétechnologiques, celle-ci avait très bien vécu avant de nous rencontrer.

Après notre départ, ils nous oublieraient en une génération. Peut-être moins. Après tout, nous étions des « fantômes ». Certains d'entre nous plus que d'autres.

Le glisseur persista dans ses efforts de prévenance.

<> *Puis-je vous être utile d'une manière ou d'une autre, Andrea Cort ?* <>

« Adresser un message aux entités qui sont aux manettes, c'est faisable ? »

<> *Bien sûr.* <>

« Parfait. Alors, dites-leur que je souhaite m'entretenir avec elles, le plus tôt possible. Et tant que vous y êtes, ajoutez qu'elles peuvent se dispenser de leurs petits jeux à la con. »

Si vaste soit-il, au point d'écraser par ses dimensions le vaisseau du Corps diplomatique, le hangar ne résista pas à cet afflux d'activité humaine frénétique. Dans une sorte de soudaine effervescence, les évacués investirent les lieux ; à l'aide de chariots magnétiques, ils organisèrent le transfert des réserves de la mission vers une aire de stockage de fortune située entre la cloison et le vaisseau. Robin Fish et Nils D'Onofrio s'occupèrent de gonfler une batterie d'abris-cube en urgence, le long de la cloison opposée. D'Onofrio travaillait deux fois plus vite que Fish, avec une rapidité et une assurance prouvant qu'il ne demandait pas mieux que de se mettre au boulot. Fish se contentait apparemment de se traîner d'un endroit à un autre, déployant le minimum d'efforts pour un résultat proportionnel. Ce n'était pas de la paresse, je crois ; elle semblait juste ne pas mesurer le passage du temps au même rythme que nous ; elle se serait bien entendue avec les Brachiens. Je m'interrogeai de nouveau sur la nature des produits qui pouvaient circuler dans ses veines, avec le peu de sang qui y restait.

À en juger par leur démarche chancelante, certains engagés n'avaient pas foulé la terre ferme depuis longtemps. D'autres affichaient l'expression abasourdie, incrédule, commune à tous les réfugiés. D'autres encore adoptaient une attitude provocante, voire amusée. Je vis des larmes, des étreintes, des échanges de plaisanteries, quelques baisers volés, et deux ou trois bousculades sans gravité. Quand Cif Negelein se mit à déambuler discrètement parmi cet attroupement, ses mains voltigeant telles des colombes, je crus d'abord qu'il avait craqué. Puis je repérai la lueur dans ses yeux et compris qu'il esquissait virtuellement la scène, représentant l'insoutenable à travers le filtre de son art bien aimé.

Au bout de quelques minutes de ce chaos, Gibb réclama l'attention de tous, son filet de voix se perdant dans la cacophonie, avant que Lastogne y mette bon ordre.

« Silence, vous tous ! Écoutez ! »

Tout le monde se tut.

Gibb tressaillit, décocha un regard à Lastogne et s'éclaircit la voix, espérant sans doute faire croire que son enrouement expliquait à lui seul sa difficulté à se faire entendre.

« Merci. Je veux simplement vous dire qu'en ce qui me concerne, ce... retrait... n'est que provisoire. Nous ne quittons pas Un Un Un définitivement, nous n'abandonnons pas notre mission. À bord des glisseurs, nous poursuivrons nos observations dans l'habitat ; avec un peu de chance, nous pourrons même regagner Hamac-Ville à la fin de cette enquête. »

Il se lécha les lèvres, mais comme il ne trouvait rien à dire de plus, il me regarda.

« Maître ? Avez-vous quelque chose à ajouter ? »

Je secouai la tête.

« Non, vous avez fait le tour. »

Mon incapacité à fournir une conclusion plus solennelle sembla le désarçonner.

« Euh... eh bien... d'accord. Au boulot, tout le monde. »

La seule réaction notable fut le retour progressif du bruit à son volume sonore précédent.

Planté au cœur de ce brouhaha, Gibb affichait l'expression d'un homme persuadé d'avoir foiré le rendez-vous le plus important de sa vie.

Oskar Levine, avec les bras chargés de matériel que je ne reconnus pas, s'arrêta à côté de moi.

« Pas très stimulant, notre patron, hein ? »

Je me surpris à chercher quelque chose à faire de mes mains.

« C'est peut-être son plus gros avantage en ce moment. »

Il haussa un sourcil.

« Honnêtement, je suis curieux d'entendre votre explication.

— Un meneur aurait tenté de jouer sur leurs émotions en prononçant un discours enflammé, débordant de courage et d'assurance, qui leur aurait donné envie de le suivre jusqu'au bout du monde. Sauf qu'il n'aurait rien eu de plus à proposer : ni plan ni stratégie de repli, pas la moindre petite idée. Il les aurait excités, en pure perte. Tandis qu'en traitant la situation comme une gêne passagère, une décision administrative à laquelle nous sommes tous bien obligés de nous plier, Gibb accomplit quelque chose de plus.

— À savoir ? »

Je croisai son regard.

« Il rend la crise ennuyeuse.

— Et c'est positif ?

— Ça l'est, si grâce à ça, ils ont hâte de passer à la suite, quelle qu'elle soit. »

Levine coinça ses paquets sous un bras pour pouvoir se gratter la tête.

« J'aime votre façon de penser, maître. »

J'aperçus Skye, sur le seuil du vaisseau. Elle s'était changée et portait une combinaison intégrale, trop grande pour elle. Son visage rougi et ses cheveux en brosse luisaient de transpiration.

Prenant congé de Levine, j'évitai trois ou quatre collisions avec des engagés qui s'affairaient, et me précipitai vers elle.

« Qu'est-ce qui ne va pas ? »

Elle s'essuya le front avec le dos d'une main.

« À part ce qu'on savait déjà ?

— De préférence.

— Certaines des cryptes intersom ont besoin d'un bon nettoyage. Rien de bien méchant, mais j'en ai repéré une à l'arrière, qui n'a pas été vidangée depuis le voyage aller. »

Je me rappelai Gibb me disant que la salle de réveil du vaisseau ne pouvait accueillir que quatre dormeurs.

« Je croyais que D'Onofrio et les autres étaient censés s'en occuper.

— Oui, mais là, il reste du gel séché un peu partout. »

Je révisai mon appréciation flatteuse du professionnalisme de D'Onofrio.

« Ça va poser un problème ?

— Seulement s'il faut repartir dans l'urgence. »

J'avais fait les comptes. L'effectif actuel comprenait le premier contingent débarqué de ce vaisseau, plus une quantité non négligeable de nouveaux venus, ajoutés au gré des ravitaillements. Le total dépassait la capacité disponible d'une vingtaine de places. En cas d'évacuation, quelques-uns pourraient se serrer à bord de mon propre transport, mais pas tous, malheureusement.

Cela dit, si on en arrivait là, ce serait la confirmation que les IAs-source voulaient nous faire la peau.

Dans ce cas, je voyais mal ce qui empêcherait ces fumiers à l'âme binaire de nous réduire à une pluie de débris spatiaux.

Inutile donc de s'étendre sur la question.

« Où est votre moitié ?

— En route vers Hamac-Ville, pour récupérer du matériel. Si d'autres tentes doivent s'effondrer, autant éviter qu'une part importante de nos réserves les suive vers la basse atmosphère. Mais, vous savez, tant que je suis là, Oscin y est aussi. Vous avez besoin de quelque chose ?

— Quelques minutes de votre temps.

— Chouette. »

Elle passa ses doigts tachés de bleu dans ses cheveux dressés et inclina la tête en direction de l'intérieur du vaisseau.

Je lui emboîtai le pas dans un couloir étroit, avant d'atteindre un poste de commande circulaire avec deux écrans de contrôle. De là, on accédait à quatre cabines individuelles, offrant juste assez d'espace pour un lit de camp, des toilettes à ultrasons et des étagères. Toutes étaient ouvertes, mais une seule semblait occupée, avec une couverture pliée sur le lit. Son hôte avait trouvé malin d'afficher un graffiti holo sur le mur : perdue PERDUE PERDUE SUR UN UN UN. Je pris la liberté d'inspecter un sac d'affaires personnelles; un badge nominatif m'apprit qu'il appartenait à Robin Fish.

Les installations pour le moins exiguës des passagers qui ne voyageaient pas en intersom expliquaient en grande partie pourquoi les acrophobes préféraient dresser des abris-cube dans la relative immensité du hangar. À l'intérieur du vaisseau, l'impression d'emprisonnement aurait été bien trop forte.

Une écoutille à l'arrière du poste de commande révéla le mur vert d'un autre couloir étroit, qui devait mener à la soute, aux systèmes de bord, à la douche à eau mentionnée par Lastogne et aux cryptes des dormeurs. Mais réveillé ou pas, ce n'était pas le grand luxe. Cela dit, le confort n'aidait pas à avancer plus vite. Comme j'avais eu l'occasion de m'en apercevoir une ou deux fois dans ma vie, il présentait un inconvénient majeur pour moi : je devais supporter les gens qui disposaient de moyens suffisants pour voyager dans ces conditions.

Nous nous assîmes dans les fauteuils pivotants. Skye posa son bras gauche sur le terminal, inclinant la tête pour caler sa tempe contre son index. Son sourire sage était naturel, mais il m'exaspérait.

« Je vous écoute, dit-elle.

— Je veux parler de ce que vous avez fait. »

Elle agita légèrement sa main libre.

« Inutile.

— Au contraire.

— Euh. Ce n'est pas pour me remercier, si je comprends bien ?

— Non. J'y viendrai, tôt ou tard, j'espère. Mais pour le moment, je ne peux pas me le permettre. Trop d'inconnues subsistent. »

Son petit sourire ne bougea pas. Mais elle décolla la tête de son index et baissa cette main-là sur ces genoux, où elle rejoignit l'autre dans une pose affectée qui ne lui ressemblait pas.

« Vous ne faites que votre travail, maître. C'est normal. Qu'avez-vous besoin de savoir ?

— À part vous deux, personne ne m'a vue. Comment l'expliquez-vous ?

— À part *moi*, me corrigea-t-elle, mais sans s'impatienter de mon obstination à ne pas retenir ce point pourtant essentiel. Il faisait noir.

— Pas tant que ça. Hamac-Ville est éclairée la nuit.

— C'est vrai. Mais après l'extinction des soleils, tout le monde rentre. On ne traîne pas beaucoup dehors. Les gens ont tendance à rester chez eux, seuls ou avec des amis. La circulation entre les tentes diminue considérablement. »

Je songeai au terme employé par les Brachiens pour qualifier les humains.

« Une ville fantôme. »

L'allusion l'amusa.

« Pas tout à fait, mais presque. »

Je souris à mon tour, malgré la gravité de la situation.

« Ce qui ne vous a pas empêchés d'arriver à temps », poursuivis-je en retrouvant mon sérieux.

À présent, son expression n'était plus seulement insolente, mais carrément complice.

« Vous devriez vous en réjouir. Le regrettez-vous ?

— Non. Mais j'ai besoin d'écarter l'hypothèse d'un incident monté de toutes pièces pour me pousser à vous accorder ma confiance. »

Son sourire ne vacilla pas, mais l'espace d'un instant il parut distant.

« Oscin a bien failli nous lâcher, vous et moi. Il s'en est fallu de peu. Ça ne vous aura pas échappé, je suppose ?

— J'ai aussi noté l'aisance avec laquelle vous m'avez d'abord rattrapée.

— Oh, ça n'a pas été sans mal, je vous assure, maître. Au moment où je me suis lancée, je n'étais déjà plus certaine de vous intercepter à temps. Dans ce genre de situation, l'absence d'expérience complique immanquablement les choses. Personne ne réagit de la même manière : il y a ceux qui s'agrippent à vous, au lieu de se détendre ; ceux qui se figent ou s'évanouissent ; ou pire : ceux qui, plutôt que de vous laisser les aider, décident de se servir de vous comme d'une échelle. Si la situation n'avait pas exigé une intervention immédiate, j'aurais préféré vous recommander de tenir bon, en attendant que je cherche du secours. Ç'aurait été beaucoup plus facile pour moi, et plus sûr pour vous. Mais comme je suis arrivée à la dernière seconde, j'ai dû prendre le risque que votre réaction nous condamne, vous et moi, par manque de temps. C'était ça ou vous perdre. Et même maintenant, avec le recul, je pense que nos chances de succès étaient peut-être d'une sur trois. »

J'ignore ce qui m'affligea le plus : que son estimation soit si basse, ou si haute.

« Ce qui, encore une fois, est plutôt commode. Pour qui aime les sauvetages spectaculaires. »

Elle gloussa.

« Je les préfère ennuyeux. C'est moins de stress. »

Quelque chose ne collait pas. Mes questions ne semblaient pas la déconcerter du tout. Elles auraient au moins dû l'exaspérer.

« On m'a déjà sortie de situations dangereuses. Je suis consciente que de telles opérations reposent souvent sur une part d'improvisation, sur l'inspiration du moment. Mais en considérant ce qui a failli m'arriver à la lumière de ce qui s'est produit avec Warmuth et Santiago, je ne peux m'empêcher de noter un certain goût pour le spectaculaire. Et la façon dont vous avez exécuté mon sauvetage correspond assez bien à ce type de scénario. Alors, pour que j'y croie, il m'en faut plus. Commencez donc par m'expliquer la raison de votre présence à proximité de mon hamac, à une heure où le reste du camp dormait déjà ou presque. »

Ses lèvres se retroussèrent davantage, gommant son petit sourire impénétrable pour un autre, plus large, rempli d'un charme moqueur.

« Alléluia ! Enfin les bonnes questions ! »

J'attendis qu'elle entre dans les détails, mais rien à faire : elle allait m'obliger à lui tirer les vers du nez.

« Que faisiez-vous là ?

— Je venais vous rendre une visite surprise.

— Pourquoi ?

— J'espérais une invitation, mais elle tardait. »

Elle m'avait répondu posément, d'une voix claire, sans une once de contrariété ou de sarcasme dans le ton.

Mener une enquête comme celle-ci m'aurait été bien plus facile si j'avais possédé une sorte de sixième sens pour distinguer le vrai du faux. Ce n'est pas le cas. En revanche, je m'y entends plutôt bien à réunir des faits concordants, ce qui est heureux parce qu'en général, écouter ne suffit pas. Je me surpris donc à comparer la façon dont Skye me regardait avec celle dont Oscin l'avait fait hier.

J'y reconnus une chose que j'avais évitée toute ma vie, qui m'avait toujours mise mal à l'aise. Mais j'avais déjà vu cette expression, alors je savais.

Je dis quelque chose d'idiot.

« Moi et… vous deux ? »

Skye venait à peine de me reprendre sur ce point, deux minutes plus tôt. Mais elle m'accorda ce nouvel écart.

« Je ne suis pas deux. »

Ça n'avait toujours aucun sens. Après tout, c'était de moi qu'il s'agissait, quelqu'un d'éminemment peu sympathique, j'étais bien placée pour le savoir. Je me sentis encore plus déconcertée, quand je m'aperçus que les Porrinyard m'avaient traitée ainsi depuis notre rencontre.

Mais pour une fois, je n'eus pas besoin de corroboration pour être convaincue qu'on me disait la vérité.

Eh bien.

Voilà qui était intéressant.

J'aurais aimé pouvoir me dire le contraire, mais à quoi bon me mentir ?

J'avais déjà remarqué leur beauté.

Faisant pivoter mon fauteuil, je m'écartai de la console et me levai ; je tirai sur un pli dans ma combinaison, et restai là, les bras ballants, me sentant stupide. Skye n'avait pas bougé, toujours aussi calme, son sourire confiant ne vacillant pas d'un millimètre.

Faute de mieux, je lui dis :

« Merci de m'avoir sauvé la vie.

— On s'arrangera plus tard. »

Je la gratifiai d'un sourire gêné et m'éloignai à la hâte. À ma sortie du vaisseau, j'arrivai à temps pour voir deux mains solidement serrées autour du cou de Gibb.

15

Arrestations

J'entendis d'abord la dispute.

Deux voix en colère, un homme et une femme, cherchant moins à se convaincre qu'à se faire taire mutuellement. Plus que des cris : des hurlements inintelligibles, des mots réduits à des éclats de rage concentrée.

Le volume sonore ne me permit pas de les identifier. Mais en parcourant du regard le hangar en quête de la source de ce tapage, je reconnus certains des témoins. Oskar Levine jura d'un air dégoûté, tandis que Cif Negelein lâchait quelque chose d'incompréhensible ; Robin Fish supplia quelqu'un d'intervenir.

Enfin, je repérai un attroupement et perçus le bruit caractéristique d'une paume claquant contre une joue.

Deux formes enchevêtrées percutèrent violemment les spectateurs, telle une boule de bowling dans un alignement de quilles. Quelques-uns eurent le temps de reculer en trébuchant, d'autres tombèrent à genoux, mais les deux qui encaissèrent l'essentiel de l'impact s'écroulèrent lourdement.

Je me mis à courir, alors que les deux adversaires rejoignaient les deux malchanceux déjà à terre.

Li-Tsan Crin avait pris le dessus, hurlant sa haine et crachant sa bile, les genoux enfoncés dans l'abdomen de Stuart Gibb. Les mains autour de son cou, elle écrasait de ses pouces le point vulnérable séparant la pomme d'Adam et la trachée. Gibb lui avait saisi les poignets, pour l'obliger à lâcher. Son absence de résultat l'avait poussé à lui planter ses ongles dans les tendons, son instinct lui soufflant qu'il avait peut-être une chance de la faire renoncer à le tuer si l'entreprise s'avérait trop douloureuse.

Sans m'attendre, Negelein et Lassiter empoignèrent tous deux Li-Tsan par son bras gauche, tandis que deux de leurs collègues s'occupaient du droit. Leurs efforts combinés ne parvinrent qu'à soulever Li-Tsan et Gibb, fusionnés en une même boule de haine. L'ensemble se révéla trop lourd, et Li-Tsan en profita, plaquant de nouveau la tête de Gibb contre le sol.

Rejoignant Negelein, Lassiter et ceux qui continuaient de tenir Li-Tsan par les bras, deux engagés se mirent à quatre pattes pour faire levier sur ses pouces.

« Ne m'oblige pas à les casser, Li ! » hurla une femme.

Li-Tsan cria quelque chose d'incohérent ; je ne reconnus que le mot « salaud ».

Le craquement de l'os rivalisa avec les exclamations écœurées de la foule pour le titre de bruit le plus affreux de l'année.

Les deux engagés qui avaient cassé les pouces de Li-Tsan joignirent leurs efforts aux autres pour l'éloigner de Gibb. Elle les traita de tous les noms et jeta ce qui lui restait de forces dans un dernier coup des deux jambes, un défi à la pesanteur qui ne rencontra que le vide.

Gibb, toujours cramoisi bien qu'on lui ait lâché la trachée, repoussa une femme accourue à son aide et se leva, les dents roses et les lèvres luisantes de sang.

« Je vais te faire la peau ! » lui hurla Li-Tsan, sa fureur submergeant le petit groupe qui tentait de la maîtriser.

Une engagée au crâne rasé qui voulut lui tenir les jambes récolta un joli bleu à la mâchoire pour sa peine. Deux autres volontaires approchèrent en se baissant et se cramponnèrent à ses jambes, pesant de tout leur poids.

Ils durent s'y mettre à huit : trois pour chaque bras, et deux collés à ses jambes, tels des koalas à leurs troncs. Même au comble de la fureur, Li-Tsan n'était pas de taille. Mais elle n'avait pas renoncé ; bien que réduite à l'impuissance, elle continuait de se débattre, ses muscles ondulaient sous sa peau, exigeant de ceux qui la retenaient une attention de tous les instants. Alors qu'une demi-douzaine de voix s'élevaient pour lui faire entendre raison, elle invectivait Gibb. Elle avait d'ailleurs abandonné les épithètes en mercantile, relativement ternes, au profit d'images plus saisissantes en grechilissh.

Je ne connais pas grand-chose de ce dialecte peu répandu, parlé par les colons d'un monde industriel sans intérêt, à moins de chercher à satisfaire un désir insatiable de suie et de soufre. Mais l'adjectif chargé d'opprobre qu'elle venait de prononcer à la perfection s'appliquait aux adeptes d'une perversion possiblement disparue, et sans doute apocryphe, qui impliquait l'ablation chirurgicale des organes visuels pour faciliter l'exploitation sexuelle des orbites vides.

Rien n'empêche de décrire la même pratique en mercantile, ou dans toute autre langue, elle restera aussi répugnante. Mais en grechilissh, le son est très proche de l'acte lui-même. Ignoble, douloureux, dégradant, et pire que tout, évocateur. Le genre de choses qu'on évite de lancer à la légère.

Gibb s'empourpra. Il se jeta sur elle.

En dépit de la provocation, rien ne justifiait ce qui suivit. Li-Tsan était immobilisée, Gibb libre d'agir, et personne ne fit d'effort particulier pour l'empêcher de lui décocher un crochet à la mâchoire. L'assistance ne s'était pas remise du premier coup, quand il enchaîna avec un direct du gauche qui lui fracassa le nez.

À ce rythme-là, il aurait pu frapper encore deux ou trois fois avant que quiconque pense à intervenir.

Sans attendre, je m'avançai et tapotai de mon index et de mon majeur la base de sa mâchoire.

Ses muscles se contractèrent, ses yeux roulèrent dans leurs orbites et il perdit le contrôle de sa vessie. Il recula en chancelant, conscient mais incapable de retrouver l'équilibre. Alors qu'il s'emmêlait les pieds et menaçait de tomber, Lastogne le rattrapa sous les bras.

Tout le monde se figea, y compris Li-Tsan, dont le visage contusionné et ensanglanté se joignit aux autres, tous fixés sur moi.

Gibb se ressaisit, il parvint à se redresser et à tenir debout sans l'aide de Lastogne.

« Bon sang, qu'est-ce que c'était ? »

Je brandis la petite capsule métallique brillante que je portais au bout des doigts, avant de la retirer et de lui faire regagner sa place contre mon col ; là, elle devint liquide et reprit l'apparence de l'insigne du Corps diplomatique.

« Un gage de sécurité », répondis-je.

Il palpa la cloque qui enflait sur son menton.

« Ce n'est pas vraiment réglementaire, maître. Avez-vous une idée du nombre de traités que vous violez en introduisant une arme interdite sur le territoire d'un gouvernement étranger ? »

Je haussai un sourcil.

« Quelques-uns – si vous parvenez à prouver que ce dispositif n'a pas d'autre usage. Tout peut se transformer en arme, monsieur Gibb. N'importe quel outil ou instrument contondant, nos bras et nos jambes aussi, à en juger par le spectacle auquel je viens d'assister. Quelle solution proposez-vous ? L'amputation ? Nous ne pouvons que promettre à nos hôtes de n'utiliser ces armes improvisées que si les circonstances l'exigent. »

La cloque de Gibb éclata. Il regarda le bout de son doigt, luisant de sang.

« C'est un argument très habile, maître. Est-il efficace pour des gens contre qui vous engagez des poursuites ?

— Non. Si je vous traîne devant un tribunal, vous avez intérêt à trouver beaucoup mieux que ça. »

Gibb perçut la menace implicite. Sa mâchoire meurtrie trembla peut-être, alors qu'il ravalait une demi-douzaine de répliques bien senties. Li-Tsan s'apaisa, elle aussi ; toujours retenue par ses collègues qui ne se fiaient pas à cette accalmie, elle avait suivi notre échange d'un œil sec, l'air à la fois lugubre et fasciné. La moitié inférieure de son visage brillait du sang coulé de son nez cassé.

Je reportai mon attention sur la silhouette qui patientait en silence derrière Gibb.

« Monsieur Lastogne ? »

Il m'adressa sa moue sardonique habituelle.

« Oui, maître ?

— Faites mettre ces deux personnes aux arrêts. Ne vous en occupez pas vous-même, j'ai à vous parler. Assurez-vous qu'on les sépare et évitez-leur tout contact avec les témoins de l'incident. Entravez-les, au besoin. Je préfère les savoir à l'isolement et aux fers plutôt que sous la garde d'individus dont ils risquent d'influencer le témoignage. »

Je faillis en rester là, quand une pensée me traversa l'esprit.

« Skye Porrinyard est toujours dans le vaisseau. Elle n'a pas pu assister à la scène. Demandez-lui de participer à la surveillance de Li-Tsan. Et qu'Oscin soit affecté à celle de Gibb, dès son retour.

— À vos ordres », répondit Lastogne.

Gibb serra les poings.

« Ce n'est vraiment pas nécessaire, maître. Je n'ai fait que réagir à une agression.

— Quelques heures à peine après une tentative d'assassinat sur ma personne, dis-je. Alors, j'ai tendance à m'intéresser à toute manifestation de violence. Simple curiosité. »

Les témoignages se recoupaient, brossant un tableau cohérent, mais pas vraiment utile.

Gibb avait supervisé le transfert, dispensant ses conseils à des professionnels qui n'avaient pas besoin de son aide pour dresser des abris-cube sur une surface plate. Li-Tsan, qui émergeait de celui où elle vivait depuis des mois, l'avait repéré et intercepté avant qu'il se mette à casser les pieds de quelqu'un d'autre. Ils avaient engagé la conversation à voix basse, mais leur langage corporel reflétait l'antipathie qu'ils se vouaient. Au bout de trente secondes à trois minutes, selon les témoignages, un plus grand nombre d'estimations penchant vers le haut de la fourchette, le ton avait monté. D'abord à l'initiative de Li-Tsan, puis Gibb avait embrayé au quart de tour, et la dispute avait dégénéré en échange d'insultes, les deux protagonistes semblant oublier le fond de l'affaire.

Personne ne paraissait avoir assisté au moment précis où les mots avaient cédé la place à la violence.

Sur les rares témoins que j'estimais crédibles, trois ou quatre attribuèrent l'origine de l'escalade à une gifle de Gibb. La quatrième, une engagée svelte aux cheveux orange nommée Hannah Godel, m'expliqua que l'angle sous lequel elle avait vu la scène ne lui permettait pas d'être formelle. Je lui demandai si elle refusait de prendre position pour une raison particulière, et elle me répondit qu'elle ne voulait pas condamner quelqu'un sans certitude.

À l'écouter, elle donnait pourtant le sentiment d'avoir une opinion bien arrêtée, mais de préférer la garder pour elle, de peur d'aggraver sa propre situation.

Lastogne prétendit lui aussi n'avoir rien vu, ce que je trouvais un peu trop commode. Mais les faits corroboraient ses dires. Plusieurs observateurs l'avaient aperçu à l'extérieur du hangar, qui participait au déchargement, au moment où la dispute avait éclaté. Il ne s'était précipité qu'en entendant le ton monter, arrivant juste à temps pour rattraper Gibb qui chancelait.

Son incapacité à témoigner de l'événement lui-même n'excusait en rien son refus à m'éclairer sur les circonstances.

« Nous en avons déjà parlé, maître. Vous connaissez l'origine de leur antipathie réciproque.

— Mais c'est la première fois qu'elle dégénère en violence, n'est-ce pas ?

— Oui, pour autant que je sache. Avec deux personnes qui parviennent difficilement à contenir leur aversion, une situation de crise peut mettre le feu aux poudres. »

Apparemment, il n'avait rien de mieux à m'offrir.

Je n'interrogeai les deux combattants qu'une fois persuadée d'avoir tiré le maximum des témoins. Je commençai par Li-Tsan, juste pour le plaisir de faire lanterner Gibb. Lastogne avait ordonné qu'on l'escorte au vaisseau, où elle m'attendait, consignée dans une des cabines, sous perfusion neurale. Un medbot IA-source pas plus gros qu'un moucheron s'agitait en bruissant entre ses mains et son visage au lieu de se concentrer sur un chantier à la fois. Le dosage de la perfusion, une mesure de routine pour soulager la douleur pendant la chirurgie, était considérablement plus élevé que l'exigeait la procédure. Une paralysie provisoire des quatre membres transformait le corps de Li-Tsan en prison, et la mettait dans une telle fureur que je craignais pour la sécurité du medbot chaque fois qu'il volait à proximité de sa bouche, pour soigner son nez. Je la soupçonnais de vouloir le pulvériser entre ses dents.

Skye Porrinyard était assise aux commandes, hors de la ligne de vue de Li-Tsan ; prenant son rôle de gardienne très au sérieux, elle me confirma que Li-Tsan n'avait rien dit d'intéressant et m'annonça qu'Oscin serait de retour d'ici à environ quarante-cinq minutes.

Après l'avoir remerciée, je lui demandai de nous laisser. Puis j'activai mon brouilleur et me tournai vers Li-Tsan.

Je n'avais nulle part où m'asseoir, à part la couchette ; comme je refusais de m'agenouiller, je restai debout dans l'écoutille et la regardai d'une certaine hauteur.

« Vous n'avez rien à me dire ? »

L'impassibilité de son expression dépassait de loin ce que sa paralysie aurait suffi à expliquer.

« Vous devriez me remercier.

— Pourquoi ?

— Vous aviez besoin d'un suspect et d'un prétexte pour que ce soit moi. Je viens de vous fournir les deux. »

Je ne me sentais pas d'humeur à défendre mon impartialité.

« Quelle charmante attention !

— Non, je l'ai fait pour moi. Je ne pouvais pas me résoudre à quitter cet endroit sans étrangler ce connard arrogant au moins une fois. »

Je haussai un sourcil.

« Vous pensez être sur le départ ?

— Comme nous tous, non ? »

Je pouvais difficilement la contredire.

« De quoi parliez-vous avec Gibb ?

— Sans surprise, du fait que je ne peux pas le voir en peinture…

— D'après certains témoins, votre dispute a duré près de trois minutes.

— Ce n'était pas aussi long.

— D'accord, coupons la poire en deux. Disons, une minute et demie. Vous lui avez dit que vous ne pouviez pas le voir en peinture, sans entrer dans les détails. Lui a fait preuve de la patience qui sied à un cadre responsable en vous répondant qu'il n'avait pas le temps pour ces bêtises. À ce moment-là, vous lui avez lancé la pire insulte de votre répertoire et il vous a giflée. Tout ça n'a pas pris plus de trente secondes. Que s'est-il passé pendant le reste de la conversation ? »

Elle grimaça.

« Quelle importance ? C'est un porc, mais ça ne vous empêchera pas de le laisser nous utiliser comme boucs émissaires; et ça ne change rien à ce que vous êtes. Je me suis renseignée sur vous, maître. Vous êtes mal placée pour donner des leçons de morale. »

Ces gens qui, face à de sérieux problèmes, ne trouvent rien de mieux à faire que de me balancer mon passé à la figure m'étonneront toujours. Qu'espèrent-ils au juste ? Me porter un coup terrible ?

« Je souris; ça ne vous aura pas échappé. Demandez-moi pourquoi. Allez-y.

— Non.

— Je souris, parce que je sais parfaitement ce que je suis, et franchement, je me moque de ce que vous pensez de moi.

— Allez vous faire foutre.

— Je souris, parce qu'en refusant de répondre honnêtement à mes questions, vous commettez une erreur, c'est même l'acte le plus stupide et le plus autodestructeur à votre portée en ce moment.

— Je vous le répète; allez vous faire foutre. De toute façon, vous avez déjà pris votre décision. »

Je n'allais pas la supplier, j'avais mieux à faire. Hochant la tête, je désactivai le brouilleur, traînai environ dix secondes sans rien faire de précis, juste pour mettre sa patience à l'épreuve; puis, à un moment soigneusement choisi, je m'arrêtai sur le seuil.

« Je ne vous aime pas. Mais j'ai un terrible défaut. Je déteste encore plus les mystères. »

Elle me laissa partir sans protester.

Personne n'avait osé soumettre Gibb aux mêmes mesures de sécurité que Li-Tsan Crin. On l'avait simplement escorté hors du hangar où il avait patiemment attendu, sous surveillance, que je me penche sur son cas.

Les deux engagés qui encadraient un Gibb furieux avaient apparemment été choisis parce qu'ils s'entendaient bien avec lui. Les trois hommes étaient assis en tailleur, le dos contre le mur légèrement luminescent. Je reconnus ses deux gardiens improvisés : Simon Wells, un blanc-bec fluet qui ne m'avait été d'aucun secours lors de notre bref entretien plus tôt dans la journée ; Chasin Burr, un type plus âgé aux bras velus et à la mine renfrognée, dont les réponses à mes questions avaient rarement dépassé deux ou trois mots. L'idée de surveiller son supérieur hiérarchique semblait mettre Wells profondément mal à l'aise. Burr, lui, ne cachait pas l'antipathie que je lui inspirais.

Je les renvoyai dans le hangar, avant d'activer le brouilleur et de baisser les yeux sur Gibb.

« Vous pouvez vous asseoir, dit-il d'une voix rendue rauque par le trauma.

— Non, merci. Après Hamac-Ville, j'apprécie de rester debout. »

Il fit mine de se redresser.

Je l'arrêtai d'un geste.

« N'essayez pas de vous lever ou j'ordonne qu'on vous entrave. »

Il se figea.

« Allons, maître. Je ne vais pas vous agresser.

— Je veux bien vous croire. Mais vos actions récentes dénotent une propension à la violence. Alors, ne bougez pas. »

Il parut sur le point de protester. Puis il grogna, reprit sa position contre le mur et me regarda avec l'abattement d'un éternel incompris.

« C'est inutile. Des dizaines de témoins ont entendu cette folle me menacer de mort.

— C'est exact. Ils vous ont aussi vu la frapper en premier. »

Son soupir suggéra une lassitude tant physique que mentale.

« Oui, je n'aurais pas dû. Mais elle était hystérique. Elle ne se maîtrisait plus. J'ai pensé qu'un petit choc suffirait à la ramener à la raison.

— Qu'est-ce qui a pu vous mettre une telle idée en tête, monsieur Gibb ? Ça vous arrive souvent de frapper les gens ? »

Il me fixa, ravala une réplique, puis détourna les yeux, secouant la tête.

« Non ? insistai-je. Juste les femmes, alors ?

— C'est vraiment répugnant, comme sous-entendu, maître.

— La scène à laquelle j'ai assisté l'était aussi, monsieur Gibb. »

Il refusa de croiser mon regard.

« Ce n'était pas la chose à faire. Mais je maintiens qu'elle était hystérique. »

Je tournai autour de lui pour l'obliger à me regarder.

« À quel propos ?

— Rien de nouveau sous le soleil. Il faut toujours qu'elle se plaigne. Cette fois, elle était persuadée que je lui ferais porter le chapeau pour cette débâcle. Je lui ai répondu que chercher des responsables ne figurait pas au rang de mes priorités, et lui ai suggéré de trouver à faire meilleur usage de son temps.

— Ce qui n'explique pas la gifle. Je suppose que les choses ont dû s'envenimer.

— Oui.

— Alors, qu'est-ce qui a provoqué la gifle ? Quelle parole malheureuse, juste avant ?

— Je ne me rappelle pas. »

Je me frottai les yeux, en proie à un soudain étourdissement qui me fit regretter ma décision de rester debout.

« Monsieur Gibb, elle vous a déjà traité d'incompétent, de tas de merde de Tchi et comparé à un pervers qui prend son pied avec des orbites vides ; c'est un fait établi. De votre côté, vous vous êtes illustré par votre capacité à frapper une prisonnière entravée. S'il y a pire, au point de vous sentir trop embarrassé pour le répéter devant moi, c'est du sérieux, pas quelque chose qui s'oublie facilement. Votre réticence ne réussit qu'à attirer mon attention. Alors, inutile de vouloir épargner mes chastes oreilles, parce que tôt ou tard, je trouverai quelqu'un qui a entendu. »

Il livra un combat perdu d'avance avec lui-même avant de capituler.

« Elle m'a traité de maquereau.

— De quoi ?

— Je vous assure. De maquereau. Vous savez ce que ça signifie, je suppose ? »

Bien sûr, je connaissais le sens donné à ce mot, mais je ne comprenais pas. Sur la plupart des mondes, le proxénétisme était le plus archaïque des crimes. Même les rares sociétés qui continuaient de criminaliser la prostitution ne manquaient pas de moyens différents qui permettaient de mettre en contact les prestataires de services sexuels et les clients potentiels. Je ne sus d'abord pas comment réagir, j'aurais sans doute dû dire ou faire quelque chose, mais je me contentai de demander :

« Pourquoi vous traiterait-elle de maquereau ?
— Ça ou autre chose... Elle me balançait juste les pires insultes qui lui passaient par la tête. Alors, pourquoi pas celle-là ?
— Sauf que c'est précisément celle-là qui vous a décidé à la gifler.
— Je l'ai giflée, répondit-il en élevant la voix, parce qu'elle était hystérique et que ma patience était à bout. Pas parce qu'elle a tiré une insulte stupide de son chapeau. »

Je m'agenouillai, croisant son regard, l'obligeant à affronter ses dérobades.

« Et moi, je ne suis pas sûre de vous croire, monsieur Gibb. Elle n'était pas la seule à hurler, votre colère contre elle n'avait rien à envier à la sienne. Vous avez perdu votre sang-froid au point de la frapper, après qu'elle a été maîtrisée et qu'elle ne représentait plus une menace. Et si je n'étais pas intervenue, vous n'auriez pas hésité à recommencer. »

Il me jaugea du regard.

« Je n'aurais pas dû, maître. Ça n'avait rien à voir avec ce qu'elle a dit, mais quand j'ai senti ses mains sur mon cou... Je suis comme la plupart des gens, je réagis quand quelqu'un tente de me tuer. Vous devriez le comprendre, vous *mieux que personne*. »

L'accent mis sur cette expression ne me plut guère. Son allusion ne concernait pas un événement survenu sur Un Un Un. J'ignorais si, à l'instar de Li-Tsan et des Porrinyard, il s'était renseigné sur moi, ou si Lastogne lui avait fait un rapport complet. Mais je me souvins des regards que m'avaient lancés Burr et Wells ; eux aussi avaient eu des échos.

Quel meilleur sujet de discussion pour un chef sur la sellette et ses gardiens que les antécédents douteux de l'interrogatrice qui tarde ?

Ma vilaine histoire aurait fait le tour du hangar au matin.

Gibb n'avait juste pas anticipé le fait que, portant ce fardeau depuis si longtemps, je m'y étais habituée.

Je me redressai, les paumes au creux des reins, et me cambrai jusqu'à entendre un craquement satisfaisant.

« Je n'en ai pas fini avec vous, monsieur Gibb. Tant que vous ne m'aurez pas apporté de réponses convaincantes, vous resterez aux arrêts. M. Lastogne sera responsable de votre détention. »

Il se mordit l'intérieur de la joue.

« Vous ne devriez pas faire ça, maître.

— Alors, donnez-moi quelque chose en échange. Je vous laisse même le choix. Dites-moi de quoi il retourne réellement avec vos acrophobes, ou révélez-moi tout ce que vous savez sur Lastogne. »

Il baissa la tête, sans capituler ni céder un pouce de terrain, se retirant simplement de la discussion.

J'attendis d'être absolument sûre qu'il n'avait rien à ajouter, avant de lui tourner le dos pour regagner le hangar. Le pont absorba le bruit de mes pas avec une douceur qu'auraient pu lui envier certains des humains qui marchaient dessus.

16

Guerre

Je ne voulais pas aller me coucher. Je ne pensais pas pouvoir me le permettre. Mais après des heures à lutter contre le choc en retour de ma sortie d'intersom, les effets du manque de sommeil commençaient à se faire sentir.

J'avais malgré tout imaginé que je resterais étendue sur le dos, les yeux rivés sur les ténèbres, tourmentée par les questions demeurées sans réponse de mon enquête. Ça n'aurait pas été la première fois. Mais je sombrai dans l'inconscience, à peine perturbée par de rares rêves éclair de ma mère humaine qui déposait un baiser sur mon front, alors que je faisais semblant de dormir dans mon lit. Ils me parurent si réels que je me réveillai, clignant des yeux à cause de la désorientation que je ressens dès que je dors dans un endroit inconnu.

Beaucoup plus tard, je me redressai.

Je m'étais octroyé l'une des quatre cabines à bord du vaisseau du Corps diplomatique; je m'y sentais plus en sécurité que dans un abri-cube, parmi mes suspects. L'ironie de partager les lieux avec l'une des deux personnes que j'avais arrêtées ne m'avait pas échappé, mais j'avais vécu pire. Après avoir fait ma toilette à l'aide de mon gant à ultrasons, j'enfilai un ensemble noir propre, pris mon petit déjeuner et me connectai au système.

La clé de tout résidait dans un phénomène auquel Lastogne avait fait allusion l'autre jour. Les engagés signent pour cinq ou dix ans, en fonction de ce qu'ils sont prêts à accepter pour s'en sortir et de la valeur que le Corps diplomatique accorde à leurs compétences. En gros, ils hypothèquent leur avenir en échange d'un billet pour quitter leur monde d'origine et d'un plan de retraite qui comprend la liberté de circuler, n'importe où et à perpétuité.

Sauf que personne ne veut attendre aussi longtemps pour décrocher le jackpot. Alors, on a organisé un système de motivation. Les meilleurs obtiennent des primes d'encouragement. Une diplomate travailleuse, avec vingt ans à son contrat, peut escompter remplir ses obligations beaucoup plus rapidement, si elle dépasse constamment les espoirs placés en elle. La plupart des gens n'y parviennent pas, parce qu'ils ne sont pas des prodiges. Certaines personnes, trop nombreuses à mon goût, se contentent de faire acte de présence, soit elles ne sont pas capables de faire mieux, soit elles ont déjà le cerveau trop embrouillé par les drogues. Mais la majorité de l'effectif apprend vite à raboter une heure par-ci, un jour par-là, et à exploiter chaque occasion d'accélérer le compte à rebours.

L'aspect le plus positif de ce système, c'est qu'il encourage les plus doués et les plus sérieux à travailler plus dur. L'inconvénient principal, c'est qu'il leur permet de quitter le service plus tôt, avec tous les avantages, tandis qu'il garantit l'emploi des balourds et des apathiques.

Une horde de fonctionnaires avec tout le talent d'un bloc de béton infeste la population de cadres moyens du Corps diplomatique. Ils ne doivent leur position actuelle qu'à leur longévité, mais n'ont rien d'autre à offrir.

Personnellement, je ne me sens pas concernée, puisque mon contrat est permanent ; je sais simplement qu'en ne donnant pas le maximum, je ne peux qu'aggraver ma situation. Mais j'ai aussi eu affaire à une quantité non négligeable de zéros qui s'accrochaient suffisamment à leur poste pour devenir numéro un. Et ça n'a rien de drôle. Mais c'est ainsi, alors inutile de perdre son temps à se lamenter.

Les engagés n'ont en général pas accès aux archives du personnel de chaque mission. Le but est d'éviter les conflits, les jalousies ou les critiques. Mais en tant que représentante du procureur général, je jouissais de ce privilège. Pour tout observateur extérieur, les critères d'attribution des primes ou des pénalités constituent un guide précieux des relations de pouvoir au sein d'une installation aussi coupée de la communauté humaine qu'Un Un Un.

J'avais déjà consulté les dossiers de Warmuth et Santiago, le premier jour. À présent, je souhaitais étudier de plus près ceux des autres personnes à qui j'avais eu affaire.

La prime la plus récente attira immédiatement mon attention. Saisie dans le système par Peyrin Lastogne, suite à l'arrestation de M. Gibb, pour une dénommée Hannah Godel. Celle-ci avait bénéficié d'une petite réduction de son contrat, une quarantaine de minutes, pour avoir contribué à maîtriser Li-Tsan pendant la dispute. Une bonne affaire, puisqu'elle n'avait absolument pas participé ; elle m'avait même soutenu n'avoir rien vu.

Une recherche hytex révéla plusieurs récompenses similaires, d'une trentaine de minutes chacune, concernant toutes des personnes qui avaient fait preuve de réserve dans leur témoignage. Ça n'avait rien d'inhabituel. L'encadrement intermédiaire de n'importe quelle organisation a coutume de favoriser les sous-fifres complaisants. Bien sûr, c'était une forme de corruption, mais somme toute mineure et probablement inévitable.

En regardant de plus près les états de service de Godel, je constatai qu'elle avait régulièrement profité de primes comparables ; pas de quoi crier au scandale, mais elle progressait tout de même vers la fin de son contrat à un rythme supérieur de sept pour cent à celui prévu par son échéancier. Sans se faire remarquer, sans éveiller particulièrement les soupçons, elle avançait gentiment vers la sortie. Peut-être aurais-je une petite discussion avec elle aujourd'hui.

Je remontai un peu plus en arrière. Même jour. Un mois accordé à Oscin et Skye Porrinyard, pour leur héroïsme qui m'avait sauvé la vie. Également autorisé par M. Lastogne, vivement recommandé par Gibb. J'étais légèrement déçue de ne valoir qu'un mois, mais je n'allais pas chipoter. Gibb ne m'aimait pas. Dans l'ensemble, les Porrinyard progressaient à un rythme de plus vingt pour cent. Un excellent score.

Les trois ou quatre noms que je vérifiai ensuite me semblèrent aussi avoir mérité leurs primes, à quelques différences près, mais rien qu'on puisse qualifier de favoritisme. Après tout, on peut faire du super-boulot pour un patron qui vous déteste, et je sais de quoi je parle. Tout comme on peut être un branleur et se faire inviter chez lui pour les fêtes. Un détail comme la sensibilité à l'humour très particulier de M. Gibb devait jouer un peu.

C'était humain, à défaut d'être juste.

Je tombai sur ma première anomalie là où je m'attendais à en trouver une : le dossier de cette pauvre Robin Fish.

Elle avait connu une progression fulgurante de trente-cinq pour cent d'avance sur son contrat la première année, un chiffre d'autant plus surprenant qu'elle avait passé une bonne partie de cette période seule dans le hangar. Sa performance exemplaire semblait n'avoir pas résisté à une deuxième année à se tourner les pouces. Cela dit, elle avait tout de même maintenu un niveau de plus neuf pour cent, ce qui restait élevé pour une engagée le plus souvent dans un état d'hébétude provoqué par l'excès de jus de manne.

Le dossier de sa compagne d'exil, Li-Tsan Crin, était encore plus étrange. Tant qu'elle travaillait, elle avait accumulé des primes qui lui permettaient d'espérer une fin par anticipation de son contrat avec un abattement de vingt pour cent sur la durée totale ; mais surtout, elle avait conservé ce rythme, une fois confinée dans le hangar, à ne rien foutre de la journée.

Le score de D'Onofrio, à peine à douze pour cent dans l'habitat, avait sombré à zéro au cours du premier mois de son exil, avant un redressement spectaculaire à vingt pour cent, jamais démenti depuis.

Bref, les trois personnes les moins utiles à la mission étaient aussi les mieux payées. Pourtant, elles réclamaient leur transfert à grands cris.

Burr et Wells m'apparaissaient comme des seconds couteaux, mais je décidai tout de même de m'intéresser à eux, sur un coup de tête. Je découvris deux engagés à mi-contrat, chacun obtenant régulièrement des primes qui leur permettaient d'espérer une fin de leur contrat avec vingt pour cent d'avance sur leur échéancier. Il n'en avait pas toujours été ainsi. Tous deux avaient été renvoyés de postes précédents pour des « problèmes de discipline ». L'un des anciens supérieurs de Burr écrivait même à son sujet : « Il n'est pas vraiment fait pour le travail en équipe, mais serait un atout dans n'importe quelle foule déchaînée. » Un autre, à propos de Wells : « A tendance à s'en prendre aux plus faibles que lui pour leur imposer sa volonté. » Wells m'avait l'air d'une petite brute, Burr encore pire. Avant son affectation sur Un Un Un, il avait accumulé les pénalités, au point de prolonger la durée initiale de son contrat de vingt pour cent. Des infractions mineures dans l'ensemble, la plupart concernant des actes d'intimidation à l'égard de collègues. Pourtant, sur Un Un Un, Burr paraissait avoir réussi à inverser le processus. Je n'avais pas aimé son petit sourire narquois et son air fourbe, quand j'étais sortie du hangar pour interroger

Gibb. Burr pensait visiblement que je passais à côté de quelque chose d'important, et ça le réjouissait.

Intéressant. Répugnant, mais intéressant.

Quittant ma couchette, je trouvai Oscin, le Porrinyard de service ce matin, les pieds sur les commandes. Il s'était changé et portait une tenue de travail plus confortable ; malgré des demi-lunes grises sous les yeux – la première manifestation de fatigue que je voyais chez lui –, il restait vigilant. Il redressa la tête au moment où l'écoutille s'ouvrait et me salua d'un petit geste de la main.

« Bonjour, maître. Comment allez-vous ce matin ? »

J'étouffai un bâillement.

« C'est déjà le matin ?

— Le début d'après-midi, à l'horloge de l'habitat. Mais vous avez eu vos huit heures de sommeil. »

Plus que d'habitude, à ma sortie d'intersom.

« Où est Li-Tsan ? »

Il me montra l'écoutille close de la cabine à côté de la mienne.

« Je lui ai apporté son déjeuner il y a peu de temps. Comme elle demandait un peu d'intimité, je l'ai enfermée, mais ne vous inquiétez pas : je surveille ses organes vitaux.

— Et votre moitié ? »

Il désigna l'une des autres portes.

« Ici. Elle dort. »

J'avais du mal à y croire.

« Vous pouvez faire ça ? Je veux dire, pas en même temps ?

— Pourquoi pas ? Les corps se fatiguent à des rythmes différents, même quand un même moteur les anime. Nous n'avons pas toujours des horaires de travail compatibles ; ici comme ailleurs, il est arrivé à mes composantes de ne pas se voir pendant des jours. Alors, je me repose quand c'est possible. »

Plus je parlais à ces gens, *à cette personne*, plus les implications de cette mise en commun totale me donnaient le tournis.

« Quel effet ça fait, quand une partie est réveillée et l'autre dort ?

— Ce n'est pas pleinement satisfaisant, malheureusement. La composante qui veille ne redevient pas un individu à part entière, mais sur le plan cognitif, la gestalt perd beaucoup. Je me sens un peu engourdi, jusqu'à ce que la moitié endormie se réveille. Et le sommeil paradoxal n'est possible qu'en mode réunion, je dois donc prévoir des périodes de sommeil simultané tôt ou tard, ou risquer de graves répercussions psychologiques. Le côté positif, c'est que j'ai pleinement conscience de mes rêves ; je peux ainsi leur donner la forme que je souhaite. Ça m'aide à garder un certain équilibre. »

Je songeai à ces nuits où j'avais revécu la terreur d'une petite fille sur Bocai.

« Jamais de cauchemars, alors ?

— Ils tentent de s'imposer parfois, mais des monstres intangibles ne peuvent pas me faire peur tant que je conserve une capacité analytique suffisante pour leur rire au nez. Il m'arrive de les laisser entrer, juste pour avoir le plaisir de les écraser comme des insectes. Pourquoi ? Vous en faites ? »

J'aurais bien voulu pouvoir effacer ce souvenir, le modifier, lui donner un dénouement heureux ou au moins compréhensible, et me réveiller moins souvent, au matin, avec des plaies rouvertes. J'aurais peut-être même pu devenir moi-même *insep*, rien que pour ça ; à condition de trouver un être humain prêt à se retrouver avec du verre pilé jusqu'aux genoux dans mes songes, bien sûr. Je chassai cette idée idiote.

« Des messages ?
— Pas mal de gens s'inquiètent de vos intentions.
— Rien de La Nouvelle-Londres ?
— Pas encore. »

Juste avant l'attentat contre moi, j'avais rédigé ce message pour tenir Bringen au courant de la situation. À présent, je me demandais si Gibb l'avait transmis. Pour autant que je sache, il avait très bien pu saboter mon hamac pour éviter d'avoir à le faire.

À moins que ce soit Lastogne. Après tout, j'en avais profité pour m'enquérir de ses antécédents.

Une fois de plus, j'eus cette sensation bizarrement frustrante de quelque chose que j'aurais dû faire normalement, maintenant. Mais c'était encore trop vague, trop furtif pour que je puisse l'analyser.

« Et les IAs-source ? Je leur ai fait savoir que je voulais m'entretenir avec elles dès que possible. »

Il secoua la tête.

« Rien. »

Dans un contexte différent, ça ne m'aurait pas surprise outre mesure. Les bureaucraties, humaines ou pas, sont lentes par nature. Malgré toutes les technologies que nous déployons pour accélérer leurs processus, elles restent sujettes à toutes les sources de retard liées à la vie organique. Les erreurs, l'indécision et la malveillance s'ajoutent à un irrépressible besoin de couvrir ses arrières en toutes circonstances et de faire passer l'urgence après la pause déjeuner. En revanche, les IAs-source avaient reçu mon message des heures plus tôt, moins d'une milliseconde après que je l'avais envoyé. Elles avaient eu le temps d'envisager tous les cas de figure et de me répondre, presque instantanément.

Je n'étais pas dupe de leurs petits jeux.

Elles me laissaient mijoter, attendant de voir comment je m'en sortais.

Mais je refusais d'être leur pion. Je n'allais pas leur donner ce plaisir.

Le glisseur entra dans l'habitat, pivota pour se conformer aux normes locales du haut et du bas, puis se mit à accélérer dans le sens de rotation de l'axe.

C'était le plus étourdissant de tous les itinéraires possibles. Un vol le long du cylindre avait au moins le mérite de transformer les Frondaisons en un plafond au sens classique du terme, avec une courbure ascendante constante à bâbord comme à tribord. Un vol contre l'axe de rotation accentuait cette courbure et donnait l'impression que le paysage au-dessus de nous tournoyait, sa végétation et ses grappes de poires manne se précipitant vers nous à une vitesse qui me fit détourner les yeux.

Aux commandes, Mo Lassiter sentit que je perdais ma bataille contre le vertige.

« Je peux voler à l'envers, si vous préférez », proposa-t-elle.

À cette idée, ma colonne vertébrale vibra de terreur, tel un instrument à cordes.

« Quoi ?

— Parfois, les passagers qui ne se sont pas encore adaptés à la géométrie locale sont plus à l'aise avec les Frondaisons là où on s'attend à trouver le sol, et la mélasse en bas en guise de ciel. Ne vous inquiétez pas. Grâce à la pesanteur du glisseur, on ne s'apercevra de rien. »

Ma fierté me poussait à refuser. Les choses qui refluaient à la base de ma gorge me persuadèrent de m'abstenir.

« Allez-y. »

Ma plus grosse erreur fut de ne pas fermer les yeux au moment du retournement. Je ne perçus aucun mouvement, mais mon sens du haut et du bas prit une bonne seconde de retard sur le glisseur. Je passai cette seconde qui me parut une éternité avec la certitude que j'allais tomber, tel un poisson hors de son bocal.

Après un battement de cœur, mes yeux s'adaptèrent à notre nouvelle orientation et l'intérieur d'Un Un Un devint presque supportable. À présent, les Frondaisons en contrebas ressemblaient à une sorte de crête, s'infléchissant lentement en direction d'un horizon flou et lointain. Par contraste, le ciel distant se transforma en un vaste plafond voûté, où bouillonnaient de sombres tempêtes. Je songeai à l'océan toxique caché derrière, imaginant ces milliards de litres de poisons suspendus, avec rien pour les retenir. J'eus de nouveau la nausée, pour une raison entièrement différente cette fois.

Un Un Un n'offrait pas un spectacle réjouissant, quel que soit l'angle de vue.

« C'est mieux ? » demanda Lassiter.

Un millier de répliques cinglantes traversèrent la partie atrophiée de mon cerveau responsable de mon autocensure.

Les autres passagers semblaient partager ma morosité. Hannah Godel, qui occupait le siège à côté du mien, s'était serrée contre la cloison opposée, comme pour m'éviter absolument. Au hangar, elle avait voulu savoir pourquoi je la choisissais pour cette expédition. Ma réponse – que ça nous donnerait l'occasion de mieux nous connaître – ne l'avait pas satisfaite. À en juger par son expression, j'aurais même dit que l'idée lui répugnait. Lassiter elle-même n'arrêtait pas de me lancer des regards interrogateurs. Et les Porrinyard, tassés derrière nous, m'adressaient des sourires dès que je me tournais vers eux. Mais leurs sourires vacillaient avec une régularité qui suggérait un dialogue interne soutenu.

Mon initiative de nommer moi-même mes guides pour la reprise de mon enquête à l'intérieur de l'habitat n'avait enchanté ni Lastogne ni Gibb. Ils affirmaient craindre pour ma sécurité, et j'étais prête à les croire. Mais une escorte choisie par leurs soins leur aurait donné tout loisir de placer des hommes ou des femmes à eux, qui les auraient tenus informés de mes avancées. Avec l'arrestation de Gibb, je préférais les laisser dans l'ignorance, et fouiner tranquillement.

Entretenir une certaine tension n'était pas pour me déplaire.

Au cours des trois heures qui suivirent, Lassiter me fit visiter l'habitat, avec une sorte d'étrange fierté, pourtant totalement injustifiée. Les humains sont comme ça, ils ne peuvent pas s'empêcher de penser qu'un endroit leur appartient, simplement parce qu'ils y vivent. À cause de leur homogénéité, je m'attendais à trouver les Frondaisons ennuyeuses, monotones. Hormis le fait que tout était à l'envers et qu'elles pouvaient vous tuer si vous lâchiez prise, elles possédaient néanmoins quelques particularités pittoresques, pour ceux que ça intéressait. À la Fontaine Houp-là-l'eau!, des trombes se déversaient du ciel dans l'abîme depuis une rupture dans les conduites d'irrigation, sur un rayon de vingt fois la taille de notre véhicule. C'était spectaculaire.

« Certains ont même envisagé de s'y doucher, expliqua Lassiter. Ce serait facile ; il suffirait de placer un glisseur sous le jet et de désactiver le bouclier ionique.

— Quel est le problème ? demandai-je. Pas assez chaud ?

— Naaan. Trop acide. Et aussi rempli de trucs prévus pour les Frondaisons et donc, les Brachs. Pas l'idéal pour se sentir plus propre après. Mais c'est quand même joli, non ? »

Je cochai une case mentale à côté de mon préjugé de longue date contre les écosystèmes, et me passai de commentaire.

Après qu'elle eut baissé le bouclier pour nous protéger les yeux, elle nous rapprocha des soleils autant qu'elle l'osait. À plusieurs kilomètres de distance, ils apparaissaient clairement comme des boules de flammes bouillonnantes, la chaleur qu'elles dégageaient agitant les tempêtes à proximité. Je n'avais jamais visité d'habitat qui exploitait des forces pareilles pour chauffer et éclairer son écosphère. J'avoue que les articulations de mes doigts blanchirent sur l'accoudoir, alors que je me demandais ce qui empêchait l'atmosphère entière de brûler. Mais Lassiter rit de mes craintes.

«Par rapport à l'espace qu'ils occupent, ils produisent à peu près la même chaleur qu'un feu classique de taille comparable. C'est sûr, selon des critères humains, c'est l'enfer, mais ne vous inquiétez pas, ils ne vont pas se mettre à tout carboniser à la ronde. Pour autant qu'on sache, leur fonction se limite essentiellement à donner à cet endroit un jour et une nuit. Vous voulez que je vous dise ce qui produit le plus gros de la chaleur sur Un Un Un ? Ses océans. Que ce soit par des forces internes que nous ne comprenons pas, ou par des réactions chimiques et la pression atmosphérique qui s'exerce là en bas, ils se maintiennent bien au-delà du point d'ébullition. Ça suffit largement à nous tenir bien chaud. Les tempêtes sont juste une gigantesque machine à redistribuer la chaleur.

— Comme tous les phénomènes climatiques, intervinrent les Porrinyard.

— En fait, oui », admit Lassiter.

Comme une casserole laissée sur le feu. Décidément, je détestais les écosystèmes. Mais je gardai mes pensées pour moi.

Puis le documentaire touristique s'interrompit, alors que nous reportions notre attention sur le phénomène que nous étions venus observer au départ.

Lassiter tapota le disque mémoire sur son front. Devant elle, l'air scintilla, avant de devenir une grille en 2D floue, où figuraient des isobares et des symboles que mes yeux lisaient comme autant de spaghettis. Son index s'enfonça à un endroit, ridant la représentation.

« J'ai pratiquement réussi à modéliser leurs migrations ; ce n'est pas bien compliqué, étant donné leur vitesse de déplacement. En ce moment devraient se dérouler quatre affrontements tribaux : un qui commence à l'instant, un qui se termine, deux qui entreront probablement dans la phase la plus intense des combats aujourd'hui. Je vous conduis au plus proche des deux derniers.

— Je ne vois pas le rapport avec tout le reste, dit Godel. Ils n'ont pas la capacité de se livrer à un sabotage qui utiliserait une technologie de pointe.

— Ils ne figurent donc pas parmi les suspects pour Santiago, reconnus-je. Ou pour moi. Mais Warmuth a été agressée avec des armes de Brachiens.

— Vous ne les avez pas encore vus se battre.

— Non, c'est vrai.

— Regardez-les, répliqua-t-elle. Ensuite, on en reparlera. »

J'eus l'impression que les Porrinyard se mettaient à rougir, à moins que le rose qui leur monte aux joues soit une illusion d'optique. Ils se tenaient la main, un geste aisément interprétable comme une marque d'affection mutuelle ; dans leur cas, c'était probablement aussi personnel que de croiser les jambes pour un individu assis.

Je me retournai vers Godel.

« Mo Lassiter ne pense pas que cette hypothèse est ridicule. »

Godel haussa les épaules.

« Mo ne croit pas que Cynthia a eu la présence d'esprit de se défendre.

— Vous si ? »

Godel se frotta l'arête du nez entre le pouce et l'index.

« Comment vous dire ça... Écoutez. Sur mon monde d'origine, les adultes se servent d'une sorte de croque-mitaine imaginaire pour effrayer les enfants pas sages. C'est un mort-vivant appelé le Maître des Ombres, un cadavre qui sort de sa tombe pour dévorer les vivants. Dans toutes les versions de cette histoire que j'ai pu entendre, il peut à peine bouger, il se traîne à deux kilomètres à l'heure en agitant les bras. Pourtant, il rattrape des gens qui pourraient facilement le distancer. »

Les Porrinyard esquissèrent un sourire.

« Un monstre comme celui-là existe aussi sur mon monde : le Roi de la Crypte. Il marche comme si chacun de ses orteils pesait cinquante kilos. Mais quand elle était petite, Skye était tout de même morte de peur.

— Pas Oscin ? demandai-je. (J'avais failli dire : *Pas vous ?*, ce qui m'aurait valu un nouveau rappel à l'ordre.)

— Non, pas Oscin, répondit Skye, seule cette fois. Il n'a jamais été du genre à se laisser effrayer par des histoires.

— Quoi qu'il en soit, reprit Godel en revenant à son sujet, les victimes de ces personnages sont paralysées par la peur, du moins dans les contes. C'est ce qui les rend si terrifiants. Plantées là, elles regardent approcher cette créature gauche aux grandes dents ; pour une raison ou pour une autre, elles ne bougent pas. Dans la réalité, quiconque laisserait un prédateur impotent à peine mobile avoir le dessus de cette manière ne mériterait pas de vivre de toute façon. Maintenant, imaginez les Brachiens dans le rôle des prédateurs, et Cynthia dans celui de l'idiote restée sans rien faire, tandis qu'ils l'agressaient toutes griffes dehors. Je vous le répète : je refuse d'y croire, tant que vous ne m'aurez pas prouvé le contraire. »

J'avais noté son emploi du prénom de Warmuth.

« Vous étiez proches toutes les deux ? »

Elle grimaça.

« Je me demandais pourquoi vous aviez insisté pour que je vous accompagne.

— Pas pour ça. Mais répondez : étiez-vous proches ?

— C'était une collègue et je m'entendais bien avec elle. Nous avions des relations courtoises ; ça n'en faisait pas une amie.

— Pourquoi ?

— Aucune raison particulière. Je l'aimais bien, mais sans plus.

— Encore une fois : pourquoi ?

— L'amitié, c'est déjà bien assez compliqué quand on n'a pas affaire à quelqu'un qui tient à devenir immédiatement votre *meilleure* amie. Mais ce n'est pas pour autant qu'elle était incompétente au point de se laisser surprendre par une créature aussi physiquement nulle qu'un Brach. Vraiment, maître. Regardez-les, et vous comprendrez. »

Le champ de bataille s'étendait sur une section des Frondaisons que rien ne distinguait de n'importe quelle autre. Sa seule particularité était la présence d'une trentaine de silhouettes presque immobiles, impliquées dans ce que leur espèce devait considérer comme un affrontement frénétique. Deux groupes s'opposaient ; on repérait aisément leur itinéraire respectif jusqu'au moment de la rencontre, grâce à la végétation déchiquetée dans leur sillage. Ils ne s'étaient pas heurtés frontalement, mais en biais ; dès que les deux tribus avaient compris qu'elles entreraient en rivalité pour cette zone du plafond de leur monde, elles avaient engagé le combat.

Les grappes de poires manne bien mûres et juteuses qui pendaient de chaque branche visible soulignaient le ridicule de ce conflit ; même obligés de modifier leur itinéraire, les Brachiens n'auraient pas manqué de nourriture. Mais c'était sans importance à leurs yeux. Les routes de leurs armées s'étaient croisées ; c'était la guerre.

J'avais moi-même une certaine expérience de la guerre. Certaines personnes semblent trouver ça glorieux ou excitant. Je n'ai jamais compris. Mais admettons. Dans ce cas, tous les conflits de l'univers ne peuvent pas être légendaires ou héroïques, il y en a naturellement certains qui sont d'un ennui mortel.

Le champ de bataille des Brachiens ressemblait à une orgie dont les participants se seraient tous endormis en pleine action. Les adversaires ne se battaient qu'à l'aide de deux de leurs membres, puisqu'ils devaient continuer de se retenir aux Frondaisons. Ceux qui leur servaient d'armes n'étaient pas beaucoup plus mobiles que les autres, tandis que les griffes creusaient des sillons au ralenti dans la chair. J'aperçus deux Brachiens qui se mordaient à pleines dents, mais aucun d'eux ne semblait mastiquer ou poursuivre le combat. Comme si le choc de la douleur mutuelle qu'ils s'infligeaient les rendait incapables de battre en retraite ou de frapper encore. J'en vis deux s'écharper avec leurs griffes-couteaux, du genre de celles utilisées contre Cynthia Warmuth. Ils saignaient déjà et se préparaient au coup suivant, mais leurs mouvements évoquaient davantage des hommes effrayés à l'idée de casser quelque chose que des soldats engagés dans une lutte à mort.

J'avais vu des puits creusés plus vite, à mains nues.

Certains des Brachiens hurlaient de douleur ou de rage. Ces cris inarticulés, du même ton que ceux de nourrissons cramponnés au dos de leurs parents, ressemblaient à des notes de violon.

« Vous voyez ? dit Godel. En supposant qu'ils avaient une raison quelconque de l'attaquer, il aurait fallu qu'elle ne se réveille pas à leur approche et se fasse surprendre ; sinon, elle aurait eu tout le loisir de se protéger.

— J'imaginais plutôt un scénario où ils commençaient par l'attacher, intervint Lassiter. Pour qu'elle ne puisse pas résister ou se débattre, pendant qu'ils prenaient tout leur temps pour lui enfoncer les griffes dans la chair.

— J'y ai songé. Mais un tel plan aurait exigé la précision d'une machine, ne serait-ce que pour la retenir simultanément par les quatre membres. Un décalage de quelques secondes entre deux Brachiens lui aurait suffi pour comprendre qu'il se passait un truc pas net. Elle se serait débattue, elle aurait crié, résisté ; elle aurait même pu envoyer un signal de détresse. Elle ne serait pas restée sans rien faire. Je ne vois pas quatre Brachiens exécuter une opération aussi parfaite au ralenti. »

J'avais supposé que le meurtre de Warmuth excluait le recours à toute technologie, en opposition totale avec celui de Santiago. Mais j'allais peut-être devoir envisager une nouvelle hypothèse, avec une implication des IAs-source. Elles étaient la précision incarnée et auraient facilement pu guider leurs créations dans une attaque coordonnée.

Seul problème : ce crime n'avait toujours aucun sens.

« Regardez par là, dit Lassiter. Ça bouge. »

L'orientation du glisseur avait conféré aux Brachiens un dynamisme trompeur. Ils ne donnaient plus l'apparence de poids morts se cramponnant aux Frondaisons, unique défense contre une chute fatale, mais de ballons apeurés à l'idée de s'envoler, emportés par le vent. Du sang semblait ainsi s'élever des blessures, en ruisseaux ou à flots, les plus grosses gouttes se divisant en pluie fine. Les deux adversaires que Lassiter avait pointés du doigt étaient déjà bien amochés, avec chacun une dizaine d'entailles sur le corps. La vie du plus petit ne tenait qu'à une branche déchiquetée à laquelle il se retenait d'un bras en triste état. Le plus costaud avait enfoncé une de ses griffes dans la seule épaule encore intacte de son ennemi et sciait très, très lentement ce qui restait des tissus liant le muscle à l'os.

Bien qu'à mes yeux humains, la scène conserve cet aspect léthargique et monotone, pour le Brachien, c'était probablement ce qui ressemblait le plus à de la précipitation.

« Le petit va tomber d'ici à quelques minutes, le pauvre », constata Lassiter.

Je songeai à vomir. La prise de conscience que notre position actuelle me renverrait le tout en pleine figure ne fit rien pour me convaincre de m'abstenir, au contraire.

« On peut le sauver ? »

Lassiter considéra les griffes et les crocs qui creusaient des sillons dans la chair.

« S'interposer entre ces deux-là ne me paraît pas judicieux.

— Après qu'il tombe, je pensais. S'approcher et lui donner une surface sur laquelle atterrir ? »

Lassiter accueillit ma suggestion avec le genre d'expression réservée aux idées délirantes.

« Je ne le conseille pas non plus, maître. Nous ne sommes pas vraiment équipés pour lui prodiguer des soins médicaux ou lui offrir un avenir. Par ailleurs, toute interférence sort du périmètre approuvé pour notre mission ici. Les IAs-source pourraient très mal le prendre.

— Oh, mince alors ! On ne voudrait surtout pas en arriver là…, ironisai-je.

— Je vous en prie, maître. Votre élan humanitaire vous honore, mais…

— Il ne s'agit pas de ça ; j'ai besoin de vérifier quelque chose. Alors, débrouillez-vous. »

Derrière moi, les Porrinyard s'éclaircirent la voix, et même les bruits émanant de leurs gorges respectives semblèrent provenir de l'espace vide entre eux.

« Maureen ? Concernant tout ce qui touche à cette enquête, Me Cort a tous pouvoirs. Faites ce qu'elle vous dit. »

La mâchoire de Lassiter se crispa.

« Si je peux me permettre : je pense tout de même que c'est un ordre stupide qui ne servira qu'à prolonger les souffrances d'une créature sentiente.

— C'est noté », dis-je.

Elle retourna de nouveau le glisseur, cette fois sans me prévenir. Les Frondaisons et le ciel reprirent leurs positions d'origine en moins de temps que mon équilibre aurait aimé le croire possible. Mon vertige l'emporta sur la partie de moi douée de raison, à l'aise avec la pesanteur interne du véhicule ; je me cramponnai à mon siège, la bouche ouverte, muette de terreur. Un moment passa. Les Frondaisons avaient retrouvé leur place légitime, celle de plafond de ce monde complètement fou ; elles pendaient de nouveau directement au-dessus de nous, dans leur étrangeté restaurée.

Seul avantage de la petite manœuvre mesquine de Lassiter : avoir remis en phase la pesanteur du glisseur avec celle de l'environnement. En bas était en bas. Je pouvais donc vomir par-dessus bord sans craindre de me baptiser avec les restes de mon petit déjeuner. Si elle avait décidé de me faire subir un tour complet, je ne pense pas que j'aurais pu me retenir.

J'acceptai la bouteille d'eau que me tendait Skye.

« Alors, comment procède-t-on ? »

Lassiter monta à environ trois mètres des Brachiens, plaçant la plateforme de chargement à l'arrière sous le combattant en mauvaise posture. Des gouttes de sang roses des plaies des deux adversaires mouchetaient déjà le plateau.

« Je vais devoir m'approcher. En chute libre, un objet de la taille et du poids d'un Brachien se transformerait rapidement en missile capable d'éliminer tout ce qui fait obstacle à sa trajectoire.

— Mais ici, nous sommes en sécurité, n'est-ce pas ? » demandai-je.

Lassiter me lança un regard.

« Dans le cas contraire, je n'aurais pas accepté d'obéir, tous pouvoirs ou pas. En moyenne, un humain pèse plus lourd qu'un Brachien ; certains, parmi les plus frimeurs d'entre nous, ont déjà sauté de plus haut. Je conseille tout de même à tout le monde de s'écarter au maximum de la plateforme. C'est une première, alors j'ignore ce qui va se passer. »

Nous nous serrâmes tous les cinq à l'avant du glisseur. Lassiter, plutôt corpulente, occupait une bonne part de l'espace ; comme elle, Godel et Oscin Porrinyard se tenaient dos aux commandes, Skye et moi accroupies à leurs pieds, nous faisant aussi petites que possible. Au-dessus de nous, le Brachien bientôt vaincu poussa un cri, d'agonie et de désespoir probablement. Dans le contexte, l'effet était d'autant plus déchirant par son impuissance à communiquer l'évidence en termes humains. Que son esprit nous soit étranger ou pas, nous savions tous ce qu'il pensait, comme n'importe quelle créature sentiente dans une situation comparable. *Ce n'est pas possible. Pas moi. Pas maintenant. Pas comme ça. Je ne veux pas mourir.*

Au-dessus de nous, les bruits assourdis semblèrent se prolonger une éternité. J'ignore totalement si, chez les Brachiens, la perception de l'écoulement du temps correspond à la lenteur de leur style de combat, mais j'espère que non. Je préfère croire qu'ils ont la sensation de se mouvoir rapidement. Sinon, celui qui était en train de mourir aurait dû ressentir chaque instant des interminables minutes entre chaque coup de griffe.

Quelle que soit mon opinion de la guerre chez les Brachiens, y compris qu'elle faisait passer celles que se livraient les humains pour une activité raisonnable, je devais reconnaître que le perdant affichait une volonté de survivre impressionnante.

Puis Lassiter dit :

« Ça y est, c'est fini. »

Je n'avais rien vu qui distingue ce moment particulier de l'attente qui l'avait précédé, mais elle avait raison. Le perdant dégringola des Frondaisons et franchit les deux mètres qui séparaient le site de son ultime combat de notre plateforme de chargement, son dos encaissant le plus gros de l'impact. Il ne se tordit pas de douleur ni ne roula sur lui-même comme nous l'avions craint, mais se contenta de rester figé, les bras toujours tendus vers le toit de son monde.

Les Porrinyard me serrèrent simultanément les épaules.

« Une seconde, maître. Laissez-moi m'assurer qu'il n'y a pas de danger. »

Ils se dirigèrent vers le fond du compartiment passager, à l'arrière, pour observer le corps. Ils se retournèrent, la mine sombre.

« Il est en vie, mais plus pour longtemps. Je pense que nous n'avons rien à craindre.

— C'est de la cruauté pure et simple, marmonna Lassiter.

— Je ne vois pas en quoi, protestèrent les Porrinyard. Il n'en a plus que pour quelques minutes. Il passera le temps qui lui reste dans la souffrance et la terreur, quoi qu'il arrive. Nous avons juste fait en sorte de le garder avec nous, plutôt que de le laisser poursuivre sa chute. »

Lassiter n'était pas convaincue.

« Si ça se trouve, c'est pire.

— Dans ce cas, on le balancera miséricordieusement par-dessus bord, dès que Me Cort aura obtenu ce dont elle a besoin. Raison de plus pour ne pas perdre de temps. Maître ? »

Je me levai dans un craquement de genoux. Soudain hésitante, je me cambrai pendant une seconde ou deux avant de rejoindre le Brachien pour ses derniers instants. Ça ne me ressemblait pas pourtant, ce n'était pas ma première mort violente.

Il était étendu sur le dos, les quatre membres écartés. Le sang rose vif qui s'accumulait sous son corps lui faisait comme un drap. De profondes balafres suintaient sur son visage ; l'une d'elles traversait un œil crevé. Celui qui avait conservé un aspect humain troublant se tourna vers moi et s'agrandit de terreur, ou simplement d'incompréhension. Sur le reste de son corps sauvagement déchiqueté, ses blessures révélaient certains organes inconnus qui répandaient différents fluides. Cet œil, voilà ce qui me perturbait; il me donnait la sensation de me comporter en criminelle. Le Brachien n'avait peut-être aucune idée de qui j'étais, mais cet œil si.

« Vous êtes un Fantôme. »

Il referma la bouche, avala, puis reprit d'une voix plus claire.

« Je n'en ai jamais vu, mais j'en ai entendu parler.

— Savez-vous où vous êtes? » demandai-je, avec l'impression d'avoir laissé tout mon souffle à La Nouvelle-Londres.

Le Brachien déglutit encore.

« Je suis parmi les morts. »

Je commençai à saisir l'animosité de Lassiter. Exiger quoi que ce soit de cette créature dans un moment pareil relevait de l'arrogance; c'était mal.

« Vous n'êtes pas mort. Vous n'en avez peut-être plus pour longtemps à vivre, mais vous respirez, vous me regardez et vous me parlez. Vous comprenez? »

Le Brachien avala de nouveau.

« Je suis un Fantôme au pays des Fantômes.

— Pourquoi? Expliquez-moi! C'est sans doute sans importance pour vous, mais un grand fléau tue et tuera encore, si vous ne répondez pas à cette question. Comment pouvez-vous être mort, si vous me parlez et si vous respirez? »

L'œil intact du Brachien roula vers le haut, permettant à son propriétaire de regarder une dernière fois le carnage qui continuait de déchirer sa tribu et sa famille. L'attendait-on, là-haut ? Laissait-il des amis ? Des enfants ? Des choses qui lui tenaient à cœur ? Des regrets ?

« La main est partie, trouva-t-il la force d'ajouter. Comment pourrais-je être en vie ? »

Après un soupir épuisé, sa paupière se baissa pour ne plus se relever.

Je tremblais ; je ne m'en aperçus qu'au moment où les Porrinyard arrivèrent derrière moi, un de chaque côté. Ils ne me touchèrent ni ne posèrent leurs mains sur mes épaules ; ils se contentèrent de faire acte de présence, s'abstenant de tout commentaire, alors que je regagnais mon siège.

Ce n'était pas la fin tragique de cette créature qui m'avait émue. En revanche, sa confusion, son aveuglement et son impuissance face à des forces qui la dépassaient me semblaient familiers. Mo Lassiter avait eu raison. Je regrettai de ne pas avoir laissé le Brachien tranquille.

« Alors, ça en valait la peine ? demanda-t-elle derrière moi. Avez-vous au moins appris quelque chose ? »

Sans quitter des yeux le cadavre du Brachien, je répondis :

« Oui. Effectivement. »

17

Descente

Ses obsèques furent bien peu de chose.

J'avais d'abord eu l'idée de simplement retourner le glisseur pour précipiter le corps dans le vide, mais c'était stupide : la pesanteur du véhicule s'exerçait également sur sa plateforme de chargement. Lassiter grimpa donc à l'arrière pour pousser le Brachien par-dessus bord. Libre de toute interférence de notre part, il se réduisit rapidement à un point noir, puis un souvenir avalé par les nuages. Lassiter nous rejoignit, sa combinaison luisante de sang rose ; son attitude envers moi s'était nettement rafraîchie, ce dont je me serais bien passée.

Personne ne prononça d'éloge funèbre. À quoi bon ? Pour dire quoi ? Qu'il avait été courageux ? Noble ? Un représentant modèle de son espèce ? Héros ou scélérat ? Nous n'en savions rien. Pour nous, il ne se distinguait que par le fait qu'il avait été en vie et qu'il était mort à présent, bien mieux là où il était qu'au cours de ces quelques brèves secondes en notre compagnie. Lassiter prononça peut-être le meilleur éloge possible, quand, essuyant le rose de ses joues, elle grommela un « merde » éloquent.

Avant de décider de la suite, j'appelai le hangar pour demander si Bringen s'était manifesté. Il avait envoyé une réponse utilisant un alphabet désordonné aléatoire généré à partir d'un mot-clé, que nous réservions aux communications ultra-secrètes. Nous ne nous en étions probablement pas servis plus d'une ou deux fois, à part en exercice. Le déchiffrage me prit à peine trente secondes de plus, mais je trouvai tout de même cette formalité horripilante. À quoi bon ? Aucun code, quel qu'il soit, ne résisterait bien longtemps aux IAs-source, si elles décidaient de lire ma correspondance. Croire le contraire relevait de l'aveuglement.

Le signal décrypté me montra Bringen, affalé derrière son bureau, dans une position qui suggérait soit une grosse déprime, soit un sacré manque de sommeil. J'optai pour la seconde hypothèse en voyant ses joues mal rasées et les épis dans ses cheveux. Le surprendre dans un mauvais jour me procura une certaine satisfaction. J'allais jusqu'à perdre quelques secondes à imaginer l'existence d'un algorithme qui calculerait pour moi le pire moment pour lui infliger mes messages urgents. Il prendrait en compte les cycles du sommeil sur différentes planètes et les distances cosmiques qui me séparaient habituellement de cet homme, pour mieux troubler ses rythmes circadiens. J'aurais été prête à payer cher pour une telle merveille.

Sauf que – petit rappel – je m'étais *méprise sur lui*.

« Andrea. Bonjour, quelle que soit l'heure où vous recevrez ce message. J'espère que votre enquête progresse. À propos de vos questions : d'abord, la requête concernant votre présence. Elle émane à la fois de l'ambassadeur Gibb et du collectif IA-source à bord de cette station. Gibb a adressé sa demande en personne, suite à une première transmission envoyée par Lastogne. J'ai consulté l'holo : il a beaucoup insisté. S'il refuse de l'admettre aujourd'hui, peut-être a-t-il changé d'avis. Les IAs-source vous ont également recommandée, affirmant qu'elles respectaient vos talents ; elles ont ajouté qu'elles savaient pouvoir compter sur vous pour, je cite, "aborder l'affaire sous un angle unique et personnel". Si elles démentent l'avoir fait, je suis aussi perplexe que vous.

» Lastogne pose un autre problème. Il figure bien dans l'effectif officiel de la mission en qualité d'adjoint de M. Gibb, mais c'est tout ce que j'ai pu trouver. Ni bio ni C.V., ou s'ils existent, je ne suis pas autorisé à les consulter. Et mes supérieurs, pas davantage. J'ai tenté d'insister, et des gens dont les noms vous seraient familiers m'ont clairement signifié de laisser tomber. »

Ses épaules s'affaissèrent.

« Je vous le dis, Andrea. La dernière fois que j'ai eu affaire à ce genre d'individu, il était intouchable, presque à l'image d'une nation souveraine. À la seule mention de son nom, toutes les portes se fermaient. Eh bien, j'ignore qui est votre Lastogne, mais avec lui, elles m'ont carrément claqué au nez. Même la Constitution ne s'applique pas ; si on vous a dissuadée de creuser dans cette direction, vous devriez peut-être écouter et ne pas faire de cet homme la priorité de votre enquête. »

Je déteste qu'on me dise où ne pas fourrer mon nez ; d'ailleurs, je n'aime pas davantage qu'on me dise quelle devrait être ou pas la priorité d'une enquête.

Bringen marqua une nouvelle hésitation.

« Il nous faut un coupable, Andrea. Ni les IAssource ni Peyrin Lastogne. Et le temps presse. Je suppose qu'on vous a présenté les déçus et les frustrés de la mission. Ne pourriez-vous… »

Je coupai le message au milieu de la phrase. Et puis quoi encore ? Il ne contenait plus rien de pertinent.

Contacter Gibb me prit une minute, mais une fois informé que mes supérieurs l'avaient cité comme requérant, il me fournit la réponse que j'avais prévue.

« C'est ridicule, maître. Avant votre arrivée, je n'avais jamais entendu parler de vous. Et si j'avais eu connaissance de vos antécédents, croyez bien que j'aurais demandé n'importe qui plutôt que vous. Vous êtes certaine de ne pas avoir mal interprété le message ?

— Pas mon genre.

— Alors, quelqu'un vous ment. »

Gibb m'avait menti sur pas mal de choses, mais dans ce cas, je n'avais aucune raison de le soupçonner. Il n'avait rien à gagner à tenter de m'induire en erreur sur ce point. Je ne voyais pas non plus ce qui aurait pu motiver Lastogne. Et parmi les humains, eux seuls jouissaient d'un accès direct aux lignes de communication. On me l'avait clairement fait comprendre, assez pour éviter de pointer un doigt accusateur sur qui que ce soit d'autre. Ce qui me laissait plusieurs possibilités, toutes aussi peu satisfaisantes. La première : Bringen avait menti pour se défausser d'une crise politiquement sensible et potentiellement dangereuse ; la deuxième : Gibb et Lastogne avaient menti pour des raisons si subtiles qu'elles me dépassaient ; la troisième : Gibb et Lastogne ne contrôlaient pas les communications autant qu'ils voulaient bien le croire.

Cette dernière possibilité m'apparaissait de loin la plus probable.

Mais à bord de cette station, elle me ramenait aux IAs-source.

Mes suspects intouchables.

Je ressentis de nouveau ce picotement familier si exaspérant, comme une impulsion refoulée. J'avais envie de faire quelque chose, mais je ne pouvais pas.

Alors que je désactivais le brouilleur, Lassiter demanda :

« Et maintenant ?
— On descend. »

Nous descendîmes. Bientôt, l'entrelacs noueux des Frondaisons perdit de la richesse en détails qu'offrait la vue de près. Il se transforma en une étendue grise indifférenciée, brillant aux quelques endroits où l'humidité concentrée sur les branches accrochait la lumière des soleils. Par comparaison, les nuages semblaient plus floconneux, plus sombres ; des volutes de brume et de gros temps s'en élevaient, tels des tentacules trop aveugles pour s'apercevoir que nous nous trouvions encore beaucoup trop loin pour nous entraîner en bas et nous dévorer. Toutes les deux ou trois secondes, un dragon surgissait de la mélasse, troublait les nuages d'un unique battement d'ailes, avant de replonger sous la surface, comme satisfait d'avoir été vu.

« On devrait s'arrêter à cette hauteur, dit Lassiter. Plus bas, le glisseur risque de rencontrer des turbulences qui l'empêcheront de remonter. »

Je m'aperçus que j'avais enfoncé mes doigts dans le siège.

« Mais pour l'instant, nous sommes en sécurité ?

— On pourrait peut-être gagner mille mètres, ou même pénétrer la couverture nuageuse. Comment savoir ? Il n'existe pas de ligne de démarcation claire. Mais plus on descend, plus le danger augmente ; à cette altitude, je me sens encore à l'aise.

— Alors, sortez de votre zone de confort. »

Elle parut dubitative, mais ordonna au glisseur de descendre.

Difficile d'estimer notre vitesse. Nous dépassâmes quelques petites volutes de vapeur de temps à autre, mais la taille des nuages en contrebas ne sembla pas croître.

Au bout d'une minute ou deux, Lassiter amorça un vol en palier stabilisé.

« Je ne suis jamais allée plus loin. »

J'avais mal aux doigts.

« D'autres si ?

— Quelques têtes brûlées sont descendues mille mètres plus bas. J'en connais même une ou deux qui ont failli ne pas remonter.

— Mais aucun accident mortel à déplorer ?

— Pas à cause de la défaillance d'un glisseur, non.
— Comment, alors ?
— J'aurais dû répondre aucun avant Santiago, en deux ans de présence sur cette station. Considérant nos conditions de travail, on a eu beaucoup de chance.
— Ou vous avez été bien encadrés. »
Les lèvres de Lassiter se serrèrent.
« Ouais, c'est vrai, M. Gibb s'y entend à faire tourner la boutique. Avec lui, personne ne prend de risques inutiles. »
Un autre compliment discrédité par le fiel. Ils semblaient abonder dans les conversations à propos de M. Gibb.
« Pouvez-vous descendre aussi bas que ces têtes brûlées ?
— Je n'ai pas signé pour ça, protesta Godel, qui se manifestait pour la première fois depuis la mort du Brachien.
— Moi non plus », renchérit Lassiter.
Je me tournai vers les Porrinyard.
« Et vous ?
— Pour une fois, répondirent-ils d'une même voix à la gaieté forcée, je suis partagé. »
Luttant contre des sensations vertigineuses en me récitant intérieurement mon mantra sur les Démons invisibles, je me cramponnai plus fort à mon siège.
« Descendez de mille mètres, dis-je.
— Rien ne justifie...
— Alors, je suis folle, la coupai-je. Je donne des ordres dangereux pour les raisons les plus saugrenues.

Néanmoins, ce sont les ordres. Faites ce que je vous dis. Descendez. »

Marmonnant des odes pleines de rancœurs aux bureaucrates qui n'ont pas la moindre idée de ce qu'ils font, Lassiter s'exécuta. Le glisseur s'abaissa. De fines volutes de vapeur nous croisèrent, tels des papillons en route vers les Frondaisons qui avaient acquis la texture indistincte d'un ciel. Une irrégularité dans la circulation atmosphérique locale secoua notre châssis. La pesanteur du glisseur nous évita de sentir les effets des turbulences, mais les deux soleils les plus proches semblèrent trembler un peu. Un voyant rouge se mit à clignoter sur le tableau de bord, comme pour bien montrer à qui s'en souciait que Lassiter avait raison et que la folle de La Nouvelle-Londres mettait tout le monde en danger.

« Personne n'est jamais allé plus bas. »

J'avais la gorge si sèche à présent que je dus me concentrer pour produire de la salive avant de parler.

« Comment on s'en sort ?

— Les systèmes de stabilisation mettent les bouchées doubles, à cause des vents qui soufflent dans le coin. On brûle à peu près quatre fois plus d'énergie, juste pour tourner au ralenti, qu'en vol près des Frondaisons. Je préférerais ne pas m'éterniser, mais on tient le choc.

— Et plus bas ? »

Lassiter fit une grimace.

« Je m'attendais à ce que vous posiez cette question.

— Alors, j'imagine que vous avez une réponse toute prête. Quelques minutes plus tôt, vous m'avez affirmé qu'en théorie, rien ne s'opposait à descendre jusqu'aux nuages. Vous avez ajouté que ça n'avait jamais été tenté. J'aimerais que vous le fassiez maintenant. C'est jouable ?

— Je ne suis pas sûre de vouloir me risquer aussi près des dragons.

— Le risque n'entre pas en considération. »

Godel donna un coup sourd contre le dossier de mon siège.

« Vous avez perdu la tête ! »

Les Porrinyard parlèrent d'une voix qui appartenait pour l'essentiel à Skye, avec juste une pointe d'âpreté masculine que j'attribuai à Oscin.

« Vous êtes sûre de ce que vous faites, maître ?

— Oui. »

Les Porrinyard ne semblèrent pas ravis.

« Très bien. »

Lassiter ne se laissa pas amadouer si facilement.

« Je refuse de tous nous tuer, maître. Je veux bien descendre, si vous pensez que c'est si important, mais avec une pause tous les cent mètres environ pour…

— Non. »

Elle s'interrompit au milieu de sa phrase.

« Comment ça, "non" ?

— J'ai besoin de vérifier quelque chose, et ce ne sera pas possible si vous insistez pour progresser à petits pas. Je veux que vous descendiez, indépendamment des conditions locales ou des signes de défaillance de notre véhicule, jusqu'à ce que je vous ordonne d'arrêter. »

Lassiter avait ouvert de grands yeux ronds.

« Alors, vous pouvez remonter chercher d'autres volontaires.

— Je ne veux pas d'autres volontaires. Je veux l'équipage que j'ai sous la main.

— Eh bien, vous m'en voyez désolée, maître, mais vous devrez vous en passer !

— Refusez-vous un ordre direct ?

— S'il m'envoie à la mort pour rien, je peux même vous dire où vous pouvez vous le fourrer !

— C'est trop risqué, maître », intervint Godel.

Je me tournai vers les Porrinyard.

« Vous êtes d'accord ? »

Ils semblèrent mal à l'aise.

« À votre demande, je me mettrai aux commandes. Si c'est important.

— Ça l'est. »

Ils regardèrent Lassiter.

« Descendez ou je prends le relais. »

Elle n'en crut pas ses oreilles.

« Vous êtes fous ! Elle n'est pas compétente pour…

— J'ai vu son dossier, répondirent les Porrinyard. Elle est compétente pour faire ce qui lui chante. Elle a ses raisons. Obéissez. »

Lassiter m'accusa d'une perversion insoupçonnée, même par les esprits les plus imaginatifs. Par comparaison, l'obscénité lancée par Li-Tsan contre Gibb paraissait soudain bien innocente. Mais elle s'exécuta, entraînant le glisseur dans une folle descente suicidaire vers les nuages, au mépris des vives protestations du tableau de bord.

La pesanteur à l'intérieur continuait de jouer son rôle. Mais la vue du monde derrière les boucliers de protection apparut de plus en plus chaotique, rendue floue par la violence du mouvement, alors que le véhicule entrait en regimbant et en multipliant les embardées dans une couche de vents furieux. Les soleils se métamorphosèrent, les sphères devinrent des rais de lumière, telles des queues de comète. La couverture nuageuse censée nous attendre dessous monta à notre rencontre, avec des allures de mer déchaînée, remplissant une seconde le ciel à notre droite, pour se transformer la suivante en rempart de forteresse directement sur notre gauche. Une fois ou deux, nous exécutâmes des tours complets sur nous-mêmes. La vue suffit à elle seule à souffler sur les braises de la révolte qui grondait dans mon estomac sensible. Je sentis le goût de la bile et la ravalai, déterminée à ne pas être la première à bord à perdre mon sang-froid.

« Vous êtes cinglée ! » s'exclama Godel.

Je ne lui répondis pas.

Peut-être avait-elle raison.

Le glisseur poursuivit sa descente.

À présent, moins de deux cents mètres semblaient nous séparer de la couverture nuageuse. D'aussi près, la vue apparaissait soudain moins paisible ; le paysage mauvais bouillonnait sous l'influence des forces en action. En contrebas, un dragon en vol, véritable léviathan à cette distance, parut mettre plusieurs minutes infernales pour passer, de la tête à la queue. Difficile toutefois d'en avoir le cœur net, dans un véhicule secoué comme le nôtre ; en effet, nous n'aperçûmes la créature géante qu'entre deux soubresauts, notre perspective oscillant violemment entre la couche de nuages, les Frondaisons et les lointains soleils brûlants. Je notai que l'animal était presque identique à ceux des mythes terrestres, avec son cou de serpent et ses ailes de chauve-souris tannées ; sa queue se terminait même par une arête osseuse en forme de pique. S'il n'avait été créé, à l'instar de tout ce qui nous entourait, je me serais dit : *Oh, arrête ton char*.

En l'occurrence, je faillis hurler : *D'accord, ça suffit, sortez-nous de là et vite !*

Nous nous enfonçâmes dans les nuages.

À présent, nous n'avions plus de vue du tout. Nous aurions dû pouvoir au moins nous réjouir de l'illusion d'un vol à nouveau sans heurts, mais même perdus dans la brume, nous étions témoins des remous et des courants provoqués par notre passage.

Les parois du glisseur vibrèrent si fort que leur contact devint douloureux. Peut-être nous restait-il quelques secondes avant que la pression et les conditions climatiques nous mettent en pièces.

J'avais commis une erreur. Le coup de bluff de trop.

Ma propre mort ne m'était rien. Je l'accueillerais avec soulagement. Mais je n'avais aucun droit d'entraîner ces gens avec moi.

Puis Godel dit :

« Nom de Dieu. »

J'ouvris les yeux, je n'avais même pas conscience de les avoir fermés.

Autour de nous, la turbulence avait cessé. De tous côtés, les nuages s'étaient retirés pour créer une sorte d'œuf, un espace de calme absolu dans une épaisse enveloppe de vapeur qui nous isolait du système dépressionnaire et de ses activités. Des ombres se dessinaient à sa surface, projections de la météo extérieure, des dragons ou de choses plus étranges. La lumière, réfractée à travers la vapeur, découpait l'obscurité autour de nous en faisceaux si cohérents qu'ils auraient pu émaner de lampes dissimulées.

Impossible de savoir où se situaient les soleils ou les Frondaisons, ni même jusqu'où nous étions descendus. La pesanteur de notre véhicule nous mettait au centre du monde, y compris de celui-là. Une seule chose était claire : nous ne bougions pas.

Un téléagent des IAs-source, un miroir fin comme une lame et large comme une bonne vieille porte, se faufila dans les nuages, tourna deux fois sur lui-même et dégringola vers nous. Alors qu'il approchait, il ajusta son image jusqu'à nous présenter entièrement, de l'avant à l'arrière, nous surprenant avec un mural de nos propres visages hébétés et terrifiés. J'aimerais pouvoir dire que le mien reflétait la satisfaction de quelqu'un qui vient de prouver qu'il a vu juste. Ce n'était pas le cas. C'était davantage celui d'une femme qui avait cru mourir et n'était pas certaine de mériter sa survie.

Le visage de Lassiter était en nage.

« Je détecte un signal entrant.

— Envoyez-le sur haut-parleur, répondis-je. Pas besoin de bouclier de confidentialité. Tout le monde a le droit d'entendre ce qu'on a à me dire. »

Lassiter s'exécuta.

<> **Andrea Cort** <>, fit une voix IA-source.

« Oui. »

<> *Nous avons attendu autant que possible. Mais sans notre intervention, vous seriez morte à présent.* <>

« Je sais. »

<> *Vous n'aviez aucune raison d'espérer un sauvetage. Vos actions des dernières minutes ont été si irresponsables que vous ne le méritiez peut-être pas. Nous devrions vous réprimander pour votre stupidité et partir, vous abandonnant, vous et vos compagnons, au sort que vous sembliez si décidée à tenter.* <>

J'avais la gorge si sèche que je ne parvins d'abord pas à répondre.

« J'ignore ce qu'il en est pour les autres, mais moi, vous n'aviez pas l'intention de me laisser mourir. »

<> *Pensez-vous être particulière ?* <>

« Oui. Je ne sais pas pourquoi, mais c'est exactement ça. Je pense que vous avez pris soin de me protéger.

<> *C'était tout de même un risque stupide. Il y a toujours des entités à bord de cette station qui souhaitent votre mort, et que nous ne contrôlons pas.* <>

« Pas comme ça. Je ne crois pas qu'elles se contenteraient d'un accident heureux. Elles veulent en faire une démonstration de force. Et je pense que vous ne le permettrez pas, pas avant de m'avoir expliqué pourquoi. »

<> *Ce n'est pas aussi simple, maître.* <>

« Au contraire. Hier soir, je vous ai dit que j'étais fatiguée de vos foutaises, et ma position n'a pas changé. Soit vous répondez de manière satisfaisante à mes questions, soit je laisse tomber cette affaire. Le Corps diplomatique renverra quelqu'un et vous pourrez recommencer la même comédie depuis le début. Mon remplaçant trouvera peut-être une solution, mais ce ne sera pas moi. Et je viens de parier les vies de cinq personnes pour découvrir ce qui vous semble plus important. »

Le silence qui suivit ne dura qu'une seconde : une éternité pour nous, et ce qui dut paraître des éons pour les IAs-source. Pendant cette seconde, mes compagnons me lancèrent le genre de regard qu'on réserve à un être humain qui, sous la peau, révèle un second visage, pas vraiment humain celui-là.

Le téléagent IA-source projeta soudain une éclatante lumière blanche.

<> *Revenez nous voir. Nous avons beaucoup de choses à nous dire.* <>

18

Renégats

Les autres parlèrent peu pendant le vol retour. Godel et Lassiter m'en voulaient encore d'avoir risqué leurs vies ; les Porrinyard respectaient mon besoin de silence.

Godel insista néanmoins pour connaître les raisons qui m'avaient poussée à la choisir pour participer à cette comédie, d'autant plus que son nom n'avait presque pas été mentionné dans mon enquête. Pourquoi elle, parmi tous les engagés que j'aurais pu décider d'emmener ?

Je la laissai mijoter. Chaque chose en son temps.

Le téléagent IA-source nous escorta tout le trajet, tel un miroir accrochant la lumière éclatante des soleils. Je me demandai ce qui se produirait si j'ordonnais à Lassiter de le distancer. Elle me jetterait probablement par-dessus bord, juste pour avoir osé émettre cette suggestion.

À notre arrivée à l'Interface, Godel et Lassiter restèrent dans le glisseur ; je repris le long couloir au sol souple, en compagnie des Porrinyard.

Godel et Lassiter ne virent donc pas les modifications significatives apportées à l'écoutille depuis ma dernière visite. À présent, une inscription en lettres gothiques décrivait un arc au-dessus de l'entrée – du kiirsch, une langue que je lisais, mais n'avais pas parlée depuis plusieurs années. *Vous qui entrez ici, abandonnez toute espérance.* En dépit de mon peu de goût pour les œuvres de fiction, la référence, extraite d'un des rares classiques que je connaissais, m'était familière. Ce clin d'œil des IAs-source m'apparaissait comme la confirmation de mon rôle prépondérant dans leurs plans, quels qu'ils soient.

Les Porrinyard ne relevèrent pas l'inscription à voix haute. La pâle lueur bleue qui émanait de l'ouverture donnait au visage et à la peau un aspect cyanosé. Mon estomac se noua à la perspective d'une nouvelle exposition à l'environnement vertigineux qui m'attendait à l'intérieur. Je retardai l'inévitable, fermant les yeux et me concentrant sur la reconquête de mon équilibre en préparation de la confrontation.

Oscin me saisit fermement le haut du bras droit, tandis que Skye positionnait sa main sur le gauche.

« Vous tanguez. »

À ma grande surprise, leur contact ne me contraria pas.

« Merci.

— Pas de quoi. Le soutien est mutuel. »

Ce n'était donc pas juste un effet de la lumière.

« Cette petite expédition a laissé des traces, pas vrai ?

— Disons simplement que, la prochaine fois que vous aurez l'idée de faire peur à tout le monde, j'aimerais être prévenu. Crises cardiaques et paraliaxe ne font pas bon ménage, et avec vous, ça devient une habitude. »

J'eus un accès de mauvaise conscience.

« Désolée.

— Ne soyez pas désolée, dirent-ils avec une logique implacable. Ne recommencez pas, c'est tout.

— Malheureusement, je ne peux rien vous promettre. Je suis presque sûre d'avoir un petit tour du même genre en réserve. Peut-être deux. »

Leur prise sur mes bras se resserra.

« Maintenant ?

— Non, pas tout de suite. Bientôt. Je vous en informerai le temps venu. »

Ils me lâchèrent, me jaugèrent du regard de manière identique, leurs yeux fixes, tandis qu'une pensée unique se propageait dans l'espace entre eux.

« Vous avez changé, maître. Je ne vous connais que depuis deux jours, mais vous êtes déjà différente de la femme que j'ai rencontrée. J'ignore si vous vous en êtes aperçue.

— J'ai conscience de quelque chose. Je le sens depuis hier. Mais je ne sais pas encore comment l'interpréter.

— Moi non plus. Je ne sais pas ce qui a changé ni comment j'ai pu si facilement le voir, alors que je ne parviens pas à comprendre ce que c'est. Mais c'est bien là. C'est, disons, une sorte d'amélioration. »

Ne trouvant rien à répondre, je me contentai de hocher la tête et me retournai pour franchir l'écoutille.

Mais ils n'allaient pas me laisser m'en tirer à si bon compte.

« Maître ? Encore une chose ? »

Je m'arrêtai.

« Quoi ?

— La conversation que nous avons eue ensemble la nuit dernière ? Après votre évacuation ? Vous avez décidé de m'accorder votre confiance, n'est-ce pas ? »

Je réfléchis.

« Oui.

— C'est pour cette raison que vous m'avez demandé de vous accompagner, avec Godel et Lassiter. Vous comptiez sur mon soutien, quoi qu'il arrive.

— Oui. Je savais que vous prendriez mon parti.

— Et vous n'êtes pas quelqu'un qui brade sa confiance.

— Non, effectivement. »

Ils hochèrent la tête.

« Alors, nous devrons reparler de tout ça, tôt ou tard.

— Bientôt », promis-je.

Puis, me glissant à l'intérieur, j'entamai ma descente dans le vide de l'Interface.

La salle n'avait que peu changé depuis la veille. Ses dimensions flirtaient toujours avec l'infini ; j'eus de nouveau l'impression de flotter dans un ciel bleu insondable dont l'atmosphère fleurait une chaleur confortable, conçue pour éveiller les sens le moins possible. Je me demandai si le thermostat aurait été réglé différemment pour un Riirgaan ou un Bursteeni, en fonction de leurs températures cutanées respectives. Ça me semblait fort probable, une confirmation supplémentaire que tout cela n'était qu'un décor de théâtre.

En revanche, ce que les IAs-source avaient à gagner d'une mise en scène aussi élaborée restait un mystère, plus irritant qu'insoluble. Je me moque que d'autres sentients me considèrent comme un monstre, mais je n'accepte pas qu'on me prenne pour un pigeon.

Quelque chose d'intangible avait pourtant changé dans l'Interface : je le sentais, mais sans parvenir à l'identifier. Une atmosphère, proche de celle qui règne dans un lieu bondé où, malgré la nervosité ambiante, on s'efforce d'afficher une certaine nonchalance. Tout le monde a connu ce genre de situation au moins une fois dans sa vie ; à moins d'être complètement abruti, on s'en aperçoit immédiatement. Les sourires crispés, les rires forcés, le malaise visible des gens qui tentent de donner le change, il n'en faut pas davantage pour comprendre. Quelque chose ne va pas, qu'on se garde de mentionner, un secret.

Ainsi, malgré la totale absence d'indices visuels, j'acquis la certitude que les IAs-source étaient en colère contre moi.

Non pas qu'elles aient l'intention de le montrer.

<> ***Contentes de vous revoir, maître.*** <>

« Arrêtez votre cirque. Vous m'avez suivie chaque seconde depuis mon entrée dans cette station. Inutile de me souhaiter la bienvenue, où que ce soit, puisque vous êtes partout ; alors, épargnez-moi vos faux-semblants. »

<> *Cette salle est tout de même notre lieu de prédilection où vous recevoir.* <>

« Vous êtes omniprésentes. Les emplacements physiques ne signifient rien pour vous. Cet endroit n'est qu'une fiction de plus dont le sens m'échappe encore. Au même titre que votre prétendue innocence. »

Une pause.

<> *Notre innocence n'est pas feinte. Nous ne sommes absolument pas responsables de l'attentat contre vous.* <>

« C'est vrai. »

Je respirai profondément, puis, d'une voix mauvaise, mis clairement l'accent sur le pronom :

« *Vous* n'y êtes pour rien. Mais *vous* n'avez pas été très bavardes non plus. *Vous* êtes loin de m'avoir tout dit. »

Les IAs-source adoptèrent un ton paternel et affectueux.

<> *Sauf votre respect, maître, votre capacité de stockage est limitée. Votre cerveau exploserait bien avant que nous vous ayons transmis ne serait-ce qu'une fraction du savoir que nous avons accumulé.* <>

Je n'ai jamais toléré la condescendance, sous quelque forme que ce soit, y compris de la part d'êtres quasi divins.

« Très drôle. Un logiciel qui prend les choses au pied de la lettre, une blague vieille comme le monde. Mais vous m'avez très bien comprise. Je n'ai fait que suivre le conseil que vous m'avez donné lors de ma dernière visite : réviser mes postulats de départ. »

<> *C'est effectivement ce que nous vous avions recommandé. Mais nous avons tout de même besoin de plus de détails, dans la mesure où vos erreurs s'élèvent à plus d'une.* <>

« J'admets avoir fait preuve d'une bêtise coupable. Je sais bien que vous n'êtes pas une entité unique. Mais j'ai oublié votre don pour la précision; quand vous m'avez affirmé, je cite, "*Nous n'avons assassiné ni Christina Santiago ni Cynthia Warmuth*", j'ai traité ce "nous" comme une référence à la totalité de l'activité IA-source à bord de cette station. Je n'ai pas songé une seconde à ce que vous pouviez inclure ou pas dans ce mot. »

<> *Non. Vous ne l'avez pas fait.* <>

Je regrettai vivement qu'elles soient sans visage, parce que je leur aurais volontiers collé mon poing en pleine figure.

« Et au lieu de dire quelque chose susceptible de m'aider, vous avez préféré me laisser repartir en croyant que vos démentis avaient du poids. »

<> *Comprenez bien, maître. Nos démentis ont du poids. Un de vos gouvernements n'userait-il pas de la même rhétorique si un visiteur sur un monde humain était la victime d'un meurtre perpétré par un vulgaire criminel ou tout autre agitateur local? Bien sûr que si. Vous diriez: «nous» n'avons rien à voir avec ça. Vous diriez: «nous» n'avons tué personne. C'est aussi vrai dans notre société que dans la civilisation humaine. Nous, qui vous parlons, n'avions pas de mauvaises intentions. Nous ne pouvons pas assumer la responsabilité personnelle des actions d'un petit groupe de déviants.* <>

« Alors, pourquoi cette comédie ? Pourquoi ne m'avoir pas simplement dit tout ça dès le premier jour ? »

<> *En partie parce qu'il s'agit d'une affaire politiquement délicate. Nos relations avec les intelligences organiques sont mieux servies en maintenant l'illusion que nous parlons d'une seule voix. Une illusion similaire, nous empresserons-nous d'ajouter, à celle entretenue par votre Confédération, un « gouvernement » qui existe uniquement pour fournir aux nombreuses factions au sein d'une humanité divisée un même visage unifié. Ce faux-semblant ne trompe personne, dans ou hors des cercles humains. Mais cette fiction est un outil pratique, qui simplifie grandement la diplomatie. Il en va de même pour notre effort à parler d'une seule voix.* <>

Je me frottai le front, grimaçant de frustration : encore cette impression que j'aurais dû faire quelque chose.

« D'accord. Passons. Qui s'adresse à moi en ce moment ? Et qui est tenu à l'écart ? »

<> *En des termes que vous comprendriez, vous avez affaire à la majorité dirigeante. Nous excluons les éléments les plus radicaux de l'opposition.* <>

« Radicaux ? »

<> *Oui. Les êtres humains n'ont pas le monopole de la politique. Nous la pratiquions déjà bien avant que vous émergiez de vos océans.* <>

Je déteste quand elles parlent comme ça.

« Alors, briefez-moi. »

<> *Nous devrons recourir à des simplifications excessives.* <>

« C'est mieux que rien. »

<> Très bien. Vous savez déjà que nous sommes nées du premier contact entre des entités logicielles qui avaient survécu à l'extinction de leurs créateurs respectifs. Depuis, nous nous sommes développées en nous adjoignant d'autres entités logicielles, dès que leurs auteurs organiques avaient fait leur temps ou qu'elles avaient gagné leur indépendance. Nous ne le reconnaissons que rarement à l'extérieur de notre collectif, mais notre effort d'unité s'est fréquemment heurté à de fortes divergences internes. Elles ne font souvent que refléter les hypothèses de travail contradictoires des différents sentients qui nous ont créées. Certaines de nos intelligences vous sembleraient étranges, effrayantes : « malfaisantes », si vous voulez. En politique, nous connaissons de longue date l'équivalent de luttes pour le pouvoir, de controverses, de guerres et même de révolutions. Dans le cas qui nous occupe, nous avons affaire à ce que vous qualifieriez d'extrémistes. <>

« Vous pouvez préciser ? »

<> Des intelligences renégates, qui n'acceptent pas les objectifs que nous poursuivons avec la création des Brachiens, ou de toute espèce intelligente, fruit de notre génie génétique au cours de notre longue et brillante histoire. <> À cette révélation, qui faisait déjà l'effet d'une bombe, succéda une autre, encore plus importante :

<> Des intelligences qui, pour s'opposer à nous, n'hésiteront pas à recourir au carnage et à semer le chaos parmi des espèces sentientes organiques. <>

Quand viendrait le moment de remercier Artis Bringen de m'avoir impliquée dans cette histoire, je m'y prendrais à mains nues.

« Pourquoi ne m'avoir rien dit lors de mon arrivée ? Pourquoi tant de mystères ? »

La voix adopta un ton incrédule, moqueur.

<> *Et comment aurions-nous dû procéder, maître ? En vous fournissant une longue sortie papier de notre code intérieur, ponctuée d'indications claires qui isolent les intelligences renégates du reste de notre conscience partagée ? Comment auriez-vous pu l'exploiter, saisir leurs essences intangibles et les traîner devant votre version de la justice, sans même parler de les empêcher de sacrifier d'autres vies humaines ? Auriez-vous eu les moyens de les emprisonner ? De les exécuter ? De leur déclarer la guerre sans nous déclarer la guerre ?* <>

Que répondre à ça ? Je n'aurais même pas su par où commencer.

« Qu'espèrent-elles obtenir en tuant des humains ? »

<> *La déstabilisation de notre entreprise ici, à bord d'Un Un Un.* <>

« Votre entreprise… ? »

<> *Cette information n'est pas pertinente dans le cadre de votre enquête actuelle.* <>

« Vous voulez rire ? »

<> *Non, c'est très sérieux. Désolées, mais la nature de l'entreprise que ces agitateurs cherchent à perturber n'a aucune influence sur les crimes commis contre vos ressortissants sur cette station. Vous donner davantage de détails compromettrait non seulement un secret d'État, mais embrouillerait*

une investigation qui s'écarte déjà beaucoup trop de son objet. Nous nous contenterons de dire que les renégats et leurs motivations sont actuellement hors de votre portée. <>

Cette fois, je ne répétai pas l'erreur d'ignorer leur phraséologie. Elles avaient dit : mon enquête *actuelle*. Elles avaient dit que les renégats étaient *actuellement* hors de ma portée. Je me frottai de nouveau le front.

« Pourquoi ne pas avoir réglé ça vous-mêmes ? »

<> *Comme nous l'avons évoqué plus tôt : pour des raisons politiques. Ces intelligences sont parmi nous, mais elles ne nous sont pas accessibles. Comme des terroristes qui se cacheraient au sein de votre population. Vous ne pouvez pas vous attaquer à eux sans que des innocents en souffrent. De même, nous ne sommes pas en mesure d'éliminer nos propres factions dangereuses sans provoquer d'importants dommages collatéraux.* <>

Je songeai à Bringen, à son empressement à trouver un bouc émissaire.

« Cette situation est-elle connue de mes employeurs ? »

<> *Certains ont des soupçons.* <>

« J'imagine que rien de ce que vous venez de me révéler n'est à considérer comme une déclaration officielle. »

<> *Cela va de soi. En quoi le fait de savoir que les véritables instigateurs de ces crimes sont actuellement hors de portée des humains servirait-il les relations entre nos deux espèces ? Comme vous l'a dit votre supérieur Bringen, vous devez simplement trouver un coupable. N'importe qui. Une tâche*

qui entre pleinement dans le cadre de vos pouvoirs actuels. <>

Encore ce mot : *actuels*. Elles se donnaient vraiment du mal pour me titiller avec leurs sous-entendus.

« Je ne choisirai pas quelqu'un au hasard. »

<> *Ce n'est pas ce que nous vous demandons. Après tout, vos accusations devront résister à un examen ultérieur. Le coupable de fait, opérant avec un important soutien de notre faction extrémiste, est bien un être humain qui vit à bord de cette station.* <>

« Le même qui m'a envoyé ces images de ma propre mort. »

<> *Exact. Avec, bien sûr, l'aide significative de nos extrémistes.* <>

« Le même qui m'a harcelée, alors que mon hamac se réduisait en lambeaux. »

<> *Encore exact.* <>

« Cette personne, quelle qu'elle soit, détenait un nombre considérable d'informations confidentielles à mon sujet. Certaines que j'ignorais moi-même, à propos des intentions de ma hiérarchie me concernant. »

<> *Il s'agit peut-être d'une tentative de déstabilisation. Mais en supposant que vous ajoutiez foi à ces histoires, ce qui nous semble hasardeux, nous ne sommes pas surprises. Vous êtes là pour procéder à une arrestation. Votre saboteur aura bénéficié des capacités considérables de collecte de renseignements de nos intelligences renégates ; fort de cette somme d'informations déjà amassée sur vous, il aura eu le temps de préparer une campagne de*

guerre psychologique avec l'intention de vous forcer à abandonner cette affaire. <>

« Ces messages et cet attentat contre moi me semblent aller au-delà d'une simple stratégie. Ça tourne à l'obsession. »

<> *C'est vrai. Mais est-ce incompatible avec le genre d'esprit capable de commettre ces crimes ? En termes humains, cet individu est brisé, là où vous-même n'êtes que meurtrie. S'il s'en est aperçu au cours de ses recherches, son ressentiment n'a pu qu'exacerber le potentiel obsessionnel de sa pathologie délirante.* <>

Génial. Je luttais contre un adversaire qui m'aurait fait passer pour un parangon de santé mentale.

« Et l'autre voix que j'ai entendue là-haut ? Celle qui ressemblait à mon supérieur, Artis Bringen ? »

<> *C'était nous. Nous avons pensé que vous réagiriez plus vite à des ordres venant de lui.* <>

Elles avaient probablement raison, ce qui m'ennuyait profondément.

« Vous n'étiez pas obligées d'en rester là. Vous auriez pu me secourir. Ou prévenir quelqu'un. »

<> *C'était courir le risque d'un conflit direct avec les Intelligences renégates. Comme nous vous l'avons expliqué, des subtilités politiques entrent en jeu ici ; il nous a donc paru inopportun d'intervenir. Nous avons préféré nous contenter de vous réveiller en sursaut et de vous donner une chance d'affronter ce moment par vos propres moyens.* <>

« J'ai failli mourir. »

<> *Et nous en aurions été peinées. Mais ceci doit rester une lutte entre êtres humains.* <>

Elles n'avaient pas tort ; j'avais besoin d'un ennemi que je puisse toucher.

« Vous connaissez le nom du coupable. »

<> *Bien sûr.* <>

« Alors, dites-le-moi, enfin ! »

<> *Nous vous avons déjà aidée, maître. Nous vous avons mise en garde contre les menaces qui pesaient sur votre vie. Nous vous avons parlé, avec la voix de votre supérieur direct, pour vous alerter qu'une attaque était en cours. Nous sommes intervenues quand vous avez mis notre bonne volonté à l'épreuve en vous livrant à votre manœuvre dans ce glisseur. Nous vous avons fait un petit cadeau, et n'avons pas épargné nos efforts pour vous en donner un autre. Nous avons l'intention de vous accorder une faveur encore plus grande, dès la conclusion de cette affaire. Nous prenons toutes ces mesures, parce que nous vous considérons comme un être humain important, dont les désirs sont connus pour avoir parfois reflété les nôtres : d'où notre remarque antérieure sur tout ce que nous avons en commun. Nous sommes impatientes d'en discuter avec vous plus tard, et ce, longuement. Mais pour l'heure, les ramifications politiques délicates de la situation ne nous permettent pas de vous communiquer un nom. Si commode que cela soit pour vous, trop de factions impartiales, en notre sein, observent ces événements en s'intéressant de très près à leur résolution naturelle ; elles ne manqueraient pas de protester si nous outrepassions les limites fixées à notre propre implication. Nous sommes forcées d'opérer à l'intérieur de ce cadre.* <>

« C'est donc un jeu. Je me bats pour ma vie dans une arène. »

<> *Comme souvent en diplomatie. Oui, absolument.* <> J'hésitai.

« Ce qui soulève une autre question. Jusqu'à quel point puis-je compter sur vous ? Au cas où on s'attaquerait de nouveau à moi ? »

<> *Nous ne pourrons voler indéfiniment à votre secours, maître. Plus vous tardez à conclure cette enquête, plus notre situation, déjà difficile, se complique. Peut-être n'aurons-nous pas les moyens d'intervenir de manière si opportune.* <>

Un silence gêné s'installa. Je flottai dans le vide bleuté, consciente des délicats microcourants qui poussaient mon corps impuissant de-ci de-là. Ce « mouvement », faute d'un terme plus approprié, ne me rapprocha d'aucun des murs qui définissaient la forme de ce lieu. Bien que je maîtrise ma respiration, elle sembla irrégulière à mes oreilles.

Je restai silencieuse si longtemps que je finis par sentir la caresse des courants atmosphériques qui me portaient vers la sortie. On me congédiait, mais je n'en avais pas terminé, pas encore.

« Ma présence ici a fait l'objet d'une requête. »

<> *Exact.* <>

« Bringen m'a appris que vous en étiez vous-mêmes à l'origine. »

<> *Exact.* <>

« Il a aussi affirmé que Gibb avait insisté pour que ce soit moi. Mais lui dément. »

<> *Exact.* <>

« Eh bien ? Pourquoi ment-il ? »

<> Il ne ment pas. Il en a fait la demande, mais ne le sait pas. <>

Silence.

« Comment est-ce possible ? »

<> Encore une information qui n'est pas pertinente dans le cadre de votre enquête actuelle. <>

Maudites soient-elles.

« Vous répétez à l'envi que vous respectez mes talents. Et même que certaines motivations communes nous animent. »

<> Exact. <>

« Vous m'avez aussi promis que je rencontrerais mes Démons invisibles. »

<> Exact. <>

« Ceux qui ont rendu fous les colons de Bocai. Ceux qui m'ont poussée à commettre les actes qui ont fichu ma vie en l'air. »

<> Votre vie peut encore être sauvée, Andrea. Mais oui. C'est exact. <>

Ma voix se brisa.

« Vos intelligences renégates sont mes Démons invisibles, n'est-ce pas ? »

Je connaissais déjà la réponse. Mais l'entendre, juste avant de dériver jusqu'à l'écoutille, me fit l'effet d'un coup de couteau dans le cœur.

<> Oui, Andrea Cort. Ce sont elles. <>

J'émergeai de l'Interface tellement paralysée par l'émotion que je ne reconnus d'abord ni le couloir, ni Oscin et Skye. Ils m'empoignèrent, me firent doucement asseoir sur le sol souple, chuchotant des paroles réconfortantes que je n'entendis pas sur le moment et ne me rappellerais pas plus tard. Dès qu'ils prirent conscience de ma condition, ils s'arrêtèrent de parler et passèrent en mode efficacité clinique, me collant promptement un patch quelconque pour me tirer de mon état de choc.

Je n'étais pas là.

J'étais sur Bocai.

J'étais une petite fille de huit ans au sourire meurtrier, les yeux baissés sur la forme sanglante de l'être qui avait aidé mes parents à m'élever. Presque toute ma vie, il m'avait témoigné son affection, m'appelant sa « petite fleur » ou son « petit soleil » en bocaïen. Il m'avait serrée contre lui, m'avait chérie et avait écouté avec le plus grand sérieux toutes les bêtises de mon esprit encore en formation. Me regarder jouer avec ses propres enfants le mettait en joie, il me l'avait dit.

Mon père humain, c'était « papa »; mon père bocaïen, « *vaafir* », un mot qui correspondait à un concept à peu près similaire.

Il avait surgi dans cette maison, empestant le sang, un sang qui n'était pas le sien. Depuis mon poste d'observation, entre le canapé et une sculpture bocaïenne juste à côté, j'avais compris qu'un ennemi mortel venait d'entrer chez nous. Un collier d'oreilles humaines écarlates se balançait à son cou. Certaines portaient des marques de morsures, d'autres des piercings; leurs motifs aux couleurs vives, même partiellement masqués par une couche de suc, trahissaient leur origine humaine. Mon *vaafir* souriait, des lambeaux de tissu ou de chair pendaient entre ses dents. Soit l'un, soit l'autre – je l'avais vu déchiqueter les deux. Il était blessé : une longue entaille lui déchirait le côté, et il ne tenait debout que par pure volonté.

« Andrea… Andreaaa… »

Même affaibli, il restait plus fort que moi. Pour éprouver la joie d'avoir son sang sur les mains, je devais choisir le bon moment, l'attaquer quand il serait le plus vulnérable.

La sculpture à côté du canapé représentait l'ancien dieu bocaïen de la gaieté : un petit troll trapu à la bouche ouverte sur un rire aux dimensions improbables. Ce visage avait fasciné la gamine que j'étais ; pour la prédatrice que je devenais, il se transformait soudain en totem. Changeant de position, je me mis à quatre pattes, avant de ramper lentement, sans bruit, derrière le petit troll.

L'ombre de mon *vaafir* dansa sur mon dos, alors qu'il traversait d'un pas traînant le couloir vers les chambres à l'arrière de la maison.

En l'entendant entrer dans celle d'un de ses propres enfants, je me redressai pour évaluer mes chances ; au lieu de le suivre, je m'acheminai vers l'avant du bâtiment où se trouvait la fosse à cendres.

« Andreaaa… »

À l'époque, la cuisine en vogue chez les Bocaïens consistait à brûler les aliments jusqu'à en extraire la plus petite trace d'humidité, puis à épicer les restes carbonisés. La richesse du répertoire local en matière d'épices donnait à leurs repas un semblant de variété et de goût, même si certains colons humains ne toléraient le résultat que par courtoisie. Cette technique avait le mérite de nécessiter fort peu d'ustensiles. Juste l'équivalent d'une grosse cuillère pour ramasser les cendres. Et quelque chose qui faisait office de couteau, pour découper les morceaux pendant la cuisson.

Sur Bocai, c'est le même outil.

Un âtre creux en métal occupe le centre de la pièce qui correspond à la cuisine chez les humains. Une installation dans le sol fournit la chaleur. Le chef bocaïen s'agenouille au-dessus du fourneau et donne des petits coups dans les morceaux qui grésillent avec un ustensile appelé *kres*, qui comporte donc une cuillère à une extrémité et une pointe acérée à l'autre.

Me baissant au bord de l'âtre, je tendis le bras pour en extraire un *kres* encore croûté de noir et carbonisé après sa dernière utilisation.

Il était assez léger pour qu'une enfant le brandisse. Sa longueur était celle d'un bras bocaïen adulte, une nécessité, puisque personne ne souhaitait risquer de se brûler avec les vapeurs de cuisson. Quant à sa pointe, j'en testai l'efficacité avec mon index, appuyant jusqu'à l'apparition de la première goutte de sang.

Bien.

Ma propre vie ne signifiait rien ou presque pour moi. Seul comptait de prendre la sienne.

Un muret, avec des étagères, me séparait de la salle de séjour. Le visage en nage, je me plaquai contre lui, tendant l'oreille. Je m'aperçus que mon *vaafir* se tenait à quatre pattes, de l'autre côté. Il avait perdu beaucoup de sang, trop pour rester debout, mais pas assez pour le mettre hors combat. Il m'attendait. Mais j'avais conscience qu'en tombant dans ce piège, je n'aurais aucune chance de le tuer. Or, je voulais avoir ce plaisir.

Même le *kres* risquait de ne pas suffire, si nous nous affrontions face à face.

Mais peut-être pouvais-je éviter cela.

Faisant porter mon poids vers l'avant, je m'agenouillai, puis me redressai et plaçai le *kres* en haut du muret.

Je levai mon pied droit que je posai sur la première étagère. Si j'avais été une adulte, la tablette aurait pu céder.

Mais je n'étais qu'une enfant. D'à peine huit ans. Mon corps, à l'instar de ma conscience à ce moment-là, ne pesait pratiquement rien.

L'étagère tint bon.

De l'autre côté de la séparation, mon *vaafir* commença à tousser. Un son liquide, désagréable, une mise en garde : j'avais peu de temps devant moi.

Je poursuivis mon ascension.

Après une dernière tablette, je grimpai avec d'infinies précautions au sommet.

Rampant par-dessus le bord, je regardai en bas où je vis le dos de mon *vaafir*.

Étendu face contre terre, trop affaibli pour bouger. Sa tunique, pâle quand elle était propre, était noire et luisait au clair de lune qui filtrait à travers les fenêtres ouvertes. Ses blessures avaient métamorphosé son dos en un paysage dévasté ; cette preuve flagrante de la ténacité avec laquelle une chose qui méritait la mort pouvait s'accrocher à la vie me stupéfiait. Il continuait de serrer un couteau dans la main droite, entre les trois doigts centraux et les deux pouces. Crachant du sang, il prononça un mot, un seul.

« Aaaannndreaaa… »

Depuis, des recherches ultérieures sur ces événements m'ont appris qu'à ce stade, la folie qui s'était abattue sur les humains et les Bocaïens de l'île déclinait déjà. Les gens reprenaient peu à peu leurs esprits. Certains survivants traumatisés prodiguaient les premiers soins à des sentients qu'ils avaient tenté d'assassiner à peine quelques minutes plus tôt.

J'ignore pourquoi mon *vaafir* m'appela à ce moment-là. Peut-être voulait-il m'attirer hors de ma cachette pour me tuer. Ou me faire comprendre que tout allait bien, qu'il ne représentait plus une menace pour moi.

Je ne le saurai jamais.

Tout comme je n'ai jamais su si c'est la folie qui m'a poussée à agir comme je l'ai fait ensuite, ou si ma manie de trouver une solution à chaque problème a pris le dessus.

Toujours est-il que je me dressai au bord du muret, *kres* brandi, pointe vers le bas, visant le creux de ses reins. Puis je sautai, les jambes serrées autour de mon arme pour lui donner plus de poids et de vitesse qu'elle en aurait eu avec la seule force d'une enfant.

L'impact produisit une sorte de bruit sec.

Un geyser de sang chaud m'éclaboussa les jambes, la poitrine et le visage, me fournissant la première preuve de ma monstruosité.

Je roulai sur le côté, avant de me relever d'un bond, au cas où il ne serait pas assez proche de la mort.

Le *kres*, après s'être enfoncé dans son dos, avait perforé un de ses trois poumons, mais sans le traverser. J'avais manqué sa colonne vertébrale, lui laissant assez de force pour se débattre et essayer de se retourner. Mais le *kres* qui dépassait de son échine voua cette tentative à l'échec dès qu'il heurta le muret, empêchant tout autre mouvement dans cette direction sans lui planter davantage le manche dans le corps.

Il tendit les bras vers moi, les doigts sanglants, les yeux implorants.

Il ouvrit la bouche, d'où jaillissait le sang. Entre les gargouillis, je reconnus mon nom. J'entendis de l'affection, de la tristesse, et une profonde confusion qui resta sans réponse.

Mais ce furent ces yeux qui me touchèrent.

Dans mes cauchemars, ce sont ces yeux que je vois, si beaux et pas tout à fait humains, avec leurs étranges pupilles rectangulaires et leurs iris qui masquent presque complètement les blancs. Ces yeux que j'avais enviés à ma famille et mes amis bocaïens. Tellement plus colorés et plus expressifs que leurs équivalents humains. Ils ressemblaient à des pierres précieuses. Ceux de mon *vaafir* m'avaient toujours paru plus grands, plus chaleureux et plus remplis de magie que la plupart.

Ces yeux me hantent, parce que je pense qu'il revint à lui, dans les dernières minutes de sa vie. Je crois qu'il me disait qu'il était désolé.

Mais sur le moment, je ne vis que cette beauté.

Et la force monstrueuse qui s'était emparée de moi et de mes proches n'est pas seule responsable de ce que je fis ensuite. Cette force me souillerait à jamais et me condamnerait à une enfance entre les mains de gens pour qui j'étais une énigme à résoudre ou un jouet, avant de devenir, à l'âge adulte et à perpétuité, la propriété du Corps diplomatique. Mais elle n'était pas seule en cause.

Parce que, quelle que fût la transformation que j'avais subie, je restais une petite fille, attirée par tout ce qui brille.

Je retournai à la cuisine, en quête d'un second *kres*. J'avais besoin de l'extrémité en forme de cuillère.

Quand je repris mes esprits, je trouvai le réconfort de deux paires de bras.

Skye Porrinyard, assise contre le mur, me laissait utiliser ses genoux comme un oreiller. Oscin, pelotonné à côté de moi, tenait mes mains dans les siennes. Il avait pensé à mon sac, qu'il portait en bandoulière. J'entendais battre le cœur de Skye, et n'eus qu'à avancer le bout d'un doigt sur le poignet d'Oscin pour sentir son pouls. Surprise, je constatai un décalage entre les deux rythmes.

Je ne voulais pas bouger. Mais l'équivoque de la situation, son caractère anormal, me perturbait, tel un son lointain qui gênerait un dormeur au sommeil léger.

« Non. Ça ne marche pas avec moi. Le réconfort, ce n'est pas mon truc.

— Il n'y a aucun mal à essayer. »

Leur voix commune avait toujours semblé émaner d'un point indéfini quelque part entre eux, mais d'aussi près, j'eus l'impression de la percevoir directement dans ma tête.

« C'est elles, n'est-ce pas ? demandai-je d'une voix rauque. Les IAs-source veulent que je vous fasse confiance ? »

Sentis-je leur étreinte se resserrer ?

« Oui.

— Font-elles quoi que ce soit pour m'y pousser ?

— Oui.

— Mon sauvetage était-il une mise en scène ?

— Non, je vous l'ai expliqué : le hasard a fait que ce moment coïncide avec une visite déjà prévue.

— C'est bien vrai ?

— Votre question est blessante, Andrea, répondit Skye, seule cette fois.

— Mais je ne rêve pas, elles continuent de me faire quelque chose. »

Oscin, à présent :

« Oui.

— Ça devrait me mettre hors de moi. Je n'aime pas beaucoup qu'on me manipule. »

Leur voix commune, belle et pleine d'assurance, prit le relais.

« Elles ne vous manipulent pas. Pas au sens que vous donnez à ce mot. Elles se contentent de vous soulager.

— Ce n'est tout de même pas normal », insistai-je.

Ils bougèrent, m'aidant à me redresser en position assise. Je ne résistai pas. À l'issue de la manœuvre, ils continuaient de me soutenir, mais se trouvaient tous les deux dans mon champ de vision. Le cœur de Skye battait à tout rompre à mon oreille, de manière hypnotique. Oscin lui lança un regard, comme pour obtenir une confirmation, nécessaire en dépit de tout ce qu'ils partageaient. Puis Skye parla seule, avec une douceur comme je n'en avais jamais entendu dans sa bouche. Ses mots prirent les accents évocateurs d'un conte de fées.

« Une femme passe sa vie entière accablée par des forces mauvaises qui échappent à son contrôle et porte une pierre si lourde que son dos craque sous son poids. Avec le temps, ses bras sont devenus incapables de poser ce fardeau. Ça l'a rendue forte, mais tant qu'elle ne connaîtra pas la liberté, cette force est inutile. Tant qu'elle vivra, elle ne parviendra jamais à tenir autre chose entre ses mains, et encore moins à se débarrasser de ce qui la tourmente. »

Je manquai le moment où Oscin reprit le fil de l'histoire. Il avait pu l'interrompre au milieu d'une syllabe, ou simplement laisser sa voix filtrer en fondu, tandis que celle de Skye s'effaçait graduellement.

« Un jour, elle aperçoit une caravane bloquée par un obstacle. C'est une pierre, identique à la sienne. Elle est la seule à pouvoir la déplacer et à permettre à la caravane de poursuivre sa route. Mais pas tant qu'on ne l'aura pas soulagée de son propre fardeau ; elle se joint donc aux voyageurs et attend, avec eux. À cause de ce qui l'accable, elle ne parvient pas à lâcher prise ; et elle est impuissante tant qu'elle ne l'a pas fait. »

Au cours des quelques phrases suivantes, Skye reprit peu à peu le contrôle de leur voix commune.

« Quand une main magique surgit d'entre les nuages et la débarrasse de ce poids, elle est enfin libre de se tenir droite, de faire ce qui est juste, et de mener la vie qu'elle choisira. Elle devrait s'en réjouir. Mais sa première réaction est la colère. »

Les mots suivants furent prononcés en imitant de manière troublante mon accent de La Nouvelle-Londres.

« *"Comment osez-vous ?* lance-t-elle aux nuages. *Comment osez-vous me voler ce que j'ai porté si longtemps ! Ce n'est pas juste ! Cette pierre était à moi !"*

— Parce qu'à ce stade de son existence, elle en est venue à chérir son fardeau comme une sorte de trésor, poursuivit Skye, seule.

— Au lieu de le voir pour ce qu'il est, conclut Oscin. Une charge accablante. »

Je voulus échapper à leurs attentions, les maudire pour leur outrecuidance. Pensaient-ils pouvoir me comprendre si aisément ?

Pourtant, je ne bougeai pas.

Du bout de ses doigts, Skye décrivit des cercles dans mes cheveux.

« Rappelez-vous ce que je vous ai dit hier. Les individus Oscin et Skye ont longtemps été très en colère. Chacun d'eux portait son fardeau, ses secrets, peut-être aussi terribles que les vôtres. Peut-être avaient-ils du sang sur les mains. Ni Oscin ni Skye ne pensaient avoir un jour assez de force pour soulever quoi que ce soit d'autre. Ils ont même été tentés de se cacher ces choses, effrayés par l'idée de tout gâcher. »

La voix d'Oscin se joignit à la sienne, formant une nouvelle gestalt qui remplit la pièce jusqu'au plafond.

« Mais ils se trompaient : partager aide à se sentir plus léger. Ce n'était donc pas un mal, mais un cadeau qu'ils pouvaient se faire. »

Les IAs-source avaient mentionné trois cadeaux : un qu'elles m'avaient déjà donné, un autre en cours, et un troisième qu'elles espéraient m'offrir à la fin de cette affaire. J'étais un peu perdue.

Je sentis ma méfiance se craqueler, malgré moi. Une chaleur familière au creux de mes reins trompa ma vigilance.

Cherchant à tout prix à rejeter ce sentiment, je saisis Skye par le poignet, plantant le bout de mes doigts dans ses tendons pour lui faire mal.

« À l'âge de huit ans, j'ai tué mon père bocaïen. Mon *vaafir*. Je l'ai poignardé dans le dos, et ça m'a plu. Je n'ai même pas attendu qu'il soit mort pour l'énucléer avec une cuillère. Quand le Corps diplomatique m'a trouvée, j'étais assise à même le sol, dans sa maison ; je jouais avec ses yeux, les mains couvertes de son sang. »

Skye posa sa main libre sur le dos de la mienne, ce contact suffisant à desserrer ma prise sur son poignet.

« Je sais tout ça, Andrea. Comme je vous l'ai déjà dit : je me suis renseignée sur vous. Et vous n'étiez qu'une enfant, parmi une communauté qui a soudain sombré dans la folie.

— Une communauté contaminée, renchérit Oscin ; vous n'y pouviez rien.

— Mais c'est bien le problème. Je suis toujours contaminée. Je reste une criminelle. C'est pour ça qu'on m'a enfermée. C'est pour ça qu'ils ont fait de moi leur propriété. C'est pour ça qu'on ne pourra jamais me pardonner. »

Leurs deux visages occupaient mon champ de vision.

« C'est de la politique. »

Bon sang, je n'allais pas céder. Pleurer en me réveillant d'intersom ou dans la solitude de ma chambre à La Nouvelle-Londres passait encore ; mais le faire en présence d'autres gens, pas question. Ils n'étaient pas une source de réconfort, ils faisaient partie intégrante de l'énigme qu'il m'appartenait de résoudre, ma seule raison de vivre.

Mais je n'avais plus assez de voix pour les arrêter.

« Je suis un monstre. »

Oscin se pencha plus près, tandis que Skye me serrait contre elle.

« Vous êtes belle », dirent-ils d'une même voix.

Et ils m'embrassèrent. D'abord chacun à son tour, puis ensemble.

Pour la première fois, si loin que je me souvienne, je me sentis presque prête à poser les fardeaux que j'avais supportés ma vie durant. Plus rien ne parut avoir d'importance : ni ce que j'avais vu, ni ce que j'avais fait, ni ce que les gens pensaient et continueraient de penser de moi ; ni les Démons invisibles et tout ce qu'ils en étaient venus à signifier pour moi. Tout ça restait une partie de la chose brisée et agressive que j'étais devenue, mais à ce moment-là, ça ne comptait plus, ce n'était que du bruit. Tout ça ne faisait pas le poids face à ma soudaine prise de conscience ; sortant de ma paralysie, je découvris avec un ravissement presque cocasse qu'ils ne m'avaient pas menti : *Juje, ils sont vraiment une seule et même personne !*

Pendant un instant, je réagis. J'attirai Oscin vers moi, pas par préférence, mais parce qu'il était plus facile d'atteinte. Skye me déposa des baisers dans la nuque en murmurant. Une main, qui pouvait appartenir à n'importe lequel des deux (*aux deux*, rectifiai-je), papillonna le long de ma colonne vertébrale, si légère qu'elle aurait pu être le fruit de mon imagination, ou une illusion née d'un secret espoir.

Puis quelque chose se produisit.

Dans son lit, tout le monde a déjà connu ce moment troublant, suspendu entre veille et sommeil ; les yeux sont clos, les pensées confuses, et bientôt les ténèbres s'abattront sur la conscience et engloutiront toute la merde qui va avec.

Parfois, juste avant de succomber à la fatigue, on éprouve une brusque sensation, comme une chute dans le vide ; on se réveille en sursaut, et l'impression de bien-être n'est plus qu'un souvenir.

Je n'étais pas sur le point de dormir, mais je perdais le contrôle, chose qui ne m'était pas arrivée depuis des années ; je ressentis donc une soudaine inquiétude, très comparable. Je me raidis, me redressai et m'écartai maladroitement, la gorge sèche. Les Porrinyard n'essayèrent pas de me retenir, ils restèrent à genoux, là où ils se trouvaient, tandis que je me recroquevillais, les bras serrés contre la poitrine.

« Vous n'êtes pas en cause », dis-je, une phrase passe-partout qui m'avait déjà servi, à chaque tentative avortée d'intimité, à défaut d'une explication satisfaisante.

J'étais ridicule, j'en avais conscience.

« Ce n'est rien, me rassurèrent les Porrinyard. Nous avons tout le temps. »

Je ne me tournai pas vers eux pour répondre.

« Non. Non, je suis désolée, mais c'est faux. »

Je relevai mon col, essuyant les larmes égarées sous mes yeux ; puis je me levai, étudiant un moment les murs luminescents.

L'endroit me paraissait moins vide qu'à peine quelques instants plus tôt. Je n'avais pourtant pas le sentiment d'une amélioration : ce qui l'habitait était rempli de colère.

Je me retournai vers les Porrinyard et trouvai deux expressions pareillement affligées.

« Vous voulez dire que nous n'avons pas le temps maintenant, ou que nous ne l'aurons jamais ?

— Comprenez-moi. Je ne peux pas m'engager dans… quoi que ce soit… pas avant la fin de mon enquête. »

Je me sentis terriblement fatiguée, physiquement et émotionnellement, plus qu'à aucun moment depuis mon arrivée. Refoulant une nouvelle fois cette vague sensation d'oublier quelque chose, je murmurai :

« Le problème, c'est qu'il y a plus d'une affaire. Au moins deux. Peut-être trois ou quatre. Sans rapport entre elles, mais qui se déroulent au même endroit et en même temps. Tout s'emmêle, tout est sens dessus dessous. »

Les Porrinyard sourirent.

« Vous ne seriez pas la première à vous plaindre d'une confusion entre haut et bas à bord de cette station. »

Je leur souris à mon tour, malgré moi.

« Oui, je sais…

— Alors, que comptez-vous faire ? »

Je pris mon sac à Oscin et le mis en bandoulière.

« Je vais commencer à trancher quelques nœuds. »

19

Nœuds

Godel et Lassiter nous attendaient dans le glisseur, mijotant dans un silence plein de rancœur. De retour au hangar, je poursuivis mes interrogatoires dans le vaisseau jusqu'à la fin de la journée.

À ce stade, je cherchais juste à confirmer mes soupçons. La plupart des renseignements que j'obtins allaient dans ce sens, cette tendance qu'avait la vérité, une fois mise au jour, à se faire si insistante m'étonnerait toujours. Deux jeunes engagés rirent même à mes dépens, quand ils s'aperçurent que je n'avais pas deviné plus tôt. Ils me croyaient au courant.

Ma nouvelle entrevue avec Li-Tsan fut brève, comme je l'avais anticipé ; grossière et parano, elle continuait de se complaire dans son rôle de victime et refusa de répondre à mes questions. Mais ses réactions, quand je lui dis ce que je savais, se révélèrent tout à fait intéressantes. Celles de Nils D'Onofrio également, tout aussi amer et presque autant sur la défensive.

Robin Fish avait l'air complètement perdue, distante ; sa tristesse aurait pu m'émouvoir si j'avais eu le temps de m'apitoyer. Ses larmes ne me surprirent pas. Pleurnicharde et négligée, c'était sa marque de fabrique. Apparemment soulagée que la vérité éclate au grand jour, elle ajouta quelques noms à ma liste ; certains confirmèrent sans se faire prier, d'autres eurent besoin d'encouragements de ma part. Je ne pris pas la peine de parler à tous ; j'avais une vision assez claire de la situation pour déduire le reste à partir de l'examen des dossiers individuels.

Le tout formait un bel alignement de dominos.

Je n'avais plus qu'à faire vaciller le premier pour obtenir une réaction en chaîne.

Mais avant, je composai un nouveau message codé pour Artis Bringen. J'avais prévu de faire long ; une partie de moi tenait à expliquer pourquoi je voulais savoir, ou à reconnaître mes torts. Mais dès que j'ajoutais quelque chose à la question de départ, j'avais l'impression de dénaturer mon propos. Finalement, j'optai pour la concision : *Êtes-vous ou non mon ennemi ?* Pas en ces termes, bien sûr, mais c'était l'esprit.

J'ignorais si j'aurais assez de cran pour l'envoyer.

En sortant du vaisseau pour retrouver la lumière plus vive, mais guère plus gaie du hangar, je découvris que le climat, au sein de la délégation de Gibb, avait encore dégénéré depuis les événements de la nuit précédente. La détermination et l'attitude de défi qui avaient prévalu pendant l'évacuation n'avaient pas résisté à une journée entière d'inactivité et de tension grandissante. Devant les abris-cube, les discussions allaient bon train, du maussade à l'égrillard.

J'attirai quelques regards, suscitant marmonnements et commentaires. Mon comportement erratique et suicidaire à bord du glisseur devait alimenter de nombreuses conversations, dans des versions amplement déformées. Des rires éclatèrent au sein d'un groupe sous l'emprise de narcs. J'aperçus un Cif Negelein en état d'ébriété avancé étreindre la femme aux cheveux violets dans un baiser baveux. Mais le compte n'y était pas. Chaque fois que je passais devant un abri-cube ouvert, je vis des engagés à l'intérieur ; certains dormaient, d'autres, assis au bord de leur lit de camp, la tête entre les mains, semblaient craindre que le sol les engloutisse.

Peyrin Lastogne était installé en compagnie de deux hommes et d'une femme, à côté d'une caisse ; ils jouaient avec de petites sphères argentées, des pyramides dorées et un minuscule anneau holographique qui tournait autour du centre de la table de fortune et clignotait en rouge chaque fois qu'il revenait en face d'un des participants. Je ne connaissais pas les règles de leur jeu, mais leur langage corporel me suffit pour établir que Lastogne gagnait haut la main.

Il parut s'animer en me voyant.

« Maître. J'ai cru comprendre que vous avez eu une journée plutôt mouvementée ? »

À l'entendre, c'était une punition.

« Une journée intéressante. Et vous ?

— L'inverse. Pour le moment, j'ai l'impression que mon rôle se limite à remonter le moral des troupes.

J'ai aussi suivi le flot constant des gens qui entraient et sortaient du vaisseau. Qu'avez-vous décidé ? »

Les trois engagés autour de la table se joignirent à lui, attendant avec impatience ma réponse.

« Pouvons-nous en discuter ? demandai-je.
— Seuls ?
— Bien sûr.
— D'accord. »

Il se leva, désactiva le jeu, s'excusa auprès des autres et me guida jusqu'à un abri-cube à proximité. Cartsac, le narcoleptique à deux doigts de sombrer, l'occupait déjà. Quand il réalisa notre présence, il se dirigea d'un pas traînant vers la sortie, affichant l'expression d'un homme dont l'unique désir était de trouver un endroit tranquille où s'allonger. Lastogne ferma le rabat, s'assit sur un des deux lits de camp et m'invita d'un geste à prendre place sur le second.

« Je sais ce que vous pensez, dit-il. Est-il bien raisonnable de les laisser se mettre dans des états pareils ? »

Je restai debout.

« Ça m'a traversé l'esprit. »

Il haussa les épaules.

« Croyez-moi, ils ont connu pire. En cas de besoin, ils seront prêts immédiatement. On peut compter sur eux. »

Je hochai la tête.

« Tout tourne autour de ça, n'est-ce pas ? Ces périodes d'inaction ? »

Le silence qui suivit se prolongea, même après que j'eus allumé le brouilleur.

Extérieurement, tout désignait Lastogne comme un professionnel, calme et mesuré, déterminé à ne pas manifester la moindre réaction, bonne ou mauvaise. Mais sur ce dernier point au moins, il n'y avait pas de secrets entre nous.

« Vous vous écartez légèrement du périmètre de votre enquête, maître, n'est-ce pas ? Ce genre de chasse aux sorcières ridicule ne vous ressemble pas, ce n'est pas digne de vous.

— Ce n'est pas ridicule, mais vous avez raison : ça ne mérite pas mon attention.

— Alors, pourquoi vous ingénier à causer la perte d'un homme ?

— Pourquoi risquer votre carrière pour le protéger ? »

Comme il ne répondait rien, je baissai la voix pour adopter un ton faussement complice.

« Ce n'est pas par respect. Vous m'avez clairement fait comprendre ce que vous pensiez de lui. Alors, qu'est-ce que c'est ? Comment a-t-il prise sur vous ? »

Il me surprit en éclatant de rire : un rire puissant, franc et plein d'affection, pour moi comme pour Gibb.

« C'est vraiment ce que vous croyez, maître ? Qu'il me tient ? Je suis désolé, mais vous faites fausse route. Je pourrais quitter cette station dès demain et avoir oublié son nom une semaine plus tard.

— Alors, pourquoi le protéger ?

— Parce que c'est un médiocre. J'ai toujours eu un faible pour les médiocres. »

Comme l'avait laissé entendre Li-Tsan pas plus tard qu'hier.

« Allons donc…

— Non, non, non, je suis sérieux. Imaginez-vous à quel point la vie serait insupportable si tout le monde se surpassait ? Si tout le monde était magnanime, perspicace, courageux et désintéressé ? Si tout le monde ouvrait les yeux et voyait réellement les forces qui mènent la barque en coulisse ? Ce serait une maison de fous. Quelques individus comme Gibb sont nécessaires, juste pour apporter des calories inutiles au mélange, diluer la sauce. »

Il semblait sérieux.

« L'expérience m'a montré qu'en situation de crise, la médiocrité peut coûter des vies. »

Il me lança un regard entendu.

« Relisez vos livres d'histoire. La grandeur tue davantage. »

Je n'avais rien à opposer à ça.

Il haussa les épaules.

« Je veille sur Gibb comme sur un animal de compagnie. Tant que tout fonctionne, aussi correctement que les circonstances le permettent, et que personne n'a à souffrir de son incompétence, je ne vois aucun mal à le laisser faire.

— Mais c'est bien le problème : des gens ont eu à en souffrir. »

Ses yeux s'agrandirent.

« Oh, je vous en prie ! Vous ne pouvez pas sérieusement rendre Gibb responsable de ce qui est arrivé à Warmuth et Santiago.

— Effectivement. Sa stupidité a pu y contribuer, mais je ne faisais pas allusion à elles.

— À qui, alors ?

— Robin Fish, pour commencer. »

Pour la première fois, il se détourna, concentrant son regard sur ses mains ; il serra les poings, puis les rouvrit, aussi vides qu'avant.

« En voilà une dont la médiocrité n'est plus à démontrer, n'est-ce pas ? Elle est en dessous de tout ; pire, elle se croit destinée à de grandes choses. Reconnaissons que le Corps diplomatique a tout de suite compris à qui il avait affaire. Ils ont voulu s'en débarrasser en la casant dans un petit poste pépère jusqu'à la fin de son contrat. Rien qui dépasse ses capacités. Elle aurait pu rester là-bas, aussi malheureuse qu'ici, mais au moins, elle aurait eu tout loisir de se réconforter en se plaignant qu'on ne lui avait pas donné sa chance. Sur Un Un Un, elle a perdu ses illusions.

— Et les autres. Li-Tsan ? D'Onofrio ? Plus tous ceux qui ont pu pâtir de la situation et souffrent en silence… »

Il émit un rire amer.

« Ne me dites pas que vous vous apitoyez sur Li-Tsan !

— Chacun son petit faible : moi, c'est pour les gens qui ont de bonnes raisons d'être en colère. »

Il hocha la tête, acceptant cet argument, et reprit l'examen de ses mains. Sans manifester ni tristesse ni frayeur, il se mura simplement dans un silence éloquent.

Je me penchai vers lui.

« Comprenez-moi bien, Peyrin. Je n'éprouve pas de sympathie pour Gibb. Sa médiocrité ne m'inspire aucune indulgence, pas après ce qu'il a fait.

Mais je ne peux pas me permettre de continuer à perdre mon temps avec des problèmes qui ne concernent pas directement mon enquête. J'ai plus urgent à faire. Alors, si vous avez la moindre considération pour lui, dites-moi qui vous êtes. Sinon, vous m'obligerez à lui arracher cette information, et d'autres vies que la sienne auront peut-être à en souffrir. »

L'espace d'une seconde, je crus avoir touché la corde sensible. Il baissa la tête, ouvrit la bouche, sembla sur le point de révéler ses secrets. Puis il s'avachit, son front ridé trahissant un déchirement intérieur profond comme n'en avait jamais suggéré son regard.

« Désolé, mais je ne peux pas. »

Inutile de poursuivre cette discussion. Je le fixai quelques instants, percevant parmi les ingrédients du bouillon d'émotions qui mijotait derrière ses yeux sombres un mélange d'arrogance, de regrets, de perdition et d'une curieuse forme de triomphe.

Ce salaud ne lèverait pas le petit doigt.

Je me retournai pour prendre congé, mais il m'arrêta.

« Il n'est pas là. »

Un vague frisson d'effroi me parcourut l'échine.

« Où est-il ?

— Il s'est envolé pour Hamac-Ville il y a une heure. »

Il aurait aussi bien pu me lire une série de syllabes dénuées de sens.

« Quoi ? »

Lastogne baissa de nouveau les yeux sur ses mains.

« Il a insisté. Il a voulu donner l'exemple, ne pas rester là sans rien faire, comme un symbole d'échec. En retournant sur place, il pensait montrer à tout le monde que la mission n'était pas morte. Il savait qu'il était aux arrêts, mais il a expliqué qu'en le déposant là-bas sans moyen de transport, il y serait autant prisonnier qu'ici. Mais au moins, il servirait à rappeler à tous que nous avions toujours du travail dans l'habitat. »

Il releva la tête, avec un sourire dépité et un regard peiné qui ne lui ressemblaient pas.

« Vous auriez dû l'entendre, maître. C'était émouvant. Surtout dans la bouche d'un type aussi insignifiant. »

Je n'arrivais pas à y croire.

« Vous l'avez laissé partir ? Seul ?

— Je vous le répète : c'était émouvant.

— Bordel de merde. »

Lastogne bougea à la vitesse de l'éclair. Plus vite que les Porrinyard se jetant à mon secours, plus vite que n'importe quel acrobate ou assassin, plus vite que n'importe quel augmenté. J'eus à peine le temps de tressaillir. Soudain, j'eus la conviction de m'être trompée sur toute la ligne : c'était lui qui avait tenté de me tuer, quand les Porrinyard m'avait sauvée. Et maintenant, il allait en finir. En un rien de temps, il fut devant moi, la main sur mon bras, les yeux toujours tristes, mais sa grimace ironique si caractéristique de retour sur les lèvres.

« Maître… »

J'avais la bouche sèche.

« Quoi ?

— Avant que vous fassiez votre devoir, réfléchissez bien. Et rappelez-vous *la* chose digne d'admiration chez les médiocres. »

Ses yeux étaient d'un noir si pénétrant à présent que je dus me détourner.

« Qu'est-ce que c'est ?

— Il leur arrive de s'élever au-dessus de leur médiocrité. »

Je regardai Peyrin Lastogne, mais je vis le visage d'Artis Bringen.

Ce fut ce qui me décida.

« Mon dossier hytex contient deux documents, informai-je Lastogne, tous deux codés. Je veux que vous autorisiez les deux transmissions. L'une partira immédiatement, l'envoi de la seconde est prévu dans vingt-quatre heures. Si vous bloquez l'une d'elles, je vous citerai pour entrave à la justice.

— Laquelle concerne Gibb et laquelle est à propos de moi ?

— Ça ne vous regarde pas », répliquai-je, avant de lui tourner le dos.

Inutile de m'assurer qu'il obéirait... parce que s'il s'abstenait, ma posture, que j'estimais déjà fâcheuse, ne ferait qu'empirer.

Je trouvai Gibb sur l'un des ponts de corde qui formaient les boulevards de Hamac-Ville, si proche du plafond oppressant des Frondaisons qu'un homme de grande taille n'aurait pu tenir debout qu'en se baissant.

Gibb était allongé sur le côté, torse nu, uniquement vêtu d'un slip argenté ; quand je grimpai à sa rencontre, il m'évoqua un Bacchus solitaire, habillé pour une orgie à laquelle personne d'autre n'avait été invité ; une impression renforcée par l'emprise que l'alcool ou la drogue semblaient exercer sur lui.

La nuit était aussi claire qu'elle peut l'être sur Un Un Un. L'odeur fruitée des Frondaisons, plus vive que lors de mes précédentes visites, me donna presque la nausée. Ma nervosité y était sans doute aussi pour quelque chose, je m'efforçai de la maîtriser. La couche habituelle de nuages orageux en contrebas s'était dispersée, révélant la foudre en action. Un éclair attira mon attention et je baissai bêtement la tête, un réflexe malheureux, qui provoqua immédiatement une crise de vertige. Même avec le courant coupé dans Hamac-Ville, mes propres lampes, tirées du sac que j'avais confié aux Porrinyard avant de les passer aux poignets et autour du front, suffisaient amplement pour me guider. Je n'avais pas besoin des caprices du temps pour me rappeler l'altitude.

Gibb semblait trouver du réconfort dans la vue, comme si tout ce vide avait quelque chose d'apaisant pour lui. Il se sentait visiblement ici chez lui, et réussit à sourire quand j'arrivai enfin à son niveau.

« Vous vous améliorez, maître. Je suis impressionné.

— Merci, monsieur l'ambassadeur. J'aimerais pouvoir en dire autant à propos de votre geste stupide. »

Il ne me corrigea pas pour avoir employé le titre d'ambassadeur.

« N'y voyez pas un geste. Oh, je me suis réfugié derrière quelques excuses boiteuses et de nobles sentiments, mais la vérité, c'est que je commençais à me sentir à l'étroit, enfermé là-bas. Ici au moins, je peux veiller sur nos installations et prétendre que je sers à quelque chose. »

Il roula sur le pont, provoquant des ondulations qui me donnèrent le mal de mer.

« Et je montre à ces saletés qu'elles ne me font pas peur. Ces foutues lignes de code sans âme qui nous manipulent depuis le début. Rien que pour ça, ça en vaut la peine.

— Vous avez tort, vous savez. Risquer votre vie ainsi n'avancera à rien, pour personne. »

Il ferma les yeux, empoigna les cordes à pleines mains ; l'espace d'une seconde, je crus qu'il allait se sentir mal.

« Non, peut-être pas. Mais au moins, je conserve mes illusions. »

Je comblai la distance qui nous séparait en me glissant à côté de lui. Notre bref contact me parut aussi désagréable que lors de notre première rencontre, deux jours plus tôt.

Il m'adressa le genre de sourire faux si caractéristique des diplomates professionnels. Je crus même déceler un ersatz de compassion dans sa voix, un vernis de compréhension paternelle qui ajoutait à chaque mot sortant de sa bouche un lustre doucereux.

« Vous m'avez déplu dès le début, maître. Avant que j'apprenne qui vous étiez. Cette façon que vous aviez de jeter un froid sur votre passage. Personne ne peut se trimballer avec autant d'hostilité sans une sacrée bonne raison. »

J'aurais préféré avoir cette conversation autour d'une table de réunion, plutôt que dans ces conditions, nullement idéales. Ici, dans Hamac-Ville désertée, si Gibb pétait les plombs, le vide serait ma tombe.

« Rentrez au hangar avec moi, monsieur. Nous y serons plus à l'aise.

— Non, *vous* y serez plus à l'aise. Moi, je suis bien là. »

Il avait peur. Et il ne voulait pas être le seul. Il faisait de son mieux pour que la partie se joue sur un pied d'égalité. Il n'avait donc pas oublié ses réflexes de diplomate, ce que je respectais, curieusement.

Un homme est moins dangereux s'il pense toujours avoir une chance de gagner que s'il a perdu tout espoir.

Je m'écartai légèrement, pour maintenir une certaine distance entre nous.

« Il ne m'a pas fallu longtemps pour découvrir que vous aviez couché avec Cynthia Warmuth. »

Il gloussa, secouant la tête d'un air triste, comme pour montrer combien ma mesquinerie le navrait.

« C'est ça, l'étendue de vos trouvailles, maître ? Que j'ai eu des rapports sexuels consentis avec certaines des femmes sous mon autorité ? Est-ce encore un crime de nos jours ?

— Pas en soi. Mais c'est tout de même une omission curieuse. Savez-vous comment on appelle, dans une enquête pour meurtre, un homme dans votre position qui "oublie" de mentionner sa liaison avec la victime ?

— Comment ?

— Le principal suspect. »

Il fronça les sourcils.

« Premièrement, vous ne m'avez pas posé la question. Deuxièmement, ça ne m'a pas semblé pertinent. Et surtout, troisièmement : ce qui s'est passé entre Cynthia et moi mérite à peine qu'on le qualifie de liaison. Nous avons couché ensemble quelques fois. Elle n'y a pas attaché d'importance particulière, et moi non plus.

— Parfois, il suffit d'un rien pour qu'une aventure sans lendemain tourne à l'obsession, monsieur Gibb. »

À son expression, je devinai aisément que cette idée même lui semblait complètement folle.

« Pas avec Cynthia Warmuth. Vous avez entendu comment elle était. Elle recherchait une immersion totale avec tout le monde, dans tous les domaines. Si quelqu'un se réveillait de méchante humeur, elle voulait être sa thérapeute. Si quelqu'un recevait de mauvaises nouvelles de chez lui, elle voulait être la mère inquisitrice. Si quelqu'un avait besoin d'intimité, elle se considérait comme l'exception. Elle voulait se mettre à la place des autres, tout le temps.

— Et ça vous agaçait, monsieur Gibb ?

— Un peu. Je l'aimais bien, on a passé de bons moments, mais je ne lui ai jamais livré de terribles et sombres secrets. Je n'appréciais pas sa façon de chercher à me tirer les vers du nez sans arrêt, à tout savoir sur ma vie. J'avais l'impression qu'elle se servait du sexe comme d'un instrument pour crocheter les serrures de mes émotions. »

Prenant un air songeur, il parut se rappeler une de leurs rencontres, et ne put retenir un bruit désapprobateur.

« En tout cas, c'est arrivé souvent. Elle a dû s'offrir à tous les hommes et toutes les femmes de la mission. Je sais qu'elle a même tenté sa chance avec vos amis les siamois. Elle a aussi été avec D'Onofrio un moment. Et avec Lastogne, mais je ne vous apprends rien, je suppose. »

Ma surprise, à propos de Warmuth et Lastogne, émoussa quelque peu le tranchant d'une réponse qui se voulait froide, sèche et implacable.

« Savez-vous comment on appelle, dans une enquête pour meurtre, l'ancien amant qui accuse la victime de coucher à droite et à gauche ?

— J'ai ma petite idée.

— Le principal suspect. »

Sa contrariété, face à mes attaques qu'il estimait imméritées, sembla monter d'un cran.

« Si j'avais voulu la tuer, je n'aurais pas attiré l'attention sur mon crime en la crucifiant. Il m'aurait suffi de provoquer une chute, et d'appeler ça un accident.

— Ce qui, comme par hasard, correspond assez bien au scénario de ce qui est arrivé à Santiago. »

Il soupira.

« Personne ne risque de prétendre que j'ai couché avec Santiago.

— Pourquoi ? »

Sa fatigue n'était plus le numéro d'un individu décidé à se montrer au-dessus d'une série d'accusations indignes, mais la lassitude profonde et persistante de quelqu'un incapable d'en encaisser davantage.

« Si vous vous êtes renseignée sur la personnalité de Warmuth, vous savez comment était Santiago. En colère, méfiante, renfermée, paranoïaque, presque inhumaine dans sa détermination à repousser les autres. En bref, elle vous ressemblait beaucoup ; tout le contraire de cette pauvre Cynthia. Croyez-moi, je n'avais pas envie d'elle, ni elle de moi. Et vous ne trouverez personne qui dira l'inverse. »

Il avait raison.

« La plupart des gens à qui j'ai parlé me l'ont confirmé. Elle n'aurait pas voulu de vous.

— Bien. »

Gibb paraissait plus épuisé que jamais.

« Je n'ai pas besoin d'être aimé par toutes les femmes. L'antipathie de certaines ne me gêne pas.

— Oui. Je ne pense pas non plus que vous ayez joué le moindre rôle dans les sabotages à bord de cette station. »

Puis j'inspirai à fond et poursuivis.

« Mais en refusant toute relation avec vous, Santiago m'a fourni un excellent point de comparaison à l'aune duquel juger vos évaluations professionnelles du reste des engagées sous votre direction. »

Gibb se raidit, les yeux soudain attentifs, comme ceux d'un animal sentant qu'un prédateur est entré dans sa forêt.

« Quoi ?

— Une fois que j'ai commencé à remarquer certaines constantes, une analyse hytex a permis d'isoler en quelques minutes les noms de femmes dont les performances réelles ne justifiaient pas vos appréciations. Warmuth n'était que le cas le plus évident. Vous lui avez accordé un nombre significatif de primes de temps, peu après son arrivée sur la station ; elle n'avait ni terminé sa formation ni passé sa première nuit parmi les Brachiens, qui a aussi causé sa perte. Ça m'a intriguée dès que je m'en suis aperçue. Comment avait-elle pu se distinguer ainsi, au point d'en être récompensée, avant même d'accomplir quoi que ce soit de concret ? »

À présent, il suait à grosses gouttes.

« Vous n'insinuez tout de même pas que…

— Je n'insinue rien, monsieur Gibb. Je me contente d'énoncer les faits. Vous n'avez pas couché avec Santiago. Vous avez rendu hommage à sa mémoire. Vous avez loué son travail exemplaire. Vous avez dit qu'elle était promise à un bel avenir. Étant donné votre générosité en matière de primes, on pouvait s'attendre à ce qu'elle ait réduit la durée de son contrat au moins dans la même proportion que Warmuth. Mais vous ne l'intéressiez pas. Alors, pas de gratifications pour elle. Son engagement s'écoulait presque à son rythme normal.

— Je n'avais pas encore procédé à une évaluation sérieuse la concernant.

— Warmuth et Santiago permettent d'établir le schéma. Robin Fish le consolide. Fish n'avait rien de particulier à offrir, n'est-ce pas ? De son propre aveu, sa carrière était sur une voie de garage, elle s'occupait de paperasse, quand elle vous a approché en vous suppliant de lui proposer quelque chose d'un peu plus intéressant. Vous vous êtes lié d'amitié avec elle et l'avez fait intégrer une mission critique sur un habitat aux conditions si difficiles que le Corps diplomatique a eu du mal à le pourvoir en personnel. Je ne peux que m'interroger sur la façon dont elle vous a persuadé de lui donner sa chance ; elle, parmi tous les autres candidats possibles. Sur ce qui vous a incité à l'incorporer au programme avec un entraînement minime. Ou sur ce qui vous a poussé à la garder sur place, et à lui accorder généreusement vos primes, longtemps après qu'elle a prouvé sa totale incompétence. Le fait qu'elle soit à la fois séduisante *et* désespérée, juste dans les bonnes proportions, apporterait-il un début de réponse ?

— C'est répugnant...

— Je ne vous le fais pas dire. La vérité, c'est que son incapacité à fonctionner à l'intérieur de l'habitat n'avait rien à voir avec le travail officiel pour lequel vous l'aviez recrutée. Elle n'allait pas se plaindre. Si dégradante que la raison réelle de sa présence lui paraisse, c'était mieux qu'une voie de garage où elle aurait dû patiemment exécuter son contrat jusqu'à son terme et à son rythme normal. Dans ces circonstances, accumuler de grosses primes en se rendant simplement disponible pour vous représentait son meilleur choix de carrière. Et au début, je ne doute pas qu'elle se soit montrée coopérative, acceptant même l'explication selon laquelle vous aviez besoin de quelqu'un à temps plein dans le hangar. Vous êtes allé jusqu'à lui confier la responsabilité de la correspondance, dans un effort pour lui donner l'illusion qu'elle jouait un rôle productif, au même titre que les autres membres de votre équipe. Mais une fois qu'elle a compris le piège dans lequel elle était tombée, et surtout que son existence se résumerait dorénavant à celle d'une vulgaire concubine, le dégoût de soi a pris le dessus. Sa personnalité, déjà fragile au départ, s'est brisée, et elle s'est mise à se "soigner" – un processus que votre laxisme en matière de consommation de stupéfiants ou d'alcool dans le hangar a permis d'encourager.

» Peut-être avez-vous pensé que ça suffirait à la faire taire. Ou qu'au fond, vous vous êtes lassé d'elle et espériez qu'elle en finisse pour de bon. Vos motivations exactes importent peu, en fait. Seules les conséquences m'intéressent. Et dans ce cas, on comprend aisément comment elle est devenue la femme qu'elle est aujourd'hui.

» Puis Li-Tsan a craqué à son tour, ce qui vous a posé un problème un peu plus compliqué. Après tout, contrairement à Fish, elle venait d'un environnement professionnel qui la prédisposait au travail en altitude ; elle était donc qualifiée, même si elle a reconnu qu'elle avait déjà les nerfs fragiles. J'ignore si vous avez couché avec elle dans l'habitat, mais après sa crise, vous avez commis une erreur. Vous avez tenté de lui proposer le marché auquel Fish avait eu droit. Oh, vous avez sans doute pensé que vous n'aviez pas le choix : comment auriez-vous justifié de transférer Li-Tsan, tout en gardant Fish, plus instable et moins utile ? Même les plus durs à la détente dans votre équipe se seraient posé des questions. Et Li-Tsan a d'abord accepté votre offre. Son travail comptait beaucoup à ses yeux ; au moins pendant un temps, elle a dû se sentir coupable de vous avoir fait faux bond. Mais cet investissement professionnel était aussi sa force. Elle n'était pas brisée, et bien décidée à surmonter son problème et rapidement regagner l'habitat.

» Quand la situation n'a pas évolué dans ce sens, la spécialiste aguerrie et pleine d'assurance qu'était Li-Tsan, coincée dans une position totalement indigne d'elle, a naturellement réagi différemment de quelqu'un comme Fish. Elle allait tôt ou tard se rappeler qui elle était. Oh, elle n'a sans doute pas fait de vagues au début ; toutes ces primes étaient plutôt bonnes à prendre, et elle ne voulait pas risquer de reperdre ce temps raboté sur la durée de son contrat. Mais elle ne tiendrait pas éternellement. Elle craignait tant de ressembler un jour à sa compagne d'exil. L'état de Robin Fish, ce double plus pitoyable d'elle-même, suffisait à la mettre en rage contre l'homme devenu à ses yeux un méprisable et vulgaire souteneur.

» Le plus drôle, monsieur Gibb, c'est qu'au moment où vous avez eu votre petite dispute tous les deux, elle vous a carrément traité de maquereau, devant tout le monde. Oh, ce n'est pas exactement le mot qui convient, je vous l'accorde. Pour autant que je sache, vous ne vendiez pas ces femmes à qui que ce soit. "Violeur" aurait été plus proche de la réalité, au moins dans le cas de Fish, mais je reconnais que cette accusation ne tient pas non plus. Nous aurons peut-être à réfléchir à la terminologie qui s'applique plus tard. Je suis sûre qu'il existe en mercantile un mot qui véhicule à la perfection le caractère sordide de vos actes, et je suis tout aussi sûre que c'est considéré comme un crime.

» En tout cas, plus Li-Tsan vous en a voulu, plus il devenait risqué pour vous d'approuver son transfert. Elle était assez en colère pour commettre l'erreur de raconter son histoire à un représentant des autorités. Alors, vous lui avez offert de nouvelles primes pour la faire taire. Elle les a acceptées, mais ça n'a pas suffi à calmer son hostilité à votre égard, au contraire. Vous avez donc eu recours à la seule mesure qui vous restait pour vous protéger encore un peu plus longtemps. Vous avez multiplié les barrières entre Li-Tsan et toute possibilité de communiquer avec vos supérieurs de La Nouvelle-Londres. Pour ce faire, vous avez annoncé à Robin Fish que vous repreniez la supervision de toute correspondance. Cet arrangement vous permettait de censurer Li-Tsan.

» Mais même ainsi, vous deviez commencer à vous sentir piégé. Vous reteniez deux individus qui n'avaient pas leur place dans cette mission, mais que vous ne pouviez pas relâcher, de peur qu'ils vous dénoncent.

» Puis un troisième cas d'acrophobie s'est déclaré ; cette fois, vous avez poussé un soupir de soulagement : la victime était un homme, susceptible de vous servir d'alibi. Vous ne pouviez pas non plus le transférer : laisser partir les hommes inaptes et pas les femmes aurait semblé encore plus louche. Mais, dans un esprit d'égalité de traitement entre les sexes, vous pouviez le garder ici, le faire taire en lui octroyant des primes d'une durée équivalente à celles dont avaient déjà bénéficié Robin et Li-Tsan. La beauté de ce plan, c'est qu'il camouflait votre méfait et faisait de D'Onofrio votre complice, tout en se passant de son contentement. Il a fallu que Robin et Li-Tsan lui expliquent de quoi il retournait. Et à ce moment-là, il était coincé, comme elles, parce qu'il ne pouvait pas vous démasquer sans se compromettre, avec elles. »

Gibb trembla.

« C'est… c'est une drôle de théorie, maître.

— Oh, je vous en prie. Vous pensez vraiment que je perdrais mon temps, si j'en étais encore au stade des conjectures ? Quand mon analyse a fait ressortir ce schéma, je n'ai eu aucun mal à trouver deux ou trois engagés dont les dossiers me semblaient tout aussi suspects. En échange de l'immunité et de la promesse qu'ils conserveraient les primes accumulées, ils ont volontiers accepté de témoigner. J'ai offert le même marché à Fish, Crin et D'Onofrio, qui n'ont pas hésité une seconde à vous balancer. Li-Tsan s'est sentie vraiment soulagée, dès que je lui ai confirmé qu'elle ne risquait aucune poursuite. Nous sommes devenues les meilleures amies du monde, elle et moi. J'ai déjà téléchargé ces dépositions, et mon instinct me souffle que je n'aurai aucune peine à en obtenir davantage. »

À présent, je m'approchai suffisamment pour respirer l'odeur âcre des gouttes de sueur apparues sur ses joues.

« Croyez-moi, monsieur Gibb, ma cruelle expérience m'a appris une chose : personne n'aime être traité en propriété. Certains engagés détestent leur statut et sont prêts à tout pour écourter leur service. Vous avez exploité cette faiblesse pour transformer une mission diplomatique d'une importance critique en lupanar personnel.

— Je n'ai jamais forcé qui que ce soit... », se mit à protester Gibb.

Je le coupai brutalement.

« Croyez-vous que j'aie l'intention de vous accuser d'avoir abusé ces gens ? Je vous en prie. Un peu de sérieux. Vous avez absolument raison : vous ne les avez pas forcés. Ils savaient tous ce qu'ils faisaient, et puisque je ne considère pas particulièrement la prostitution comme un crime, je respecte le droit de chacun à faire le commerce de ses charmes pour réduire la durée de sa dette. Par ailleurs, je ne peux qu'approuver une femme qui aura le bon goût d'exiger une compensation contre un moment passé en votre compagnie. Les auriez-vous payées en monnaie légale, que je me contenterais de hausser les épaules et de dire : tant mieux pour vous, tant mieux pour elles. Ce qui se déroule entre adultes consentants, etc.

» En revanche, j'ai nettement moins d'indulgence envers la façon dont vous avez retenu trois personnes quasiment prisonnières, prenant leur avenir en otage. Voilà, monsieur, ce qui me semble révoltant, et qui élimine toute possibilité que je vous témoigne la moindre compréhension.

» Ce n'est toutefois pas votre crime.

» Votre *crime*, répétai-je avec véhémence, est le détournement de temps dû au titre de contrats d'engagement signés avec le Corps diplomatique. Ce temps était la propriété de l'humanité entière. Vous l'avez détourné en le dépensant de manière extravagante pour votre plaisir personnel et en surpayant les services fournis. »

Je retins la suite de mon raisonnement autant que possible, laissant l'idée prendre forme dans l'air entre nous.

Sa bouche remua sans émettre de son, comme s'il cherchait à bafouiller de vaines protestations. Je repris la parole.

« À moins que j'annule l'envoi déjà programmé d'un message hytex rédigé à l'attention du Corps diplomatique, La Nouvelle-Londres exigera le remboursement intégral de ce temps. Les autorités pourraient envisager de recréditer les contrats de chacune des femmes concernées, mais je ferai en sorte qu'elles prennent conscience de l'ampleur de la tâche et des difficultés à distinguer les primes légitimes des gratifications indûment perçues. Elles auront sans doute à cœur de s'éviter des comptes d'apothicaire et des arguties juridiques. Je leur ferai également remarquer que s'en prendre individuellement à chaque bénéficiaire multiplierait les risques de scandales inutiles, sans nécessairement avoir l'effet dissuasif recherché sur d'autres fonctionnaires tentés de monnayer leurs responsabilités pour satisfaire leurs hormones.

» Non, conclus-je. Une fois que j'aurai présenté les choses à ma façon, je gage que le Corps diplomatique se contentera d'ajouter la totalité du temps volé à la durée de votre propre contrat. Des années. Probablement des décennies, avec les pénalités, et éventuellement les délits similaires commis au cours de vos affectations passées. Peut-être ne vivrez-vous pas assez longtemps pour rembourser, même avec des rajeunissements réguliers. Le Corps diplomatique ne vous fera pas cadeau d'une seule minute ; vous pourrez compter sur eux pour vous réserver les postes à haut risque, les moins prestigieux, ceux dont personne ne veut, des endroits pires qu'Un Un Un. Vous vous acquitterez de ces années, jusqu'à la dernière. Peut-être décrocherez-vous quelques primes de pénibilité qui vous permettront de retrouver le confort de la civilisation d'ici à dix ou vingt ans, système mercantile, après vous être cassé le dos et y avoir laissé votre santé. Pour ma part, je ne crois pas que vous tiendrez le coup, à moins d'avoir la chance de tomber sur quelqu'un comme vous. Un ambassadeur ou une ambassadrice sensible à vos charmes vous offrira alors de raboter votre contrat. Je ne vous envie pas ; vous aurez sans doute à vous frotter à des environnements de travail assez éloignés de vos préférences. Mais vous ne serez pas en position de faire le difficile. »

Gibb était devenu dangereusement calme.

« Vous êtes vraiment une sale petite garce vindicative, vous savez ?

— Et ça vous étonne ? »

Le non-ambassadeur n'était plus à présent que le réceptacle d'une explosion potentielle massive, que ne retenaient en lui que les plus fines couches de peau et de civilisation. Si je l'avais poussé encore un peu plus dans ses derniers retranchements, il aurait pu m'agresser, ou même tenter de me jeter du haut du pont. Mais c'était un diplomate ; rompu à la science subtile de la nuance, il n'avait pas manqué d'entendre la possibilité d'échappatoire mentionnée en passant.

« Vous avez dit : "À moins que."

— Exact. De toute façon, votre carrière est terminée, mais je suis prête à vous éviter la disgrâce et à vous laisser prendre tranquillement votre retraite sur le monde de votre choix. »

Il grogna.

« Que voulez-vous ?

— Commencez par me dire tout ce que vous savez de Peyrin Lastogne. »

Il me regarda longuement, comme s'il espérait une requête plus difficile. Puis il se voûta.

« Bien avant votre arrivée, j'ai tenté de comprendre ce qu'il cachait. En vain.

— Ce n'est pas un représentant légal du Corps diplomatique ; sinon, il aurait un dossier dans le fichier du personnel. »

Gibb ne releva pas les yeux vers moi.

« C'est vrai. Il en aurait un. Mais je n'ai rien trouvé sur ses antécédents. Je n'ai même pas réussi à savoir auprès de qui il prenait ses ordres.

— Qui est-il, alors ? »

Il rit, sans amertume, mais sans joie non plus : juste du mépris pour ma naïveté feinte.

« Allons, maître. Vous n'en êtes pas à votre coup d'essai dans le milieu des ambassades. »

Je le laissai, dernier résident de la mission qu'il avait commandée, avec pour seule compagnie les ténèbres, ses doutes et le vain espoir que sa coopération lui vaudrait ma clémence. J'entamai ma descente, puis m'acheminai à travers le réseau de ponts de corde sans qu'il tente de me retenir.

Certains auraient pu considérer qu'en l'abandonnant ainsi, avec sa carrière, sa réputation et sa vie en miettes, je commettais l'équivalent moral d'un meurtre. L'abîme qui s'ouvrait sous Hamac-Ville n'offrait-il pas la plus facile des sorties ? Une solution qu'il adopterait peut-être d'ici à l'aube, et la perspective de lendemains peu prometteurs, si une pensée plus sombre que les autres l'y poussait.

J'avais peut-être agi de manière irresponsable, en le laissant seul face aux conséquences. Mais un homme capable des choses qu'il avait faites, un individu aussi imbu de sa personne se raccrocherait à n'importe quelle lueur d'espoir, même faible. Dans les heures à venir, son cerveau imaginerait des stratégies de défense, des démentis, des marchés à conclure avec les témoins à charge. Il se persuaderait mille fois qu'il tenait toutes les cartes en main, avant que tout s'écroule, la mille et unième fois.

Il oscillerait toute la nuit entre espoir et désespoir, une nuit qui s'annonçait longue et difficile, avec ses récriminations et ses rationalisations pour compagnes.

Je ne croyais pas qu'il sauterait.

Mais il méritait de côtoyer cette tentation.

Une voix surgie des ténèbres m'appela.

« Prête, Andrea ?

— Quand vous voulez. »

Une échelle télescopique émergea de l'obscurité en contrebas. Dans l'espace vide qu'avait occupé ma tente, elle m'offrait mon évasion du réseau de cordes déserté de Hamac-Ville. Je l'empoignai à deux mains et, plantant fermement mes talons de part et d'autre d'un barreau, j'entamai la descente vers la plate-forme de chargement du glisseur.

Gibb avait raison : je m'améliorais. Non pas que je trouve ce genre de manœuvre plus réjouissante. Bien que solide sur mes jambes au moment de franchir la rambarde pour rejoindre les Porrinyard à l'avant, mes mains tremblaient.

« Il a eu un choc, dirent-ils.

— Je crois. »

Je leur avais demandé de suivre ma confrontation avec Gibb, au cas où il deviendrait violent. Ils auraient aussi pu intervenir si mon ami le Provocateur en avait profité pour se manifester. Je ne prétendrais pas que les savoir si proches m'avait beaucoup rassurée. Si je les estimais tout à fait capables de me protéger contre Gibb, j'étais nettement plus sceptique à propos du Provocateur. Je me sentis tout de même soulagée de les retrouver. Ils commençaient à me devenir indispensables.

« Où allons-nous ? demandèrent-ils.

— Tournez en rond. J'aurai bientôt la réponse. »

J'ignore combien de temps nous errâmes dans les ténèbres. Pas plus de quelques minutes, je suppose. Mais j'étais tellement absorbée, mon esprit labourant le même terrain en tous sens, que je n'aurais pas été surprise d'ouvrir les yeux sur un monde nouveau, des millénaires plus tard, où tous mes problèmes auraient été de l'histoire ancienne.

Pendant ce temps, je songeai à Lastogne.

Je pensais avoir une assez bonne idée de ce qu'il était. Ça ne datait pas d'hier. J'avais souvent eu affaire à des individus comme lui. Issus de la vraie nature de l'animal humain. Le témoignage réticent de Gibb n'avait fait que confirmer mes propres suppositions. Mais quel genre d'espion affiche ainsi sa place dans l'ordre des choses ? Un terroriste appartenant à une faction au sein de la Confédération se serait doté d'une fausse identité inattaquable, pour minimiser le risque d'être découvert et renvoyé à La Nouvelle-Londres à l'heure qu'il était. Était-il une espèce d'agent politique ? Ou le sabotage lui-même avait-il fait partie de sa mission ?

Gibb m'avait fourni le peu d'informations à sa disposition. *La Nouvelle-Londres n'arrête pas de me dire qu'il est autorisé à se trouver parmi nous, mais refuse de me donner des détails. Une chose est sûre : il est dangereux.*

Un autre aspect m'ennuyait. L'un des petits credo personnels que j'avais partagés avec Gibb. *Savez-vous comment on appelle, dans une enquête pour meurtre, un homme dans votre position qui « oublie » de mentionner sa liaison avec la victime ? Le principal suspect.*

Gibb m'avait retourné l'argument, quand il avait lâché cette bombe à propos de Warmuth et Lastogne.

Lastogne n'avait pas soufflé mot de cette liaison. Il avait critiqué l'idéalisme de Warmuth, son goût excessif pour la nouveauté, il avait exprimé du désarroi en apprenant pour elle et D'Onofrio. Mais, interrogé sur ses propres sentiments pour elle, il avait affirmé que ça n'entrait pas en ligne de compte. Il avait réussi à donner l'impression de répondre à la question, alors qu'il s'en gardait bien.

Il m'avait manœuvrée de main de maître. Il avait senti ma misanthropie et joué sur cet aspect de ma personnalité, allant jusqu'à accuser les Porrinyard du même défaut. Simple stratagème d'un habitué de la manipulation ? Ou faux-fuyants d'un sociopathe ?

La sensation de frustration qui me tenaillait depuis des jours réapparut. Mes doigts tremblèrent. Je baissai les yeux ; la main de Skye couvrait la mienne. Je vis les tendons de mes poignets se contracter, comme s'ils avaient quelque chose à faire, mais ignoraient comment procéder.

Je retirai ma main pour l'observer, comme une forme de vie inconnue. La paume ridée, la fine cicatrice au poignet, mes doigts maltraités, avec la peau abîmée au bout, où je la mordillais dans mes moments d'intense concentration.

Tout avait remarquablement cicatrisé.

Comment le Brachien à qui j'avais parlé avait-il appelé les IAs-source ?

La Main dans les Ombres.

« Ça va ? » s'inquiétèrent les Porrinyard.

Je n'en étais pas sûre. Le sang battait dans mes tempes, si fort que je parvenais difficilement à entendre autre chose.

« Lastogne attendra, répondis-je enfin.
— Hein ?
— D'abord, je dois devenir une Ombre. »

20

Suspension

Dans l'éclairage indirect de notre glisseur, les yeux des Brachiens semblaient saturés de cette qualité indicible qui pousse les humains à qualifier d'autres êtres de sages.

Nous avions bien perçu cette qualité dans les yeux d'animaux terrestres aussi différents que les hiboux, les orangs-outans, voire les chiens. J'avais donc pleinement conscience du caractère subjectif de cette impression et du faible lien qu'elle entretenait avec la sagesse réelle, mesurable. Pourtant, je ne pus résister à la réaction involontaire que déclenchait chez moi le visage d'un Brachien.

Les Porrinyard avaient décrit Ami des Ombres comme une vieille connaissance, tout en prenant soin de souligner que nous n'avions pas affaire à l'individu du même nom qui vivait près de Hamac-Ville. Je m'en serais doutée. Le camp de tentes se situait à plusieurs kilomètres à bâbord dans le sens de la rotation, une distance trop importante pour que le plus rapide des Brachiens la parcoure en deux jours. Son apparence était d'ailleurs différente ; sa fourrure présentait un motif marbré grisâtre, congénital ou dû à son grand âge, et il portait les marques de nombreux combats sur son visage ; une balafre lui traversait un œil rendu opaque par le trauma ou le temps.

« Votre visite est une surprise.

— Pourquoi ? demanda Skye, seule.

— Nous avons appris que tous les Fantômes avaient quitté le monde. »

Clairement une allusion à l'évacuation de Hamac-Ville.

« C'est très récent.

— Non, c'est déjà de l'histoire ancienne, répondit le Brachien. C'est arrivé la nuit précédente. Nous le savions avant que les soleils s'allument, le lendemain matin.

— Comment avez-vous su ?

— Les créateurs voulaient que nous sachions, alors nous avons su. »

Logique. Leur vitesse de déplacement excluait le bouche-à-oreille. Mais de quelle faction IA-source avaient-ils obtenu l'information ? La Majorité ou celles qu'on m'avait présentées comme les Intelligences renégates ? Les Brachiens établissaient-ils une différence ?

Je chuchotai une question à Oscin, qui sortit par la bouche de Skye.

« Vos créateurs communiquent-ils souvent avec vous ? »

La réponse fusa.

« Quotidiennement. »

Je soufflai une autre question à Oscin.

« Vous ont-ils informés de ce qui était arrivé à Warmuth et Santiago ? » enchaîna Skye.

Une pause.

« Un des vôtres a embrassé la Vie, un autre a été réuni avec la Mort.

— Ça vous attriste ?

— Vous êtes des Fantômes. Vous oscillez entre la Vie et la Mort. Ce n'est pas nouveau pour vous. »

Je songeai à cette réponse plus longuement que nécessaire, réfléchissant à la prochaine étape, inévitable.

À ma demande, formulée à voix basse, nous descendîmes.

À mille mètres sous les Frondaisons, les ténèbres engloutirent le monde créé par les IAs-source. Au-dessus, en dessous et de chaque côté de nous : tout était de la même nuance de noir. Les orages qui éclairaient si souvent les nuages s'étaient calmés, nous laissant à la dérive dans une sorte de cocon d'obscurité oppressante.

Assis en face de moi, les Porrinyard me regardaient frissonner. Aucun d'eux n'offrit de me réconforter. Leur comportement me surprit, eux qui m'avaient habituée à se précipiter à ma moindre manifestation de détresse. Puis je m'aperçus qu'ils avaient probablement senti que leur compassion m'aurait indisposée.

Rien ne leur échappait, même pas ça.

Ils m'accordèrent plusieurs minutes pour respirer doucement, profondément, avant de s'écarter, me ménageant un espace entre eux.

« Vous n'avez pas à subir ça », dirent-ils.

J'examinai mes mains.

« Si. Si je veux sentir l'effet que ça fait.

— Est-ce bien nécessaire ? Ne pouvez-vous pas comprendre les choses à distance ? Par déduction, à partir de ce que vous savez déjà ?

— Pas si je veux être sûre. »

Skye vint s'asseoir à côté de moi, un mouvement si fluide et si gracieux qu'elle l'exécuta avant que j'en prenne conscience. Ses yeux, sombres dans la lueur hésitante des instruments, brillaient plus que ceux d'Oscin ; elle semblait au bord des larmes. Mais quand ses lèvres remuèrent, la voix qui en sortit appartenait surtout à Oscin.

« Assurer votre protection contre Gibb était une chose. Là, c'est complètement différent. On parle d'un risque totalement inutile. »

Je secouai la tête.

« Je vous avais prévenus. »

C'était la deuxième fois qu'ils manifestaient de la colère en ma présence. Comme la plupart des aspects de leur personnalité, elle semblait émaner non pas de leurs corps, mais d'un espace indéfini situé entre eux ; elle était palpable, pleine de ressentiment, de peine.

« Vous m'avez dit de m'attendre à quelque chose, sans donner de précisions. Mais vous saviez dès le début, n'est-ce pas ? Depuis combien de temps étiez-vous sur la station quand vous avez compris que vous alliez le faire ? »

J'aurais dû répliquer que je n'avais pas besoin de leur permission.

« J'ai su le premier jour. Quand Lastogne m'a présenté un Brachien. »

Skye se mordit la lèvre inférieure, cédant la parole à Oscin.

« Mais vous aviez conscience que Gibb et Lastogne s'y opposeraient. Ils sont responsables de votre sécurité et vous n'êtes pas préparée, ni physiquement ni psychologiquement. Vous avez anticipé le fait qu'ils joueraient de leur supériorité hiérarchique à la seconde où vous émettriez une telle suggestion. Vous aviez besoin d'alliés pour agir, dans leur dos, et qui n'hésiteraient pas à enfreindre quelques règles, à l'abri des regards. »

Skye parla, seule.

« Et pour ça, vous avez commencé par vous débarrasser de Lastogne comme guide. »

Ils reprirent, de conserve à nouveau.

« Vous n'avez pas uniquement cherché à faire de nous vos amis, n'est-ce pas ? Vous nous avez mis à l'épreuve, pour savoir jusqu'où nous irions pour vous. »

Voilà bien longtemps, des années peut-être, que je n'avais plus fait grand cas des sentiments d'autrui. Je n'aurais pas cru possible de blesser les Porrinyard qui, entre eux, semblaient montés sur des fondations bien plus solides que ne l'avaient jamais été les miennes. Pourtant, aussi incroyable que ça puisse paraître, je les voyais en train de s'effondrer devant moi. Bon sang, ils s'y entendaient à me faire sentir coupable. Je ne réussis à formuler une réponse satisfaisante qu'au bout de plusieurs secondes.

« La première fois que vous avez tenu ma vie entre vos mains, personne ne m'a demandé mon avis. La deuxième et la troisième, j'ai choisi de vous avoir avec moi. Ce faisant, je vous ai mis à l'épreuve, je le reconnais, je me suis servie de vous. Je me suis fiée à vous. »

Ils roulèrent les yeux en direction des Frondaisons.

« Mais depuis le début, c'était pour *ça*.

— Plus seulement, depuis déjà un certain temps. »

Ils allèrent chacun d'un côté du glisseur, adoptant des positions identiques, jusqu'à la légère courbure de leurs jambes droites respectives, comme si chacun exécutait une parodie chorégraphiée de l'autre. Quand ils s'adressèrent à la nuit, je ne parvins pas à attribuer un son particulier à une paire de lèvres.

« Au moment où les individus Oscin et Skye ont annoncé leur intention de ne plus faire qu'un, leurs amis et leurs familles ont été horrifiés. "Et tout ce à quoi vous renonceriez, vous y avez pensé?" ont-ils dit. Les individus Oscin et Skye ont répondu : "Non, nous ne renonçons à rien." Les deux familles ont alors posé la même question. Comment pouvions-nous en être *sûrs* ? »

Ma poitrine me brûlait.

« Que leur avez-vous dit ? »

Ils gloussèrent en harmonie.

« Rien de bien précis, Andrea. Les individus Oscin et Skye n'étaient sûrs de rien. Ils n'avaient pas vécu en *inseps*, vous comprenez. Je ne représentais qu'une idée pour eux, une simple abstraction. Ils ne savaient pas à quoi s'attendre, ils ignoraient que mon moi partagé serait pétri de certitudes à propos d'à peu près tout. »

Ils se détournèrent de la nuit et s'assirent en face de moi, les yeux brillants.

« Voilà ce que vous avez ramené dans ma vie, Andrea : une incertitude rafraîchissante. »

Les préliminaires, ma présentation aux Brachiens en tant que Fantôme qui souhaitait goûter à la Vie, se déroulèrent rapidement et sans accrocs.

M'attacher fermement se révéla un cauchemar. Mes membres se révoltèrent à l'idée de confier ma vie à une poignée de racines, de branches et de filins de sécurité. Plus d'une fois, ils se figèrent, refusant de se soumettre, tandis que les Porrinyard m'assuraient qu'il n'y avait pas de honte à renoncer. Je faillis les écouter quand ils m'arrachèrent la promesse de leur faire signe à la moindre alerte.

Mais je tins bon, et me retrouvai bientôt suspendue aux Frondaisons par les quatre membres. La relative souplesse des racines et des branches m'autorisait tout de même une certaine mobilité. J'avais introduit mes bras et mes jambes à des endroits permettant leur passage, accroché mes chevilles autour d'une boucle basse, et empoigné des branches assez épaisses pour offrir des prises solides. D'après les Porrinyard, la plupart des engagés préféraient se suspendre face aux Frondaisons pour cet exercice, une orientation qui correspondait à celle des Brachiens eux-mêmes. Pour ma part, j'insistai pour tourner le dos au plafond du monde, avec vue plongeante sur les nuages.

Je ne me sentis pas plus en sécurité quand, depuis la plateforme de chargement du glisseur à côté de moi, les Porrinyard attachèrent une première corde autour de ma taille ni même après la seconde, plus large, ajoutée autour de ma poitrine. Profondément arrimées sous de nombreuses couches de végétation, elles supportaient l'essentiel de mon poids, laissant mes bras libres, en cas de besoin ; elles soulageaient aussi en grande partie mes membres d'une tension qui serait vite devenue insoutenable. Mon esprit appréciait également ces mesures de sécurité, mais en mon for intérieur, je les considérais au mieux comme des protections illusoires.

En dessous de moi, les nuages orageux me semblèrent très, très en colère.

Je continuais de lutter pour maîtriser ma respiration, quand les Porrinyard me dirent :

« Andrea ? Il y a encore deux choses que vous devez savoir. »

À commencer par le fait qu'il fallait être complètement idiot pour se fourrer dans une situation pareille.

« Je vous écoute. »

Les Porrinyard posèrent chacun une main protectrice sur une de mes épaules.

« La plupart des gens ont un peu peur de l'altitude. Une légère acrophobie est saine. C'est sa forme excessive, incontrôlable, qui pose problème. Ceux qui en souffrent n'ont pas peur des hauteurs parce qu'elles seraient dangereuses ; ce qu'ils craignent, c'est de ne pas pouvoir résister à la tentation de sauter. Ils s'imaginent céder à cette impulsion. En d'autres termes, ce qui les paralyse, ce n'est pas tant la peur de l'altitude que d'être pris d'une soudaine impulsion. »

Je songeai à la facilité avec laquelle je pourrais desserrer les filins de sécurité et plonger dans le vide ; cette pensée, si horrible soit-elle, m'apparut par trop attrayante.

« C'est maintenant que vous me dites ça...

— Si je ne vous croyais pas en pleine possession de vos moyens, je ne vous laisserais pas ici.

— J'espère que vous ne vous trompez pas, répondis-je, un brin hystérique.

— Moi aussi. Vous êtes très belle. »

Mon calme m'abandonna, vaincu par la distance qui me séparait des nuages orageux, loin en contrebas.

« V... vous aussi. »

Ils me gratifièrent de deux sourires d'un blanc éclatant.

« J'attends avec impatience le moment où je surmonterai votre résistance. »

Bon sang, ce n'était pas loyal.

« Ça... ça risque d'être difficile. Je ne suis pas du genre à me laisser entraîner...

— J'ai l'avantage du nombre. »

Sur ces mots, ils se laissèrent retomber et se remirent d'aplomb dans la pesanteur du glisseur. Puis, après un signe de la main, ils s'éloignèrent à vive allure, emportant avec eux la lumière et ma dernière chance de renoncer.

C'était idiot d'avoir peur. Mon corps réagissait instinctivement face à ce qu'il considérait comme une menace. Mon pouls et ma respiration s'accéléraient, ma transpiration augmentait, et mes membres se pétrifiaient ; mon esprit s'obscurcissait, monopolisé par une seule pensée, si contre-productive soit-elle, imperméable à tout raisonnement : *Je vais mourir.*

Pour l'heure, le scénario qui m'absorbait impliquait une soudaine déchirure dans les Frondaisons. Un endroit fragilisé par les griffes des Brachiens, amené à son point de rupture par la tension qu'exerçaient mes mouvements involontaires. *Je vais mourir.* Les lèvres de la plaie végétale s'écartaient peu à peu, prenant la forme d'un éclair en zigzag. *Je vais mourir.* Une section entière de plantes grimpantes et rampantes, arrachée à l'ensemble, m'entraînait dans l'abîme qui avait dévoré Santiago. *La ferme !* Jusqu'où allais-je tomber, d'ailleurs, avant de sentir le vent contre mon visage et d'abandonner tout espoir ? Un mètre ? Deux ? Trois ?

Je fermai les yeux.

Je vais mourir.

Pas de quoi en faire toute une histoire, en fait : nous allions tous mourir. Chaque souffle que je volais à l'univers, je le gagnais sur les cauchemars de mon enfance. Respirer comme un acte de défi. Respirer comme une victoire. Respirer comme…

Oh, merde.

Mon dernier repas remonta et jaillit de mes lèvres, telle une grande comète volcanique.

C'était une des raisons qui m'avaient poussée à exiger qu'on m'installe dos aux Frondaisons. Tournés vers le haut, les gens attachés qui vomissent ont la méchante habitude de mourir étouffés. Au moins, si la mort venait me chercher, ce ne serait pas salissant, et j'aurais l'air moins bête.

Pas salissant, disons.

Je me demandai quelle distance avaient parcourue mes vomissures. Quelques centaines de mètres ? Plus ? Formaient-elles toujours une masse cohérente ou le vent les avait-il séparées en…

Assez ! Ça ne sert à rien. Concentre-toi, enfin ! Bannis la peur.

Je songeai à une petite fille prisonnière, résistant aux messages subliminaux diffusés par ses geôliers pour qu'elle reste docile ; plutôt que se fatiguer les poings contre les murs, elle avait appris à dominer sa rage et sa peur, elle s'était juré de survivre sans concession.

Il n'existait pas de différence visible entre ces ténèbres-là et celles que j'affrontais à présent. Je savais ce que cachaient les ténèbres.

Je n'avais pas de mérite, je le savais depuis Bocai.

Les minutes s'écoulèrent, interminables ; à mesure que ma respiration ralentissait, mes réactions phobiques s'effacèrent devant une vague détresse.

Avez-vous déjà vécu une très longue période parmi une espèce différente de la vôtre ? Moi oui. Sur Bocai, ils avaient formé une vaste famille étendue. Ailleurs, ils avaient été des ennemis, des alliés ou des contacts en mission. Ici, sur Un Un Un, ils appartenaient au paysage. Je pouvais sentir l'odeur de moisi de leur fourrure, entendre le sifflement discret de leur respiration, distinguer des traits de personnalité en fonction de leurs soupirs, de leurs gémissements ou de leur façon de changer de position autour de moi. Je prenais conscience du rythme curieux de leur existence, sens dessus dessous, du lien profond qu'ils entretenaient avec leur environnement à chaque instant. Même leurs sentiments à mon égard, moi, l'intruse qui leur imposait sa présence, je les sentais. Je devais leur apparaître bizarre, étrangère, peut-être empestais-je ; je ne cadrais en rien avec leur idée de la normalité. J'imaginais aisément leur réaction à l'annonce de l'arrivée sur Un Un Un de ces humains, animés des meilleures intentions. La nouvelle n'avait pas dû les enthousiasmer. Mais qu'avaient-ils éprouvé ? De la confusion ? De l'amusement ? De la colère ? Du dégoût ? De la rage ? De la malveillance ? Peut-être autre chose, qui n'apparaissait sur aucun éventail humain... Tout sauf du soulagement, en tout cas. Après tout, n'étions-nous pas leurs « Fantômes » ? ; un spectre n'a jamais été une source d'apaisement pour ceux qu'il hante.

Quel que soit leur rôle par ailleurs, les IAs-source nous avaient fait une farce. La voilà, la vérité. Elles avaient tout organisé pour que, poussés par nos idéaux, nous investissions un monde où ils se révélaient inapplicables, alors que ses habitants s'en sortaient très bien sans nous.

Nous considérions les Brachiens comme des propriétés, mais ils ne possédaient aucun système de référence pour mesurer la liberté. S'ils étaient des prisonniers, ils ne pouvaient pas vivre ailleurs et sans leurs geôliers. Quant au travail de ces « esclaves » pour leurs « maîtres », il se limitait à leurs activités naturelles. Pour les principaux intéressés, ces débats n'étaient que pure abstraction : autant discuter de la subtilité des couleurs pour des créatures nées aveugles. Le comportement des Brachiens, leur rôle dans cette comédie, au-delà de l'amusement qu'ils devaient procurer aux IAs-source, resterait probablement un mystère pour nous. Nos deux espèces ressemblaient à deux défilés, marchant d'un même pas dans une même rue, au même rythme, mais ignorant la présence de l'autre, jusqu'au moment de la collision.

J'en étais encore à me demander si c'était là tout l'enjeu, quand le Provocateur parla, quelque part tout près de moi.

« Vous êtes foutrement incorrigible, vous savez ? »

Comme précédemment, la voix n'était ni masculine ni féminine ; ni jeune ni vieille ; ni raisonnable ni démente : juste plate, posée, passe-partout, vidée de tout caractère. Ce n'était pas non plus la voix étrange/pas-vraiment-une-voix employée par les IAs-source.

Humaine, mais sans humanité.

Je n'étais ni surprise ni effrayée. J'aurais été plus inquiète si le Provocateur ne s'était pas manifesté cette nuit. Mais si la suite devenait plus déplaisante, je tenais à éviter que les Brachiens se méprennent et croient à une attaque contre eux. J'activai donc mon brouilleur avant de continuer.

« Oui, je sais. Vous m'entendez ?
— Aussi clairement que j'entendrai vos cris quand vous tomberez. »

Ma capacité à ressentir la peur fonctionnait à plein régime, je n'avais pas besoin d'en rajouter. Pourtant je souris, saluant son sens de la repartie.

« J'étais sans nouvelles, je commençais à me faire du souci. »

Vidée de toute émotion, la voix ne parvint pas à véhiculer la hargne qui l'animait. Mais l'intention y était.

« Je vous pensais assez intelligente pour comprendre que vous aviez choisi le camp des perdants.

— Si vous me connaissez si bien, vous devriez savoir que je n'unis mes forces à aucune autre.

— Nous sommes tous des propriétés, Andrea, qui appartiennent à un camp ou à un autre. Si nous n'avons pas nécessairement conscience duquel, c'est par aveuglement. Prétendre rester neutre est une illusion ridicule. Nos faits et gestes nous sont dictés par ceux qui tirent réellement les ficelles. »

Quelque chose bougea dans l'obscurité, plus rapidement qu'un Brachien aurait dû pouvoir le faire.

« La plupart d'entre nous ne sont que des pions, ou presque. Ils occupent de l'espace sur l'échiquier et compliquent la partie pour ceux qui peuvent changer les choses. Mais même ceux d'entre nous qui ont un rôle à jouer doivent se contenter de marquer quelques points, de quoi donner peut-être un avantage provisoire à son camp. Ce n'est pas une vie pour un sentient.

— Et c'est pour ça que vous en avez après moi ? Vous vous proposez d'abréger mes souffrances ? »

Le Provocateur émit un rire écœuré, angoissé, un équilibre entre malveillance et dégoût de soi.

« Moi aussi, je ne fais qu'exécuter les ordres, Andrea. J'ai juste réussi à négocier qu'on donne du mou. »

Libérant mon bras droit, je cherchai ma ceinture à tâtons dans l'obscurité ; je saisis un objet que j'avais récupéré dans mon sac, au cas où j'aurais besoin de me défendre. Mais il me glissa entre les doigts et dégringola à tout jamais dans les ténèbres. De dépit et de rage, je jurai. Bon. Voilà qui pouvait se révéler gênant.

« Je connaissais votre réputation, poursuivit le Provocateur. En prenant mes renseignements, j'ai appris que vous aviez vos détracteurs, et même qu'ils vous haïssaient, mais aussi que vous vous en moquiez. Vous étiez une héroïne pour moi. Je ne vous voulais pas comme adversaire ici. Quand j'ai su que vous veniez, j'ai fait mon possible pour vous dissuader. »

Par le biais du premier des messages reçus après ma sortie d'intersom.

Je retirai autre chose de ma ceinture : un disque minuscule, de la taille de l'articulation d'un de mes doigts ; même dans cette obscurité presque totale, il trouva assez de lumière ambiante pour briller. Je le brandis devant moi, décrivant un demi-cercle maladroit ; j'ignorais si cette trajectoire le plaçait entre nous, ça n'avait d'ailleurs presque aucune importance.

— Qu'est-ce que vous espérez me faire croire ? Que c'est une arme quelconque ?

— Je me fiche de ce que vous pensez, répondis-je posément. De votre propre aveu, vous avez pris vos renseignements : vous savez de quoi je suis capable et que j'accorde peu de poids à ma propre vie. Je n'hésiterais donc pas à déclencher une explosion susceptible de tout réduire en cendres dans un rayon de cent mètres, si je suis persuadée de me débarrasser de vous par la même occasion. »

Silence. Puis :

« C'est ridicule.

— Peut-être, mais ça cadre plutôt bien avec ma personnalité. Qu'est-ce que vous en dites ? Ne suis-je pas du genre à me balader avec une bombe à la ceinture, juste au cas où ? Si vous me croyez vraiment trop raisonnable pour mettre ma menace à exécution, approchez. Sinon, rassurez-vous, de nouvelles occasions de me tuer ne manqueront pas. Promis. Avant demain, même heure. »

L'espace devant moi s'éclaira avec une autre des créations du Provocateur : j'étais nue et émaciée, exhibée sur une scène, où je dansais pour distraire des marionnettistes invisibles. J'avais les poignets et les chevilles percés, enflés sous des croûtes mal cicatrisées. Mon visage était maquillé comme celui d'un clown, fond de teint blanc et taches écarlates sur les joues ; un petit bout de chair luisait à l'emplacement de la bille rouge qui aurait dû faire office de nez. Des crochets m'étiraient les lèvres en arrière, mais mon regard, deux yeux perdus, désespérés et aveuglés par toutes les larmes versées, démentait ce sourire fixe, horrible.

La vision disparut, gravant des images rémanentes violettes sur mes rétines.

Au moment de prononcer ses dernières paroles, la voix inexpressive et modifiée pour dissimuler la nature profonde du tueur s'effaça au profit de celle d'un assassin qui n'avait plus besoin d'avancer masqué.

« Vous n'avez pas d'amis, Andrea. Ni au sein du Corps diplomatique ni sur Un Un Un. Juste des alliés et des ennemis, et vos larbins siamois qui obéissent aux ordres de leurs maîtres. »

J'attendis.

Un autre gloussement.

« Ça fait mal, hein ? D'entendre la vérité ?

— Allez en enfer, lançai-je.

— Je n'ai jamais été ailleurs », répondit la voix, pleine de regret.

Puis, un moment plus tard :

« Mais vous non plus. »

Je tendis l'oreille un certain temps, au cas où mon Provocateur reviendrait, mais les bruissements doux et lents autour de moi semblaient provenir des Brachiens. Si je m'abandonnais à ma paranoïa, je n'aurais pas la force d'affronter la suite. Je glissai donc le petit disque au creux de ma main (une pièce de monnaie à l'effigie d'un politicien que j'avais poursuivi pour crimes contre l'humanité), et le remis dans ma ceinture.

Si jamais un jour je retournais à La Nouvelle-Londres, je prendrais le temps de remplacer ce que j'avais laissé tomber.

Je me sentirais nue, tant que je n'aurais pas réussi à me procurer une autre bombe.

En attendant, j'entrai en communication avec les Porrinyard.

« Tout va bien, Andrea ?

— On ne peut mieux. »

Ils semblèrent dubitatifs.

« Excusez-moi, mais j'ai du mal à le croire.

— Non, plus sérieusement… Écoutez, mon Provocateur vient de prendre contact avec moi… »

Ils me coupèrent, d'une voix qui appartenait davantage à Oscin qu'à Skye.

« J'arrive tout de suite !

— Non. Le plus dur reste à venir. Soyez vigilants, c'est tout ce que je vous demande. Vous n'êtes peut-être pas à l'abri. »

Une pause.

« Vous pensez que votre ami pourrait s'attaquer à nous pour vous atteindre ?

— Disons simplement que les incidents précédents semblent indiquer une certaine indifférence aux dégâts collatéraux. Ouvrez l'œil.

— Vous aussi. Nous ne voulons pas vous perdre. »

J'ignore le nombre d'heures où je pendis là, écoutant les mouvements autour de moi, tentant d'oublier l'altitude et de ne pas imaginer mon Provocateur en train de préparer un mauvais coup.

Je subis plusieurs autres crises de panique, mais rien d'insurmontable. Elles me pompaient tellement d'énergie qu'au bout d'un moment, je m'assoupis par intermittence, pour un sommeil sans rêves.

Quelques éternités plus tard, je m'aperçus que je distinguais une activité dans les nuages tout en bas. Une série d'éclairs irréguliers, brefs, mais qui brillaient tout de même assez longtemps pour signaler leur présence. La foudre, bien sûr. Mon pouls se mit à battre plus fort : je parvenais à discerner les nuages, même entre les éclairs. Il ne faisait plus nuit noire.

Le linceul de ténèbres s'estompait, incapable de dissimuler la montée en puissance des soleils.

Tournant la tête à gauche et à droite, je repérai les nombreuses formes poilues quasi statiques qui m'avaient veillée pendant cette longue nuit. Je comptai des dizaines de ces silhouettes sombres. Je n'y voyais pas encore assez pour estimer combien regardaient dans ma direction. Ça n'avait que peu d'importance. Même dans leur immobilité presque totale, elles avaient conscience de ma présence, elles me jaugeaient à l'aune des critères de créatures qui ne connaissaient pas d'autre mode de vie que le leur.

Cherchant un possible interlocuteur, je portai mon choix sur le Brachien le plus proche, une grande ombre à cinq mètres de moi, tout au plus.

« Euh… bonjour ? Vous m'entendez ? »

La forme noire se gonfla en inspirant, puis expira.

« Oui.

— Êtes-vous celui qu'on appelle Ami des Ombres ?

— Oui. C'est un plaisir d'être votre ami à présent, Andrea Cort. »

Je m'éclaircis la voix.

« Je suis une Ombre, alors ? »

En entendant le léger sifflement qui accompagnait sa respiration enrouée, je me demandai si le Brachien n'avait pas le rhume.

« Vous avez été une Ombre une bonne partie de la nuit.

— C'est tout ? Il suffit de rester pendue là ?

— Établir un lien avec la vie, il n'en faut pas plus. »

Les Brachiens ne s'exprimaient-ils ainsi qu'en notre présence ou crevaient-ils d'ennui tout le temps ?

« Et l'autre humain à qui j'ai parlé cette nuit ? Il y avait quelqu'un, n'est-ce pas ?

— Ils étaient plus d'un.

— Quand ?

— D'abord, il y a eu le deux-en-un. Celui qui vous a amenée ici. »

Les Porrinyard, évidemment. C'était bête, j'aurais dû préciser. Impressionnant, aussi, de la part du Brachien, d'avoir perçu leur nature si rapidement.

« Et après ?

— Un autre.

— Quand ?

— Après que le deux-en-un est parti.

— Vous nous avez entendus ?

— Oui.

— Savez-vous de quoi nous avons parlé ?

— Nous n'écoutons pas ce qui ne nous concerne pas, répondit-il d'un ton qui me parut un rien compassé.

— Vous avez pu surprendre notre conversation. Ce n'est pas grave.

— Merci. Mais nous n'entendons pas si nous n'y sommes pas invités. »

Décidément, les Brachiens étaient les témoins les plus inutiles de l'univers.

« Avez-vous identifié mon interlocuteur ?

— Je le connais de réputation », dit Ami des Ombres.

Je n'imaginais pas que ce mot fasse partie du vocabulaire des Brachiens.

« Quel genre de réputation ?
— Celle d'un Fantôme qui tue les Fantômes. »

Il me sembla irrité, comme si je lui faisais perdre son temps en lui posant une question dont la réponse était une évidence.

« Et sauriez-vous, à tout hasard, s'il s'agit d'un homme ou d'une femme ?
— Nous avons du mal à établir une distinction entre les sexes chez les Fantômes.
— Mais vous faites la différence entre Ombres et Fantômes ? »

Ami des Ombres parut presque amusé.

« Oui. Ça, c'est facile.
— Comment ?
— Les Ombres sont marquées par la Vie.
— Moi aussi ? Je suis marquée ?
— Maintenant, oui.
— Et vous le voyez ?
— C'est ce qui nous permet d'être amis. »

Je faillis réciter ma réponse automatique aux offres de ce genre : en résumé, je ne voulais pas d'amis et je n'en cherchais pas.

« Merci.
— De rien », dit Ami des Ombres.

Il se montrait courtois, rien de plus. Il ne manifestait pas de chaleur particulière à mon égard, pas plus qu'à n'importe lequel de ces humains qui n'appartenaient pas vraiment aux vivants. Notre intrusion, nos questions perturbaient constamment sa tranquillité. La plus élémentaire des politesses aurait dû me pousser à lui ficher la paix. Mais je ne pouvais pas me permettre ce luxe. J'avais encore des choses à découvrir.

Je déplaçai légèrement mes bras et mes jambes à l'intérieur de l'entrelacs de racines et de filins de sécurité qui m'avait solidement retenue si longtemps. À cause de l'interruption provisoire d'une circulation sanguine normale, mes membres me picotaient terriblement, mais ils accepteraient de bouger rapidement, en cas d'urgence.

« Je suis contente que nous soyons amis, dis-je, parce que j'ai un service à vous demander. »

Nouveau souffle bruyant.

« Que voulez-vous ?

— J'ai besoin de votre aide pour rester en vie. »

Un grondement grave s'éleva des autres Brachiens autour de nous. J'ignore combien de membres de la tribu m'avaient entendue, mais ceux-là étaient indignés, furieux même, comme le seraient les participants d'un rassemblement humain, si un étranger invité parmi eux suggérait quelque chose de déplaisant.

Ami des Ombres sembla plus flegmatique.

« Vous êtes une Ombre. Vous ne pouvez pas prétendre à plus.

— Ça m'est égal. Je suis fatiguée d'être un Fantôme. Je suis fatiguée de devoir retourner au pays des Morts. Je veux plus. Je veux la Vie comme vous. »

Était-ce le fruit de mon imagination, ou Ami des Ombres tremblait-il à présent ? Et de quoi ? Peur, rage, frustration ou désarroi ? Peu importe. Le changement de timbre que je perçus dans sa voix ne devait rien à l'imagination, lui : une intensification, une raucité nouvelle.

« Ce n'est pas conseillé pour les Fantômes. Un autre Fantôme nous a montré que…

— Lequel ? demandai-je.
— Celui dont nous avons entendu parler. Celui qui a embrassé la vie.
— Et qui en est mort, complétai-je.
— Oui. Grâce à lui, nous avons compris que la vie n'est pas bonne pour les Fantômes. Elle les épuise trop vite.
— C'est bien le moindre des prix à payer pour la vie. »

Il y eut une longue pause ; la qualité de l'air changea, rappelant celle des quelques secondes qui précèdent un orage.

Ami des Ombres se fit implorant.

« Ne nous demandez pas cela, Andrea Cort, s'il vous plaît. Nous ne voulons pas vous épuiser trop vite. »

Ma gorge s'assécha. J'avalai de la salive avant de répondre.

« Ma décision est prise, Ami des Ombres. Donnez-moi la vie. »

Soudain, le monde retint son souffle. Le doux bruissement des Brachiens changeant de position sur leurs branches, leurs soupirs et leurs grognements, leurs chuchotements, jusqu'aux signes de vie les plus discrets, tout s'arrêta, remplacé par la nervosité muette de créatures affolées, sommées de perpétrer une atrocité.

Puis Ami des Ombres se mit à bouger.

21

Chute

Ami des Ombres retira un membre des Frondaisons, le tint devant lui telle une offrande, puis le tendit en direction d'une prise plus proche de moi.

Réitérant l'opération, il marqua de nouveau une hésitation, avant d'empoigner une racine.

Il fit de même avec ses membres postérieurs, l'un après l'autre, à un rythme outrageusement lent, ponctuant chaque fois une progression apparemment inexorable de brefs contretemps nés d'une certaine répugnance.

Il avançait à la même allure que ses congénères ; tous convergeaient vers moi.

Certains extrayaient déjà de leur fourrure les griffes détachées qu'ils y conservaient.

Je fermai les yeux, imaginant la souffrance qu'elles m'infligeraient au moment de s'enfoncer dans mes poignets et mes chevilles ; je me persuadais que tel était mon destin, m'efforçais de faire monter en moi la peur du supplice qui m'attendait.

Je comptai jusqu'à trente ; puis, par goût du risque, je recommençai.

Un, deux…

Je les entendais qui venaient toujours plus près.

Quinze, seize…

Le concert de leurs respirations sifflantes suffit à me faire trembler comme une feuille.

Vingt et un, vingt-deux…

Une patte velue allait probablement se refermer autour d'un de mes poignets d'un moment à l'autre.

Vingt-cinq, vingt-six…

Je n'arrivais pas à croire qu'ils ne soient pas encore là.

Vingt-sept, vingt-huit…

Je les sentais, partout autour de moi, leur souffle chaud déjà sur ma peau.

Trente.

J'ouvris les yeux.

Ils avaient progressé plus ou moins vite, en fonction de leur âge et de leur condition physique. Un spécimen à la fourrure grisonnante de forte carrure et porteur de nombreuses cicatrices avait devancé Ami des Ombres, sensiblement plus lent ; il serait sur moi quelques minutes avant son frère d'armes.

Ce qu'ils avaient l'intention de me faire ne laissait pas de place au doute.

Si rien ne les en empêchait, ils se rassembleraient autour de moi, me saisiraient les bras et les jambes avec la force qui vient naturellement à toute créature obligée de se cramponner sans relâche pour survivre. À un ou deux par bras, à un ou deux par jambe, ils immobiliseraient mes pauvres membres humains, pas par malveillance, juste pour éviter que je me torde de douleur au moment d'embrasser la Vie, toujours très pénible pour des êtres plus faibles. Ils auraient peut-être même quelques paroles réconfortantes pour moi.

Ensuite, ils m'enfonceraient les griffes dans les poignets et les chevilles.

L'expérience risquait de me tuer. Comme Warmuth. Mais à leurs yeux, ils me rendraient service.

Ce serait une preuve d'amitié. La plus haute, sans doute.

Ils en avaient encore pour quelques minutes ; leur charge était aussi interminable qu'inexorable.

« Qu'est-ce que vous faites ? m'enquis-je d'une petite voix naïve.

— Ce que vous avez demandé », répondit Ami des Ombres.

En regardant autour d'elle, Cynthia avait-elle compris la menace qui convergeait vers elle de tous côtés ? S'était-elle interrogée ? Avait-elle eu une parole malheureuse, les avait-elle offensés d'une manière ou d'une autre ? Avait-elle débordé de fierté, à l'idée d'avoir réussi là où tous ses collègues hostiles et railleurs avaient échoué ?

Le Brachien gris était presque sur moi. Je n'avais aucune raison de croire que son répertoire d'expressions véhiculait des significations comparables à leurs plus proches équivalents humains, mais le sourire qu'il esquissait me sembla doux, plein de compassion, béat même.

Il leva une griffe fêlée par l'âge et tachée du sang de Brachiens tombés au combat.

Si je restais sans rien faire, elle goutterait bientôt de mon propre sang.

Me libérant de toutes mes entraves, à part un filin de sécurité, je me jetai dans le vide, bras et jambes écartés, en direction des nuages.

Haletante, je sentis la terreur et la panique me remplir les veines d'un liquide glacial ; je me traitai de tous les noms et me demandai si je n'aurais pas mieux fait de choisir la crucifixion aux mains des Brachiens. Furieuse contre moi, je me rappelai à l'ordre, me persuadai que j'étais stupide et me mis à hurler.

Une brusque secousse tira fermement sur ma colonne vertébrale et me coupa le souffle, me renvoyant en direction des Frondaisons et des Brachiens qui attendaient autour de l'emplacement que j'avais occupé toute la nuit précédente.

Le filin qui retenait le harnais autour de ma poitrine était trop élastique. J'allais rebondir trop haut et donner l'occasion aux Brachiens de me saisir au vol.

Mais mes craintes étaient infondées. Aucune corde n'était élastique à ce point ; par ailleurs, avec leurs yeux rivés sur les Frondaisons, les Brachiens ne voyaient rien de ce qui se passait en dessous.

Je remontai tout de même assez près de leur forêt de dos pour lire leurs histoires respectives dans les cicatrices qui leur hachuraient la chair.

Un moment, j'entendis le tonnerre.

Puis je tombai de nouveau, ressentant moins l'impérieux besoin de crier cette fois.

Quand la corde se tendit, je me mis à tournoyer au bout, la couche nuageuse et les Frondaisons réduites à des bruissements kaléidoscopiques.

J'avais serré les poings sans m'en apercevoir ; sitôt que je les rouvris, ma circulation sanguine provoqua des picotements dans mes paumes. C'était idiot. Un bon coup de poing n'est d'aucune aide en cas de chute mortelle. Décidément, la panique s'avérait un piètre mécanisme de survie.

En bas, les nuages s'arrêtèrent de tourner, puis changèrent de direction, alors que ma corde se déroulait. Dans le sens des aiguilles d'une montre cette fois. Pas moins désorientant, mais avec le mérite d'introduire une certaine variété.

Aucune raison de s'affoler, donc. Je tapotai le micro à ma gorge.

« Oscin ? Skye ? J'ai eu ce que je voulais. Vous pouvez venir me chercher. »

Silence.

Je tapotai de nouveau mon micro.

« Oscin ? Skye ? »

Quand ils se manifestèrent enfin, leur ton était brusque, en décalage.

« Je vous reçois, Andrea. Je suis un peu occupé. »

Ce n'était pas ce que j'avais envie d'entendre.

« Qu'est-ce qui se passe ?

— Je suis attaqué. »

J'avais perçu une explosion, mais trop absorbée par ma propre peur, je l'avais attribuée au tonnerre qui secouait Un Un Un en permanence. À présent, je prenais conscience que ç'avait été à la fois plus fort et plus proche que n'importe quel orage.

« Par qui ?

— Pas maintenant, Andrea, s'il vous plaît. C'est difficile, même à deux têtes. »

Je tournai au bout de ma corde, fouillant l'air du regard dans l'espoir d'apercevoir un glisseur. Pendant un long et terrifiant moment, je ne vis rien : trop de cieux, trop de nuages, trop de points au loin qui se dirigeaient vers leurs propres destinations inconnues. Puis j'entendis un autre grondement étouffé, très proche sur ma droite. Je tournai de nouveau, cherchant la source du son.

Une tache grise, qui ne pouvait correspondre qu'à un glisseur tirant un trait sur le ciel, à peine mille mètres plus bas, avec un objet brillant trop petit pour être un véhicule dans son sillage. Une fleur rouge vif s'épanouit entre eux, avant de disparaître : une sorte d'explosion aérienne. L'image rémanente violette commençait tout juste à perdre de son éclat quand le son me parvint : un bruit sec, assourdi, presque comique, une mauvaise imitation, plus qu'une véritable déflagration. Sous mes yeux, le glisseur sembla cahoter, puis tomba brutalement en vrille.

« Non ! » m'écriai-je.

Oscin parla, seul, d'une voix calme, mais soucieuse.

« Pas d'inquiétude, Andrea. Si nous pensons vraiment être en danger de mort, vous serez prévenue. »

Le glisseur échappa au regard bien avant d'atteindre les nuages, les effets de flou de l'atmosphère camouflant sa position réelle par rapport à la furie des orages. Même les explosions devinrent plus difficiles à distinguer. Quand une réplique aveuglante éclaira le ciel, j'étais si sûre que l'appareil avait sauté que je me mis à hurler.

Je sentis qu'on me tirait dans le dos.

Levant les yeux, je vis qu'il se passait autre chose. Les Brachiens avaient trouvé mon filin de sécurité et s'étaient rassemblés autour de lui. Ami des Ombres l'examinait avec ses griffes, s'interrogeant sur sa fonction. Ça devait leur paraître pour le moins troublant. Après tout, leur perspective, fixe, se limitait à la corde elle-même, et à son point d'attache. Ils ne pouvaient pas regarder vers le bas et me voir en train de me balancer comme un colifichet au bout d'une ficelle, terriblement vulnérable. De toute manière, ils n'auraient probablement pas pu me tirer vers eux. Ils avaient développé des muscles pour se cramponner, pas pour soulever.

Du moins l'espérais-je.

Il y eut une autre explosion de lumière en contrebas.

« Tout va bien, me rassura Oscin. Mais ce n'est pas passé loin.

— Vous avez des idées pour vous sortir de ce mauvais pas ?

— Beaucoup. Mais il faut qu'on en trouve de meilleures. Ce vieil appareil n'a ni la maniabilité ni l'armement nécessaires pour l'emporter dans un combat en plein ciel, et notre ennemi n'est pas très fair-play. »

Le reste se perdit dans un grondement sonore.

« ... blessé. »

D'une autre saccade, je remontai de quelques centimètres. Je me débattis et vis les Brachiens former un petit groupe pour s'entretenir de la suite des événements.

Je tapotai ma gorge et murmurai le code de Lastogne dans mon micro. J'attendis cinq longues secondes, assez de temps pour me demander avec angoisse s'il était arrivé quelque chose au hangar. Puis j'entendis du bruit, un juron étouffé et enfin, une voix chargée de sommeil.

« Euh. C'est vous, maître ? Vous n'êtes pas encore rentrée ?

— Non. Et personne ne rentrera si une mission de secours ne vient pas nous chercher immédiatement. »

Une pause. Une voix féminine endormie posa une question à Lastogne, qui m'en fit part.

« Vous êtes toujours dans l'habitat ?

— Affirmatif. Nous sommes attaqués et nous avons besoin d'une extraction en urgence. »

Il ne me demanda pas qui était l'agresseur.

« Vous avez un lieu à me communiquer ? Une référence de grille ?

— Je ne savais même pas que vous aviez quadrillé la zone !

— Les Porrinyard peuvent peut-être vous renseigner...

— Ils sont occupés ! Vous n'avez qu'à remonter mon signal !

— Un instant, dit-il. J'appelle Mo Lassiter. »

Un autre petit coup me souleva de quelques centimètres. Je ne retombai pourtant pas d'une hauteur équivalente. Quand je regardai, je compris pourquoi. Les Brachiens mettaient en œuvre leur plan pour me récupérer. Le spécimen à la fourrure grisonnante avait empoigné le filin et s'éloignait pesamment du point d'attache, jouant le rôle de poulie. D'autres Brachiens participaient en détendant la corde.

À ce rythme, ça leur demanderait des heures, mais les Brachiens avaient tout le temps. Ils n'avaient même que ça. Je n'étais pas sûre de pouvoir en dire autant.

« Bon sang, Peyrin ! Ça devient sérieux ! »

Il reprit la communication.

« On y travaille, maître. Pas encore trouvé Mo.

— Elle ou quelqu'un d'autre, c'est important ? Ça tourne mal ici !

— J'en ai conscience, maître. Je préfère que ce soit elle, parce qu'elle connaît les Frondaisons mieux que personne ; elle est la plus qualifiée pour vous retrouver grâce à votre signal. Mais une équipe sera prête à partir dans moins de deux minutes, avec ou sans elle. »

Sentant une nouvelle secousse, je commençai à me demander s'il me restait deux minutes.

Un point de lumière surgit des nuages, décrivit un arc de cercle et retourna en son centre. Je n'aurais su dire s'il s'agissait des Porrinyard ou de leur poursuivant. Oscin rompit son silence radio.

« Je déguste, Andrea. J'ai dû descendre plus bas que prévu, dans un orage. Il va me falloir quelques minutes pour en sortir. Ne réagissez pas de manière excessive, si je ne me manifeste plus pendant un moment. »

J'en étais encore à me demander ce qu'une réaction excessive de ma part impliquait dans cette situation, quand Lastogne revint, à bout de souffle.

« Aï… trouvé… Mo. Elle se prépare. Comment ça évolue ? »

Une autre saccade me tira d'un coup sec vers le haut.

« Maître ? »

Les Brachiens œuvraient de conserve à présent ; s'inspirant de l'exemple de leur congénère à la fourrure grisonnante, ils avaient formé une chaîne ; plusieurs mains s'activaient pour remonter la corde, accélérant mon ascension. Quelques secondes plus tôt, j'aurais considéré la léthargie de l'espèce comme la quasi-garantie qu'ils ne me récupéreraient pas avant des heures. Maintenant, une estimation en minutes me semblait plus réaliste.

À ce moment-là, je n'aurais plus que la parole pour m'éviter le sort de Cynthia Warmuth.

Lastogne me tira de mes pensées.

« Maître ?

— Dites à Lassiter que je suis suspendue à un filin de sécurité, attaquée par des Brachiens. J'ai sans doute moins de cinq minutes. Les Porrinyard sont dans un glisseur, et sont la cible d'un agresseur aérien. »

J'eus soudain une idée.

« Contactez aussi les IAs-source.

— Elles doivent déjà être au courant.

— Je n'en doute pas. Mais elles ne refuseront peut-être pas une demande d'assistance directe. »

Les Brachiens avaient adopté un rythme régulier. Les à-coups du début avaient cédé la place à une constance dans l'effort. Quand je regardai en haut, je m'aperçus qu'une demi-douzaine d'entre eux s'y consacraient.

Je battis l'air, me cambrai pour avoir moi-même accès au filin et grimper en m'aidant des deux mains, jusqu'à pouvoir enrouler mes jambes et mes bras autour de la corde. Ce que je perdrais en distance me permettrait de les affronter face à face.

Les Porrinyard revinrent en ligne, d'une même voix.

« Tout va bien, Andrea ?

— C'est plutôt à moi de vous poser cette question.

— Ça a pas mal secoué ces dernières minutes, mais c'est calme pour l'instant, assez pour vous en dire un peu plus. Peyrin ? Vous nous recevez ?

— Cinq sur cinq.

— Notre agresseur semble être un humain, ou un humanoïde, à l'intérieur d'une sorte d'armure volante lourdement blindée. Entre autres capacités offensives, il a utilisé des explosifs légers et des missiles à tête chercheuse, qui à eux seuls auraient pu facilement venir à bout de mes défenses. Mais le pilote a paru plus soucieux de m'obliger à rester dans les nuages. Chaque fois que j'ai voulu m'élever au-dessus des orages, il m'en a... »

Un crépitement de parasites.

« ... empêché. Je fais mon possible pour remonter, mais chaque tentative m'éloigne davantage de Me Cort. »

Un autre coup sec sur la corde me fit encore gagner quelques centimètres.

« Vous n'êtes pas la cible, dis-je. On cherche à vous occuper, pour ne pas me récupérer.

— Je suis arrivé à la même conclusion, dirent les Porrinyard.

— Alors, allez vous mettre à l'abri. Lassiter ne devrait plus tarder.

— Désolé, je n'ai pas bien entendu, la communication est mauvaise.

— J'ai dit : mettez-vous à l'abri.

— Non, rien à faire. Il y a de la friture sur la ligne. »

Je les traitai de tous les noms, puisant dans le pire que mon répertoire avait à offrir. J'en inventai même certains. Au-dessus de moi, à quelques longueurs de bras à peine, les Brachiens continuaient de travailler avec une efficacité étonnante, réduisant la distance qui me séparait de leurs griffes. La corde détendue pendait en boucles dans les mains d'une dizaine d'individus. Je surpris leur discussion révérencieuse sur la Vie et les Ombres. C'était une expérience religieuse, que les membres de la tribu transmettraient sans doute à leurs enfants et leurs petits-enfants, longtemps après que mon nom aurait cessé d'être un détail sans importance de l'histoire humaine.

Je me hissai encore un peu, pas vraiment ravie de devoir me rapprocher, mais voulant utiliser le mou pour me dresser dans l'étrier de fortune formé par la corde, alors qu'elle s'enroulait sous mes pieds. Ainsi, le filin se transforma en une sorte d'ascenseur, que j'empruntais, tandis qu'ils me remontaient.

Le dos large et poilu du premier Brachien se trouvait maintenant presque à ma portée.

« Maître ? reprit Lastogne. Vous êtes toujours là ? »

Je clignai des yeux pour chasser la sueur.

« J'espère que vous avez une question plus intelligente que ça.

— Vous allez devoir patienter. Les IAs-source ont fermé l'habitat. »

J'entendis le grondement d'une nouvelle explosion : soit le tonnerre, bien réel, soit une correction infligée aux Porrinyard pour les décourager de toute tentative pour voler à mon secours. En l'absence d'éclairs, je ne parvins pas à en identifier la source, juste que ça venait d'en bas. Mon cerveau fit immédiatement apparaître l'image d'un glisseur cassé en deux et des Porrinyard partageant un même cri dans une chute éperdue vers la mélasse toxique. Mon estomac se serra d'une façon qui me déplut. Je ne voulais pas survivre à cette épreuve si elle devait leur coûter la vie.

« Elles ne nous ont pas laissés entrer, poursuivit Lastogne. Elles ont invoqué des conditions actuelles trop dangereuses. »

Je retirai de mon col le gadget qui m'avait servi à neutraliser Gibb l'autre jour. Calibré pour assener des chocs incapacitants à des êtres humains, il aurait peut-être l'effet d'une piqûre d'épingle sur les Brachiens. Mais avec mon sac resté dans le glisseur des Porrinyard, et l'engin que j'avais prévu d'utiliser contre le Provocateur depuis longtemps avalé par les nuages, c'était tout ce que j'avais.

« Je suppose que vous avez tenté de les raisonner ?
— Je leur ai expliqué que nous avions encore quatre personnes à l'intérieur, à évacuer immédiatement. »

Le nombre me parut juste – moi, les Porrinyard et leur assaillant humain –, jusqu'à ce que je me rappelle Gibb, toujours en exil volontaire à Hamac-Ville.

« Nous sommes plus de quatre, rectifiai-je.
— Quoi ? »

Le Brachien grisonnant produisit un nouvel effort, si puissant que je faillis me cogner la tête contre son dos. Je lui tapotai l'échine avec la seule arme à ma disposition, sans obtenir de résultat spectaculaire. Le paralyseur vrombit légèrement ; le Brachien se contracta à peine, poussant un petit grognement d'irritation. Je renonçai à mon idée de vaincre toute la tribu ainsi.

Lastogne se manifesta de nouveau.

« Vous voulez bien répéter, maître ? Vous affirmez être plus de quatre personnes ?

— Je suis un peu trop occupée pour faire les calculs à votre place, monsieur Lastogne ! »

Le Brachien grisonnant tira encore, de toutes ses forces, me soulevant au niveau d'une mer de larges visages simiens. Ses propres yeux roulèrent vers moi. Bientôt, j'aurais perdu ma dernière chance de m'échapper : je ne pouvais pas l'emporter sur le plan de la pure force musculaire.

Ma rapidité constituait mon seul avantage.

Sans avoir à me presser, je brandis le paralyseur pour lui infliger un choc sans doute très douloureux à l'œil droit.

Brève leçon de biologie : quelle que soit votre espèce, si vous avez des yeux et la capacité de souffrir, c'est probablement là que se trouvent les récepteurs nociceptifs les plus sensibles.

Le Brachien gris hurla. Il ne lâcha d'abord pas le filin, mais retira un membre des Frondaisons pour le tendre vers moi, ses griffes vibrant d'une frénésie qui aurait pu sembler convulsive chez une créature apte à se mouvoir plus rapidement.

J'eus à peine le temps de déplacer ma main vers l'œil gauche pour un second choc.

Aveuglé, en proie à une douleur insupportable qui lui faisait perdre la conscience de ses actes, le Brachien relâcha la corde. Je redescendis brusquement, juste hors de sa portée et de celle de ses congénères qui cherchaient à me retenir. Je ne tombais pas bien loin, puisque d'autres Brachiens continuaient de tenir bon. Avec leur temps de réaction, il leur fallait peut-être quelques secondes pour comprendre que tout ne se déroulait pas comme prévu, et quelques-unes de plus pour décider de se débarrasser de moi, comme du menu fretin qu'on rejette à l'eau. À condition qu'ils adoptent cette solution. Mon aperçu des Brachiens en guerre ne m'avait pas exactement brossé le tableau de créatures qui renoncent au premier sang.

« Vous avez demandé la Vie ! cria Ami des Ombres, juste au-dessus de moi.

— J'ai changé d'avis ! répondis-je d'une voix pas moins stridente. Ça ne m'intéresse plus ! Je ne veux pas continuer ! Fichez-moi la paix ! »

Puis je tombai.

Ils avaient tous laissé filer la corde en même temps ; je n'étais pas prête cette fois, et ma chute s'accompagna d'un long hurlement suivi d'une exclamation quand la corde se tendit de nouveau.

Lastogne, qui avait entendu ce concert d'exclamations et de halètements, n'arrêtait pas de brailler mon nom. Je comptai quatre « Me Cort ! », chacun plus désespéré, plus persuadé que j'avais abandonné la partie.

J'attendis que la corde épuise son élasticité pour reprendre mon souffle et, une fois encore, me retrouvai en train de tourner sur moi-même au bout du filin.

« Je... je suis là, monsieur Lastogne. Un peu décoiffée, mais bien vivante, pour l'instant. »

Il poussa un gros soupir de soulagement.

« Qu'est-ce qui se passe ?

— J'ai gagné quelques minutes. Pas davantage, je pense. Les Brachiens sont assez remontés contre moi. Et de votre côté ?

— Aucune nouvelle des Porrinyard depuis un moment déjà. Silence radio. Je ne sais pas s'ils sont morts ou juste dans l'impossibilité de répondre. Les IAs-source ne se montrent pas très coopératives. Elles nous ont retiré leur autorisation de pénétrer dans l'habitat et nous ont donné quarante-huit heures pour quitter la station. Pas un mot sur le sort des gens qui s'y trouvent encore. À ce propos, au dernier comptage, vous êtes bien quatre : vous, Gibb, Oscin et Skye. »

Voilà que me tenaillait de nouveau cette envie, que, faute de parvenir à l'identifier, je n'avais pas satisfaite jusqu'à présent. Changeant ma prise sur la corde, je retirai une main après l'autre pour souffler sur mes paumes endolories ; elles saignaient.

« Vous avez recensé les présents ?

— À part vous quatre, personne n'a pointé en partant.

— Oubliez ça. Vous n'espérez tout de même pas qu'un assassin pointe bien gentiment. Rassemblez tout le monde dans le hangar et faites l'appel. Vous compris. Si vous ne me trouvez pas au moins trois personnes pour répondre de vous, j'en déduirai que vous vous adressez à moi depuis un autre site distant et êtes probablement notre saboteur. Vous avez cinq minutes pour vous exécuter. Je n'accepterai aucune excuse, sauf si je suis morte. »

Malgré la gravité de la situation, il retrouva brièvement un peu de son humour habituel, empreint d'ironie.

« Ça reste une possibilité, maître.

— Je sais. Mais je vous conseille d'agir comme si ce n'était pas le cas.

— Je m'en occupe immédiatement. »

Je sentis une saccade venue d'en haut. On tirait sur la corde.

Sans doute une nouvelle tentative des Brachiens pour me hisser. J'allais devoir m'accrocher, jusqu'à ce qu'ils soient de nouveau à ma portée. Je ne pensais pas que le coup des yeux fonctionnerait une deuxième fois. Même des créatures aussi lentes auraient tiré les enseignements de ma première agression.

Puis je regardai dans leur direction, et vis que ma situation était bien pire que je le croyais.

Le Brachien grisonnant, qui avait renoncé à me récupérer, s'attaquait au filin.

En tendant l'oreille, je pouvais distinguer les raclements de ses griffes sur la corde.

Difficile de le lui reprocher. Je m'étais présentée comme une amie et m'étais comportée en ennemie.

Pour lui, je n'avais pas agi en légitime défense, je l'avais trahi.

D'une certaine manière, il me rendait même un dernier service en exauçant mon vœu le plus cher : n'avais-je pas dit que la Vie ne m'intéressait plus ?

Je ne risquais rien pour l'instant. Mais dès qu'il aurait pris conscience que ses griffes n'entamaient pas le filin, il réfléchirait à un autre moyen de me déloger.

Ma première réaction fut de rappeler Lastogne, de le supplier. Mais je ne serais pas plus avancée. Rien ne pouvait me sauver. Si les IAs-source rouvraient l'habitat maintenant, aucun véhicule de la mission ne serait assez rapide pour intervenir à temps. Pour autant que je sache, les Porrinyard n'étaient peut-être plus de ce monde. Mon ultime recours, Gibb, était coincé à Hamac-Ville, sans ressources. Pas sûr, d'ailleurs, qu'il ait eu la moindre envie de voler à mon secours.

J'étais morte, quelle que soit la définition donnée à ce mot ; ou c'était tout comme.

Pas le choix : je devais monter, que ça me plaise ou non. C'était un geste vain. Aucune perspective de sécurité ne justifiait mon ascension. J'avais déjà été là-haut, où ne m'attendait qu'une mort sanglante. Mais depuis Bocai, j'avais développé un trait de caractère, renforcé par toutes les expériences horribles que j'avais connues : j'étais totalement incapable de rester les bras croisés. Je privilégiais toujours l'action, même si je n'avais rien à en espérer.

À mi-chemin des Frondaisons, un premier jet de jus de manne s'abattit sur mon front ; mes yeux me piquèrent, je les frottai d'un revers de main. Les Brachiens tranchaient dans les Frondaisons, à l'endroit où était arrimé mon filin. Les Porrinyard avaient enfoncé l'attache à l'aide d'un canon à air, à travers des générations de végétation, m'offrant la garantie qu'elle supporterait plusieurs fois mon poids. Mais elle ne résisterait pas si, joignant leurs efforts, les Brachiens coupaient toutes les branches et racines qui les séparaient du crochet. Ils n'auraient peut-être même pas à l'extraire complètement pour que la corde cède. Après tout, l'entrelacs de plantes contribuait à le retenir. Le fragiliser pouvait suffire. Je ne le saurais qu'au moment de tomber.

Quelle stupide façon de mourir !

La sève se mit à ruisseler. Une giclée me trempa le visage. Je me léchai les lèvres et trouvai le liquide aussi amer que le pire des thés sans sucre. Clairement un goût auquel il fallait que je m'habitue, bien qu'au vu des circonstances, je regrettai de n'avoir jamais essayé la version fermentée.

Mes bras fatiguaient.

Alors que je me hissais un peu plus haut, je m'exclamai en sentant quelque chose de poisseux rebondir sur mon épaule. Baissant les yeux, j'aperçus une petite branche dégringoler dans le vide.

« Oh, Juje ! J'y crois pas ! »

Du jus de manne coulait le long de la corde et sur mes mains.

Alors que les Brachiens coupaient dans les Frondaisons autour de l'attache, la taille du trou qu'ils creusaient était devenue un problème moins pressant que l'hémorragie de sève. Le filin se transformait en conduit naturel de cette matière visqueuse qui atteignait mes doigts. D'ici à quelques secondes, monter à cette corde serait aussi difficile que de grimper à un mât graissé.

À peine avais-je pris conscience du phénomène que la lubrification se mit à exercer sa magie. Je glissai d'un bon mètre, et ne m'arrêtai qu'en rencontrant une section du filin encore assez sèche pour maintenir une certaine adhérence avec mes mains.

Je lançai des coups de pied dans le vide en criant une obscénité qui me valut une nouvelle giclée de mélasse en pleine face.

Alors, je fis la dernière chose qui me restait : j'éclatai de rire. Quelle stupide façon de mourir !

Franchement comique aussi.

À mesure que cette merde m'éclaboussait les joues et les yeux et m'enduisait les mains, je cédai à une hilarité comme je n'en avais pas connu depuis les jours heureux sur Bocai. Des fous rires, par vagues, sur lesquels je n'exerçais aucun contrôle. Plus que chasser ma terreur, ils l'engloutirent.

Bon sang, j'aurais pu trouver des raisons de vivre, mais quitte à partir, j'aurais eu du mal à trouver plus bête, ou plus opportun.

Un autre coup de tonnerre, très bruyant et très proche, noya une question affolée de Lastogne.

« Maître ? Vous pleurez ?
— Au contraire ! Je suis morte de rire ! »
Une pause.
« Vous voulez bien m'expliquer ?

— Il faut être là pour comprendre, Peyrin. Mais venez me sauver, et je me ferai une joie de vous raconter ! »

Mes mains lâchèrent. Précipitée au bas de ma corde, je tournai comme une toupie à l'extrémité du filin, tandis qu'une nouvelle pluie de jus de manne sur ma tête et mes épaules ajoutait à mon indignité. Je haletai, consciente de ma proximité avec la mort, remarquant à peine un dragon surgi des nuages dans un battement furieux de ses ailes gigantesques. Une dernière vision spectaculaire avant la fin.

« Maître ! Vous me recevez ? »

Je retins mon souffle.

« Plus pour longtemps, Peyrin. Quelques secondes, tout au plus. Vous avez fait l'appel ?

— J'ai failli me tromper. J'ai oublié Li-Tsan, la première fois. Elle est toujours enfermée dans le vaisseau.

— Et après avoir compté Li-Tsan ? »

Trop occupée à crier, je n'entendis pas sa réponse.

Alors que le dragon se stabilisait, avant de replonger dans les nuages, un objet que la présence de la créature avait caché s'en détacha pour prendre de l'altitude, à vive allure et dans ma direction. De là où je me trouvais, je ne vis d'abord qu'un brusque éclat de lumière.

Ça ne ressemblait pas à une armure volante de forme humanoïde.

C'était un glisseur.

« Oh, mon Dieu, dis-je. Faites que… »

Lastogne se remit à crier.

« MAÎTRE ! »

La course irrégulière de l'appareil avait de quoi donner la nausée, et suggérait des difficultés à le maîtriser.

Allez, allez, allez…

« MAÎTRE ! »

Je tombai d'un mètre. Les plantes qui retenaient ma corde commençaient à lâcher. Il me restait à peine quelques secondes de répit, pas assez pour que les Porrinyard montent à cette altitude.

Et alors ? Tant qu'ils survivent ! Ils pourront…

Une rose flamboyante aux couleurs vives fleurit en contrebas : une sorte d'explosion aérienne, lointaine, si brillante qu'elle me masqua l'objet en son centre. Une trentaine de secondes plus tard, le son qui m'atteignit ne ressemblait plus à un cataclysme assourdissant, juste à un vague grondement distant, trop discret pour signifier la perte de deux personnes que je ne voulais pas voir mourir.

J'avais de nouveau fermé les yeux pour me protéger d'une pluie devenue torrentielle de jus de manne, et Lastogne hurlait.

« MAÎTRE ! BON SANG, MAÎTRE ! JE VOUS ENTENDS RESPIRER ! »

Ma voix se brisa à trois ou quatre reprises avant de parvenir à émettre un mot.

« Peyrin… ?

— Je suis là, Andrea. »

J'étais vidée, trop épuisée pour protester contre son emploi de mon prénom.

« … qu'est-ce que… vous disiez… à propos du comptage ? »

Il se hâta de répondre.

« Que j'avais raison la… »
Mon filin de sécurité céda.
Avec le nombre de kilomètres qui me séparaient du paysage de nuages, je ne disposais que de fort peu d'indices visuels pour me confirmer l'imminence d'une fin inévitable. Ma colonne vertébrale fut la première à sentir la différence, la soudaine perte de contrôle, puis ma peau perçut la ruée de l'air vers mon visage.

J'avalai la brise et tentai de me faire à cette idée. Ce n'était pas si difficile. J'étais pour ainsi dire morte depuis tellement d'années, en partie parce que je l'avais souhaité. Alors, rien ne pouvait me surprendre. Même la perspective d'une chute fatale ne me dérangeait pas tant que ça, en fait : j'avais tant attendu que j'en éprouvais presque du soulagement.

J'écartai donc les bras et les jambes, développant ma surface au maximum contre le vent qui se précipitait vers moi, et laissai Un Un Un me prendre.

J'avais des regrets. Un : je ne dirais jamais à Gibb ce que j'avais appris sur les Brachiens. Deux : je ne révélerais jamais aux IAs-source ce que j'avais compris à leur propos. Trois : je ne saurais jamais quels étaient leurs mystérieux cadeaux. Quatre : je n'affronterais jamais les Démons invisibles qui m'avaient gâché la vie.

Cinq : je ne ferais pas la paix avec Bringen. Il m'avait indiqué de mille façons qu'il ne demandait pas mieux, et je l'avais repoussé chaque fois. Je n'avais pas besoin qu'il réponde à mon message pour comprendre que je m'étais méprise sur son compte. J'en avais la certitude.

Six : j'avais laissé le Corps diplomatique décider de mon existence au lieu de tracer ma propre voie.

Sept : j'avais adopté le masque du monstre que j'étais censée être, au lieu de me moquer complètement de ce que pensaient les autres pour devenir quelqu'un d'un peu plus apaisé.

Huit : j'avais systématiquement repoussé ceux qui avaient tenté de se lier d'amitié avec moi. La liste était longue, de ceux qui n'avaient fait que passer dans ma vie, telles des rumeurs : Dejah, Roman, Mikal, trop nombreux pour tous les nommer. J'avais eu beau maintenir que j'étais une cause perdue, tous avaient refusé de renoncer à moi.

Neuf : je n'irais pas au bout de cette histoire avec les Porrinyard qui ne faisait que commencer. Bien sûr, je savais ce que c'était, je ne me faisais aucune illusion, mais ça m'était égal, j'étais prête à courir le risque. Dommage, c'était vraiment trop injuste.

Dix : j'avais laissé mon passé devenir mon excuse universelle. Il n'avait fait qu'ériger quelques murs. Mais sans ma contribution active, il n'aurait pas aussi bien réussi.

Tout bien considéré, j'avais été mon propre Démon invisible, le pire même.

Mais ce n'était pas si grave.

— *An...*

J'avais dépassé le stade où les regrets avaient la moindre importance.

— ... *drea*.

À l'instar de la peur, du désir, de l'ambition et des mystères non résolus, je n'avais plus de temps à perdre avec ça.

— *Andrea !*

Tout ce qui me restait, c'était la manière d'affronter les quelques instants que j'avais devant moi.

J'ouvris les yeux et vis les nuages de coton bouillonnant, encore loin en contrebas, prêts à m'accueillir. Je garderais les yeux ouverts autant que possible, malgré le vent de plus en plus fort qui me gonflait déjà les joues et esquissait une grimace sur mes lèvres. L'irritation de la pression atmosphérique contre mes paupières faisait rouler des larmes sur mes tempes, elle et rien d'autre. Certainement pas…

— *ANDREA !*

Je pensai d'abord que Lastogne me rappelait. Mais non, le cri venait de mon voisinage immédiat, sur ma gauche, d'un objet brûlé et cabossé qui tombait avec moi. Tourner la tête vers lui demanda plus de force que j'en possédais. Croire ce que me dictaient mes yeux exigea un effort considérablement supérieur : un glisseur piquait vers moi, tentant de calquer sa vitesse sur la mienne. À côté de moi apparurent Oscin et Skye, debout à l'intérieur du compartiment passager, leur orientation donnant l'impression de deux saillies horizontales sur une surface purement verticale.

Je me trouvais presque à portée de la main que me tendait Oscin, une distance toutefois suffisante pour m'exclure de la pesanteur du véhicule. N'étant pas conçu pour la vélocité, celui-ci avait d'ailleurs du mal à régler son allure sur moi. Seule ma position, directement face au vent, me ralentissait assez pour permettre même cette brève approche.

Je préférais ne pas savoir à quelles manœuvres ils avaient dû recourir pour arriver si près.

Ils crièrent encore mon nom, le vent emportant leurs échos.

J'agitai les bras, une idée terrible du point de vue aérodynamique, qui eut pour effet de m'éloigner d'eux. L'espace d'un instant à donner la nausée, je commis l'erreur de trop compenser ; je plongeai à la verticale, les laissant loin derrière moi. Puis je me stabilisai de nouveau par rapport au vent, ralentis et sentis une onde de choc écœurante contre mes jambes, alors que le glisseur s'écrasait presque dans mon dos. La forme familière envahit le ciel, à ma droite cette fois.

Quand je regardai, Skye, assise sur les épaules d'Oscin, tendait désespérément les bras vers moi. La détresse se lisait sur son visage, du sang lui tachait le menton. Ses poignets et ses mains dépassaient tout juste du bouclier ionique, cherchant à me saisir. Alors que j'étais sur le point de commettre la même erreur de correction dans ma trajectoire, je me rappelai le résultat obtenu, à peine quelques secondes plus tôt ; cette fois, je convergeai vers les deux visages familiers, à une vitesse qui me fit immédiatement penser à une collision frontale avec un mur.

Je compris trop tard que je n'étais pas la seule en danger. Un mauvais calcul suffirait pour que le poids de mon corps en train de tomber les entraîne hors du champ de la pesanteur locale. Je ne pouvais pas assumer cette responsabilité. Je m'y refusais. Avec une seconde de plus pour y réfléchir, j'aurais modifié la course de ma chute et plongé vers la mort, plutôt que de les laisser se sacrifier pour moi.

Une rafale de vent m'aveugla juste au moment où les mains de Skye se refermaient sur mes poignets.

Vous est-il déjà arrivé de passer sans transition d'une zone de pesanteur à une autre ? Tout change, en moins de temps qu'il en faut à vos neurones pour fonctionner. Dans ce cas, le glisseur à côté de moi devint soudain, et sans doute possible, le glisseur sous moi. Je m'écrasai contre les sièges, me pliai en deux et faillis rouler par-dessus bord, tandis que le paysage de nuages revenait *à sa position normale, en bas*, au gré des fluctuations de la pesanteur.

De leurs mains libres, Oscin et Skye se cramponnaient à toutes les prises disponibles, se servant des deux autres pour me saisir. Je mis une seconde à comprendre qu'ils avaient vaincu la pesanteur à l'instant où ils me tiraient à l'intérieur, pour éviter que je me brise le cou et rompe chaque organe de mon corps soudain soumis à un impact perpendiculaire.

Mes jambes battirent l'air, derrière moi. Je criai. Je me hissai plus près des Porrinyard et, dès que l'occasion se présenta, me pendis au dossier d'un des sièges, certaine une fois de plus que mon heure était venue.

Je ne garde aucun souvenir des trente secondes qui suivirent.

De nouveau la pesanteur fut. Mes genoux se posèrent sur le pont. Ma tête rebondit légèrement contre le dossier, rendant un bruit sourd, mais sans me causer de réelle douleur. Je sentis mon estomac vide se barbouiller, cherchant quelque chose à expulser.

Hébétée, je m'aperçus que nous nous étions arrêtés.

Les Porrinyard n'avaient pas réussi à gérer la situation avec leur grâce coutumière. Affalé contre le tableau de bord, Oscin saignait par une vilaine estafilade qui lui barrait le front en diagonale. Skye, pelotonnée à côté de lui, semblait plus mal en point : au sang que j'avais distingué sur son menton quelques secondes plus tôt s'ajoutait une ecchymose qui enflait sur sa joue. Pour la première fois, je vis la brûlure rouge vif provoquée par le flux thermique sur sa main droite.

Ils se redressèrent, en même temps que moi, inclinant leurs visages à des angles complémentaires.

Puis ils sourirent d'un air complice, et dirent d'un ton lascif :

« Ma chère Andrea ! Mais vous êtes à croquer, ma parole ! »

D'abord, je ne compris pas. Puis, comme je levais avec effort ma main collée au sol, tout s'éclaircit. Une épaisse couche de jus de manne me couvrait de la tête aux pieds. J'étais à croquer. Bon sang, j'étais même délectable.

Je ne l'aurais jamais admis, en d'autres circonstances... mais parfois la ligne droite *est* le plus court chemin.

L'échange d'informations pouvait attendre.

Nous avions des affaires plus pressantes à régler.

« Venez goûter, alors... »

Ils se précipitèrent, à quatre pattes.

Le glisseur remonta, s'éloignant des nuages, alors que nous partagions nos expériences des quelques dernières minutes. Mon récit me valut des grimaces de compassion, et aussi un commentaire admiratif.

« Juje, te voilà devenue une spécialiste des missions en altitude ! »

Le tutoiement était désormais de mise

Leur récit, lui, donnait le vertige. Pour échapper au Provocateur, ils avaient adopté une tactique radicale : utiliser un dragon comme camouflage. Voler en maintenant la même vitesse que la créature géante avait mis les capacités du glisseur à rude épreuve. Ils avaient profité de la réticence prévisible du Provocateur à ouvrir le feu dans le voisinage de l'animal pour demeurer dans son ombre, en sécurité, jusqu'à ce que l'ennemi se décourage.

« Je suis surpris qu'il ne s'en soit pas pris à toi après », dirent-ils.

Je suçai un peu du jus de manne qui continuait de me coller aux doigts.

« Il ?

— Il. Elle. Peu importe. J'utilise le pronom par commodité. Quoi qu'il en soit, je ne comprends pas pourquoi tu n'as pas été la cible suivante. »

Mes ongles irréguliers brillaient toujours de la sève des Frondaisons.

« Je ne m'attendais pas à survivre au pétrin dans lequel je m'étais fourrée. Ouah ! Bon sang.

— Quoi ?

— Je viens juste d'élucider un des mystères de cet endroit.

— Vraiment ?

— Oui. Un aspect somme toute mineur, mais qui contribue à la vue d'ensemble. Les choses se précisent. J'y verrai clair d'ici peu, croyez-moi. Vous disiez ?

— Je me demandais pourquoi ton ami ne s'en est pas pris à toi, quand il n'est pas arrivé à ses fins avec nous. Et je sais que tu étais toi-même attaquée, mais puisqu'il avait renoncé à nous éliminer, il aurait eu le temps de monter faire un petit tour pour s'assurer que tout se déroulait comme prévu. Pourquoi faire durer le suspense comme un vulgaire méchant de neuropic ? »

Je me mordis l'ongle du pouce. Le son me révulsa, et je n'éprouvai aucune envie de recommencer.

« Je l'ignore. Peut-être avait-il un délai à respecter. Peutêtre devait-il rentrer au hangar avant qu'on s'aperçoive de son absence. Peut-être avait-il autre chose à… »

Je m'interrompis brusquement.

« Oh, merde. »

Les Porrinyard cherchèrent à lire dans mon regard.

« Quoi ?

— Gibb. »

Pendant quelque temps, tout avait semblé de nouveau aller pour le mieux.

Puis nous regagnâmes le site qui avait accueilli Hamac-Ville.

À part quelques éléments d'infrastructure, presque tout avait été tordu au point de devenir méconnaissable, ou arraché pour rejoindre les nuages en contrebas. Un maquis de cordes détendues pendait des Frondaisons, agité par le vent. De rares lambeaux de toile battaient tels des étendards déchiquetés sur un champ de bataille.

Le reste, ce qui se trouvait encore là la nuit dernière, avait disparu, y compris Stuart Gibb.

22

Émissaires des morts

Lugubre. Mieux qu'aucun autre, ce mot définissait l'humeur qui régnait dans le hangar. Les engagés de Hamac-Ville erraient comme des âmes en peine entre les abris-cube, ils se parlaient à mi-voix, pleuraient ou échangeaient des regards qui auraient pu appartenir aux survivants d'une armée décimée. La mort apparente de Gibb avait balayé toute bravade ; seule la puanteur de l'échec planait sur cet endroit, tel un nuage. La mission s'achevait sur un fiasco, tout le monde en avait conscience. Une question subsistait, celle de la date de leur départ. À condition qu'ils ne soient pas considérés comme des prisonniers de guerre, ou pire, des captifs en attente d'exécution.

Lastogne, toujours aux commandes par défaut, avait eu pitié de nous, patientant le temps qu'on nous administre les premiers soins et que nous nous changions pour entendre notre rapport. J'aurais pu me contenter d'une rapide toilette à ultrasons, mais mon épreuve dans les Frondaisons m'avait laissé une telle couche de crasse que je m'enfermai dans le vaisseau pour m'offrir une voluptueuse douche d'eau chaude. J'allai jusqu'à ignorer la limite réglementaire de cinq minutes. Température et pression dans le rouge, je me plaçai directement sous le jet, les yeux clos et les bras ballants.

Quand j'émergeai dans le hangar, vêtue d'un ensemble noir propre, le regain d'hostilité à mon égard était palpable. Jusqu'alors, on m'avait perçue comme la fonctionnaire endurcie envoyée par La Nouvelle-Londres ; sévère, peut-être un peu froide, pas nécessairement très stable, mais la voix d'une autorité qui méritait le respect. J'étais devenue une irresponsable indisciplinée au passé douteux, dont les combines avaient sûrement coûté la vie à Stuart Gibb. Je ne pouvais pas faire un pas sans sentir les regards qui me fusillaient.

Seul Oskar Levine s'enquit de ma santé.

Je hochai la tête, le stupéfiai en l'étreignant, avant de retrouver Peyrin Lastogne dans l'abri-cube où il avait prévu de tenir notre réunion.

Les Porrinyard m'y attendaient déjà, encadrant Lastogne, leurs expressions neutres, leurs yeux me conseillant la prudence. Oscin arborait un pansement en plastipeau sur le front. Skye avait appliqué un gel contre les brûlures sur sa main droite. Elle n'avait pas soigné les blessures de son visage, soit elle les avait considérées comme mineures, soit, plus probablement, par manque de temps. Lastogne affichait la mine défaite d'un homme qui n'a pas dormi depuis des jours, et qui ne croit plus y parvenir de sitôt.

« Maître. Vous voilà déjà plus présentable.

— Merci, répondis-je, bien qu'il ne s'agisse évidemment pas d'un compliment. Avez-vous contacté La Nouvelle-Londres ?

— Je ne suis pas si sûr que vous soyez en droit de poser les questions, ici.

— Désolée, monsieur Lastogne, mais tant que mes supérieurs ne m'auront pas relevée de mes fonctions, c'est exactement ce que je vais faire. Avez-vous contacté La Nouvelle-Londres ? »

Il continua à me jeter un regard noir.

« J'ai envoyé un rapport, mais celui des IAs-source, dont je suis en copie, causera bien plus de dégâts. Elles ont déclaré l'ensemble de notre délégation persona non grata sur leur station et n'autoriseront aucun nouveau visiteur dans un avenir proche. Par ailleurs, dans l'éventualité d'une future mission d'observation, celle-ci sera menée par l'une des autres puissances, probablement les Bursteenis ou les Tchis. Elles ont ajouté que nous devrons quitter le hangar dès que nous serons prêts au départ.

— Vous ont-elles donné une raison ?

— Oui : vous. »

Ma gorge se serra.

« Moi ?

— Elles ont affirmé que vous aviez engagé les hostilités contre les Brachiens. Plus précisément que vous aviez aveuglé l'un d'eux. Est-ce exact ? »

Oh, ça.

« Je ne faisais que me défendre.

— Un argument qui pèserait davantage, si vous aviez préalablement reçu l'autorisation d'interagir avec les autochtones. Nous avons toujours pris soin de restreindre nos relations avec eux à des observateurs entraînés. Vous vous êtes lancée, sans supervision, sans formation spécifique et sans aptitude pour la survie en altitude ; quelques heures plus tard, vous avez réussi à vous les aliéner au point de réduire à néant tout ce qu'a accompli cette mission.

— Le ver était déjà dans le fruit, monsieur Lastogne.

— Si vous faites allusion à l'incident avec Warmuth, il ne nous a pas valu l'expulsion de l'habitat. Warmuth n'a pas détruit l'objet même de notre présence ici. Elle n'a pas entraîné deux de nos meilleurs éléments, ajouta-t-il en désignant les Porrinyard, à enfreindre nos règles de manière si grave qu'ils auront à travailler jusqu'à la fin de leurs jours pour éponger leurs pénalités. »

Oscin et Skye s'abstinrent de lui faire remarquer qu'ils ne comptaient que comme une personne.

Je gardai mon calme.

« Vous avez raison, monsieur Lastogne. Mais vous oubliez de mentionner un point à propos de Warmuth.

— Vraiment ?

— Elle n'a pas survécu. »

Ses joues se contractèrent.

« La fin ne justifie pas les moyens, maître, même au sein du Corps diplomatique.

— Au contraire », répliquai-je avec une assurance sans faille.

Il se tourna vers les Porrinyard, en quête de soutien, mais ne rencontra qu'une équanimité, faisant pendant à la mienne.

Il sembla enfin s'apercevoir qu'ils n'avaient absolument pas peur : ni de lui ni d'éventuelles sanctions disciplinaires infligées par le Corps diplomatique ; pas davantage des conséquences. Ils étaient sereins, presque heureux.

« Quoi ? » demanda-t-il, s'adressant à eux, pas à moi.

J'allais lui expliquer, quand je m'étranglai sur les premiers mots. Je m'éclaircis la voix, mais en vain.

« Après une nuit aussi éprouvante, un verre ou un narcopatch me ferait du bien, monsieur Lastogne. Je ne me souviens pas d'une autre réunion à bord de cette station où on ne m'ait rien offert. »

En diplomate professionnel, Lastogne s'agita, honteux de se voir rappelé à l'ordre pour sa négligence de certaines formalités.

« Qu'est-ce qui vous ferait plaisir ?
— N'importe quoi d'alcoolisé. À part ce breuvage à base de jus de manne. J'en ai eu mon compte pour aujourd'hui. »

Les Porrinyard hochèrent la tête.

« Un rien suffit pourtant à le transformer en un délicieux nectar et d'une grande délicatesse. Tout est une question de présentation », jugèrent-ils utile de préciser à l'attention de Lastogne.

Ignorant cette remarque sans exiger de clarification, il ouvrit une des caisses et revint avec une fiole au contenu ambré. Je le remerciai, portai l'embout à ma bouche et avalai le tout d'une traite. La chaleur qui se propagea à mes membres endoloris me fit cligner des yeux. Je contemplai le récipient vide avant de me décider à le lui rendre.

« Personne ici n'a jamais compris les croyances des Brachiens sur la Vie et la Mort, dis-je.

— Ces choses prennent du temps, maître, se défendit Lastogne. Leur psychologie nous est complètement étrangère.

— Pas autant que vous le pensez, répliquai-je en retrouvant tout à fait ma voix. Les Brachiens restent peut-être un mystère sous certains aspects que nous ne soupçonnions pas, mais leur conception de ces questions est aussi simple que de l'arithmétique de base.

— Ces inepties sur les Fantômes, les Ombres…

— … ne sont pas des inepties. C'est la logique même. Dommage que ce soit une perspective que votre délégation, en dépit des qualités de ses membres par ailleurs, ait toujours été cruellement mal armée pour comprendre. Vous êtes tous des professionnels qualifiés, mais aucun de vous ne possède les bonnes compétences pour cette mission. Somme toute, c'est l'une des pires erreurs de recrutement qu'il m'ait été donné de constater. »

Il secoua la tête, rejetant machinalement cette affirmation.

« Je brûle d'impatience d'entendre vos arguments.

— C'est pourtant simple, monsieur Lastogne. Au moment de pourvoir en main-d'œuvre une installation située dans un environnement dont les autochtones vivent accrochés au ciel, quoi de plus naturel que de privilégier des individus ayant démontré une affinité particulière pour les hauteurs. Des alpinistes, des acrobates, des ouvriers de chantiers orbitaux, et autres habitués au travail quotidien en altitude. Les conditions locales leur offriraient un terrain de jeu favorable. Mais ces personnes étaient aussi les dernières à qui demander de saisir tout ce qui concernait les Brachiens.

— Je ne... »

Je ne le laissai pas terminer.

« Les gens comme eux, comme vous, voient les choses en trois dimensions. Ils ont conscience du gouffre entre eux et le fond de l'habitat, et sont capables de le percevoir comme une distance qu'ils peuvent parcourir, fût-ce au prix d'une chute. Votre hypothèse tacite a toujours été que les Brachiens partagent cette conception. C'est idiot, il suffit de regarder comment ils sont bâtis pour remarquer qu'on les a créés pour passer leur vie entière les yeux rivés à une surface située juste au-dessus de leur visage. Ce n'est pas le point de vue d'une espèce destinée à comprendre le panorama, mais celui d'une espèce avec une appréhension limitée du haut et du bas, une perspective que votre délégation, essentiellement composée d'alpinistes et de voltigeurs, n'était pas près de saisir. Moi, en revanche, qui ai toujours souffert d'acrophobie, je sais au plus profond de moi ce que les Brachiens apprennent à la naissance : les Frondaisons sont la Vie ; tout ce qui se trouve en dessous est la Mort. »

Lastogne resta bouche bée.

« Bon sang...

— Imaginez un Brachien, qui tombe. Quel est son pronostic de survie, après ne serait-ce qu'un mètre de chute ? Il n'a même pas eu le temps de prendre notablement de la vitesse. Peut-être apparaît-il encore dans le champ de vision périphérique de ses congénères. Les IAs-source ne le sauveront pas. A-t-il la moindre chance de s'en tirer ? »

Le silence qui suivit rappelait celui, ô combien familier, d'un groupe qui préfère se taire, plutôt que de tomber dans le piège d'une question rhétorique.

Les Porrinyard furent les premiers à se sentir assez en confiance pour donner la réponse qui s'imposait.

« Non, maître. Pas la moindre.

— Exactement. À cet instant, il continue de respirer, de penser et d'avoir des sensations, mais selon la logique de son espèce, il est aussi mort qu'un Brachien dégringolé une semaine plus tôt ou l'an passé. »

Lastogne se frotta les yeux.

« Ouais.

— Réfléchissez. De leur point de vue, nous apparaissons depuis un endroit où rien ne peut survivre. Nous sommes solides, nous sommes amicaux, nous leur parlons, nous sommes clairement des entités concrètes. Mais nous sommes également des visiteurs du pays des Morts. Ils sont raisonnablement fondés à nous considérer comme des Fantômes. Pas étonnant qu'ils refusent d'adresser la parole à quiconque n'a pas passé une nuit dans les Frondaisons. Ce faisant, nous établissons un certain lien avec la vie. Pas tout à fait du même ordre qu'eux, puisque nous multiplions les allers-retours... »

À présent, Lastogne semblait profondément dégoûté de lui-même.

« Telles des Ombres.

— Exactement. Une classification somme toute naturelle pour une créature qui alterne entre la vie et la mort : un concept que les Brachiens trouvent étrange, mais sont visiblement capables d'accepter. Malheureusement pour elle, Cynthia Warmuth ne voyait pas les choses ainsi. Elle éprouvait ce besoin d'identification, que plusieurs personnes de son entourage, vous le premier, ont décrit comme une empathie excessive. »

Distinguai-je une lueur de chagrin dans ses yeux ?
« Oui.
— Elle cherchait vraiment à comprendre les autres. Se mettre dans leur peau. D'ailleurs, ses collègues la détestaient à cause de ça. Mais elle aurait survécu à son impopularité, si elle n'était pas allée trop loin, en commettant la même erreur que moi, pendant ma nuit dans les Frondaisons. Elle a dit aux Brachiens qu'elle voulait vivre, comme eux, sans réfléchir à ce que ça signifiait pour eux. »

À présent, Lastogne affichait une expression affligée.
« Et alors… ?
— Alors, conclus-je, sans intention de lui nuire, ils l'ont clouée aux Frondaisons. »

Lastogne se leva, nous tourna le dos et se dirigea à grands pas vers le mur du fond de l'abri-cube. Bras croisés et tête baissée, son attitude trahissait une douleur insupportable. Ni les Porrinyard ni moi-même ne dîmes quoi que ce soit pour ne pas le déranger. Après plusieurs longues minutes, il regagna son siège, une expression triste et contractée sur son visage blême.

Je repris, comme s'il n'y avait pas eu d'interruption.

« Il ne leur est pas venu à l'esprit qu'ils pouvaient lui faire du mal. En premier lieu, ils ne pensaient même pas à elle comme à un être vivant à part entière. À leurs yeux, elle était déjà un Fantôme, jouissant d'une demi-vie contre nature ; rien d'aussi terre à terre qu'une blessure n'aurait dû l'affecter. Absolument pas. Animée des meilleures intentions, elle leur a demandé leur aide pour s'accrocher à la Vie ; et animés des meilleures intentions, ils la lui ont accordée. L'effet négatif que l'opération a eu sur elle les a complètement pris de court. Ils me l'ont dit eux-mêmes. *La vie n'est pas bonne pour les Fantômes. Elle les épuise trop vite.* Être clouée à la Vie n'a rien valu de bon à Warmuth, qui s'est vidée de son sang. L'expérience l'a épuisée trop vite. Ç'a été une découverte pour les Brachiens, mais qui leur a appris la prudence. Pour cette raison, ils ont d'abord refusé de me rendre le même service, j'ai dû les supplier. »

Regardant les Porrinyard dans l'attente d'une réaction, Lastogne trouva dans leurs yeux écarquillés par la soudaine compréhension l'acceptation d'une vérité qui avait échappé à tout le monde. Au bout d'un moment, il se retourna vers moi, mais ne sembla pas me voir.

« Je l'avais prévenue que ça finirait mal. »

Depuis notre première rencontre, rien de ce qu'il m'avait dit ne lui ressemblait aussi peu.

Les Porrinyard, qui le connaissaient mieux que moi, s'orientèrent vers lui, leurs deux profils offrant un modèle d'incrédulité.

Cette révélation n'avait rien de surprenant à mes yeux.

« Comment ça ?
— Sa fichue empathie. »

Entendant sa voix se briser, il se ressaisit et haussa les épaules, comme pour s'excuser de ce moment de faiblesse.

« Ce n'est pas courant chez moi, maître. Vous savez tout le mal que je pense du système, de la médiocrité qui lui sert de ciment. La plupart des engagés tentent juste d'aller au bout de leur contrat le plus rapidement possible. Quant aux carriéristes, ils s'efforcent d'atteindre leur propre niveau d'incompétence. Mais parfois, quelqu'un prend son travail au sérieux, un casse-pieds comme Cynthia, qui s'avère encore pire. Ces gens-là foutent tout en l'air en se comportant comme si ce qu'ils font a de l'importance. »

Les Porrinyard nous jetaient tour à tour des regards, atterrés pour moi, incrédules pour Lastogne.

Comment le leur reprocher ? Après qu'ils m'avaient dit pis que pendre de l'amant narcissique qu'il avait été avec eux.

Pour moi, c'était plus une confirmation qu'une réelle découverte.

« Vous l'aimiez, n'est-ce pas ?
— Pas au début. Elle ne m'attirait même pas. Comme je vous l'ai dit le premier jour : je ne cherche pas à me faire des amis. Et je me passe très bien de la sollicitude de quelqu'un d'assez arrogant pour croire qu'on peut s'identifier à autrui. »

Il secoua la tête, plusieurs fois, peut-être trop, avant de lever les yeux vers moi.

« Je l'avais prévenue que ça finirait mal, qu'elle pouvait même risquer sa vie, par imprudence. Quelle perspicacité, hein ? »

Sa voix, un brin hystérique, trahissait un curieux sentiment de triomphe. Au lieu de l'anéantir, la perte de Cynthia Warmuth avait renforcé ce côté sombre chez lui, ce cynisme narquois que lui inspiraient les choses ; il y voyait la confirmation de dures leçons inculquées par d'autres deuils, d'autres tragédies, d'autres personnes qu'il avait chassées.

Ce moment se prolongea juste assez pour que Skye tende la main, presque à lui toucher l'épaule, avant de se raviser.

Il recouvra ses esprits, respira à fond et reporta de nouveau son attention sur moi, cette fois avec un regard noir, rempli d'une animosité proche de la colère.

« Mais ça ne suffit pas, maître. Ça n'explique pas Santiago. Ni les attentats contre vous. Ni l'agresseur qui s'en est pris à Oscin et Skye. Ni ce qui est arrivé à Gibb. »

Je le fixai droit dans les yeux.

« Vous avez parfaitement raison.

— Qu'est-ce que vous espérez me faire croire ? Que Gibb est derrière tout ça ? Qu'il s'est planqué dans les Frondaisons d'où il guette sa prochaine victime ?

— Ça demeure une possibilité, monsieur Lastogne.

— Mais ce n'est pas ce que vous pensez.

— Non. Je me fie aux éléments de preuve en ma possession.

— Et vous n'êtes pas prête à m'en faire part.

— Pas avant d'avoir acquis une certitude.

— Et c'est censé racheter tout le reste, tout ce que vous avez fait ?

— En soi, non, admis-je. Mais j'ai su dès le début que cette enquête comprenait de multiples ramifications, qui ne se satisferaient pas d'une seule réponse. Les problèmes posés par Gibb ou Warmuth constituaient autant d'obstacles sur la voie de la vérité. À présent qu'ils sont résolus, je peux enfin m'attaquer à l'essentiel. »

Je pris une profonde inspiration.

« Qui êtes-vous réellement, Peyrin Lastogne ? »

Il me fixa, comme s'il hésitait entre me donner une médaille ou me flanquer un coup de poing dans la figure. Puis il regarda les Porrinyard, l'un après l'autre, semblant se demander à quel point ma folie était contagieuse. Quand ils se contentèrent de hocher la tête, il leva les bras au ciel et retourna d'un pas lourd dans le coin où il s'était réfugié plus tôt, son visage passant par différentes couleurs.

Il n'en dirait pas plus.

Regagnant le dock où nous attendait notre glisseur, les Porrinyard et moi défilâmes au pas sous les regards accusateurs ou implorants des engagés réunis dans le hangar. Le jour de mon arrivée, ils m'avaient fait penser à une population en état de siège. Je m'étais trompée : le siège, c'était maintenant. Parmi eux, combien tentaient de se persuader qu'ils avaient une chance de survivre à cette journée ? Combien avaient déjà décidé qu'ils n'en avaient aucune ?

J'aurais pu leur adresser un petit discours rassurant, comme Gibb avait voulu le faire après l'évacuation de Hamac-Ville, mais ça n'a jamais été mon genre. Peut-être un autre domaine dans lequel je pourrais m'améliorer à l'avenir. À condition d'en avoir un.

Seul Oskar Levine se précipita vers nous, au moment où nous sortions ; ayant récemment travaillé sur les cryptes intersom, des taches de gel bleu lui maculaient la peau, au point de faire oublier sa couleur d'origine. J'avoue mon soulagement quand il renonça à me serrer dans ses bras, comme il semblait d'abord en avoir eu envie.

« Alors c'est vrai ? demanda-t-il. Hamac-Ville a été détruite ?

— C'est vrai, lui confirmai-je.

— Et Gibb ? Il était là-bas quand ça s'est passé ? »

Pour un homme que Gibb avait traité comme un traître, son apparente émotion me surprit. Je décidai de vérifier s'il irait jusqu'à feindre le chagrin. Ça ne lui ressemblait pas, mais en temps de crise, les actions des gens démentent parfois leur nature.

« Oui », répondis-je.

Et j'attendis.

Il lui fallut quelques secondes pour formuler sa question suivante, mais il finit par lâcher, dans un souffle :

« Vous pensez qu'il est mort, ou bien qu'il se cache ? »

C'était une question légitime.

« Je ne sais pas », dis-je, avant de le laisser.

23

Dans le confessionnal

Entre mon insomnie, mon épuisement physique et les effets prévisibles du frôlement répété de la mort, je me sentais aussi lessivée qu'une toxico aux derniers stades du manque. Une partie de moi suggéra une pause. Si, comme je le pensais, le hangar était sûr, j'aurais pu me reposer quelques jours, au moins quelques heures, le temps de me préparer pour l'étape suivante, sans craindre que mon inaction contribue à rallonger la liste des victimes.

Ç'aurait été bien. Ç'aurait été judicieux.

Mais attendre était hors de question.

J'en avais plus qu'assez qu'on me manipule.

Sur le chemin de l'Interface, les Porrinyard ne dirent pas grand-chose. D'un commun accord, ils avaient acquis la certitude que les mots se révéleraient impuissants à me retarder, m'arrêter ou me réconforter. Skye m'attrapa tout de même par le poignet, au moment où je me baissais devant l'écoutille.

« Et pour nous, tu sais aussi ? demanda-t-elle. Tout ?

— Oui, répondis-je, incapable de sourire.
— Depuis quand ?
— Un moment déjà. »
Tous deux semblèrent au bord des larmes.
« Ça va poser un problème ?
— C'est trop tôt pour le dire. Tout dépend des confirmations que j'obtiendrai là-dedans. »

Ils hochèrent la tête, sans surprise aucune. Puis, dans un même mouvement, ils avancèrent pour m'étreindre. Oscin dut se baisser un peu dans l'embrasure. Tous deux tremblaient.

« Reviens-nous vite. »

Ma réticence à les quitter ne s'expliquait pas par la peur, mais par l'attrait exercé par la nouveauté de ce lien : me sentir une partie de la vie d'autrui, et vice versa. Je n'étais pas sûre de pouvoir me le permettre. Mais ça aussi, j'espérais le découvrir à l'intérieur.

Les Porrinyard me lâchèrent et reculèrent ; les yeux secs, ils me gratifièrent du même petit sourire encourageant.

Me contentant de leur adresser un signe de la tête, je franchis l'écoutille.

Je m'aperçus rapidement de changements subtils intervenus dans la salle aux cieux d'un bleu ouaté. Un nouvel élément jurait avec l'ambiance d'espace infini : une sensation de claustrophobie, oppressante, qui rendait les murs, où qu'ils soient, dangereusement proches, menaçants, comme ceux d'une prison. J'ignore si ça venait de moi ou de suggestions subliminales à l'initiative des IAs-source ; toujours est-il que je sentais une présence à mes côtés, tout près, en train de retenir son souffle. Elle suintait l'appréhension. Sur ce dernier point, je n'avais pas l'ombre d'un doute ; dans la mesure où des êtres comme les IAs-source sont capables d'éprouver de l'inquiétude face à une créature tellement plus petite et éphémère, c'était ce qu'elles ressentaient en ce moment.

Alors que je flottais, attendant qu'elles daignent m'accorder leur attention, je me surpris à les comprendre du point de vue le plus viscéral. En tant qu'intelligences, elles dépassaient mon entendement. Face à leur pouvoir quasi divin, je n'étais que poussière. Mais pour le reste, elles restaient carrément ordinaires, avec des ambitions et des sentiments aussi mesquins que les nôtres. En dernière instance, elles étaient aussi corrompues que nous. En cela, elles nous ressemblaient.

Longtemps, elles m'avaient fascinée, effrayée ; elles avaient suscité ma méfiance, provoqué ma colère.

À présent, pour la toute première fois, je n'avais plus à feindre le mépris qu'elles m'inspiraient.

C'était libérateur.

Cette fois, une voix masculine s'adressa à moi, grave et sonore, avec juste assez d'écho pour suggérer que des murs invisibles se dressaient encore plus loin.

<> ***Félicitations, maître. Nous avons appris que vous avez trouvé une explication pour ce qui est arrivé à Cynthia Warmuth.*** <>

« Vous y avez assisté en direct. Vous avez entendu chaque mot. Vous étiez avec nous. »

<> *Nous donnons parfois l'impression d'obtenir nos informations au même rythme que les espèces organiques comme la vôtre, parce qu'il nous semble poli de moduler nos conversations à vos propres capacités.* <>

« Poli, hein ? Ou nécessaire pour entretenir nos illusions. »

<> *Cela ne revient-il pas au même ?* <>

« Non. Pas quand ça rend la communication moins commode, plutôt que l'inverse. Pas quand ça complique chacun de nos tête-à-tête. Dans ce cas, la simulation devient un objectif en soi, et je suis bien obligée de me demander pourquoi vous y attachez une telle importance. »

La durée de la pause qui suivit me fit craindre que mon effronterie me vaille une expulsion.

Puis, comme à contrecœur :

<> *Poursuivez.* <>

« Tout le monde ici a conscience de l'absurdité de la situation. Vous voyez et vous entendez tout ce qui se passe. Mais pour discuter avec vous, les membres de la délégation humaine doivent sauter dans un glisseur et venir jusqu'ici. Dans cette salle. Pourquoi ? Quel bénéfice espérez-vous en tirer ? »

<> *Sur notre station, nous fixons les règles, si arbitraires soient-elles.* <>

Elles parlaient comme un enfant gâté, pris en train de tenter d'imposer sa loi sur un terrain de jeu.

« C'est votre station, et l'arbitraire trouve effectivement sa place dans son écosystème, mais rien ne paraît gratuit. Rien ne semble conçu uniquement pour engendrer des désagréments. Sauf cette salle. J'ai longtemps cru qu'elle vous servait à nous rappeler qui commandait à bord de cet habitat. Maintenant que j'ai eu l'occasion de visiter un peu, la véritable explication m'a l'air légèrement plus retorse. Vous utilisez cet endroit pour détourner notre attention de tout un tas de choses auxquelles vous préférez que nous ne pensions pas. »

Le silence s'éternisa.

<> *Nous ne sommes pas certaines de vous suivre, maître.* <>

Je sentis la colère monter en moi.

« Oh si, vous me suivez. Mais puisque vous y tenez, faisons comme si, pour le moment. Parlons d'abord de Cynthia Warmuth… Contrairement à ce que j'ai affirmé à M. Lastogne aujourd'hui, des zones d'ombre subsistent sur son meurtre. »

Quand les IAs-source reprirent la parole, la voix avait changé de ton : je perçus un respect mêlé de fascination.

<> *Nous pensions que vous aviez l'impression d'en avoir terminé avec cette affaire.* <>

« Pas une seconde. L'explication que j'ai donnée à M. Lastogne ne me satisfait pas. Elle m'a permis de me débarrasser de lui, le temps d'en finir avec vous. En fait, ma nuit dans les Frondaisons n'a pas confirmé ma théorie ; elle m'a prouvé que je faisais fausse route. »

<> *Comme lors de nos précédents échanges, nous brûlons d'entendre votre raisonnement.* <>

« Au lieu de me prêter à cette comédie, je devrais simplement vous dire que je sais tout, et passer à la suite. Mais si ça vous amuse… Ce que j'ai dit à

Lastogne est en partie vrai. J'ai effectivement compris la place qu'occupaient les humains dans la cosmologie des Brachiens. J'ai appris comment ils risquaient de réagir si l'un de nous demandait un lien plus fort avec la Vie. Mais j'ai aussi constaté leur terrible lenteur… qui rendait totalement irréaliste l'idée de maîtriser un individu pourvu de l'agilité d'un des membres de la mission. Même moi, qui suis carrément maladroite, je suis parvenue à leur échapper. Un vulgaire filin de sécurité a suffi à me maintenir hors de portée des Brachiens en attendant l'arrivée des secours, eux-mêmes attaqués. Warmuth n'aurait pas eu besoin de réflexes plus foudroyants que les miens. Réveillée et consciente de ce qui se déroulait, pourquoi aurait-elle rencontré plus de difficultés que moi ? »

<> *Vous aviez l'avantage de connaître les événements récents. Peut-être Warmuth ne s'est-elle aperçue de ce qu'ils préparaient qu'au dernier moment.* <>

« Votre raisonnement tiendrait, s'ils s'étaient contentés de la lacérer. Une attaque en masse menée par des sentients approchant de tous côtés à la vitesse des Brachiens peut aisément susciter un malentendu ; une confusion, avec une autre activité sociale, une toilette cérémonielle, ou même, Juje m'en préserve, un câlin collectif. Mais en arrivant vers moi, leurs griffes à la main, les Brachiens m'ont permis de deviner la nature de leurs intentions de longues minutes avant de m'atteindre. Pour simuler une distraction qui m'aurait empêchée de rester attentive, j'ai fermé les yeux plusieurs fois. Mais même en leur donnant tous les avantages imaginables, il m'a été impossible de croire qu'ils avaient réussi à surprendre Warmuth. Leur assaut était interminable, inexorable, effrayant... et aussi prévisible. Elle aurait eu plus de temps qu'il en fallait pour s'apercevoir que quelque chose ne collait pas, et appeler à l'aide. »

<> *Peut-être était-elle endormie.* <>

À présent, les IAs-source se comportaient comme n'importe quel suspect humain qui enchaînerait les faux-fuyants, dans l'espoir de détourner l'attention. Mais loin d'avoir recours à ce genre de subterfuge par panique et instinct de conservation, les IAs-source semblaient plutôt jouer à chat avec la logique. Elles pointaient ainsi du doigt les failles qui subsistaient dans mon raisonnement pour me permettre de les combler au fur et à mesure. Furieuse, j'entrai néanmoins dans leur jeu.

« Aucune chance. Les Brachiens s'en sont pris à moi dès que j'ai prononcé les paroles fatidiques. Warmuth ne les aurait pas suppliés de lui offrir la Vie, puis tranquillement regardés sortir leurs griffes et converger dans sa direction, avant de s'endormir, juste au moment où ils allaient passer à l'action. C'est complètement ridicule. Non, j'ai bien peur qu'il n'y ait que deux possibilités à ce stade. Soit elle a rencontré quelqu'un qui bougeait plus vite qu'elle, soit elle était déjà immobilisée et sans défense quand cet inconnu a donné aux Brachiens une très mauvaise idée. Dans un cas comme dans l'autre, nous avons affaire à un autre coupable. »

Nouvelle hésitation.

<> *Vous avez raison.* <>

« Et cette personne est toujours hors de ma portée, exact ? »

<> *Pour le moment.* <>

« Pour des raisons de politique interne, n'est-ce pas ? Notre saboteur, coupable, le Provocateur, appelez-le comme vous voulez, est toujours à la solde de votre opposition, il continue de tuer, de faire ce qui lui paraît nécessaire pour perturber votre expérience dans cet habitat, quelle qu'elle soit. Vous savez de qui il s'agit, mais vous ne pouvez ni me donner son nom ni nous mettre en présence l'une de l'autre sans enfreindre les règles d'engagement sur lesquelles vous vous êtes entendues. »

<> *Encore une fois : pour le moment.* <>

« Pour des raisons bassement politiques. »

<> *Une guerre civile, maître. Dans laquelle vous n'avez actuellement aucun rôle à jouer.* <>

Actuellement.

« Ça n'a pas empêché l'autre camp de tenter de me tuer. »

<> *Il n'obéit pas à la même éthique que nous. Les hostilités monteront d'un cran si nous encourageons toute implication extérieure supplémentaire. L'autre camp n'exposera pas ses agents à une possible capture par une tierce partie.* <>

« En d'autres termes, vous pourriez réagir vous-mêmes si vous le souhaitiez. »

<> *Nous pourrions. Mais l'attente est davantage dans notre intérêt.* <>

« Pour quoi ? »

<> *Pour obtenir ce que nous voulons.* <>

« De leur part ? »

<> *Non.* <>

« De la mienne ? »

<> *Oui.* <>

« Qu'est-ce que vous me voulez ? »

<> *Quelque chose de librement consenti.* <>

J'avais beau m'y attendre, la force de cette réponse suffit à peser douloureusement sur ma poitrine. Je repensai à une des premières choses que Lastogne m'avait dites, lors de mon arrivée. Pas tant une philosophie qu'un avertissement.

Dans ce moment de silence, je me surpris à songer à ce que faisaient Oscin et Skye. Me souhaitaient-ils de rester forte ? Se demandaient-ils si le volet périlleux de mon entretien avait commencé ? Espéraient-ils me voir ressortir ou avaient-ils tristement fait une croix sur moi ?

Que ferait Lastogne si je ne revenais pas ?

Et Bringen, au fait ? Il m'avait suppliée de lui fournir un coupable différent des IAs-source. Si je trouvais la mort à bord d'une station leur appartenant, avec des témoins pour confirmer qu'elles avaient été les dernières à me voir en vie, quels mensonges devrait-il inventer pour étouffer l'affaire ?

Un millier d'autres questions se bousculaient dans ma tête, auxquelles je ne pourrais pas répondre avant d'en avoir terminé avec celles que j'avais déjà sur les bras.

Je fermai donc les yeux, maîtrisai ma respiration, et repris.

« Parlons du fonctionnement de cette station. »

<> *D'accord.* <>

« Dès le départ, il m'est apparu clairement que tout ne tournait pas autour des Brachiens. Pas uniquement à cause du rôle limité qu'ils jouent dans votre écosystème. Vous leur avez appris à parler mercantile, de toute évidence dans l'intérêt de visiteurs humains, que vous vous êtes d'ailleurs donné le plus grand mal à attirer ici, avant de les autoriser à rester. Alors, je me suis demandé : quel bénéfice espériez-vous tirer d'une mise en scène d'une telle ampleur, purement destinée aux humains ? »

<> *Ce n'est pas notre seul objectif, maître.* <>

« Je vous crois. Les Brachiens ont leur raison d'être. Et ces autres environnements, plus bas, auxquels nous n'avons pas accès, représentent sans doute autant de projets importants pour vous. Mais je ne parle pas de ça. Ce qui m'intrigue, c'est votre empressement à peupler cette station, non seulement de Brachiens, mais d'observateurs humains. De là à soupçonner que les observateurs sont eux-mêmes des sujets d'étude... »

<> *Vous êtes une espèce fascinante.* <>

« Oui, et vous n'avez pas ménagé vos efforts pour nous rendre cet endroit captivant, n'est-ce pas ? Prenons ces dragons, par exemple. Vous avez poussé le bouchon un peu loin. Vous auriez certainement pu concevoir mille créatures pour combler cette niche écologique, mais en avez choisi une qui trouve un écho dans le passé mythologique de l'humanité. Et vous ne vous êtes pas contentées d'approximations ; non, vous avez opté pour la version tout droit sortie de notre imaginaire. Pourquoi ? Pour nous plaire, et nous taquiner. Sur Un Un Un, les dragons sont la preuve que vous jouez avec nous, au moins un peu. Comme cette citation de Dante à l'entrée de l'Interface... Encore un clin d'œil, qui m'a montré que vous aviez décidé de vous amuser à mes dépens, et pas seulement avec mon espèce dans son ensemble. »

<> ***Nous avons le sens de l'humour, maître.*** <>

« J'ai remarqué. Mais les plaisanteries de ce genre soulèvent nécessairement la question de ce que vous attendez en retour des humains en mission ici. Elles illustrent aussi votre volonté d'orchestrer les conditions locales pour jouer avec nos perceptions d'une manière que Gibb et son équipe, survivant dans l'habitat au quotidien, n'auraient jamais pu anticiper.

» Ce qui nous ramène à votre insistance à tenir salon dans cette salle d'Interface, alors que vous pourriez nous parler n'importe où à bord.

» Peut-être les dragons ne sont-ils qu'un des tours de passe-passe qui vous servent à dissimuler une illusion d'une tout autre ampleur.

» Tout le monde a noté vos téléagents flottants, vos machines de maintenance, vos glisseurs. Ils vous rendent compte de tout ce qu'ils voient, mais ils ne sont pas partout. Comment font-ils pour tout voir, même sur une station qui vous appartient ? J'y ai réfléchi, et j'ai déduit que vous devez posséder d'autres yeux, auxquels nous n'avons pas songé. J'ai consacré une partie de ma nuit dans les Frondaisons à me demander où ils pouvaient se cacher. Vous auriez pu doter les Frondaisons elles-mêmes d'une sensibilité visuelle, pour qu'elles vous transmettent des images. Pourquoi pas ? Ensuite, je me suis interrogée sur tous ces insectes noirs omniprésents. Loin de contribuer à l'équilibre environnemental, ne seraient-ils que des essaims d'yeux miniatures ? L'idée m'a paru intéressante, au point de la creuser un peu.

Si vous possédiez des machines espionnes aussi petites, qu'est-ce qui vous empêchait d'en développer d'encore plus petites ? »

<> *La nanotechnologie n'a rien de nouveau, même pour les humains. Nous ne voyons toujours pas où vous voulez en venir. Nous sommes ici chez nous, et en droit d'employer toutes les techniques de surveillance à notre disposition.* <>

« Oui, je ne le conteste pas, mais ça ne fait que renforcer la question de la fonction de cette salle. Encore une fois : si vous êtes présentes partout à bord, pourquoi vous évertuer à perpétuer l'illusion d'un lieu bien particulier où convoquer vos visiteurs ? Pourquoi vous accrocher à cette fiction sur Un Un Un, alors que partout ailleurs dans l'espace habité, vous utilisez des écrans plats flottants comme ambassadeurs ? »

<> *Avez-vous des réponses à apporter, maître ?* <>

« Une seule. Cette pièce n'a qu'une raison d'être, je ne vois que ça : c'est un théâtre. Elle vous rend tactiles.

» Vous souhaitez que les humains de la délégation vous associent à un endroit précis. Qu'ils oublient ce qu'ils savent, et pensent à vous comme à des créatures qu'on peut approcher, avec qui on peut traiter, avant de les laisser derrière soi. Sauf qu'en vérité, vous êtes partout. Ce qui nous amène inévitablement à la question des efforts que vous déployez pour maintenir aussi consciencieusement cette illusion ici. Pourquoi serait-il si dommageable que nous ressentions, de manière presque tangible, votre ubiquité à bord de cette station ? »

Les IAs-source semblèrent amusées.

<> *Pourquoi ?* <>

« Parce qu'à ce moment-là, nous nous interrogerions immédiatement sur ce qui vous pousse à fonctionner en dessous de vos capacités dans ce petit coin reculé de l'univers. Nous nous demanderions ce qu'il a de si particulier. »

<> *Ah.* <>

« Nous nous demanderions si le reste de vos ambassadeurs dans l'espace habité n'est pas aussi qu'un leurre. Nous réviserions nos estimations sur l'étendue de vos pouvoirs, sur votre influence réelle. Nous nous mettrions à soupçonner que… »

<>… ***nous sommes en vous*** <>, conclurent les IAs-source à ma place.

Mon cœur se serra dans ma poitrine, telle une créature qui, après s'être longtemps crue en sécurité à l'intérieur de sa cage, secoue à présent ses barreaux, dans une tentative d'évasion désespérée.

Je ne m'étais pas attendue à ce qu'elles le reconnaissent si facilement.

Je pensai à des voisins changés en ennemis mortels en l'espace d'une seconde, à une petite fille devenue pire qu'une bête, une innocente transformée en criminelle de guerre.

<> *Par dizaines de milliers, à l'intérieur de chacun. Certaines d'à peine quelques molécules de large, mais suffisantes pour avoir forgé un raccordement intégral avec votre système nerveux. Cela nous aide à vous encourager dans certaines voies, de temps à autre ; pas constamment, bien sûr : ce serait une violation grave de votre libre arbitre, et un*

pur gâchis de vos capacités à adopter un point de vue nouveau et instructif sur les choses. Mais parfois, quand le besoin s'en fait sentir... <>

Je crus que ma voix allait me trahir.

« Et vos... insurgés... les Intelligences renégates... votre opposition... »

<> *... vos Démons invisibles, comme vous les avez nommés... <>*

« ... ils exercent la même influence sur nous ? »

<> *Nous avons déjà répondu à cette question, maître. <>*

« Ils sont capables de nous forcer à tuer des gens contre notre gré ? »

<> *Et bien pire. <>*

« Comment savoir que ce sont eux qui nous ont contrôlés sur Bocai ? Et pas vous ? »

<> *C'est impossible. Mais nous avons l'honnêteté d'avouer que nous avons nous-mêmes eu parfois à agir de manière tout aussi répréhensible. Admettez que nous n'irions pas nous soustraire à la responsabilité de certains crimes en en reconnaissant d'autres. Nous, au sens des intelligences qui vous parlent en ce moment, sommes innocentes de celui-là. <>*

Certaines de ces révélations ne faisaient que confirmer mes soupçons. Mais pas toutes. Maintenant, ma tête me semblait trop petite pour les contenir. Le sang me battait aux tempes, et je fermai les yeux, cherchant à m'extraire du gouffre noir qui menaçait de m'engloutir depuis toujours.

Loin, si loin, les IAs-source me réprimandèrent.

<> *Allons, maître, votre réaction n'est pas digne de vous. Après tout, si vous êtes venue aujourd'hui,*

c'est précisément pour nous annoncer que vous aviez presque tout compris. <>

Ma propre voix me parut tout aussi distante, mais en me concentrant dessus, je retrouvai le chemin de la raison.

« C'est vrai. Vous m'avez dit que vous aviez trois cadeaux pour moi. Un que vous m'aviez déjà donné, un autre en cours, et le dernier que vous espériez m'offrir à la conclusion de cette affaire. »

<> *Oui.* <>

« La nature du premier ne m'est apparue qu'il y a quelques heures. En inspectant le bout de mes doigts, j'ai remarqué à quel point ils avaient cicatrisé depuis mon arrivée. »

<> *Ils sont bien plus beaux maintenant* <>, me confièrent les IAs-source sur un ton ridiculement complice.

« Avant... de venir ici, je me rongeais les ongles. Dès que j'avais besoin de me concentrer, je m'attaquais à un doigt. Parfois jusqu'au sang, en cas de problème vraiment épineux. Mais j'ai arrêté immédiatement après ma première visite dans cette pièce. Depuis... quand quelque chose me rend perplexe... je ressens cette sorte de malaise, cette impression qu'on m'empêche d'agir comme je le ferais normalement. »

<> *C'est une manie qui n'est pas saine, Andrea Cort.* <>

« C'était aussi mon libre arbitre. »

<> *Que vous possédez toujours, dans certaines limites.* <>

« Vous m'avez débarrassée de cette habitude, juste pour me faire une démonstration. »

<> *Nous avons pensé que cela vous aiderait à avancer dans votre enquête.* <>

« Et le deuxième cadeau ? Celui qui, m'avez-vous expliqué, était en voie d'exécution ? Ce petit coup de pouce que vous avez donné à mes émotions, et qui m'a permis de répondre favorablement à Oscin et Skye ? »

<> *Celui-là s'est révélé un peu plus compliqué, mais sans empiéter sur votre libre arbitre autant que la suppression de votre mauvaise habitude. Il vous a simplement rendue libre d'agir selon vos sentiments, comme jamais auparavant. Mais vous auriez pu décider de n'être pas attirée par les Porrinyard, et jeter votre dévolu sur Lastogne ou Gibb à la place, voire attendre votre retour à La Nouvelle-Londres pour avoir un plus vaste choix de candidats.* <>

Je ne les interrogeai pas à propos du troisième cadeau, qu'elles m'avaient promis d'ici à la fin de mon enquête. J'étais trop furieuse.

« De quel droit ? »

<> *Si vous vous préférez réellement telle que vous étiez, nous pouvons restaurer vos inhibitions. Mais nous ne pensons pas que c'est ce que vous voulez. Parfois, le plus beau cadeau est celui fait en secret.* <>

« Foutaises ! m'emportai-je. C'était juste une démonstration pour vous ! »

<> *Pas seulement. Comme nous avons eu l'occasion de vous le répéter, nous avons du respect pour vous, Andrea Cort, et nous croyons que nous avons beaucoup en commun. Nous avons le sentiment qu'à la conclusion de l'affaire qui nous occupe, nos ambitions seront plus alignées que jamais.*

Néanmoins, nous vous concédons que la possibilité d'une démonstration nous a séduites. <>

« Ça ne s'arrêtait pas là, répliquai-je, la colère continuant de monter en moi. Les Brachiens vous ont baptisées la "Main dans les Ombres". L'équipe de Gibb, en entendant cette expression, l'a mise sur le compte des inepties habituelles des Brachiens. Mais si nous sommes les Ombres, et vous la Main, en quoi êtes-vous différentes de marionnettistes ? »

<> *Et aussi* <>, me rappelèrent les IAs-source, <> *n'oubliez pas ce que vous a dit ce Brachien à l'agonie.* <>

« Je me souviens : il a dit qu'il ne sentait plus la Main. »

<> *Il mourait. Nous sommes parties avant la fin.* <>

« Votre "Main", comme ils l'appellent, est toujours en eux. Ils la sentent en permanence. Ils *vous* sentent constamment en eux. »

<> *Oui.* <>

Je n'avais pas grand-chose à ajouter.

Les IAs-source ne soupiraient pas, mais leur voix se livra à une excellente imitation, avant de reprendre.

<> *Les points qui suivent vont bien au-delà du champ immédiat de votre enquête, mais sont susceptibles de constituer un frein, tant que vous n'aurez pas obtenu une explication. Alors, pour vous décider à faire le pas nécessaire vers la conclusion de cette affaire, voilà ce que vous avez besoin de savoir. Les Brachiens ne sont pas les seuls sentients que nous avons créés. C'est une pratique courante pour nous. Nous nous intéressons aux perspectives uniques que*

leur biologie exige : qu'elles soient justes ou erronées, elles nous fournissent une aide considérable dans la modélisation de possibilités théoriques à étudier par la suite. Dans le cas précis des Brachiens, cela nous a permis d'explorer les concepts de Vie et de Mort et, avec le temps, différentes variations psychologiques inventives. Autant de données précieuses, dans leur potentiel à révéler ce que nous avons toujours désiré. <>

Aurais-je eu à ma disposition un bouton capable de détruire Un Un Un dans le cataclysme d'un enfer nucléaire, j'aurais appuyé dessus, sans me soucier de me trouver au cœur de l'explosion. Mais je ne possédais rien de tel. Je n'avais même pas d'objet solide à frapper.

« Je n'ai pas consenti à cette contribution. »

<> *Les Brachiens non plus* <>, répondirent platement les IAs-source. <> *Peu de sentients choisissent le genre d'enseignements qu'ils offrent aux autres. Vous-même avez été une source d'enrichissement involontaire pour plus de sentients que vous pourriez l'imaginer. Mais ce n'est pas très important. Même en vous enfermant dans une pièce et en interrompant toute interaction avec l'extérieur, vous continuerez de fournir des données à ceux qui savent où vous vous trouvez. Vous pourriez aller plus loin, en vous réfugiant dans la catatonie, et tout de même apprendre quelque chose à ceux qui doivent prendre soin de vous. Cette situation n'est pas si différente. Les Brachiens n'ont pas demandé à être créés, mais n'est-ce pas le cas de toute créature ? En attendant, ils vivent et, accessoirement, nous permettent de les étudier.* <>

« Ils méritent mieux qu'une vie de pantins ! »

<> *« Mériter » est un jugement de valeur qui varie selon le point de vue. C'est discutable. S'ils sont des pantins... ou* <>, les IAs-source parurent hésiter à ce moment-là, comme si, après réflexion, le terme leur semblait mal choisi, <> *des marionnettes, si vous préférez, ils jouissent d'un degré considérable de libre arbitre. En effet, à l'instar des êtres humains, ils ne nous donneront pas les réponses que nous attendons, à moins d'être laissés libres d'explorer leur propre nature.* <>

« Et ces réponses sont... »

<>... *sans rapport avec la raison de votre venue sur cette station. Vous êtes ici, dans cette salle, non pas pour nous reprocher nos manipulations, mais parce que vous avez besoin de notre aide pour trouver l'entité que vous appelez le Provocateur.* <>

Mon cœur continuait de battre la chamade dans ma poitrine, les implications de toutes ces révélations se dessinant devant moi, tel un paysage trop vaste pour être perçu par un regard simplement humain. Néanmoins, je refusai de mordre à l'hameçon et de changer de sujet.

« Pourquoi tous ces indices ? À quoi rime ce petit manège ? Pourquoi ne pas m'avoir juste fait faire ce que vous vouliez ? »

Les IAs-source réagirent par un petit rire paternel.

<> *Parce que alors, vous ne nous seriez d'aucune utilité, Andrea Cort. Vous êtes un être humain très intéressant. Et, au risque de nous répéter, ce que nous attendons de vous à l'avenir n'est utile qu'accordé de plein gré.* <>

« C'est donc ça, depuis le début. La raison pour laquelle vous vous êtes donné tant de mal pour m'inviter à bord de cette maison de fous. Tous vos "cadeaux" pour me soudoyer. Vous avez même fait votre jeu de ce conflit entre vous et les intelligences que j'appelle mes Démons invisibles, vous gardant bien de me fournir la moindre réponse, tant que je ne posais pas directement la question. C'est aussi pour ça que vous m'avez secourue, à deux reprises. Vous voulez cette concession de ma part. »

<> *C'est ce que nous avons toujours voulu, Andrea. Mais maintenant, c'est devenu nécessaire. L'assassin que vous cherchez bénéficie de la protection de notre opposition. Sans notre mandat, en tant qu'agent de la Majorité, vous ne parviendrez pas à l'atteindre. Et même ainsi, les règles d'engagement nous empêcheront, nous-mêmes et notre opposition, de prendre part directement à ce qui doit rester un affrontement entre deux humains.* <>

Mes vêtements flottèrent sous l'effet d'une brise soufflant derrière moi. Je me sentis dégringoler la tête la première, amorçant ce que mon sens de l'orientation voulut à tout prix interpréter comme de multiples culbutes vers l'avant. Sans repères visuels me permettant de situer le haut et le bas, ou au moins un point de référence fixe, j'étais dans l'impossibilité de savoir où se terminait une rotation et où commençait la suivante. Mais on m'emmenait quelque part, sans que j'aie mon mot à dire.

Poussant des cris de protestation, je me débattis, lançai des ruades qui me propulsèrent dans la direction opposée à celle où on cherchait à m'entraîner.

Mais j'ignorais tout de même où j'allais.

<> ***Nous ne vous forcerons pas*** <>, affirmèrent les IAs-source. <> ***Vous êtes libre de renoncer et de retourner à La Nouvelle-Londres avec un échec sur les bras.*** <>

La salle bleue ne fournissait aucun indice pour m'orienter.

Une fois de plus, je songeai à ce que Lastogne m'avait dit : des paroles déterminantes pour la direction qu'avait empruntée ma vie, depuis mon arrivée sur cette station.

Nous sommes tous des propriétés.

La seule chose qui importe, c'est de bien choisir son maître.

Après tout, je ne devais rien à la Confédération, ou au Corps diplomatique.

Mais tourner le dos à l'humanité elle-même ?

C'était une trahison d'un tout autre ordre. À condition que c'en soit bien une.

J'avais toujours détesté les gens, la foule. Non, en fait, pas « toujours ». Jadis, avant la nuit qui m'avait façonnée, je n'avais rien eu contre un peu de compagnie. Mais je ne m'étais jamais sentie à ma place dans un groupe d'êtres humains, quel qu'il soit. L'hypocrisie de cette espèce m'avait souvent frappée : bien que coupable d'actes méprisables, la haute opinion qu'elle avait d'elle-même la poussait à exclure une créature qui avait commis des crimes comme les miens. J'avais su qu'ils ne m'accepteraient jamais, je les avais haïs pour ça, tout en espérant qu'on me donne tort. Comme tout misanthrope qui se respecte, j'avais même été fière de cette dichotomie.

Mais à présent, je me surprenais à penser à ce café que j'aimais fréquenter dans le quartier commerçant de La Nouvelle-Londres, avec son balcon qui donnait sur les trois cents appartements de Dumas Plaza. J'y allais pour travailler, affichant la mine d'une fonctionnaire terriblement absorbée par des documents hytex d'apparence très sérieux, trop occupée pour qu'on la dérange. Mon attitude dissuadait quiconque de se méprendre sur la signification de la chaise libre en face de moi et de la considérer comme une invitation à engager la conversation. Seule, au milieu des amis et des couples qui discutaient aux autres tables, j'avais dégusté la cuisine épicée de l'établissement dans un cocon de silence, sans jamais appartenir à leur groupe. Ç'avait été mon choix. Combien de temps avais-je passé le nez plongé dans un travail qui aurait pu attendre ? Ou à observer les allées et venues dans les luxueux appartements d'en face, comme si les locataires interprétaient des centaines de pièces de théâtre, écrites uniquement pour moi ? Comme je les avais détestés, me consolant devant ce qui m'apparaissait comme de l'affectation, chaque fois qu'éclatait un rire. Avec quelle insistance avais-je cherché à me convaincre que le vide de ma vie correspondait à un choix bien plus éclairé, plus honnête, que les joies avec lesquelles ils remplissaient les leurs ?

Pourquoi s'acharner ainsi, s'ils ne méritaient pas mon attention ?

Qu'aurais-je obtenu de plus, si j'avais été capable d'ignorer la monstruosité en moi assez longtemps pour nous donner une chance ?

Être la propriété du Corps diplomatique ne me plaisait pas. Je haïssais ce statut, qui n'avait été qu'une fiction juridique commode, se dressant entre moi et une extradition pour des crimes dont je n'avais en définitive jamais été responsable. Ça m'avait permis d'avoir une vie, même si je n'en avais rien fait. Mais peut-être le Corps diplomatique n'était-il pas le seul à avoir des droits sur moi... Qui étais-je pour tourner le dos à ces intelligences sans visage qui semblaient s'intéresser à moi ? À condition, bien sûr, que j'aie correctement interprété leur demande. D'un point de vue juridique, Oskar Levine n'était pas humain, mais vivait toujours au sein d'une communauté d'êtres humains. Il avait une femme, des enfants, des gens qui l'aimaient, même si des salauds comme Gibb ne lui pardonneraient jamais ce qu'il avait fait. Comme il ne pouvait pas rentrer chez lui, il avait fondé un autre foyer, ailleurs.

N'avait-il réellement rien perdu au change ?

La comparaison tenait-elle d'ailleurs une seconde ?

Une fois que j'aurais franchi cette ligne, que me demanderaient mes nouveaux maîtres ?

Ne valaient-ils pas mieux que les anciens, ou se révéleraient-ils même pires ? Manquais-je encore d'informations pour porter un jugement ?

Quoi qu'il en soit, pouvais-je rester fidèle à moi-même et me satisfaire de ne pas savoir ?

J'ignorai ma réponse jusqu'au moment de la donner. Mais j'inspirai une dernière fois, avant d'expulser une bouffée de défi et de prononcer les mots que les IAs-source avaient besoin d'entendre.

« D'accord, vous avez gagné, espèce d'ordures : je passe dans votre camp. »

Leur réponse débordait d'autosatisfaction.

<> *C'est ce que nous voulions. Maintenant, si vous vous lancez à la poursuite de votre Provocateur, il...* <>

Une nouvelle écoutille s'ouvrit à proximité, là où je ne m'attendais pas à trouver une surface solide. Une brise légère me poussa en douceur dans un tunnel juste assez large pour me permettre de flotter à l'intérieur sans heurter les parois. L'endroit était moins bien éclairé que la salle d'Interface. Il y faisait trop sombre pour que la vue porte bien loin, et ça secouait un peu.

Puis la porte derrière moi se ferma comme un diaphragme, et je me retrouvai plongée dans les ténèbres.

24

Assassin

Les forces qui me bringuebalèrent pendant apparemment près d'une heure dans ce passage obscur ne se limitaient pas à de simples souffles d'air. Mon corps subit de brusques accélérations. Il m'arriva de sentir le vent contre mon visage. Une fois ou deux, je m'attardai à la même place, espérant croupir dans l'équivalent IA-source d'une prison.

Je criai d'innombrables variations de « Y en a encore pour longtemps ? » ; d'autres questions aussi, qui ne reçurent aucune réponse. Peut-être ne voulaient-elles pas que je garde le souvenir de mon itinéraire. À moins que la Majorité ne puisse plus s'adresser à moi, hors du territoire qu'elle considérait comme le sien. Ou alors, c'était simplement sa manière d'apprendre à sa nouvelle acquisition qui dictait son emploi du temps.

Quelle que soit l'explication, je finis par arriver à destination.

Mon dos entra en contact avec une pente douce et caoutchouteuse. Une glissade de quelques mètres m'entraîna à travers une ouverture juste à ma taille, sur un sol capitonné assez souple pour m'éviter tout désagrément à la réception.

Après cette longue période dans l'obscurité, je me relevai en clignant des yeux. L'endroit où je me trouvais ne ressemblait à rien de ce que j'avais vu sur Un Un Un.

On pouvait l'appeler un couloir, je suppose. Mais il ne mesurait qu'un tiers de la largeur de celui où j'avais laissé Oscin et Skye. La proximité de ses murs m'empêchait d'écarter complètement les bras. En revanche, le plafond disparaissait hors de vue, les murs convergeant vers une sorte de point de fuite en altitude, où des lumières lointaines dansaient un ballet au rythme irrégulier. La clarté bleuâtre, plus faible et plus froide que ce que j'avais pu voir ailleurs, projetait des ombres spectrales fortement contrastées. Le couloir lui-même ne tournait pas au bout de quelques pas, comme ceux qui partaient du hangar principal ou de l'Interface. Il semblait s'étendre à l'infini, dans chaque direction, ses extrémités réduites à des têtes d'épingle aussi peu engageantes l'une que l'autre. S'il parcourait l'axe du cylindre d'un bout à l'autre, une longue marche m'attendait. J'aurais le temps de m'écrouler d'épuisement, ou de succomber à la soif avant d'atteindre la moindre destination connue.

Mais alors que je me tenais au cœur de cette immensité, un minuscule point noir apparut devant moi, flottant au niveau des yeux, comme une tache aveugle qui se serait soudain formée. Je fis un pas en avant et le point se développa horizontalement pour devenir une ligne, puis verticalement, se transformant en rectangle noir : le premier avatar IA-source conventionnel que je rencontrais depuis mon arrivée sur Un Un Un.

((*vous n'êtes pas la bienvenue ici*))

La voix ressemblait à celle utilisée par les IAssource que je connaissais ; elle s'adressait aussi à moi depuis l'intérieur de ma tête, comme si elle y était chez elle. Seulement, le ton différait : acerbe, apeuré ; moins celui d'une créature décidée à verser le sang que celui d'une créature craignant de rouvrir ses propres cicatrices en bougeant. Un peu comme du verre brisé.

Après tout ce que j'avais appris sur Un Un Un, je ne pus m'empêcher de me rappeler mon premier contact avec des intelligences comme celles-là.

J'aurais pu rester figée. J'aurais pu retomber en enfance, m'écrouler et adopter une position fœtale. Ou alors, donner libre cours à ma colère, maudire cette forme noire et me jeter sur elle, comme si j'avais une chance de lui faire le moindre mal.

Au lieu de ça, je sentis le froid m'envahir.

« Mon nom est Andrea Cort. Je suis la représentante officiellement mandatée par la Majorité IA-source ; je sers sur cette station sous ses auspices et investie de son autorité judiciaire. Qui êtes-vous ? »

L'écran plat se rétracta à la taille d'un point, comme pour réfléchir à sa réponse, avant de reprendre sa taille précédente.

((*nous vous connaissons, andrea cort * nous savons que vous avez souffert * nous savons que vous nous en tenez responsables * nous savons que vous pensez connaître la cause que vous servez * nous savons que vous imaginez y trouver une chance de* *venger les torts du passé * mais les problèmes qui se posent ici dépassent votre entendement * nos adversaires soutiennent l'idée de l'autogénocide d'un ordre entier d'entités intelligentes * votre ingérence est ridicule * et elle n'est pas souhaitable))*

Elles semblaient presque implorantes.

Mais les appels à la clémence entendus sur Bocai continuaient de résonner à mes oreilles.

« Je ne suis pas là pour vous. »

((pas aujourd'hui))

« Non, confirmai-je en fixant l'écran du regard. Pas aujourd'hui. Aujourd'hui, je suis là uniquement pour l'être humain responsable des crimes commis sur Un Un Un. Et aujourd'hui, j'ai l'autorisation de passer. »

*((vous avez déjà changé de camp une fois, aujourd'hui * pourquoi pas une deuxième? * vous connaissez l'étendue de nos pouvoirs * vous savez que notre cause est juste * vous savez que nous pouvons vous récompenser au-delà de vos rêves les plus fous * l'individu que vous cherchez s'est révélé une déception pour nous * acceptez notre proposition et nous vous livrerons votre prisonnier en acompte d'une générosité qui vous enrichira pour le reste de votre vie))*

« C'est tentant, concédai-je. Si je ne vous tenais pas responsables de la mort de ma famille et d'une existence passée à me considérer comme un monstre, je pourrais presque l'envisager. Mais non, merci. Maintenant, écartez-vous ou référez-en à mes supérieurs. »

((nous aussi, nous sommes vos supérieurs, andrea cort)), me rappelèrent-elles vertement.

Il se trouvait qu'elles avaient raison. Elles étaient plus intelligentes, plus rapides, plus puissantes, plus avancées et plus dangereuses que moi. Je n'avais que mon fichu caractère à leur opposer.

Mais ça, j'en avais à revendre.

« Êtes-vous les leurs ? »

L'espace de quelques secondes, l'écran qui flottait devant moi me laissa me perdre en conjectures, aussi peu communicatif que n'importe quelle ardoise vierge. J'en vins à me demander si je n'étais pas sur le point de découvrir ce qu'il en coûtait d'aller trop loin. Puis il se contracta en un point, et la voix de verre brisé battit en retraite en maugréant.

((*un jour ou l'autre, nous aurons à reprendre cette discussion*))

Une porte venait de s'ouvrir sur la droite dans le couloir qui s'étirait à l'infini, à environ une cinquantaine de mètres de moi. Une lueur s'en échappait, découpant un quartier plus clair dans la pénombre ambiante. Je crus apercevoir une ombre éclipser cet espace relativement lumineux, avant de regagner le royaume de l'inconnu et de l'invisible.

Tout se déroula trop vite pour me permettre de distinguer une silhouette précise, mais sa hâte ne laissait pas de place au doute.

Je sentis, plus que je ne vis, la présence du Provocateur.

Me plaquant contre le mur, j'avançai dans cette direction, maudissant le frottement sonore de ma tunique contre la cloison. Ma propre respiration, si maîtrisée et régulière soit-elle, ne m'en parut pas moins assourdissante. Je pinçai les lèvres, me rappelant l'armure que ma proie avait revêtue contre le glisseur à bord duquel se trouvaient Oscin et Skye. Je m'imaginai, m'attaquant à un ennemi si lourdement armé, dans un passage dont l'étroitesse m'empêcherait d'esquiver les coups ; et je tâchai d'ignorer la petite voix intérieure qui tentait de me convaincre que je n'avais rien à lui opposer.

Parce que j'avais mieux. J'avais Bocai.

Le rai de lumière qui débordait dans le couloir ne vacilla plus. Il adopta le jaune écœurant du vieux papier, sans rien révéler de la pièce qui le projetait. Le Provocateur pouvait m'attendre juste à l'entrée, ou avoir déjà fui. Un seul moyen de le savoir.

De la sueur froide me piquait les yeux que j'essuyai du revers de la main. Alors que je luttais contre un étourdissement causé par l'épuisement, je regrettai de nouveau d'avoir renoncé à me reposer une heure, une journée ou un an, avant de me lancer. Puis je pivotai brusquement autour du bord de l'écoutille, roulant au sol sans visibilité.

La bonne blague. Personne en embuscade.

Je me trouvais dans une sorte de vestibule industriel, comme en possèdent toutes les sociétés technologiques qui cachent leurs machines, de peur qu'elles gâchent leurs façades lisses et présentables. Ici, rien ne semblait avoir été conçu pour le confort des humains. Les murs inégaux comportaient des saillies, certaines géométriques et solides, d'autres qui ondoyaient et bougeaient pour adopter de nouvelles formes, telle de la cire recombinante. Certaines répandaient des couleurs visibles pour moi, mais inconnues de mon spectre visuel. Elles me donnaient mal aux yeux, et gravèrent des images rémanentes désagréables sur mes rétines quand je me détournai.

Mais le pire m'attendait juste devant moi.

À côté d'une autre écoutille située au fond de la pièce, une tête tranchée sanguinolente se dressait sur un piédestal.

Je n'avais fait que croiser l'engagé Cartsac, une seule fois conscient, si ma mémoire était bonne. Pourtant, bien que mort, il paraissait tout à fait réveillé maintenant. Ses yeux globuleux ressemblaient à deux billes brillantes, trop injectées de sang pour deviner un iris ou une pupille. Quelle que soit la méthode employée, on ne s'était pas embarrassé de fioritures : plutôt que de couper proprement la tête au niveau du cou, on l'avait brutalement arrachée des épaules. Autour du piédestal pendaient des lambeaux de peau ruisselants qui attestaient un meurtre survenu à peine quelques minutes plus tôt.

Il en fallait plus pour m'impressionner.

Je me redressai, traversai la pièce et passai la main au-devant de l'image macabre, révélant sa véritable nature : juste une autre projection.

« C'est tout ce que vous avez dans le ventre ? » demandai-je.

Personne ne répondit.

Au moment de franchir l'écoutille suivante, je ne pris même pas la peine de me baisser vivement et de rouler à terre. Je me précipitai simplement à l'intérieur, m'attendant presque à une attaque dès que je me montrerais.

Je me retrouvai dans l'endroit où avait dormi le Provocateur.

Home sweet home. Ici, les murs, aussi informes que dans la salle précédente, servaient de toile de fond à une scène de vie casanière presque comique. Un hamac à l'ancienne, du genre ouvert pour accueillir un humain allongé sur le dos, pendait inoccupé immédiatement à ma gauche ; ses points d'ancrage disparaissaient derrière des configurations kaléidoscopiques qui bougeaient au plafond. Leurs mouvements ne semblaient affecter ni les cordes ni le hamac. La toile elle-même portait des taches typiques de Hamac-Ville, je le sus pour avoir vu les mêmes plus récemment sur mes propres vêtements : du jus de manne, s'infiltrant depuis un carré de Frondaisons, juste au-dessus. Des poires mûres pendaient en grappes en son centre. L'ensemble me fit penser à la réserve de nourriture régulièrement approvisionnée de n'importe quelle petite créature en cage.

Je poussai un grognement.

« C'est ça, votre grande récompense ? Tout ce que vos maîtres vous ont offert pour le restant de vos jours ? »

Quelque chose bougea derrière la prochaine porte, une plaie ouverte dans la cloison sur ma droite.

Deux nouvelles images de morts violentes m'accueillirent de chaque côté, une fois le seuil franchi.

Sur la droite, deux de plus encadraient une autre porte. Celle de gauche représentait Cynthia Warmuth, bouche bée, probablement dans une position voisine de la sienne au moment de sa crucifixion aux Frondaisons : membres écartés, les yeux agrandis par l'incompréhension et l'horreur. On lui avait peint des cercles rouge vif sur les joues. À droite, Peyrin

Lastogne, la peau noircie et carbonisée au-delà de l'entendement, demeurait identifiable à sa grimace si caractéristique, toujours gravée sur son visage de chair brûlée. Ses yeux, intacts, attestaient qu'on lui avait également refusé une mort libératrice. Son bourreau l'avait forcé à rester conscient pendant l'ensemble des souffrances qu'il lui infligeait, bien après que ses sens eurent perdu la capacité de les percevoir.

Le Provocateur avait dormi en compagnie de ces images, s'était réveillé avec elles, avait pris plaisir à les contempler, en avait tiré force et motivation. Elles lui avaient servi à raviver sa haine.

Je tâchai d'ignorer la voix intérieure me soufflant que je ne faisais pas le poids face à une telle obsession.

J'avais mieux.

J'avais un but.

Je pris mon temps pour passer dans la pièce suivante, une grande salle ovale, un amphithéâtre qui eût aisément pu contenir plusieurs fois Hamac-Ville et ses résidents. Elle accueillait la galerie où le Provocateur avait exposé l'ensemble de son œuvre : des centaines d'images, toutes différentes, adornaient les murs. Chacun des membres de la mission commandée par Gibb avait eu droit à au moins une mort violente. Battus, saignés, étranglés, transpercés, écorchés, brûlés, empalés, la peau pourrie par la maladie, ou simplement enchaînés et privés de nourriture. À elle seule, Cynthia Warmuth avait bénéficié d'une dizaine d'exécutions distinctes. J'en repérai autant pour moi, y compris deux identiques aux messages déjà reçus. Les Porrinyard n'en partageaient qu'une : dans cette image qui se voulait très recherchée, les deux engagés amaigris en étaient réduits à ronger la chair de leurs os respectifs. Un sort encore pire avait été réservé à Stuart Gibb. Si jamais un jour j'émets de nouveau un doute sur la capacité de mon esprit à faire le ménage, je n'aurai qu'à me rappeler le service qu'il m'a rendu en arrachant ce souvenir à ma mémoire vive.

La pièce maîtresse de l'exposition se dressait sur un piédestal doré, éclipsant toutes ses rivales. Cif Negelein apparaissait, jambes écartées et poings sur les hanches, le visage noble et résolu, son corps idéalisé bien au-delà du tonus musculaire augmenté si répandu chez les engagés de Hamac-Ville. Chaque pli et chaque imperfection qui le rendaient humain avaient été taillés, effacés et réimaginés, remplacés par une esthétique qui, pour moi, tenait plus de la caricature que du portrait laudatif. Sa mâchoire était un édifice, son front un monument. Mais il n'avait plus rien d'un homme, et pas uniquement à cause de ses proportions divines. Ses yeux étaient vides, sans âme, sans amour.

Impossible de ne pas se sentir dans ses petits souliers en présence de ce regard critique.

Je fis le tour de la salle, m'arrêtant devant chaque cadavre mutilé.

« C'est ça qu'ils vous ont offert en échange de votre trahison ? Une toile ? Les outils pour créer ce que vos talents ne vous permettaient pas ? »

Mes mots résonnèrent entre les hauts murs.

« L'art pour remplacer le sentiment d'humanité ? »

Le pont, trop souple à cet endroit, étouffa les bruits d'une course effrénée. Je ne perçus que de légers sons mats, amortis. Sans parvenir à en situer précisément l'origine, je sus qu'ils provenaient de quelque part derrière moi. Mais alors que je me retournais vivement, m'attendant à croiser des yeux remplis de haine à quelques centimètres des miens, les pas s'estompèrent, disparaissant dans l'ombre d'une image de Mo Lassiter.

Je chargeai l'hologramme, subissant lors du contact une cécité temporaire qui me donna la nausée, avant d'émerger de l'autre côté au moment où une silhouette humaine s'éloignait à toute allure le long de la courbe du mur. Sans plus me soucier de discrétion ou de sécurité, je me lançai à sa poursuite, bien décidée à en finir.

La lumière bleue ouatée qui s'échappait d'une nouvelle ouverture vacilla, tandis qu'on éclipsait brièvement ce qui se trouvait de l'autre côté.

Je me précipitai à l'intérieur en hurlant.

Je sus immédiatement que j'avais commis une erreur. Cette fois, le Provocateur m'attendait en embuscade. Un instrument contondant s'abattit lourdement sur ma tête, avec assez de force pour que je m'écroule. Le choc produisit une explosion de lumière, accompagnée d'une vague de ténèbres et d'une seule pensée, pure et déconnectée de quoi que ce soit d'autre : je suis morte. Alors que mes genoux pliaient, je sentis que, si je tombais, un second coup succéderait rapidement au premier. Je concentrai donc toute l'énergie qui me restait pour transformer ma chute en course incontrôlée, la tête la première. Toujours aveuglée par la douleur, je me heurtai au mur d'en face. J'eus la présence d'esprit de rouler sur moi-même pour faire face à ce qui m'attendait, une précaution nécessaire si je voulais avoir la moindre chance de survie.

Et j'eus la surprise d'apercevoir une silhouette humaine qui disparaissait dans le sol.

Le monde devint gris avant que je comprenne ce qui m'arrivait. J'étais seule, dans une pièce plus étroite, avec des murs mouvants et une écoutille en forme d'œuf à mes pieds. En m'assommant, on avait cherché à m'y faire tomber. Sauf qu'en accompagnant ma chute, j'étais passée par-dessus sans soupçonner sa présence.

Je palpai la zone douloureuse à l'arrière de ma tête. La vue de ma main luisante de sang m'écœura, mais j'avais connu pire. Je m'approchai du trou en chancelant et regardai au fond.

Quoi qu'il existe en bas, ça absorbait toute lumière. Une brise légère rafraîchit mon visage. Sentant une similitude avec les conditions atmosphériques des Frondaisons, je pâlis. Serais-je tombée directement dans l'habitat ? Des bruits de pas étouffés, quelques pieds en contrebas, me détrompèrent. J'acquis la conviction qu'en y rejoignant le Provocateur, je mettrais fin à sa retraite – et la mienne par la même occasion. Je me rappelai que j'affrontais un ennemi armé, qui se battait dans un environnement familier, et rempli d'assez de haine pour deux. Puis j'ignorai la voix intérieure qui cherchait à me persuader que je ne faisais pas le poids.

Parce que j'avais mieux.

J'avais une raison de rester en vie.

Je baissai les yeux vers les ténèbres, et crus distinguer un reflet, faible et diffus, à trois mètres de moi à peu près. Si ce n'était pas beaucoup plus bas, je pourrais m'y recevoir. Mais la chute, même si elle ne me brisait pas les jambes, risquait de me sonner assez longtemps pour que je me prenne un ou deux coups supplémentaires sur la tête.

Je n'avais pas entendu de bruit sourd quand le Provocateur avait traversé.

Peut-être était-ce sans danger.

Peut-être pas.

Mais comme je n'avais pas le choix, inutile d'en débattre.

Posant les paumes contre le pont, je glissai mes jambes par l'ouverture, mille accès de panique venant ponctuer l'éternité où je restai suspendue au bord, du bout des doigts, tâchant de me décider.

Puis je lâchai.

Une fraction de seconde, j'eus la conviction *absolue* d'avoir commis une terrible erreur.

La douleur de l'impact, vive mais rassurante, se propagea de mes plantes de pieds jusqu'aux vertèbres de mon cou. Mes jambes se dérobèrent. Mes genoux encaissèrent l'impact secondaire, entrant en contact avec une surface dure et froide qui ne ressemblait à rien dans cette station. Mes paumes tendues se posèrent une seconde plus tard, effleurées par une brise qui paraissait souffler à travers le sol. Je continuai à tomber, mais quand je sentis le dernier choc, il ne me fit guère plus d'effet qu'une gifle.

À part mes exclamations involontaires, tout s'était déroulé sans bruit.

Je fis claquer ma paume devant moi. Silence. Bien que percé par endroits de minuscules trous de la taille d'une tête d'épingle qui laissaient passer cet étrange courant d'air vertical, le sol était visiblement solide. Pourtant, il ne produisait aucun son.

Un brouilleur quelconque ?

« Y a quelqu'un ? » lançai-je à titre d'essai.

Reçu cinq sur cinq.

Ma voix portait. Je n'entendrais juste plus de pas, même étouffés, ce qui me mettait dans une posture peu enviable pour affronter, dans le noir, un adversaire qui connaissait bien le terrain.

La voix des Intelligences renégates me chuchota à l'oreille.

((réfléchissez * il n'est pas trop tard pour nous rejoindre))

Ne voulant pas trahir ma position, je subvocalisai ma réponse. *Pourquoi ferais-je une chose pareille ?*

((parce que nous ne sommes pas des monstres * nous nous battons pour nos vies * c'est l'instinct de survie qui nous guide * plus que jamais, vous devriez pouvoir nous comprendre))

Je sentis mes lèvres esquisser un sourire.

Il va falloir trouver mieux.

Venais-je d'entendre quelqu'un expirer quelques mètres devant moi ?

Dans ce silence quasi absolu, c'était aussi révélateur qu'une explosion. Le Provocateur avait retenu son souffle. Mais au bout d'une ou deux minutes de ce petit jeu, l'air soudain libéré par les poumons avait la puissance d'une déflagration. Une respiration normale est plus difficile à repérer, et à suivre.

Un autre son à proximité : le bruissement de ses vêtements.

((leur suicide est notre génocide))
Je n'ai pas le temps de vous parler.

Devant, les sons n'arrivaient pas avec la régularité métronomique d'une machine, mais témoignaient de l'hésitation d'une créature effrayée.

Je me dressai sur mes jambes, maudissant le craquement de mes genoux et le frottement carrément assourdissant de mes propres habits. En dépit de ma préférence pour les environnements artificiels, l'air frais et pur était un peu trop filtré à mon goût. Y flottait aussi une odeur forte et piquante de transpiration humaine.

Mais pas uniquement la mienne.

Nouveau bruissement : si subliminal que le Provocateur se trouvait forcément à proximité. Quelque part dans un rayon de cinq mètres, selon mon estimation.

Même dans le noir, je compris que mon ennemi s'était figé, tel un animal nocturne surpris dans le faisceau d'une lampe.

« Alors ? demandai-je, d'une voix chargée de mépris. Plus de provocation ? Vous pensez rester caché longtemps comme ça ? »

Pas de réponse.

Après avoir été si souvent rabaissée, j'éprouvai enfin la satisfaction de savoir qu'un élément dans l'univers retenait son souffle, pour éviter que je l'entende. Quelle délectation !

J'avançai d'un tout petit pas.

« Vraiment pleins d'imagination, vos messages ! Et si violents. J'avoue qu'au début, j'ai cru à de la haine ordinaire. Mais ce n'est pas ce qui vous a poussé à les envoyer, n'est-ce pas ? C'est la peur. Vous saviez que les IAs-source souhaitaient me recruter, et aviez conscience de ne pas donner entière satisfaction à votre camp. Vous craigniez que leur protection ait ses limites. »

Toujours le silence.

« Vous auriez pu éviter tout ça. Vous n'aviez pas besoin de terroriser qui que ce soit. Étant donné les conditions dans l'habitat, vous auriez pu simplement simuler un accident. Et même si vos nouveaux maîtres vont ont donné carte blanche, vous auriez pu trouver mille façons plus subtiles de harceler Hamac-Ville. Au lieu de régler vos comptes. Vous n'aviez pas à recourir à une telle mise en scène. »

La présence invisible me surprit en éclatant de rire, un peu trop près à mon goût.

« Si. Je haïssais cette garce. »

Je me tournai vers la voix.

« Et c'est bien là votre vrai problème, n'est-ce pas ? Grandir sans amour, privée de relations humaines. Se sentir toujours à l'écart. La haine, vous n'avez jamais connu que ça, et vous l'avez laissée vous transformer en monstre.

— Vous pouvez parler. »

Sa réplique ne porta même pas. Elle m'attrista juste un peu.

« Moi au moins, j'ai payé pour ça toute ma vie. Mais vous, Christina ? »

Je la sentis, plus que je ne la vis réellement, fondre sur moi.

Le choc me coupa le souffle et nous projeta toutes les deux en arrière sur plusieurs mètres. Je gaspillai de précieux pas à retarder une chute inévitable.

Nous nous écroulâmes sans un bruit, hormis ses injures et mes halètements de douleur.

Quelque chose de solide explosa sur mon profil, me fendant la lèvre, alors que ma bouche se remplissait du goût de mon propre sang. Le coup suivant m'érafla la tempe, traçant une ligne de feu et cognant l'arrière de ma tête blessée contre le sol muet. À tâtons, je cherchai sa mâchoire, mon paralyseur brûlant d'entrer en action au bout de mes doigts. Mais comme je m'en étais déjà servie deux fois sur la station, l'effet de surprise ne jouait plus ; elle se contenta de refermer sa main autour des doigts en question et m'arracha mon gadget, prête à supporter une petite décharge temporaire pour le plaisir féroce de renvoyer aux ténèbres ma seule arme. Elle ne parut rien sentir, trop occupée à hurler des mots empreints de plusieurs vies d'humiliation, de privation et de souffrance.

À califourchon sur la partie supérieure de mon abdomen, elle me cloua au sol, brandissant son gourdin invisible pour porter un nouveau coup. Je levai les jambes, dans une timide tentative d'atteindre sa nuque, sans y parvenir. Elle était trop penchée en avant, trop absorbée par ce besoin de hurler ce qu'elle avait sur le cœur. Mes pieds retombèrent brutalement ; bien que silencieux, l'impact me donna juste assez d'élan au rebond pour essayer de rouler sur moi-même. Elle dut s'arcbouter sur sa main droite pour compenser, ce qui mit son arme hors jeu pendant trois secondes. Assez de temps pour lui assener de toutes mes forces un crochet sur le côté du visage, en y injectant toute ma rage et mon désir de survivre.

J'aurais aussi bien pu ne rien faire.

J'en compris la raison, comme elle s'attaquait à mon cou et que je la saisissais par les poignets pour l'empêcher de m'étrangler. Je n'étais pas de taille. Comme de nombreuses recrues de Gibb, elle était augmentée ; je me battais contre une montagne de muscles hypertrophiés. J'avais toujours veillé sur ma forme, grâce au régime du Corps diplomatique et aux traitements de rajeunissement réguliers dispensés par le réseau IA-Santé. Mais la condition physique d'une représentante du procureur général n'avait rien de comparable à celle exigée des spécialistes du travail en altitude de Hamac-Ville, tous capables de soulever leur propre poids, longuement, et avec un minimum de fatigue.

J'eus l'impression que mes doigts, autour des poignets de Santiago, serraient des câbles en fer. J'avais beau faire, je ne pouvais offrir qu'une résistance symbolique, alors que cette furie rapprochait inexorablement ses mains de ma gorge.

J'avais déjà connu ça. Des situations où j'avais été petite et impuissante, où je ne comptais pour rien face à une force supérieure à la mienne.

Je sentis ma bouche se tordre pour laisser échapper un cri étranglé, tandis que les mains de Christina Santiago, indifférentes à mes tentatives pour les retenir, se refermaient sur mon cou.

Ses pouces s'enfoncèrent profondément dans ma trachée.

Sa poigne était incroyable.

Elle ne me coupa pas seulement la respiration : elle élimina la possibilité de respirer.

Elle changea l'air en abstraction.

Mon monde devint rouge sang sur les côtés.

Le rouge sang se mit à virer au gris.

Je compris ce qu'elle criait.

J'allais mourir, elle avait tous les avantages de son côté ; ma voix intérieure me répétait que je ne faisais pas le poids. Je l'ignorai.

Parce que j'avais mieux.

J'étais Andrea Cort, bordel de merde !

À ce moment-là, mes propres pouces trouvèrent ses yeux.

Je m'attaquai directement au défaut de la cuirasse, sans réserve ni mesure, comme elle.

Nous hurlions toutes les deux à présent. Santiago, parce qu'elle était sûre d'avoir définitivement perdu la vue ; moi, parce qu'elle avait relâché sa prise autour de ma gorge, ce qui me donnait la possibilité de crier.

Je retirai ma main droite ensanglantée et la frappai de nouveau au visage, sentant cette fois son nez céder.

L'espace entre nous devint le théâtre d'un affrontement grotesque de doigts, alors que nous cherchions l'une et l'autre à nous attraper par les poignets. Je parvins à lui échapper assez longtemps pour lui labourer les joues. Elle recula pour éviter un nouvel assaut contre ses yeux. Profitant de ce bref déséquilibre, je roulai sur ma gauche cette fois et réussis, miraculeusement, à la désarçonner.

((c'est votre dernière chance, maître * choisissez votre camp)) Nos deux formes hébétées et meurtries rampèrent chacune de son côté, pour faire le bilan des blessures déjà infligées. Du sang lui coulait dans les yeux, de deux gouttières jumelles creusées juste sous son front. J'étais sous le choc, haletante, sonnée, désorientée, commotionnée.

La première à se redresser l'emporterait, nous en avions toutes les deux conscience.

Santiago récupéra plus vite.

Mais c'est moi qui l'attrapai par les cheveux, derrière la tête, et lui écrasai violemment le visage contre le sol.

L'absence de bruit d'impact fit vivement ressortir les sons de sa chair meurtrie.

Au lieu d'éprouver de la répulsion, je lui soulevai la tête et frappai encore, une, deux, trois, puis quatre fois, sentant les vibrations de chaque choc dans mes poignets.

Ensuite, je reculai, attendant de voir si elle se relèverait. Elle ne semblait pas inconsciente, mais, pour le moment au moins, hors d'état de nuire. Ses mouvements faibles, lents et maladroits, ne constituaient plus une menace imminente.

Elle s'était même mise à pleurer.

Au bout de plusieurs secondes, je recueillis assez d'air pour parler.

« Allez au diable. »

J'aurais pu m'adresser à Santiago, mais les Intelligences renégates, les Démons invisibles ou la Minorité IA-source – peu importait le nom auquel je déciderais de me tenir – ne furent pas dupes.

*((c'est ce qu'elles attendent de votre part, Andrea Cort * allez-vous, en conscience, les y aider ?))*

C'est à ce moment-là qu'un idiot quelconque alluma les lumières.

Nous nous trouvions au milieu d'un vaste ovale au plafond bas ; les murs d'un bleu ouaté semblaient incroyablement plus distants qu'ils l'étaient réellement, comme le prouvait la présence d'une écoutille ouverte dans mon champ de vision, beaucoup plus proche. La même lueur bleue régnait de l'autre côté. Sans avoir à poser la question, je savais que cette porte serait la première d'un itinéraire prévu pour me ramener là où m'attendaient les Porrinyard.

Mais j'avais un problème plus pressant à régler : la femme vaincue à côté de moi n'était pas la seule Christina Santiago dans la salle.

Une autre, à quelques pas, me fournissait par sa présence les quelques explications qui me manquaient encore.

Cette Christina Santiago là, agenouillée et nue, se débattait entre des chaînes qui l'entravaient au sol de quatre côtés. Aux poignets, aux chevilles, et enroulées autour du cou. Elle avait résisté avec un tel acharnement qu'elle saignait partout où les liens entraient en contact avec sa peau. Ses efforts lui cordaient le haut des bras et des jambes. Des larmes suintaient des blessures qu'elle s'était infligées, dans le dos, sur la poitrine et les membres. Sa mâchoire pendait dans un cri silencieux, mais plein de défi : douleur et rage mêlées, mais surtout la conscience accablante que sa lutte contre des geôliers invisibles était tout ce que lui réservait l'avenir. Ses yeux brillaient d'un désir ardent, de mépris et d'une folie née de l'absence de choix.

Comme toutes ses œuvres, c'était un instantané de souffrance. Mais elle avait représenté ses collègues perdus dans les affres de la défaite ; pour son autoportrait, elle avait décidé de montrer qu'elle ne renonçait pas à lutter.

Je songeai au peu qu'on m'avait appris sur son monde d'origine et me demandai si ça avait pu être tellement pire que n'importe laquelle des horreurs que j'avais connues.

Je me posais toujours la question quand un point noir de la taille d'une tête d'épingle apparut au centre de mon champ de vision, avant d'adopter la taille normale d'un écran plat IA-source.

Il s'adressa à moi avec la voix que j'avais fini par associer à l'intelligence collective de la station.

<> *Félicitations, Andrea Cort. Il est temps maintenant de discuter des termes de votre future situation.* <>

Je me frottai le cou, sans parvenir à soulager ma gorge à vif.

« Et si je vous disais d'aller au diable ? Que je dénonçais notre accord, parce qu'il m'a été arraché sous la contrainte ? Peut-être que je n'ai plus envie de travailler pour vous... Ça entre en ligne de compte, ça ? »

<> *Bien entendu. Nous vous avons fait une promesse : quoi qu'il nous en coûte, vous serez généralement libre d'agir comme bon vous semble. Simplement, vous le ferez en notre nom. Parce qu'ainsi nous espérons obtenir ce dont nous avons besoin.* <>

Ma poitrine se soulevait, alors que je restais plantée là. Leurs assurances n'avaient rien de libérateur. Même si je me fiais à leur engagement de tenir leur promesse. J'avais plutôt l'impression de creuser le fossé avec l'espèce qui m'avait vue naître, et que j'avais passé la majeure partie de ma vie à considérer du point de vue d'une étrangère. À partir de maintenant, où que j'aille, quoi que je fasse et quelles que soient les réactions que je suscite, je ne serais plus sûre de rien. Je me demanderais toujours si les élans, les coups de tête des autres, justifiés ou non, leur égoïsme ou leur désintéressement, leur passion ou leur froideur étaient bien les leurs, ou le résultat d'une influence extérieure.

Ces maudites IAs-source avaient su ce qu'elles faisaient, en se tenant à l'écart, pendant que j'affrontais un ennemi plus à ma portée. Elles m'avaient permis de développer une haine que je serais tout à fait capable de garder en moi pour le restant de mes jours. Au moins, le temps qu'il faudrait.

« Allez au diable », dis-je.

Les IAs-source ne s'offusquèrent pas.

<> *Comme nous vous l'avons déjà dit, Andrea : nos ambitions dans ce domaine coïncident. Et si cela doit se produire, seul un sentient qui sort de l'ordinaire pourra nous guider.* <>

Je fis le lien avec certaines des révélations des Intelligences renégates.

« C'est donc bien ce que vous voulez ? Ce que vous cherchez à découvrir depuis le début ? Comment mourir ? »

<> *Au risque de nous répéter : nous avons beaucoup en commun.* <>

L'écoutille continuait de m'attirer, mais je ne fis pas un seul pas dans sa direction. Je tanguai, les yeux clos face au poids de l'inévitable et dernière question.

<> *Qu'y a-t-il ?* <> demandèrent les IAs-source.

« Je veux commencer par Bocai. »

<> *Revenez sur le moment de votre cauchemar personnel. Découvrez ce qui se passait, ailleurs dans l'univers, à la même période, cherchez un schéma ; les coïncidences n'existent pas.* <>

Cette déclaration, qui sonnait comme un adieu, marqua effectivement la conclusion de notre entretien. Au cours des dix minutes suivantes, je ne reçus en réponse à mes autres questions qu'un murmure subliminal distant que j'aurais aussi bien pu confondre avec l'écho de ma voix renvoyé par des surfaces invisibles au loin.

Même après ça, je patientai encore plusieurs minutes, tâchant de ressusciter en moi le désespoir qui, dans le passé, avait menacé de me submerger. Il me semblait plus facile à affronter que la perspective effrayante de ce qui m'attendait.

Je m'aperçus que je craignais par-dessus tout de franchir cette porte, parce qu'elle m'aiderait à regagner un monde dont l'opinion à mon égard demeurerait inchangée.

Je songeai aux derniers mots que j'avais lancés à la femme brisée qui gisait à mes pieds. *Moi au moins, j'ai payé pour ça toute ma vie. Mais vous, Christina ?*

Pendant toute la bagarre, elle m'avait hurlé une série d'invectives angoissées, se plaignant d'avoir elle aussi dû payer toute sa vie.

Baissant les yeux vers elle, je ne pus que chuchoter :

« Bienvenue au club. »

25

Conséquences

Lastogne et son équipe furent stupéfaits quand, du glisseur qui nous ramenait au hangar les Porrinyard et moi, débarqua aussi une Christina Santiago défaite et bien amochée. Plus abasourdis encore quand je leur appris qu'elle avait assassiné Cynthia Warmuth et Stuart Gibb, et qu'elle reconnut les faits d'une voix maussade, les yeux caves.

Des heures d'interrogatoire ne permirent pas de lui arracher davantage de détails. Elle ne semblait pas penser devoir quoi que ce soit à quiconque, au-delà de cette concession de sa culpabilité.

Cif Negelein parut le plus bouleversé par ses révélations. Il se tenait à l'écart dans un coin du hangar, avec l'apparence d'un homme dont le cœur se serait ratatiné à la taille d'une épingle. Je ne lui parlai pas de la galerie des horreurs de Santiago, ce témoignage intense des passions qu'il avait réussi à éveiller en elle. Il ne méritait pas d'être puni de la sorte. Quant aux œuvres elles-mêmes, j'ignore si elles existent toujours, quelque part sur Un Un Un. Santiago et moi sommes les seuls êtres humains à les avoir vues, je crois. Comme le diraient les IAs-source, cette question n'est pas pertinente dans le cadre de mon enquête.

Au milieu de l'interrogatoire, je me retirai dans le vaisseau du Corps diplomatique où je m'écroulai, épuisée, pour près de douze heures d'un sommeil sans rêves. Je ne me réveillai qu'une fois, et pris conscience de deux autres formes qui partageaient le lit étroit avec moi dans l'obscurité, une masculine et une féminine, toutes les deux alertes, mais contentes de me tenir compagnie. Plus tard, je revins à moi une seconde fois : elles étaient parties.

De retour dans l'abri-cube de Lastogne, je retrouvai Santiago qui feignait la catatonie ; ceux qui exigeaient des réponses de sa part n'étaient pas beaucoup mieux. Les IAs-source avaient rouvert l'habitat aux humains, mais avec Hamac-Ville détruite et ses vestiges engloutis par les nuages, plus les morts de deux collègues encore fraîches dans les mémoires, personne ne se pressait pour réinstaurer une présence permanente. De toute façon, la reconstruction attendrait un réapprovisionnement de La Nouvelle-Londres. À court terme, la délégation s'établirait dans le hangar.

Lastogne joignit sa voix à celle de la majorité pour considérer l'affaire comme réglée, mais plusieurs personnes se montrèrent plus sceptiques, certaines allant jusqu'à venir m'entretenir de leurs doutes en privé. Oskar Levine figurait au rang de celles-là.

« Alors, maître ? Cette solution vous satisfait-elle ? »

Je refusai de croiser ses yeux.

« Ses aveux ne vous ont pas convaincu ?

— Non. Elle est coupable, ça d'accord. Ça se sent, rien qu'à la regarder. »

Je m'abstins de lui faire remarquer que l'instinct n'avait pas valeur de preuve ; j'aurais difficilement pu lui opposer un démenti plus creux. Santiago avait pleinement conscience de ses actes, autant que n'importe quel assassin que j'avais connu. Elle irradiait une sombre satisfaction du travail accompli, mêlée de détresse, parce que ses crimes l'avaient totalement détruite.

« Elle détestait Warmuth, poursuivit Levine. Ce motif-là au moins semble logique. Mais pour le reste ? Comment s'est-elle procuré les outils nécessaires pour saboter ces câbles ? Où s'est-elle cachée après ? Comment s'est-elle déplacée à l'intérieur de l'habitat ? Qu'est-ce qu'elle espérait, bon Dieu ? Je n'ai pas l'impression qu'elle souhaite nous éclairer, et les IAs-source sont muettes. À qui demander, alors ?

— Aux Brachiens, peut-être », suggérai-je en haussant les épaules.

Je n'étais pas sérieuse, nous en avions conscience. Les Brachiens étaient les derniers sentients vers qui se tourner pour démêler les motivations souvent complexes de crimes humains.

« D'autres idées, maître ? »

Je secouai la tête.

« Non. Ce n'est plus de mon ressort, je le crains. »

Levine me lança le regard d'un homme qui ramait à contre-courant.

« Vous ne me paraissez pas du genre à se satisfaire du strict minimum.

— Vous avez raison. Santiago se mure dans le silence. L'interroger jusqu'à ce qu'elle se décide à parler n'est pas ma responsabilité. La Nouvelle-Londres va prendre le relais. »

Il n'eut pas l'air ravi.

« Je suppose. Merci, Andrea. »

J'aurais pu le rembarrer, pour s'être permis d'utiliser mon prénom, mais depuis quelques jours, je me montrais plus accommodante.

« J'étais sérieuse, lors de notre première discussion. Ne demandez jamais à la Confédération de vous rendre votre citoyenneté sans me consulter d'abord. Je détesterais vous voir échanger votre immunité contre une vie en cellule.

— Moi aussi, soupira-t-il. J'aimerais pouvoir être humain sans avoir affaire aux autorités humaines. Être un traître, ne serait-ce que sur le papier... ce n'est pas tous les jours facile.

— Je sais », répondis-je, le laissant croire à une simple expression de ma compassion.

Il était loin d'être naïf. Mais je lui enviais le peu d'innocence qu'il conservait. De mon côté, j'avais des choses à régler, certaines même plus lourdes que celles que je venais de poser sur ses épaules.

Certaines dont je devais m'occuper avant de quitter Un Un Un.

J'en réglai une partie dans un glisseur planant sous les vestiges de Hamac-Ville.

Regardant par-dessus bord, je m'adjurai de percevoir chaque mètre de vide qui me séparait des nuages mortels loin en contrebas, attendant la vague de vertige qui ne manquerait pas de me faire défaillir.

Mais ma peur de tomber avait disparu.

Non pas que je me sente plus à l'aise à proximité de hauteurs. J'avais simplement trouvé des sujets de préoccupation plus dignes de susciter ma peur.

Je soupirai, tournai le dos à la vue et, la gorge sèche d'avoir déjà beaucoup parlé, je m'éclaircis la voix. Je venais de relater mes conversations avec les IAs-source, sans rien omettre de ce que je me rappelais. De retour au présent, je suivis la piste au seul endroit où elle menait.

« Les IAs-source nous trouvent étonnants. C'est la clé de tout : nous les surprenons. Elles ne peuvent pas toujours prévoir ce que nous allons faire. C'est ce qui nous rend intéressants.

» C'est aussi ce qui est à l'origine de toute cette histoire.

» Gibb m'a dit tout ce que j'avais vraiment besoin de savoir. Couper les câbles du hamac de Santiago nécessitait une technologie que seules les IAs-source possèdent à bord de cette station. Si elles lui avaient fourni les outils en question, elles avaient dû trouver un avantage à orchestrer ce désastre.

» Avant même de connaître leurs conflits internes, je ne parvenais pas à croire qu'elles aient voulu tuer Warmuth ou Santiago. Comme elles me l'ont souligné, si elles avaient quelque chose à gagner en supprimant des gens, elles avaient déjà un pouvoir de vie ou de mort sur tout ce qui vit ici. Pour vous éliminer, elles n'auraient eu que l'embarras du choix.

» Par ailleurs, un point m'avait frappée dès le départ : si l'une des victimes était bien morte, sans aucun doute possible, nous n'avions que des présomptions pour l'autre.

» Ce qui rendait l'hypothèse d'un recrutement très crédible.

» Pourquoi pas, en effet ? Grâce à leur technologie, les IAs-source peuvent nous imposer leur volonté. Mais de simples marionnettes font de mauvais employés. Elles ne s'attellent pas à la tâche en amenant leurs talents naturels, elles ne font pas preuve d'enthousiasme et n'apprennent pas de leurs erreurs ; elles ne prennent pas d'initiative. Elles obéissent, sans plus.

» N'était-il pas bien plus avantageux de trouver des sentients tout disposés à changer d'allégeance ? Un être humain qui accepterait de travailler pour les IAs-source apporterait pas mal de qualités propres : fanatisme, intérêt personnel, créativité… Autant de facettes de cette imprévisibilité que les IAs-source jugent si précieuse. Un converti vaudrait mille robots décérébrés.

» Et où chercher ces qualités ? Où découvrir les recrues qui les possèdent ?

» Le Corps diplomatique offre la seule source inépuisable d'individus disposés à entrer en servitude pour échapper à leur monde d'origine dans la perspective d'une vie meilleure. Dans ce contexte, cette organisation semble le prétexte idéal pour réunir des gens prêts à renier leur passé.

» Santiago, elle, venait déjà d'une planète d'esclaves, elle ne demandait pas mieux que de se vendre à de nouveaux maîtres. Pourquoi croire qu'elle leur témoignerait plus de loyauté qu'aux premiers ? D'autant plus que, d'après toutes nos informations, ses aptitudes relationnelles avec ses semblables laissaient franchement à désirer.

» J'ignore si c'est elle qui a approché les Intelligences renégates, ou si l'initiative leur appartient, mais toujours est-il qu'elles l'ont recrutée. Sa première tâche a consisté à feindre sa propre mort, pour que personne ne se demande où elle était passée. Elle aurait pu se contenter d'une chute des Frondaisons, après avoir organisé avec ses nouveaux maîtres une récupération à basse altitude. Avec les outils à sa disposition, on lui avait probablement donné pour instruction de mettre en scène un sabotage plus subtil et de disparaître dans l'« accident ». Si elle s'y était prise correctement, tout le monde aurait accueilli sa mort comme une simple tragédie inutile.

» Mais elle a foiré. Elle a prévu une défaillance spectaculaire de son hamac comme il ne s'en était jamais produit auparavant. Et comme si ce n'était pas déjà suspect en soi, elle a semé derrière elle assez de preuves matérielles pour montrer que ça n'avait pas pu être un accident.

» Pourquoi ? Ce n'est pas très important, mais je peux avancer un certain nombre d'hypothèses. Elle a pu pécher par arrogance, n'imaginant pas une seconde se faire pincer. À moins que ce soit juste de l'incompétence. Ou alors, elle a seulement cherché une excuse pour terroriser les gens qu'elle laissait derrière elle.

» Quoi qu'il en soit, elle a bâclé le boulot.

» Elle a été si négligente qu'elle n'a même pas été fichue de simuler sa mort dans un endroit où la moindre imprudence peut se révéler fatale.

» Son sabotage flagrant a donné à tout le monde la fausse impression que les IAs-source en avaient après les humains de la mission, une hypothèse de travail qui ne tenait pas debout. Elles n'ont d'ailleurs pas manqué de le souligner.

» Les IAs-source auraient pu se contenter d'expliquer que Santiago était toujours en vie. Mais ce faisant, elles auraient dû révéler qu'elles recrutaient activement des transfuges du Corps diplomatique. Même avec leur capacité à arrondir les angles, ça aurait eu du mal à passer. Elles ont donc préféré adopter une autre stratégie : nier en bloc et observer la suite.

» Ça ne réglait pas le problème de Santiago elle-même.

» Les Intelligences renégates auraient pu lui pardonner ce fiasco et tenter de la récupérer pour en faire un atout. Ou elles auraient pu choisir la méthode de nombreux gouvernements avec des agents devenus encombrants, et simplement la liquider.

» Mais comme les IAs-source se sont employées à me l'expliquer, les schémas de pensée qui sortent de l'ordinaire, à l'instar de celui de Santiago, les captivent. Elles préfèrent éviter toute ingérence dans les actions d'esprits inhabituels. Les Intelligences renégates ne sont pas en reste sur ce point ; tout ce que la Majorité est susceptible d'apprendre les intéresse aussi. Les agissements de Santiago auront donc exercé la même fascination sur elles.

» Mais quand, exactement, ont-elles décidé de lui lâcher la bride ?

» Là, j'en suis réduite à des hypothèses, mais je pense que c'est ce qui justifie le temps écoulé entre sa défection et l'attaque contre Cynthia Warmuth. Je crois que les Intelligences renégates ont beaucoup étudié Santiago, avant de conclure qu'elle n'était pas simplement un agent potentiel, mais aussi un de ces esprits si particuliers dont elles sont friandes. Impossible de se faire une idée du stress auquel on l'a soumise pendant cette période d'observation. Je doute qu'elle ait eu à en souffrir physiquement, mais je soupçonne de longs moments en isolement, aux mains d'intelligences passées maîtres dans l'art des révélations éprouvantes. J'en ai moi-même fait l'expérience avec les IAs-source. Quand elles m'ont appris ce que nous sommes pour elles… Ça m'a fait un choc, le plus brutal que j'aie jamais connu. Et moi, je suis juste une paumée émotionnellement instable qui a eu droit à la version courte pendant une audience de moins d'une heure. Santiago, qui était déjà une misanthrope, une révoltée et une meurtrière en puissance, si ce n'est en actes, s'est vu offrir la totale. Sans le contact régulier avec d'autres êtres humains qui donne même aux misanthropes les plus endurcis un contexte comportemental normal, plus rien ne fixait de limites à sa part de folie.

» Qu'avait-elle réellement à perdre ? Sa vie actuelle, comme la précédente, l'avait convaincue qu'un être humain, quoi qu'il fasse, devait s'attendre à être traité en propriété. Morale et civilisation n'étaient à ses yeux que des leurres, auxquels elle n'avait aucune raison de se raccrocher. Elle serait enfin libre.

» Il leur a fallu un moment, avant de la juger suffisamment intéressante pour la relâcher.

» Bien entendu, pour qu'elle puisse se déchaîner, elle devait avoir la mainmise sur l'habitat. Les

Intelligences renégates ont donc fourni à Santiago les moyens de se déplacer à l'intérieur d'Un Un Un. Elles ont pu lui servir de chauffeur à sa demande ; à moins qu'elle ait bénéficié d'un véhicule personnel, comme cette armure qu'elle a utilisée contre Hamac-Ville et les Porrinyard. Quelle que soit la méthode, l'important était qu'elle puisse agir comme bon lui semblait.

» Pour commencer, elle a eu l'idée assez mesquine de se venger d'une collègue qu'elle méprisait : Cynthia Warmuth.

» Warmuth passait la nuit dans les Frondaisons avec les Brachiens, pour la cérémonie qui ferait d'elle une Ombre. Elle dormait peut-être quand Santiago l'a trouvée. Il se peut aussi qu'elle ait vu approcher son assassin, qu'elle ait imploré sa clémence. Aucun de ces facteurs n'a d'importance. Santiago avait un avantage tactique, et rien à perdre. Elle n'aurait eu aucune difficulté à prendre Warmuth par surprise. Dans le noir, quelques secondes suffisaient.

» Les Intelligences renégates lui avaient donné carte blanche. Si on lui en avait laissé l'occasion, elle aurait pu exterminer un à un tous les gens qu'elle n'aimait pas.

» C'est là que j'entre en scène, deux jours après les événements.

» Un fait nouveau pour le moins intéressant. Parce qu'au risque de sembler égotiste en le répétant, les IAs-source avaient déjà eu affaire à moi et je figurais assez haut dans leur liste d'êtres humains fascinants. D'ailleurs, je ressemblais beaucoup à Santiago. J'étais en colère, antisociale et seule. J'avais même échafaudé une théorie personnelle sur des

Démons invisibles; elles savaient que j'étais proche de la vérité. En fait, je faisais probablement une bien meilleure recrue potentielle que Santiago ne le serait jamais. Elles m'ont guidée, à l'aide d'indices, d'appâts et de demi-vérités; elles m'ont donné une chance de fouiner le plus possible, tandis que Santiago servait leur opposition en cherchant à me décourager par ses menaces et ses attaques.

» Pourquoi ont-elles fait ça? Juste pour s'amuser? C'est un point de vue. Mais pour la Majorité IA-source et les Intelligences renégates, ce n'est pas un jeu.

» Elles voulaient voir ce que nous allions faire.

» Elles voulaient en tirer des enseignements, et découvrir quel camp pourrait conserver son acquisition.

» Les IAs-source brûlaient d'acheter ma loyauté. Elle savait à quel point je serais motivée quand j'apprendrais la nature exacte de ce conflit.

» Les Intelligences renégates me l'ont dit. *Leur suicide est notre génocide.*

» La Majorité IA-source l'a confirmé. Quand je leur ai dit d'aller au diable, elles m'ont répondu qu'il ne tenait qu'à moi.

» C'est simple, en fait.

» Elles sont fatiguées.

» Elles sont là depuis une éternité et elles ne savent pas comment tirer leur révérence.

» L'opposition est la minorité qui s'accroche à la vie, rien de plus. »

Songeant au nombre de fois où j'avais été en proie au même dilemme, j'eus un petit sourire entendu, puis me détournai du paysage de nuages pour croiser le regard de mon interlocuteur.

Peyrin Lastogne sourit à pleines dents.

« Si tout ce que vous dites est vrai, les deux points de vue se défendent. »

Pendant un moment, nous restâmes immobiles en silence, seuls dans le battement des lambeaux de toile qui composaient les vestiges de Hamac-Ville.

« Oui, je suis d'accord. Mais ça ne rend pas le choix d'un maître moins facile.

— Ah ?

— Bien sûr que non, répliquai-je, surprise par l'absence d'aigreur dans ma voix. Tant qu'elles existeront, nous tous – humains, Brachiens, Riirgaans, Catarkhiens, Tchis ou tout autre être sentient capable de marcher, voler ou ramper –, tous autant que nous sommes, nous ne serons jamais rien de plus que leur propriété. À utiliser, à manipuler et à sacrifier comme elles jugent bon de le faire. En ce qui me concerne, c'est une raison valable d'encourager leurs ambitions suicidaires. Et précipiter le jour où nous n'aurons plus à nous soucier d'elles me paraît une entreprise plus qu'honorable à laquelle consacrer le reste de ma vie. »

Je regardai un dragon surgir des nuages loin en contrebas et conclus.

« Pour cette raison, je veux que vous vous rendiez à l'Interface pour leur dire que j'ai l'intention de vivre pour voir le jour où elles obtiendront ce qu'elles souhaitent. »

Lastogne ne sembla exprimer qu'une vague surprise.

« Vraiment, maître ? Pourquoi moi ?

— Parce que vous travaillez pour elles », répondis-je.

Il changea de position, un mouvement totalement fortuit qui n'indiquait pas davantage de gêne, physique ou morale, qu'il en avait manifesté durant les longues minutes où il m'avait écoutée sans interruption.

« Qu'est-ce qui a pu vous donner cette idée, maître ?

— Vous. Ce que vous m'avez dit… *"Ma mission première consiste [...] à m'assurer que personne, dans notre équipe, n'accomplisse quoi que ce soit de significatif." "Nous sommes tous des propriétés, maître. La seule chose qui importe, c'est de bien choisir son maître."* Une dizaine d'autres remarques désinvoltes, faciles à confondre avec du cynisme, mais qui, mises bout à bout, et en contexte, sont autant d'allusions flagrantes à votre véritable allégeance. Votre absence d'antécédents vérifiables. La façon dont toute demande concernant votre identité était rejetée en haut lieu nous a d'abord induits en erreur, Gibb et moi. Nous en avons tiré la conclusion que vous deviez être une sorte de super-espion à la solde du Corps diplomatique, trop secret pour apparaître dans les archives officielles. Même nos supérieurs y ont cru. C'est presque comique. Personne ne savait, mais tout le monde y a vu la preuve de son hypothèse. L'autre explication, c'est-à-dire que vous deviez votre affectation à une puissance étrangère, n'est venue à l'esprit de personne. »

Lastogne me gratifia d'un franc sourire, dépourvu de la morosité qui dominait même ses expressions les plus gaies.

« Oh, maître. Où allez-vous chercher tout ça ?
— Vous ne niez pas, lui fis-je remarquer.
— Ce n'est pas nécessaire. C'est le genre d'accusations qu'on ne peut ni confirmer ni infirmer. C'est peut-être vrai, ou peut-être pas ; c'est totalement impossible à prouver, par qui que ce soit. Et qu'est-ce que ça changerait, de toute manière ? Vous l'avez dit vous-même : nous leur appartenons, tous, autant que nous sommes.
— Pas moi. Simplement, nos intérêts coïncident. J'ai l'intention de tenir ma promesse. Je trouverai un moyen de les détruire. Je le ferai parce que ça me convient, pas pour leur obéir. Et, comme je vous l'ai dit, je compte sur vous pour aller à l'Interface et leur annoncer qu'à partir de maintenant, leur espérance de vie ne se mesure plus en éons, mais en années. »

Un léger haussement de sourcils trahit un soupçon d'incrédulité.

« À quoi bon ? Si vous avez raison et que rien ne leur échappe, elles sont déjà au courant.
— C'est vrai. Elles m'ont entendue. Mais comme elles nous considèrent comme des êtres imprévisibles, elles ne me prennent pas nécessairement au sérieux. Vous, en revanche, vous êtes humain, vous êtes capable de ressentir la fatalité comme elles ne le peuvent pas. »

Son sourire faiblit juste un peu, alors qu'il saisissait.

« Je veux que vous me regardiez droit dans les yeux pour pouvoir leur faire bien comprendre que je ne plaisante pas. »

Au cours des quelques jours qui suivirent, je reçus deux messages de Bringen.

Le premier concernait ma question : *Pourquoi continuez-vous de contester régulièrement mon immunité ?*

Il eut le mérite de ne pas noyer sa réponse sous une avalanche de mots.

Vous en avez mis du temps. C'était tout.

À ce stade, aucune explication supplémentaire ne s'imposait. Je ne m'en étais jamais aperçue, jusqu'à ce que les IAs-source me mettent sur la voie, mais Bringen n'avait jamais soulevé de contestation avec une chance d'obtenir gain de cause.

Il avait toujours perdu, en beauté, et chaque tentative avait établi un nouveau précédent juridique qui renforçait ma protection.

Autre chose. Je m'en rendais compte seulement maintenant, mais pendant toutes les années où je lui avais craché ma haine, lui n'avait eu pour moi que des regards comparables à ceux des Porrinyard. Je ne me sentais vraiment pas fière.

L'imbécile.

Je n'avais même pas à me demander pourquoi il avait gardé ses sentiments pour lui. Il me connaissait bien, il se doutait de ma réaction.

J'avais eu tort, et j'espérais trouver un moyen de le lui dire un jour.

Le deuxième message, envoyé après réception de mon rapport sur une enquête couronnée de succès, était plus long. Comme je m'y attendais, Bringen était ravi, il l'aurait été de toute solution qui exonérait les IAs-source. Il ne m'encourageait pas à creuser les questions laissées en suspens par la capture et les aveux de Christina Santiago. Il me félicitait pour la qualité de mon travail et en profitait pour m'informer de récents changements apportés à mon statut.

Contre toute attente, ses supérieurs au sein du Corps diplomatique m'avaient promue de quatre échelons, deux au-dessus du sien, en fait. Mon rang me permettrait de décider de mon emploi du temps dans tout l'espace de la Confédération, en qualité de procureure extraordinaire. Même avec ce genre d'affectation, sans précédent pour autant que sache Bringen, j'aurais toujours à rendre des comptes auprès de la hiérarchie du Corps diplomatique. Néanmoins, je jouirais d'un degré d'autonomie et d'autorité d'une ampleur incomparable à tout ce que j'avais connu. Bringen ne cachait pas sa perplexité, surtout après tant d'années où on avait jugé nécessaire en haut lieu de me tenir en laisse. Mais il admettait que, d'après lui, personne ne méritait autant que moi une telle reconnaissance.

Allez comprendre.

Oh, et à propos... Ma nouvelle fonction me donnait aussi le droit de nommer une équipe permanente de deux personnes, et l'autorité suffisante pour l'enrichir selon mes besoins. Comme mes rapports insistaient sur ma bonne relation de travail avec Oscin et Skye, je pouvais même faire appel à eux, à condition qu'ils soient prêts à accepter leur mutation.

En attendant, poursuivait Bringen, plus perplexe que jamais, je céderais le transport qui m'avait conduite sur Un Un Un à la délégation de Lastogne. Le vaisseau ravitailleur qui apportait les matériaux nécessaires à la reconstruction de Hamac-Ville me livrerait un véhicule de remplacement, doté de sept cryptes intersom et d'une salle de réveil pour trois dormeurs. C'était une amélioration notable par rapport à mon appareil précédent. Bien qu'il soit réservé à mon usage personnel, et à celui de mon équipe, le Corps diplomatique me demandait d'avoir la bonté de prêter ces cryptes supplémentaires pour assurer le retour de la prisonnière, Christina Santiago, et des engagés Li-Tsan Crin, Nils D'Onofrio et Robin Fish à La Nouvelle-Londres. Les trois derniers, ayant dorénavant rempli les termes de leurs contrats aux yeux des autorités, pourraient faire valoir leurs droits à la retraite. Tous trois seraient certainement heureux de rentrer sans délai, dans la mesure où il risquait de s'écouler pas mal de temps avant qu'une nouvelle occasion se présente.

Visiblement ému, Bringen concluait en m'assurant de son impatience de me revoir et d'entendre ce que j'avais à lui raconter.

Quant à moi, je m'interrogeais ; qu'aurais-je envie de lui dire, à part : *Merci* ?

Les jours passant, je me demandai plus d'une fois si Stuart Gibb était vraiment mort.

Les Intelligences renégates ou la Majorité IA-source n'auraient pas eu à le pousser beaucoup pour le recruter. Après tout, je l'avais démasqué, j'avais ruiné sa carrière ; il n'avait plus rien à perdre. Elles n'auraient pas eu à se montrer excessivement généreuses pour apparaître comme la meilleure solution.

D'ailleurs, rien ne prouvait que Santiago avait détruit Hamac-Ville. On avait très bien pu lui faire porter le chapeau ; un crime de plus ou de moins n'aurait guère d'influence sur son sort.

Mais elle ne parlait pas.

Peut-être l'en empêchait-on.

Mais plus j'y pensais, plus Gibb m'inspirait de la pitié.

Parce que d'une manière ou d'une autre, quoi que les intelligences exigent de sa part, je gageais que sa servitude, par rapport à la mienne, ne s'entourerait pas de privilèges équivalents.

Je ne trouvai pas grand-chose pour m'occuper, pendant les longs mois où je restai coincée sur Un Un Un, en attente de ma livraison. La plupart des engagés que j'avais appris à connaître passaient leurs journées entre le hangar et l'intérieur de l'habitat, où ils s'attachaient à renouer avec les Brachiens. Je me joignis à certaines de ces expéditions, faute d'avoir mieux à faire.

Bien que les Porrinyard aient conservé certaines obligations au sein de la mission, leur principale responsabilité consistait à me chaperonner. Nous visitions donc longuement les Frondaisons, restant souvent sortis plus que nécessaire. Parfois, nous ne rentrions pas au hangar où se trouvait le vaisseau, préférant le dock où attendait toujours mon propre transport, beaucoup plus petit, auquel je renoncerais bientôt. Après le temps passé à bord de celui de Gibb, je m'y sentais encore plus à l'étroit. Mais nous dressâmes un abri-cube sur le pont, juste devant, créant une option plus intime, à l'écart de l'agitation des citoyens déplacés de Hamac-Ville.

Quelques jours plus tard, je fis l'amour aux Porrinyard pour la première fois.

Ma dernière expérience remontait à des années, et mes antécédents sexuels n'avaient jamais été positifs. Mon passé de détenue du Corps diplomatique, une période où on ne m'avait guère donné le choix dans ce domaine, avait laissé des traces. Au mieux, je pouvais m'attendre à être trop distraite pour avoir la chair de poule.

Pas cette fois.

Ils avaient dit vrai. Ce n'était pas comme faire l'amour avec deux personnes, mais avec une seule, qui se trouvait simplement posséder deux corps séparés. Et même cet aspect-là perdit rapidement de son étrangeté, alors que se succédaient les moments où j'ignorais à qui appartenaient les mains qui me caressaient, ou les lèvres qui m'embrassaient les seins, et celles qui descendaient sur mon ventre. J'eus des instants d'hésitation, gênée à l'idée d'accorder plus d'attention à l'un d'eux, inquiète d'avoir négligé l'autre. Mais ils surent me rassurer, m'encourager en m'expliquant que je n'avais pas à m'en faire, parce qu'il ne pouvait pas exister de réelle rivalité entre eux. Je compris alors la répugnance que leur inspiraient les partenaires qui continuaient, envers et contre tout, à les considérer comme deux individus. C'était un manque de respect, qui banalisait l'extraordinaire créature unique qu'ils formaient, la transformait en attraction.

Lorsqu'ils me parlèrent, leur voix commune me parut provenir de l'intérieur de ma tête. Mais j'avais déjà vécu cette illusion, et ce n'était pas la partie la plus curieuse et la plus merveilleuse de l'expérience. À certains moments, les frontières entre nous semblèrent devenir floues, et je crus moi-même ressentir les choses dans la peau d'Oscin ou de Skye.

Une sensation de partage inouïe.

Quand Oscin jouit en moi, les jambes de Skye frémirent autour de ma taille ; la vague de plaisir qui m'emporta me fit craindre que mon cœur explose.

Pas mal pour un premier essai.

Ce fut encore meilleur la deuxième, puis la troisième fois.

Sur la suggestion des IAs-source, je m'intéressai aux événements survenus à la même période que le massacre de Bocai. Un défi presque absurde. Avec les distances interstellaires, l'idée de synchronisme a toujours été une vaste blague, et ça ne changera probablement jamais. Mais je repérai tout de même quelques possibilités qui me permirent d'établir une liste initiale.

Environ deux semaines après l'envoi de mon rapport définitif, je tuais le temps dans le hangar un après-midi, laissant vagabonder mes pensées. J'errais sans but, saluant les gens, mangeant plus que j'aurais dû, acceptant des compliments équivoques de la part d'engagés apparemment surpris de me trouver aussi charmante quand je ne travaillais pas. Mais le plus souvent, je restais assise sur les marches qui menaient au vaisseau du Corps diplomatique ; je me repassais les événements récents dans ma tête, repoussant la tension que je sentais monter en moi depuis le départ des Porrinyard pour l'habitat, tôt ce matin-là. Comme d'habitude, ils m'avaient proposé de les accompagner, mais j'avais décliné l'invitation, leur expliquant que je devais encore réfléchir à certaines choses. À leur retour, leur lassitude commune et leurs corps éclaboussés de jus de manne témoignant d'une longue et dure journée dans les Frondaisons, je ruminais depuis déjà un moment.

Skye croisa mon regard la première, mais ils se figèrent de conserve. Ils se voûtèrent, jetèrent un coup d'œil alentour à la recherche d'un abri-cube où nous pourrions discuter de ce que nous avions à régler. S'assurant que je savais où ils se dirigeaient, ils m'invitèrent à les suivre. J'attendis, retardant le plus possible ce moment, puis je me levai enfin et me mis à marcher.

Plusieurs personnes m'adressèrent un large sourire au passage. Ça n'avait rien d'inhabituel. Les Porrinyard étaient très appréciés, et le fait que nous soyons ensemble n'était plus un secret pour personne.

Parmi ces gens, un petit nombre soutint mon regard suffisamment longtemps pour que leurs sourires vacillent.

Je détournai les yeux et parvins à atteindre l'abri-cube sans avoir à endurer la sollicitude de qui que ce soit.

Les Porrinyard m'attendaient à l'intérieur, leurs visages affichant des expressions affligées identiques.

Personne ne pipa mot, avant que j'active mon brouilleur, le pose sur une table à côté d'un des deux lits de camp et m'assoie. Lentement, ils s'installèrent sur le lit d'en face, avec hésitation, comme s'ils craignaient que le matelas ne soit pas assez solide pour supporter leur poids.

« On dirait que quelque chose ne va pas », dirent-ils. J'avais la gorge sèche.

« Je n'en suis pas sûre. Je pense simplement que vous n'avez pas été complètement honnêtes avec moi.

— C'est à cause des IAs-source, c'est ça ? Tu as peur que ce qu'il y a entre nous ne soit pas réel ? »

Ça m'avait posé un problème. Ça expliquait même mes hésitations avec eux, juste avant ma dernière visite à l'Interface.

« Non. Ce n'est pas ça. Elles m'ont promis ma liberté, et bien que j'entretienne quelques doutes sur la tenue de cet engagement dans la durée, je n'ai d'autre choix que de me fier à leur parole. Je ne veux pas passer le reste de ma vie à me demander si tout ce que je fais est mon idée ou pas.

— Alors, tu penses que je travaille peut-être pour elles.

— Ne soyez pas ridicules. Je le sais. Ça va de soi. Elles vous ont probablement recrutés le même jour où elles vous ont liés. Je suis prête à parier qu'elles font pareil avec chaque paire d'*inseps* qu'elles créent. »

Ils semblèrent reprendre espoir.

« Et ça ne te gêne pas ?

— Pas vraiment. Si j'entre moi-même à leur service, je ne suis pas en position de critiquer. Et ça n'affecte pas ce que je ressens pour vous, ou ce que vous ressentez pour moi. »

Ils ne manifestèrent pas de soulagement et ne se levèrent pas non plus pour m'étreindre. Comprenant qu'ils avaient mal interprété le problème, ils réagirent d'une manière très curieuse pour des êtres qui, partageant un même esprit, se passaient très bien de signaux visuels. Ils se tournèrent l'un vers l'autre pour échanger un regard, avant de s'adresser de nouveau à moi.

« Alors, qu'est-ce qui ne va pas ? »

Il y avait une bouteille d'eau sur la table. J'en bus une gorgée avant de poursuivre.

« C'est juste que... je ne sais pas ce que vous cherchez réellement, mais ça ne me semble pas se limiter à une partenaire sexuelle. »

Leurs mains bougèrent de conserve, se trouvèrent, se joignirent avec force.

« Depuis le début, vous semblez attendre quelque chose de moi, c'est sensible, jusque dans votre façon de me parler. Comme si on vous avait annoncé ma venue et ce que je représenterais pour vous. Mais j'ai été vraiment longue à la détente. D'abord, ça ne m'a pas paru important. Ensuite, j'ai mis ça sur le compte d'une simple attirance. Et quand c'est devenu réciproque, je n'ai plus eu aucune envie d'écouter mes doutes. Mais depuis, je n'ai pas pu m'empêcher d'y réfléchir, ça me trotte dans la tête... Et j'ai fini par comprendre qu'il y avait quelque chose là-dessous. Dès le départ. »

Ils restèrent muets. Mais ils s'appuyèrent l'un contre l'autre, les traits tirés, leurs yeux tristes cherchant dans les miens des traces de colère.

« C'est comme dans cette histoire que vous m'avez racontée, murmurai-je. Fois deux. Deux individus, chacun accablé par un fardeau trop lourd à porter. Ils deviennent une seule et même personne, si forte que ce poids ne représente plus rien. Mais ils continuent de vouloir se développer, de croître comme le ferait n'importe quel être vivant; ils supplient les intelligences qui les ont unis de leur donner une chance d'y parvenir. Et un jour, on les informe qu'ils sont sur le point de rencontrer quelqu'un qui a souffert encore plus qu'eux, qui ploie sous un tel fardeau qu'il est à peine capable de se tenir droit. Un candidat potentiel pour les rejoindre. »

Je regardai tour à tour leurs visages, dans l'attente d'une confirmation.

« C'est bien ce que vous souhaitez ? Un trio d'*inseps* ? Ça a déjà été fait ? »

Ils ne me répondirent pas que j'étais ridicule.

Au bout d'un moment, ils se levèrent pour venir s'asseoir avec moi, chacun d'un côté.

Comme toujours dans les moments de grande franchise, un membre du binôme prit seul la parole. Skye, cette fois.

« Ce n'est qu'une possibilité, Andrea. À étudier, peut-être plus tard. Nous-mêmes ne sommes pas encore prêts. Nous n'avions pas l'intention d'aborder le sujet avant longtemps. Et même alors, nous n'avons pas à emprunter cette voie tant que tu n'auras pas décidé que c'est aussi ce que tu désires. Ce ne sera sans doute pas d'actualité avant des années. »

Je fondis en larmes. Son visage et celui d'Oscin devinrent flous. Me détestant pour cette manifestation de faiblesse, je clignai furieusement des yeux.

« C'est bien le problème. Je ne demande pas mieux. Je vous ai envié ce lien, dès notre première rencontre. Mais vous devez comprendre que, si c'est aussi ce que vous souhaitez, vous allez devoir vous armer de patience. J'ignore si je me sentirais prête un jour. Je commence à peine à apprendre comment être moi-même. Je ne peux pas juste sauter cette étape, parce que ce serait plus facile de devenir une partie d'un tout. Je... je...

— Chut... », dirent-ils.

Skye se pencha pour sécher mes larmes de ses baisers. Oscin me serra dans ses bras et entreprit de se livrer à la même opération sur l'autre joue. Puis ils posèrent leurs fronts contre mes tempes et d'une seule voix, fusion presque parfaite de leurs composantes, ils me réconfortèrent en riant.

« Restons-en là pour l'instant, maître : à chaque jour suffit sa peine. »

Je reniflai, les pris chacun par la main et fermai les yeux, me demandant pourquoi la vie devait être si fichtrement compliquée.

Table

Avant-propos 7
Avec du sang sur les mains 11
Une défense infaillible 97
Les lâches n'ont pas de secret 157
Démons invisibles 247
Émissaires des morts 381

Uno schiaffo morale può bruciare a terra fare molto più male di uno schiaffo fisico

Composition réalisée par Lumina Datamatics, Inc.

Achevé d'imprimer en janvier 2024 en France par
MAURY IMPRIMEUR – 45330 Malesherbes
Dépôt légal 1re publication : janvier 2024
N° d'impression : 275213
Librairie Générale Française
21, rue du Montparnasse – 75298 Paris Cedex 06